中国皮影木偶戏剧本集成

主编 朱恒夫
副主编 刘衍青

"十四五"国家重点图书出版规划项目

华北东北卷·万宝阵、大金牌

上海大学出版社
·上海·

8

图书在版编目(CIP)数据

万宝阵、大金牌/朱恒夫主编；刘衍青副主编.—上海：上海大学出版社，2023.6
（中国皮影木偶戏剧本集成；8.华北东北卷）
ISBN 978-7-5671-4651-8

Ⅰ.①万… Ⅱ.①朱… ②刘… Ⅲ.①皮影戏-剧本-中国②木偶剧-剧本-中国 Ⅳ.①I238.7

中国国家版本馆CIP数据核字(2023)第064242号

责任编辑　庄际虹
封面设计　柯国富
技术编辑　金　鑫　钱宇坤

中国皮影木偶戏剧本集成
主编　朱恒夫　副主编　刘衍青
华北东北卷·万宝阵　大金牌
上海大学出版社出版发行
（上海市上大路99号　邮政编码200444）
（https://www.shupress.cn　发行热线 021-66135112）
出版人　戴骏豪

*

南京展望文化发展有限公司排版
江阴市机关印刷服务有限公司印刷　各地新华书店经销
开本 710mm×1000mm　1/16　印张 32　字数 537千
2023年7月第1版　2023年7月第1次印刷
ISBN 978-7-5671-4651-8/Ⅰ·682　定价 98.00元

版权所有　侵权必究
如发现本书有印装质量问题请与印刷厂质量科联系
联系电话：0510-86688678

总序：中国皮影戏的历史、现状与剧目特征

皮影戏是我国产生较早的戏剧种类之一，也是一门古老的传统民间艺术。它以羊、牛、驴皮以及纸等为基本材料，制作成能活动的形象造型即影人，由艺人手执竹扦在幕后操作，通过光线的透视，配以演唱及丝竹鼓点的伴奏，在影窗上展现各式的人物和故事。皮影戏是一种集文学、绘画、雕刻、音乐、表演于一体，融进历史、哲学、宗教、民俗、伦理等多种文化的民间艺术形式，是中华民族的艺术瑰宝。

一、皮影戏发展历程溯源

中国皮影戏源远流长，但其最早起源于何时，尚无文献典籍可考。皮影戏，历史上称为"影戏"，关于影戏产生的时间，众说纷纭。近人顾颉刚在《中国影戏略史及其现状》中说："影戏之性质与傀儡全同，不同者只其表现之方法，是以影戏亦必自始即模仿戏剧者，其兴起虽确知当后于傀儡，然或亦在周之世也。"[①] 他猜测周代就有了影戏。稍有一点根据的是"汉代说"。宋代高承《事物纪原》卷九《博弈嬉戏部》"影戏"条云："故老相承，言影戏之原出于汉武帝。李夫人之亡，齐人少翁言能致其魂，上念夫人无已，乃使致之。少翁夜为方帷，张灯烛，帝坐他帐，自帷中望见之，仿佛夫人像也，盖不得就视之。由是世间有影戏。"[②] 但是，这出"招魂戏"只是借灯光投影之术，没有"人影"的表演，也没有情节，所以还不是真正意义上的皮影戏。《稗史》亦说汉代就有了影戏，云：秦武王作角

---

① 顾颉刚：《中国影戏略史及其现状》，《文史》第19辑，中华书局1983年8月，第111页。

② （宋）高承撰：《事物纪原》，（明）李果订，金圆、许沛藻点校，中华书局1989年版，第495页。

抵，始皇作曼延鱼龙水戏，汉武帝益以幻眼、走索、寻撞（橦）、舞输（轮）、弄碗、影戏……①大概所说的"影戏"是从武帝"设帷招魂"之事推断而来。

在隋代的佛事活动中，似乎有弄影戏的迹象。《隋书·五行志》云："唐县人宋子贤，善为幻术。每夜，楼上有光明，能变作佛形，自称弥勒出世。又悬大镜于堂上，纸素上画为蛇、为兽及人形。有人来礼谒者，转侧其镜，遣观来生形象。或映见纸上蛇形，子贤辄告云：'此罪业也，当更礼念。'又令礼谒，乃转人形示之。"②用灯光照影作为幻术以惑人，也不等于后代的影戏。

近人多认为影戏产生于唐代。齐如山在《影戏——故都百戏考之四》中认为："此戏当然始于陕西，因西安建都数百年，玄宗又极爱提倡美术，各种伎艺由陕西兴起者甚多，则影戏始于此，亦在意中。"③力主戏曲源起于影戏、偶戏的孙楷第在《近代戏曲原出宋傀儡戏影戏考》中断言："余意影戏殆仁宗时始盛耳。若溯其源，则唐五代时，似已有类似影戏之事。"并进一步说与唐代的俗讲有关："说话与影戏，仅讲时雕像有无之异，其原出于俗讲则一也。"④

齐如山和孙楷第之说均属推测，缺少文献依据。一些唐诗倒是直接说明唐代已经有了影戏。中唐人元稹《灯影》云："洛阳昼夜无车马，漫挂红纱满树头。见说平时灯影里，玄宗潜伴太真游。"⑤很显然，彼时的洛阳已经有了皮影，玄宗与贵妃的故事是表演的内容之一。又，雍裕之的《两头纤纤》诗也对影戏作了描绘："两头纤纤八字眉，半白半黑灯影帷。腷腷膊膊晓禽飞，磊磊落落秋果垂。"⑥影帷即是今日的影窗，"晓禽飞"和"秋果垂"当是表演的一些场景。晚唐韦庄的《途次逢李氏兄弟感旧》诗云："御沟西面朱门宅，记得当时好弟兄。晓傍柳阴骑竹马，夜隈灯影弄先生。"⑦康保成认为："'夜隈灯影弄先生'就是玩影戏，'先生'即影偶。"⑧

---

① （清）赵吉士辑《寄园寄所寄》卷七"獭祭寄"，清康熙三十五年刻本。
② 《隋书》第三册，中华书局1982年版，第662—663页。
③ 齐如山：《影戏——故都百戏考之四》，《大公报·剧坛》1935年8月7日第12版。
④ 孙楷第：《近代戏曲原出宋傀儡戏影戏考》，《傀儡戏考原》，上杂出版社1952年版，第62、63页。
⑤ 《全唐诗》卷四一二，中华书局1999年版，第4580页。
⑥ 《全唐诗》卷四七一，中华书局1999年版，第5383页。
⑦ 《全唐诗》卷七〇〇，中华书局1999年版，第8131页。
⑧ 康保成：《佛教与中国皮影戏的发展》，《文艺研究》2003年第5期，第91页。

随着时间的推移，影戏艺术有了很大的提高，剧目也不断地增加。北宋张耒在《明道杂志》中记载："京师有富家子，少孤，专财，群无赖百方诱导之，而此子甚好看弄影戏，每弄至斩关羽，辄为之泣下，嘱弄者且缓之。"① 可见，此时的影戏剧目中有三国故事。此为高承《事物纪原》证实，该书云："宋朝仁宗时，市人有能谈三国事者，或采其说，加缘饰作影人，始为魏、吴、蜀三分战争之像。"② 影戏为人们喜爱后，玩皮影的人就多了，于是，便出现了著名的艺人。孟元老《东京梦华录》卷五《京瓦伎艺》云："……杂剧、掉刀、蛮牌董十五、赵七、曹保义、朱婆儿、没困驼、风僧哥、俎六姐。影戏丁仪，瘦吉等弄乔影戏。"③ 吴自牧《梦粱录》卷二十"百戏伎艺"条云："更有弄影戏者，元汴京初以素纸雕簇，自后人巧工精，以羊皮雕形，用以彩色妆饰，不致损坏。杭城有贾四郎、王升、王闰卿等，熟于摆布，立讲无差。其话本与讲史书者颇同，大抵真假相半，公忠者雕以正貌，奸邪者刻以丑形，盖亦寓褒贬于其间耳。"④ 由此可见，北宋的影戏已经发展到了相当成熟的水平，其成绩可以归纳为四点：其一，演唱不再随意，而是遵照脚本的内容，其内容相当于彼时开始流行的话本。可以讲述史书，三国故事更是其常演的剧目。其二，已经形成一批专业的艺人队伍，还分为"影戏"与"乔影戏"（"乔"字在当时作"伪装"解。瓦子诸艺中有一种"乔相扑"的表演艺术，就是扮演摔跤的样子，而不是真摔跤。"乔影戏"可能是由真人模拟影人的动作形式，做出种种滑稽的样子，以引人发笑。）两个品种。其三，有了人物的脸谱，并按照性格、品性分别饰以图案色彩。其四，演出水平极高，能使观众忘乎所以，以假当真。影戏艺术在北宋之所以能飞速发展，与当时城市的发展、市民人口的大幅增多有很大的关系。

至南宋，影戏的发展进入一个前所未有的辉煌时代。周密《武林旧事》卷二《元夕》记载道："又有幽坊静巷好事之家，多设五色琉璃泡灯，更自雅洁，靓妆笑语，望之如神仙。……或戏于小楼，以人为大影戏，儿童喧呼，终夕不绝。"⑤

---

① （元）陶宗仪等：《说郛三种》卷四十二，上海古籍出版社 1989 年版，第 2003 页。
② （宋）高承撰：《事物纪原》，（明）李果订，金圆、许沛藻点校，中华书局 1989 年版，第 495 页。
③ （宋）孟元老撰：《东京梦华录笺注》，伊永文笺注，中华书局 2006 年版，第 461 页。
④ （宋）吴自牧：《梦粱录》，浙江人民出版社 1984 年版，第 194 页。
⑤ （宋）四水潜夫辑：《武林旧事》，浙江人民出版社 1984 年版，第 31 页。

此大影戏，孙楷第认为是人扮演的，相当于"乔影戏"。周贻白认为是人的影子在表演。当时还有一种称为"手影"的影戏形式。南宋洪迈《夷坚志·夷坚三志》辛卷第三"普照明颠"条记载："华亭县普照寺僧惠明者，常若失志恍惚，语言无绪，而信口谈人灾福，一切多验，因目曰明颠。……尝遇手影戏者，人请之占颂。即把笔书云：'三尺生绡作戏台，全凭十指逞诙谐。有时明月灯窗下，一笑还从掌握来。'"① 悬挂三尺生绡做影窗，用手做出各种形状，投影到影窗上，即为手影。华亭为今日之上海松江，当时影戏在江南是比较普及的，宋代《吴县志》云："上元，影灯巧丽，它郡莫及，有万眼罗及琉璃球者犹妙。"②

南宋时，宋金对峙，经常发生战争，故影戏艺人常搬演金戈铁马的故事。张戒《岁寒堂诗话》云："往在柏台，郑亨仲、方公美诵张文潜《中兴碑》诗，戒曰：'此弄影戏语耳。'二公骇笑，问其故，戒曰：'郭公凛凛英雄才，金戈铁马从西来。举旗为风偃为雨，洒扫九庙无尘埃。'岂非弄影戏乎？"③ 当然，主要的演出内容还是历史故事，此时，"历史剧"已涉及汉、三国、唐、五代等朝代的人物和事件。由于艺人队伍进一步扩大，影人制作与影戏表演已经成了一个行业，于是，产生了"绘革社"这样专业的行业组织。

金元的影戏，文献记载不多。既然戏曲在彼时极为兴旺，作为戏剧的一种形式，影戏就不可能衰弱，只不过那时文人的兴趣主要放在人演的院本、杂剧上罢了。不过，有两幅壁画倒是露出了一点影戏的信息。一是金代山西繁峙岩山寺文殊殿壁画，其中有一个场景，我们不妨称之为"儿童弄影戏图"。画面上，有一影窗，前面三个儿童席地观看，后面有一人正在拽拉影人进行表演。还有一个儿童，在影窗的旁边，学着影戏艺人亦在拽拉着小影人。二是山西孝义出土的大德二年（1298）的元墓壁画。壁画上绘着男耕女织的场景，旁边有一人正手拿着影人在玩耍，墓壁上写着"王同乐影传家，共守其职"几个字④。显然，男耕女织是影戏所表现的内容，"乐影传家"则是影戏艺人标榜自己有着渊源的家学。

明代影戏资料目前见于文献的多为诗文和小说。瞿佑《影戏》云："灯火光中夜漏迟，风轮旋转竞奔驰。过来有迹人争睹，散去无声鬼不知。月地花阶频出没，

---

① （宋）洪迈：《夷坚志》第三册，中华书局1981年版，第1406页。
② 《吴县志》，民国三年乌程张钧衡影宋刻本。
③ （宋）张戒：《岁寒堂诗话》，中华书局1985年版，第13页。
④ 中国戏曲志编辑委员会：《中国戏曲志·山西卷》，中国ISBN中心出版社2000年版，第7页。

云窗雾阁暂追随。一场变幻如春梦,线索重看傀儡嬉。"① 瞿佑对影戏的兴趣很浓厚,多次写诗记述他观看的情景,田汝成辑撰的《西湖游览志余》卷二十也引了一首他的关于影戏的诗,云:"南瓦新开影戏场,满堂明烛照兴亡,看看弄到乌江渡,犹把英雄说霸王。"②《霸王别姬》是影戏的常演剧目,故徐文长所作的《做影戏》灯谜,也是以这个影戏剧目为素材,云:"做得好,又要遮得好,一般也号做子弟兵,有何面目见江东父老?"③

由于影戏在明代是一种普及性的表演艺术,所以,小说所描写的社会生活中亦有所反映。明末无名氏小说《梼杌闲评》第二回就描写了一个家庭戏班的演出情况:

> 朱公问道:"你是那里人?姓甚么?"妇人跪下禀道:"小妇姓侯,丈夫姓魏,肃宁县人。"朱公道:"你还有甚么戏法?"妇人道:"还有刀山、吞火、走马灯戏。"朱公道:"别的戏不做罢,且看戏。你们奉酒,晚间做几出灯戏来看。"传巡捕官上来道:"各色社火俱着退去,各赏新历钱钞,惟留昆腔戏子一班,四名妓女承应,并留侯氏晚间做灯戏。"巡捕答应去了。……侯一娘上前禀道:"回大人,可好做灯戏哩?"朱公道:"做罢。"一娘下来,那男子取过一张桌子,对着席前放上一个白纸棚子,点起两枝画烛。妇人取过一个小篾箱子,拿出些纸人来,都是纸骨子剪成的人物,糊上各样颜色纱绢,手脚皆活动一般,也有别趣。④

因皮影戏被人们高度认同,它的功能就不仅仅是娱人了,还可以同人戏一样酬神祭祀。明末张仁熙在《皮人曲》诗中有这样的描述:"年年六月田夫忙,田塍草土设戏场。田多场小大如掌,隔纸皮人来徜徉。虫神有灵人莫恼,年年惯看皮人好。田夫苍黄具黍鸡,纸钱罗案香插泥。打鼓鸣锣拜不已,愿我虫神生欢喜。神之去矣翔若云,香烟作车纸作屐。虫神嗜苗更嗜酒,田儿少习今白首。那得闲钱倩人歌,自作皮人祈大有。"⑤

明朝影戏初步形成了地方流派,河北、江苏、浙江、山东、陕西、山西、云

---

① (清)俞琰选编:《咏物诗选》,成都古籍书店1987年版,第116页。
② (明)田汝成辑撰:《西湖游览志余》,中华书局1958年版,第356页。
③ (明)徐渭:《徐渭集》,中华书局1983年版,第1066页。
④ 不题撰人:《梼杌闲评》,止戈、韦行校点,齐鲁社1995年版,第12—13页。
⑤ 邓之诚:《清诗纪事初编》,上海古籍出版社2013年版,第192页。

南等地的皮影艺人结合当地的人文风俗、民间曲调，各自创新，形成了不同于他地的特色。

清代尤其是乾隆之后以及民国时期，影戏进入了中国影戏发展史上的高峰阶段，无论是技艺水平、剧目数量，还是艺人人数和观众人次，都是前所未有的。这与当时戏曲特别是花部戏的整体勃兴的大环境紧密相关。影戏的审美效果，不逊于人戏，富察敦崇《燕京岁时记》云："影戏借灯取影，哀怨异常，老妪听之多能下泪。"① 其普及程度，可以从日常的俗语中看出来，如《红楼梦》第六十五回云："见提着影戏人子上场，好歹别戳破这层纸儿。"②

根据清代各地皮影戏的历史流变及其皮影戏影人的造型特征，可以将我国皮影戏分为北方影系、西部影系和中南部影系三大系统。

北方影系：包括今河北、东北三省、内蒙古等地的皮影戏。这一影系的皮影戏始于金代。1127年金兵入侵中原时，曾经将包括皮影戏艺人在内的各类艺人掳掠到北方，北方的皮影戏由此发展而来，而以河北滦州（今唐山）一带为中心。

西部影系：涵盖陕西、四川、甘肃、青海、晋南、豫东、鄂西、冀中和北京西部等地。该系统的皮影戏是由北宋躲避靖康之乱而向西迁徙的中原皮影戏艺人带来，并经历代发展而形成。西部影系以陕西华县、华阴一带的皮影戏为主要代表。还有晋南皮影戏、川北皮影戏、陇原皮影戏、陇东皮影戏、环县道情皮影戏和青海皮影戏等。

中南部影系：包括中原地区及其以南地区的皮影戏。自北宋灭亡之后，中原地区的皮影戏艺人与其他各类艺人一起随着都城的南迁，到了临安（今浙江杭州），还有一部分艺人流落到江苏、湖北、湖南等地，后又陆续流转到广东、福建、台湾一带。这些地区加上中原地区的皮影戏，属我国中南部影系。中南部影系没有自己单独的唱腔，而是借用当地的戏曲、说唱、民歌小调的唱腔进行演唱。

清代文献中有关影戏的记载较多，尤其是方志中"民俗"栏目，可谓比比皆是。如清代乾隆年间进士李声振《百戏竹枝词·影戏》云："机关牵引未分明，绿

---

① （清）潘荣陛：《帝京岁时纪胜》；（清）富察敦崇：《燕京岁时记》，北京古籍出版社1981年版，第94页。

② （清）曹雪芹、高鹗：《红楼梦》，中国艺术研究院红楼梦研究所校注，人民文学出版社1996年版，第908页。

绮窗前透夜檠。半面才通君莫问,前身原是楮先生。"① 乾隆《永平府志》"岁时民俗"条云:"通街张灯、演剧,或影戏、驱戏之类,观者达曙。"② 滦州学正左乔林《海阳竹枝词》有句云:"张灯作戏调翻新,顾影徘徊却逼真。环佩珊珊莲步稳,帐前活现李夫人。"③ 清代澄海人李勋《说诀》卷十三云:潮人最尚影戏,其制以牛皮刻作人形,加以藻绘,作戏者于纸窗内爇火一盏,以箸运之,乃能旋转如意,舞蹈应节,较之傀儡更觉优雅可观。④ 说者谓此惟潮郡有之,其实非也。

民国年间,战争不断,社会动荡不安,许多时候,老百姓在生死线上挣扎,这自然会影响皮影戏的演出。但只要局势稍微稳定,皮影戏就会活跃起来,而在兵祸较少的地方,它还得到了长足的发展。

民国二十三年(1934),高云翘对滦州的皮影做了调查,感慨地说:"高粱地里,唱影的不绝,梆子或有一二,皮黄绝无。"⑤ 卓之在《湖南戏剧概观》中记述了20世纪30年代湖南一些地方的皮影戏情况:"影戏班在湖南,地位远不及汉班(即今之湘剧)及花鼓班,大概用为酬神还愿之工具而已。是以无论在城在乡,到处皆得见之。平日常演于各寺庵内,惟每届旧历中元节,则居民多演以祀祖,该省戏班异常忙碌,甚至从黄昏起演至通宵达旦,可演四五本之多。"⑥ 1934年刊的辽宁《庄河县志》"民间文艺·影戏"条对本县的皮影戏有较为详细的介绍:"有所谓驴皮影者,即影戏也。其制,酷似有声电影,不过彼为电灯机唱,此为油灯人唱耳。其法,以白布为幔,置灯其中,系以驴皮制人马牲畜、楼台建筑及飞潜动植等物,用灯幻照,俨在目前,并能活动自如,惟妙惟肖。司事者在幔歌唱,词多俚俗。农民凡有吉庆、酬神等事,多醵金演唱。"⑦

民国年间的影戏在与时俱进上,有三个方面的表现:一是灌制唱片,向全国

---

① 雷梦水等编:《中华竹枝词》,北京古籍出版社1997年版,第81页。该诗自注云:"剪纸为之,透机械于小窗上,夜演一剧,亦有生致。"
② 《永平府志》,乾隆三十九年刻本。
③ 张工明编著:《滦县志诗歌集》,河北人民出版社2015年版,第151页。
④ 中山大学中国非物质文化遗产研究中心编:《中国非物质文化遗产第十一辑》,中山大学出版社2006年版,第113页。
⑤ 高云翘:《滦州影调查记》,《剧学月刊》第三卷第十一期,1934年。
⑥ 卓之:《湖南戏剧概观》,《剧学月刊》第三卷第七期,1934年。
⑦ 丁世良、赵放主编:《中国地方志民俗资料汇编·东北卷》,北京图书馆出版社1989年版,第152页。

发行，借此将地方皮影戏声腔与故事传播到全国。冀东的皮影戏艺人就曾经和胜利、百代、昆仑、丽歌、宝利等唱片公司合作，灌制了100多个剧目的唱段。二是借助新的印刷技术，刻印皮影戏的脚本。这当然是文人和出版商合作所为，出于射利的目的，但在客观上对于皮影戏的传播和帮助人们深刻认识其思想内容起到了积极的作用。三是自觉地将其作为救亡图存与革命斗争的工具。如日军占领嘉兴海宁时，皮影戏艺人张九元为揭露日本侵略者的暴行，唤起人们的抗日热情，创编了皮影戏《打皇兵》，演出后产生很大的影响。至于中国共产党建立政权的地区，影戏的政治功能则更为明显，从剧目的名称《田玉参军》《齐心杀敌》《土地改革》《送夫参军》《破除迷信》等，就可以看出它们的思想倾向性。

二、当代影戏的现状与分布

中华人民共和国成立后，因实行新的社会制度和倡导新的思想，无论是生产关系，还是意识形态，都发生了根本性的变化。作为一种艺术形式的皮影戏，在党的方针路线的指引下，在戏班组织、剧目编创、皮影绘制与表演形式上也进行了一系列的改革。新中国成立之初，皮影戏与戏曲的其他剧种一样，"改戏、改人、改制"。在"百花齐放，推陈出新"的政策的指导下，各地皮影剧团对传统剧目进行整理和改编，出现了一批思想性和艺术性较高的表现古代生活的剧目，如浙江海宁的皮影戏《蜈蚣岭》、陕西的碗碗腔皮影戏《快活林》、青海的皮影戏《牛头山》、湖南的皮影戏《梁红玉》《火焰山》，等等。配合不同时期的政治需要，编演了反映现代生活的剧目，如宣传新婚姻法的华阴皮影戏《小女婿》等。内容上的变革，一些地方在"文革"后期特别明显，仅在1972年至1976年间，唐山市皮影剧团就编演了《红嫂》《红灯记》《龙江颂》《智取威虎山》《沙家浜》《杜鹃山》《磐石湾》《山庄红医》《唐山人民缅怀毛主席》等。新中国成立之前的皮影戏班全部是民营的，而在新中国成立之后，能够留存下来的所有戏班都改成国有或集体所有制的剧团，艺人则成了"文艺工作者"。据《人民日报》1960年2月18日报道，至20世纪60年代初，我国的皮影戏班约有1 100多个，从业人员大约在6 200名。当然，地区之间是不平衡的。

自20世纪50年代之后，皮影戏在形式上发生的变革，成绩也是很突出的。例如湖南皮影戏艺人何德润、谭德贵与画家翟翊合作，让"影人比原来大出一倍多,变五分脸为七分身材七分脸,甚至由侧面改为正面。有的面部用赛璐珞着色剪制;有的服饰上嵌以彩色透明纸,又以新颖的灯光彩景和大影幕,使得影窗上的形象极其鲜艳生动。在操纵技术上,他们根据各种动物不同的典型动作,进行了特别的制作,利用卷棒、弹簧、拉线,使影人的表情可以活动自如:双眼可以开闭,嘴能张合;龟的四脚和鹤的头颈可以自由伸缩等。……在表现闪电雷鸣时,用两根炭棒相碰,闪出电光。在电唱机的转盘上,装上圆木板,板边装上一圈灯泡,通电后,灯亮木板转,轮番照射幕布上的火、水、云彩等道具,使影窗上的云、水、火都可以动起来,非常逼真"①。其他地方的影戏艺人,也发挥创造力,有许多推进皮影戏艺术发展的发明,像黑龙江皮影戏就使影人一步一步地走路和骑着自行车前进;唐山皮影戏增加了乐器,由原来的一把二胡,变成了扬琴、二胡、琵琶、三弦、大阮、笙、笛、唢呐等众多乐器,甚至小提琴也加入合奏,比起先前自然好听多了。

"文革"时期,皮影戏的繁荣景象戛然而止。剧团解散,剧目禁演,艺人转业,大量珍贵的皮影道具和文献资料被损毁,这种状况,除了个别地方,一直持续到1976年。

"文革"结束之后,各地皮影艺术迅速复苏,剧团重建,传统剧目解禁,新的剧目不断产生。仅1980年,湖南衡阳一个地区6个县就有大小剧团557个,从艺人员1 150人。然而,随着电视的普及和娱乐形式的丰富,皮影戏与人演的戏曲一样,以不可遏制的趋势一天天衰萎下去,而市场的持续性的收缩又使得皮影戏进入了恶性循环,观众愈少,就愈加没有人从事这个行业,而人才缺乏,则会使皮影戏艺术不能与时俱进而得到观众的欣赏。于是,皮影戏艺术的前景便越来越黯淡。以辽宁凌源县为例,全县原有皮影戏班120个左右,进入20世纪90年代之后,不断缩减,现在可以演出的戏班仅存4个,艺人不到30位,而30岁以下的艺人又只有2位,其技艺和知名的老艺人则无法相比。

为了传承民族的优秀文化,保护像皮影戏这类古老的艺术形式,国家于2011年2月25日颁布了《中华人民共和国非物质文化遗产法》。自此之后,皮影戏便得到了中央和地方政府的高度重视,多种皮影戏进入国家级或省市级"非物质文化遗产名录",得到了财政经费的支持,减缓了衰萎的速度,有的还显示出勃勃的生机。

---

① 魏力群主编:《中国皮影戏全集》第1卷"源流",文物出版社2015年版,第160页。

如下表所示，现时的大多数皮影戏剧团主要分布在河北、陕西、甘肃、内蒙古、黑龙江、天津、北京、山东、河南、湖南、山西、浙江、广东、辽宁、青海、上海、湖北、重庆、福建、云南、江苏、安徽、江西等20多个省市、自治区，当然，有的地方多，有的地方少。

所属影系	省（市、自治区）	市（县、区、州）	剧团名称	主要演出区域
北方影系	内蒙古自治区	赤峰	阿鲁科尔沁旗皮影艺术团	内蒙古自治区、北京市等
			赤峰玉龙皮影文化艺术团	内蒙古自治区赤峰市红山区等
			宁城董家古装皮影戏	内蒙古自治区赤峰市宁城县等
			宁城龙雨皮影艺术团	内蒙古自治区赤峰市宁城县汐子镇等
	黑龙江	哈尔滨	哈尔滨儿童艺术剧院	黑龙江省哈尔滨市及周边地区
	辽宁	沈阳	浑南顾景恩皮影	辽宁省沈阳市浑南区及周边地区
		朝阳	凌源市旭日皮影艺术团	辽宁省朝阳市凌源市及辽西地区
			凌源英熙皮影文化产业有限公司	辽宁省朝阳市凌源市及周边地区
			喀左红星皮影团	辽宁省朝阳市喀左县洞子沟等
	河北	秦皇岛	青龙满族自治县百灵皮影剧团	河北省、北京市等
			青龙东方皮影剧团	河北省秦皇岛市青龙满族自治县大巫岚镇等
			卢龙县启明皮影团	河北省秦皇岛市卢龙县等地
			昌黎县向东皮影剧团	河北省秦皇岛市昌黎县及周边地区
		承德	平泉市皮影艺术团	河北省平泉市平房乡等
			河北省雾灵皮影艺术团	河北省承德市兴隆县及周边地区
			承德红星皮影剧团	河北省承德市及周边地区

续　表

所属影系	省（市、自治区）	市（县、区、州）	剧团名称	主要演出区域
北方影系	河北	唐山	圣灯皮影工作室	河北省唐山市乐亭县及周边地区
			滦南县皮影团	河北省唐山市滦南县及周边地区
			中国滦州皮影剧团	河北省唐山市滦州市小马庄镇等
			滦州禾丽皮影剧团	河北省滦州市
			周捞爷皮影艺术团	河北省唐山市
			迁西县燕昆皮影团	河北省唐山市迁西县兴城镇等
			郭宝皮影传承馆	河北省唐山市迁安市城区街道
			夕阳红皮影团	河北省唐山市遵化市
			天宇皮影团	河北省唐山市遵化市刘备寨乡刘南山村
		衡水	腾飞皮影戏班	河北省衡水市景县
		廊坊	庆升平乡村皮影民俗演艺文化基地	河北省廊坊市三河市
	天津	蓟州区	蓟州新城皮影队	天津市蓟州区
		宝坻区	海滨街道天锦园皮影队	天津市宝坻区
	北京	西城区	北京皮影剧团	北京市西城区
			小蚂蚁袖珍人皮影艺术团	北京市西城区
		通州区	韩非子剧社	北京市通州区
西部影戏	陕西	西安	黄河魂艺术团	陕西省西安市
			小雁塔传统文化交流中心皮影戏	陕西省西安市碑林区
			中国汪氏皮影艺术剧团	陕西省西安市

续　表

所属影系	省（市、自治区）	市（县、区、州）	剧团名称	主要演出区域
西部影戏	陕　西	渭　南	永兴坊皮影戏班	陕西省渭南市华州区胡磊村
			华县魏氏皮影剧社	陕西省渭南市华州区
			魏金全戏班	陕西省渭南市华州区
			陕西民间艺术演艺社	陕西省渭南市临渭区双泉乡
			白水县古调影子社	陕西省渭南市白水县尧禾镇麻家村
	山　西	太　原	清徐常丰皮影团	山西省太原市清徐县柳杜乡常丰村
		吕　梁	王政仁皮影剧团	山西省吕梁市孝义市高阳镇高阳村
			传统文化展演团	山西省吕梁市孝义市贾家庄村
			武俊礼皮影剧团	山西省吕梁市孝义市梧桐镇
		临　汾	侯马市皮影剧团	山西省临汾市侯马市
	甘　肃	庆　阳	环县杨登义戏班	甘肃省庆阳市环县
		定　西	甘肃通渭刘氏皮影班	甘肃省定西市通渭县常家河镇
	青　海	西　宁	大通县新艺皮影社	青海省西宁市大通回族土族自治县黄家寨镇东柳村
	重　庆	巫山县	同兴班皮影剧团	重庆市巫山县罗坪镇
	云　南	保　山	腾冲刘家寨皮影剧团	云南省保山市腾冲市
		楚雄彝族自治州	表演者：额加寿	云南省楚雄彝族自治州禄丰县
		玉　溪	表演者：王文跃	云南省玉溪市
中南部影戏	山　东	青　岛	西海岸金凤皮影艺术团	山东省青岛市西海岸新区薛家岛
			大嘴巴皮影班	山东省青岛市市南区
		烟　台	所城皮影艺术团	山东省烟台市芝罘区

续 表

所属影系	省（市、自治区）	市（县、区、州）	剧团名称	主要演出区域
中南部影戏	山东	泰安	泰山皮影艺术研究院	山东省泰安市
		枣庄	山亭皮影徐庄镇邢氏庄户剧团	山东省枣庄市山亭区徐庄镇
			鲁南山花皮影剧团	山东省枣庄市山亭区山亭街道
			山亭皮影凫城镇韩氏庄户剧团	山东省枣庄市山亭区
		菏泽	定陶荣坤皮影艺术团	山东省菏泽市定陶区张湾镇
			曹县任家班皮影剧团	山东省菏泽市曹县庄寨镇
	河南	三门峡	灵宝西车道情皮影艺术团	河南省三门峡市灵宝市尹庄镇西车村
		郑州	河南精灵梦皮影艺术团	河南省郑州市惠济区良库工舍
		南阳	桐柏县皮影艺术团彭家班	河南省南阳市桐柏县吴城镇邓庄村
			桐柏县皮影艺术团蔡家班	河南省南阳市桐柏县月河镇林庙村
		信阳	平桥区杜光金皮影戏剧团	河南省信阳市平桥区平昌镇
			罗山皮影戏新秀剧团	河南省信阳市罗山县彭新镇曾店村
			罗山弘馨皮影戏剧团	河南省信阳市罗山县周党镇同兴社区
			光山县任长明皮影戏文化传播有限公司	河南省信阳市光山县泼陂河镇黄涂湾村
	湖北	孝感	孝感市皮影艺术团	湖北省孝感市孝南区朋兴乡丹阳古镇
			张望明戏班	湖北省孝感市云梦县义堂镇好石村
			余长永戏班	湖北省孝感市云梦县曾店镇
			湖北省云梦皮影队	湖北省孝感市云梦县城关镇
			陈红军戏班	

续　表

所属影系	省(市、自治区)	市(县、区、州)	剧团名称	主要演出区域
中南部影戏	湖北	孝感	大悟县九女潭皮影团	湖北省孝感市大悟县宣化店镇
			应城市皮影艺术剧团	湖北省孝感市应城市汤池镇方集村
			应城市皮影艺术团	湖北省孝感市应城市
		黄冈	红安县华河镇皮影队	湖北省黄冈市红安县华河镇金桥村
			红安县杏花乡秦昌武皮影剧团	湖北省黄冈市红安县杏花乡长兴村
			红安县七里坪镇典明皮影艺术团	湖北省黄冈市红安县七里坪镇典明村
			红安县城关镇易杨家皮影队	湖北省黄冈市红安县城关镇易杨家村
			红安县城关镇倪赵家皮影队	湖北省黄冈市红安县城关镇倪赵家村
			红安县二程镇赵氏皮影戏团	湖北省黄冈市红安县二程镇新街村
			红安传统戏剧皮影艺术队	湖北省黄冈市红安县华河镇陈河村
			红安县杏花乡兴旺皮影队	湖北省黄冈市红安县杏花乡秦家岗湾
			中南皮影戏团	湖北省黄冈市麻城市中馆驿镇马路口村
			李先耀皮影队	湖北省黄冈市麻城市铁门岗乡谭程村
			东山皮影艺术团	湖北省黄冈市麻城市盐田河镇栗花新村
		武汉	新洲区龙丘黄冈皮影队	湖北省武汉市新洲区三店街道
			黄陂区大余湾皮影戏馆	湖北省武汉市黄陂区木兰乡

续 表

所属影系	省（市、自治区）	市（县、区、州）	剧团名称	主要演出区域
中南部影戏	湖北	天门	天门市豪城传承基地	湖北省天门市
		潜江	周矶雷谭仙潜业余皮影队	湖北省潜江市
		仙桃	仙桃江汉皮影团	湖北省仙桃市
			仙桃市江汉皮影艺术剧团	
		宜昌	夷陵区分乡徐氏皮影	湖北省宜昌市夷陵区分乡镇南垭村
			秭归皮影戏太和班	湖北省宜昌市秭归县郭家坝镇百日场村
		襄阳	沮水乐艺术团	湖北省襄阳市保康县马良镇张家岭村
		十堰	房县兴隆皮影戏班	湖北省十堰市房县窑淮乡
		神农架林区	下谷坪堂戏皮影戏剧团永和班	湖北省神农架林区下谷坪土家族乡
		恩施州	巴东皮影协会（大顺班）	湖北省恩施州巴东县沿渡河镇
	安徽	宿州	泗县古韵皮影剧团	安徽省宿州市泗县草沟镇秦桥村
		合肥	安徽省马派皮影戏剧团	安徽省合肥市
		宣城	皖南皮影戏曲艺术团	安徽省宣城市宣州区水东镇
	江苏	南京	姚其德戏班	南京市夫子庙秦淮人家酒楼
	上海	黄浦区	上海市木偶剧团有限公司	上海市黄浦区
		徐汇区	康健街道艺术团桂林皮影戏班	上海市徐汇区康健街道
		普陀区	上海马派影偶剧团	上海市普陀区
		长宁区	上海长宁民俗文化中心青梦园皮影团	上海市长宁区民俗文化中心

续　表

所属影系	省（市、自治区）	市（县、区、州）	剧团名称	主要演出区域
中南部影戏	上海	闵行区	上海七宝皮影馆	上海市闵行区七宝镇
		松江区	泗泾镇非遗传承基地	上海市松江区泗泾镇
	浙江	湖州	安吉孝丰项家皮影艺术团	浙江省湖州市安吉县孝丰镇大河村
		嘉兴	乌镇皮影艺术团	浙江省嘉兴市桐乡市西栅大街乌镇风景区
			海宁皮影艺术团有限公司	浙江省嘉兴市海宁市盐官镇
			海宁市长陆皮影剧团	浙江省嘉兴市海宁市长安镇陆泽村
		杭州	表演者：马群	浙江省杭州市上城区中国美术学院
	湖南	长沙	湖南省木偶皮影艺术保护传承中心	湖南省长沙市雨花区湖南省木偶皮影艺术保护传承中心
			长沙庆明皮影艺术团	湖南省长沙市望城区白箬铺镇
		湘潭	湘潭升平轩皮影艺术团	湖南省湘潭市雨湖区鹤岭镇凤凰村
		株洲	攸县丫江桥皮影一队	湖南省株洲市攸县丫江桥镇双江社区
	江西	萍乡	上栗县天马皮影戏文化艺术团	江西省萍乡市上栗县上栗镇绿塘村
			萍乡市湘东区永发皮影演艺团	江西省萍乡市湘东区东桥镇界头村
	福建	厦门	厦门市弘晏庄木偶皮影戏传习中心	福建省厦门市思明区曾厝垵文创艺术中心
	广东	汕尾	陆丰市皮影剧团	广东省汕尾市陆丰市
		深圳	深圳百仕达皮影艺术团	深圳市罗湖区翠竹街道
			草埔小学皮影艺术团	深圳市罗湖区草埔小学
			深圳三只猴剧团	深圳市宝安区观澜街道
			杜鹃花皮影文化艺术中心	深圳市龙岗区

每个地方的皮影戏因其渊源、剧目、唱腔、影人制法和表演技艺的不同，便和他地的皮影艺术形态有了差异。我们以甘肃省环县道情皮影戏和浙江海宁皮影戏为例，来看看它们的特色。

环县道情皮影戏是秦陇文化与周边族群文化、道情说唱曲艺与皮影艺术相结合的产物，采取"借灯、传影、配声以演故事"的手段，融民间音乐、美术和口传文学为一体。其独特性主要体现在道情音乐唱腔和皮影制作及表演上。戏班演出时，前台一人挑杆表演，并承担所有角色的做、唱、念、白的工作，后台四五人伴奏并"嘛簧"，一唱众和，其腔调粗犷高亢。道情音乐为徵调式，分为"伤音""花音"，以坦板、飞板两种速度演唱，曲牌体与板式体并存。其伴奏乐器有四弦、渔鼓、甩梆子、简板等。演唱剧目有180多部，以表现古代生活为主。

海宁皮影戏。皮影戏自南宋从中原传入海宁后，与当地的"海塘盐工曲"和"海宁小调"相融合，并吸收了"弋阳腔""海盐腔"等声腔，曲调既高亢激越，又婉转悠扬。其唱词和道白用海宁方言。其开台戏和武打戏，以板胡、二胡伴奏为主，其主腔为【三五七】【文二凡】【武二凡】【文三凡】【武三凡】【回龙】【叫王龙】等；正本戏用笛子、二胡伴奏，其声腔有【长腔】【十八板】【当头君官】【日出扶桑】【深深下拜】【上上楼】等。其影人脸谱造型既接近于京剧，又不同于京剧，它按忠、奸、贤、义的不同性格和喜、怒、哀、乐的不同表情来加以夸张塑造。为了符合剧情发展，适应操作上的艺术需要，在表演剧目时，有时候同一个人物要换几次头面。海宁皮影戏剧目近300个，有大戏、小戏和文戏、武戏之分。其皮影的主要制作特点是"少雕镂，重彩绘，单线平涂"；脸形圆活，单眼侧面；少夸张，近实像，富"人情"味；整体以单手、并足（侧身）为主。

三、皮影戏剧目的内容与艺术特征

尽管皮影戏历史悠久，但是由于多种原因，宋、元、明三代的剧本都没有留存下来，现存最早的剧本大概产生于清代中叶。

很可能在早期就没有书写的剧本，即纸质剧本，但并不是说，皮影戏的演唱就没有剧本，剧本还是有的，只不过是无文字的。在新中国成立之前，每一个地区的皮影戏，都有不依文字剧本演唱的戏班。由于多数艺人不识字，演唱的内容全凭着师徒间口传心授。当然，由于内容是靠记忆的，所以变化较大。同一个故事，不同的戏班演出的不一样，就是同一个戏班，甚至是同一个人，在不同的时间、不同的地点演出的也不完全一样。随着粗通文墨之人的加入，开始有了叙写故事梗概的"搭桥本"（湖南称"过桥本""口述本"，湖北称"杠子书"，河北称"书套子"），文雅的说法叫"提纲本"，相当于戏曲的"路头戏""幕表戏"。艺人在把握了所演唱故事的主要情节后，需要当场发挥，既可以添枝加叶，也可以"偷工减料"。为了演唱得好，显示文采，艺人大都会掌握一些"赋子"，每出现相同的场景时，就套用一下，如有皇帝早朝的场景时，就唱这样的四句："金殿当头紫阁重，仙人掌上玉芙蓉。太平皇帝朝元日，五色云车驾六龙。"空守闺房而心情郁闷的年轻妻子上场时，则袭用这样固定的诗句："闺中少妇不知愁，性惯娇痴懒上楼。想到昨宵春梦恶，对花不语自低头。"当然，这些"赋子"不是文盲艺人编写的，而是文人所作。

到了明代，随着教育的普及，许多原致力于科考的读书人，因为长期困顿场屋、功名无望，便将智力、精力与时间投入到皮影剧本的创作上，于是，皮影戏的剧目发生了根本性的变化。之前的剧目，主要来源于曲艺、民间传说和戏曲，而自此之后，产生了大量的原创性的剧目。如清代乾隆时的陕西渭南县举人李芳桂，在几次春闱失利后，为当地碗碗腔皮影戏创作了十部剧本，即《春秋配》《白玉钿》《香莲佩》《紫霞宫》《如意簪》《玉燕纹》《万福莲》《火焰驹》《四岔捎书》和《玄玄锄谷》。又如清道光时人滦州乐亭县戴家河的高述尧，因为人耿直，得罪权贵，被革除了秀才的名号，于是，他在设塾教书之暇，为皮影戏班编写了《二度梅》《三贤传》《定唐》《珠宝钗》《出师表》《青云剑》等剧目。一般来说，文人编写的剧本，比起"提纲本"或艺人自编的戏，质量上要高得多。这些剧本情节曲折，且符合生活与艺术的真实；人物形象鲜明，其行动具有内在的逻辑性；文通句顺，富有文采，唱词合辙押韵，好念易唱。

自古迄今，皮影戏的剧本，当以万计，真可谓汗牛充栋。仅陇东环县皮影戏，据 2004 年的调查，现存剧本就有 2 277 本，内容不重复的剧本有 188 本。滦州皮影戏的传统连本大戏有 415 部，传统的单出剧目则为 323 卷[①]，这些还不包括新中国成立后编创的剧目。

皮影戏剧本从素材的来源上，可以分为五大类。

[①] 魏力群：《中国皮影艺术史》，文物出版社 2007 年版，第 159—168 页。

第一类是讲史，多改编自历史演义。从夏商周起，重要人物和重大事件都有演绎，如《大舜王耕田》《禹王治水》《姜子牙下山》《吴越春秋》《战渑池》《黄泉见母》《伐子都》《马陵道》《将相和》《刺秦》《鸿门宴》《霸王别姬》《貂蝉拜月》《未央宫》《苏武牧羊》《昭君出塞》《骂王朗》《白帝托孤》《打黄盖》《单刀会》《讨荆州》《洛神》《铜雀台》《姚献杀妻》《绿珠坠楼》《秦琼卖马》《陈杏元出塞》《罗成叫关》《唐明皇哭妃》《千里送京娘》《陈桥驿》《下南唐》《打关西》《杨家将》《打銮驾》《精忠报国》，等等。

讲史剧目众多的原因在于我国民众对历史有着浓厚的兴趣，他们通过"知古"来反映自己对今日政治的诉求，并通过历史经验获得为人处世的原则，也正因为此，皮影艺人创作排演历史剧便拥有了厚实的观众基础和市场竞争力。而对于统治者来说，颂扬历史上的忠臣孝子，批判奸臣逆子，为人们树立道德榜样，无疑有利于政权的稳定与阶级矛盾的缓和，所以，具有"风化"功能的历史剧也得到了他们的鼓励。

第二类是民间故事，包括神话与传说。如《嫦娥奔月》《哪吒闹海》《天河配》《孟姜女》《赶山塞海》《大香山》《郭巨埋儿》《雪梅吊孝》《白蛇传》《花木兰从军》，等等。

第三类是非历史演义的小说。但凡著名的小说如《封神演义》《水浒传》《西游记》等，皮影艺人都会将它们改编成剧目。当然，不是原封不动地照搬，而是选择其中精彩的人物故事，重新整理改编，如将《水浒传》中的内容编成《乌龙院》《鲁达除霸》《逼上梁山》《打店》《石秀杀嫂》《丁甲山》《三打祝家庄》，等等。既可以连起来演连本的梁山好汉故事，也可以单独演出其中的折子戏。

第四类是戏曲曲艺故事，即是从戏曲剧目和说唱曲艺的曲目中改编而来，如《六月雪》《西厢记》《赵氏孤儿》《白兔记》《十五贯》《绣襦记》《铡美案》《梁山伯与祝英台》《珍珠塔》《杨乃武与小白菜》，等等。"文革"后期，许多地方的皮影戏也将《红灯记》《沙家浜》《智取威虎山》《杜鹃山》《龙江颂》《平原游击队》等"革命样板戏"映上了影窗。

第五类是根据古今生活创编的剧目。文人编写的剧本多属此类，一些篇幅不长的单出戏也是无所依傍的原创剧目，如传统剧目中的《一匹布》《卖杂货》《偷蔓菁》《怕婆娘》《董烂子卖他妈》《老顶嘴》《二姐娃做梦》，现当代剧目中的《穷人恨》《赤胆忠心》《焦裕禄》《新任支书》，等等。

尽管皮影戏剧目多改编自历史演义、民间故事、戏曲剧目、曲艺曲目等，但有许多剧目改编的幅度很大，不但情节不一样，人物的形象也大不相同，如长沙皮影戏《盘貂》虽然改编自湘剧的《斩貂》，但两者比较，差异很大，念白、唱词迥乎不同。湘剧《斩貂》中的关羽出场时这样唱道："【引】雄心赤胆汉英豪，撩袍勒马破奸曹！丹心耿耿，社稷坚牢，万马营中逞英豪，斩华雄，谁人不晓？"而皮影戏《盘貂》的关羽出场时的唱词为："【引】赤胆忠心，不知何日会桃园，徐州失散好惨凄。兄南弟北各一偏，好似鳌鱼吞钩线，各人肝胆费心间。"湘剧《斩貂》中的关羽有着"红颜祸水"的成见，对貂蝉的所作所为，极度蔑视："（唱）【乱弹腔】一轮明月照山川，推去了云雾星斗全。坐虎椅，看几本《春秋》《左传》。《春秋》内，尽都是妖女婵娟。（白）我想权臣篡位，即董卓父子；妖女丧夫，即貂蝉也！"最后毫不留情地将她杀死。而皮影戏《盘貂》中的关羽在听了貂蝉用美人计引起董卓、吕布父子争风吃醋而致董卓丧命的介绍后，以肯定的语气评价道："若还不把美人计献，眼见这汉江山归了董奸。"他欣赏貂蝉的智慧，准备将她送给兄长刘备，给她更好的前程："貂蝉女她生来嘴能舌变，几句话说得某喜笑连天。但愿某大哥早登金殿，封你个班头女子靠君前。"

依据篇幅的长度，皮影戏又可以分为折子戏、连本戏、单出戏。折子戏是一部戏中的一折，多数有一个相对完整的情节，如《游西湖》《拜佛》《精变》《盗草》《水漫金山》《断桥》《合钵》《宝塔压白蛇》《祭塔》是连本戏《白蛇传》的折子，因全本《白蛇传》需要几天才能演完，若时间不允许，可以演出其中的一个或几个折子戏。连本戏规模较大，没有五六个演出单元时间演不完，有的需连演一个多月，如《封神榜》《西游记》《杨家将》《包公案》《施公案》《江湖二十四侠》等。折子戏和连本戏的关系是整体和部分的关系，将内容相关的折子戏连起来就是一个整体，分开来就是折子戏。单出戏是叙事完整但体量不大的戏，往往又称为"小戏"，如《打面缸》《小姑贤》《教书谋馆》《嘎秃子闹洞房》《八仙过海》《兰香阁》《聚宝盆》等。浙江海宁皮影戏选出一些武打的折子戏做"开台戏"，活跃演出的气氛，常演的开台折子戏有《闹龙宫》《闹地府》《闹天宫》《火焰山》《快活林》《蜈蚣岭》《潞安州》《凤凰山》《打石猴》《南天国》《金沙滩》《两郎关》《烈火旗》等。

皮影戏和戏曲，在叙事的立足点上不完全一样。戏曲完全为代言体，每个角色为所扮演的人物代言，而皮影戏受说唱艺术的影响，为代言体和叙事体的结合。

如滦州皮影戏《珍珠塔》中的一个片段：

天子：（唱）天子一见吃一惊。这刺客，甚是凶。杀败侍卫，怎把朕容？忙把宫人叫，赶快撞金钟。聚起阖朝文武，救驾保护主公。惊慌失色逃了命。

陈春：（唱）陈春追，抖威风，提刀前往，上下冲锋，（代白）昏君哪里逃生！

无论是皇帝还是陈春，他们的唱词，代言体与叙述体都是混合在一起的。

皮影戏剧本歌唱多而念白少，唱词的语言通俗易懂，如同常语，但是合辙押韵。如滦州皮影戏《紫荆关》中的一段唱词：

姑嫂二人寻车辆，庄稼地里把身藏。何处万恶贼强盗，行路竟敢抢女娘。

不知何人来救护，你我得便逃了祸殃。也不知哥哥/相公怎么样？唯恐追贼受了伤。

叹咱鞋弓袜又小，不能急快转家乡。恐怕贼人来追赶，汗透衣衫心发慌。

北方的皮影戏唱词，所用韵辙一般有十三道，其名目是：发花、梭波、乜斜、一七、姑苏、怀来、灰堆、遥条、由求、言前、人辰、江阳、中东。之外，还有两道儿化韵的小辙。通常是偶句押韵，压在句末的字上。押平声韵的叫"正韵"，押仄声韵的叫"硬辙"或称"反辙"。南方的方言较多，之间的差别很大，因而南方皮影戏唱词的用韵各地不一样。以吴语地区为例，其唱词的用韵共有十一部，分为阳声韵四部，为东同部、江阳部、真亭部和寒田部；阴声韵七部，为支鱼部、灰回部、萧豪部、皆来部、歌模部、家蛇部和尤侯部。当然，皮影戏的唱词格律没有诗、词或昆曲的曲律那么严格，只要顺口易唱即可。

每一个地方的皮影戏唱腔与流传于该地域的地方戏声腔有着紧密的关系。若皮影戏后起于地方戏，那它就会运用戏曲的曲调，其唱腔与当地戏曲剧种的唱腔基本相同。如陕西、甘肃、宁夏的许多皮影戏多是用秦腔的曲调演唱，长沙一带的皮影戏用湘剧曲调演唱。若是由皮影戏为基础发展起来的戏曲剧种，当然唱的就是皮影戏原先的曲调，如流行于河北唐山一带的影调剧所唱的【平调】【花调】【滦河调】【吟腔】【硬唱】就是当地皮影戏所唱的；现为戏曲剧种的碗碗腔是在皮影戏基础上发展起来的，主要曲调自然还是原先皮影戏所唱的。后一种情况说明，有一些皮影戏已经形成了自己的曲调体系，如滦州皮影的原始曲调为"九腔十八调"，九腔即【梅花腔】【柔腔】【琴腔】【一字腔】【小银腔】【小东腔】【西门腔】【凤凰腔】【纺车腔】，而每腔上下两句的曲调不一样，故成"十八调"；之后，吸收了戏曲和俚歌俗曲的曲调，渐渐由单调而变得丰富起来。

皮影戏剧目的主旨是鲜明的，传统剧目的思想性主要表现在三个方面：一是颂扬忠君爱国之臣的赤诚无畏的精神，二是高度肯定青年男女之间纯真的爱情，三是赞扬慈悲仁爱、行侠仗义、坚忍不拔的品质。而对那些少廉寡耻、自私自利、残忍酷虐、行奸贪婪之人，这些剧目则予以无情的批判。

皮影戏剧目大多故事情节丰富曲折，引人入胜，尤其是连本大戏，能让观众欲罢不能。如海宁皮影戏《聚宝盆》（又名《李金煌买鱼放生》）故事略云：

> 宋时，书生李金煌之父李天笙升为兵部尚书，但不久遭权奸何荣所害而被打入天牢。朝廷命杨文广率军抄家，杨同情李家，掩护其全家逃逸。金煌之叔李天帛与妻为武人，上首阳山为王；金煌与母亲逃至成都，落在瓦窑讨饭度日。其时，成都知府王天佑为官不廉，其女桂香力劝改邪归正，天佑怒，遣家丁上街找一叫花子，逼女嫁之。桂香恨，不带走王家一件衣物，匆匆随叫花子而去。叫花子乃李金煌也。金煌携桂香至瓦窑，见李母，一家相依相亲。桂香有一金钗，让金煌典当后买线绣花度日。不久桂香有孕，金煌欲为桂香煮鱼汤，上街买得鲤鱼一条，然见鱼可怜，放生而去。不料鱼乃是龙宫三太子。后龙王为酬答救子之恩，送来聚宝盆一只，恰逢桂香分娩，生子便名"得宝"。龙王又献大宅予金煌，使之顿成巨富，金煌感恩，改姓为敖，人称"敖百万"。李天帛为惩贪官，劫了绵迪县库银，朝廷命已升为总督的王天佑缉查。王与绵迪县令有隙，不但不查，反而耻笑他。县令怒，上告。王被罚银六十万两，无奈去敖百万家借银，见到了女儿桂香，天佑认罪。后何荣与弟何延海奸事败露，李天笙获释封相；天帛归顺，为兵部侍郎；金煌亦得官，后李得宝被皇上招为驸马。

皮影戏剧目所叙述的故事大都具有传奇性，根本原因是为了迎合观众的审美需要。在旧时的中国，处于底层社会的劳动人民，生活极为单调，日出而作，日落而息，生产与生活是重复的、机械的，因而是乏味的。没有色彩的日子，必然导致身体的疲惫和心理的压抑，而传奇性的故事能如一剂"强心针"，为他们劳苦平淡的生活带来精神的抚慰与快感。另外，再平凡卑微的人都有追求"卓越"的心理，然而，"卓越"并非人人可以实现，但可以借助传奇性的人物和故事来表达自己"卓越"的理想，并获得间接的"卓越"感受。

连本戏的表演和唱白，较为严肃，而小戏因为贴近生活，角色又均为小人物，其言语举止幽默诙谐，或调侃，或自嘲，剧情轻松自如，具有喜剧的风格，如《王七怕老婆》《刘捣鬼》《老渔婆劝架》等。

新中国成立之后，皮影戏界为适应时代需要、拓展观众面，创作了一批短小精悍、生动活泼的童话寓言戏，代表剧目有《鹤与龟》《两个朋友》《野心狼》《东郭先生》《小羊过桥》《小猫钓鱼》《雀之灵》《两只公鸡》《狐狸与乌鸦》《三只老鼠》等。今天皮影戏之所以还有一些生命力，主要是靠为孩子们演出的这类剧目。

历史悠久、曾经遍布全国绝大多数省份的皮影戏，在城市化与现代化进程中，逐渐失去昔日的风光，但是，因受国家非物质文化遗产法的保护和对旅游经济的融入，它会在相当长时间内生存着，或者变更自己的功能，譬如皮影造型像书法、绘画一样成为家庭或一些场所的装饰品。就剧本而言，它们的生命力不会因为整个皮影戏艺术的衰萎而衰颓，反而会因时间的推移而不断地增强，因为它们汇集了千万个故事，能为今日文艺创作提供大量的素材；它们所反映的政治理想、宗教信仰、艺术趣味等会成为今人和后人了解民族过去的精神世界的信息库；它们表现的方言土语、民俗画面、社会活动、生产过程等具有宝贵的学术研究价值。就是作为普通的读物，它们至少也会像明清白话小说一样，给人们带来审美的愉悦。正是考虑到这样的意义，我们才选择它们中的一些精品，整理出版，以飨读者。

编 校 说 明

本丛书第1—10卷主要收录华北、东北地区的皮影戏剧目，对于剧本的编订整理遵循以下原则：

一、所收录的均是当地演出频繁且为百姓喜闻乐见的剧目，剧本以民间手抄本为底本。

二、编校整理时，一律保持剧本原貌，除注释某些较为难懂的方言、俗语外，主要是改正错别字、校补漏字等，在内容上不做改动。对于影响剧情内容的错讹则以按语的形式予以标注。

三、对于演绎历史故事的剧本，其历史人物姓名、地名仍用其称呼，以保持剧本原貌。

四、为便于读者把握剧情，在每个剧目的开篇处设有"故事梗概"，在每本戏的前面设"剧情梗概"，以总括主要情节、提示剧情进展。

五、由于皮影戏剧本的传承大多是口耳相传，手抄本中的很多人物身份及行当都没有标示清楚，为保持作品原貌，"主要人物及行当表"一仍其旧，缺失部分未予增加。

目 录

华北东北皮影戏概述 ·· 1

万 宝 阵

主要人物及行当表 ·· 9
  第一本 ·· 11
  第二本 ·· 43
  第三本 ·· 74
  第四本 ·· 102
  第五本 ·· 133
  第六本 ·· 162
  第七本 ·· 193
  第八本 ·· 221
  第九本 ·· 253

大 金 牌

主要人物及行当表 ·· 283
  第一本 ·· 285
  第二本 ·· 311
  第三本 ·· 337
  第四本 ·· 364

第五本 …………………………………………………………………… 398
第六本 …………………………………………………………………… 425
第七本 …………………………………………………………………… 453

华北东北皮影戏概述

华北、东北的地域范围，为今日之河北、内蒙古、北京、天津、辽宁、吉林、黑龙江等地，而这一地域的皮影戏当以滦州为中心。

滦州，在今河北省唐山市，乐亭曾隶属于滦州，故外人将产生在这里的影戏称之为"滦州影""乐亭影"或"唐山皮影"等。

那么，这一地域的皮影来源于何处？据现有文献来看，当是中原一带。徐梦莘《三朝北盟会编》卷七十七"靖康二年正月二十五日乙卯"条记载道：

>金人来索御前祗候、方脉医人、教坊乐人、内侍官四十五人；露台祗候、妓女千人，蔡京、童贯、王黼、梁师成等家歌舞宫女数百人。先是权贵家舞伎内人，自上即位后皆散出民间，令开封府勒牙婆媒人追寻之。……杂剧、说话、弄影戏、小说、嘌唱、弄傀儡、打筋斗、弹筝、琵琶、吹笙等艺人一百五十余家，令开封府押赴军前。开封府军人争持文牒，乱取人口，攘夺财物，自城中发赴军前者，皆先破碎其家计，然后扶老携幼，竭室以行。亲戚、故旧涕泣，叙别离相送而去，哭泣之声，遍于里巷，如此者日日不绝。①

由此可见，至迟在金代时，北方就有了皮影戏。元蒙时期，皮影戏已经成了皇室欣赏的一种艺术形式。瑞典学者多桑（C. d'Ohsson）在他的蒙古史中说："有汉地人在窝阔台前作影戏，影中有各国人。其间有一老人，长髯，冠缠头巾……"②

然而，北方的"滦州影"却没有在金元明清的文献上出现过，直到了民国年间，才有一位叫李脱尘的皮影艺人说他从别人那里得到了一本《影戏小史》，他在此基础上写成《滦州影戏小史》。此书问世后，多被研究皮影的学者引用，佟晶心在《中国影戏考》中引述云：

---

① （宋）徐梦莘撰：《三朝北盟会编》（影印本）上册（靖康中帙五十二），上海古籍出版社1987年版，第583—584页。

② [瑞典]多桑著，冯承钧译：《多桑蒙古史》上册，中华书局1962年版，第206页。

我国自影戏发端于前明嘉靖年，首创者为永平府属滦县人黄素志君。黄君，一生员也，博学而兼精雕刻、绘画。因连仕不第，遂游学关外（即山海关），至辽阳，设帐教读，启蒙该地幼童。惟黄先生素崇佛教，每见社会人心不古，奸诈邪淫，五伦反覆，思挽救之，始有影戏之作。初编制之影戏脚本为《盼儿楼》，系述周昭王误信偏妃之言致使夫妻父子离散，若许苦痛因而生焉，百姓小民更遭涂炭。黄君作影辞毕，复思如何现身说法以使芸芸众生易于了解，遂用厚纸刻成人形，染以颜色。然纸质易坏，屡经修改未获良法。黄君之弟子裴生，敏慧异常，每见先生雕刻，己则思维。后见先生屡次失望，便思以羊皮刮净毛血而刻之或能奏效。因以其意见述之乃师，黄先生采其言，试用果较纸人美观而坚实。后思忠奸邪正、君子小人宜如何分别方能使人一目了然，后于《孟子》书中得之，以眼目之形状分之。大概凡奸人必目似瓜子形，丑角眼外有白圈，即用外表以辨明其内心也。①

但一些学人对于有无黄素志其人持怀疑态度。但无论如何，"滦州影"在明代已经成熟，是一事实，因为在1958年，唐山专区文教局发现了一本标明为"明万历己卯年（1579）手抄"的连台本乐亭影卷《薄命图》，该本行当齐全，唱词有"十字赋"、七字句、"三赶七"等②。

　　因"滦州影"剧目数以百计，剧旨积极向上，故事内容丰富，情节传奇曲折，人物形象鲜明，唱腔悦耳动人，所以不断地向外扩展，几乎传播至整个华北、东北。自民国年间皮影艺术进入学术研究领域之后，所有的学者都一致认为华北、东北的皮影戏的源发地在滦州。

　　顾颉刚说："而负盛名之滦州影戏，则河北东部及东北各地尚为其领域。"③

　　江玉祥将影戏划分为七大系列，其中"滦州影戏，包括河北东部皮影、北京东城皮影、东北皮影、内蒙古皮影"④。

　　秦振安认为："滦州影系，以河北省之滦州（即今之昌黎、滦县、乐亭三县）

---

① 佟晶心：《中国影戏考》，《剧学月刊》第3卷第11期，1934年11月。
② 庞彦强、张松岩主编：《燕赵艺术精粹：河北皮影·木偶》，花山文艺出版社2005年版，第24—25、36页。
③ 顾颉刚：《中国影戏略史及其现状》，《文史》第19辑，中华书局1983年8月，第135页。
④ 江玉祥：《中国影戏》，四川人民出版社1992年版，第196页。

为中心。活动范围，遍及河北全境、北京及天津两特别市和东北各省。"①

魏力群通过调查后得出这样的结论："清代道光年间至二十世纪三十年代，许多乐亭人到东北各城镇做生意，也就将家乡的影戏带到了东北。起初，这些影戏只在东北农村和小城镇流动演出，后来，乐亭县'翠荫堂班''王华班'等，先后应大商号之邀赴东北大城市沈阳、哈尔滨、营口等地进行职业演出，并获得巨大成功，使乐亭影戏很快风靡东北三省，为东北当地原有影戏充实了新的内容和形式，又结合当地风俗及语言条件的影响，形成了不同的演唱风格和流派。"②

一些地方志也证实了学者们的说法。吉林省《怀德县志》云："光绪末年，河北省乐亭县移民杨德林等人迁来秦家屯，他们组织皮影戏班，并于乐亭县购进全部影箱、影卷，使皮影戏在怀德落了户。王老箭、于和、孙建、孙跃等为当时四大皮影名人。……艺人除在本地坐堂演出外，还到梨树、双辽、长岭、农安、黑龙江等地演出。"③ 因此，我们将华北、东北的皮影戏合成一卷。

华北、东北皮影经历了影经、流口影与翻卷影三个阶段。影经相当于故事提要，艺人在此基础上充实细节；流口影的内容相对于影经要固定一些，是师徒之间、艺人之间口耳相传的；到了翻卷影，才有了文本。之所以有影经与流口影，是因为彼阶段艺人们多是文盲，不具备阅读文本的能力。到了清代中叶之后，不能翻阅文本的艺人，说唱的随意性太大，无法保证表演的艺术质量，基本上是不受欢迎的，因而艺人多成了识字之人。

经过几百年数代艺人的创造，华北、东北的皮影戏影卷繁富，有上千个之多。其中大多数采用了其他文艺形式的故事，有的改编自章回小说，如《封神榜》《凤岐山》《伐西岐》《前七国》《后七国》《五雷阵》《吴越春秋》《六国封相》《反樊城》《重耳走国》《临潼斗宝》《楚汉相争》《九里山》《白莽山》《东汉》《三国》《瓦岗寨》《隋唐》《江流记》《二度梅》《小西唐》《中西唐》《大西唐》《薛丁山征西》《罗通扫北》《薛刚反唐》《打登州》《破孟州》《天汉山》《绿牡丹》《西游记》《五色英雄会》《刘金定救驾》《杨家将》《天门阵》《牤牛阵》《岳飞传》《五虎传》《九龙山》《十粒金丹》《三侠五义》《金鞭记》《飞龙传》《水浒传》《济公传》《大

---

① 秦振安编著：《中国皮影戏之主流——滦州影》，台湾省立博物馆出版部1991年版，第31页。
② 魏力群：《冀东乐亭皮影戏》，《神州民俗》2013年第206期。
③ 怀德县志编纂委员会编著：《怀德县志》，吉林文史出版社1996年版，第769页。

明英烈》《香莲帕》《于公案》《彭公案》《施公案》《刘公案》，等等；有的来自戏曲，如《蝴蝶梦》《昭君出塞》《狸猫换太子》《渔家乐》《灵飞镜》《蕉叶扇》《五龙图》《目连救母》《党人碑》《宝莲灯》《雷峰塔》《六月雪》《百花亭》《混元盒》，等等；还有的源自民间故事、宝卷、评书、鼓词、弹词等文艺形式。

　　到了清末之后，创作新影卷成了风气。如创作了《二度梅》《三贤传》《定唐》《珠宝钗》《出师表》和《青云剑》六大部影卷、达百万字之多的高述尧，为清嘉道时人，县诸生，居于乐亭城北关帝庙于庄（今代家河于庄），满族。他博学多才，屡试不第后，在家设塾教学。因性嗜影戏，谙熟音律，便在教学之余，创编影卷。他对影戏唱词结构进行了规范化的整理，摒弃了一些"杂牌子"，规范了"大、小金边"的格律，扩大了"硬辙"的使用范围。所编影卷，艺人视为范本之作①。在高述尧之后，华北、东北许多地方的文人热衷于影卷的创作，如清末辽宁锦县大齐屯齐二黑撰写了《五峰（锋）会》，其女又续写了《平西册》；辽宁凌源北炉乡平房村举人任善树（字老玉）撰写了《十粒金丹》；辽宁喀左县李杖子村皮影艺人李文然（1912年生）于二十世纪三十年代编撰了《丝绒带》《鲛绡帐》《万灵针》等。

　　新中国成立之前的传统影卷在内容与艺术上有三个特点：一是剧旨宣扬忠孝节义，二是情节曲折离奇，三是染上了地方特有的文化色彩。当然，编创者都是站在底层大众的立场上，以他们的伦理观、价值观来衡量是非，并表现他们的生活理想。如歌颂"忠君"的品质，很多故事中的"君"，尽是明君，而绝不是昏君，这明君等同于国家，"忠君"实际上就是忠于国家。而对于昏君，不管是哪朝哪代的，影卷都是大加挞伐。再如对女性形象的描写，虽然也以男性的视角写她们愿意在一夫多妻的婚姻中生活，但她们对于男人的选择却是主动的、积极的、高标准的。

　　新中国成立之后，为了迎合时代的需要，华北、东北的皮影戏的影卷内容发生了显著的变化。首先在剧旨上，体现出主流意识，即揭露封建社会的黑暗和统治阶级的残酷无道、歌颂劳动人民高尚的品质、宣扬爱国主义精神等。其次多以现当代的社会生活为题材，以革命战争时期的英雄和社会主义建设时期的工农兵为主要人物。再次以神话、童话为题材，充分考虑儿童的审美趣味。作品如《九

---

① 张军：《滦州影戏研究》，大象出版社2010年版，第148—149页。

件衣》《芦荡火种》《女游击队员》《焦裕禄》《红管家》《大闹天宫》《乌龟与兔子》《嫦娥下凡》,等等。

影卷的唱词结构形式有七字句和"十字锦""五字赋""三赶七""大金边""小金边""楼上楼""赞"等,总的来说,较为自由,编创者可以根据叙事、抒情与表现人物性格的需要而选择某种表达形式。

皮影戏艺人在表演时以"影卷"为脚本,依字来建构唱腔。唱词须合辙押韵,一般来讲,有十三辙,即中东、衣期、言前、灰堆、梭波、遥迢、麻沙、人辰、由求、包邪、姑苏、江阳、怀来等。编创者会根据不同行当、人物性格和情节需要,尽量选用适合的辙口。旦行较多使用"衣期""包邪""灰堆""由求"等,生行多用"江阳""中东""言前"等。由于韵母所含的字有多有少,含字多的叫宽辙,含字少的叫窄辙,也叫险辙。如"包邪"辙,平声字少,仄声字多,有文字功底的人才能够运用得恰到好处。押平声的叫"正辙",押仄声的叫"硬辙"或"反辙"。

以"滦州影"为中心的华北、东北皮影戏,所唱的曲调有平调、悲调、花调、侉调、梦调、游阴调、还阳调、凄凉调等调式。"平调"是基本唱腔,男、女腔皆可用,它既能用于抒情性的唱段,又可用于叙事的唱段。"花调"是在平调基础上通过装饰、加花等手法发展而成,唱腔华丽,用于表现欢快、活泼、诙谐的情绪,在传统剧目中,为彩旦、花旦、小旦和丑专用,板式运用上只有大板和二性板。"凄凉调"也叫"路途悲",用于表现悲哀凄凉的情绪,女腔专用,唱腔速度慢,擅长抒情和叙述,多用于怀念、回忆和痛苦之处。"悲调"一般为大板、二性板,速度缓慢,男、女腔皆有,用于表现声泪俱下、悲恸欲绝的感情,曲调如泣如诉,线条起伏很大,源于当地妇女失去亲人悲极痛哭的音调。"游阴调"传统上是人死后到阴间变成鬼魂时专用的唱腔,因为用途的局限性,很少演唱,也没有严格的规范。"滦州影"还有一个特殊的唱法,即用手指掐捏着喉头,控制声带而发出声音的歌唱。[①]

华北、东北的皮影戏,近年来一直处于衰落的状态。但由于许多地方将它们列为"非物质文化遗产"而得到传承,政府和业界正在按照"创新性发展、创造性转化"的精神,努力探索,让它能与时俱进,从而重新获得观众的喜爱。

[①] 刘荣德、石玉琢编著:《乐亭影戏音乐概论》,人民音乐出版社1991年版,第137—237页。

万宝阵

杨明忠　王晶晶　整理

【故事梗概】齐宣王在位期间,妻钟无盐南征北讨,让齐国成了魏、燕、楚、赵、齐五国之首。齐宣王接到五祥山李天雄反表,大怒,命钟无盐领兵讨伐。钟无盐在青龙关与敌人对战时得了卸甲风,玉虚宫惧留孙派徒弟田文下山搭救。钟无盐又邀李凤英前来助阵,封之为兵马大元帅,外加归宁侯之职,随征众将任她调遣。待毒妇血与高堂草这两宗镇物集齐后,钟无盐便要攻打妖兵阵。先锋关文义负责巡营防备贼人,忠顺王攻打关城,将军袁有吉将镇物揣在怀中,入阵泼洒高堂草和毒妇血。多宝道人又在白虎关摆下一座金刀阵,以捉拿阐教众仙。钟无盐追赶妖道,入了金刀阵,受伤而回,田文只得上飞龙山请陆压大仙帮助。铜背道人、多宝道人等助李天雄攻打齐国,齐国则得到了南极子、骊山圣母及惧留孙、陆压等法师的帮助,破了金刀阵,收了众多宝物。齐国围攻五祥山,李天雄在多宝道人的劝说下迎敌备战,通天教主带领截教众弟子以万宗宝物摆下万宝阵式。太上老君得知三弟通天教主摆下万宝阵,分派众仙破阵。李天雄见万宝阵将破,归顺齐营。众仙回山,齐营人马班师回朝。

主要人物及行当表

齐宣王：齐国国君，白面天子
钟无盐：齐国王后，武旦
晏　婴：齐国丞相，武生
田　敏：齐国大司马，武生
张　奎：齐国护国大将军，红面都督
田　坤：齐忠顺王，反面小生
邱　引：五祥山之军师，反面妖道
白太玉：五祥山之靠山王，反丑将
色　红：五祥山之大都督，小反丑
李天雄：五祥山反王，白面带髯
李天杰：李天雄之弟，老武生
惧留孙：玉虚宫道人，仙长
白　宣：齐军右护卫，武生
廉赛花：齐忠顺王妃，花旦

李凤英：元霞圣母弟子，将帅武旦
关文义：齐军左护卫，武生
古娄道人：川山道人弟子，丑妖
袁有吉：广成子弟子，绿面带髯
川山道人：黑风山仙人，丑妖
卜　高：五祥山之总兵，武生
王寡妇：王玉梅之母，老旦
王玉梅：元霞圣母弟子，闺门旦
长耳定光仙：通天教主弟子，仙长
通天教主：鸿钧老祖三弟子，道长
燃灯道人：元角洞道人，道长
广成子：崆峒山道人，道长
云中子：终南山道人，道长
多宝道人：通天教主弟子，丑妖

丹灵圣母：通天教主弟子，丑妖
金灵圣母：通天教主弟子，丑妖
白玉香：白宣之妹，闺门旦
色中玉：色红之女，闺门旦
色中贵：色红之子，丑扎
宋　豹：白太玉外甥，反面武将、黑矮
李天蓉：李天雄之妹，反面武旦

达　摩：雷音寺禅师，紫面
太上老君：鸿钧老祖大弟子，道长
元始天尊：鸿钧老祖二弟子，道长
通天教主：鸿钧老祖三弟子，道长
鸿钧老祖：道祖
姬仁英：周大司马，白面文官

第 一 本

【剧情梗概】齐宣王在位期间,妻钟无盐南征北讨,让齐国成了魏、燕、楚、赵、齐五国之首。一天,齐宣王接到五祥山李天雄反表一道,上写着若三月供奉不到,要大起人马,征讨东齐。齐宣王大怒,命妻子钟无盐领兵讨伐,为天下除害。惧留孙拜元始天尊为师,在飞云洞修炼,命徒弟田文下山,一来让田文认他父母,二来好解钟无盐之危。田文本领高强,会遁土之术。钟无盐在青龙关与敌人对战时得了卸甲风,连日卧床不起,皇儿田坤紧守大营。叛军邱引常常挑战,齐营只能高悬免战牌。田文到后,出战邱引,邱引战败,随后求来古娄道人下山助阵。

(摆朝,四将站)

众　将:(诗)日月开昌运,山河壮帝基。

　　　　　　漏声催晓箭,文武两班齐。

晏　婴:(白)下官丞相晏婴。

田　敏:下官大司马田敏。

张　奎:下官护国大将军张奎。

田　坤:本御忠顺王田坤。

众　将:王驾升殿,分班伺候。

(出齐宣王)

齐宣王:(诗)大义尊周立家邦,七雄五霸各称强。

　　　　　威震列国诸侯惧,尤笑先人事业长。

(白)孤齐宣王在位。自从太祖以来,桓公就和诸侯魏燕楚赵乃成五霸。我乃五霸之首,继承先祖之志,欲使天下一统。多亏孤家御妻南征北讨、东挡西杀,孤才得太平。今设早朝,侍儿,传孤口谕,有本早奏,无事散朝。

侍　儿:领旨。有本早奏,无事散朝。

晏　婴:且慢。

齐宣王:何人有本?

晏　　婴：晏婴有本。

齐宣王：随旨上殿。

晏　　婴：千岁，臣晏婴接到五祥山李天雄反表一道，请主御览。

齐宣王：呈表上来，丞相归班。

晏　　婴：千岁。

　　　　　（唱）呈上表文归班位，齐王展表看分明。
　　　　　　　上写着：
　　　　　　　五祥山王特晓谕，吩咐东齐仔细听。
　　　　　　　自从孤家立事业，列国诸侯胆颤惊。
　　　　　　　诸王纳献都进贡，唯你东齐不顺从。
　　　　　　　不与孤家来进贡，本该问罪兴大兵。
　　　　　　　只恐黎民遭涂炭，陡起干戈不容情。
　　　　　　　因此通表来问罪，即刻差人纳进奉。
　　　　　　　限你三月若不到，惹恼孤王定不容。
　　　　　　　大起人马要征战，定把东齐一扫平。
　　　　　　　拿住昏王着刀剁，丑妇无盐用油烹。
　　　　　　　话不言多特吩咐，

齐宣王：（白）咳呀！

　　　　　（唱）看罢反表瞪双睛。
　　　　　　　列国诸侯将尔惧，孤家早已气不平。
　　　　　　　竟敢藐视我齐国，胆大狂徒要逞凶。
　　　　　　　孤王明日发人马，定把五祥山一扫平。
　　　　　　　带怒传旨把朝散，

　　　　　（白）李天雄欺孤太甚，明日挑选人马定要扫平贼寇，方消孤恨。

　　　　　（诗）反贼无端起狼烟，惹动风尘不得安。（下）

　　　　　（出钟无盐）

钟无盐：（诗）异容不合体淑贞，志在安邦定国心。

　　　　　（白）哀家钟无盐，乃仓山人氏，齐宣王纳为正宫，只因生就青面红发，圣上憎嫌，屡次谋害，受过多少艰险。自从廉颇兵困郯城，我匹马单刀救驾还朝，君妻才得和美。这也不在其言，今日大王升殿，如何不见到来？

（上官女）

宫　　女：启禀娘娘千岁，圣驾回宫。

钟无盐：待我迎接。（下，内白）大王千岁，小妃接驾。

（上齐宣王、钟无盐）

齐宣王：御妻平身。

钟无盐：是。千岁息怒，小妃未曾远迎，当面恕罪。

齐宣王：不必多礼，坐下讲话。

钟无盐：谢过千岁。大王回宫，为何面带不悦之色？

齐宣王：御妻不知，只因五祥山李天雄藐视齐邦，下表催贡。孤家定要兴兵灭贼，与天下诸侯除害，不知御妻有何主见？

钟无盐：依小妃看来，兴兵灭寇乃为正理。

　　　　（唱）自从小妃归王驾，屡次遭害受颠危。
　　　　　　　幸亏我主多明鉴，辨出贤愚是与非。

齐宣王：（白）从前得罪御妻乃我之过也，御妻不必提了。

钟无盐：（唱）蒙君不弃终聚会，君妻和好笑齐眉。
　　　　　　　数年以来太平日，如今又反五祥山贼。
　　　　　　　连环战表来催贡，王爷不悦动天威。

齐宣王：（白）只好孤家亲身一往。

钟无盐：（唱）千岁何必亲身去，不必擅动有小妃。

齐宣王：（白）只怕御妻不能取胜呐。

钟无盐：（唱）我主忘了昔年事，兵困郯城却得谁？

齐宣王：（白）多得御妻救孤还国。

钟无盐：（唱）廉颇父子逞强暴，却是何人救驾回？
　　　　　　　那时小妃领人马，杀得吴越片甲不归。
　　　　　　　如今天雄又造反，何须亲自去平贼？
　　　　　　　还得小妃领人马，剿灭天雄奏凯回。

齐宣王：（白）一路关隘阻拦，恐怕不能得胜。

钟无盐：（唱）不是小妃夸海口，天雄小辈有何能力？
　　　　　　　大兵一到必扫灭，

齐宣王：（唱）连连点头说使得。

　　　　　　吩咐宫人摆酒宴，
　　　　（白）孤家明日传旨挑选精兵三万，战将百员，任凭御妻调遣。
钟无盐：别者不用，就命忠顺王田坤为前部先锋、关文义、白宣为左右先锋，老将张奎押粮运草，准备明日兴兵便了。
齐宣王：御妻言之有理。侍儿，摆宴与国母饯行。
侍　儿：领旨。（下）
齐宣王：（唱）御妻领兵扫狼烟，专等班师奏凯还。（下）
　　　　（出四反将）
众　将：（诗）茅亭帐下立兵将，全凭奥妙定家邦。
　　　　　　刀马从来无对手，威服列国俱投降。
李天杰：（白）孤家二大王李天杰。
邱　引：出家人邱引。
白太玉：靠山王白太玉。
色　红：俺大都督色红。
众　将：王爷升帐，在此伺候。
　　　　（出反王李天雄坐）
李天雄：（诗）志大心雄胆气刚，全凭刀马定家邦。
　　　　　　雄心欲服东齐国，方显英名天下扬。
　　　　（白）孤李天雄，本系晋国人氏，生来力大无穷，爱习刀马。自从老主归天，孤家不肯擅舍，暂居高山，招贤纳士。数年来收了军师邱引、大都督色红、靠山王白太玉，养有雄兵百万，共成大事。杀得列国诸侯闻风丧胆，都与孤王纳粮进贡，唯有东齐宣王不与孤家进贡。他仗着丑妇无盐刀马纯熟，与孤对抗。孤家甚是不悦。前者打去战表问罪，想他必发人马前来交战。孤家只得做好准备。众将官，俱已来齐？
合：我等早来伺候。
李天雄：侍立两旁，听孤差遣。
　　　　（唱）自从老主归天去，孤家支撑五祥山。
　　　　　　多得众将相辅佐，又仗军师法术全。
　　　　　　御弟天杰刀马勇，公主刀马是仙传。
　　　　　　因此聚义成大事，杀得列国心胆寒。

　　　　　各国闻名都进贡，唯有东齐小看咱。
　　　　　不与纳粮还罢了，缺少通问理不端。
　　　　　老主去世好几载，并未来到五祥山。
　　　　　因此怀恨心中恼，要夺临淄锦江山。
　　　　　前者打去连环表，催贡为由问罪愆。
　　　　　久闻丑妇多骁勇，怀揣谋略妙法全。
　　　　　孤家只得早准备，叫她难到五祥山。
　　　　　各关虽有人把守，还得委派大将官。
　　　　　青龙乃是要路口，各路关隘保着全。
　　　　　军师邱引听吩咐，一同二弟掌兵权。
　　　　　镇守青龙关一座，阻挡齐兵莫放进。

邱引、李天杰：（白）得令。

李天雄：（唱）又呼靠山王白太玉，带领人马整五千。
　　　　　此去镇守黑雄岭，齐兵若来死无还。

白太玉：（白）得令。

李天雄：（唱）都督色红听传令，
　　　　（白）你带领五千人马一同家眷镇守白虎关，莫叫齐兵犯境。

色　红：得令。

李天雄：（唱）欲要胜人先算计，何愁不得胜东齐。（下）
　　　　（出惧留孙）

惧留孙：（诗）修身养性做神仙，全凭研发与炼丹。

　　　　（白）小仙惧留孙修炼在夹龙山飞云洞，拜玉虚宫元始天尊为师。自从天
　　　　　阐两教主不合，大破杀戒。三教主摆下一座万仙阵，多得师父下山讲和，
　　　　　恪守清规，数百年来太平无事。昨日闲观乾象，今有齐国钟无盐。她乃
　　　　　牡丹星下界，该有大难。我只得命徒儿下山，一来认他父母，二来好搭
　　　　　救牡丹星之危。田文哪里？快来！

田　文：来了，老师父在上，弟子叩首。

惧留孙：不消。坐下，听为师指引与你。
　　　　（唱）惧留孙，把话言。
　　　　　　　自从度你，上了高山。

家乡与住处，未必得知全。

哪里人氏，何处是你家园？

谅你不知这些事，细听为师说一番。

田　文：（白）弟子不知，望师父指引。

惧留孙：（唱）徒儿你，非等闲。

金枝玉叶，贵门男儿。

你父名田养，你母白月娟。

年过四旬以外，缺少后代香烟。

焚香祝告天和地，田门生你续香烟。

田　文：（白）不知弟子怎么来此？

惧留孙：（唱）前十二年，三月三。

蟠桃大会，男女众仙。

俱个朝王母，为师走一番。

回来路过齐国，一道红光阻拦。

慧眼一观知就里，见你玩耍后花园。

那时我算一番。

如此这般，收你上山。

学艺十二载，五遁神术全。

该你出头露面，一家骨肉团圆。

快到东齐临淄国，与主立功做高官。

田　文：（白）师父，无凭无据，谁能认我啊？我不去！

惧留孙：（唱）你不能，成正仙。

风尘人物，富贵双全。

不久将功立，解围青龙关。

捉住邱引老道，征服五祥高山。

田　文：（白）弟子舍不得师父。

惧留孙：（唱）此乃天数早注定，不必留念心痛酸。

就此下山急速去，

（白）徒儿不必留念师徒之情，自有相会之日。你去平贼立功，才显为师道法，我与你捆仙绳一条，狗皮褡裢一个，随你使用，收过了，去吧。

田　文：谢过师父，受弟子一拜而别。（下）
惧留孙：看徒儿去了，不免奉念黄经便了。

（诗）仙家若不传妙法，怎得扬名到世间？（下）

（上田文）

田　文：（诗）奉了师父命，回家认双亲。

（白）吾乃田文，辞别了师父，去认父母，只得走一遭。

（唱）细想我田文，多得老师父。

七岁上了山，疼爱如亲生。

并不防着吾，传我好法术。

棒槌学得精，专打下三路。

土遁走得急，钻天把地入。

整整十二秋，该我把头露。

打发我下山，难舍老师父。

赐我绳一条，能把人捆住。

狗皮笑褡裢，妙法有用处。

善能装妖精，又能装宝物。

这一到家中，团圆会骨肉。

腿短走不开，途中要耽误。

试试妙法精不精，身子一侧土里入。

不言田文路上行，再表邱引关内住。（下）

（上邱引）

邱　引：（唱）正在书房看兵书，喽啰跪倒禀事故。

（上中军）

中　军：（白）报军师，老爷得知钟无盐带来无数人马，离城不过十里，安营下寨，乞令定夺。

邱　引：哎呦，果然丑妇领兵前来。快，吩咐众将随我出城迎敌，不得有误。

（下）

（钟无盐升帐，出田坤、关文义、白宣、张奎、廉赛花站）

众　将：（诗）银甲白盔素缨飘，全凭刀马立功劳。

男儿要挂封侯印，腰间长悬带血刀。

张　　奎：（白）吾老将张奎。
白　　宣：右先锋白宣。
廉赛花：奴忠顺王妃廉赛花。
合：　　娘娘升帐，在此伺候。
　　　　（出钟无盐）
钟无盐：（诗）杀气腾腾迷太阳，一声号炮震山冈；
　　　　　　　风吹战鼓山河动，闪电旌旗日月光。
　　　　（白）哀家钟无盐。只因五祥山贼寇李天雄下表催贡，哀家一怒领兵前来，一定将他扫灭。大兵已到青龙关，安下营寨。众将官，听我号令。
　　　　（唱）哀家奉旨领人马，扫灭五祥山李天雄。
　　　　　　　一路无阻来得快，青龙关下立大功。
　　　　　　　听说邱引守关口，必有一场苦战争。
　　　　　　　久闻妖道邪术广，难保胜败与输赢。
　　　　　　　预先须当早准备，俱要小心依令行。
　　　　　　　擂鼓近前鸣金退，妖人诈败莫追攻。
　　　　　　　防备暗中使邪宝，倘中邪宝了不成。
　　　　　　　皇儿田坤枪马勇，可为先锋立头功。
　　　　　　　还有白宣关文义，老将张奎是英雄。
　　　　　　　一齐轮流去交战，哀家还有令调遣。
　　　　　　　若遇妖人我出马，廉氏王妃守大营。
　　　　　　　如有不服违我令，定按军规问典刑。
　　　　　　　正在吩咐有人报，
　　　　（上中军）
中　　军：（白）报国母，反贼前来交战。
钟无盐：再探。
中　　军：得令。
田　　坤：皇娘万安，孩儿前去出马。
钟无盐：可要小心。
田　　坤：不劳嘱咐。众将官，枪马伺候。（下）
邱　　引：（内白）军校们，压住阵脚。（上）出家人邱引，钟无盐关下安营，不容喘息。故此前来要战，你看营门大开，出一小将交战，待我应对上去。
（下）
（邱引、田坤对上）

田　　坤：妖道休要猖狂，敢来上阵出丑？
邱　　引：幼儿口出狂言大话，报名上来受死吧。
田　　坤：小王田坤，妖道何名？
邱　　引：你祖师爷道号邱引，谅你幼儿不是出家人的对手，快叫钟无盐出来受死。
田　　坤：住口！且听小王说你逆天之罪也。
　　　　　（唱）你这厮，太可恶。
　　　　　　　　出身下贱，本王晓得。
　　　　　　　　蚯鳝成精性，隐藏在泥窝。
　　　　　　　　诸日参星拜斗，皮骨刚然才脱。
　　　　　　　　应该隐遁不出世，不当作恶乱山河。
邱　　引：（白）住口！
　　　　　（唱）叫幼儿，少胡说。
　　　　　　　　仙家妙来，如何晓得。
　　　　　　　　算定真命主，天雄掌山河。
　　　　　　　　各国都来进贡，唯你东齐可恶。
　　　　　　　　竟敢兴兵犯关口，前来送死怨哪个？
田　　坤：（唱）连声喊，老妖道。
　　　　　　　　天兵已到，还不脱逃。
　　　　　　　　竟敢来出丑，叫你见阎罗。
　　　　　　　　知道小王难惹，献关无得可说。
　　　　　　　　牙蹦半个说不字，钢枪一摆命难活。
邱　　引：（白）哎哟！
　　　　　（唱）少夸口，莫嚼舌。
　　　　　　　　本领有限，大话少说。
　　　　　　　　祖师经百战，天下人晓得。
　　　　　　　　并无我的对手，威名震动山河。
　　　　　　　　谅你幼儿中何用，宝剑一落把头割。

(白）着剑。

田　坤：来，来，来。

（大杀，邱引败，田坤追下，邱引又上）

邱　引：哎呀，幼儿枪马骁勇，力战不能取胜，不免计起，五光石打他便了。（念念有词：起!）

田　坤：妖道哪里走？哎呀，不好！（下）

（上邱引）

邱　引：你看幼儿被我一石打中，败进营去。喽啰们，杀！（下）

钟无盐：（内白）军校们，不可前进，待哀家捉妖便了。

（钟无盐与邱引对上）

邱　引：来者丑妇敢是钟无盐也？

钟无盐：既知哀家威名，就该望风而走，或报名上来受死。

邱　引：你祖师爷邱引。

钟无盐：原来是你，竟来受死。

邱　引：来，来，来。

（杀，邱引败下，又上）

邱　引：丑妇果然骁勇，不免祭起五光石打她便了。

（上钟无盐）

钟无盐：你看黑烟裹定一物，乃是用邪术五光石伤我，怎得能够？

（唱）眼看妖人败了阵，哀家留神随后跟。

　　　妖人祭起邪术宝，五光神石起黑云。

　　　此宝如何能伤我？急忙唤诀念灵文。

　　　五光神石收过了，一催坐骑把刀抢。

　　　有何法术只管使，哀家不惧半毫分。

邱　引：（唱）邱引一见红了眼，大骂丑妇烦死人。

　　　为何收去仙家宝？山人与你把命拼。

　　　邱引一气杀上去，对垒厮杀天地昏。

　　　一个是邪教传的金法术，一个是圣母之徒门路深。

　　　交锋大战三十趟，邱引累得汗淋淋。

　　　只怕今日难取胜，

钟无盐：（唱）今日定把妖人擒。
邱　引：（唱）幸喜今日天色晚，吩咐喽啰快鸣金。
　　　　　　　架住钢刀说罢战，
　　　　（白）丑妇不要逞强，你看天色已晚，暂且收兵。明日早到疆场，祖师爷必要擒你。
钟无盐：且留狗道多活一夜，请。（下，内白）众将官将马带过。
　　　　（钟无盐上帐，坐，廉赛花伺候）
钟无盐：哀家钟无盐。皇儿被妖人打伤左膀，却也无法可使。哀家又恐别将出马受伤，故此亲自出马，收了妖人五光神石。天晓回营，只觉心血不定，坐卧不宁。哎呀，不好！
廉赛花：皇娘怎么样了？
钟无盐：一阵心神不定，头迷眼黑，只怕有些不好。
　　　　（唱）好端端的后帐坐，只觉一阵不安宁。
　　　　　　　头迷眼黑心发乱，四肢无力筋骨痛。
　　　　　　　哀家从来不生病，莫非得了卸甲风？
　　　　　　　心血直涌说不好，坐卧不安闪人形。
廉赛花：（唱）廉氏王妃忙扶住，只叫国母把人倾。
　　　　　　　今日疆场战妖道，真乃龙潭虎穴中。
　　　　　　　眼见妖人难取胜，看看要把大事成。
　　　　　　　偏又贵体得重病，妖人之道岂肯容？
　　　　　　　必然前来攻营寨，有谁临阵去交锋？
钟无盐：（唱）媳妇不必心着急，哀家虽病有调停。
　　　　　　　急命护卫关文义，昼夜小心巡大营。
　　　　　　　等着哀家病体好，再拿妖道破青龙。
廉赛花：（唱）赛花点头说有理，
　　　　（白）皇娘之言有理，但凭贵体痊愈，是我等之福，待为儿服侍皇娘躺下吧。
钟无盐：倒也使得，哎呀。
　　　　（诗）人食五谷经寒暑，难保八难与三灾。（下）
　　　　（出李凤英）

李凤英：（诗）彩窗衣带迟迟日，紫燕双飞寂寂春。

（白）奴家李凤英，乃赵国人氏。我父母为司马之职，误被奸臣所害，一家四散逃亡，多亏云霞圣母救我上山。那时奴方才九岁，学艺数载，奉师父之命下山，寻找一家人等，不意来到这里。此乃丹凤山，毛寇拦路，被奴杀死，占山为王。奴乃是一个女孩家，不知何日是个结果？

（唱）佳人房中心忧闷，思前想后好伤惨。
　　　母亲早年去了世，爹爹被害一命捐。
　　　兄弟道友年幼小，奴家又是女红颜。
　　　奸臣剪草拿家口，剩我姐弟好可怜。
　　　正然为难无法使，幸亏师父救上山。
　　　洞中学艺八年整，下山师父对我言。
　　　说我离了仙家洞，寻找兄弟大团圆。
　　　奴家说是无头奔，师父说此去先占丹凤山。
　　　无奈叩头苦哀告，师父又赐柬一联。
　　　待我取出看一看，上面言语写得全。
　　　道友也被仙家救，现今学艺乾元山。
　　　徒儿你的终身事，许配东齐大将官。
　　　此人姓关名文义，妖风刮到丹凤山。
　　　必得行围才遇见，阿弥陀佛，看罢柬帖好喜欢。
　　　我今何不去打猎，管保应了师父言。
　　　才要吩咐听将令，进来冬梅小丫鬟。

冬　梅：（白）寨主姑娘用茶吧。

李凤英：不用，你吩咐喽啰们随我下山，行围一回便了。

冬　梅：晓得咧。

李凤英：（唱）行围闲游玩，遵依圣母言。（下）

邱　引：（内白）喽啰们，随我攻打齐营。（上）出家人邱引，昨日被丑妇收去五光神石，恨她不过。师父给我一把八风扇，能把人物扇出八百余里。今日上阵一定施展施展，就此杀上前去。（下）

中　军：（内白）报国母得知，妖人又来要战。

钟无盐：（内白）免战牌高悬。

中　军：（内白）是。

（上关文义）

关文义：休挂免战牌，小将关文义愿出马。

钟无盐：可要小心。

关文义：不劳嘱咐。军校们，枪马伺候。

（对上）

邱　引：幼儿少来，你祖师爷在此，报名上来。

关文义：你爷爷关文义特来取你的狗头。

邱　引：哎呦，幼儿，你可气死我也。

（唱）好一个，小幼童。

人儿不大，说话逞凶。

祖师佛家体，不老又长生。

人人闻名全怕，又仗法术无穷。

敢出狂言小看我，不知好歹重与轻。

关文义：（唱）喝一声，老妖精。

改头换面，脱化人形。

就该去修炼，隐遁苦用功。

不当混乱世界，黎民不得太平。

自遭其罪死无怨，难免天打五雷轰。

邱　引：（唱）关文义，小畜生。

毁骂仙长，情理不通。

欠把舌割下，大话让人膨。

能有几合勇战，这样小看仙翁。

不是师爷说大话，宝剑一落把命倾。

关文义：（唱）心起火，瞪双睛。

邱引狗道，休得逞能。

仗着邪法术，无人眼内空。

今日大胆临阵，叫你立刻现形。

手举银枪催马开，照定咽喉下绝情。

邱　引：（唱）忙招架，不消停。

刀砍一片，直往上冲。

舞动梨花杆，马腾云雾生。

交锋三十余趟，使得汗似蒸笼。

关文义：（唱）眼看妖人露了空，银枪一摆奔前胸。

邱　引：（唱）邱引着忙说不好，再不使宝命要倾。

虚晃一剑往下败，

（同下，邱引又上）

邱　引：（白）哎呦，幼儿十分厉害。我不免用八风扇扇他便了。

（上关文义）

关文义：妖道哪里走？

邱　引：着扇。

关文义：呀，不好！（下）

邱　引：哈哈哈，妙哇！这一扇至少也扇出他几百里，大料着有死无生。喽啰们，杀上前去。（下）

中　军：（内白）报国母，得知关将军疆场交锋，一阵大风不见踪迹，妖人又来要战。

钟无盐：（内白）免战牌高悬。

中　军：（内白）得令。

（上邱引）

邱　引：你看敌将紧闭营门，免战牌挂出。丑妇哇丑妇，且容你多活一日，明日再来要战。喽啰们，打得胜鼓回营。明日再到疆场上，还是施展八风扇。（下）

（李凤英马上，众喽兵紧随）

李凤英：（诗）再表射猎李凤英，带领喽兵把山下。

照着柬帖把围行，以此为由解愁闷。

（白）吩咐喽啰往前行，一齐努力撒围场，进献贡物算有功。

喽　啰：（唱）喽啰答应说遵令，一齐奋勇打生灵。

箭射飞禽与走兽，炮打狮虎与狼虫。

东一围来西一趟，见了兔子撒黄鹰。

忽然一阵狂风起，刮动沙子迷眼睛。

　　　　　　众人乱跑说不好，两人碰头响咕咚。
李凤英：（唱）凤英马上说奇怪，青天白日刮妖风。
　　　　　　狂风之内带妖气，上面妖怪辨不清。
　　　　　　何不试试仙家宝？定风宝珠拿手中。
　　　　　　念动真言清风起，霎时之间住狂风。
　　　　　　才要吩咐撒围场，喽啰跪倒报一声。
喽　啰：（白）报姑娘，得知狂风一过，从半空中掉下一个汉子来了。
李凤英：还有气息无有？
喽　啰：还有点气息呢。
李凤英：这就好了。收了围场，你们好好抬着他，就此回山。（下，内白）喽啰们，将马带过。
　　　　（上李凤英）
李凤英：奴家李凤英下山行围，风中掉下一员小将。不知师父说得对也不对，等他醒来，问个明白才是。喽啰们，把那小将抬上帐来。
　　　　（喽啰将关文义抬上帐）
李凤英：用你们不着，一齐退下。（喽啰退下）冬梅哪里？
冬　梅：（内白）来了。（上）姑娘有何吩咐？
李凤英：你看那人还有气无有？
冬　梅：晓得了。（摸关文义气息）还有气呢。
李凤英：慢慢唤他醒来。
冬　梅：是。（转向关文义）大姑夫醒来。
李凤英：（敲打冬梅）你这小丫头混说什么？
冬　梅：你叫人家叫，咋又打人家呢？
李凤英：我叫你叫那人来着。
冬　梅：叫啥呢？
李凤英：叫那将官。
冬　梅：我打着叫大姑夫呢。
李凤英：呸，别瞎说咧，快叫吧！
冬　梅：那将官醒来，醒来。
关文义：（将醒未醒）好妖精哪里走？着枪取你，哼！（睁眼醒来）某家怎么来到这里呀？

冬　　梅：那将官听真，方才是我姑娘救你上山，还不快叩头谢恩。

关文义：原来如此，多谢寨主救命之恩。

李凤英：好说，请问将军因何中了妖人之宝？

关文义：寨主要问，听我告禀。

（唱）只因五祥山欺列国，连环战表到东齐。

藐视我主去催贡，国母一怒把兵提。

来至青龙关一座，妖道邱引作军师。

挡住关口不让过，疆场以上大对敌。

头阵田坤中邪宝，钟国母临阵收了五光石。

回营得了卸甲病，昏迷不醒人着急。

妖道闻听去要战，邱引邪术甚出奇。

见他取出一把扇，照人一扇就发迷。

李凤英：（白）你叫何名字呢？

关文义：（唱）小将名叫关文义，世代英名住临淄。

李凤英：（唱）凤英听罢心欢喜，满面通红摆弄衣。

原来还是他来了，师父之言果不虚。

你说这可怎么好？叫人为难好着急。

欲待亲口提亲事，羞羞答答话难提。

奴的终身是人事，将不起憋着脸儿把亲提。

才要启齿开言道，自己觉着怪厌弃。

眼望冬梅使眼色，

冬　　梅：（白）啥呀？

李凤英：把这帖交与那人看端的。

冬　　梅：啥字呢？

李凤英：不必装憨，送过去。

冬　　梅：（唱）冬梅接过笑嘻嘻。

（白）这是个啥？唱本有字我也不认得。那一将官，我们姑娘怕你闲闷，送给你一个本，叫你唱一遍我们听听。

关文义：拿来我看。

(关文义从头至尾看了一遍，默默无言，这倒叫人为难了。)

（唱）看罢柬帖无言语，心中暗暗犯思量。
　　　云霞圣母曾说过，该与此女配成双。
　　　有心应允婚姻事，临阵收妻罪难当。
　　　为难多时尊寨主，细听小将说其详。
　　　若是临阵收妻子，按律军规问短长。
　　　望请姑娘原谅俺，

李凤英：（唱）凤英回言说无妨。
　　　奴家也是名门女，原籍赵国是本乡。
　　　我父官居司马职，奸臣谋害一命亡。
　　　阖家老幼全拿问，圣母救奴上山冈。
　　　学艺八年奉师命，寻找胞弟李文良。
　　　路过此山贼作恶，杀了贼寇我做主。

关文义：（白）小姐为主终究不是好事。

李凤英：（唱）将军应下婚姻事，情愿归顺助齐邦。
　　　夫妻同心将功立，管保扫灭李天王。
　　　不是奴家夸海口，全仗着圣母传的法术强。

关文义：（唱）无可奈何说罢了，
　　　（白）既是小姐归顺齐邦，在下应允就是了。

李凤英：着，这不就完了吗，这才是两全其美。冬梅，吩咐摆宴，给你姑爷压惊。

冬　梅：晓得了，请姑爷拜天地去吧。

李凤英：（诗）千里姻缘一线牵，

关文义：（诗）赤绳既定非偶然。

李凤英：郡马请。

关文义：请。

（上田文）

田　文：（诗）奉了师父命，去奔青龙关。
　　　（白）我田文。师父命我下山认了父母。皇兄凭着师父柬帖，一见相认，十分欢喜，大摆宴乐，庆贺团圆。说是国母领兵征讨五祥山去了，现在青龙关交战。我便心痒难挠，奏明皇兄前去助战。皇兄见我身量矮小，叫我多带人马。我想人多走得不快，因此讨了一封书字，单人独个自上青龙关便了。

（唱）自从下仙山，辞别老师父。
　　　进朝见皇兄，始末缘由诉。
　　　并不犯疑猜，当作亲骨肉。
　　　摆宴庆团圆，弟兄相和睦。
　　　提起皇嫂子，远行受劳碌。
　　　五祥山李天雄，造反真可恶。
　　　国母领大兵，青龙关拦路。
　　　闻听怒气冲，便要去帮助。
　　　叫我多带兵，又怕耽误路。
　　　也不带盘缠，也不带被褥。
　　　打尖下店房，店家真可恶。
　　　低言巧语的，说我是怪物。
　　　心里很烦恼，叫人气破肚。
　　　有人把气生，又怕耽误路。
　　　矮爷有方法，暗把他摆布。
　　　下店要排场，吃酒又吃肉。
　　　吃完土遁溜，叫他无法处。
　　　并非是一天，晓行夜则住。
　　　不言田文上青龙，

（邱引上帐）

邱　引：（唱）再把邱引诉一诉。
　　　　　　　中军帐上把令传，
　　　　　（白）出家人邱引。昨日用八风扇扇去关文义无踪无影，大料必死。连日齐营免战牌高悬，钟无盐闭门不出，其中必有缘故。待出家人卜算卜算，呀，原来钟无盐得了卸甲风。乘此机会，正好攻打她的营盘，不得有误了。

钟无盐：（内白）媳妇，扶起哀家，稍坐片刻。

廉赛花：是。（扶起钟无盐）

钟无盐：（诗）妖人阻路青龙关，天不佑齐灾病缠。
　　　　（白）哀家钟无盐。自与妖人打仗，回营得了卸甲风寒，连日卧床不起，皇儿田坤，紧守大营。邱引常常要战，无奈免战牌高悬。哀家大病不愈，无人敢挡妖人，只怕是天亡齐国了。
廉赛花：皇娘不可如此忧愁，只可宽心养病，自有灾消难满之日。
　　　　（唱）人吃五谷经寒暑，谁能无病又无灾？
　　　　　　　纵然贵体身有恙，但把心肠展放开。
　　　　　　　就是邱引来要战，现有我等可安排。
　　　　　　　暂且不能擒妖道，只好挂上免战牌。
　　　　　　　昼夜小心巡营寨，谅他难以攻打开。
　　　　　　　等候国母病体好，捉拿妖道早安排。
　　　　　　　常言有病要滋养，免去愁容且开怀。
　　　　　　　奉劝皇娘多休息，
钟无盐：（唱）太真闻听叹又哎。
　　　　　　　哀家不是愁己病，最怕妖人来调歪。
　　　　　　　况且连日未出马，邱引必然犯疑猜。
　　　　　　　若知哀家得此病，一定奋勇攻营寨。
　　　　　　　尔等不能退妖道，军心散乱营必开。
　　　　　　　因此为难心着急，
廉赛花：（唱）国母万安免愁怀。
　　　　　　　自古兵来用将挡，从来水到用土埋。
　　　　　　　正然说话脚步响，田坤慌忙跑进来。
　　　　　　　口尊国母大祸到，
田　坤：（白）皇娘，不……不……不好了。妖人邱引带领无数人马将营团团围住。
钟无盐：呀，快将免战牌挂出。
田　坤：免战牌连挂三次，被妖人打碎了。
钟无盐：呀，真是福无双至，祸不单行了。
　　　　（唱）钟国母，魂吓崩。
　　　　　　　闻此凶信，胆战心惊。
　　　　　　　哀家身有病，妖人来攻营。

　　　　　　真是福无双至，果然祸不单行。
　　　　　　倘若攻破大营寨，大小三军活不成。
田　　坤：（唱）尊国母，想调停。
　　　　　　三军四散，乱乱哄哄。
　　　　　　俱各无主意，等候将令行。
　　　　　　可是出马交战，或是紧守大营。
　　　　　　俱各披挂听将令，好叫妖人退了兵。
钟无盐：（唱）强挣扎，把话明。
　　　　　　快去传令，晓谕军兵。
　　　　　　谨慎守营寨，不可去交锋。
田　　坤：（唱）田坤答应而去，（下，内唱）急急来到前营。
　　　　　　才要吩咐听将令，忽听一阵发喊声。（内喊）
　　　　　　说不好，了不得。
　　　　　　慌慌张张，跑进后营。（上）
　　　　　　尊声皇国母，祸事可不轻。
钟无盐：（白）怎么样了？
田　　坤：（唱）贼兵以多为胜，眼看攻破大营。
钟无盐：（白）呀！
　　　　　（唱）太真闻听心暗想，浑身躁汗似蒸笼。
廉赛花：（白）皇娘怎么样了？
钟无盐：（唱）快些扶我躺下吧，（廉赛花扶下钟无盐）心血来潮坐不宁。
　　　　　　大被蒙头出了汗，这才好了牡丹星。
　　　　　（上田坤、廉赛花）
田坤、廉赛花：（诗）扶侍皇娘去安稳，夫妻商议退贼兵。
田　　坤：（白）夫人在此保护皇娘，小王杀出营去。杀退妖人便好，杀不退妖人，大料皇娘性命难保，咱夫妻只有随国母一死便了。
廉赛花：殿下何出此言，吉人自有天相。殿下将国母抬在软榻之上。殿下相随左右，奴家奋勇断后，逃回临淄，再作道理，况且未必如此。
田　　坤：夫人言之有理，小王杀贼去也。
邱　引：（内白）喽啰们，一齐努力攻营。（上）出家人邱引，今日定破齐营，大料丑妇有死无生。

田　坤：（内白）众将官，随小王捉拿妖道。

　　　（田坤对邱引）

田　坤：好个妖人，屡屡逞能，看枪取你。

邱　引：来吧。

　　　（邱引大杀，田坤败，上张奎）

张　奎：殿下闪过，待我张奎捉拿妖道。

　　　（对上）

邱　引：来者老儿何名？

张　奎：吾乃护国大将军张奎，不要走，看刀。

邱　引：来，来，来。

　　　（大杀，邱引败下，又上）

邱　引：哎呀，这个老儿甚是骁勇，不免用飞沙石打他便了。

张　奎：哪里走？

邱　引：着打。

张　奎：哎呀，不好。（下）

邱　引：你看老儿大败回营，杀呀！

　　　（上白宣，对邱引）

邱　引：幼儿也来送死。

　　　（大杀，邱引败下，又上）

邱　引：哎呀，好个黑小子，甚是骁勇，还是用飞沙石打他便了。

白　宣：哪里走？

邱　引：着打。

白　宣：呀，不好。

邱　引：哪里跑？杀呀！

　　　（田坤马上）

田　坤：（白）哎呀，有些不好了。

　　　（唱）说不好，暗吃惊。

　　　　　邱引老道，法术无穷。

　　　　　张奎不能胜，白宣落下风。

剩下小王一个，大料难退贼兵。

只得舍命与他战，一催战马把枪拧。（下）

邱　　引：（唱）邱引道，抖威风。

连胜数阵，摆显其能。

手抡剑一口，耍得不透风。

喝令喽啰奋勇，大家努力成功。

趁着丑妇有大病，定然踏破她的营。

（上张奎）

张　　奎：（唱）老张奎，气满胸。

忍着疼痛，勉强战争。

只骂贼妖道，喊叫似雷鸣。

老儿休得奋勇，想要逃走不能。（下）

（上田坤）

田　　坤：（唱）田坤接战不怠慢，气得两眼冒火星。

邱　　引：（唱）叫小将，仔细听。

剩你一个，却有何能？

纵然是块铁，能打几根钉？

不如投顺归我国，省得苦战与恶征。

田　　坤：（白）呸！

（唱）大骂妖道少胡言，爷爷送你了残生。（杀下）

（上众喽啰）

众喽啰：（唱）五祥山，众喽兵。

个个奋勇，当先立功。

主将得全胜，手下也威风。

真是狗仗人势，此话果不虚。

眼看齐营将要破，大家努力往上攻。（下）

（上齐卒）

齐　　卒：（唱）苦坏了，东齐兵。

东西乱跑，乱乱哄哄。

各自逃性命，不顾守大营。

　　　　正在危机之处，来了一个救星。
　　　　押下这里且不表，（下）
　　（上田文）
田　文：（唱）再表田文小英雄。
　　　　（白）面前闹闹哄哄的是什么缘故呢？那边跑来两个人，等他们到来，一问便知分晓。
　　（上卒）
齐　卒：快跑，快跑！
田　文：站住，你跑啥呀？
齐　卒：原来这般如此，眼看大营要失，逃命要紧。
田　文：回来回来，不怕的，有你矮爷在此。你这两个冒失鬼，妖人攻营，我只得保护大营要紧。妖人休得逞强，你矮爷擒你来了。
　　（对上邱引）
邱　引：那一个小孩，你到这里做啥来了？还不闪开，不然叫马扒扎死了。
田　文：我是孩子的爸爸。
邱　引：我叫你闪开。
田　文：你叫我呢？你看那边谁来咧？
邱　引：在哪儿呢？
田　文：你看你看。（邱引回头）着棒槌呗。（打邱引）
邱　引：哎呀，哎呀！
　　（乱杀，邱引败下，田文又上）
田　文：哈哈哈，你有多大的本领，敢和矮爷动手？被我几棒槌打跑咧！贼兵大败，待我先去进营，见过皇嫂便了。
廉赛花：（内白）皇娘，待孩儿搀扶你老外面坐坐去吧。
钟无盐：（内白）倒也使得。
　　（廉赛花扶钟无盐坐）
钟无盐：（诗）常言病来如墙倒，果然病去如抽丝。
　　　　（白）哀家钟无盐，方才妖人攻营看看攻破，心内一急，出了一身热汗。纵然病退身安，然未得大愈。有一矮将，前来解围，已命皇儿去请，为何不见到来？

田　坤：（内白）皇叔随我来。（上）

田　文：（内白）来了。（上）皇嫂在上，小弟打躬。

钟无盐：住口，素不相识，如何这等称呼！

田　文：我这里有张字条儿，皇嫂一看便知分晓。

钟无盐：待我看来。（看介）呀，原来御弟来了，请坐一叙。

田　文：小弟告坐。

钟无盐：御弟来得凑巧，若迟一时，大营可就难以保了。

　　　　（唱）总是齐国不该灭，天差御弟做救星。

　　　　　　虽然解围贼兵退，一时难破青龙城。

田　文：（白）小弟明日就去破关。

钟无盐：（唱）邱引老道法术广，在此把守难成功。

田　文：（白）妖人有什么邪术呢？

钟无盐：（唱）飞石打败张奎将，田坤白宣落下风。

　　　　　　风扇扇去关文义，直到如今影无踪。

　　　　　　妖人实在法儿妙，御弟胜他可不能。

田　文：（唱）田文听罢心起火，皇嫂莫把小弟轻。

　　　　　　看我身子本有限，若论武艺不落空。

　　　　　　我本是惧留孙的大弟子，多年学艺在洞中。

　　　　　　前者老祖把我送，去到临淄见皇兄。

　　　　　　说是皇嫂领人马，我来助阵可成功。

　　　　　　不是小弟说大话，捉拿邱引谈笑中。

钟无盐：（白）御弟你有何法术呢？

田　文：（唱）若论佛宝真奥妙，土遁神术比人能。

　　　　　　狗皮褡裢能装宝，还有一条捆仙绳。

　　　　　　一定捉拿贼邱引，平灭祥山李天雄。

钟无盐：（唱）太真听罢连说好，全仗御弟成大功。

　　　　　　吩咐令人摆酒宴，

　　　　（白）皇儿田坤，吩咐大摆筵席，与你皇叔把盏。

田　坤：孩儿遵旨。

　　　　（唱）从来是邪难压正。

吉人天相话不虚，

（出关文义夫妻）

合：　　（诗）英武镜中双凤翼，合欢床上蛟鱼飞。
关文义：（白）俺关文义。哎！
李凤英：奴家李凤英。将军，自从你来到丹凤山，诸日唉声不止的，却是为啥呀？
关文义：各有心事在怀，对你说个什么呀？
李凤英：哎呦，你瞧哇，常言说得好，夫妻夫妻，有话同知，你对我说说不好吗？
关文义：说了你也不从。
李凤英：夫妻岂有不从之理？你快说吧，我爷爷呀！
关文义：哎！如此，娘子是你听了。

（唱）关某不幸遭邪术，狂风刮在半空飘。
　　　总是将军福气大，并未伤损半分毫。
　　　多亏娘子将我救，某家性命未伤着。
　　　圣母赐的无价宝，迎风一晃立刻消。
　　　救命之恩无可报，又赐婚姻赴窈窕。

李凤英：（唱）师父指定该如此，非是奴家想攀高。
　　　　　　从前之话不用讲，且说眼下事一条。
　　　　　　将军有何心肠事，快快对奴说一说。
关文义：（唱）说出我的心肠事，娘子必得依从着。
李凤英：（唱）夫乃妻天古人语，有啥事无有不从快说了。
关文义：（唱）拙夫出来一个月，我要回营把令交。
李凤英：（唱）此言说得真有理，难道就把奴抛了？
关文义：（唱）见了国母说来历，再来搬娶女英豪。
李凤英：（唱）不如夫妻一同去，捉拿妖道立功劳。
关文义：（唱）连连摆手说不必，临阵收妻犯律条。
　　　　　　还是拙夫自己去，

（白）娘子若同拙夫前去回营，若犯临阵收妻之罪，那却怎好哇？不如我自己回营，见了国母说明来历，再请娘子进营，岂不是两全其美？
李凤英：将军之言极是，但你我新婚燕尔，岂忍抛闪奴家而去呢？
关文义：娘子不必留恋，此去不过一月便来迎接。

李凤英：既然如此，妾身不敢留恋。且等明日起身，奴家今即与郡马打点行李，准备钱行便了。

（诗）恩爱夫妻且分离，自有见面会佳期。（下）

田　文：（内白）军校们，靠后些，待我上前叫阵。（上）我田文，昨日解围报号，皇嫂与我庆功，说是妖人邪术多端，叫人心中不服。一时高兴，在皇嫂面前夸下海口，今日必要拿住妖道，才觉光彩。来到关下，关内小兵听真，快叫邱引出来受死。

中　军：（内白）报国师听真，关下来一矮将，叫国师爷受死呢。

邱　引：（内白）响炮出关，杀出城去。

（田文邱引对上）

邱　引：好个矮小子，昨日眼看攻破齐营，被你战败回关。山人必要擒你，快报名上来。

田　文：妖精，小孙子不要发毛，听矮爷爷告诉你。

（唱）站在疆场中，拿铁棒一指。

叫声老妖精，听我告诉你。

我名叫田文，金枝玉叶体。

仙山把艺学，惧留孙弟子。

下山见皇兄，庆贺团圆喜。

说起李天雄，造反真无礼。

娘娘领雄兵，不能把胜取。

受困青龙关，矮爷火性起。

亲身来助兵，正遇妖精你。

昨日把兵逃，躲避才是理。

还敢到疆场，来与矮爷比。

定将你活捉，抽筋扒皮子。

邱　引：（唱）哎呀气死我，好个矮根子。

毁骂祖师爷，敢把大话起。

昨日在疆场，并未防备你。

今日狭路逢，刻下叫你死。

宝剑往下劈，

田　文：（唱）棒槌往上举。

身子纵起来，单打脑瓜子。

遇见你矮爷，今日教训你。

邱　引：（唱）招架乱呼啦，身子不由己。（着打）

锤了后脑勺，难保眼前里。

浑身打肿咧，脑袋青又紫。

在下想法好，挨打挨到底。

着忙往下败，（下）

田　文：（唱）田文把步止。

（白）哈哈哈，又弄什么玩意儿去咧？远远看着便了。（下）

（上邱引）

邱　引：哎呀，棒槌十分厉害，用飞沙石打他便了。（下）

田　文：果然玩意来了，你看黑烟裹定一物直奔我来咧。哼，躲了吧。（入地）

邱　引：这个矮子好生的狡猾，借遁逃走，只得收兵回关养伤便了。喽啰们，打得胜鼓回关。

（上田文上）

田　文：看打！（打介）

邱　引：哎呀！（邱引被打，跪下）

田　文：老妖精被我小棒槌打有七百多下，棒槌也吃绝了。你打得胜鼓回关，看矮爷爷也打得胜鼓回营。大小三军，与你矮千岁打得胜鼓回营交令。（下）

邱　引：喽啰们，紧闭城门。（上帐）出家人邱引出世以来没吃过这样的大亏呀！浑身都给我打肿了。

（唱）败进关来坐帐内，看看要破功将成。

不意来了矮小将，捡起棒槌下绝情。

打得山人败了阵，急速败进青龙城。

今日要去把仇报，法宝捉拿小畜生。

祭起神石将他打，矮子奸猾入土中。

收宝才要回营转，未防矮贼暗行凶。

一棒打在顶梁骨，疼得两眼冒火星。

正要还手难挣扎，借着遁地逃了生。

一个田文拿不住，怎能挡住东齐兵？
忽然想起连心友，古娄道友法术精。
何不前去把他请，捉拿贼将报冤仇？
主意已定忙离座，

（白）我不免去到养善堂，请古娄道友下山报仇，捉拿田文，有何不可？走走便了。

（出古娄道人坐）

古娄道人：（诗）玄玄玄来妙妙妙，玄妙之中得了道。
若问山人名和姓，白骨成精古娄道。

（白）出家人古娄道人在北海养善堂修身养性，拜黑风山无底洞川山道长为师，炼有一千五百年的道行，这也不在话下。我有一个师弟名叫邱引，听说他在五祥山做了军师，比出家人更觉荣耀了。

邱　引：（内白）来到此洞，待我进去。（上）师兄可好哇？师弟叩首。

古娄道人：好说好说，师弟你不在五祥山来到洞府有何事故？请坐一叙。

邱　引：有坐有坐。师兄不知，听我道来。

（唱）自从小弟别兄你，五祥山上做军师。
李天雄本是真命主，敬重仙家礼貌齐。
全凭小弟法术广，挣的功劳数第一。
列国诸侯都进贡，唯有东齐号临淄。
宣王不服发人马，青龙关下大对敌。
丑妇无盐无对手，矮子田文更出奇。
如此这般难取胜，

古娄道人：（白）师弟不必往下提。敢是请我去帮助？

邱　引：正是。

古娄道人：（唱）不能从命我不依。
你放着好好道行不修炼，红尘之内好玄虚。
不必强词快快走，愚兄更不把洞离。

邱　引：（唱）邱引低头犯思想，这个师兄甚固执。
何不如此试一试？常言请将不如激。
站起身来说告退，

（白）师兄不肯下山，小弟不好强求，怪不得田文说呢。

古娄道人： 他说啥来着？

邱　引： 拉倒吧，走咧！

古娄道人： 师弟站住，倒是说啥来着？

邱　引： 告诉你该生气咧！

古娄道人： 他倒是说啥来着？师弟你一定得说说。

邱　引： 你一定要问我，说了你可别生气。

古娄道人： 不生气。

邱　引： 只因在疆场大战，不能取胜，指望提师兄之名吓唬他一下。谁想他不但不怕，还说古娄不来便罢。

古娄道人： 若是去了呢？

邱　引： 他说你要是去了。

古娄道人： 怎着？

邱　引： 喂狗。

古娄道人： 哎呀，气死我了，出家人最恼这句话。好个田文，我与你势不两立了。

（唱）古娄动无名，气得双脚跳。

　　　口中喊如雷，二目火星冒。

　　　田文小矮根，好歹不知道。

　　　竟敢骂仙家，说话也太闹。

　　　我就下高山，仗着法不妙。

　　　会会小矮根，疆场闹一闹。

　　　试试祖师爷，比你傲不傲。

邱　引：（唱）邱引用话激，师兄莫急躁。

　　　矮子本领高，无盐也不弱。

　　　疆场出大言，专以拿妖道。

　　　小看出家人，自显他们傲。

　　　一定去下山，合着道行耀。

　　　事不宜迟快快走，

（白）好个丑妇无盐，矮子田文，小看仙长，定要拿他报仇，随师弟一到青龙关便了。

(诗)仙家一怒下山峰,管叫齐营不太平。(下)

(关文义马上)

关文义:(诗)双手拨开迷魂路,一身跳出是非坑。

(白)俺关文义。花言巧语抛开李氏,下了丹凤山,回营交令,你看天色尚早,只得走走便了。

(唱)离了丹凤山一座,抛下李氏女娇娃。
　　　实是亏她将我救,又与关某结烛花。
　　　几次要把高山下,难言恩爱扯扯拉拉。
　　　纵愿同我把营进,疆场立功把贼拿。
　　　仔细思量不大妥,花言巧语稳住她。
　　　我说是等我回营见国母,便来迎请理才达。
　　　李氏松口我才走,回营时收妻之事一旁压。
　　　单等班师归故里,禀主再来迎娶她。
　　　主意一定连打马,心急性紧不顾乏。
　　　霎时来到营门外,

(白)晓行夜宿,眼前已是大营,进去交令便了。(下)

(古娄骑鹿上)

古娄道人:(诗)一怒出古洞,要把矮子碰。

(白)出家人古娄道人。一怒下山,要与齐营见个高低上下。齐营军卒听真,报进营去,叫好将出马受死。

(上卒)

卒:　　报千岁得知,敌人又来要战。

钟无盐:再去打探。

卒:　　得令。

钟无盐:哪位将军愿去出马?

张　奎:张奎愿往。

钟无盐:可要小心。

张　奎:不劳嘱咐。众将官,马来。

(上古娄道人)

古娄道人:来者老儿,报名受死。

张　奎：吾乃护国大将军张奎，妖道何名？
古娄道人：祖师爷古娄道人。不要走，吃我一剑。
张　奎：来，来，来。
　　　　（杀，古娄道人败下，又上）
古娄道人：哎呀，这个老儿十分厉害。力战不能取胜，不免现出原形，抓他的魂魄，顶门一拍，原形出现呐。
张　奎：妖人哪里走？呀，不好！（落马，卒抢去）
古娄道人：你看老儿掉下马来，被军卒抢去咧。
　　　　（关文义与古娄道人对上）
关文义：妖道，休要逞强，看枪。
　　　　（古娄道人败下，又上）
古娄道人：这个小将十分骁勇，顶门一拍原形出现呐。
关文义：妖道哪里走？呀，不好！（落马，又抢去）
古娄道人：又抢去咧，往上杀。（下）
　　　　（上田文）
田　文：妖人连伤我二将，待我擒他便了。（对上）妖人慢来，矮爷在此。
古娄道人：你这矮贼是谁？也来送死。
田　文：妖精，说出我的名来，吓破你的苦胆，是你听了。
　　　　（唱）叫妖精，少逞强。
　　　　　　　仔细听我，说长道短。
　　　　　　　我住临淄城，离此不甚远。
　　　　　　　提起我的名来，吓破你的苦胆。
　　　　　　　惧留孙的大门徒，姓田名文就是俺。
古娄道人：（唱）闻此言，色暗变。
　　　　　　　小小矮根，三尺不满。
　　　　　　　汉子够稀松，脑袋长得软。
　　　　　　　看罢大怒开言，矮子你真大胆。
　　　　　　　不该毁骂祖师爷，今日把你脑袋砍。
田　文：（唱）好叫人，不舒坦。
　　　　　　　此话说得，不算露脸。

    平素不认识，如何说长短？

    妖人你叫何名，骂你怎说是俺？

古娄道人：（白）我古娄道人如此这般。

田　文：你骂我来着。

古娄道人：（唱）只气得，一声喊。

    田文小子，大胆逞脸。

    敢做又敢当，该杀又该砍。

    先说大话不中，今日见个长短。

    手举宝剑恶狠狠，试试仙家软不软。

田　文：（唱）一侧身，忙躲闪。

    左右来回，不近不远。

    棒槌抡起来，不管鼻子脸。

    叫你认认矮爷，打你一个直喊。

    生擒活捉进营盘，先扒皮子后挖眼。

  （白）妖精，看棒槌！

  （杀，古娄道人败下，又上）

古娄道人：哎呀，矮子真乃厉害。力战不能成功，不免祭起如意锤打他便了。（念念有词：起）

田　文：你看半空飞来一物，好像一个锤，不免解开狗皮褡裢，宝贝进！（将宝贝收入褡裢里）妖精，再往上攻杀呀。（下）

古娄道人：哎呀，矮子收去我的宝贝，真正气死我。顶门一拍，原形出现。

  （上田文）

田　文：又闹什么鬼八卦呢？这是什么一股黑气？裹定一物呀，真是的来了好迷糊，躲了吧。（遁入地）

古娄道人：矮子真乃可恨，竟自借遁逃走。天色已晚，只得进关，明日捉拿矮根。喽啰们，打得胜鼓回关。（下）

  （上田文）

田　文：好一个妖精，又弄什么戏法？我一看头迷眼黑，多亏我会土遁，不然叫他得去咧，回营交令便了。（下）

（完）

第 二 本

【剧情梗概】 古娄用邪术将齐国关文义、张奎二将打下马来,虽救回营中,然昏迷不醒。钟无盐风寒虽有好转,但尚未复原,只能依靠田文挡住妖人。田文变作猫遁入敌城,捉住古娄道人并带回,让古娄道人将关文义、张奎的魂魄放出来。魏国人氏袁有吉趁着师父去玉虚宫参见教主之机,偷了师父的翻天宝印逃下山来,并用翻天宝印将古娄道人打死,钟无盐将他封为猛烈将军。古娄道人的魂魄逃往黑风山找师父川山道人。钟无盐欲邀请李凤英前来助阵,川山道人变作关文义,先行上山让李凤英真假难辨。

(出钟无盐,坐帐)

钟无盐:(诗)病退身安虽是春,妖人作乱费心神。
　　　　(白)哀家钟无盐。纵然病好,只是尚未强壮,多得御弟田文挡住邱引妖人。今日不知妖人又用什么邪术将关文义、张奎二将治下马来。救回营中,直是昏迷不醒。御弟去战妖人,不知胜败如何?

(上田文)

田　文:皇嫂在上,田文打躬。
钟无盐:御弟回来了,胜败如何?坐下讲话。
田　文:小弟告坐。今日出战虽未吃亏,也没得胜。
　　　　(唱)自从皇嫂领人马,大兵来到青龙关。
钟无盐:(唱)邱引妖人神通广,哀家得了卸甲风。
田　文:(唱)常言吉人有天相,如今病退得安宁。
钟无盐:(唱)幸亏你的武艺好,挡住妖人难逞凶。
田　文:(唱)一个邱引未拿住,又来一个老妖精。
　　　　　　　不知用的何邪术,张奎文义坠走龙。
　　　　　　　一股黑气空中转,呀呀咿咿看不清。
钟无盐:(唱)还亏你的眼力好,若是别人再不能。
田　文:(唱)恍惚像个死人样,见了迷糊遁里行。
钟无盐:(唱)可叹张奎关文义,昏迷不醒怎调停?

田　文：（唱）小弟还有一拙见，趁此天晓进敌城。

钟无盐：（唱）纵然进城要小心，岂无防备夜巡兵。

田　文：（唱）如此这般探一探，得便下手可成功。

　　　　　　　一举两得好不好？

　　　　（白）小弟今晚遁进城去，找到妖精的住处，如此这般便可成功。

钟无盐：可要小心。

田　文：皇嫂放心。（下）

钟无盐：眼看御弟田文前去打探，只能听候回音。

　　　　（诗）妖人阻路兵难进，何时平定五祥山。（下）

　　　　（上田文）

田　文：（白）方才辞别皇嫂，前去偷看敌人动静倒是个什么东西，只得遁进城去了。（入地，又上）

田　文：遁进城来不知道住处，不免变只小猫儿到处寻找寻找便了。变！（把狗皮褡裢铺在地上唤诀念咒，身子一滚说"变"）（下）

　　　　（上二卒）

白卒、黑卒：（诗）吃粮当兵，不得消停。

　　　　　　　　白天打仗，夜晚巡更。

白　卒：（白）我乃白卒。

黑　卒：我乃黑卒。哥呀，不知咱们师爷昨天从哪儿找个老道来咧。今日上阵得了全胜，说是身子乏困，怕有奸细进府行刺，命你我巡更上夜，小心看守。（上猫）

白　卒：老二说不得，当兵苦哇。

黑　卒：真是苦得不可言了。

　　　　（唱）自离五祥山，随征到这里。

白　卒：（唱）从前军师阵阵赢，心欢喜。

黑　卒：（唱）田坤受了伤，张奎也发疲。

白　卒：（唱）关文义刮得影无踪，活摔死。

黑　卒：（唱）挡住东齐兵，不能往前去。

白　卒：（唱）钟无盐得了卸甲风，好萎靡。

黑　卒：（唱）丑妇不出头，来个矮根子。

白　卒：（唱）可恨打败军师他，真懊悔。
黑　卒：（唱）军师败进关，着急无法使。
白　卒：（唱）昨日请个老道来，同到此。
黑　卒：（唱）今日到疆场，交兵把胜取。
白　卒：（唱）命咱两个来巡更，得应许。
黑　卒：（唱）但愿成了功，早早回故里。
白　卒：（唱）一动就想家，不算好汉子。
黑　卒：（唱）总是想念一个人，你婶子。
白　卒：（唱）思想她干啥，无灾无病的。
黑　卒：（唱）想她夜晚孤单单，无伴侣。
白　卒：（唱）你这样想她，她未必想你。
黑　卒：（唱）咱俩思想一样般，无彼此。
白　卒：（唱）旁人听见了，把你笑话死。
黑　卒：（唱）人人观世音，一样一样理。
白　卒：（唱）天天不消停，偏差我与你。
　　　　　　不如咱俩暂歇歇，三更里。
黑　卒：（唱）倒在地平川，睡着如小死。
白　卒：（唱）不知不觉打呼噜，等着死。
田　文：（唱）矮爷听得真，急忙换人体。（变）
　　　　　　走上前来举，棒槌活打死。
　　　（白）我叫你们长睡去吧。（打）两个小卒全被我打死咧，待我找妖人便了。（下）
（上古娄道人）

古娄道人：（诗）痴心一怒下山峰，要拿东齐将与兵。
　　　　（白）出家人古娄道人。昨日一怒下山，同师弟来到青龙关内。今早上阵，祭起如意锤，被田文收去了，原形出现，抓他魂魄，他借土遁逃跑。天晚回关，明天到阵前去把他拿住，你看天交三鼓，盹睡片刻便了。

　　　　（打更，上田文）

田　文：哟，这是什么东西不叫近身？哦，有咧！我何不将狗皮褡裢，下点香食，

　　　　　　装他便了，待我猫下。（入地）
　　　　　（将古娄原形装入褡裢，上田文）
田　文：我叫你跑。
古娄道人：拿奸细。
田　文：你不用挣扎，跑不了啦，走回营交令便了。（下）
　　　　　（出钟无盐，坐帐）
钟无盐：（诗）妖人阻路取胜难，何日班师奏凯还？
　　　　（白）哀家钟无盐，御弟田文昨日进城打探妖人消息，不知怎么样了？
　　　　　（上田文）
田　文：皇嫂在上，小弟交令。
钟无盐：御弟昨日进城，不知探的如何？
田　文：仗师父虎威，将妖精拿住。
钟无盐：如此甚好，将妖精绑上来。
田　文：不用绑，妖精在我狗皮褡裢里呢。
钟无盐：胡说！妖精神通广大，狗皮褡裢如何盛得下他？
田　文：别说是一个妖精，有百八十个也能盛，要不怎说是宝贝呢？
钟无盐：田文，你说用狗皮褡裢装来妖精，何以为证呢？
田　文：皇嫂叫他一声，他便应，若不答应，我算假冒领功，情愿领死。
钟无盐：这等，待我叫古娄。
田　文：你答应呐！
钟无盐：古娄。
田　文：怎不答应呢？
钟无盐：好个矮贼，竟敢欺哄哀家！众将官，将田文推出营门斩首。
田　文：皇嫂息怒，我还有下情回禀呢。
钟无盐：什么下情？快说！
田　文：不答应，他是拈我呢。妖精，你要是拈我，你就难活了。
　　　　（唱）田文着了忙，吓得打颤颤。
　　　　　　　皇嫂把气消，容我说一遍。
　　　　　　　昨夜三更天，出营去打探。
　　　　　　　土遁进了城，我把猫儿变。

    到处去听声，旁人看不见。
    我找老妖精，睡卧床上面。
    呼噜打得响，我把人形变。
    举棒要行凶，妖精原形现。
    是个人骨头，可是不好看。
    不容我近前，想法把他拈。
    狗皮小褡裢，宝贝真不善。
    口儿只一张，他往里边钻。
    拿他回了营，指望把功献。
    叫他不答应，急得人出汗。
    抡起铁棒槌，擂打他一遍。（打）

古娄道人：（白）哎呀，我答应，我答应！

田　文： 你答应就好咧。

钟无盐： 妖精有哇！

田　文： 哈哈哈，元帅在叫你。

古娄道人： 有哇。

田　文： 这个还不足为奇，我说妖精。

古娄道人： 有哇。

田　文： 你把关文义、张奎魂魄放出来，我就饶你不死。

古娄道人： 是，我放我放。

   （出关文义、张奎魂魄）

卒：　　报国母得知，关、张二将醒过来了。

钟无盐： 好哇，御弟真乃奇功一件。

田　文： 这还不算，待我将他掏出来叫大伙看看。

钟无盐： 只怕跑咯。

田　文： 不怕，有我呢。待我掏（伸手），哎呀，咬手啦，咬手啦！

   （古娄道人跑，田文追下）

钟无盐： 你看妖精逃跑，哀家且归后帐休息片刻，再作主意。众将官，小心巡营。（下）

   （上田文）

田　文：好个老妖精，好不容易把他拿住，又叫我把他弄跑了。幸亏将关、张二将魂魄放出，这么着，我也不追咧。暂且回营见了皇嫂再作道理，设法捉拿妖精便了。（下）
（上钟无盐）

钟无盐：（诗）御弟纵然多邪术，怎奈妖人最难降。
（白）方才回到后帐，也不知田文追赶妖人怎么样了。
（上田文）

田　文：皇嫂在上，小弟打躬。

钟无盐：捉拿妖人怎么样了？

田　文：小弟追赶妖人，他跑得甚快，赶他不上，回营再作道理。

钟无盐：这等看来，还需御弟捉拿妖人才是。

田　文：皇嫂暂放宽心，等今晚再遁进城去捉拿妖道，易如反掌。

钟无盐：须加小心才是。侍女们，筵宴侍候，与御弟庆功贺喜。

田　文：哎呀，皇嫂费心了。
（诗）妖人混乱何时静，今晚再用好方法。（下）
（上李凤英）

李凤英：（诗）隔花人远天涯近，思春情短柳枝长。
（白）奴家李凤英，自从救了关郎，终身有靠。夫妻一月，他回营交令去了。至今半载有余，了无音信，莫非把奴抛在心外？
（唱）自从关郎把山下，不知不觉半载多。
本意同他一齐去，想去报号把妖捉。
再三不应奴家去，他竟支吾挡又遮。
他说道奴若跟他一同去，怕的是临阵收妻了不得。
不如先自回营转，见了国母说端的。
那时再把奴家请，岂不光彩体面多？
忍着心肠分了手，难舍恩爱泪如梭。
难割难舍离别苦，叫奴时刻总惦着。
去了半年无音信，不知回营说没说。
若是怕罪不敢讲，叫奴这里瞎等着。
恩爱夫妻何日去？辜负青春要耽搁。

想到此间心着急，不住两眼泪如梭。
冬　　梅：（唱）侍女冬梅将房进，姑娘且把茶儿喝。
李凤英：（白）我不用，拿了去吧。
冬　　梅：（唱）你老这是怎么着？看来有点真难说。
李凤英：（白）你可有啥难说的呢？
冬　　梅：（唱）自从姑爷下山去，不知你老是怎么。
　　　　　　　茶不思来饭不想，拿东忘西愣磕磕。
　　　　　　　也不说来也不笑，也不吩咐众喽啰。
　　　　　　　黑天白日总打盹，手托钢针懒做活。
李凤英：（白）别瞎说了，我怎不觉呢？
冬　　梅：是了。
　　　　　（唱）定是姑爷去得久，夫妻离别日子多。
　　　　　　　曾说一月有音信，半载无音为什么？
　　　　　　　莫非姑爷忘了你，姑娘岂不白等着？
李凤英：（白）若依你说怎么好呢？
冬　　梅：（唱）何不找到齐营去，打听消息是如何？
李凤英：（白）冬梅呀，
　　　　　（唱）依你说的倒也好，但有一件犯颠夺。
　　　　　　　他必没说高山事，至今还在隐瞒着。
　　　　　　　我要找到齐营去，又怕他的罪难脱。
冬　　梅：（唱）冬梅说是无妨碍，
　　　　　（白）小姐放心，纵然归罪姑爷，有姑娘这样本领，何愁拿不住妖人？可以将功折罪。况且齐营正在用人之际，岂有不留之理？既然留下姑娘，夫妻就得团圆，岂不好哇？
李凤英：你说得倒也有理，命你紧守山寨，奴就此去也。（换头盔，下）
冬　　梅：你看姑娘去了，叫我执掌山寨，只得紧守山寨便了。（下）
古娄道人：（内白）喽啰们，杀上前去。（上）出家人古娄道人，昨日不曾防备，田文盗去我的元魂，逼着我放了两员大将的魂魄。山人得便回关，今日临阵必要拿住田文，大报昨日之仇，待我上前要阵。（下）
卒：　　　（内白）报千岁得知，妖人又来要战。

钟无盐：再去打探。

卒：得令。

钟无盐：众将官，看哀家刀马伺候。

关文义：国母暂且歇息，末将关文义愿立头功。

钟无盐：多加小心。

关文义：不劳嘱咐。众将官，枪马过来。

（关文义、古娄道人对上）

古娄道人：你这幼儿，昨日饶你不死，今日又来出丑。

关文义：休得胡言，看枪。

古娄道人：来，来，来。（杀，败下，又上）

古娄道人：幼儿枪马骁勇，用毒气喷他便了。

关文义：妖道哪里走？呀，不好！（落马，众将抢下）

古娄道人：好个伶俐的齐将，竟将死尸抢走。

（上田文）

田　文：好个妖精，你这样出丑，今日又来上阵，真是无臊无脸的东西。

古娄道人：住口！好个矮根，真正气死我也。

　　（唱）大骂矮贼气死我，昨日个一时忽料被你拿。

　　　　　强逼着放了关张二魂魄，就该立刻放了咱。

　　　　　你这矮贼心太狠，想把祖师活打杀。

　　　　　拿着山人当玩耍，怎知师爷有妙法。

　　　　　随风而走回关内，无法可使气咬牙。

　　　　　今日正合将你遇，真是冤家路儿狭。

　　　　　说罢举剑往下砍，

田　文：（唱）棒槌一举响乒乓。

　　　　　妖精你且停停手，

古娄道人：（白）矮子，莫非你怯阵了吗？

田　文：（唱）有话说完咱再杀。

　　　　　你应一心去修炼，功成圆满做仙家。

　　　　　不当来到红尘路，贪恋什么富贵花。

　　　　　遇见矮爷当躲避，今日一定把你拿。

昨日现形出了丑，拿住把你皮儿扒。
扒了皮子蒙小鼓，送与顽童好擂打，

古娄道人：（白）哎呀！

（唱）古娄气得双瞪眼，矮子竟把祖师耍。
试试仙家青锋剑，前三后四响乒乓。
实杀难取矮贼胜，还得使宝把他拿。
虚砍一剑往下败，（下）一跃身形跟上他。（又上）
站住才要使法宝，

（上田文）

田　文：（白）哎呀！

（唱）叫你难以使邪法。

古娄道人：（唱）矮子不容我使宝，得空又要使邪法。
大战交锋二十趟，使得山人汗滴答。
天色已晚且罢战，

（白）天色已晚，明天再来擒你。（下）

田　文：跑啥呢？矮爷不追，我想妖道战了一天，必然乏困。不免再遁进关内，等他睡着，将他元魂再装进来，岂不是好？定是这个主意，走，进城便了。（遁入）

（上惧留孙）

惧留孙：（诗）道高龙虎服，德重鬼神钦。

（白）小仙惧留孙，方才我在金光洞内吃茶，说太乙真人去广成子师兄那里酌酒下棋去了，不免前去看看他们，消遣消遣，有何不可？（起身，下）

（上古娄道人）

古娄道人：（诗）阵前不取胜，关内拿矮根。

（白）出家人古娄道人。今日战了一天，天晚回关。大料今晚田文必来作恶，我不免假装睡着，将他拿住，以报前日之仇。天交二鼓，假装睡一回便了。

（打二更，上猫变人）

田　文：好个狗娘养的，又睡着咧。待我撑开狗皮褡裢才是。

（古娄道人忙按住田文）

古娄道人：我看你往哪跑！

田　文：哎呀，坏咧！

古娄道人：我也把你装在我的装仙袋内，看你往哪儿跑。

田　文：你松开手吧，我不能跑。

古娄道人：松手？你好借土遁跑了，装上你再说。（将田文装入袋内）喽啰们。

喽　啰：有！

古娄道人：把祖师爷这条口袋放在干柴上，点起火来，烧他三天三夜。你们分班看守，须加小心。

喽　啰：得令！抬着抬着。（下）

古娄道人：田文一死，齐营无了对手，捉拿丑妇，易如反掌。天有半夜，不免歇歇去，明天好去要战。

　　（唱）不言古娄去睡觉，

　　（上二喽啰）

喽　啰：（唱）再说奉命二喽兵。

　　　　　干柴以上点着火，口袋放在正当中。

　　　　　不多一时全着了，风助火旺映日红。

　　　　　烧了足有一顿饭，

田　文：哎呀！

　　（唱）矮爷觉着不受用。

　　　　　口袋里头狭又小，紧紧裹住难动行。

　　　　　又听外边人说话，热气腾腾似蒸笼。

　　　　　一阵更比一阵紧，我今难保命残生。

　　　　　着急埋怨老师父，稳坐古洞不知情。

　　　　　师父快救弟子难，师父不该装耳聋。

　　　　　再着一时不来到，想要见面万不能。

　　　　　不言田文命堪忧，再表留孙老仙翁。

　　（上惧留孙）

惧留孙：（唱）桃源洞内会道友，讲经已毕回洞中。

田　文：（白）老师父你连弟子有难也不知道，你还算什么神仙呢？

惧留孙：（唱）一股怨气冲古洞，屈指一算早知情。
田　文：（白）师父老头子快来吧，实在受不了啦！
惧留孙：（唱）田文有了大灾难，只得去救出火坑。（下）
田　文：（白）老师父快来吧，我肉皮都要烧焦了。
　　　　（上惧留孙）
惧留孙：（唱）云光一展来得快，急忙落下隐身形。
　　　　　　　腰中取出量天尺，照定喽啰下绝情。
　　　　　　　法宝一落全打死，（打死卒）装仙袋取出烈火中。
　　　　　　　不言老祖回古洞，（下）
李凤英：（内唱）来了佳人李凤英。（驾云上）
　　　　（白）奴家李凤英。下山以来，前面就是大营。不免按落云头，去问问关郎的下落。夫妻见面说明来历，再见国母不迟，上前才是。（下）
　　　　（上来安）
来　安：（诗）妖人弄邪术，家爷命难存。
　　　　（白）我小子来安，乃关宅家将。随公子来到青龙关下，妖人挡住去路，十个月不曾成功。昨日我家公子临阵中了妖人的邪术，两三天不省人事，只愁得我心如刀绞，不免到白先锋帐中讨点良药与公子灌下。倘若要好了呢，也未可知。哟，这地方哪来的娘儿们呢？
　　　　（上李凤英）
李凤英：这位将爷，敢问一声。
来　安：问什么呢？
李凤英：这里可是齐营么？
来　安：是呀。
李凤英：可有个姓关的吗？
来　安：做官的多着呢，大官、小官、二号官、马官、更官。
李凤英：奴家问的是姓关的，不是做官的。
来　安：姓关的有哇，叫啥名呢？
李凤英：有个护卫关文义，你可知晓吗？
来　安：你问他干啥呢？
李凤英：烦劳通禀一声，就说我来咧。

来　安：这也奇怪咧，我给你通禀一声，叫啥名呢？姓啥或者是啥亲戚？

李凤英：不是亲戚。

来　安：不是亲戚找他干啥呢？

李凤英：原是如此这般来到此。

来　安：哦，如此这般，我与你通禀一声也是。如此这般，可到底是怎么回事呢？

李凤英：你咋这么糊涂呢？

来　安：我咋糊涂呢？你到底是他啥呢？

李凤英：我是他媳妇。

来　安：这不就结了，原是未见面的大婶子到了。

李凤英：你是何人？

来　安：我是家将来安，我没听说我叔娶过这么一个大婶子呀。

李凤英：来安不必多说，领我进营自然明白。

来　安：大婶子不必进营了，你且回去等着穿孝去吧。

李凤英：哦？这是什么话？快快说来。

来　安：说起来也是这般如此，真叫人难受。我说大婶子哟，

（唱）来安未语泪先流，尊声大婶听分明。

自从青龙关大战，大叔中了八扇风。

一刮去了一个月，那时纵然转回营。

国母见了心欢喜，进问去的一往情。

大叔说是中邪宝，多亏了仙家搭救命未倾。

昨日疆场大交战，不知遇见啥妖精。

追赶妖人掉下马，亏我眼快救回营。

昏迷不醒三天整，小的在此守尸灵。

来安说罢痛流泪，凤英闻听暗心痛。

李凤英：（唱）关郎中了妖邪术，奴家到此有救星。

怪不得心惊肉跳好几日，只觉把挠在心中。

原来是他有灾难，我若不来难有生。

叫声来安头里走，帐房看看重与轻。

来　安：（白）你老看也不中用啦！

李凤英：（唱）奴家有圣母赐的灵丹药，管保起死能回生。

来　安：（唱）来安闻听心欢喜，大婶快快跟我行。（下）
　　　　　　　跑到帐房忙扶住，（扶住关文义坐起）大婶看看重与轻。
李凤英：（唱）凤英一见心难过，将军性命顷刻完。
　　　　　　　原来是妖人毒气迷心窍，奴若不来无救星。
　　　　　　　看罢又把来安叫，
　　　　（白）哦，来安，你大叔是受了妖人毒气，九死一生。幸有灵丹妙药可以解救，快取无根水来。
来　安：是。（下，又上）无根水取到。
李凤英：待我将丹药研开，与他灌下。来安，快些扶住。（给关文义灌下丹药）唤他几声。
来　安：大叔醒来，大叔醒来。
李凤英：将军醒来，将军醒来。
来　安：大叔醒来吃饭啦，穿衣来。
关文义：（醒来）咳呀，咳呀。
　　　　（唱）毒气攻心无知觉，忽忽悠悠心发懵。
　　　　　　　记得疆场战妖道，一阵昏迷耳生风。
　　　　　　　后来之事我不晓，心迷如同在梦中。
　　　　　　　耳内只听人呼唤，强睁二目看分明。
　　　　　　　来安一旁扶住我，面前站立女花容。
　　　　　　　仔细端详认得了，丹凤山的李凤英。
李凤英：（白）将军你好些了？
关文义：（唱）她因何故来到此，怎么知我有灾星？
　　　　　　　我今认下李氏女，临阵收妻罪不轻。
　　　　　　　王法无私军法重，打发凤英回山峰。
　　　　　　　非是关某无情义，实是难顾夫妻情。
　　　　　　　只得装作不认得，只因王法不留情。
　　　　　　　主意已定把来安叫，女子是谁进帐中？
来　安：（白）她是我大婶子，你怎不认得咧？
关文义：（唱）一派胡言欠掌嘴，撵出她去莫消停。
李凤英：（白）将军你是病糊涂了？连妾身都不认识了。

关文义：（唱）你这妇人无羞耻，谁认得凤英不凤英？
李凤英：（白）怎忘了丹凤山收妻之事？
关文义：（唱）再要胡言不快走，一声令下问斩刑。
李凤英：（白）夫妻两月你怎么不认识了？
关文义：（唱）我本堂堂奇男子，收你女寇辱门庭。
李凤英：（唱）凤英闻听心难过，羞愧难当面通红。
忍耐不住开言道，
（白）哦，将军，你今见了妾身，因何如此模样，说些绝情断义之言？你莫非忘了丹凤山救你性命、招亲之事？将军别奴下山之时说些什么话来？过去之事不必再言。且讲眼下，你被妖人毒气喷死，若不是奴家到此，谁能救你还阳？是你再思再想。
（唱）好一个忘恩负义关文义，有恩不报不是人。
关文义：（唱）贱人少要提名姓，快快与我出营门。
李凤英：（唱）出去容易等一等，再说两句就动身。
关文义：（唱）任你说的天花坠，我看你是枉劳神。
李凤英：（唱）当日强人中邪宝，是谁救你转还魂？
关文义：（唱）无凭无据说疯话，真乃无耻下贱人。
李凤英：（唱）从前之事无人见，今日来安看得真。
关文义：（唱）我命在天非人力，生死存亡是前因。
李凤英：（唱）忘恩负义头一个，说话绝情太狠心。
关文义：（唱）再要胡说不快走，一声令下命归阴。
纵使当初主意错，娼妇你怎昏了心？
李凤英：（唱）也是我的命如此，羞辱乃是自己寻。
怪不得拒绝一同走，早就安下不良心。
今日营中把辱受，外人闻言笑破唇。
关文义：（白）不必唠叨，快快与我出去。
李凤英：（唱）奴家就走不用撵，何苦在此把辱寻？
转身迈步才要走，不由地回头又看狠郎君。
只见他头也不回面带怒，留奴之意无半分。
奴家有情他无义，何必在此把气寻。

银牙一咬出营去，（下）

来　安：（唱）来安不悦把话云。

　　　　　　大叔也太心肠狠，此人是您大恩人。

　　　　　　应当留下才是理，不该撵她出营门。

关文义：（唱）心中一怒说住口，

　　　　（白）住口，她乃是山中女寇，我如何留她？不必多言，快快回避了。

来　安：是，不留就不留吧，与我何干呢？（下）

关文义：哎，非是绝情断义，怎奈国法难容，只得忍着心肠撵出李氏。病体大愈，去参见国母便了。

　　　　（诗）满怀心肠事，怎好对人言？（下）

（李凤英帐中，出冬梅坐）

冬　梅：（诗）姑娘齐营去，山寨我为尊。

　　　　（白）奴冬梅。姑娘去到齐营打听姑爷音信去咧。不见回来，想是夫妻相认，在齐营立功，一定来搬山寨人马粮草，我也得随着走走。

　　　　（急上李凤英）

李凤英：气死人也，悔死人也！（晕倒）

冬　梅：姑娘这怎么咧？姑娘醒来，姑娘醒来……

李凤英：哎呀！

　　　　（唱）气恼攻心身栽倒，醒来半晌又还阳。

　　　　　　忽忽悠悠无知觉，

冬　梅：（白）姑娘醒来，快快醒来。

李凤英：（唱）又听呼唤在耳旁。

　　　　　　强睁二目心如醉，说不出话来泪汪汪。

冬　梅：（白）姑娘如何这般光景？

李凤英：（唱）总是奴家多薄命，今生才遇薄情郎。

冬　梅：（白）姑爷是好的，怎说薄情呢？

李凤英：（唱）我去齐营把他找，正遇强人有灾殃。

　　　　　　灵丹治好他的病，见我反倒气昂昂。

　　　　　　并不相认往外撵，绝情断义太不良。

　　　　　　左说右说不相认，立逼奴家出帐房。

冬　梅：（白）姑爷太无良心了！
李凤英：（唱）无奈只得回山寨，思想起来气满腔。
　　　　　　叫人一气一个死，屈死奴家我的娘。
　　　　　　气恨攻心昏厥倒，
冬　梅：（白）姑娘醒来，姑娘苏醒。
　　　　（唱）冬梅扶住脸吓黄。
　　　　　　只叫姑娘快苏醒，消消气儿免悲伤。
　　　　　　半晌还过一口气，
李凤英：（唱）心里难受捶胸膛。
　　　　　　大放悲声哭啼起，（苦哇）
冬　梅：（唱）冬梅解劝尊姑娘。
　　　　　　总是姑爷他负心，也是姑娘命该当。
　　　　　　但看东齐钟无盐，君妻不和总遭殃。
　　　　　　三番两次将她贬，后来和美喜非常。
　　　　　　奉劝小姐且忍耐，平心静气等关郎。
　　　　　　夫妻终究要团聚，何必着急把心伤？
　　　　　　钟国母要知姑娘这件事，必差姑爷到山冈。
　　　　　　奉请姑娘帮兵去，夫妻团圆喜非常。
　　　　　　劝得佳人说罢了，
李凤英：（白）罢了，罢了。总是奴家命该如此，你说钟国母差来强人，请我是力无一分了。
冬　梅：你老放心，钟娘娘正在用人之际，若知小姐有这样本领，必差姑爷亲自来请，何愁夫妻不得相会？姑娘把心放得宽宽的，两口子有点不合，可委屈啥呢？
李凤英：哎，别无他说，只好忍耐。
　　　　（诗）女子痴心话不虚，虽分自有会集时。（下）
　　　　（上袁有吉，绿脸）
袁有吉：（诗）背师逃走下山峰，齐营报号立奇功。
　　　　（白）俺袁有吉，乃魏国人氏。在九仙山桃源洞学艺三年，习成万将难敌。前者听云中子师伯说东齐兵发五祥山，在青龙关交战。我便心痒难挠，趁着师父去玉虚宫参见教主，我便偷了师父翻天宝印逃下山来。昨日住在东南镇上，今日天气晴朗，只得走走便了。

（唱）我今学会双全艺，只好货卖帝王家。
　　　前者师伯云中子，来与师父讲道法。
　　　说是东齐发人马，青龙关下把路查。
　　　有个妖道名邱引，我在旁边气咬牙。
　　　趁着师父参教主，得便逃出把宝拿。
　　　这一下山齐营去，会会妖人邱引他。
　　　全仗师父翻天印，管保妖精活打杀。
　　　要破关口如反掌，我的威名天下夸。
　　　思思想想把青龙奔，（下）

（上关文义）

关文义：（唱）寻找田文把马撒。（马上）
　　　我今奉了国母命，到处寻找田文他。
　　　并未访着一音信，回营交令怎对答？
　　　犹豫不定催马走，瞧见一汉甚惊讶。
　　　绿面红发火盆嘴，加钢板斧背后叉。
　　　走动如飞真绚丽，我今何不携带他？
　　　引见国母将功立，主意一定把马撒。（下）
　　　不多一时对了面，（对上）跳下马来把话答。

（白）这位壮士请了。

袁有吉： 请了。

关文义： 请问壮士贵姓高名？意欲何往？

袁有吉： 我名袁有吉，要往齐营报号，将军是谁？因何单人独马？

关文义： 在下齐国护卫关文义，奉命寻找矮将田文。不意得遇壮士，正好随我进大营参见国母。

袁有吉： 全仗将军引荐了。

关文义： 既来相投，就是一家了，壮士随我来。

袁有吉： 来了。（下）

古娄道人：（内白）喽啰们，杀奔齐营。（上）出家人古娄道人，昨日将矮子拿住装在装仙袋内,指望用火将他烧死,不想被惧留孙救去。我想齐营去了田文,并无我的对手,今日必要捉住丑妇,杀上前去。

(唱) 我既下了山,杀戮必得破。
　　　守住青龙关,大兵不能过。
　　　田文小矮根,可恼真可恶。
　　　兵法学得精,厉害了不得。
　　　疆场取胜难,回关想计策。
　　　睡觉是假装,矮贼不识货。
　　　进房被我捉,真是让我乐。
　　　装在仙袋里,叫他把火过。
　　　可恼惧留孙,老儿不是货。
　　　暗暗把关进,救去回山中。
　　　田文既上山,吊歪①有哪个?
　　　今日领雄兵,定把齐营破。
　　　才要杀上前,来了人两个。
　　　一个脸蛋青,从来未见过。
　　　那个脸白的,姓关我认得。
　　　中了毒气喷,应该倒与卧。
　　　原来他还活,又往那里蹿。
　　　必要将他活捉住,

(白) 关文义中毒,大料有死无生,他怎又好啦?待我杀上前去,将他捉住便了。(下)

(上关文义、袁有吉)

袁有吉: 关将军,那边一支人马奋勇而来,却是何故?

关文义: 呀,原来是妖人攻营来了,大家杀上前去。

袁有吉: 不用,你且站在一边,等我捉拿妖人。

关文义: 千万谨慎。

袁有吉: 不劳嘱咐。妖人慢来,你爷爷擒你来也。(下)

---

① 吊歪:处事乖张,这里指不识时务。

（袁有吉对古娄道人）

古娄道人：丑小子是谁？报名受死吧！

袁有吉：你祖宗袁有吉特来擒你，看斧子吧。

（大杀，古娄道人败，又上）

袁有吉：你看妖人逃跑，不免祭起翻天印打他便了。（念念有词）翻天印起。（下）

古娄道人：哎呀，丑小子十分厉害，等他赶来，哎呀！（死）

（上关文义、袁有吉）

关文义：壮士打死妖人，真乃奇功一件。随我进营去见国母，报功便了。

袁有吉：头前引路。（下）

（上古娄道人魂）

古娄道人：（诗）下山显奇能，道行一旦扔。

（白）我乃生前古娄道人，死在丑鬼翻天印下，怨气难消，不免去到黑风山哀求师父与我报仇，只得前去。（下）

（出川山道人坐）

川山道人：（诗）玄玄玄来妙妙妙，玄妙之中得了道。

一心只想赴蟠桃，不知熬到熬不到。

（白）出家人川山道人，修行在黑风山无底洞。修有五千年的道行，这也不在话下。今日闲着无事，待我奉念黄经一回。

古娄道人：（内白）来此已是无底洞，待我进洞。（上）师父在上，弟子死得好苦也！

川山道人：哟，古娄为何落到这般光景？告诉为师知道。

古娄道人：老师父不消问了。

（唱）带泪含悲把恩师叫，细听徒儿禀分明。

只因师弟名邱引，奉请镇守青龙城。

东齐丑妇钟无盐，依仗刀马逞威风。

师弟邱引难取胜，哀求弟子下山峰。

川山道人：（白）你应好好修炼，不该下山。

古娄道人：（唱）弟子本来不愿去，怎奈情理实难容。

川山道人：（白）什么情理？你说。

古娄道人：（唱）丑妇无盐说大话，要把邪教一扫平。

是我闻听心起火，一怒下山去交锋。

　　　　　　　一连胜了好几阵，杀得无盐闭门庭。
　　　　　　　昨日来了袁大汉，他乃是广成子的大门生。
　　　　　　　暗中祭起翻天印，弟子不知把命倾。
　　　　　　　冤魂来把师父见，与徒报仇气才平。
　　　　　　　古娄说罢悲啼起，川山道长把气生。
川山道人：（唱）大骂畜生无道理，不守清规胡乱行。
　　　　　　　好好道行不修炼，跑到红尘苦战争。
　　　　　　　千年之功赴流水，又叫为师下山峰。
　　　　　　　报仇雪恨我不去，管你屈情不屈情。
　　　　　　　快快与我出洞去，
古娄道人：（唱）古娄闻听放悲声。
　　　　　　（白）罢了。师父不与弟子报仇，徒儿不敢强求，但有一件……
川山道人：哪一件？
古娄道人：弟子在青龙关拿住田文，用火焚化，被惧留孙救去了。请问师父，惧留孙是田文的什么人呢？为什么救他呢？
川山道人：惧留孙是田文的师父，理应救他。
古娄道人：却又来啊，阐教有师徒之分，截教岂无师徒之情吗？徒儿死在敌人之手，哀求师父下山报仇，为啥不肯去呢？
川山道人：这个……
古娄道人：这个什么？
川山道人：咳，再说再议。
　　　　　　（唱）川山道，口打听。
　　　　　　　口中不言，暗打调停。
　　　　　　　古娄说的话，近乎情理中。
　　　　　　　阐教疼爱弟子，截教岂能无情？
　　　　　　　他今死得真正苦，可惜千岁大道扔。
　　　　　　　惧留孙，老道童。
　　　　　　　偏向弟子，情理难容。
　　　　　　　擅自离古洞，红尘把事生。
　　　　　　　救去你的徒弟，拐去宝贝一宗。

可恨狗道惧留孙，山人岂肯善容情？

古娄道人：（白）老师父可怜，弟子好苦啊！

川山道人：（唱）叫徒儿，免伤怀。

天数照定，再无改更。

你且守古洞，为师走一程。

会会丑妇无盐，看她却有何能。

拿住首级着剑刹，好与徒儿报冤仇。

（白）徒儿不必悲啼，待为师下山与你报仇雪恨。

古娄道人：多谢师父。

川山道人：你在此看守古洞，我上青龙关走走。

古娄道人：弟子遵命。（下）

川山道人：待我到后洞取几件宝贝才是。

（诗）一怒要破杀生戒，难免几人有灾星。（下）

（上田文）

田　文：（诗）被擒误遭妖人手，老师救我出虎口。

（白）俺田文。前日自不小心，竟被妖人捉住。只说性命难保，多得师父搭救，带回高山，嘱咐许多好话，现在回青龙关便了。（下）

（出钟无盐坐）

钟无盐：（诗）天降英雄助齐邦，田文无踪甚惆怅。

（白）哀家钟无盐。御弟疆场大战妖人，未见回营，已差关文义四处寻找，并无踪影。昨日带回一将名唤袁有吉，回营报功。正遇妖人要阵，被袁有吉翻天印打死。哀家遂将他封为猛烈将军，纵然灭了妖人，只是田文不见回营，叫人终朝牵挂。

（上田文）

田　文：皇嫂在上，小弟打躬。

钟无盐：御弟为何去了多日方回？

田　文：皇嫂听小弟告禀。

（唱）前日疆场战妖道，天色已晚各收兵。

随他遁入城中去，一心想着立奇功。

还照先前捉妖法，谁知妖人把我捉。

假装睡觉暗下手，中了妖人计牢笼。
捉住小弟不松手，装仙袋里把我盛。
堆积干柴点着火，要把小弟性命倾。
多亏师父将我收，临行对我讲分明。
古娄妖人丧了命，川山道人下山峰。
说道咱国取胜少，还得别处请救兵。

钟无盐：（白）何处去请救兵才好呢？

田　文：（唱）此去东北三百里，丹凤山有个李凤英。

钟无盐：（白）素不相识怎好去请呢？

田　文：（唱）她与护卫关文义，早已成就夫妻情。

钟无盐：（白）他不曾告诉哀家。

田　文：（唱）临阵收妻怕有罪，所以他才未敢明。
这是老师对我讲，低头无语暗调停。

钟无盐：（唱）临阵收妻本有罪，如今用人得宽容。
明日升帐将他问，便好差他请凤英。
吩咐宫人摆筵宴，
（白）宫人看宴伺候。

宫　人：领旨。（下）

钟无盐：（诗）幸喜叔嫂又相逢，吉人天相果真情。（下）
（李天杰升帐，邱引、卜高站）

合：（诗）道法惊神鬼，声名震四海。
威震青龙关，保主锦江山。

邱　引：（白）出家人邱引。

卜　高：吾乃总兵卜高。

宫　官：千岁升帐，在此伺候。
（上李天杰）

李天杰：（诗）敌人犯境不得安，何日方回五祥山？
（白）孤家二大王李天杰。只因敌兵犯境，我同军师邱引奉命镇守青龙关。自从交战以来，已过半载，不能挡退敌兵。前日请来古娄道人，只说必要成功，谁知疆场丧命，叫人无法可使，只好紧守关门。

（上中军）

中　军：报千岁得知，辕门外来了一位道长，口称是川山道人，叫军师迎接。

李天杰：起过了。

中　军：是。（下）

邱　引：（唱）急急忙忙往外跑，瞧见恩师跪流平。（起过）
　　　　　　　引路上了中军帐，（上川山道人）李天杰站起打一躬。

李天杰：（唱）不知法驾来到此，未去远迎望宽容。
　　　　　　　老祖请坐把茶献，来助小主大恩情。

川山道人：（唱）川山回言说不敢，我此来只为报仇下山峰。
　　　　　　　　古娄是我大徒弟，翻天印下死苦情。

李天杰：（唱）山人来把冤仇报，要把东齐一扫平。
　　　　　　　全仗老祖调人马，何惧丑妇逞威能？

川山道人：（唱）不是贫道夸海口，要灭东齐谈笑中。

李天杰：（唱）如果成功退人马，皇兄一定大加封。

川山道人：（唱）富贵荣华我不爱，只为心中气不平。
　　　　　　　　最可恨的钟无盐，田文小子也逞凶。
　　　　　　　　千岁且把宽心放，山人明日破齐营。
　　　　　　　　先拿仇人袁大汉，还有田文小坏种。
　　　　　　　　随后众将都拿住，管保一阵就成功。

李天杰：（唱）站起身来说多谢，
　　　　（白）多谢仙长大发慈悲，大恩不尽！喽啰们，摆宴伺候，大仙请。

川山道人：王爷请。（下）

袁有吉：（内白）大小三军压住阵脚。（马上）俺袁有吉，前者打死妖人进营报号，国母封我猛烈将军之职。听说什么有个老道前来为古娄报仇，看他有多大本领。呀，你看关门大开，冲出一支人马，我也只得迎将上去。（下）

（上川山道人）

川山道人：军校们，一齐靠后，看出家人独立头功。（对上袁有吉）来者丑鬼，报名上来，老祖不杀无名之鬼。

袁有吉：你祖宗袁有吉，狗道何名？

川山道人：哎呦，你就是袁有吉吗？

袁有吉：然也。

川山道人：忒好咧，我正要拿你。

（唱）川山道，气昂昂。

　　　　冤家路窄，来得对当。

　　　　好个袁有吉，大大不懂行。

　　　　打死我的弟子，翻天印下命亡。

　　　　贫道特来把仇报，拿你定要大开膛。

袁有吉：（唱）袁有吉，脸气黄。

　　　　骂声妖道，少要猖狂。

　　　　古娄也已死，你就该隐藏。

　　　　还敢出头露面，不怕扔了道行。

　　　　莫非你是川山道，快些说来莫隐藏。

川山道人：（唱）要问我，听端详。

　　　　说出名姓，不要发慌。

　　　　我名川山道，天下把名扬。

　　　　丑鬼无知胆大，竟敢说黑道黄。

　　　　非是祖师说大话，宝剑一落你命亡。

袁有吉：（唱）骂妖道，莫逞强。

　　　　狠言大话，吓唬儿郎。

　　　　祖宗袁有吉，生来气胆刚。

　　　　最能降妖捉怪，不怕邪魔狼王。

　　　　该你倒运遇见我，送你投胎另找娘。

川山道人：（唱）好一个，小孽障。

　　　　不知深浅，说话癫狂。

　　　　见了祖师爷，理当下马降。

　　　　竟敢说长道短，不怕生死存亡？

　　　　叫你眼下见功效，后悔不及莫悲伤。

（白）好一个丑鬼，不要走，着剑取你。

袁有吉：看斧子。

（大杀，川山道人败，又上）

川山道人：哎呦，丑小子力大无穷，力战不能取胜。等他赶来，用开山棒打他便了。

袁有吉：妖道哪里走？

川山道人：啊呀，着打。

袁有吉：呀，不好！（下）

白　宣：（内白）众将官，枪马伺候。

（上白宣）

川山道人：来者黑小子，报名受死吧。

白　宣：你爷爷白宣。妖道不要逞强，着枪。

川山道人：咳哟，竟是个愣小子，看剑取你。

（大杀，川山道人败下，又上）

川山道人：黑小子果然厉害，哪有闲工与他耐战，还是用开山棒打他便了。

白　宣：妖道哪里走？

川山道人：着打。

白　宣：呀，不好！（下）

川山道人：杀呀！（下）

张　奎：（内白）众将官，看我老将张奎出马。

田　文：（内白）慢着慢着，妖人连伤二将，又有邪术，待我走走。（上）妖人又弄邪术，倒要防备。（下）

（田文、川山道人对上）

川山道人：来者矮小子，莫非就是田文吗？

田　文：然也。既知爷爷名姓，何必说长道短，看家伙！

（大杀，川山道人败下，又上）

川山道人：哎呀，矮小子甚是厉害，只得给他点苦头尝尝。山人炼就一把风火卡，长有三寸，迎风一晃，大有三尺，着人一下，骨断肋拆，今日倒要施展施展。

（唱）伸手掏出小卡子，迎风一晃三尺长。

山人炼就无价宝，打将下去如山重。

任他神仙难逃遁，今日倒要看端详。

洋洋得意忙祭起，管保矮贼一命亡。

　　　　　　大叫田文哪里走？

田　文：（唱）矮爷止步站疆场。

　　　　　　妖道败出圈子外，必然使鬼得提防。

　　　　　　任他闹啥鬼八卦，怎知矮爷有主张。

　　　　　　半天空中有一物，云雾弥漫放毫光。

　　　　　　又有什么邪法术，直奔我来要着伤。

　　　　　　身子一扭遁入土，川山气得面焦黄。

　　　　　　收宝才要回关去，举起棒槌响叮当。

　　　　　　哎呀！大骂妖人你该死，矮爷跟前闹偏方。

　　　　　　今个倒运遇见我，叫你吃顿棒槌汤。

川山道人：（唱）打得川山紧招架，矮子厉害实难挡。

　　　　　　有心使宝不中用，他会遁法必躲藏。

　　　　　　何不施展定身法，田文难走着了慌。

田　文：（白）哎呀坏了，怎跑不动咧？

川山道人：矮贼，你有何能？祖师爷暂且留你不死，单等拿住丑妇一并杀之。喽啰们！

喽　啰：在。

川山道人：把他绑得结结实实的，打得胜鼓回营。（下）将矮贼捆住，换上手铐脚镣，哪位将军监押看守？

　　　　　（上卜高）

卜　高：有，末将卜高愿讨这个差事。

川山道人：须得小心。

卜　高：得令。喽啰们，将矮贼押送入监。（下，又骑马上）俺总兵卜高。自从齐兵犯界，我是寸功未立。今日讨了这个差事，真乃奇功一件了。（绑上田文）

　　　　（唱）可叹我卜高，从小运气挫。

　　　　　　酒醉行了凶，打死人逃脱。

　　　　　　仗着力气强，五祥山入了伙。

　　　　　　镇守青龙关，大王差了我。

　　　　　　自在与逍遥，齐兵杀来了。

　　　　　　军师二大王，他们替了我。

打仗两交锋，寸功也未得。

脸上好挂灰，心中暗起火。

川山祖师爷，今日差了我。

看守小矮根，别人办不妥。

喽　啰：（白）到监门口咧，换换刑具吧。

卜　高：（唱）吩咐众喽兵，一齐听着我。

绳索与大枷，全要预备妥。

矮子本来刁，莫叫他逃脱。

喽　啰：（唱）待我解绑绳，好好你别躲。

换上好舒坦，

田　文：（唱）正是我不躲。

手铐要不得，脚镣也不可。

铁锁这么沉，活活压死我。

喽　啰：（唱）上前解绑绳，系的死疙瘩。

解又解不开，何不拿刀割？

（白）使刀子割开不就得了？

田　文：（唱）割开一股了，秃噜一齐啦。

矮爷要失陪，不用拉着我。（下，跑）

卜　高：（唱）卜高着了忙，活活倾杀我。

矮子土遁溜，这可怎么好？

（白）我把你这狗屎奴才，怎么叫他跑了呢？着打。

喽　啰：哎呀！才一割断绳子，他就入地咧，我们有啥办法呢？

卜　高：罢了罢了，你们跟着两个会说话的，帮我去见祖师爷去。

喽　啰：是。（下）

（急上田文）

田　文：好也呀，我田文幸得他们松了刑具，得便逃走，只得回营交令。且住，我既到此，哪能白来一趟？妖人的梅花鹿在那里拴着呢，走到那里何不把梅花鹿打死？定是这个主意。（打死鹿）哈哈，已把他的鹿打死，回营交令便了。（下）

（钟无盐升帐，张奎、关文义站）

钟无盐： 哀家钟无盐。昨日妖人叫阵，不知用什么邪宝打伤袁、白二将，御弟被擒，大料有死无生，真叫人无法可使。

（上田文）

田　文： 皇嫂在上，小弟打躬。

钟无盐： 哦，你既被擒，如何又回来了？

田　文： 哎，元帅听了。

　　（唱）今日个，了不得。

　　　　疆场以上，大战妖魔。

　　　　打伤袁有吉，白宣也受折。

　　　　小弟上了战场，大战三十余合。

　　　　川山难取我的胜，祭起法宝将我捉。

钟无盐：（白）妖人用的何宝物？

田　文：（唱）长三尺，结儿多。

　　　　像个卡子，不甚情合。

　　　　雷鸣声震耳，风雾相随着。

　　　　照我顶门打下，得了土遁走脱。

　　　　听他吩咐打胜鼓，我又出来战妖贼。

钟无盐：（白）既然土遁逃走，为何又叫他拿住呢？

田　文：（唱）全凭我，战妖贼。

　　　　打得妖道前仰后合。

　　　　看他难招架，败阵要逃脱。

　　　　只听一声呀呸，我就寸步难挪。

　　　　吩咐喽啰将我绑，只说有死无有活。

钟无盐：（白）既然被擒，如何又回来了呢？

田　文：（唱）他将我，要折磨。

　　　　并不斩首，令人看着。

　　　　松了我的绑，要把脚镣套。

　　　　刚要套上铁锁，土遁我就走脱。

　　　　细想不可空回转，把他鹿儿给打死。

钟无盐：（白）总是御弟神通广大，无事回来。妖人终究难捉，如何是好？

田　文：（唱）老妖道，十分恶。

　　　　　　　阻住关口，又会怎么？

　　　　　　　众将难取胜，无人退妖魔。

　　　　　　　若不杀退妖道，何时得奏凯歌？

　　　　　　　还得差人丹凤山去，请来凤英把妖捉。

钟无盐：（唱）连连点头说有理，手拿令箭把话说。

　　　　（白）关文义上帐听令。

关文义：在，国母有何吩咐？

钟无盐：你接本帅令箭一支，去丹凤山请李凤英前来助战。

关文义：哎呀千岁，我与她素不相识，如何请得她来呀？千岁。

钟无盐：住口！你既与她素不相识，前者妖人用毒气喷你致死，她如何救你？那时就该禀明哀家，你不当攥她回去，欺哄本帅，该当何罪？

关文义：呜呼，千岁息怒，容末将细禀。

钟无盐：快讲！

关文义：是。

　　　　（唱）末将从前战妖道，误被妖人宝扇扇。

　　　　　　　忽忽悠悠不知觉，不知怎到丹凤山。

　　　　　　　寨主凤英李氏女，救醒末将讲根源。

　　　　　　　如此这般成亲事，以后辞她回营盘。

　　　　　　　见了国母未敢讲，怕的是临阵收妻罪如山。

　　　　　　　前者小将中毒气，不料李氏到营盘。

　　　　　　　灵丹治好我的命，要见国母来问安。

　　　　　　　小将一时错主意，未曾认她赶回山。

　　　　　　　千岁在上想一想，

钟无盐：（唱）太真听罢忙开言。

　　　　　　　纵然你是从前错，夫妻无有不牵连。

　　　　　　　你若亲身将他请，凤英无有不下山。

　　　　　　　况且哀家又有令，夫妻名正得团圆。

　　　　　　　不必犹豫就此去，

　　　　（白）快快前去将李凤英请来，误我将令斩首。快去！

关文义：是，小将遵令。（下）
钟无盐：众将官，小心营盘。

  （诗）哪怕妖人邪术广，能人背后有能人。（下）

  （出川山道人坐）

川山道人：（诗）只为一时气不平，要与徒儿索冤魂。

  （白）出家人川山道人。昨日捉住田文，又被军校给放跑咧！跑了倒还罢了，不该打死我的梅花鹿，叫人气恨难消。方才出营要战，齐营免战牌高悬，只好回城。阿嚏阿嚏！连打喷嚏，不知有何事故？待我占算占算，原来如此，有些不好了。

  （唱）川山道，吃一惊。

    子卯寅丑，算得更清。

    丑妇钟无盐，差人请救兵。

    离此三百余里，有个李氏凤英，

    住在丹凤高山上，她乃是圣母大门生。

    她与那，关先锋，

    二人早就，夫妻配成。

    此人刀马勇，而且广神通。

    她若下山助战，我就难以成功。

    这可叫人怎么好？须得早早设牢笼。

  （白）哦，有了！

  （唱）我何不，急急行。

    赶上文义，见他面容。

    变作关文义，先自上山中。

    叫她真假难辨，闹个俏皮事情。

    关某上山见了面，闹个黄河洗不清。

    关文义，岂肯容？

    定说李氏，败坏伤风。

    不要李氏女，绝情转回营。

    大料必中此计，出房跺脚腾空。

    不言妖人随后赶，再表关某美英雄。（下）

（来安、关文义马上）

关文义：（唱）小来安，头里行。

关爷随后，催开走龙。

奉了国母命，去请李凤英。

上山任她发落，只可忍气吞声。

哀求娘子把山下，好把五祥山一扫平。

差事紧，不消停。

相离丹凤，数里余程。（下）

（上川山道人）

川山道人：（唱）暂压主仆俩，再表老妖精。

霎时随后赶上，瞧见文义形容。

浑身模样记得准，催云行到山中。

拦雾收云落了地，

（白）你看来到山下，待我唤诀念咒说声"变"。（变身成关文义）倒也变得不错，上山混乱一番便了。（下）

（完）

第 三 本

【剧情梗概】 李凤英下山去到齐营,被关文义骂回山寨,气得了一场大病。钟无盐得知李凤英武艺高强,让关文义去请她出山。川山道人料到如此,便变作关文义的模样,提前去找李凤英,导致李关二人不欢而散。川山道人逃走后,又变作李凤英的模样,趁着关文义未到,先见了钟无盐。关文义看破其形容,用宝剑砍下一只耳朵,川山道人化道火光而逃。因李凤英武艺超群,钟无盐只得令关文义二上丹凤山,诚请李凤英。

（出李凤英坐）

李凤英：（诗）痛恨强人歹心肠,终日忧思泪不干。

（白）奴李凤英。自从下山去到齐营,被那强人叱骂,回山寨后怒气难消,痛气交加,得了一场大病。自料觉好些了,哎,思想起来,真叫人气恨。

（唱）独坐床头心烦闷,思想以往好伤惨。
　　　恼恨强人关文义,真是绝情断义男。
　　　奴家找到齐营去,帮兵助阵灭妖仙。
　　　正遇强人有了难,仙丹治好把阳还。
　　　只说病好全情义,夫妻和美住营盘。
　　　不但无情还罢了,反倒变恼气冲天。
　　　并不相认成陌路,无恩无义果其然。
　　　反说不认是哪个,立逼奴家转回山。
　　　回山气了一个死,多少日子病来缠。
　　　听说川山老妖道,如今下了黑风山。
　　　帮助邱引把关守,大料齐营取胜难。
　　　若是强人想起我,必然来到丹凤山。
　　　他若能来还罢了,对他诉奴的心田。
　　　这是奴的心妄想,纵然想他也枉然。
　　　正然思念脚步响,来了冬梅小丫鬟。

冬　　梅：（白）姑娘，你老可大喜了！
李凤英：奴家愁绪有千万，喜从何来？
冬　　梅：姑爷请你来了，不是喜吗？
李凤英：他与奴家绝情断义，不能再来到这里。
冬　　梅：是真来咧！现在外面等着，禀姑娘知道。
李凤英：阿弥陀佛哟，可真应了你的话了。
冬　　梅：细想强人到此，必有为难之事，何不给他个下马威出出气呢！
李凤英：这等，叫他进来见我。
冬　　梅：晓得咧。（下，内白）姑爷，我们小姐叫你进去呢。
川山道人：（内白）是，来了。（上）

（唱）早已知旧理，假装文义来陪情。

　　　　进房先问娘子好，

（白）娘子可好哇？

（唱）弯腰施礼打一躬。

　　　　恕过拙夫从前错，望乞娘子把我容。

李凤英：（白）住口！

（唱）故意带怒说话紧，你是何人快报名？

川山道人：（白）我是拙夫关文义。
李凤英：（唱）你与奴家成陌路，因何进到我帐中？
川山道人：（白）前者是我的不是，娘子休怪。
李凤英：（唱）强人心狠狠到底，忘恩负义头一名。

　　　　前者为何不相认？立逼奴家出大营。

川山道人：（白）拙夫错了，与娘子赔礼。
李凤英：（唱）强人错处无一点，快快出去免动刑。
川山道人：（白）叩头就叩头，我跪下了。
李凤英：（唱）佳人一见心暗喜，
冬　　梅：（唱）冬梅故意讲人情。

　　　　姑爷来到高山上，好不容易两相逢。

　　　　姑娘你老消消气，暂且把我姑爷疼。

李凤英：（白）起来吧。

冬　　梅：（唱）等奴摆酒斟几盏，庆贺夫妻和美情。
　　　　　　　　你老不许来生气，
川山道人：（白）喝一盅吧？
　　　　　（唱）小姐也该陪几盅，诉诉夫妻离别话。
李凤英：（唱）凤英才要问一声，喽啰跑来一声报。
　　　（上喽啰）
喽　　啰：（白）报寨主得知，关姑爷来到帐外，乞令定夺。
冬　　梅：你姑爷现在眼前，怎么又来？真该打死！
喽　　啰：我们不知哪里来了这么多姑爷呀？小人不敢枉报。
川山道人：娘子，这必是妖精变的，不可叫他进来。
　　　（上关文义）
关文义：娘子哪里？娘子哪里？
李凤英：可倾杀人了，怎又来了一个呢？
关文义：哎呀，好个妖人！竟敢变我生事，气死人也！
川山道人：你这人实说，为何到此？快快出去！
关文义：妖精敢来变我！
川山道人：你是妖精！
关文义：你是妖精！
川山道人：你是妖精！好妖精，真正气死人也，着打！（乱打一阵，下）
李凤英：你们且慢动手，哎，这可难死人也，我的妈呀！
　　　（唱）只见他俩动了手，这才叫人羞难当。
　　　　　　二人面目一般样，今日齐来到山上。
　　　　　　令人难辨真和假，哪个真正是关郎？
　　　　　　大骂妖精无道理，敢来假变把人诓。
　　　　　　叫声关郎闪一闪，等奴前去把妖降。
　　　（出川山道人、关文义打）
关文义：（白）真真气死人也！
川山道人：你给我滚开吧！
李凤英：（唱）佳人难辨真与假，无法上前把手帮。
　　　　　　欲待杀了狗妖道，又怕郡马他受伤。

　　　　　　大杀一处难分解，将军受伤奴怎当？
　　　　　　这可叫奴怎么好？急得两眼泪汪汪。
　　　　　　猛然想起一主意，掌手乾雷把妖降。
　　　　　　唤诀念咒伸右手，掌手乾雷震天堂。

川山道人：（白）呀！
　　　　　（唱）川山着忙说不好，这个贱人本领强。
　　　　　　　乾雷一响脑浆崩，再不逃走准受伤。
　　　　　　　一道金光逃了命，（下）

李凤英：（白）郡马，你受伤无有啊？

关文义：哇呀！
　　　　（唱）关某气得面焦黄。
　　　　　　大骂贱人伤风化，水性杨花太不良。
　　　　　　好马不备双鞍子，烈女不嫁二夫郎。
　　　　　　关某断乎不要你，

李凤英：（唱）臊得佳人脸无光。
　　　　　　将军不要冤枉我，细听妾身说其详。
　　　（白）将军不可急躁，那妖人假变将军来此。奴真假难辨。幸亏郡马赶到，奴家祭起乾雷击跑妖人，将军亲眼所见。

关文义：住口，我奉国母将令前来请你。谁知你败坏五伦，从今以后你为你、我为我，自寻道路去吧。（下）

李凤英：将军转来！郡马慢走！关郎，你慢走！哎，真就走了，我的妈呀，可活活屈死人了！
　　　　（唱）一见将军扬长去，急得佳人泪交流。
　　　　　　这可活活屈死我，冤枉冤哉向谁投。
　　　　　　当面说了绝情话，狠心一去不回头。
　　　（白）哎呀，苦呀！
　　　　（唱）关郎疑我伤风化，又说是自寻道路不要奴。
　　　　　　不怨郡马只怨我，

关文义：（唱）娼妇你好无来由。
　　　　　　妖精假变关文义，也该细把根底搜。

李凤英：（唱）说了绝情厉害话，妖人赔礼把奴羞。
　　　　　　是奴觉着脸难赚，又恨冬梅小丫头。
　　　　　　端上菜来斟上酒，二人对坐讲情由。
　　　　　　不意郡马把房进，看见妖人气难收。
　　　　　　二人动手打一处，难辨真假把奴愁。
　　　　　　着急采用乾雷印，击得妖人驾云溜。
　　　　　　关郎一怒把山下，休弃奴家不回头。
　　　　　　大骂妖人真可恨，拆散我们好并头。
　　　　　　待奴养身病体好，定找妖人大报仇。
　　　　　　哭哭啼啼回房去，（下）

（上川山道人）

川山道人：（诗）再表川山驾云游。
　　　　　　　来到山坡收云雾，
　　　　（白）哎呀，好个厉害的小贱人，几乎被她乾雷击死，真可恶也。
　　　　（唱）坐在小山坡，吓得打颤颤。
　　　　　　　好个李凤英，武艺真不善。
　　　　　　　我变关总兵，上山把她见。
　　　　　　　长得真风流，模样更好看。
　　　　　　　见我把脸扬，如此说一遍。
　　　　　　　赔罪连作揖，一往全不看。
　　　　　　　待我甚有情，即刻摆酒宴。
　　　　　　　二人坐一堆，真假难分辨。
　　　　　　　才要讲风情，来了关好汉。
　　　　　　　进房搅了局，我俩大交战。
　　　　　　　惊坏李凤英，急得团团转。
　　　　　　　祭起掌手雷，轰隆一大片。
　　　　　　　浑身骨头痛，脑袋震两半。
　　　　　　　急急把命逃，跑了一身汗。
　　　　　　　在此且歇歇，心中暗打算。
　　　　　　　忽然计又生，如此变一变。

　　　　　变作李凤英，去哄钟无盐。

　　　　　何不如此这般行？

　　　　（白）我何不变作李凤英的模样，趁着关文义未到，先见了钟无盐？如此这般而言，得便杀了丑妇，及便回山，再也不敢出头露面。待我变来。（变李凤英）倒也不错，混乱她一面便了。（下）

（钟无盐升帐，廉赛花后站）

钟无盐：（诗）免战高悬且罢战，等候请得凤英来。

　　　　（白）哀家钟无盐。川山道人邪术难挡，无奈免战牌高悬。差关文义去到丹凤山搬取李凤英前来助战，也该回来了。

（上中军）

中　军：报千岁得知，今有丹凤山李凤英来至帐外候令。

钟无盐：这等，叫她进来。

中　军：得令。（下，内白）国母有令，命你进账。

（川山道人假扮李凤英上）

川山道人：来了，千岁在上，李凤英叩头。

钟无盐：因何自己一人到此，关文义怎么不见？

川山道人：千岁不知，且听奴家细禀。

　　　　（唱）川山假变李氏女，叩头连把国母称。

　　　　　奴是云霞大弟子，奉师之命下山峰。

　　　　　丹凤山上为寨主，前者配了关先锋。

　　　　　自从关郎中邪术，灵丹救活命残生。

　　　　　谁知他把心改变，不认奴家撵出营。

　　　　　昨日关郎上山寨，夫妻才得两相逢。

　　　　　说是奉了国母命，请我下山来帮兵。

　　　　　也是他的运不及，今日病在高山峰。

　　　　　奴家恐怕误了限，带着喽兵下山峰。

　　　　　望乞国母留下我，管保能把妖人平。

钟无盐：（唱）太真座上心犯想，她咋情况像妖精？

　　　　　她说先锋关文义，现今病在山寨中。

　　　　　来头有些不稳重，好个轻薄李凤英。

    自己先来捉妖道，暂且留她住大营。
    叫声凤英李氏女，且听哀家将你封。
    果然平贼灭妖道，护国侯职第一名。

川山道人：（白）谢过千岁。

钟无盐：（唱）才要吩咐摆筵宴，（上卒）军卒跑来禀事情。

卒：（白）报千岁得知，关将军回营候令。

钟无盐：起过了。

卒：是。（下）

钟无盐：哦，李凤英。

川山道人：有哇，千岁！

钟无盐：你说关文义病在山寨，他如何又回营呢？

川山道人：千岁，他必是妖精变的，前来诈营。千岁将他杀死，以除后患！

钟无盐：呀，其中必有隐情，我有道理！廉赛花听令，你随李小姐左右，诸事小心。

廉赛花：是，夫人随我来。

川山道人：来了。（下）

钟无盐：吩咐关文义进帐。

卒：是，关将军进帐。

关文义：（内白）来了。（上）国母在上，末将交令。

钟无盐：将军独自回营，你请的李小姐呢？

关文义：哎呀，千岁休提那贼人了。

钟无盐：却是为何？

关文义：国母不知，细听末将告禀。

  （唱）前日奉了国母命，丹凤高山请凤英。
    谁知李氏伤风化，败坏人伦太胡行。
    小将一见心大怒，要将他俩性命倾。
    只说先把妖精斩，然后再杀李凤英。
    我俩动手战一处，忽然一阵打雷声。
    原来妖人是假变，妖精变作我面容。
    他怕雷击逃了命，小将一怒下山峰。
    立誓不要李氏女，水性杨花颜面扔。

　　　　　　　文义说罢伏在地，太真听罢打调停。

钟无盐：（唱）叫人难辨真与假，必得如此见分明。
　　　　　　　想罢故意面带怒，拍案叫声关先锋。
　　　　　　　忘恩负义头一个，不要李氏太胡行。
　　　　　　　你妻早已来到此，前后之事具说明。
　　　　　　　哀家今日做见证，叫你夫妻两配成。
　　　　　　　今晚洞房花烛夜，若违我令问典刑。

关文义：（白）末将遵令。

钟无盐：（唱）吩咐左右摆酒宴。
　　　　　　　（白）今晚你与李氏洞房花烛，必须夫妻和美，违令者斩首。

关文义：末将遵令。（下）

钟无盐：你看关文义又勉强应允，今晚必见他的真假。
　　　　　（诗）要知女子真来历，今晚方得见分明。（下）
　　　　　（急上关文义）

关文义：我关文义，今天国母出的这个将令，可就不是了。
　　　　　（唱）方才国母传下令，我与凤英把亲成。
　　　　　　　勉强应了这件事，叫人一时少调停。
　　　　　　　暗想凤英李氏女，从前做事欠聪明。
　　　　　　　自从撵她回山寨，贱人败坏又伤风。
　　　　　　　勾引妖人叫我遇，她还早来把人倾。
　　　　　　　国母叫她哄住了，方才吩咐得应声。
　　　　　　　主意一定回帐去，再说假变李凤英。（下）

川山道人：（唱）到此原为杀丑妇，不想送我洞房中。
　　　　　　　且等今晚人静了，下手杀了关先锋。
　　　　　　　然后再杀钟无盐，即刻回山去修行。
　　　　　　　今生再也不出世，好好修炼做仙翁。
　　　　　　　思思想想起更鼓，关爷迈步进帐中。

　　　　　（上关文义）

关文义：（唱）一片杀心暂压住，只得与她假赔情。
　　　　　　　和颜悦色呼娘子，

    （白）从前的过错，娘子宽恕了吧，不要记着拙夫了。

川山道人：咱们两口子，还计较啥呀，将军。天不早了，也该睡觉了吧？

关文义：呀，此女大大不对！

    （唱）心里暗暗说不对，此女来历有隐藏。

       其中一定有假代，必是妖人又假装。

    （白）哦，是了。

    （唱）假变凤英李氏女，进营来把国母诓。

       得便作恶要下手，要把国母暗损伤。

       幸得关某回营寨，几乎入了计良方。

       天偿其便该他死，暗藏宝剑谨提防。

川山道人：（唱）假变凤英答言语，将军请坐莫脸黄。

       从前旧事全拉倒，天色已晚请上床。

       妾身今晚来赔罪，请君安寝困得慌。

       明早我还去临阵，何必熬夜把身伤？

关文义：（白）娘子，你且先睡去吧。

川山道人：（唱）将军不睡我要睡，倒身而卧是假装。

关文义：（唱）抽出宝剑一声喊，

    （白）好妖精，休得装睡，是你看剑！

川山道人：哎呀，不好！（下）

关文义：你看妖人逃跑，可惜并未杀死，且等明日参见国母便了。（下）

    （川山道人跑几场，上）

川山道人：哎呀，厉害家伙把山人耳朵削去一个咧。此仇不报，誓不罢休，不免回洞，把我炼就的十二口飞刀取来。此刀百步之外，就能伤人，还有妖书三卷，一并取来，以报此仇便了。哎呀，好痛啊！（下）

    （上李凤英）

李凤英：（诗）求师指引下仙山，保护齐营得安然。

    （白）奴家李凤英。自从妖人假变关郎混乱一场，将军一怒回营去了。临行又叫奴家自寻道路，令人无法可使。昨日来至古洞，师父指引，圣母说我夫妻不久便要团圆，又说齐营有难，叫奴暗中收了妖人的飞刀，强人必来请我下山破阵。圣母之言谨记，方才辞别师父，移到齐营，保护国母才是。

（唱）辞别师父出古洞，双足一跺起在空。
　　　见了师父从头讲，她老对我说分明。
　　　目下齐营该有难，叫奴解救莫消停。
　　　今晚上在空中等，防备妖人暗行凶。
　　　收他飞刀十二口，不久请我到营中。
　　　那时夫妻才团聚，扶保东齐立大功。
　　　云光一展来得快，大营不远咫尺中。
　　　收住云头往下看，来了川山老妖精。

川山道人：（唱）回洞取来无价宝，十二口飞刀妙无穷。
　　　　　　趁此天晚好下手，要把东齐兵将倾。
　　　　　　收云拦雾落在地，七字真言口咕哝。
　　　　　　说急到快忙祭起，（刀起）宝贝一直奔齐营。
　　　　　　一定杀个稀糊烂，躲闪不及刀下倾。

李凤英：（唱）川山祭宝正得意，怎知空中李凤英？
　　　　　眼看妖人飞刀起，急忙收起不消停。
　　　　　收起一口又一口，管叫妖人落场空。
　　　　　霎时收刀十二口。

川山道人：（白）该回来啦，怎不回来呢？
　　　　　（唱）川山道人瞪眼睛，飞刀去了该回转。
　　　　　　　唤诀念咒总不灵，急得妖人直瞪眼。

李凤英：（唱）空中笑坏女花容，在腕摘下金镯子，
　　　　　照定妖人身上扔，只听咕咚一声响，
　　　　　川山跌个倒栽葱。
　　　（白）哎呀，什么东西打我一个跟头呢？

李凤英：好妖人，看乾雷击你。

川山道人：哎呀，不好！（下）

李凤英：你看妖人逃跑，不免回山便了。（下）

　　（急上川山道人）

川山道人：哎呀，好厉害！可恼李凤英收去我的飞刀倒还罢了，绝不该暗中打了

　　　　　我一下。贱人有些道行，准死在她手。我今与她势不两立，不免回关摆下一座妖兵大阵，定将贱人活活治死，才解我心头之恨。罢了我了，哎呀，好头痛！（下）

　　　　（钟无盐升帐，田坤、关文义、廉赛花站）

钟无盐：（诗）杀气腾腾迷太阳，一声号炮震山冈。
　　　　　　　　风吹神州山河动，电闪旌旗日月光。
　　　　　（白）哀家钟无盐。前者妖人假变李凤英来到营中，幸亏关文义看破形容，用宝剑砍下一个耳朵。妖人化道火光而逃，我想妖人屡屡逞凶，除李凤英外，无人敢挡，必得她前来助战。关文义上帐听令（在），你持哀家令箭一支，去丹凤山搬请李凤英前来助战。

关文义：哎呀，千岁，我与她情绝义断，如何请得她来？望乞国母上裁！

钟无盐：你纵绝情，她还有意。你今亲身去请，断无不来之理。

关文义：千岁，末将还有下情回禀。

钟无盐：什么下情，快将来。

关文义：千岁听了。

　　　　　（唱）小将不才当自想，世代魁英立朝堂。
　　　　　　　　误中妖邪收李氏，亏她救我命未亡。
　　　　　　　　是我狠心将她撵，辜负李氏好心肠。
　　　　　　　　前者奉命把她请，亲眼见她乱纲常。
　　　　　　　　当面说过绝情话，断乎不要坏婆娘。
　　　　　　　　今日再去将她请，再若不来枉奔忙。
　　　　　　　　伏乞国母查情理，太真座上讲端详。

钟无盐：（唱）你说李氏伤风化，何必认真道短长？

关文义：（白）小将亲眼看见她与妖人同桌对饮。

钟无盐：（唱）此乃川山设诡计，何须痴迷小心肠？

关文义：（白）末将把话早已说绝了。

钟无盐：（唱）你虽无情她有意，奉我之命必相帮。

关文义：（白）恐怕请她不来呀。

钟无盐：（唱）从来藕断丝不断，夫妻和好下山冈。
　　　　　　　　不必犹豫快快去，

（白）将军不可犹豫，快去快回！

关文义：是，末将遵令。（下）

钟无盐：你看关文义去了，李凤英必来相助。众将官！

众将官：在！

钟无盐：谨守营盘。

（诗）妖人多邪术，谨慎守大营。（下）

（来安马上）

来　安：（诗）差遣来跑腿，丹凤山上请大婶。

（白）我来安。方才公子接了令箭一支，去请大婶拔刀相助。大叔觉得有点难去，急得总是哼哈不止，所以给了我这个差使。让我去到丹凤山见了我大婶子，一定跟我前来。前前后后说他一遍，我来安也觉得光彩。天气尚早，须得走走便了。

（唱）跃马紧加鞭，马上甚得意。
　　　大叔叫我来，如同亲侄子。
　　　跟随来出征，我算有福的。
　　　到了青龙关，遇见妖邱引。
　　　邪术人难挡，我国胜难取。
　　　大叔中邪术，招入大营去。
　　　几天昏沉沉，只说一定死。
　　　正愁无有法，来了我大婶。
　　　仙丹治活了，大叔心肠狠。
　　　装作不认得，撵出无有礼。
　　　有人传了话，娘娘知端的。
　　　立刻把令传，定要李氏女。
　　　大叔遵令行，上山不停止。
　　　川山老妖精，头里去闹鬼。
　　　变作我大叔，本是一样子。
　　　陪着大婶她，正要把酒饮。
　　　大叔撞见了，立刻闹将起。
　　　大婶用乾雷，妖精也怕死。

　　　　化道火光溜，公子怒不见。
　　　　说话绝了情，一怒回营里。
　　　　可恨老妖道，又变我大婶。
　　　　去哄钟娘娘，娘娘发悟迷。
　　　　公子来得急，送到洞房里。
　　　　看破他形容，暗把宝剑使。
　　　　妖精又逃生，叫人无法使。
　　　　国母甚着急，来请我大婶。
　　　　公子难以来，我就讨差使。
　　　　到那如此说，大婶必欢喜。
　　　　一定随我来，十成有九准。
　　　　定夸我来安，是个好小子。
　　　　大婶她身边，有个小侍女。
　　　　名字叫冬梅，俏皮真无比。
　　　　不过十七八，伶俐多俊美。
　　　　一定我讨她，与我做媳妇。
　　　　一说必乐意，千恳与万恳。
　　　　择日拜天地，我俩在一起。
　　　　洞房大吃喝，巫山会云雨。
　　　　我比楚襄王，她比那神女。
　　　　逮着好东西，再也不打盹。
　　　　越想越精神，打马走得紧。
　　　　霎时来到咧，
　　（白）你看来到丹凤山，待我上山便了。（下）
　　（出李凤英坐）

李凤英：（诗）人无情难回心，妖人混乱又离分。

（白）奴家李凤英，昨日去上仙山保护齐营，收了妖人十二口飞刀。回到山寨等候强人上山来请，无有音信，莫非师父之言不应？

（唱）前者关郎休弃我，一怒回营气难忍。
　　　无奈去见老师父，请问终身怎归结。

师父说是该如此，夫妻和美两和谐。
叫我齐营去保护，暗中保护退妖邪。
祭起飞刀十二口，想要成功气才歇。
哪知暗中奴收过，掌手乾雷往下抛。
击得妖人火光跑，并未击死逃走咧。
正是佳人胡盘算，冬梅进房把话曰。

冬　梅：（唱）姑娘不必发愁了。

（白）姑娘，你老可大喜啦！

李凤英：可有啥喜呢？

冬　梅：来安请您来啦。

李凤英：怎么他来咧？还有别人无有啊？

冬　梅：就是他自己来咧，要见你老呢。

李凤英：来安到此，其中必有缘故。我且见他，再作道理，你叫他进来。

冬　梅：晓得了。（下，内白）来安小子，叫你进去呢。

（上来安）

来　安：好的。你也管我叫来安？

冬　梅：不叫你来安叫啥东西呢？

来　安：叫哥哥。

冬　梅：脑袋瓜吧。管你叫哥哥，你也配？

来　安：你不用美，等我见了大婶子，必要把那个勾当说了。

冬　梅：啥勾当？

来　安：哈哈哈，我不知道。

冬　梅：什么东西，快滚进去吧！

来　安：大婶子可好哇？

李凤英：你是哪里来的一个疯子？敢进我的房中，冬梅与我打出去。

冬　梅：快出去！快出去！

来　安：停手！停手！大婶子，连小子来安也不认识咧？

李凤英：怎么？你是来安么？

来　安：不是，我是狗蛋。

李凤英：只因你们爷们没个定准，闹得人都花了眼咧，连你也认不准咧！来安，

　　　　　我且问你。
来　安：问我啥呢?
李凤英：你到这里做什么来了?
来　安：你老不知，只因妖人邪术厉害，无人敢挡，差我前来请您老下山捉妖去呢。
李凤英：是哪个叫你来请我呢?
来　安：呀，且住。若我说是奉国母之命，我大婶子必不肯前去。这只得说我奉大叔之命令，她才欢喜呢，定是这个主意。我说大婶子，是我大叔叫我来的。
李凤英：胡说！我与你大叔有何瓜葛？竟敢前来请我，冬梅，快来与我掌嘴！
冬　梅：是，打这个小辈的。
来　安：哎呀，别打别打，小子还有下情。
李凤英：有何下情，快快讲来。
来　安：坏了，今个我大婶子怎改了脾气了？
　　　　（唱）来安暗暗打主意，大婶脾气大改变。
　　　　　　　从前我看多仁义，今个这是为何来？
　　　　　　　见面说了一个请，立刻变脸怒满怀。
　　　　　　　叫冬梅打了几个大嘴巴，疼痛难忍肿了腮。
　　　　　　　大婶你老别动怒，细听小子说明白。
　　　　　　　这个妖人无人挡，国母着急把人差。
　　　　　　　差我人叔请你老，他老无颜见您来。
　　　　　　　有心不来怕国母，违令要把脑袋摘。
　　　　　　　无可奈何领了命，急得转转哼又咳。
　　　　　　　我在旁边心不忍，特替公子到此来。
　　　　　　　你老看我一点脸，下山相助理应来。
李凤英：（唱）凤英听罢心欢喜，奴家自有巧安排。
　　　　　　　打发来安回营去，强人一定亲身来。
来　安：（白）大婶子，你老去吧。
李凤英：（唱）主意一定开言道，来安仔细听明白。
　　　　　　　我与你们无瓜葛，到此相请算胡来。
来　安：（唱）你老把话别错讲，大叔岂是无义才？

李凤英：（唱）忘恩负义头一个，提起强人怒满怀。
来　安：（唱）从来藕断丝不断，公子后悔悔不来。
李凤英：（唱）管他后悔不后悔，来安快走少吊歪。
来　安：（唱）要走你老跟我走，去了又是撵回来。
李凤英：（唱）这回不像前面了，奴家不去竟是白①。
来　安：（唱）只当看我来安脸，
李凤英：（唱）好个胆大小奴才。
　　　　　　　成心要怄我的气，今日要将你重裁。
　　　　　　　吩咐冬梅快传令，
　　　　（白）冬梅，吩咐喽啰把这小子拉下去重打四十大板，赶出去！
冬　梅：得令，快滚！
来　安：消停消停，大婶还得看个脸呐！
李凤英：来安，看哪个脸呢？
来　安：哎呀，要说看国母脸不中，还是看我大叔的脸，饶了我吧。
李凤英：住口！若看别人倒还罢了，提起强人，真是让人生气。喽啰们！
喽　啰：在！
李凤英：把他拉下去重打四十大板。
喽　啰：得令。
来　安：哎呀，可坏了。（下）
　　　　（拉下来安，打完又上）
李凤英：来安，打你屈不屈呢？
来　安：哦，我屈呀不屈。
李凤英：看你这个样子该是屈呀。喽啰们，拉下去再打四十。
来　安：哎呀，不屈不屈！婶子打也打咧，骂也骂咧，气也该消了，还是去呀？还是不去呢？
李凤英：来安，我今打你屁股，就如同打你大叔脸一般。你对他说，我是泼出来的水，收不回去了。千万别叫他来，他如果来了，我一定把他杀了、剐了。

---

① 竟是白：意为白费劲。剧中常常为了最后一字押韵，说一些省略的说法。

来　安：大婶子，我转句文吧，与你老听：人非圣贤，孰能无过。我大叔如今知过必改也就是了，杀人不过头沾地，你老还是去去才好。

李凤英：哪里这些闲话！冬梅，赏他十两银子，与我赶出去。

冬　梅：得令。与你十两银子，快快爬出去吧。

来　安：是咧。（下）

李凤英：来安此去，大约强人必来。

冬　梅：吩咐喽啰们，小心巡山，有人到此禀我知道。

（诗）来安此去传佳音，等候强人到来临。（下）

（来安拉马上）

来　安：屁股也打坏了，马也骑不了咧，只得拉着马，慢慢回营便了。（下）

（上二巫）

秃子光、光秃子：（诗）奉命搭法台，杆子土里埋。

　　　　　　　　三丈六尺高，只得早安排。

秃子光：（白）我秃子光。

光秃子：我光秃子。

秃子光：兄弟，你我奉了军师之命，要搭法台一座，三丈六尺高。准备摆阵，捉拿齐将。

光秃子：是吗？少不得动起手来。

（唱）方才帅府中，国师爷差遣。

　　　别人办不来，唯有你与俺。

　　　奉命搭法台，祖传艺不浅。

　　　咱是官棚匠，到处得大脸。

　　　咱俩不用慌，动手齐呐喊。

　　　大家把手招，阴坑不能浅。

　　　一丈二尺深，镐刨用铁铲。

　　　准备拿齐兵，掉下难逃转。

　　　法台要够高，一尺不许短。

　　　四下立高杆，旗子要挂满。

　　　诸般预备齐，狗油灯七盏。

　　　白马共青牛，乌鸡与黑犬。

　　　　　　童女与童男，一齐用刀斩。
　　　　　　妇女十二人，怀孕全不管。
　　　　　　齐杀在阵中，立刻昏惨惨。
　　　　　　香烛与蜡扦，桌子上摆满。
　　　　　　诸般都齐全，报与军师管。
　　　　　　法台搭完了，还有何差遣？
　　（上邱引）
邱　引：（唱）你等算有功，一齐快躲闪。
　　　　　　就请老师父，上台来观检。
　　（上川山道人）
川山道人：（白）尔等一齐退后，邱引随我上台。
邱　引：来了。
川山道人：来至法台以上，将灵符焚化，鲇鱼孽龙速降。
　　（云照）
妖神一：来了，法师相召，哪边使用？
邱　引：无事不敢劳动尊神。今有钟无盐欺我太甚，要摆一座妖兵大阵，借使法力，守住东门，不许放走齐将，违吾法旨，按阴书遭贬呐。
妖神一：遵法旨。（下）
邱　引：（唱）火化灵符腾空起，敲动云牌震九霄。
　　　　　　霎时之间起云雾，来了成精作怪妖。
　　　　　　巨口獠牙如恶虎，蓝面红发丈二高。
妖神二：（唱）多年怪蟒得了道，遵旨妖书走一遭。
　　　　　　寒风一阵急来到，收住云头说请了。
邱　引：（唱）只因齐将多厉害，欺我太甚行事刁。
　　　　　　要摆一座妖兵阵，莫叫敌将一个逃。
　　　　　　若是不遵吾的令，按书遭贬定不饶。
妖神二：（白）遵法旨。（下）
邱　引：（唱）复又唤诀念咒语，灵符一道用火烧。
　　　　　　一股黑烟腾空起，多年中鱼海底蛟。
　　　　　　只听空中云朵响，来了中鱼作怪妖。（云上）

妖神三：（唱）法台以前收云雾，法师相邀不辞劳。
邱　引：（唱）我今摆下妖兵阵，捉拿丑妇气才消。
　　　　　　　借仗尊神相帮助，南方把守莫辞劳。
　　　　　　　若遇齐将进了阵，打入阴坑莫放逃。
妖神二：（白）遵法旨。（下）
邱　引：（唱）又将灵符大焚化。
　　　　（白）火化灵符唤诀念咒，敲动云牌，天上红娘速降。
（云照红娘子）
红娘子：来了。法官相召，哪边使用？
邱　引：无事不敢劳动。我今摆下一座妖兵大阵，命你把守西门。如有齐将进阵，只许放进，不许放出。如违吾令，按阴书遭贬。
红娘子：遵法旨。（下）
邱　引：又将灵符用火焚化呀。
　　　　（唱）火化灵符用手指，唤诀念咒响云牌。
　　　　　　　霎时之间天昏暗，一阵狂风扑面来。
老　鼋：（唱）多年老鼋得妖道，自称龙王力不衰。
　　　　　　　束法金冠头上戴，护心宝镜挂胸怀。
　　　　　　　面色蓝靛大盆嘴，巨口獠牙上下排。
　　　　　　　行动粗风带暴雨，一块云雾到法台。
邱　引：（唱）法师相召有重用，借仗神威守法台。
老　鼋：（白）遵法旨。（下）
邱　引：（唱）复又唤诀念咒语，云牌一响恶鬼来。
　　　　　　　丧门吊客急速降，男女冤魂吐悲哀。
　　　　（上恶鬼）
恶　鬼：（白）唔，吃肉哇。
邱　引：（唱）声声要吃人的肉，围住阴坑两边排。
　　　　　　　若有齐将来进阵，推进阴坑掳尸骸。
　　　　　　　四大游魂来回走，巡查四面莫迟挨。
　　　　　　　连击云牌雷声响，日月无光黑雾霾。
　　　　　　　幽冥地府一般样，专等齐将进阵来。

川山道长：（白）阵式摆完，邱引谨守法台，待为师亲身临阵，引诱敌将便了。（下）
卒：（内白）报娘娘得知，妖人又来要阵。
钟无盐：再探。
卒：得令。
钟无盐：众将官！
众将官：在！
钟无盐：看哀家刀马！
张奎、白宣：国母请歇凤驾，末将张奎/白宣愿去出马。
钟无盐：多加小心。
张奎、白宣：不劳嘱咐。众将官，抬枪带马，开放营门。（下）
钟无盐：军校们，随本帅出营料阵，准备截杀，不得有误。

（川山道人张奎对上）

张　奎：妖道慢来，你老爷在此！
川山道人：老儿有何能力，也来送死？
张　奎：休得胡言，看刀。
川山道人：来，来，来。

（大杀，川山道人败，引二将进阵）

张　奎：呀，正然追赶妖人，忽然不见妖人，但只见阴风滚滚，鬼哭狼嚎。这是什么所在？
白　宣：老将军，休慌！你我即入虎穴，少不得大展神通，闯出阵去再作道理。
张　奎：言之有理。
白　宣：待我奋勇当先，杀上前去！
恶　鬼：唔，吃人肉哇！
白　宣：呀，有些不好！
　　　　（唱）惊慌失色喘吁吁，杀了多时力无有。
　　　　　　　阴风滚滚迷太阳，雾气腾腾冲牛斗。
　　　　　　　四面八方辨不清，只听鬼怪喊声吼。
　　　　　　　欲待奋勇往前杀，一条道路也无有。
　　　　　　　好像一座枉死城，大料我活不久。
　　　　　　　想咱本是将英魁，岂肯被擒落人手？

				只得舍命往前来，平素英名无可污。

				手拿钢枪舍命征，杀得游魂来回走。

邱　　引：（唱）邱引这里用目观，进来二将凶抖抖。

				众鬼不敢进身前，只得暗暗下毒手。

				急忙取出飞沙石，大叫敌将哪里走。

			（张奎、白宣二将被打下马）

邱　　引：（唱）俱都打在陷人坑，恶鬼游魂齐把守。

				大料有死再无生，有我在此难逃走。

				不言邱引守法台，川山乐得直拍手。

川山道人：（白）妙哉妙哉！阵内打住齐将两名，只得引诱钟无盐进阵便了。（下）

			（出关文义坐）

关文义：（诗）军令无情重如山，国母出令难以全。

			（白）俺关文义。昨日国母命我去请李氏下山相助。我自觉无脸见她，来安替我前去，大料无有不来之理，算来日期也该回来了。

来　　安：（内白）我的人呢？将马带过。

			（上来安）

来　　安：公子在上，来安打躬。哎呀，好疼啊！

关文义：来安，你这是怎样？

来　　安：哎，说起来叫人又气又恨了。

			（唱）去请大婶子，我把公子替。

				急忙不消停，丹凤山上去。

				见了大婶子，她老生了气。

				吓得我作揖，装作不认得。

				问我是何人，报名说来历。

				不但不下山，说三道四的。

				越说气越生，吩咐拉下去。

				吓得把头磕，总而白费力。

				四十打板子，真够我受的。

				立刻撵下山，难以骑坐骑。

				连夜跑回来，再也不敢去。

关文义：（唱）听罢暗寻思，低头无主意。

可恨李凤英，忘了夫妻义。

当日我错了，后悔来不及。

请你就当来，莫把前仇记。

打了小来安，叫人羞又气。

只得见娘娘，禀明这件事。

（白）来安所言，李凤英绝情断义，只得去见娘娘禀明其故，把她置之度外。来安，

来　安：在！

关文义：你且休息去吧，待我去见国母便了。（下）

来　安：我想这勾当哪里是挨打呢？分明是羞我大叔。哎呀，好疼！（下）

中　军：（内白）报娘娘得知，二将追赶妖人，忽然不见踪影，乞令定夺。

钟无盐：再去打探！

中　军：得令。

钟无盐：待哀家会会妖人。

（钟无盐、川山道人对上）

钟无盐：好妖精，不要逞强，哀家擒你来也！

川山道人：哎哟哎哟，好个丑妇钟无盐，着剑取你。

钟无盐：来，来，来。

（川山道人败）

钟无盐：呀，妖人一时不见，面前好似一座阵式，又听鬼哭狼嚎，阴风滚滚，好生凶险也。

（唱）勒马停刀留神看，阵内鬼哭带妖兵。

四门俱有妖把守，只听鬼哭与狼嚎。

南门按着丙丁火，北门立着亥水坑。

东方辰巽甲乙木，西方庚辛又不同。

法台中央戊己土，还有一个陷人坑。

丧门吊客来回走，左边白虎右青龙。

张白二将无踪影，定是一命归阴城。

凡人如何挡鬼怪？必是打入陷人坑。

　　　　　　纵然有勇无处使，大料有死再无生。
　　　　　　此阵摆得多玄妙，料想哀家不能赢。
　　　　　　暂且回营再设计，差人去请李凤英。
　　　　　　主意一定圈回马，吩咐众将且回营。
　　　　　　尔等众将休出马，哀家另自有调停。
　　　（白）众将官，就此收兵，不得有误。（下）
（出钟无盐升帐）

钟无盐：（诗）慢言披甲裙钗女，敢比男儿大丈夫。
　　　（白）哀家钟无盐，方才见妖道阵式甚是厉害。哀家不能打破，必得李凤英方能破此凶阵。
（上关文义）

关文义：娘娘在上，末将交令。
钟无盐：将军可曾请来李凤英么？
关文义：国母容小将细细告禀。
　　　（唱）末将前者奉了命，自觉无颜去见她。
　　　　　　无奈差了来安去，只想请来李氏她。
　　　　　　不但不肯来帮助，反把来安重责罚。
　　　　　　重打四十撑回转，无有瓜葛一概拉。
　　　　　　不必再请李氏女，末将断乎不要她。
钟无盐：（唱）太真座上心暗想，内里情由细详查。
　　　　　　凤英现有归齐意，不然定把来安杀。
　　　　　　必须先锋亲身去，亲身才能请来她。
　　　　　　主意一定假带怒，文义你可知罪吗？
关文义：（白）小将不知。
钟无盐：（唱）哀家前日差你去，上山去请凤英她。
　　　　　　你竟躲静安然坐，令人顶替乱军法。
　　　　　　限你三天定请到，违我将令定然杀。
关文义：（白）哎呀，李氏绝情断义，我如何请的来呢？
钟无盐：（唱）拍案大怒声断喝。
　　　（白）住口！哀家正在用人之际，竟敢违我将令。刀斧手，将关文义推出辕门斩首报来。

关文义：哎呀，国母千岁息怒，小将去请就是了。

钟无盐：急去快回。

关文义：遵令。

钟无盐：先锋此去，李氏必来。众将官，紧守营门。

（诗）任你邪术惊神鬼，自有能人破阵来。（下）

（上李道友）

李道友：（诗）困在山中如坐监，却将何事解愁烦？

（白）俺李道友，乃赵国人氏，举家误被奸臣所害。多蒙师父救我上山，学艺八年。师父说我家并无别人，只有我姐姐凤英是被云霞圣母收去作了门徒。思想起来叫人烦闷，趁着师父上玉虚宫参见教主，不免去到乾元山金光洞内会会杜师兄，潇洒一回，有何不可？（下）

（出李凤英坐，上冬梅）

李凤英：（诗）一腔恶气未得生，来安去后等强人。

（白）奴家李凤英，前日发落来安回营，大料强人必来请我。等他来了，一定把从前之事说个明白，发落一番，方解我心头之恨。

（上卒）

喽　啰：报姑娘得知，关姑爷前来求见。

李凤英：阿弥陀佛哟，可随了我的意了。喽啰们！

喽　啰：在！

李凤英：听我吩咐。弓上弦，刀出鞘，叫他钻刀而进。愿进则进，不愿进者，即刻回去。

（上关文义）

关文义：哎，罢了。我就知自寻倒霉了！

（唱）从来凡事稳则利，不稳则废果其然。
　　　悔我当初主意错，难怪李氏把心寒。
　　　原来待我恩情好，是我心昏行事偏。
　　　三番两次将她贬，而今岂肯善容宽？
　　　既知此来无好处，生死存亡在眼前。
　　　我今既在矮檐下，讲不起了把脸憨。

　　　　　　想至此间往里走，瞧见喽兵列两边。
　　　　　　弓上弦来刀出鞘，好似一座鬼门关。
　　　　　　远远望见凤英女，只见她柳眉直立眼瞪圆。
　　　　　　事出无奈将她见，上前打躬把话言。
　　　　　　娘子休把拙夫怨，卑人特地来问安。

李凤英：（白）住口！
　　　（唱）杏眼圆睁声断喝，你这小子胆包天。
　　　（白）你是哪里来的匪徒？敢进我的大帐胡言乱语，该当何罪？

关文义：娘子，连拙夫关文义也不认得了？

李凤英：怎么你就是关文义吗？

关文义：正是卑人到了。

李凤英：好个忘恩负义的强人，你也有今日了。
　　　（唱）连拍桌案声断喝，怒发冲冠叫强人。
　　　　　　记得当初齐营内，中了毒气命归阴。
　　　　　　灵丹治活你的命，不认奴家太狠心。
　　　　　　无奈回到高山上，气奴发了几日昏。

关文义：（白）三番两次都是拙夫之错。

李凤英：（唱）前者妖人假变你，偏遇强人到来临。
　　　　　　乾雷出走贼妖道，只想说明奴的心。
　　　　　　谁知你脏心太重休弃我，绝情断义屈死人。
　　　　　　如今无亲又无故，何必又来把死寻？
　　　　　　说罢亮出纯钢剑，用手高擎恶狠狠。
　　　　　　故意发威往下砍，

冬　梅：（唱）冬梅急忙拉衣襟。
　　　　　　姑娘太也气性大，夫妻不当下狠心。

李凤英：（白）屁老鸭子吧！什么叫夫妻？我一定把他杀死。

冬　梅：杀了姑爷你怎过？

李凤英：你松手，管我怎过呢，这些日子不也过来了？

冬　梅：（唱）岂肯下手杀夫君？
　　　（白）消消气吧。

　　　　　　（唱）冬梅故意拉得紧。
关文义：（唱）有心不服要动手，李氏法术妙如神。
　　　　　　况且又有国母令，必得请去女钗裙。
李凤英：（白）冬梅放手，我一定杀了他！
冬　梅：消消气吧，姑爷快央求吧，你快给姑娘下跪吧。
　　　　（唱）不如与她施一礼，把脸一憨跪在尘。
　　　　（关文义跪）
关文义：（唱）望求夫人宽恕我，卑人如今悔在心。
　　　　　　只求夫人把山下，参见国母救卑人。
冬　梅：（白）姑娘消消气，我们姑爷给你拜年来啦！
李凤英：（唱）心中欢喜故意恼，让我前去万不能。
关文义：（白）娘子你要不去，拙夫我也要死咧。
李凤英：（唱）死呀活呀任凭你，这话何必往我云？
关文义：（唱）英雄实是忍不住，心中大怒叫贱人。
冬　梅：（白）看看这可怎的咧？
李凤英：小心着，你看有点急咧。
关文义：（唱）关某好意央求你，竟自拗心不动身。
　　　　　　为人不过一个死，何苦与你费舌唇？
　　　　　　亮出宝剑横项上，
李凤英：（唱）佳人着忙唤将军。
　　　　　　妾身不过与你耍，
关文义：（白）贱人，你放手吧！
李凤英：（唱）这也值得把死寻？
　　　　　　夺过宝剑扔在地，小爷你可吓死人。
关文义：（白）你要不去，我回去也是一死。
李凤英：（唱）佳人回言说愿去，管保破阵把妖擒。
关文义：（白）早要如此，我何必生气呢？
李凤英：（唱）将军你且消消气，明日起兵下山林。
　　　　（白）将军，你不要生气。奴家明日大起喽兵，随你下山破阵降妖，你看如何呢？

关文义：如此，多谢娘子美意。

李凤英：谢啥呀？妾身方才与你玩玩，也值得抹脖子？啥能耐呢！

关文义：也是你逼得我无奈，才要寻死。

李凤英：你拉倒吧！唯独你们老爷们家才会吓唬老婆呢。冬梅，快去摆宴与你姑爷接风。

冬　梅：晓得了。（下）

（诗）夫妻恩爱岂结仇？从前之事一笔勾。（下）

（上川山道人）

川山道人：（白）出家人川山道人。昨日将齐将打在阵内，钟无盐奸猾，并不入阵，回营去了，今日定将她诓进阵来。喽啰们，杀奔齐营。（下）

（上卒）

卒　　：报国母得知，妖人又来要阵。

钟无盐：免战牌高悬。

田　文：国母不可！小弟田文愿去会会妖人。

钟无盐：御弟不可！等着请来李凤英，再去破阵不迟。

田　文：千岁，不可长他人威风，灭自己锐气。现今妖人要阵，岂肯闭门不出？小弟不才，愿去看看阵式。

钟无盐：你一定要去？可要小心在意！

田　文：不劳嘱咐。众将官，一齐靠后，看我捉拿妖道。（下）

（田文、川山道人对上）

川山道人：好个矮子，今日又来上阵，一定将你捉住。

田　文：你们真不要脸呢！小妖精孙孙，你先别说大话，能有多大本领？看家伙呗！（打）

川山道人：咳哟哟。（杀，败下）

田　文：妖道又跑咧，你矮爷爷不进你的兔子阵。不成不成，既在皇嫂面前夸口，少不得进阵走走。

（唱）矮爷小田文，心中暗打算。

　　　既然把阵临，就能把事办。

　　　无人把马出，高挂牌免战。

　　　一时气不平，出营大交战。

战了十数合,妖道便逃窜。
我既到此来,进阵看一看。
方才到阵中,一道寒光现。(云照)
鬼哭与狼嚎,伸手看不见。
好个老妖精,今日把我攥。
入了阵九宫,南北全不辨。
许多鬼怪精,要把我糟践。(上鬼)
举起铁棒槌,打也打不散。
越发哭声多,急得直出汗。
得便一边溜,歇歇再交战。
狗皮小褡裢,宝贝摸一件。
今日何不试一试?

(白)哎呀,见鬼呀!冰凉的手直抓挠,差一点叫它们抓挠去。我师父这狗皮褡裢里有一块雷击木,是老祖炼成的。它只要迎风一晃,雷声震耳,何不掏出来试一试?

(掏出,雷响)

妖　精:哎呀,我的头好疼啊!

田　文:哈哈,好宝贝!不但雷声大作,还有火光,可以看见道路,晃着走哇。妖精远躲,待我出阵去了。(下)

(完)

第 四 本

【剧情梗概】李凤英入营后被钟无盐封为兵马大元帅,外加归宁侯之职,随征众将任她调遣。田文闯进敌军阵中解救张奎、白宣二将,但被川山道人发现,田文只得土遁回营。魏国人氏杜文良师从太乙真人。魏国来安镇人氏王玉梅,因道姑给了神书而昼夜演习,被云霞圣母指引说终身该配齐国大将田文,遂结为夫妻。多宝道人鼓动众道友去飞云洞捕杀惧留孙以解恨。

(升帐,出钟无盐坐)

钟无盐:(诗)大兵阻路青龙关,何时可破众妖山?
　　　(白)哀家钟无盐。妖人摆下凶阵,张、白二将困在阵内,大料有死无生。今早妖人又来要战,御弟前去出战,不知胜败如何。

(上田文)

田　文:皇嫂在上,小弟打躬。

钟无盐:御弟去追妖人,阵内光景如何?

田　文:不消问了。
　　　(唱)我方才,出大营。
　　　　　遇见妖道,大战交锋。
　　　　　可叹他不济,武艺更稀松。
　　　　　被我棒槌打跑,紧紧随后而行。
　　　　　忽然不见老妖道,小弟进了阵九宫。

钟无盐:(白)你看阵内有些什么?

田　文:(唱)刚进阵,一阵风。
　　　　　天昏地暗,黑咕隆咚。
　　　　　伸手不见掌,南北辨不清。
　　　　　前后左右乱闯,到处都是妖精。
　　　　　左一群来右一伙,声声只要掳人形。

钟无盐:(白)如此厉害,你该借遁逃走才是。

田　文:(唱)抡棒槌,下绝情。

　　　　　　打散一伙，又来一群。
　　　　　　累得直发喘，看看落下风。
　　　　　　才要土遁逃走，想起一个救星。
钟无盐：（白）啥救星呢？
田　文：（唱）师父赐我一件宝，现在狗皮褡裢盛。
钟无盐：（白）什么宝贝呢？
田　文：（唱）这宝贝，大有名。
　　　　　　雷击木，三寸有零。
　　　　　　是块吉瓜木，老祖修炼成。
　　　　　　取出迎风一晃，就有火光雷声。
　　　　　　左一晃来右一晃，震得妖精脑袋痛。
钟无盐：（白）总是御弟神通广大，方保无事。
田　文：（唱）那时我，不消停。
　　　　　　出了阵式，回了大营。
　　　　　　告诉皇嫂你，阵式摆得凶。
　　　　　　见了阵内光景，专等李氏凤英。
　　　　　　那时再定良谋计，自有方法破妖兵。
　　　　　　正然议论……
　　　（上卒）
卒：　　（白）报国母得知，关先锋请来救兵在外候令。
钟无盐：命他夫妻觐见。
卒：　　得令。（下，内白）关将军夫妻觐见。
关文义：（内白）来了。（上）国母在上，小将打躬。
钟无盐：将军辛苦，歇息去吧。
关文义：是。（下）
　　　（上李凤英）
李凤英：国母娘娘在上，叛女李凤英叩头。
钟无盐：夫人请起。
李凤英：谢过娘娘千岁。
钟无盐：久闻夫人乃是圣母之徒，又有神通，想必可以代替哀家执掌兵权矣。

李凤英：多蒙娘娘知遇之恩，理应竭力报效。怎奈叛女学疏才浅，不敢担此重任。

钟无盐：说哪里话来，大才必当大用。不必推辞，跪而听封。

李凤英：千岁。

钟无盐：哀家封你为兵马大元帅，外加归宁侯之职。随征众将任你调遣，如有违令者，斩！

李凤英：谢过千岁。

钟无盐：夫人，阵内困住二将，不知如何搭救？

李凤英：国母放心，奴有保命丹、护身符可保他无事，但无能人送进阵去。

钟无盐：御弟田文善于遁术，可以前去。

李凤英：如此更妙，待奴写符，田文听令。

田　文：在！

李凤英：这是保命丹、护身符，如此这般送进阵去，不得有误。

田　文：得令。（下）

李凤英：单等明日观阵式，再作道理。

钟无盐：夫人言之有理，中军摆宴伺候。

　　（诗）天生异人助齐邦，明日观阵再主张。（下）

　　（出川山道人坐）

川山道人：（诗）为解心头恨，摆阵敌人惊。

　　（白）出家人川山道人，眼见矮贼进阵，正要使法拿他，谁知他竟自逃走。天色已晚，不免法台料理料理。顺便布上天罗地网，管叫矮贼难以逃走。

　　（唱）今日疆场去交战，来了田文小矮根。

　　　　生铁棒槌实难挡，打得山人无路门。

　　　　只得败阵把他引，诓进阵去把他擒。

　　　　谁知矮子神通广，想要拿他枉劳神。

　　　　他拿着什么晃一晃，火光雷声响得沉。

　　　　震得众鬼都倒退，便宜矮子出阵门。

　　　　不免去到法台上，料理料理明日再去。

　　　　顺便布上天罗地网，然后锁上地宫门。

　　　　管叫矮贼难逃走，他要来了必遭擒。

不言川山法台去，（下）

（上田文）

田　文：（唱）再说矮爷小田文。

奉命来送符与药，好救张白二将军。

借着遁光进了阵，瞧见阴坑有两人。

正是他俩不用讲，取出灵符藏在身。

保命金丹放在口，昏死多日又还魂。

不多一时睁开眼，低言悄语唤将军。

（白）二位将军醒醒，本王前来救你。

张奎、白宣：好妖道哪里走！

田　文：二位悄言，不要大惊小怪，恐妖道听见。

张奎、白宣：千岁如何到此，国母怎不搭救出去？

田　文：你俩不必着急，听我告诉与你。

（唱）口呼二将军，低言要悄语。

不必心内急，听我告诉你。

自从你二人，进阵两三日。

国母甚惊慌，捉急无法使。

亲身到阵前，来与妖精比。

虽然未吃亏，自觉胜难取。

今日救兵来，凤英李氏女。

住在丹凤山，文义他妻子。

圣母大门徒，法术无人比。

两道护身符，保命金丹子。

叫我送了来，救你俩不死。

张奎、白宣：（唱）二人气长吁，千万听端的。

前者进阵来，只说准得死。

跌在大阴坑，待了两三日。

多得李夫人，灵符保身体。

虽然保残生，别把人屈死。

千岁快回营，即把人马起。

　　　　　　　　　打破阵九宫，妖人一起洗。
　　　　　　　　　说话声音高，远近听一里。
川山道人：（唱）惊动老川山，法台看端的。
　　　　　　　　　只见阴坑边，站着一汉子。
　　　　　　　　　端详认得他，田文那小子。
　　　　　　　　　偷进阵九宫，一定拿住你。
　　　　　　　　　连连敲云牌，妖怪一齐起。
众　　妖：（唱）恶鬼与冤魂，齐来遵法旨。
田　　文：（唱）直奔大阴坑，田文心有底。
　　　　　　　　　一手抡棒槌，一手把宝取。
　　　　　　　　　木头只一摇，雷声响不止。
　　　　　　　　　吓跑众鬼妖，冤魂也怕死。
川山道人：（唱）手提宝剑下法台，喝叫田文矮贼子。
　　　　　　　　　竟敢偷看阵九宫，特来拿你用剑劈。
田　　文：（唱）田文动手战妖人，心里暗暗打主意。
　　　　　　　　　料我一人难成功，暂且回营作道理。
　　　　　　　　　转身才要土遁溜，这才活把人吓死。
　　　　　　　　　地如钢板一般硬，叫人着急无法使。
川山道人：（白）矮子哪里跑？
田　　文：（唱）妖人随后追丁米，还把宝贝摇将起。（雷声）
　　　　　　　　　借着火光出阵门，（下）
川山道人：（唱）川山追赶不停止。
　　　　　　（白）好个矮子，气死人也。竟自闯出阵去，一定赶上将他拿住。矮贼哪里走？（下）

（上田文）

田　　文：呀，好个不要脸的东西。哈哈哈，有咧，不给他个厉害，他也不知矮爷爷的厉害。待我把捆仙绳祭起，捆他便了，起呀。（下）

（上川山道人）

川山道人：矮贼哪里走？呀，不好！（捆仙绳捆住川山道人）身子被捆，法术难破，化道金光逃走便了。（下）

（上田文）

田　文：哈哈哈，眼见妖人被捆，忽然一道金光逃走。逃走妖精，可惜白搭了一件宝贝，只得回营交令便了。（下）

（上杜文良）

杜文良：（诗）奉了师父命，采药到深山。

（白）俺杜文良，本系魏国人氏，在乾元山金光洞学艺。师父太乙真人今日去元觉洞与燃灯道人说法去了，命我山中采药，天已过午，只得回洞。呀，洞口旁边坐着一个道人，绳捆二臂，却是为何？待我上前一问。

（下）

（上川山道人）

川山道人：（诗）纵然得了命，绑绳未解开。

（白）我川山道人。可恨田文暗祭法宝，将我捆住。得了缩地金刚法才得逃了性命，不然必死在贼手。来到这个地方，不知是哪个道友洞府？求他与我解开绑绳才好。

（上杜文良）

杜文良：那位老师父，因何绳捆二臂？请进洞府歇歇如何？

川山道人：如此甚好，搀我进去坐坐吧。

杜文良：请问老师父，在哪座名山洞府？因何绳捆二臂？

川山道人：哎，不消问了。

（唱）出家人称川山道，修身养性黑风山。
　　　有个徒儿名邱引，命他镇守青龙关。
　　　只因东齐发人马，交锋打仗取胜难。
　　　前者请去古娄道，可惜一命染黄泉。
　　　冤魂不散哀求我，与他报仇下了山。
　　　摆下一座妖兵阵，要拿东齐众将官。
　　　田文小子祭法宝，捆仙绳子把我拴。
　　　借着遁光来到此，请问这是什么山？
　　　你的师父是哪个？叫何名字对我言。

杜文良：（唱）文良听罢心犯想，这个老道轻慢咱。
　　　　我与田文是朋友，道兄将他用绳拴。

     天假其便来到此，何不叫他一命捐？
     才要动手又思想，他的道行几千年。
     一人不能将他治，忽然一计上心间。
     何不将他暂稳住，我再去上终南山？
     请来师弟李道友，管叫妖人染黄泉。
     主意一定开言道，
  （白）俺杜文良，师父太乙真人，今早往元觉洞去了。师叔何不在此等候？待我找来师父，与师叔解了捆仙绳，岂不是好？

川山道人：如此甚好，速去速回。哎呀，搀我一把。

杜文良：弟子遵命。好也好也，将他搀到后洞，不免去到终南山请李道友前来做一个帮手。定是这个主意，有何不可？

  （唱）后洞稳住川山道，找个帮手好安排。
     才要迈步往外走，忽见一人进洞来。
     急忙上前施一礼，
  （白）道友可好？
  （唱）道友随我这边来。
     愚兄正要把你请，

李道友：（白）请我做甚？

杜文良：（唱）如此这般怎安排？
     原来川山中法宝，绳捆二臂吊丁歪。
     他与田文作冤孽，叫他一死理应该。

李道友：（白）哎呀，若将他治死，三教主知道岂肯干休？如何是好？

杜文良：（唱）不然留着他活命，有个刑罚苦难挨。

李道友：（白）应当用什么刑法治他呢？

杜文良：（唱）只用枣核钉两个，管叫他两个眼珠冒出来。

李道友：（白）你说那还不瞎了哇？

杜文良：（唱）正是要叫他瞎了，省得过后再吊歪。
     谅他没了两只眼，咱们两个把他抬。

李道友：（白）抬到哪里去才好呢？

杜文良：（唱）抬到洞后大山洞，死活任凭他安排。

李道友：（唱）连连点头说妙计，师兄真乃有大才。

　　　　　　　这个方法唯你想，若是别位想不来。

　　　　　　　咱俩即刻到后洞，叫声川山听明白。

川山道人：（白）好徒弟，你咋提名道姓呢？

杜文良：（唱）不用和我来装蒜，拉到这里话说开。

川山道人：（白）文良，你找你的师父呢？

杜文良：（唱）你怎么总装糊涂呢？

川山道人：（白）怎装糊涂呢？

杜文良：不用找我师父，有我这位朋友就行咧。

川山道人：是谁能解此绳？

李道友：我虽不能解此绳，可是我能要了你的狗命。

川山道人：这是什么话？山人不与你们一般见识，快快送我下山去参见教主。

李道友：你别装糊涂了，听我告诉与你。

　　　　　（唱）叫声老川山，休装睡得懵。

　　　　　　　放着道不修，下山逞野性。

　　　　　　　帮助五祥山，同谋把事弄。

　　　　　　　挡住东齐兵，不能往前动。

　　　　　　　今日到此来，冤家一处碰。

川山道人：（白）我出家人有什么过错呢？

李道友：住口！

　　　　　（唱）谅你也不知，细听我告诉。

　　　　　　　田文我道兄，学艺飞云洞。

　　　　　　　弟兄我三人，结拜情义重。

　　　　　　　他与你结冤，叫人起火性。

　　　　　　　不用往下说，急忙把手动。

川山道人：（白）好你两个畜生，敢把师父怎样呢？

杜文良：（唱）暂且受点屈，不要你的命。

　　　　　　　快拿枣核钉，把他眼睛钉。

川山道人：（唱）川山着了慌，身子又难动，

　　　　　　　又受捆仙绳，只把眼睛瞪。

　　　　　　　　大骂小畜生，这个刑法重。
李道友：（唱）钉了一个咧，再把那个钉。
　　　　　　　　看你痛不痛，省得把人弄。
　　　　　　　　今日糟践你，看你兴不兴。
川山道人：（唱）罢了出家人，难受又难动。
　　　　　　　　一个眼睛瞎，那个也不胜。
　　　　　　　　两个小贼羔，无礼太野性。
　　　　　　　　暗害仙家爷，两眼这一钉。
　　　　　　　　教主若知闻，要你两个命。
李道友：（唱）再要混骂人，就把你命送。
　　　　　　　　两眼已经瞎，还敢来发横。
　　　　　　　　快些把手抄，抬他出古洞。
　　　　　　　　扔在山涧中，死活由他命。（下，又上）
　　　　　　　　师兄这里来，事情不安定。
　　　　　　　　方才这勾当，只顾一时愣。
　　　　　　　　并未细想开，违了师父命。
　　　　　　　　若是知道了，咱俩必挨训。
　　　　　　　　依你这门说，祸福保不定。
　　　　　　　　却有何方法，想着不犯病？
　　　　　　　　主意早安排，大家离此境。
　　　　　　　　投奔青龙关，也把功劳挣。
　　　　　　　　如此这般好不好？

（白）这事师父知道了，也不过挨顿打，但川山也是有名的仙家，叫你我给糟践了。若是三教主知道了，岂肯干休？师父也有不是。不如咱俩也投奔东齐挣点功名，岂不是好？就是三教主知道，你我又不在这里，也是无可奈何。

杜文良：主意不错，事不宜迟，大家下山便了。
　　　　（诗）不是古洞修行客，且是建功立业人。（下）
李凤英：（内白）众将官，抬刀带马，闪放营门。（马上）本帅李凤英。来到齐营，国母封我为兵马大元帅。昨日命田文去阵内送符药，说是川山被捆，借金光逃走。今日本帅亲自临阵,看看光景再作破阵之计。

(唱) 打马来在疆场上,仔细留神看分明。
前面一带云雾窜,行明行暗刮阴风。
四门俱是妖兵守,按着黑白与青红。
中央法台三丈六,底下有座大阴坑。
冤魂恶鬼无其数,吊客丧门来回行。
行哭行笑声震耳,有人进阵撕尸灵。
还有天罗与地网,

(白) 待我观阵试得凶险。

(唱) 按东方,甲乙木,妖兵镇守起云雾;
鲇鱼大仙抖威风,率领山毛与梅鹿。
正南方,丙丁火,杀气腾腾非小可;
阵阵黑烟腾空起,海底恶蛟喷烈火。
按西方,庚辛金,红鱼娘娘女钗裙;
手掌宝剑蛾眉皱,谈笑之中取人魂。
按北方,壬癸水,黑虎相配乌龙尾;
中军法台守阵门,率领一群蓝面鬼。
正中央,戊己土,虾兵蟹将使威武;
老鼋成精大力王,镇守法台他为王。
阴坑内,冷气浸,旁边守,吊客神;
无头鬼,屈死魂,来往走,掳生人。
进了阵,命难存,众恶鬼,把尸分;
看罢心中有主意,且回营去再差人。

(白) 此阵名为妖兵阵,必得高堂草、毒妇血才能破此阵式,不免回营差人找此镇物便了。(下,内白)将马带过。

(升帐,田文、关文义、袁有吉站)

(出李凤英坐)

李凤英:本帅李凤英。方才出营观阵,内里玄妙已看明,必得高堂草、毒妇血两种东西才能镇住妖鬼,只得差人寻找才是。关文义上帐听令。

关文义:在,元帅有何吩咐?

李凤英：接我令箭一支，前去寻找高堂草，限你三天将此物找来，以备破阵使用。
关文义：哎呀，高堂草乃是产房之物，何处寻找？莫说三天，就是十天也难寻哇。
李凤英：住口！你竟敢违我将令，该当何罪？
关文义：哎呀，元帅且看夫妻之情，另差别人去吧。
李凤英：关文义呀关文义，不提夫妻之情倒还罢了，要提夫妻之情，强人呐强人，叫人可恨！
（唱）提起从前说可恨，杏眼圆睁气满怀。
　　　你忘恩负义头一个，两次撵我实可哀。
　　　国母差你将我请，屈心随你进营来。
　　　娘娘命我为元帅，凭奴调用把兵排。
　　　妖人最怕高堂草，寻找镇物把你差。
　　　竟自不遵我的令，恩爱话儿是胡来。
　　　本帅现今掌军法，夫妻之情且丢开。
　　　今日不治你的罪，下次怎把别人差？
　　　越说越恼心起火，手掌令箭把口开。
　　　左右与我绑下去，推出辕门斩首报来。
军　校：（白）得令。
　　　（唱）军校动手不怠慢，
田文、袁有吉：（唱）有吉田文吓个呆。
　　　　　　上帐打躬尊元帅，暂且息怒请上裁。
　　　　　　此时正在用人处，先杀大将不利哉。
李凤英：（白）违抗军令，理应斩首。
田　文：（唱）本来难寻这物件，末将愿讨这个差。
袁有吉：（唱）我去寻找毒妇血，只求元帅把贵手抬。
　　　　管保去得急来得快，若有差误把头摘。
　　　　说罢一齐躬打下，
李凤英：（唱）凤英时下转不开。
　　　　有心放了不治罪，难免众将笑话开。
　　　　若是要治将军罪，夫妻连心岂忍哉？
　　　　为难一会说有了，须得如此巧安排。

　　　　　主意一定忙传令，

　　　　（白）乃是你二人与他讨情，死罪饶过，活罪难免。众将官，将关文义重打二十大棍，罚他每夜独自巡营，抗令之罪，快快施行。

卒：　　得令。（下）

李凤英：田文、袁有吉，二位将军速去寻找镇物，必得早回，好破阵式。

田文、袁有吉：遵令。（下）

李凤英：（诗）奉命掌军法，难以顾私情。（下）

　　　　（上来安）

来　安：（诗）公子太胡闹，当初性子暴。

　　　　　　　今日被打挨，一还算一报。

　　　　（白）我来安。方才元帅、我大婶子叫我大叔去找高堂草，命三天交令。公子为难不去，元帅大怒，立刻推出辕门便要斩首。幸亏田、袁二将苦苦讨情，才饶了他的性命。打了二十杠子，罚他每夜巡营防备奸细，真是一件苦差。我看着心中不忍，我要替公子巡营，他老又怕违令，忍着疼痛自己巡营去了。我不免悄悄地跟着，好与他壮壮胆子，也是我的好意。我只得暗暗去作伴，须悄悄走则可。

　　　　（唱）从前本是公子错，不该把大婶撵回山。

　　　　　　　只因妖道摆凶阵，国母娘娘为了难。

　　　　　　　差遣公子前去请，夫妻相认两团圆。

　　　　　　　国母命她为元帅，辖管合营众将官。

　　　　　　　大叔初次犯了法，便要问斩不容宽。

　　　　　　　得亏众将把情讨，打了二十巡营盘。

　　　　　　　我心不忍要替去，他怕违法罪怎担。

　　　　　　　只得暗中相陪伴，悄悄跟随在后边。

　　　　　　　不言来安跟了去，（下）

　　　　（上关文义）

关文义：（唱）再表文义巡营盘。

　　　　　　　大帐挨了二十棍，浑身疼痛四肢酸。

　　　　　　　心中暗恨李氏女，叫人敢怒不敢言。

　　　　　　　忍着疼痛来巡夜，（下）

（上李凤英）

李凤英：（唱）又来凤英女婵娟。

　　　　　　在帐中打了将军二十棍，自觉心中甚不安。
　　　　　　方才到他帐中去，不见关郎在里边。
　　　　　　必是遵令去巡夜，更叫奴家惦心间。
　　　　　（关文义坐地）
　　　　　　放心不下把他找，（下，又上）恍惚一人坐在前。
　　　　　　走至近处灯笼照，原是将军睡了安。
　　　　　　露天地里就睡觉，你也不怕受风寒。
　　　　　　叫声郎君快醒醒，
　　　　　（白）将军，你快醒醒吧，你怎睡得这么死呢？

关文义：哎，罢了我了。

李凤英：将军你快醒醒，这个地方怎能睡觉呢？

关文义：奉令差遣，概不自由，有心回帐安歇，又怕元帅知道见罪。

李凤英：无妨，只管进帐安歇。元帅知道，有我怕啥呢？

关文义：你是何人？

李凤英：你倒看看呀。

（关文义回头）

关文义：呀，元帅你……（急立）

李凤英：咳哟，止是妾身。只因大帐打你二十大棍，奴家放心不下，特来问问将军可好些无有呢？

关文义：哎，好与不好，何用你挂念呐？

李凤英：咳哟，你瞧瞧哇！你是哪，我是哪？我不挂念，哪个挂念你哟？

关文义：呀，好，多得你挂念。你若再挂念一遭，我就该死啦！

李凤英：咳哟，你瞧你那个样子，你实在的恼痛我咧！不怪将军，总是奴家我知错了。

　　　　（唱）不怪将军把我恼，总怪奴家不应该。
　　　　　　本意不愿叫你去，当着众将下不来台。（上来安）
　　　　　　偏偏你又说不去，信着口儿说出来。
　　　　　　忍着心肠把罪问，按律应当把刀开。

　　　　　　　幸亏众将把情讨，那时正对奴心怀。
　　　　　　　无奈打你二十棍，令已出口悔不来。
　　　　　　　为恐难挡众将口，因此巡夜把你差。
　　　　　　　深知将军不敢抗，身带重伤你怎挨？
　　　　　　　妾身实在心难忍，疼忍不过找你来。
　　　　　　　在此睡觉身受病，可叹将军睡得呆。

关文义：（白）哎，我把性命置之度外，还怕什么寒冷受病？你快快躲开吧！（背向李凤英）

李凤英：（唱）将军休说刻薄话，担待妾身莫记心怀。
　　　　　　　打你非是真心打，实打实的下不来台。
　　　　　　　你想想奴挣功劳为哪个？将军你怎这么呆？
　　　　　　　夫荣妾贵古人语，谁是谁非且丢开。
　　　　　　　千万莫把奴身恼，与你拜拜转身来。

关文义：（白）你快与我躲开吧。

李凤英：（唱）你这样子恼人很，叫人看见脸儿白。
　　　　　　　佳人伤心流下泪，来安身后把口开。
　　　（白）你这个贼杀的，多前①来的呢？

来　安：（唱）在此候了多一会，你老心事我明白。

李凤英：（白）你明白啥？

来　安：（唱）打了我大叔咧又来赔罪，夫妻见面话说开。

李凤英：（白）他总不言不语的呢！

来　安：（唱）这算公子他之错，何必恼恨在心怀？

李凤英：（白）来安呀，你劝劝你大叔吧。

来　安：大叔哇！
　　　（唱）杀人不过头点地，凡事须得按理排。
　　　　　　　大婶掌着元帅印，有功则赏有罪责。
　　　　　　　若是真心要杀你，众将讲情也是白。

李凤英：（白）着哇，不是实情话吗？

---

① 多前：东北方言，指什么时候。

来　安：（唱）咱爷们身为大将怕何来？

　　　　　　　自古道大人不记小人过，宰相肚内把船开。

　　　　　　　你老千万全看我，磕个头儿转过来。

　　　　（白）大叔消消气吧，我大婶子已经认错咧，可也就是咧。看我小子点脸吧，我搀着你老吧？

李凤英：你躲开吧，何用你搀呢？

来　安：你老搀是怎的？我搀不也是一样？

李凤英：你离远着点吧。

来　安：是咧。

李凤英：将军，我搀你回帐去吧，都是我的不是就是咧。

关文义：哎，罢了我了。（下）

李凤英：你看将军回帐去了，奴只得伺候安息才是。

来　安：站住，大婶子！

李凤英：有啥话说呢？

来　安：啥话？我磕个头好容易把我大叔央告好咧，任啥也不说就走哇？

李凤英：等着明天赏你。

来　安：赏我啥呀？

李凤英：赏你银子不咧？

来　安：我不要。

李凤英：你要啥呢？

来　安：你老忘咧，昨个那个勾当咧？

李凤英：到底是啥勾当呢？

来　安：冬梅不咧。

李凤英：呸，你还惦着啥呀，等我将冬梅赏你就是咧。（下）

来　安：哈哈哈，真有戏。你看我大婶子慌了脚了，说了几句话紧溜追我大叔去咧。我大婶子今个可应了口咧。走，巡营去，等着明天好拜天地。（下）

　　　　（上田文）

田　文：（诗）奉命差遣出大营，寻找镇物费心情。

　　　　（白）我田文。奉了元帅将令，寻找高堂草，好破阵式。我只顾应咧，也不知高堂草是个啥东西，有心回去问问，又出来好几天了。哎，讲不清，逢人便问就是了。

（唱）只顾一时逞了强，愿去寻找高堂草。
　　　出了营盘两三天，暗恨自己无知晓。
　　　既然来把镇物寻，到底问问是啥宝。
　　　元帅一定向我说，是何物件好去找。
　　　光知名儿枉费力，也是来回白脚跑。
　　　自从进营一年多，思想起来心烦恼。
　　　娘娘千岁我嫂子，处处待我情义好。
　　　唯有一宗不对服，暗藏心眼总不表。
　　　今我长了十八九，年纪已经不算小。
　　　至今没有丈人家，缺少冰人把媒保。
　　　单等灭贼成了功，班师回国才分晓。
　　　挑选一个玉美人，给我田文那多好。
　　　过了一年半载的，养活一个大胖小。
　　　想到得意长精神，举目抬头用眼瞟。
　　　那边有个茶馆子，进去喝点倒甚好。
　　　说罢迈步往里行，（下）

（上王寡）

王　寡：（白）再把王寡表一表。

（诗）寡妇无儿一世愁，命里造定莫强求。

（白）老身王寡妇勾氏，小名叫唤小子。我老头子王汉那年开了个豆腐坊。我老头子去卖豆腐去，我说少挑点，他偏要逞强，挑了十块豆腐，一下子累着咧，半天的功夫就死咧。哎，只有一个女孩，名叫玉梅，今年十七岁咧。三年前有个道姑进来吃茶，她说呀跟我女儿有缘，给我女儿一个唱本。我说给我女儿做啥用，我女儿说是一部小天书，内里能勾神遣将，撒豆成兵。我女儿心灵，全学会了。老身一愁闷了，我闺女就变个戏法儿给我解闷。在这东安镇上开了一座茶馆，也有三年多咧。今儿个这么晚咧，咋还没个喝茶的呢？

（上田文）

田　文：老妈妈请了，这可是卖茶的吗？

王　寡：是卖茶的。

田　文：快快取来。

王　寡：你坐下等着我与你去取。（取茶上）茶到。

田　文：斟上。

王　寡：使得。（倒）

田　文：（喝完）再斟上。

王　寡：使得。（倒）

田　文：（又喝完）再斟上。

王　寡：哟，小子，好大量呀！

田　文：请问您老有宗东西没有哇？

王　寡：啥东西呀？

田　文：高堂草。

王　寡：哟，我这么大年纪的老婆子，与我闺女过日子，哪里有那东西呢？

田　文：您老上年纪咧，也许没有，问问你闺女她有没有？卖与我点，不是白要。

王　寡：住嘴了吧，你这小矮根子，少要胡说，快与我滚开吧。

田　文：哟，你这老婆子，好无道理。我说的是好话，你怎么骂起人来咧？

王　寡：好话？拿你们祖先堂里去贴吧，要再不与我走开，就要打你啦。

田　文：你这老婆子，真无道理。

　　　　（唱）田文恼，气不息。

　　　　　　　本不动气，她又不依。

　　　　　　　带怒开言道，叫声老婆子。

　　　　　　　好意向你买草，反倒动气不依。

　　　　　　　出言不凡将人骂，说明其故何意思？

王　寡：（唱）好一个，小矮子。

　　　　　　　不知好歹，来头差池。

　　　　　　　老身说是无有，你说问我闺女。

　　　　　　　东安镇上访一访，老寡不是好惹的。

田　文：（唱）说此话，本有的。

　　　　　　　说错言语，恕我无知。

　　　　　　　不该将人骂，还要说不依。

　　　　别看我是孤人，生心要把人欺。
　　　　五湖四海访一访，矮爷何时惧过敌？
王　寡：（唱）王老寡，眼气直。
　　　　无故寻找，来把人欺。
　　　　哪个不知道，老身会把式。
　　　　胡言乱道撒野，就欠扒了狗皮。
　　　　说着挽拳又挽袖，一把棒槌手中提。
田　文：（唱）小田文，取顽皮。
　　　　瞧见棒槌，实是称奇。
　　　　这个老婆子，倒也有意思。
　　　　会使棒槌一把，矮爷也有一支。
　　　　何不与她试一试，看看谁高与谁低？
王　寡：（白）着打。
田　文：来呗。
王　寡：（唱）王老寡，转身躯。
　　　　看这矮子，确是精细。
　　　　身子多灵便，不能把他屈。
　　　　拿起一壶开水，往他身上一滴。
　　　　烫得田文土遁跑，（入地）王寡无法干着急。
（白）好个王八羔子，白喝几碗茶去咧。家伙遭打不少，还挨了两棒槌，刚要拿开水浇他，就入地去咧，真叫人无法可使，不用卖茶咧，关上门到后屋，告诉我闺女知道，幸亏是我，要是别人不知怎吃苦呢。哼，气死我咧。（下）
（上王玉梅）

王玉梅：（诗）无如意事常八九，不可对人言二三。
（白）奴家王玉梅，乃魏国来安镇上人氏，爹爹早年亡故，只有我母亲在前面开了一座茶馆度日。前三年有一道姑给我神书一部，命我昼夜演习，临行赐我束帖一联，方知乃是云霞圣母指引说奴终身该配齐国大将田文，如何成就姻缘，圣母之言只怕有些荒唐。因此告诉母亲，凡有来往吃茶之人，必要问问姓名，打听东齐大将田文，至今不见动静。
（上王寡）

王　　寡：哎呀，可气死我咧。

王玉梅：母亲来了，你老是和谁生气？

王　　寡：闺女呀，说起来真叫人又气又恨又笑哇。

　　　　（唱）妈我起早吃了饭，一锅白水刚烧开。
　　　　　　　刷了桌子洗茶碗，走进一个矮汉来。
　　　　　　　高里不过三尺二，好似一个小婴孩。
　　　　　　　坐在凳上把茶要，忙得为娘与他筛。
　　　　　　　一连喝了七八碗，真是好大的水量！
　　　　　　　回言与我讲买卖，

王玉梅：（白）与您讲啥买卖呢？

王　　寡：（唱）他要买那高堂草，老身说是他胡来。
　　　　　　　我们哪能有此物？他说问问你女孩。

王玉梅：（白）这小子净胡说！

王　　寡：（唱）妈我闻听心起火，好个矮子来卖乖。
　　　　　　　拿起棒槌把他打，怎知矮子他不呆。
　　　　　　　与他动手不取胜，得便拿起茶壶来。
　　　　　　　谁知矮贼无防备，着水烫得他跑开。

王玉梅：（白）他跑哪里去了呢？

王　　寡：（唱）钻到地里不出来，桌椅茶壶全打坏，
　　　　　　　他把老妈气个呆，茶馆开了有三载，
　　　　　　　竟敢欺负老娘来，怎能叫妈出出气？

王玉梅：（唱）玉梅含笑把口开，你老暂且息息怒。
　　　　　　　孩儿管叫他回来，

王　　寡：（白）你这是说瞎话呢，他跑出有七八十里地咧。

王玉梅：他就是九十九里也得回来。

王　　寡：他在地里头呢，你怎能看见他呢？

王玉梅：（唱）不用孩儿将他见，管叫矮子他回来。
　　　　　　　这话说得人不信，又闹戏法好开怀。

王　　寡：（白）此时也不知他跑到哪里去咧，如何能叫他回来呢？

王玉梅：母亲不信，孩儿自有方法把他捆来与母亲叩头赔罪。

王　　寡：如此你就试试，妈我倒要认认这个矮子是个什么样东西！

王玉梅：好。（放下手帕一条，唤诀念咒，即时入地把田文捆回）

田　　文：（内白）哎呀，罢了我了。

（上田文）

田　　文：我怎动不了，又回来咧？

王玉梅：母亲，你老看矮子回来无有？

王　　寡：呵，真的！你怎把他摆治回来咧？快绑上这个小杂种，别叫他跑了。

田　　文：不敢动咧。

王　　寡：我把你这小矮根子，白喝了茶还卖乖，打了老身两棒槌。你还钻地咧，我只说拿不住咧。哪知道我闺女从地里把你抠出来咧，要出出老娘这口气，打你几下再说。（打田文）

田　　文：咳呀，可罢了我了。

王　　寡：你当这算完咧？我再拿开水浇浇你，看你交不交！

王玉梅：妈呀，不可如此。

王　　寡：怎着？你与他讨情，你认得他吗？

王玉梅：你老别瞎说咧，孩儿乃是闺中幼女，如何认得他呢？

王　　寡：那你怎与他讨情呢？

王玉梅：不是与他讨情，你老倒问问他姓甚名谁呀。

王　　寡：你说得倒也是理，待我问问他。闹了半天，忘了问姓名了。（转向田文）我说矮子，你叫啥名字？家住哪里？告诉老妈妈，我好不打你。

田　　文：哎，真倒运！遇见这两个东西真厉害。

王　　寡：你怎不说话呢？我还是打你。

田　　文：消停消停，你老别生气，听我告诉你老。

（唱）心里暗着急，自己无分晓。

奉令出大营，来把镇物找。

并不问清楚，倒是什么宝。

出来两三天，竟是白脚跑。

今日到此来，不该把气找。

动手打起来，欺负她年老。

茶壶是我踢，烫了我的脚。

得便土遁溜，只说无事了。
谁知小丫头，武艺真正好。
不知啥东西，裹头又绑脚。
捆得结实实，叫我不能跑。
这个老婆子，声声要逼考。
吃了这场亏，丢脸真不小。

（田文不说，王寡又打）

田　文：（唱）你老且消停，听我说分晓。
家住临淄城，官儿也不小。
跟着钟娘娘，去把山贼讨。
兵至青龙关，妖人挡住了。
要破阵九宫，必得高堂草。
元帅把我差，各处去寻找。
本来不知名，故此问你老。
冲撞老妈妈，恕我年轻小。

王　寡：（白）你叫啥名字呢？

田　文：（唱）名字叫田文，绰号搬不倒。

王　寡：（唱）王寡着了忙，连连说是了。
原来是姑爷，长得不甚好。
身于圆丢丢，脑袋可不小。
虽然如此说，亲事退不了。
回头叫闺女，原是他来了。

王玉梅：（白）他是哪个呢？

王　寡：（唱）田文你女婿，你看好不好？

王玉梅：（唱）佳人一见直了眼，
（白）老师父，你可倾了我了。
（唱）不该与他订姻缘。
自幼生来心里俏，谁知心强命不然。
看他不像人模样，光景好像傻又憨。

王　寡：（白）闺女呀，快把你女婿放开呀，收了法术，不然老妈我心疼。

王玉梅：（唱）无好拉气收了法，唉声叹气不耐烦。

　　　　　　　佳人回到后房去，（下）

王　寡：（唱）王寡一旁把话言。

　　　　　　　姑爷你可受屈了，

　　　　（白）那一小将不要发呆了，听我告诉你。原是如此这般，圣母为媒，与我小女配为夫妻，你可愿意呀？

田　文：哎，将就点呗，既是圣母为媒，焉有不从之理？我应下就是咧。

王　寡：姑爷，叫你受屈啦。

田　文：屈倒不屈，就是有点难受。

王　寡：姑爷请。

田　文：他姥姥请。

王　寡：哈哈哈，你倒叫个早班。（下）

　　　　（上长耳定光仙）

长耳定光仙：（诗）修行最容易，苦炼最艰难。

　　　　（白）出家人长耳定光仙，在碧游宫跟着教主炼道，方才师父命我深山采药，只得走走。

　　　　（唱）方才教主吩咐我，采取妙药炼金丹。

　　　　　　　不言长耳把药采，（下，上川山道人）再表瞎道老川山。

川山道人：（唱）金光洞里吃了苦，钉瞎二目实是难。

　　　　　　　把我扔进山涧里，难辨东西走道难。

　　　　　　　摸摸索索好难走，我定要参见教主诉苦冤。

　　　　　　　好心爷们救救我，

长耳定光仙：（唱）长耳采药把洞还。

　　　　　　　听得有人喊救命，急急忙忙走上前。

　　　　　　　原是师兄川山道，这般光景好可怜。

川山道人：（唱）你是师弟名长耳，参见师父诉诉冤。

长耳定光仙：（白）你为何落到这般光景？

　　　　（唱）从头至尾说一遍，长耳闻听气炸肝。

　　　　　　　大骂猴头无道理，纵放弟子逞凶光。

　　　　　　　这个刑法唯他想，全是截教有名仙。

　　　　　全不想红莲白藕青荷叶，三教原来是一般。
　　　　　师兄随我进宫去，见了教主诉根源，
　　　　　管保与你把仇报。
　　　　（白）幸亏遇见师弟，不然你的性命难保，待我领你进宫见了教主，必与你报仇。
川山道人：如此甚好，师弟领着我呀。
长耳定光仙：随我来。（下）
　　　（上多宝道人、丹灵圣母、金灵圣母、云光圣母）
众　仙：（诗）出家必须修炼，修炼只要心专；
　　　　　修的三花聚顶，才算不老长仙。
多宝道人：（白）吾乃多宝道人。
丹灵圣母：吾乃丹灵圣母。
金灵圣母：吾乃金灵圣母。
云光圣母：吾乃云光圣母。
众　仙：教主说法，在此伺候。
　　　（上通天教主）
通天教主：（诗）万劫不坏神仙体，与天齐寿紫金身。
　　　　（白）出家人通天教主，学道在鸿钧老祖门下。大师兄太上老君在天外天八景宫内，真正清闲养神，不管闲事。二师兄元始天尊，在昆仑山玉虚宫掌管阐教。贫道在此碧游宫掌管截教。自从前朝斗胖大破杀戒，多得恩师下山讲了和气，至今永不犯界，各守清规。
　　　（上长耳定光仙）
长耳定光仙：启禀教主，有川山道人在宫外候旨。
通天教主：叫他进来见我。
长耳定光仙：是。（下，内白）师兄随我去见教主。
川山道长：好好领着我呀。（上）师父在上，与弟子做主吧！
通天教主：呀，川山为何这般光景？告诉为师知晓。
川山道长：老师父不知，容我细禀。
　　　　（唱）连连叩头尊师父，细听弟子讲分明。
　　　　　如此如此将山下，这般这般落下风。

有个田文矮小子，惧留孙的大门生。
暗下毒手将我捆，偏遇杜李二畜生。
金光洞里逞凶恶，枣核钉子钉二睛。
无奈来见老师父，可怜弟子受苦情。
望乞师父将仇报，教主听罢动无名。

通天教主：（唱）大骂畜生太纵行，犹犯清规罪不轻。
放着道行不修炼，爱去红尘苦战征。
当日祸害开杀戒，死了多少众道翁。
为师摆下万仙阵，群仙斗胜各显能。
不亏老祖讲和气，直到如今难太平。
畜生你怎叫邱引破杀戒？五祥山上起战争。
各国诸侯发人马，黎民涂炭不太平。
也是那阐教众仙慈悲动，保护世界众生灵。
有心将你处治死，耐着为着师徒情。
因此钉瞎你的眼，两全其美做得通。
你说阐教欺压你，山人断断不可听。
本欲将你废了的，可惜五千年道行扔。
待为师与你收了捆仙绳。

（通天教主圣手一指，川山道人即刻落地）

川山道人：（白）多谢师父解放。

通天教主：速回黑风山无底洞苦苦修炼，再等五百年后二目重明，快去。

川山道人：是，弟子遵令。（下）

通天教主：多宝。

多宝道人：有！

通天教主：明日你将捆仙绳送至飞云洞，物归本主。

多宝道人：是。

（诗）苦修洞中无烦恼，戏耍红尘有灾星。（下）

（出田文、王玉梅）

田文、王玉梅：（诗）千里姻缘一线牵，万不得已屈死咱。

田　文：（白）吾田文。

王玉梅：奴家王玉梅。

田　文：娘子，你我夫妻成就，真是出于意外。也已过了三天，我有点够哇狗的咧，我要失陪你了。

王玉梅：你往哪里去呢？

田　文：拙夫脾气你是不知道的，坐槽子吃食，我吃不惯，必得来回跑着吃，才觉活动呢。况且我又奉命，来寻高堂草。我若再住几天，无有高堂草，怎回去交令呢？我还是得寻找去呀！

王玉梅：可倾杀人咧，我可不随你去。

田　文：你瞧瞧你那个样子，为啥不去呢？

王玉梅：我嫌你怪里怪气的，在万马营中，七呀八呀的太嫌你厌弃呀。

田　文：你要随我前去，我记着当着人啥话我也不说如何呢？

王玉梅：任你怎说，我也不去。

田　文：娘子，你去吧。

王玉梅：我不去。

田　文：我的好娘子，快跟我去吧，娘子。

　　（唱）你我夫妻已成就，多亏圣母做媒人。

王玉梅：（唱）奴家难违师父命，与你匹配太屈心。

田　文：（唱）不用屈心该欢喜，你是一品贵夫人。

王玉梅：（唱）富贵荣华我不爱，

田　文：（白）爱啥？

王玉梅：（唱）最嫌你长得好像猴儿孙。

田　文：（唱）别看我这汉子小，做哥哥的年长你二春。

王玉梅：（唱）纵然长到一百岁，改不了跳跳蹦蹦不斯文。

田　文：（唱）做武将的要欢炸，不学那扭扭捏捏像佳人。

王玉梅：（唱）说话轻薄不稳重，不怕外人笑破唇。

田　文：（唱）笑我他们难学我，我是御弟大将军。

王玉梅：（唱）你要改了奴就去，跟你一齐去从军。

田　文：（唱）娘子若肯同我去，你的话儿我谨守。

王玉梅：（唱）到那奴是新媳妇，怕你轻薄要笑人。

田　文：（唱）从今以后全都改，嘱咐话儿记在心。

王玉梅：（唱）奴家本当跟你去，但剩下母亲靠何人？
田　文：（唱）她老人家武艺好，何不同去立功勋？
王玉梅：（唱）纵有武艺年纪老，岂肯擅自离家门？
田　文：（唱）她是你的连心肉，久后归天我摔盆。
（白）咱俩去把他姥姥见。
王玉梅：呸，你也没臊咧，是谁的姥姥哇？
田　文：啊，是我侄儿田坤的姥姥，商议商议好起身。
王玉梅：是咧。
（唱）不言夫妻把娘亲见，（下）有吉奉命把镇物寻。
（上袁有吉）
袁有吉：（唱）不知啥叫毒妇血，这可活活闷死人。
越过南关到北来，面前有座大庄村。
待我进庄访一访，（上）
（上李寡）
李　寡：（诗）宁损十年寿，不受老来贫。
（白）老身李老寡乃魏国人氏，老头子早年去世咧。所生一子名叫李天高，娶妻邓氏，十分可恶。他夫妻不和，我那小子跑关东去咧，剩下邓氏每天与我吵闹打架，缺啥东西，都是找我要，一时没有哇，非打则骂。幸亏我有点手艺，收生咧，摸脉咧，瞧疮看病咧，我都会点。指着这个挣些东西，好奉敬我那小妈。方才东头老唐家收了一个生，把高堂草给我咧，只好拿回家去瞒哄媳妇去咧。她若看我不拿一点东西，又没我的好，讲不了我这老命苦哇，不知早晚得叫她打死。
（上田文）
田　文：我田文一同丈母娘、娘子回营，方才我们家里的舅母说，这庄就能找到高堂草。她母女在前面等着我，只得进庄去找，好回营交令。进得庄来，上谁家去找呢？那边有一老婆子拿一把干草，想来也许就是高堂草，哼，待我迎将上去。（下）
（田文、李寡对上）
田　文：老妈妈可好哇？
李　寡：哟，你是谁呀？你认得我吗？

田　文：怎不认得呢？你老手里拿的那是啥草哇？
李　寡：我拿的是高堂草哇。
田　文：你老卖不卖呀？多少钱呢？
李　寡：你给我三百六十文钱吧。
田　文：拿来我看看。
李　寡：看看吧。
田　文：这叫高堂草啊？等我揣在怀内与你老钱。（揣怀）矮爷要失陪了。
　　　（田文遁地，李寡抓地）
李　寡：哎呀，好个王八羔子，把草诓了去咧。哎，真丧气。（下）
　　　（上田文）
田　文：哈哈哈，将草诓到手里，赶上她母女回营交令便了。（下）
　　　（出邓氏）
邓　氏：（诗）从小生来无拘管，直到如今我为尊。
　　　（白）奴家邓氏，小名我叫利害，嫁与李天高为妻，过门三年。我们俩打架，他一气就跑了，也不知往哪里跑丧去咧。剩下一个老婆子，交与我咧。我要顺当了，就不生气。我要烦了，就拿老婆子出出气。依仗着我爹爹在衙门里当一名班头，他们也不敢惹我。今日老婆子与人家收生去了，必得与我拿点东西吃吃，这时候该回来了。
　　　（上李寡）
李　寡：媳妇在上，老婆子有礼。
邓　氏：家无常礼，坐下吧。
李　寡：是，谢过媳妇。
邓　氏：你与人家收生，拿来的东西呢？我吃点。
李　寡：哎，媳妇，你老听了。
　　　（唱）说起这个人，你老也知晓。
　　　　　东头路北里，唐家你二嫂。
　　　　　今年二十七，该着分娩了。
　　　　　令人请我来，老身去得早。
　　　　　他家甚贫寒，早饭未吃饱。
　　　　　守了多半天，孩子落了单。

　　　　　　并非是闺女，是个大胖小。
　　　　　　要熬定心汤，柴米全无了。
　　　　　　现往街边子，借来米一勺。
　　　　　　你二嫂说了，等着满月了。
　　　　　　做双大花鞋，与你好不好？
　　　　　　缺水洗小孩，给我一把草。
　　　　　　拿着要回家，遇见一矮小。
　　　　　　如此与这般，被他诓去了。
　　　　　　特来见媳妇，恕我无分晓。
邓　氏：（白）住口了吧！
　　　　（唱）邓氏眼瞪圆，扯谎全拉倒。
　　　　　　任凭啥人家，规矩不可少。
　　　　　　不是糖烧饼，就是汤面饺。
　　　　　　三日面条汤，猪蹄煮熟了。
　　　　　　都叫你自吃，瞒哄我不晓。
　　　　　　去了多半天，空手回来了。
　　　　　　只得立规矩，打你一个饱。
李　寡：（唱）李寡颤搭撒，回身往外跑。（下，又上）
邓　氏：（唱）邓氏气不息，恨得把牙咬。
　　　　　　好个老娼妇，看你哪里跑？（下，又上）
李　寡：（唱）李寡跑出大门庭，一个前失便跌倒。
邓　氏：（唱）毒妇赶上按住了，大骂弃婆真可恼。
　　　　　　你的儿子跑关东，料想不能回来了。
　　　　　　剩下你这老娼妇，终朝每日与我搅。
　　　　　　天天不做一点活，仗着倚老而卖老。
　　　　　　收生挣得好东西，背地偷着全吃了。
　　　　　　一点我也摸不着，怎不叫人心烦恼？
　　　　　　越说越气动无名，（打）左边一拳右一脚。
李　寡：（唱）李寡痛得泪涟涟，媳妇担待我年老。
　　　　　　高抬贵手把我饶，从今知过必改了。

正是李寡苦央求，
（上袁有吉）

袁有吉：（唱）再把愣头表一表。

进庄来把镇物找，上了大街用眼瞟。

只见一个少妇人，按着一个年纪老。

旁边并无一个人，这宗事儿可真恼。

李　寡：（白）好媳妇，饶了我吧。

邓　氏：那可不中，打你一顿再说。

袁有吉：（唱）原来媳妇打婆婆，大怒说声真可恼。

忍耐不住开言问，

邓　氏：（白）我今个非打死你这老东西！

袁有吉：住了！你这妇人好无道理，因何按着一个老婆婆大骂呢？

李　寡：好汉爷爷，原是如此这般呐，劝劝我儿媳妇，饶了我吧。

袁有吉：哇呀，竟有这样伤天害理之事。那妇人快快放手，再要不听，某家断乎不依。

邓　氏：你是哪里来的野小子？竟敢来管老娘的闲事。

袁有吉：住了，你这贱人真是毒妇了。

（唱）袁有吉，气不息。

叫声泼妇，仔细听之。

哪有儿媳妇，敢把婆婆欺？

犹犯天条律例，不怕天打雷击。

从前无人管教你，某家与你断不依。

邓　氏：（唱）心不悦，翻眼皮。

你这丑鬼，来头差池。

姑表不相认，无故少亲戚。

说话不分男女，道理全不晓得。

因何与她把情讨？

（白）哦哦，是咧，想是她的野汉子。

袁有吉：（唱）胡言语，了不得。

不论礼仪，净些歪词。

打骂亲婆母，刁恶数第一。

某家好言劝你，反倒撒泼不依。

我来寻找毒妇血，正好遇你到死期。

邓　氏：（唱）泼口骂，眼气直。

无缘无故，来把我欺。

也不访一访，远近谁不知。

我爹是个衙役，专以爱打官司。

你把老娘动一动，立刻剥了你的皮。

袁有吉：（唱）加钢斧，手中提。

上前抓住，按倒在地。

邓　氏：（白）哎呀，好你个丑东西。你敢把老娘怎样？

李　寡：可了不得了！

袁有吉：（唱）心窝只一砍，鲜血往外滴。

装了毒妇血，取出十两银子。

拿回家去且养老，不必装殓她的尸。

李　寡：（白）你杀了她，她爹当班头岂肯饶我呀？

袁有吉：（唱）无妨碍，免着急。

她爹不让，有我挡之。

我名袁有吉，为将在东齐。

奉了国母之命，寻找毒妇血。

话已说完我去也，（下）

李　寡：（唱）拿着银子回家去。

压下此节且不表，（下）再把多宝道人提。

（上多宝道人、丹灵圣母、云光圣母）

多宝道人等：（诗）奉命去送捆仙绳，出了古洞气不息。

多宝道人：（白）众位道友，你看老师父行事好糊涂啊，自己徒弟被人家捆仙绳捆住，把眼钉瞎咧，前来哀告师父报仇，不但不与他报仇，反倒撵回洞去，又叫我们把捆仙绳给人家送去。众道友想想，越发叫阐教弟子逞强了。

多宝道人等：依道兄之见，有何主意？

多宝道人：依我之见，大家同到飞云洞把惧留孙拿住，也捥了他的双眼，方解心头之恨。
多宝道人等：有理。（大家驾云前去）
多宝道人：来此已是飞云洞，咱大家叫他出来。（齐喊）惧留孙，你快出来受死。怎么没人答应？待我掐算掐算。众位道友，原来惧留孙上了元觉洞了，大家何不到那里找他算账？（下）

（完）

第 五 本

【剧情梗概】燃灯道人、广成子、云中子、惧留孙一起讲道,多宝道人、丹灵圣母、金灵圣母、云光圣母来至元觉洞外叫骂惧留孙。燃灯道人打死丹灵圣母,通天教主不依。田文带妻子王玉梅回营交令。袁将军交了毒妇血,田文找来高堂草。两宗镇物集齐后,钟无盐要攻打妖兵阵,先锋关文义负责巡营防备贼人,忠顺王攻打关城。将军袁有吉将镇物揣在怀中,入阵泼洒高堂草和毒妇血,奔上法台。廉氏王妃从北面进阵,王玉梅小姐从南面杀入,田文从东面攻打。张奎、白宣二将被救,楚国人氏白玉香是白宣之妹,二人相逢在齐营。

(上燃灯道人、广成子、云中子、惧留孙)

燃灯道人等:(诗)道法通天地,玄机伏虎龙。

燃灯道人:(白)众位道友来至贫道洞中,多有怠慢。今日无事,何不讲道一回?

燃灯道人等:道兄言之有理。

燃灯道人:童儿,

童 儿:有!

燃灯道人:看茶来。

童 儿:遵旨。

燃灯道人:(唱)吩咐徒儿把茶看,贫道今日算出家。
众位仙长都在此,大家何不讲道法。

燃灯道人等:(唱)众位同言说从命,我等领教乐无涯。

燃灯道人:(唱)如此山人说有了,三教之功各论答。

广成子:(唱)广成子接言说容易,道兄你非释非教无管辖。

燃灯道人:(唱)曾记得盘古开天地,炼石补天是女娲。

惧留孙:(唱)惧留孙一旁说正是,那个时候也有咱。

燃灯道人:(唱)三皇治世分男女,五帝为君立邦家。

云中子:(唱)云中子连连将头点,道兄言之果不差。

燃灯道人:(唱)始制衣冠轩辕帝,神农苦尝百草芽。

广成子:(唱)先圣如此知药味,君臣加天两配合。

燃灯道人：（唱）混沌初开鸿钧老，龙虎玄机得道法。

云中子：（唱）老祖一气归三教，天外之天另一家。

燃灯道人：（唱）商末周初该遭劫，群仙赌胜各斗法。

惧留孙：（唱）直到如今几百载，清闲自在做仙家。

燃灯道人：（唱）天运周流人难测，治乱兴衰礼不差。

广成子：（唱）但愿无事各守静，好修炼胸中五气顶三花。

燃灯道人等：（唱）正是众仙谈道法，

多宝道人等：（内白）惧留孙快快出来受死！

燃灯道人：呀，忽听洞外闹喧哗。

（上童儿）

童　儿：（唱）童儿进洞忙回禀。

（白）启禀师父，外边有许多男女一齐叫骂，共叫师父出去受死。

燃灯道人：他们为何到此叫骂？待我出去看来。（下）

云中子：众位道友，你看燃灯道人兄面带不悦之色，未免出去生事，大家打听打听如何？

燃灯道人等：有理。（下）

（上多宝道人、丹灵圣母、金灵圣母）

多宝道人：众位道友，来至元觉洞外叫骂多时，怎么不见惧留孙出来呢？

多宝道人等：大家再骂一回，看他怎么样？（骂）惧留孙还不出来受死？若是惹怒了仙家，打进洞去，连燃灯也是不饶的。

（上燃灯道人）

燃灯道人：原来是众位道友，到此何事？

多宝道人：燃灯，你不知道，原是如此这般。惧留孙欺人太甚，特来找他算账。

燃灯道人：你们既是找他，为何在我洞外喧哗？是何道理？

多宝道人：哎呀，惧留孙在你这里猫着，就应该允许我们来找你，为何怒气冲冲，莫非要与他挡横①吗？

燃灯道人：住口。你们搅闹仙家洞府，真正可恼。

（唱）心不悦，把气生。

---

① 挡横：替人出头。

　　　　　　　口呼众妖，情理不通。

　　　　　　　既知他在此，就该讲分明。

　　　　　　　不该在外吵嚷，搅闹我的洞中。

　　　　　　　吾这里无忧无虑清净地，不准尔等来逞凶。

多宝道人：（唱）燃灯道人，好不通。

　　　　　　　说此大话，把人看轻。

　　　　　　　来找那贼道，你反动无名。

　　　　　　　莫非与他挡横，谅你可也不能。

丹灵圣母：（唱）放出来吧无别讲，

金灵圣母：（唱）不然叫你丧残生。

燃灯道人：（白）住口！

　　　　　　（唱）好一群，妖孽精。

　　　　　　　胡言乱语，冲撞仙翁。

　　　　　　　山人根底重，寿与天地同。

　　　　　　　现为一教之主，万仙册上标名。

　　　　　　　你们找他我不让，他是阐教正门生。

（上惧留孙）

惧留孙：（唱）惧留孙，听得明。

　　　　　　　走出洞外，口呼道兄。

　　　　　　　他们人几个，贫道人一名。

　　　　　　　不用你来动手，我叫他们现形。

　　　　　　　说罢取出老铁尺，过来试试重与轻。

多宝道人等：（唱）众妖仙，喊一声。

　　　　　　　惧留孙狗道，燃灯恶道同，

　　　　　　　说话真撒野，无人眼内空。

　　　　　　　胜夸阐教根本，包含截教无能。

　　　　　　　倒与你们试一试，拿住剥皮扣眼睛。

燃灯道人：（唱）众妖道，了不成。

　　　　　　　敢动杀戒，要害仙翁？

　　　　　　　劝你速速走，免得道行扔。

惧留孙：（唱）阐教若伤一个，截教全用雷轰。

燃灯道人：（唱）拿住交与老天主，

惧留孙：（唱）压在阴山顶寒冰。

多宝道人：（白）哎呀！

（唱）多宝道人一声喊，

丹灵圣母：（唱）丹灵圣母动无名。

金灵圣母：（唱）金灵圣母说罢了，奔着今日道行扔。

多宝道人：（白）好野道，气死我也！众道友们，与他们拼了吧，着剑取你。

燃灯道人：来，来，来。（大杀，败下，又上）

燃灯道人：妖妇十分骁勇，等她赶来，用乾坤尺打她便了。

（上丹灵圣母）

丹灵圣母：狗道，哪里走？

燃灯道人：着打。（丹灵圣母死）妖妇已死，杀上前去。（下）

（大杀一阵，众妖败，跑下，又上四仙）

惧留孙：这便怎了？道兄为我打死丹灵圣母，三教主知道一定有些不是，这却如何是好？

燃灯道人：无妨，贫道算作行义，该当如此了结这般冤孽了。

惧留孙等：如此，我们也不便在此打扰，大家各回本洞。

燃灯道人：有理。请。（下）

（多宝道人、金灵圣母、云光圣母跑上）

多宝道人等：快跑快跑，好也好也，幸我们眼快，逃出性命，可恼燃灯用宝尺把丹灵打死，咱们去找师父与我等报仇。（下）

（出通天教主坐）

通天教主：（诗）执掌截教众弟子，碧游宫内我为尊。

（白）山人通天三教主，方才命多宝去送捆仙绳，为何不见回来？

多宝道人等：望师父与弟子报仇。

通天教主：却为何来？

多宝道人：丹灵被燃灯用宝尺打死了。

通天教主：此话我就不信。

多宝道人：师父不信，一问丹灵魂魄便知。

通天教主：如此叫她进来见我。

多宝道人：是。（下，内白）圣母随我去见师父，必得如此而言。

丹灵圣母：（内白）是，我来了。

（上丹灵圣母魂，跪）

丹灵圣母魂：老师父在上，弟子叩头，快与弟子报仇吧，弟子死得好苦也。

通天教主：哦，丹灵，你为何这般光景？

丹灵圣母魂：教主不知，且听弟子告禀。

（唱）丹灵叩头连叫苦，弟子死得好可怜。

通天教主：（白）如何而死？

丹灵圣母：（唱）只因为多宝道兄去送宝，惧留孙早已躲在灵鹫山。

复又送至元觉洞，遇见许多众妖仙。

言语讥笑轻截教，藐视教主要笑颜。

多宝与他分争礼，不肯生气转回山。

谁知道阐教众仙心太狠，依仗法术欺压咱。

一齐追至洞门外，要与多宝两争斗。

我等出去相劝解，燃灯道人太无端。

出言不逊将人骂，弟子一时忍耐难。

与他动手不取胜，乾坤尺下丧黄泉。

冤魂无依见教主，望乞师父见可怜。

哀求师父把仇报，教主座上默无言。

通天教主：（唱）细听丹灵这些话，未必如此是谎言。

多宝道人：（唱）多宝暗暗说不好，

云光圣母、金灵圣母：（唱）云光金灵便开言。

一齐上前尊师父，何不与丹灵圣母大报冤？

前者川山瞎了眼，作恶也是阐教仙。

教主一概全不管，倒叫弟子心里寒。

师父若不做个全，从今只怕大散班。

哪个在此肯学道？望乞教主细详参。

通天教主：（唱）通天教主面转难，不由发作怒冲冠。

大叫燃灯无道理，帮着留孙欺压咱。

前者川山双失目，如今丹灵一命损。

牲畜们欺吾截教无能耐，何方难住阐教仙？

叫声多宝听吩咐，速速去到白虎关。

摆下一座小小阵，照着书内把宝安。（下，拿宝上）

名为金刀本所破，阐教难晓妙中玄。

（白）这包袱内有灵书一卷，飞刀四口，个个赤黄青绿，挂在上面。四门云牌一响，金刀晃动，任他真仙佛祖，即时剁为肉泥。你同金灵、云光同到白虎关照书摆阵，好与丹灵报仇。

金灵圣母、云光圣母： 弟子遵命。（下）

通天教主： 丹灵。

丹灵圣母： 有！

通天教主： 昼夜苦诵黄经，以待为师结草，将你点化人形。

丹灵圣母： 多谢教主慈悲。

（诗）料使仙家术机妙，要难阐教众门人。（下）

（升帐，出钟无盐坐）

钟无盐：（诗）凶阵阻路青龙关，专等镇物破妖仙。

（白）哀家钟无盐。妖人摆下恶阵，多亏李凤英识破玄机，差人寻找镇物，方能破此阵式。昨日袁有吉寻来毒妇血，已经交令。只是田文未回，不知何故？

（上卒）

卒： 启禀千岁，田千岁寻来高堂草，方来交令，一同还有老少二位夫人来见国母。

钟无盐： 田文带领两个妇人，其中必有缘故，命他们觐见。

卒： 得令。（下，内白）命你等一齐觐见。

田　文： 你母女随我进帐。家里的，小心着。

王寡、王玉梅： 是。

（上田文、王寡、王玉梅）

田　文： 皇嫂在上，小弟田文打躬交令。

钟无盐： 左右将那老夫人请入后帐。

卒： 是，随我来。

王　寡：来了，这是啥勾当？（下）

钟无盐：田文。

田　文：有！

钟无盐：你因何去了这些日子才回来？找的高堂草呢？

田　文：方才交与元帅。

钟无盐：你身后站着的，她是何人？

田　文：哦，她是这个（回头）家里的，你倒说是呀。

王玉梅：我不说。

钟无盐：田文，她到底是何人？

田　文：哦，她是这个（回头）家里的，你倒是说呀。

王玉梅：我不说。

钟无盐：田文，她到底是何人？

田　文：她是这个，这个（又回头）家里的，你倒是说呀。

王玉梅：我可不说。

钟无盐：田文快说！

田　文：是了，元帅嫂子听了。

　　　　（唱）前者奉命去寻宝，多少日子才遇着。

　　　　　　 信步而行到魏地，进了茶馆问根苗。

　　　　　　 就是后营去的王老寡，她与小弟把殃遭。

钟无盐：（白）因何事与人家遭殃呢？

田　文：（唱）如此这般动了气，一壶开水把我浇。

　　　　　　 烫得我无处躲避土遁走，谁知她闺女武艺高。

钟无盐：（白）她闺女是谁？

田　文：就是她呗。

钟无盐：她是谁？

田　文：她是这个，这个……

钟无盐：不用你这东西闹鬼，快说！

田　文：是，我说。

　　　　（唱）不知她用什么宝，将我拿回难走逃。

　　　　　　 又问我的来历事，收法我才能动了。

钟无盐：（白）既然饶了你，就该回营交令，因何今日才回来呢？

田　文：自然是有个缘故，我说皇嫂子她们母女留下我了，往下勾当不敢讲说。

钟无盐：有啥勾当不敢说呢？

田　文：说了嫂子别气着。

钟无盐：倒是什么勾当不敢说呢？

田　文：家里的，快替我说说罢。

王玉梅：我们不说呗。

钟无盐：田文快说！

田　文：是。

（唱）她看我的模样好，立逼小弟把婚招。

钟无盐：（白）你可愿意不愿意呢？

田　文：（唱）本来吾可不愿意，屈着心肠把亲招。

钟无盐：（白）如此，你们俩成了亲咧？

田　文：（唱）一夜生米成熟饭，次日要走她们跟着。

钟无盐：（白）要往哪里去呢？

田　文：找宝去呗。

（唱）同她母女来报号，攻打阵式立功劳。

　　望乞皇嫂相收下，

钟无盐：（唱）太真坐上闪目瞧。

　　细看女子多美貌，又有法术比人高。

　　正好攻打妖兵阵，我何不将他夫妻耍哄一遭？

　　故意带怒拍桌案，

田　文：（白）哎呀，坏了！

钟无盐：（唱）好个矮根犯律条。

　　临阵收妻罪难免，

田　文：（白）望国母开恩，饶了我吧！

钟无盐：（唱）喝令左右拉下去，推出辕门开了刀。

田　文：（白）哎呀，好嫂子，家里的，你快讲个情去吧！

　　（刀斧手推下田文）

王玉梅：刀下留人。

　　　　　　（唱）说是留人慢动手，双膝跪倒泪滔滔。
钟无盐：（白）你是何人？
王玉梅：（唱）奴家玉梅王氏女，曾跟那云霞圣母把艺学。
　　　　　　　　因遵师命配矮将，夫妻回营立功劳。
　　　　　　　　望乞国母开恩罢，奴家情愿去捉妖。
钟无盐：（唱）太真座上忙赔笑，贤妹请起莫心焦。
　　　　　　　　哀家岂有杀他意？不过是威吓与他犯律条。
王玉梅：（白）多谢国母。
钟无盐：（唱）喝令左右听吩咐，
　　　　（白）众将官，将田文放回。
（上田文）
田　文：多谢皇嫂不斩之恩。
钟无盐：若非王小姐苦苦哀求，一定问你临阵收妻之罪，定斩不饶。
田　文：皇嫂，这宗勾当我才不愿意呢。
钟无盐：罢了，你既不愿意，哀家今日做主与你俩分开就是咧。
田　文：哎呀，皇嫂开天恩吧。
钟无盐：你天恩地恩的，倒是愿意分开呀？
田　文：皇嫂天恩，我是不愿分开呀。
钟无盐：不要脸的东西，从前说嘴，这如今怎么这么着了？
田　文：是，再也不敢在皇嫂子面前说嘴了。
钟无盐：你夫妻快去披挂，伺候元帅升帐。
田　文：是，遵令。家里的，跟我来吧。
王玉梅：哟，啥东西呢？（下）
钟无盐：众将官。
众　将：有！
钟无盐：打动聚将鼓，传齐众将，伺候元帅升帐，不得有误。（下）
中　军：得令。（下，内白）国母有令，擂动聚将鼓。
众　将：（唱）中军擂动聚将鼓，忙了齐营众英才。
　　　　　　　　男女众将披挂好，齐到大帐听候差。
　　　　　　　　来了先锋关文义（上），相随一齐众将来。

田文田坤一齐到（上），中军帐下两边排。
来了猛将袁有吉（上），伺候元帅把将差。
廉氏王妃不怠慢（上），一同那王氏玉梅进帐来。
后面跟着王老寡（上），也要上阵卖卖乖。
来安夫妻也来到（上），一同进帐伺候差。
后营出来钟国母（上），奉陪元帅把兵排。

（上李凤英）

李凤英：（唱）凤英顶盔穿甲上大帐，端然坐帐把口开。
袁将军昨日交了毒妇血，高堂草今日找了来。
两宗镇物全都有，本帅要把众将差。
攻打这座妖兵阵，尔等众将听明白。
川山虽然无踪影，现今邱引会安排。
扭项回头尊国母，谨守大营莫离开。

钟无盐：（白）哀家遵命。

李凤英：（唱）叫声先锋关文义，巡营防备贼人来。

关文义：（白）得令。

李凤英：（唱）忠顺王子听候令，攻打关城把你差。

田　坤：（白）得令。

李凤英：（唱）猛烈将军袁有吉，你将镇物揣在怀。
进阵必有妖兵挡，泼洒草血奔法台。
全仗令师翻天印，若遇妖人莫放开。

袁有吉：（白）得令。

李凤英：（唱）廉氏王妃听号令，北方进阵莫迟挨。

廉王妃：（白）得令。

李凤英：（唱）玉梅小姐南方去，杀退妖兵阵必开。

王玉梅：（白）得令。

李凤英：（唱）矮将田文听吩咐，东门攻打把你差。
进阵搭救张白将，各处接应莫迟挨。

田　文：（白）得令。

李凤英：（唱）本帅亲把西门闯，

王　寡：（唱）王寡上帐把口开。
来安、冬梅：（唱）来安上帐将躬打，冬梅也就上帐来。
三人合：（唱）齐尊元帅讨示下，今逢大敌各有差。
　　　　　　唯我三人无将令，不知元帅为何来？
　　　　（白）今逢大敌，众将都有差遣，独我三人并无将令，莫非我等无用吗？
李凤英：王妈妈说哪里话来？你老新到营里，且又年老，怎好劳驾？
王　寡：老身纵有年纪，不服老呢。他们都去打仗，我看着眼热，老身不才也要讨个将令，上阵走走。
李凤英：罢了，老人家既要立功，就命你老带领来安夫妻，等候田文救出张白二将，保他们回营，不得有误。
合：　　得令。
钟无盐：众将官，抬刀备马，杀出营去。（下）
　　　（出邱引坐帐）
邱　引：（诗）摆下妖兵阵，挡住东齐兵。
　　　　（白）出家人邱引。前者摆下一座妖兵阵，困住两员齐将，大料有死无生。师父也不知往哪里去了，至今并无踪影，剩我一人恐怕不能保守此阵，令人好生忧闷。
　　　　（上卒）
卒：　　报军师得知，敌人前来破阵，乞令定夺。
邱　引：呀，敌将前来破阵，必有能人，快报二千岁，领定人马接阵，待山人引诱敌人进阵便了。（下）
卒：　　得令。（下）
　　　（上邱引对袁有吉）
袁有吉：妖人慢来，看爷爷的斧子吧。
邱　引：来，来，来。
　　　（大杀，邱引进阵，袁有吉追进阵）
袁有吉：进得阵来，妖兵阻路，急将草、血泼洒，恶鬼退后，杀奔中央，捉拿邱引便了。
　　　　（唱）镇物一泼诸妖退，直往中央法台寻。（下）
邱　引：（唱）邱引忙把法台上，敲动云牌四下闻。（下）

众　　鬼：（唱）恶鬼齐往中央奔，忙了老妖大将军。（上）
袁有吉：（唱）手使铜斧等来将，有吉催马把斧抡。
　　　　（众妖兵将、丑鬼一齐围住）
袁有吉：（唱）交兵大战我不惧，何不祭宝打妖人？
　　　　　　　暗暗祭起翻天印，
　　　　（白）哪里走？（打死妖）
　　　　（唱）打死妖怪命归阴。
　　　　（上邱引）
邱　　引：（唱）邱引连说气死吾，手抡宝剑恶狠狠。（与袁有吉对杀）
　　　　　　　丑鬼伤我龙神将，山人与你把命拼。
　　　　　　　不言阵内大交战，
李凤英：（内唱）再表凤英领三军。（李凤英刀马上）
　　　　（唱）眼见众将进了阵，本帅只得闯西门。
　　　　　　　钢刀一摆寒光现，当头遇见老妖人。
　　　　（上红娘子）
红娘子：（唱）惊动鱼精红娘子，手使宝剑恶狠狠。
　　　　　　　贱人敢闯我巡地，真是前来把死寻。
李凤英：（唱）大骂妖妇快逃走，不然叫你命归阴。
红娘子：（唱）有何本领只管使，仙姑岂俱半毫分？
　　　　（李凤英败下，又上）
李凤英：（唱）待我祭起斩妖剑，管叫妖人走无门。（下）
红娘子：（唱）大叫花奴哪里走？抬头一见走真魂。
　　　　　　　空中来了斩妖剑，只得逃走起黑云。（下）
　　　　（上李凤英）
李凤英：（唱）凤英杀奔中央去，（下）
　　　　（王玉梅马上）
王玉梅：（唱）玉梅小姐进阵门。
　　　　　　　妖人拦路交了手，（大杀）只得送你归了阴。
　　　　　　　暗暗祭起峨眉剑，妖人慢来宝贝临。（下）
妖：　　（白）贱人哪里走？呀，不好！

（唱）说声不好头落地，（死）

（上田文）

田　文：（唱）来了矮子小田文。

　　　　　　　进阵救了张白将，

（上来安）

来　安：（唱）来安保护转回营门。（下）

田　文：（唱）接应来至南门外，见一妖怪倒在尘。

（白）哟，这老妖怪怎死在这呢？

（上王玉梅）

王玉梅：是我方才用峨眉剑斩的。

田　文：哈哈，倒是吾的宝贝夫人真是好手段呢。

王玉梅：呸，不用夸，快些杀上前去，休要鬼扯。（下）

田　文：哈哈，我们孩子他妈，猛了个猛，真好武艺，不免跟着我们到中央便了。

（唱）田文奔了中央地，手举铁棒往上冲。（下）

（上邱引、袁有吉）

邱　引：（唱）邱引大战袁有吉，不能取胜落下风。

　　　　　　　上了法台留神看，只见阵内乱哄哄。

　　　　　　　几个花奴多骁勇，杀得妖兵各逃生。

　　　　　　　眼看阵式就要破，料我一人保不能。

　　　　　　　何不逃回关城去？火光一道影无踪。（下）

　　　　　　　不言邱引关城去，

（上卜高）

李天杰：（内唱）李天杰率领着人马出了城。

卜　高：（唱）当先开路卜总兵，跨马抡枪抖威风。

　　　　　　　来至疆场大交战，猛然抬头吼连声。

　　　　　　　但只见年老婆子步下走，一把棒槌手中擎。

　　　　　　　光景好似来打仗，想来武艺必稀松。

　　　　　　　活该总爷彩头好，拿她不用费心胸。

　　　　　　　手到擒来无处跑，绑进关去算有功。

　　　　　　　主意一定往上闯，

王　寡：（内唱）老王寡上阵斗威风。（上）
卜　高：（白）老婆子慢来，总爷在此。
王　寡：你这小子是哪个？敢来上阵快报名。
卜　高：你的总兵爷，名叫卜高。
王　寡：不高打个圆的样。
卜　高：来呗。
王　寡：（唱）抡起棒槌打得凶，见他一闪露了空。
　　　　　　耳朵边上下绝情，一棒打得掉下马。
　　　　（卜高落马）
卜　高：（白）哎呀，妈妈饶命吧。
王　寡：我把你这王八羔子，敢和妈妈动手。
卜　高：再也不敢咧，饶了吾吧，妈妈。
王　寡：来安哪里？
来　安：（内白）来了，（上）妈妈说啥呀？
王　寡：把这小子绑了。
来　安：得令。
卜　高：哎呀，可苦了我了。
来　安：苦从何来？走吧。（下）
王　寡：别看我有年纪，叫他们见识见识。走，杀上前去。（下）
　　　　（上李天杰对田坤）
李天杰：来者幼儿，报名上来。
田　坤：本王田坤，反贼莫非就是李天杰吗？
李天杰：然也。
田　坤：反贼不要逞强，如今阵式已破，妖人俱死，不要走，着枪。
李天杰：来来啦。（杀，败）呀，不好！细听幼儿所言，阵式已破，军师不见踪迹。料吾一人难挡，只得弃关逃走，直奔白虎关再作道理。喽啰们，随孤逃命，奔白虎关，不得有误。（下）
中　军：（内白）报王爷得知，反贼弃关逃走。
　　　　（上田坤）
田　坤：穷寇莫追，随我进关查点仓库，迎接大兵进城，不得有误。（下）

（出杜文良坐）

杜文良：（诗）天有不测风云至，人有旦夕祸福来。

（白）俺杜文良。自收拾了川山道人，怕师父回来见罪，便随李师弟逃下山来。只说投奔齐营报号，不意走至半路，偶然得病。师弟昼夜服侍，在这王家店内住了三月有余，盘缠花尽，病才大愈。师弟每日卖艺挣些钱财，足够我二人费用。他今日出店去了，为何不见回来？

李道友：（内白）探得真实信，（上）回报仁兄知。仁兄可好？小弟打听喜信，特来回报。

杜文良：什么喜信？贤弟请坐，告诉愚兄知晓。

李道友：仁兄听了。

（唱）自从你我惹下祸，钉坏截教老川山。

杜文良：（唱）恐怕师父回来打，下山投奔青龙关。

李道友：（唱）不意仁兄得了病，幸而大愈得安然。

杜文良：（唱）多亏贤弟扶持吾，早晚熬药把汤煎。

李道友：（唱）你我本是知心友，犹如同胞一样般。

杜文良：（唱）愚兄今日病算好，正好去奔青龙关。

李道友：（唱）你我不用那里去，这如今国母得胜进了关。

杜文良：（唱）听说邱引摆凶阵，挡住齐兵难进前。

李道友：（唱）今日我到大街去，听得人说如此这般。

杜文良：（唱）如此说来不用去，你我何处把身安？

李道友：（唱）齐兵既然得胜，必是奔了白虎关。

杜文良：（唱）越发离的道路远，赶到几时到那边？

李道友：（唱）你的身子康健了？何惧涉水与登山？

杜文良：（唱）如此大家起身走，算还店账走阳关。

李道友：（唱）正好二月三春景，桃花似火柳如烟。

杜文良：（唱）心急只嫌走得慢，两腿如飞往前颠。

李道友：（唱）晓行夜宿好几日，猛然前面一高山。

杜文良：（唱）高山正挡几条路，逢山有寇不用言。

李道友：（唱）纵有毛寇咱不怕，正好与他借盘缠。

（白）师兄，你看那边铁锁横路，必有毛寇在此。你我打上山去，与他借

　　　　　些盘缠费，岂不是好？
杜文良：有理，大家闯山便了。（下）
　　　　　（升帐，出二旦坐）
陆春云、陆夏云：（诗）独霸山林任纵横，常抢府县与州城。
　　　　　　　　　纵是闺中娇娆女，敢比男儿将英雄。
陆春云：（白）奴家大寨主陆春云。
陆夏云：奴家陆夏云。
陆春云、陆夏云：乃齐国人氏，自幼父母双亡，家贫如洗。郊外寻取野菜，得遇三玄圣母度上高山，学艺三年。师父说我姐妹不能享清闲之福，我二人便下山占了这座双云岭，剪径为王，不足一年，召集喽啰一万有余，这也不在话下。哎，想咱一个女孩儿家，为贼剪径，何日是个了呢？
　　　　　（上卒）
卒：　　报姑娘得知，山下来了两个壮士，打断铁锁，闯山而过，乞令定夺。
陆春云：这等，抬刀备马，杀下山去，不得有误。（下）
李道友：（内白）师兄，你且闪在一边，待小弟上前要些盘费，咱们再走。
杜文良：（内白）不用贤弟操劳。（拿锤上）俺杜文良，方才遇见几个喽兵被我打跑。你看山上来了一支人马，先是两个女子直奔我来，正好准备准备。（下）
　　　　　（陆夏云马上）
陆夏云：哪里来的幼儿，敢闯我的山寨？留下银钱放你过去。
杜文良：好个妇人，你这女寇好大胆子。吾乃乾元山太乙真人的门徒，要上齐营报号，丫头怎敢挡吾的去路？
陆夏云：奴家二寨主陆夏云。在这双云岭为主，乃是姐妹二人。你叫何名字？报将上来受死。
杜文良：正好我们也是哥俩。我对你说，你少爷名叫杜文良，齐营报号缺少路费，要与小娘子商议商议，有银子送下山来，不然叫你锤下废命。
陆夏云：幼儿少出狠言大话，看刀取你。
杜文良：来，来，来。
　　　　　（大杀，陆夏云败）
陆夏云：幼儿杀法骁勇，力战难以取胜，等他赶来，用定身法擒他便了。

杜文良：丫头哪里走？

陆夏云：呀呔。（杜文良定住）

杜文良：哎呀，怎动不得了？

陆夏云：我看你这小子还厉害不咧？喽啰们，与我绑了。

喽　啰：是，绑着，绑着。（下）

（上李道友）

李道友：哎呀，杜师兄被那女子拿去，只得赶回。丫头慢来，快把你爷爷放回，饶尔等不死。

陆夏云：这个你算不能，看刀取你。

李道友：来，来，来。

（大杀，陆夏云败）

陆夏云：等他赶来，还用定身法擒他便了。

李道友：丫头哪里跑？

陆夏云：呀呔。（定住李道友）

李道友：哎呀，我怎动不了咧？

陆夏云：喽啰们，将他绑了，就此回山便了。

（唱）一连擒了俩壮士，吩咐喽啰绑回山。
　　　一行走着心暗想，在此为王有一年。
　　　奴家今年十八岁，姻缘结果在哪边？
　　　姐姐比奴大一岁，对此不语也不言。
　　　诸日有说又有笑，光景好似傻又憨。
　　　为奴竟自急得很，终朝每日鬼病缠。
　　　今日擒得两员将，武艺又好年一般。
　　　只得与姐同商议，找他两个上高山。
　　　正是夏云胡盘算，

陆春云：（内唱）春云催马还上前。（上）
　　　　妹妹一战成功也，拿住两个年少男。

陆夏云：（白）姐姐看我拿的那两个如何？

陆春云：（唱）依我看也算好来也不好。

陆夏云：（白）可怎说呢？

陆春云：（唱）中等人儿在少年。
陆夏云：（白）我看倒也不错。
（唱）说话之间到山寨，喽啰将他们二人绑一边。（下）
（姐妹俩一齐下马，上大帐）
陆春云：（唱）陆春云叫声妹妹听吾言。
陆夏云：（白）你说啥呢？
陆春云：（唱）你我姐妹十八九，
陆夏云：（白）可还小哇，你说这个做啥呢？
陆春云：（唱）难道说一辈子为王在高山？
陆夏云：（白）姐呀，不为王咱们做啥去呢？
陆春云：（唱）我看擒的二壮士，人品年貌不一般。
陆夏云：（白）他们好，咱姐妹也不丑哇。
陆春云：（唱）若依姐姐愚拙见，把他们两个留在山。
陆夏云：（白）留他俩做啥呢？不方便的。
陆春云：（唱）你我姐妹也不小，至今并未选奇男。
陆夏云：（白）哦，莫非说你要招他俩与我做姐夫呀？
陆春云：（唱）娼妇不要闹巧嘴，你心里早已活动来发颠。
陆夏云：（唱）姐姐既然如了意，小妹愿意做保山。
（白）不知看着哪个好？
陆春云：两个都好，你瞧着做去吧。
陆夏云：你一人怎要两夫男？
陆春云：呸，别胡咧了，欠打你的嘴巴。
陆夏云：（唱）姐姐暂且回避了，我好与人家说一番。
陆春云：（白）你可得好好的说去吧。（下）
陆夏云：你放心吧，等着拜天地吧。
（唱）复又归座心欢喜，我得问问有无缘。
拣着好的挑一个，与奴匹配随心愿。
剩下那个与她讲，好歹姐姐要包涵。
主意一定忙吩咐，
（白）喽啰们，把那两个壮士绑上来。

喽　啰：绑着。

（上杜文良、李道友，不跪）

喽　啰：跪下！跪下！

杜文良、李道友：罢了罢了。

陆夏云：你这两个小子被你姑娘拿住，还不叩头求命？

杜文良：住口，你爷爷乃是仙家弟子，岂肯跪你这毛寇丫头？误中邪术，将我弟兄二人擒住，要杀就杀，何必多言！

陆夏云：哎呦，你瞧瞧，好横呀！我且问你，家住哪里，姓甚名谁，因何到此呢？

杜文良：我名杜文良，他名李道友，如此这般上齐营报号。

陆夏云：你今年贵庚咧？

杜文良：我今年二十一岁，你问这个做甚？

陆夏云：你呢？

李道友：问他又问我，想要问我生辰八字，我可万万不能说，我不说。

陆夏云：你瞧瞧嘛，吾打心眼里看中了他咧，他又闹别扭，说不了赶着人家的勾当，得手点才是咧。姓李的你快说说吧，凡事不叫你吃亏，你怎这么胆小呢？

李道友：哦，看她这样子，是会算命，待我说来，丫头是你听了。

（唱）少爷生在赵国，学艺金光洞中。

　　　这般如此下山峰，齐营想把功挣。

　　　虚度十九岁，正月十五降生。

　　　好好与我算分明，几时婚姻才动？

陆夏云：（白）呸，哪个问你这些废话？喽啰们，回避了。（喽啰们下）

（唱）粉面通红心暗想，这才入了我机关。

　　　杜文良今年二十单一岁，正好与姐姐配良缘。

　　　姓李的年轻模样好，比着奴家大一年。

　　　先把姐姐成全了，我的事儿何再言？

杜文良：（白）有话就说。

陆夏云：（唱）方才那位是我姐，（指杜）你俩年貌是一般。

　　　欲要留你高山住，与你成就并蒂莲。

李道友：（白）这勾当再说。

陆夏云：（唱）你若不应这件事，定要开刀性命损。
　　　　　　若是从下这件事，今逢好日拜地天。
杜文良：（白）师弟，咱应了吧，性命要紧。
李道友：使得。姑娘呀，我们从下了。
陆夏云：（唱）我与姐夫松了绑。
李道友：（白）小姑娘，也与我松了哇。
陆夏云：不给你松，谁叫你古怪讨人嫌？
　　　　（唱）奴家方才问你话，指东说西混装憨。
　　　　　　不像那位杜公子，顺顺当当事儿完。
李道友：（白）我也老实，放了我吧。
陆夏云：（唱）若叫奴家放了你，任啥事儿得从全。
李道友：（白）我师兄在此招亲，我也与你拜天地就完咧，你放了吧。
陆夏云：呸。
　　　　（唱）答不上言来红了脸，
　　　　（上陆春云）
陆春云：（唱）陆春云听得明白走上前。
　　　　　　妹妹过来听我讲。
陆夏云：（白）你说啥呀？
陆春云：（唱）我的事儿你周全。
陆夏云：（白）这是理所当然，你说啥呀？
陆春云：（唱）还有那个李公子，何不留他住高山？
陆夏云：（白）留他干啥？彪子似的不大方便。
陆春云：（白）妹妹今年也不小。
陆夏云：我不小又该怎着了呢？我把你们的事情成全了，你好意思把我干巴起来呀？
陆春云：（唱）这个亲事我管保，春云带笑把话言。
　　　　（白）李壮士，我妹妹方才为难，欲要招你为婿，不知你意下如何？
李道友：哎，我师兄既然愿意在此招亲，我有什么说的呢？他要早提这宗勾当，这时候把天地早拜完咧。
陆春云：喽啰们，与你二郡马松绑。

卒： 哦，又有一位郡马？这是活扣，一拉就开。
陆春云： 摆两处香案伺候。
李道友： 大哥走哇，拜天地去呀。
杜文良： 哎哟，忙了一个忙。
（升帐，出色红坐）
色　红： （诗）忠心扶雄主，赤胆保山王。
（白）俺大都督色红，奉命把守白虎关。夫人早年去世，抛下一儿一女，儿叫中贵，女叫中玉。女儿受过异人传授，不但刀马纯熟，而且神通广大，至今待字闺中，并无许人。这也不在话下，昨日远探报道，青龙关已破，军师不见踪迹，听说二千岁逃往黑熊岭去了。本都督闻知心中不悦，因此昼夜操演人马，单等丑妇无盐到来，定杀个片甲不归。
（上卒）
卒： 报都督得知，二千岁自黑熊岭而来，相离不远，乞令定夺。
色　红： 呀，二千岁自己回来，必有大事，吩咐排开队伍，待吾迎接。
（唱）出了帅府上了马，（下，内唱）吩咐喽啰把队排。
　　　　听说二主逃回转，开关迎接玉驾来。
　　　　相离不远下了马，跪在路旁扶尘埃。
李天杰： （唱）天杰下马忙搀起，有劳都督迎接来。
色　红： （唱）奉请千岁把关进，帅府庭上把宴排。
（白）千岁请坐。
李天杰： （唱）谦逊一回归了座，紧锁双眉吁又咳。
色　红： （唱）闻知青龙关已破，千岁怎得脱身来？
李天杰： （唱）如此这般弃关走，不见军师甚愁怀。
　　　　丑妇越发得了志，必要追赶来吊歪。
　　　　无盐随后发人马，黑熊岭兵挡不来。
　　　　现有首将白太玉，素称无敌大将才。
　　　　孤家与他同商议，竟无计策甚愁怀。
　　　　老儿太也胆量小，这点事儿无将才。
　　　　要令人去下书法，双龙塔请他外甥帮兵来。
　　　　若提宋豹吾知晓，原是无敌猛将才。

孤家情愿为宏业，招赘宋豹他必来。

色　　红：（唱）千岁吩咐愿从命，就此下书把人差。

李天杰：（唱）还有令郎色中贵，孤家另有巧安排。

色　　红：（唱）不知有何安排处，请道其祥说明白。

李天杰：（唱）白太玉有女玉香十分俊，令郎与她两和谐。

色　　红：（白）多谢千岁美意，就怕白太玉不允。

李天杰：（唱）孤家自有手书去，管叫他应允亲事到此来。

帮助都督守关口，

（白）孤家休书一封，传与靠山王，将女儿许配令郎为妻。今日孤家就此叫他领兵到此，再命人去到双龙塔，去请宋豹前来招亲。白虎关若添上两处人马，何愁丑妇前来破关？她准死在此地。

色　　红：就依千岁而行。喽啰们，安排酒宴与千岁接风，千岁请。

千　　岁：都督请。（下）

（出色中贵，丑扎）

色中贵：（诗）富贵荣华不假，长得不憨不傻。

今日定下美良缘，奉命去上双龙塔。

（白）我乃色中贵，生来爱风流，就是人头儿长得不济。今年十七岁咧，姐姐中玉年方十九岁。舍爹吩咐我上双龙塔下书去，说是将我姐姐许配宋豹为妻，请他前来在此招亲。二千岁又与我为媒，聘定靠山王白太玉之女与我为妻。单等宋豹来了，再叫我上黑熊岭去招亲。吾想这勾当必要急去快来，不可耽误。邵九乎呢？

邵九乎：（内白）来了。（上）大爷要烧酒壶做啥呢？

色中贵：什么东西？混账，我叫邵九乎来呢，要烧酒壶干啥？

邵九乎：啊，那做啥也？

色中贵：你快去备马，一道双龙塔走走。

（唱）叫声邵九乎，听吾说一遍。

出远门，要好看。

你去备马，我去打扮。

浑身一色新，从头到下面。

对子荷包腰里串，配上才好看。

拿起挂镜来，照了好几遍。
自觉着，不讨厌。
两个大眼，又红又乱。
一嘴狗屎牙，嘴唇分两半。
脸上麻子有千万，忒忒叫人讨厌。

邵九乎：（唱）请您老，到前面。
这匹牲口，有些吊蛋。
小子拉着它，骑上不怠慢。
马快走如梭，急急似离剑。
转眼瞧不见，出了白虎关。
举目留神看。
杏花开，三月半。
一路踏青，到处游遍。
大爷富贵家，诸事要体面。
要勤打扮真不赖，实在忒好看。

色中贵：（白）小子，你这兔崽子，要把大爷夸夸。

邵九乎：有心要讲，又怕大爷生气。

色中贵：只要你好好地夸我，哪来的气呢？

邵九乎：如此，听了。
（唱）大爷长得标，

色中贵：（白）不错。

邵九乎：（唱）浑身穿绸缎。

色中贵：（白）更不错。

邵九乎：（唱）两只眼睛，又红又乱。

色中贵：（白）不对，你倒好好夸呀。

邵九乎：（唱）脸上麻子，足有一万。
骑着走龙驹，可惜驮着一个肉蛋。

色中贵：（白）胡说。

邵九乎：（唱）并非是糟践。

色中贵：（唱）骂声小奴才，欠打鞭子掀。

只因你，有年限。

彪里彪气，说话一贯。

并不责治你，常把爷糟践。

邵九乎：（唱）爷儿说话要笑一遍，你老别发颠。

色中贵：（唱）闲话且别说，且把正事办。

双龙塔，宋好汉。

我老请他，前来助战。

挡退东齐兵，好拿钟无盐。

最怕他不来，清闲惯，才使绳绊。

帅爷写了书，好事在里面。

交与他，细观看。

必是喜欢，乐得左转。

必然跟了来，再也不肯慢。

进关小姐把他绊，你老是白看白看。

且等回了关，我也有小盼。

黑熊岭，成家眷。

白家姑娘，听说好看。

雅赛玉天仙，二主亲眼见。

想那白老儿，必把殷勤献。

敬重蛟龙汉。

说话来到咧，眼前大山涧。

不甚远，二里半。

急急上前，访问一遍。

压下他二人，（下）

（上宋豹，坐）

宋　豹：（唱）再表宋好汉。

他在书房，暗暗打算，这是怎么办？

（白）俺宋豹，自幼生来力大无穷，身量三尺，手使一条铜怀杖，万人难挡。前五年来了一位云游老道，自称海外神仙，道号铜背道人。看我身量矮小，传我土遁神术，因此杀得列国诸侯俱各丧胆，这也不在话下。昨日我舅舅下书，自说是青龙关已破，目下便到黑熊岭，请我前去拔刀相助。有心不去，又怕舅舅见怪，欲待前去又怕不能取胜，实在令人左右为难。

（上卒）

卒：　　报大王得知，今有白虎关色红之子色中贵有事求见。

宋　豹：我与他并无来往，到此何事？就说有请。

卒：　　（下，内白）我们大王有请呢。

色中贵：（内白）来了，（上）大王在上，中贵打躬。

宋　豹：公子到此何事？请坐一叙。

色中贵：这有家书一封，大王一观，便知内里分晓。

宋　豹：这等，拿来吾看。

（唱）接过书字拆封筒，闪目留神细端详。

　　　上写色红亲顿首，书奉双龙塔的宋大王。

　　　久仰高名如贯耳，不胜可想在心肠。

　　　乞恕本督不自揣，膝下有个女娥皇。

　　　乳名中玉十九岁，至今并未选才郎。

　　　深知大王缺家小，我要高攀望海量。

　　　不嫌小女容貌丑，愿招东床大王郎，

　　　话不言端候王驾。看罢书信喜非常。

　　　久闻中玉多美貌，愿招某家女婿郎。

　　　多承令尊抬爱吾，

色中贵：（白）好说。

宋　豹：（唱）敢不从命这勾当。

色中贵：（唱）宋豹算是你有福，俺老子临来对我说其详。

　　　奉请姐夫关内去，择选吉日大拜堂。

　　　一则完了终身事，二则防备无盐来逞强。

宋　豹：（唱）贤弟请把宽心放，这件事儿我承当。

　　　哪怕东齐兵百万，叫他个个见阎王。

　　　吩咐喽啰摆宴庭，

色中贵：（白）舍爹说叫姐夫急急去呢。

宋　豹：（唱）只饮三盅下山冈。

且不言这里摆酒宴，（下）

（上白太玉，坐）

白太玉：（诗）再表太玉靠山王。

　　　　　　独坐书房等回信，

（白）孤家白太玉。昨日命人去请双龙塔外甥宋豹到此，好退齐兵。为何不见到来？

（上卒）

卒：　　报大王得知，宋大王被色红命人请去，上白虎关招亲去了。

白太玉：哎呀，不好！我这里城小兵微，不能挡退齐兵，故此请他相助。谁知被色红请到白虎关去了，叫孤如何是好？不免去见女儿商议一个主意便了。

（下）

（出白玉香坐）

白玉香：（诗）不如意事常八九，可与人言无二三。

（白）奴家白玉香，乃楚国人氏，因爹爹得罪奸臣，带领家眷反在黑熊岭，母亲病故，哥哥白宣至今不知流落何处。奴家年方一十七岁，曾受云霞圣母传授。听说师姐李凤英现为齐营元帅，来征五祥山，目下大兵便到。如果是她领兵，奴家如何是她的对手？爹爹令人去请双龙塔表兄宋豹前来相助，至今不见到来。

（上白太玉）

白太玉：哎，罢了。

白玉香：爹爹来了，请转上座。

白太玉：便座可以。

白玉香：爹爹为何面带不悦之色？令人去请表兄，可来了么？

白太玉：因你表兄那小冤家，才叫老夫心中实实不悦。

（唱）自从为父来到此，算来竟有多少年。

　　　　　　李天雄收了军师名邱引，神机妙算法无边。

　　　　　　杀得列国诸侯惧，为父也归五祥山。

　　　　　　还命我把守这座黑熊岭，防备东齐来犯边。

　　　　　　前者天杰来到此，说是破了青龙关。

　　　　　　东齐人马随后至，告诉老夫防备严。

因此想起小宋豹，请他前来帮助咱。

去人方才回来了，说是宋豹去上白虎关。

白玉香：（唱）爹爹请把心放宽，孩儿有个计万全。

白太玉：（白）有何妙计？

白玉香：（唱）为恐爹爹不应允，因此至今不敢言。

白太玉：（白）只管说来。

白玉香：（唱）五祥山并非真命主，不过强横乱江山。

依仗邱引使法术，怒恼东齐来犯边。

这如今破了青龙关一座，一定兴兵来此间。

白太玉：（白）齐兵目下就到。

白玉香：（唱）邱引尚且不能挡，咱父女要挡东齐只怕难。

白太玉：（白）为父我也想在这里。

白玉香：（唱）若以孩儿愚拙见，归顺东齐保万全。

白太玉：（白）为父有心，恐钟无盐不准。

白玉香：（唱）现有元帅凤英女，与女儿同师学艺在高山。

咱若要归东齐国，求她引荐不费难。

白太玉：（白）如此甚妙，齐兵到来以便归顺。

白玉香：（唱）何必等着齐兵到，孩儿就此应上前。

（白）若等兵至城下，再去投降，恐钟无盐不准。不如趁此大兵未到，孩儿迎着前队，与李凤英说明情由，求她引荐，国母必准。

白太玉：好，吾儿主见不错。你就迎着李凤英的前队去见。

（诗）弃暗投明主，强如保山王。（下）

（出李凤英坐，关文义、白宣站）

李凤英：（诗）慢言披甲裙钗女，敢比男儿大丈夫。

（白）本帅李凤英。打破妖兵阵式，李天杰弃关逃走，已命来安夫妻镇守青龙关。在那里歇兵三天，奴便带领人马追赶贼兵，离黑熊岭不过百里之遥。在此处驻扎人马，等候国母大队。

（上卒）

卒：报元帅得知，营外有一女子，口称自黑熊岭而来。要见元帅，乞令定夺。

李凤英：呀，黑熊岭乃是敌女，到此何事？必有来历，我自有道理。众将官，俱各多加小心防备，命那女子进帐。

白玉香：（内白）来了。（上）元帅在上，呀，果是师姐。师姐在上，小妹有礼。

李凤英：我当是哪个，原来是妹妹到此，请坐一叙。

白玉香：听小妹告禀。

（唱）自别师父把山下，你我姐妹两离分。

一路上打听爹爹五祥山去，奴到那里果真是。

一家相认团圆聚，不曾想东齐国母到来临。

李天杰差遣邱引青龙去，黑熊岭差遣我父亲。

李凤英：（白）妹妹到此何事呢？

白玉香：（唱）家父早有归齐意，只是无人引进门。

闻听姐姐领人马，小妹觍脸进营门。

若肯收留我父女，归降正果遇大恩。

李凤英：（唱）凤英听罢开言道，就怕妹妹心不真。

白玉香：（白）真心归顺，并无假意。

李凤英：（唱）如此先与你道喜，

白玉香：（白）喜从何来？

李凤英：（唱）齐营现有你亲人。

白玉香：（白）可笑死我咧，除了姐姐还有哪个？

李凤英：（唱）一母同胞亲兄长。

白玉香：（白）叫何名字？

李凤英：（唱）白宣现做右先锋。

白玉香：（白）如此，姐姐令我兄妹相认才是。

李凤英：（唱）白宣上帐听吩咐，这是你妹妹玉香到来临。

白　宣：（白）元帅怎知是我妹妹她呢？

李凤英：（唱）吾俩同师学过艺，如此这般两离分。

白　宣：（白）那女子既是我妹妹，何妨把来历说明，以免疑惑。

白玉香：是！

（唱）父亲名叫白太玉，母亲郑氏早亡身。

吾名叫做玉香女，八岁与兄两离分。

白　宣：（白）啊，为着什么失散呢？

白玉香：（唱）只因爹爹心直耿，得罪当道老奸臣。
白　宣：（白）妹妹多大？愚兄多大了？
白玉香：（唱）小妹今年十七岁，哥哥莫来十九春。
白　宣：（唱）白宣也把情由诉，兄妹二人好伤心。
李凤英：（唱）凤英座上忙解劝，
（白）你兄妹二人今日相逢，出于意外，乃是大喜，不必悲痛。贤妹一同令兄，先回黑熊岭，父子相认，说准降之事。管保国母准降，还要重用。歇兵三天，大队人马就到。白宣随你妹前去见了你父，准备迎接国母凤驾。你兄妹就此去吧。
白　宣：末将遵令。众将官，带马。妹妹，随我来。
白玉香：来了。（下）
李凤英：你看他兄妹去了。
（诗）常言千军容易得，自古一将最难求。（下）

（完）

第 六 本

【剧情梗概】 色红带领儿子色中贵镇守白虎关,命色中贵去请双龙塔的宋豹前来相助,并将自己女儿色中玉许配与宋豹为妻。多宝道人奉教主之命在白虎关摆下一座金刀阵,以捉拿阐教众仙和钟无盐,目的是为丹灵圣母报仇。金灵圣母负责东门,云光圣母负责南门,红娘子把守西门,邱引把守北门。宋豹在与齐军大战时,死在陆夏云枪尖之下,魂魄上山找师父铜背道人替自己报仇。钟无盐追赶妖道,入了金刀阵,受伤而回,田文只得上夹龙山托师父请陆压大仙帮助。

(出色中玉坐)

色中玉:(诗)无情最是枝头鸟,不管人啼只是愁。

(白)奴色中玉,母亲身亡,与兄弟中贵俱随爹爹镇守白虎关。昨日二千岁自青龙关外回东齐,人马不久便到。爹爹命我兄弟去请双龙塔的宋豹前来相助,爹爹胜夸此人英雄盖世,将奴许配与他为妻。等兄弟请得他来,便要完结我的终身大事。

(上色中贵,丑生)

色中贵:姐姐在屋里呢?

色中玉:兄弟来了,坐下讲话。

色中贵:我就坐这吧。

色中玉:兄弟,我听说你上双龙塔请人去来着,一路多有辛苦了。

色中贵:辛苦扔在一边,特来与姐姐道喜来啦。

色中玉:有啥喜事呢?

色中贵:你觉得请来那人,他是谁也?

色中玉:哦,他是谁也?

色中贵:爹爹还不告诉你,你装不知道哇。

色中玉:本来不知道哇。

色中贵:真不知道哇,我告诉你,他本是你没过门的小女婿。

色中玉:呸。

色中贵:不用你呸,听我说呀。

|（唱）色中贵，笑嘻嘻。

叫声姐姐，细听端的。

说起小宋豹，英雄数第一。

双龙塔上为主，诸侯俱都晓得。

爹爹请他来助战，将你许配他为妻。

色中玉：（白）呸，别瞎说咧，他是啥人品呐？

色中贵：（唱）论人品，了不得。

细听小弟，告诉详细。

从来未见过，模样生得奇。

管保姐姐如意，欢喜之事有余。

名不虚传真好看，算是天下数第一。

色中玉：（白）你也值得这么一夸呀。

色中贵：你往下听吧。

（唱）脑袋大，不大离。

龇牙咧嘴，像个鲛鱼。

脸上长横肉，麻子万有余。

高下不过三尺，粗下四尺有余。

走路两条拐拉腿，一步三晃像个毛驴。

色中玉：（白）你快出去吧，我不爱听你这话。

色中贵：（唱）我这话，是实的。

再听我说，你那女婿。

与他一处走，听着耍脾气。

夜晚住在店里，睡觉打着把戏。

不扔胳膊就扔腿，打呼噜说梦话带着咬牙不用提。

色中玉：（白）哪里这些闲话，快与我出去吧。

色中贵：（唱）你不用，脸子急。

爹爹方才，已对我提。

下月二十六，办事更着急。

便要大拜天地，你俩配成夫妻。

那时才信我的话，看着是实还是虚。

色中玉：（白）住口。哪里这些个混账话？一定是你要讨个无意思。

色中贵： 我来与姐姐先道个喜嘛。

色中玉： 咦！

（唱）再胡说，我不依。

等着挨打，你的面皮。

上前就要打，一定扒你皮。

照着脸上一巴掌，打得中贵着了急。

色中贵：（唱）这才生气直是嚷，

（白）你打死我吧，我不活着了。

（上色红，反奸面）

色　红：（唱）色红进房问端的。

色中贵：（白）爹爹你老不知道哇，方才如此这般，说她女婿不好，她就拿着我生起气来。叫她打死我吧，我不活着咧。

色　红： 我儿不要逞强。女儿，昨日请来双龙塔的宋豹，仗他保守此关，堵挡齐兵。为父看他英雄无比，才将女儿许他为妻。择于下月二十六日，拜堂成亲。我命他与你送信，想是他不会说话，才惹女儿生气。

色中玉： 哪里来的这些闲话？（下）

色中贵： 你看她这气有多大，爹爹望她说话，她竟一扭就走咧，待我进去问问她。

色　红： 我儿不可，我已吩咐邵九乎与你备马，拿着二千岁的懿旨上黑熊岭成亲，不要迟误。

色中贵： 是，哈哈哈，他们的勾当还得下月二十六日，今天二十九日，明天三十。赶初一日就到黑熊岭，初二日拜了天地，入了洞房，吃了子孙饺子、长寿面就睡觉。过了年八，一高兴就与我生养一个大胖小子，那多好哇！走，成亲去。（下）

（白太玉升帐，黑净白宣站）

白太玉、白宣：（诗）弃暗投明顺齐邦，父子相逢喜非常。

白太玉：（白）吾乃白太玉。前者女儿去到齐营投降，不意我儿白宣还是齐营的先锋。他兄妹一同前来，父子相逢，真是出于意外，叫老夫不胜欢喜。

（上卒）

卒： 报大王得知，今有白虎关色红之子前来求见。

白太玉：吾今归顺齐邦，与他并无瓜葛，到此何事？命他进帐。

卒：（下，内白）大王有令，命你进帐。

色中贵：（内白）来了，（上）千岁老丈人爹在上，半拉儿子拜揖。

白太玉：住口。你这幼儿见了老夫如此狂言，就该掌嘴。

色中贵：消停消停。你老休要生气，听我说明来历。

白太玉：什么来历？快讲。

色中贵：是，你不要生气，听我告禀。

（唱）连连打躬尊千岁，听我说明这根芽。
　　　只因东齐伐人马，青龙关上动杀伐。
　　　军师邱引无踪影，二主天杰逃回家。
　　　白虎关内住下了，差人去到双龙塔。
　　　奉请宋豹来帮助，将我姐姐许配他。
　　　说是大王有一女，与我提亲到我家。
　　　特命小将来入赘，现有书字请详查。
　　　即日洞房花烛夜，你叫我不叫丈人叫什么？
　　　说罢将书递过去，无好拉气把书拿。

白太玉：（唱）看了书字心大怒，将书撕得乱如麻。
　　　好个天杰无分晓，我女何用你作伐？
　　　带怒叫声色中贵，

色中贵：（白）在这呢。

白太玉：（唱）急急回去告诉他。
　　　孤家归顺东齐国，我与你邪正两途无扯拉。
　　　不久东齐人马到，准备兴兵往前来。

色中贵：（白）如此，这宗亲事算拉倒咧？

白太玉：（唱）劝你回去休妄想，不忍杀你把恩加。
　　　吩咐令人赶出去，

色中贵：（白）等等。

（唱）中贵不悦把话发。
　　　叫声白老休无礼，归顺齐国哪是家？
　　　你的女儿我不要，不说什么砍与杀。

白太玉：（白）你这厮还不快走，真正可恼。

色中贵：（唱）说走就走等一等，明日伐兵把你拿。

　　　　　　说罢回身就要走，

白　宣：（白）住口！

　　　　（唱）大骂狗子礼太差。

色中贵：（白）你要咋的，还想动手？

白　宣：（唱）亮出宝剑才要砍，

白太玉：（白）且慢。我儿不可把他杀，两国相争不杀来使。

白　宣：今日便宜你这狗子了。

　　　　（唱）吩咐左右往下拉。

白太玉：（白）这厮癫狂，本该斩首，但不可杀来使。来人，将这厮重打二十，赶出去。

色中贵：哎呀，这回可苦了我了。

　　　　（拉下色中贵打完，上卒）

卒：禀大王，将色中贵重打二十赶出去了。今有钟国母离关不远，乞令定夺。

白太玉：这等，吩咐排开队伍，迎接凤驾便了。

　　　　（唱）凤驾到了休怠慢，（下帐）急开关城把队排。（马上）

　　　　　　乘马出城抬头看，大队人马盖地来。

　　　　　　相离不远下了马，（下马，跪）跪在路旁把口开。

　　　　　　降将罪臣白太玉，出城迎接凤驾来。

　　　　（上钟无盐）

钟无盐：（唱）太真传话说请起，且等进关叙心怀。

白太玉：（白）是，啥时进了黑熊岭？

众　将：（唱）随营众将帐下排，田坤相随袁有吉。（上田坤、袁有吉）

　　　　　　来了赛花李凤英，陪驾左右离不开。（上廉赛花、李凤英）

钟无盐：（唱）钟氏娘娘归了座，（上白宣）白宣急忙上帐来。

白　宣：（唱）参拜国母一旁站，白太玉上帐伏地跪尘埃。

白太玉：（唱）罪臣数年不知罪，望乞千岁把恩开。

钟无盐：（白）白老将军，快快请起。

白太玉：是。

钟无盐：（唱）弃邪归正是英才，上天不负忠与义。

　　　　　　　至如今一家相会称心怀，

白太玉：（唱）多蒙国母相收纳。

　　　　　　　我父子忠心报国是应该，还有一事禀国母。

　　　（白）启禀国母千岁，方才有白虎关色红之子，如此这般，末将将他赶出关去，不敢隐瞒，请千岁定夺。

钟无盐：好，总是老将军，忠心不二。为了国家，不便结亲。令爱既然未选佳婿，哀家情愿为媒，匹配猛烈将军袁有吉为妻，不知老将军意下如何？

白太玉：既是国母做主，末将从命。

钟无盐：老将军受平顺侯之职，仍然镇守此关。就此安排香案，小姐与袁有吉拜堂成亲，歇兵三天，兵伐白虎关，不得有误。（下）

（上邱引、红娘子）

红娘子：道兄请。

邱　引：师妹请。（二人坐）

邱引、红娘子：（诗）一朝失机气难休，重使法术大报仇。

邱　引：（白）吾邱引。

红娘子：哀家红娘子。道兄，可恼李凤英打破妖兵大阵，幸亏你我道术神广，逃往西洋黑水潭内隐身，昼夜苦炼妙法，好报前仇啊。

邱　引：听说老教主打发多宝师伯，已上白虎关帮助色红去了。你我何不一同前去捉拿丑妇？报仇雪恨，岂不是好？

红娘子：道兄言之有理，你我就此前往。（下）

邱　引：走哇。

　　　（唱）一齐出了黑水洞，脚踩祥云起在空。

　　　　　　　可恼丑妇钟无盐，还有贱人李凤英。

　　　　　　　竟自打破妖兵阵，伤了许多好亲朋。

　　　　　　　还亏你我道行广，斩妖剑下未轻生。

　　　　　　　听说通天老教主，打发那多宝道人下山峰。

　　　　　　　大家一同到那里，何难报仇退齐兵？

　　　　　　　不言二妖路上走，（下）

（上多宝道人）

多宝道人：（白）道友们呢，走哇。

　　　　　　（唱）来了多宝得道精。

　　（上金灵圣母、云光圣母）

金灵圣母、云光圣母：（唱）还有那金灵云光二圣母，齐奔白虎一座城。

多宝道人：（唱）到那里摆下一座金刀阵，我看凤英有何能。

　　　　　　　　就是留孙也难破，进阵叫他一命倾。

　　　　　　　　一定难住众阐教，才显咱们道法精。

　　　　　　　　拿住燃灯老狗道，就是太乙真人也难容。

　　　　　　　　拿住他们全都挖了眼，好与川山报冤魂。

　　　　　　　　先压妖道暂不表，再表那白虎关内众喽兵。（下）

　　（上宋豹，青面）

宋　豹：（唱）宋豹相随不消停。

　　（上色红，坐）

色　红：（唱）色红上帐端然坐，展开册布才点名。

　　（上色中贵，哭）

色中贵：（唱）外边跑来色中贵，爸爸呀！上了大帐放悲声。

色　红：（白）我儿回来，为何这般光景？

色中贵：（唱）老爸爸不用往下问，二千岁把咱们糊弄。

色　红：（白）却是如何？

色中贵：（唱）孩儿到了黑熊岭，献上千岁书一封。

色　红：（白）他见了书字必然欢喜，却是为何？

色中贵：（唱）白老一见生了气，

色　红：（白）这却为何？

色中贵：立刻被他打了二十大棍撵出城。

色　红：哎呀，真正可恼，气死人也。

色中贵：（唱）他今归顺东齐国，不久的他与咱们大交锋。

　　　　　　　　因此急忙来报信，色红气得面皮青。

色　红：（唱）好个老贼白太玉，如此无礼太逞凶。

　　　　　　　　不允亲事还罢了，打我爱子把人坑。

色中贵：（白）他还骂你来着呢。

色　红：（唱）本督若是将你遇，不杀老贼气怎平？

（上卒）

卒：　（白）报都督得知，齐营兵马离关十里安营，一员小将前来要阵，乞令定夺。

色　红：再去打探。

卒：　得令。（下）

色　红：这还了得，竟敢前来送死？喽啰们，看本都督刀马。

宋　豹：岳父何必亲身出马？待小婿出城立此头功。

色　红：多加小心。

宋　豹：不劳嘱咐。喽啰们，闪放城门。众喽兵，随我城头要阵，呐喊助威，不得有误。（下）

田　坤：（内白）大小三军压住阵脚，杀！俺忠顺王田坤，大兵来至白虎关，一马当先要立头功。你看城门大开，一员矮将来也。

（上宋豹，对上田坤）

宋　豹：你这幼儿是谁，敢犯边界？报名受死。

田　坤：本王忠顺王田坤。你这矮贼是谁？报上名来。

宋　豹：我乃混海蛟宋豹。知我的厉害早早回去，若要逞强，叫你废命。

田　坤：丑鬼少发狠言，看枪取你。

宋　豹：来，来，来。

（大杀，田坤败下，又上）

田　坤：呀，丑贼十分力大，身体灵便也。

（唱）忠顺王，暗调停。

丑贼宋豹，素日闻名。

今日见了面，藐视他无能。

交手不过几场，果然力大无穷。

只得小心加仔细，抖起神威大交锋。

宋　豹：（唱）丑宋豹，抖威风。

田坤小将，早已闻名。

说他枪马勇，原来更稀松。

定要将他拿住，才显我的威风。

抡起怀杖往上闯，马步相交各用功。

田　坤：（唱）忙招架，不消停。

　　　　　　不能取胜，眼冒火星。

　　　　　　使尽手上力，竟是白费功。

　　　　　　急急圈回坐骑，回营再作调停。

　　　　　　不言田坤败了阵，（下，白宣上）白宣接战往上攻。

宋　豹：（唱）抬头看，疆场中。

　　　　　　一员小将，甚是威风。

　　　　　　面如黑锅底，钢枪手中擎。

　　　　　　霎时来至对面，开言问了一声。

　　　　　　杖下不死无名鬼，敌将是谁快通名。

白　宣：（唱）要问我，仔细听。

　　　　　　坐不改姓，行不更名。

　　　　　　白宣就是我，现做右先锋。

　　　　　　征战五祥山毛寇，先破白虎关城。

　　　　　　笑尔闻知敢上阵，个个送你命残生。

宋　豹：（唱）慢动手，且消停。

　　　　　　仔细听我，说个分明。

　　　　　　我名叫宋豹，为王双龙塔。

　　　　　　你父是我娘舅，咱俩姑表弟兄。

　　　　　　虽未见面听得讲，能弟随我进关城。

白　宣：（唱）言差矣，话不通。

　　　　　　你在关内，我在齐营。

　　　　　　难把亲戚认，现今大交锋。

　　　　　　若念姑表情义，同我归顺齐营。

宋　豹：（白）住口！

　　　　（唱）你倒反叫我归顺，今日拿你去献功。

　　　　　　说罢拿起铜怀杖，急忙招架不留情。

　　　　　　交锋大战三十趟，白宣逃走落下风。（下）

（上袁有吉）

袁有吉：（唱）时下恼怒袁有吉，催马抡斧喊连声。

（白）呀咧，矮贼慢来，你袁老爷擒你来也。

（对杀，宋豹败）

宋　豹：这个丑贼力大无穷，斧沉马快倒要小心一二。

（唱）一行把手交，心里暗打算。

　　　　今日在疆场，屡把功劳现。

　　　　战败小田坤，白宣也逃窜。

　　　　只说全胜回，又遇这丑汉。

　　　　力大斧子沉，武艺真不善。

　　　　只得加小心，努力大交战。

袁有吉：（唱）袁有吉发威，斧子不怠慢。

　　　　大骂丑矮根，该你把丑现。

　　　　今日遇见我，把你劈两半。

　　　　不用把口夸，本领俱要见。

　　　　大战五十合，使了一身汗。

　　　　这个丑小子，好汉真好汉。

　　　　战了多半天，身子不灵便。

　　　　腿慢手也迟，勉强大交战。

　　　　取胜再不能，须得如此办。

　　　　吩咐快鸣金，天晚且罢战。

　　　　明日到疆场，再把雌雄见。

宋　豹：（白）请。

袁有吉：请。

（唱）不言袁有吉回了营，（下）

宋　豹：（唱）宋豹进关也用饭。（下）

（上色红，坐）

色　红：（唱）色红坐在大帐中，名不虚传是好汉。

　　　　今日疆场大交锋，实在令人心胆战。

　　　　提起笔来立头功，

（上邱引）

邱　　引：（唱）邱引进关来求见。

　　　　　　　　吩咐喽啰快通禀，（下）

　　　　（内白）喽啰们，快去传禀，就说军师要见都督。

　　　　（上卒）

卒：　　报都督得知，今有邱引要见都督。

色　红：军师回来了，快快有请。

　　　　（上邱引）

邱　　引：来了，都督在上，贫道稽首哇。

色　红：好说不敢，不知军师到来，未去远迎面前恕罪。

邱　　引：不敢不敢，出家人失机败阵，愧见主公。如今遇见多宝道长，还有许多圣母，全来帮助都督，快命人搭起芦棚以备下榻。

色　红：好，仙长到来助战，何愁不退齐兵？喽啰们，快搭芦棚伺候军师，快引我迎接众位仙长。

邱　　引：有理。都督随我来呀。

色　红：来了。（下）

　　　　（出李道友、陆夏云坐）

李道友：（诗）困在高山坐软监，

陆夏云：（诗）且将欢娱解愁烦。

李道友：（白）俺李道友。

陆夏云：奴家陆夏云。将军呐，你我燕尔新婚，真是遂心如意。这几天你总是愁眉不展，哼咧哈咧，实在叫人六神不安呐。

李道友：哎，我早就对你说过，我是辛劳命的人。若是在哪里住上几天，就得有病。如今住两月有余，走又走不了，如坐软监的一般，咋不叫人憋屈呢？

陆夏云：哎呀你呀，这里有吃的，又有穿的，你总想着要走是个啥意思呢？

李道友：哎，说不得了，我算是倒了霉了，上了你们当了。

　　　　（唱）想我李道友，生来性子傲。

　　　　　　　偷下乾元山，师父不知道。

　　　　　　　同着杜仁兄，齐营去报号。

　　　　　　　投奔青龙关，走的错了道。

　　　　　　　遇见你二人，该着活倒灶。

　　　　　被擒拿上山，只说脑袋掉。
　　　　　你们姐两个，一对不害臊。
　　　　　当面提婚姻，会把弯子绕。
　　　　　花言巧语的，哄人入了套。
　　　　　摆下香案草，说是拜天道。
　　　　　烧香跪流平，放了三声炮。
　　　　　头也未磕完，吓了一大跳。
　　　　　山上众喽兵，龇牙咧嘴笑。
　　　　　入了洞房中，睡了一大觉。
　　　　　次日要下山，又把弯子绕。
　　　　　正话总不说，轻轻薄薄笑。
　　　　　前日偷下山，又被你知道。
　　　　　一个障眼法，足够人一闹。
　　　　　无奈回了山，觉着很不妙。
　　　　　今日话说开，我可要休掉。
　　　　　任你另嫁人，再不把你要。
　　　　　立刻就下山，齐营去报号。
　　　　　说罢站起身，夏云微微笑。
　　　（白）我说走就要走咧，谁说也不行。
陆夏云：哦，将军不必性急，既愿投奔齐营，必须商议明白，才可下山前去。
　　　（唱）自从将军把山上，夫妻成就好良缘。
　　　　　不知不觉两个月，屡次三番要下山。
　　　　　燕尔新婚全不顾，不顺人情傻又憨。
李道友：（白）你又绕弯呢，我咋又傻又憨呢？
陆夏云：（唱）你看人家两个多和美，如同胶漆一样般。
　　　　　你总想往齐营去，那里却有啥牵连？
李道友：（白）现有元帅田文①，故此投奔。
陆夏云：依奴说来不去好，怎比高山得安然？

---

① 田文并非元帅，疑表述有误。

杜姐夫他咋不愿把山下？是你耍猴讨人嫌。

李道友：我俩早说好咧，今个一定下山。

陆夏云：（唱）你们既然都愿去，听说是齐兵到了白虎关。

李道友：（白）早打听好咧，在白虎关交战呢。

陆夏云：（唱）咱俩同到那里去，大家商议好下山。

李道友：（白）你们可也愿跟着去呀？

陆夏云：（唱）常言说胳膊难把大腿拧，夫唱妇随古人言。

李道友：（白）如此咱们就到那房里商量去。

陆夏云：（唱）他俩若肯一同去，讲不起奴家走一番。

李道友：（白）快走吧，去见他们俩去呀。

陆夏云：是咧。

（唱）二人同把姐姐见，（下）

（上陆春云）

陆春云：（唱）春云闻听甚喜欢。

吩咐喽啰休怠慢，粮草器械车上搬。

传令人马离山寨，一拥齐发白虎关。

不言这里发人马，（下）

（上田文）

田　文：（唱）再表田文矮将官。

听说宋豹遁法好，不由发炸怒冲冠。

一怒亲身来交战。

（白）众将官，一齐靠后，看我一人会会宋豹。我田文听说宋豹也会遁法，昨日战败了几员上将，叫人不服。想老师父遁法说是天下无二，他怎也会呢？旁人若有会的，我这艺算白学咧。故此心下不服，早来叫阵。你看城门大开，跑出一个矮子来咧，必是宋豹来也。

（上宋豹）

宋　豹：你这个矮子，快快闪开，叫齐营的上将出来受死。

田　文：你别说我矮，我也不说你矮。什么上将下将的，你知齐王有个御弟田文么？

宋　豹：早已闻名，并未见面，莫非说的就是你么？

田　文：不错，矮爷就是。
宋　豹：闻名不如见面，而今见面不要走，看怀杖到了！
田　文：着棒槌呗。
　　　　（大杀，宋豹败）
宋　豹：哎呀，田文这小子身材灵便，遁法精通，更觉急快。
　　　　（唱）田文小矮根，遁法比我快。
　　　　　　　铁棒来得急，单打天灵盖。
　　　　　　　若叫旁人来，准把他打败。
　　　　　　　幸亏是某家，招架腾挪快。
　　　　　　　倒要加小心，与他耐一耐。
　　　　　　　抡起怀杖来，短腿往前迈。（下）
　　　　（上田文）
田　文：（唱）田文暗思量，宋豹小子快。
　　　　　　　力大是无穷，武艺真不菜。
　　　　　　　夯手夯脚的，泼皮往我赖。
　　　　　　　今日遇见他，棒槌要发卖。
　　　　（上宋豹）
宋　豹：（唱）身子蹦起来，上下打脑袋。
　　　　　　　大骂小田文，少要逞能耐。
田　文：（唱）宋豹丑矮根，该你时运败。
　　　　　　　不把你打杀，永不世上在。
宋　豹：（唱）不能你不能，少把油嘴卖。
　　　　　　　方法是仙传，更改门路快。
田　文：（唱）棒槌耍得精，比你快不快？
　　　　　　　二人大战疆场上，不见谁胜与谁败。（下）
杜文良、李道友：（唱）又来杜李二大将，（枪马上）带领人马离山寨。
　　　　（上陆春云、陆夏云）
陆春云、陆夏云：（唱）陆氏姐妹在后边，你们前边走得快。
　　　　　　　　　　　晓行夜宿非一朝，到了白虎关城外。
李道友：（唱）那个好像田师兄，眼见难敌那丑怪。

咱俩何不去助攻？

（白）师兄，你看田师兄难敌那个丑鬼，待我上前将他捉住。

杜文良：有理，大家一齐动手。

卒：（内白）报二寨主得知，大兵来到白虎关下，正遇交战。二位郡马一齐临阵，乞令定夺。

陆夏云：这等，一齐杀上前去。（下）

（上李道友对宋豹）

宋　豹：你这小子是谁，敢来上阵送死？报上名来。

李道友：哪里这些闲话？看枪取你。

宋　豹：来，来，来。

（大杀，李道友败）

李道友：杜师兄快来，吾不中咧。（下）

（上杜文良，杀，杜文良败下，陆夏云上）

陆夏云：呀，你看这丑将善会遁法，姐夫败阵下来，待奴擒他便了。

（上陆夏云对宋豹）

宋　豹：小小女子也来上阵出丑？看怀杖取你。

陆夏云：着刀。

（大杀，陆夏云败下，又上）

陆夏云：这厮力大无穷，等他赶来，用定身法擒他便了。

宋　豹：哪里走？

陆夏云：呀吓。（定住宋豹）

宋　豹：吓呀，什么邪法将我治住了。

（上李道友）

李道友：好个丑鬼，动不了咧，待我送你姥姥家去，着枪。（宋豹死）这厮废命了，亏娘子的法术。

陆夏云：好说，要不看人家有这个手段，你们也能成功吗？

李道友：真不错呀，随我去见田文，说明来历，好去进营报号。

陆夏云：有理。（同下）

（上田文、李道友、杜文良）

杜文良、李道友：哈哈哈，田师兄，我二人帮助来迟，望乞恕罪。

田　文：好说，若非二位贤弟到来，怎能治住宋豹？但不知二位女将是谁？
杜文良、李道友：原是如此这般，前来报号。
田　文：好，李贤弟，令姐现为这里元帅，快随我进营相认。
杜文良、李道友：如此更好，可有亲了。（下）

（出多宝道人、邱引、金灵圣母、云光圣母、红娘子，多宝道长坐，众妖站）

多宝道人：（诗）奉命离古洞，摆阵退齐兵。

（白）出家人多宝道人奉教主之命，来在白虎关，摆下一座阵式，捉拿阐教众仙，还有钟无盐。众位道友们，听我吩咐呀。

众　妖：请说吧。

多宝道人：你我奉了教主之命，来与丹灵圣母大报冤。

（唱）你我奉了教主命，来与丹灵大报冤。

摆了一座金刀阵，按着灵书把宝安。

四门必得人把守，众仙进阵逃走难。

必要拿住燃灯道人，还有留孙狗道仙。

金灵圣母东门去，不用费工把他拦。

管叫他数步之外头落地，才显金刀妙法悬。

金灵圣母：（白）遵法旨。

多宝道人：（唱）云光圣母南门去，祭金飞刀挂上边。

若遇阐教众仙到，急将灵符火化烟。

即刻就有雷声响，震起金刀他命捐。

云光圣母：（白）遵法旨。

多宝道人：（唱）西方把守红娘子，也把金刀挂上边。

凡夫进阵不用讲，专等捉拿阐教仙。

红娘子：（白）遵法旨。

多宝道人：（唱）邱引你把北门守，祭金刀在门上悬。

邱　引：（白）遵法旨。

多宝道人：（唱）贫道镇的中央地，法台四面看得全。

有人进阵云牌响，震起金刀放光寒。

虽说是座小小阵，任他真仙打破难。

　　　　　　　单等明日去叫阵，管叫丑妇一命捐。
　　　　　　　就此随我进阵去，各按本位保万全。
　　　　　　　暂押这里摆阵式，（下）
（上宋豹魂魄）

宋豹魂：（唱）宋豹魂灵来诉冤。
　　　　（白）可怜屈死鬼，怒气来得深。我生前宋豹，疆场大战却被贱人陆夏云定身法定住，死在李道友枪尖之下。怒气难消，只得去见师父，与我报仇便了。（下）
（出铜背道人坐）

铜背道人：（诗）法玄法妙，脱骨换壳；
　　　　　　　千年功夫，炼成大道。
　　　　　　（白）吾，出家人铜背道人，修行在海外红沙岛乌泥洞，也有一千五百年的道行。炼成金钢法术，铜头铁背，刀枪不入，这也不在话下。前五年去游双龙塔，遇见矮子宋豹，我看他是一条好汉，传与他五遁神术，也叫他花花世界知道某洞有一位铜背道人哇。

宋豹魂：（内白）来此已是洞外，不免进洞便了。（上）老师父，可怜弟子死得好苦也。

铜背道人：哈，你不是徒儿宋豹吗？叫谁给呜呼啦？因何魂灵到此？告诉为师知道。

宋豹魂：老师父，弟子死得冤枉。
　　　　（唱）冤魂哭，泪涟涟。
　　　　　　　师父在上，细听儿言。
　　　　　　　蒙恩传道法，为名天下传。
　　　　　　　东齐有个无盐，要灭五祥高山。
　　　　　　　打破青龙关一座，领兵又到白虎关。

铜背道人：（白）钟无盐攻打白虎关，怎么犯你的边界呢？

宋豹魂：（唱）这内里，有根源。
　　　　　　　都督色红，自称英贤。
　　　　　　　亲将他的女，与我配良缘。
　　　　　　　请我前去帮助，守住白虎高关。

不多几日大兵到，疆场大战各争先。

铜背道人：（白）你的遁法无穷，也不怕他们呐。

宋豹魂：（唱）头一日，得胜还。

田坤败阵，战走白宣。

有个袁有吉，力大真罕见。

与他疆场动手，战了多半一天。

日落西山各回转，次日一早到阵前。

铜背道人：（白）次日上阵，必然得胜呀。

宋豹魂：（唱）有一个，矮将官。

矮子田文，遁法无边，

战了多一会，见他挣扎难。

看看将他拿住，来了一个将官。

有一女将用了定身法，如此这般染黄泉。

铜背道人：（白）哎呀！

（唱）气坏了，铜背仙。

花奴可恼，胆大包天。

伤了我徒弟，你想活着难。

山人就出古洞，去到白虎高关。

必要拿住东齐将，好与徒儿大报冤。

叫声徒儿在此等，

（白）好一个无知的贱人，竟敢如此作恶，真正可恼！徒儿，且在后洞等候，以入轮回，应该托生袁有吉之子，名唤袁达。徒儿等为师下山与你报仇便了。

宋豹魂：多谢老师父慈悲指教。苦哇。（下）

铜背道人：我不免来到白虎关，全仗铜头铁背，何愁不与徒儿报仇？

（诗）任你东齐多玄妙，难胜仙家法术多。（下）

（升帐，出杜文良、李道友、袁有吉、白宣、宋忠五将站）

众　将：（诗）旌旗映日月，号炮震山川。

辅助临淄国，扫灭五祥山。

李道友：（白）俺李道友。

杜文良：俺杜文良。

袁有吉：俺袁有吉。

白　宣：俺白宣。

宋　忠：俺宋忠。

众　将：元帅升帐，在此伺候。

　　　　　（出帅李凤英坐）

李凤英：（诗）大兵阻路白虎关，姐弟相逢在此间。

　　　　（白）本帅李凤英。大兵来到白虎关下，宋豹勇猛，众将难敌，不意兄弟来到大营报号，幸喜陆家姐妹治住丑贼。进营参见国母，国母命大家归在一处。齐王又差来宋忠送来粮草，真是兵精粮足，不日就可攻破关城。

　　　　（上卒）

卒：　报元帅得知，色红前来要阵。

李凤英：再去打探。

卒：　得令。

　　　　（上宋忠）

宋　忠：元帅在上，宋忠愿去出马。

李凤英：将军乃是运粮之官，岂能临阵交战呢？

宋　忠：元帅说的哪里话来，自古说养兵千日，用兵一时，况且众将久随大营，官兵劳苦，末将不才，愿去走走。

李凤英：将军愿去立功，可要小心在意。

宋　忠：不劳嘱咐。军校们，抬刀备马。（下）

　　　　（内喊杀一阵，上卒）

卒：　报元帅得知，宋忠追赶色红，只见一道金光射目，人头落地。

李凤英：起过。

卒：　得令。

李凤英：呀，听他所报，其中必有邪术。众将不可临阵，待本帅亲身出营，看看是何光景。

　　　　（唱）闻听中军一声报，宋忠无故掉了头。

　　　　　　众将不可去临阵，若有邪术命必休。

　　　　　　吩咐左右快带马，本帅出营看情由。（下）

（上色红）

色　红：（唱）色红复又来叫阵，心中喜悦乐悠悠。

　　　　　　　多宝道人嘱咐我，临阵交兵诈败溜。

　　　　　　　引诱齐将把阵进，数步之外可落头。

　　　　　　　与我令符护身体，出入无妨任自由。

　　　　　　　方才有个无名将，追赶本督一命休。

　　　　　　　只得再去引齐将，（下）

李凤英：（唱）李凤英来在疆场慢抬头。

　　　　　　　眼看来将多威武，必是色红那贼酋。

　　　　　　　一催战马迎上去，反贼慢走留下人头。

　　　　　　　色红招架还了手，不上三合败阵溜。

　　　　　　　一直奔了金刀阵，凤英复又把马收。

　　　　　　　久闻色红杀法勇，不战而逃有情由。

　　　　　　　其中必有别缘故，定是诈败不用讲究。

　　　　　　　面前无数金光起，必有邪术在里头。

　　　　　　　如何不施展替身法？近前试试定计谋。

　　　　　　　眼看着假人替进金刀阵，忽然替身掉下头。（替身下）

　　　　　　　呀，原来是座金刀阵，怪不得宋忠一命休。

　　　　　　　大料奴家不能破，暂且回营再运筹。

　　　　　　　不言凤英回营去，（下）

（上骊山圣母）

骊山圣母：（唱）再表那骊山圣母正云游。

　　　　　　　朝阳洞中谈道法，茶罢而回驾云头。

　　　　　　　东南一道金光起，掐指一算暗点头。

　　　　　　　原来是阐教得罪三教主，打发多宝下山丘。

　　　　　　　摆下一座金刀阵，必得那天魁出现才罢休。

　　　　　　　山人只得明指引，该把无盐鬼脸收。

　　　　　　　急回古洞安排去，再表铜背老鼋头。（下）

（上铜背道人）

铜背道人：（诗）全凭金身法，独战要成功。

（白）出家人铜背道人。昨日来到白虎关，见了色红说明来历，他便一再夸奖多宝道人摆的金刀阵十分奥妙，有点子瞧不起我，叫人心中不乐。故此来到疆场，不用他们帮助，我独战成功，叫他们见识见识山人的本领。来到齐营，上前叫阵便了。（下）

卒：（内白）报元帅得知，疆场有一道人，口口声声要与宋豹报仇，乞令定夺。

李凤英：再探。

卒：得令。

（上李凤英、袁有吉）

李凤英：道人既来报仇，必有邪术，待本帅亲临出战。

袁有吉：元帅不可出马，待末将袁有吉出马擒他。

李凤英：将军既要临阵，记着不可追赶，恐有邪术伤人。

袁有吉：得令。军校们，看我斧子，带马伺候。（下）

（对上铜背道人）

袁有吉：来者狗道，报上名来，好作斧下之鬼。

铜背道人：山人铜背道人，来与徒儿报仇。你不是用定身法定住宋豹的花奴，快快闪开，快叫花奴前来领死。

袁有吉：休得胡言，看斧子取你。

铜背道人：着剑呐。

（大杀，袁有吉败下，又上）

袁有吉：呀，这妖道有些厉害。

（唱）这个老妖精，道号称铜背。

力大赛金刚，剑法不累赘，

只得奋勇杀，

铜背道人：（唱）大骂丑小辈。

谅你有何能，敢与老祖对。

必要把你拿，摘你心肝肺。

袁有吉：（唱）妖道少发威，大话个个会。

今日遇见我，算你时运背。

大战五十合，妖人力不退。

　　　　　　　砍他一斧子，觉着不理会。
　　　　　　　叫人暗着急，将马紧鞍辔。
　　　　　　　败阵回了营，（下）
　　（上田文）
田　文：（唱）田文气炸肺。
　　　　　　　劈手大上前，大战老铜背。
　　　　　　　打得响乒乓，总打不理会。
　　　　　　　这个老妖精，道行真不累。
　　　　　　　交手五十合，打也打不退。
　　　　　　　震得虎口疼，觉得把力废。
铜背道人：（唱）好个小矮根，胆大了不得。
　　　　　　　　敢与祖师爷，疆场把敌对。
　　　　　　　　让你打三天，枉把力气费。
田　文：（白）哎呀。
　　　　（唱）田文着了忙，他怎不理会？
　　　　　　　纵身回了营，（下）
铜背道人：（唱）笑坏老铜背。
　　　　　　　　矮子战法精，是个囊包背。
　　　　　　　　不过几十合，逃走真惭愧。
　　　　　　　　还是往前杀，（下）来了无盐和军队。
　　（上钟无盐）
钟无盐：（白）哀家钟无盐。听说妖道力大无穷，众将难以取胜，故此亲身瞭阵，果然妖人甚是骁勇。你看田文败将下来，不免冲杀上去。（下）
　　（铜背道人对钟无盐）
钟无盐：妖道慢来，哀家在此。
铜背道人：你这丑妇，莫非就是钟无盐么？
钟无盐：然也。既知哀家之名，就该远远逃走，竟敢前来寻死。
铜背道人：哎呀，丑妇有何能力，敢说狠言大话，不要走，看剑取你。
钟无盐：来，来，来。（大杀，败下，又上）这个妖人真正有些奇怪了。
　　　　（唱）口内连连说奇怪，这个妖精大不同。

　　　　　　　　宝刀砍他好几下，并无伤痕碰火星。
　　　　　　　　莫怪众将难取胜，各个出马落下风。
　　　　　　　　哀家也觉不济事，我何不施展仙家宝一宗？
　　　　　　　　神风圣手忙祭起，
　　　　（白）呀呔。
　　　　（唱）抓住妖人定倾生。（下）
铜背道人：（唱）大叫丑妇哪里走，迎面来了一阵风。
　　　　　　　　风中一物来得快，抓住山人不放松。
　　　　　　　　用力挣扎走不了，一甩甩在半空中。
　　　　　　　　只听咕咚一声响，铜背跌在地流平。
　　　　　　　　站起身来哈哈笑，这个玩意来逞能？
　　　　　　　　别人惧怕我不怕，出家人浑身炼得似铁铜。
　　　　　　　　莫说这个摔与砍，任凭你什么宝贝伤我不能。
钟无盐：（内唱）复又上前杀上去，（上）不由大怒冒火星。
　　　（上铜背道人）
铜背道人：（唱）好个丑妇钟无盐，祖师面前敢逞能。
钟无盐：（唱）狗道少发狠言语，哀家今日送你终。
铜背道人：（唱）铜背暗暗拿主意，料想我实杀实砍难成功。
钟无盐：（唱）借起神力刀法勇，捉住妖人气才平。
铜背道人：（唱）我不免将她引入金刀阵，虚砍一剑转身行。（下）
钟无盐：（唱）眼见狗道往下败，大叫妖人哪里行。
　　　　　　　　不觉赶到金刀阵，耳内只听有雷声。
　　　　　　　　抬头一看说不好，一道金光奔前胸。
　　　　　　　　才要躲闪圈回马，金刀早砍破天灵。
　　　　　　　　血流满面回里走，（下）
　　　（上李凤英）
李凤英：（唱）吓坏元帅李凤英。
　　　　　　　　国母追赶妖人去，只怕入了计牢笼。
　　　　　　　　急急催马跟了去，一见千岁魂吓崩。
　　　　　　　　国母这是怎么样？急忙扶住转回营。

吩咐军校快带马，

（白）众将官，将马带过。廉氏王妃，你我将凤驾慢慢搀进后宫，放在软榻以上。

廉赛花： 大家搀来。

（二人搀扶钟无盐上，坐）

廉赛花： 国母怎么样了？千岁醒来，娘娘苏醒呀。你看国母血流满面，闭目不语，只怕有些不好了。

（唱）廉李二氏说不好，心里着忙泪涟涟。
　　　国母这是怎么样？血流满面闭目不言。
　　　方才疆场战妖道，不该追赶中机关。
　　　必是入了金刀阵，受伤而回好可怜。
　　　天灵砍破血不止，有何方法医治难？
　　　国母若有好和歹，怎么平灭五祥山？
　　　大营之中谁做主？兵将惶惶不得安。
　　　二人不住连声唤，田坤进帐泪如泉。

廉赛花：（白）国母醒来，千岁苏醒。

田　坤：（唱）只叫皇娘快苏醒，整理军情好破关。
　　　忠顺王哭哭啼啼呼国母，田文传话到后边。

田　文：（唱）你们暂且免悲痛，有个救星听我言。

田　坤：（白）有何救星？

（唱）说是奉了圣母命，前来搭救送仙丹。
　　　临行留下一封字，元帅看看是何言。

李凤英：（唱）凤英接过看一遍，原来是圣母差人到营前。
　　　送来柬帖灵丹药，该着国母换容颜。
　　　殿下快取无根水，廉氏王妃撬牙关。
　　　研开灵丹灌下去，霎时气转把阳还。

廉　氏：（白）千岁醒来。哎呀！

钟无盐：（唱）太真软榻无知觉，苏醒多时把身翻。

李凤英：（白）国母觉得好些了么？

钟无盐：（唱）哀家觉着不怎样，只觉脸上不舒坦。

　　　　　　　不由伸手抓一把，一块肉皮落手中。
　　　　　　　浑身麻木忙站起，众人一见说罕然。
田　文：（唱）田文打躬忙道喜，
钟无盐：（白）毛寇未灭，妖人阻路，哪里来的喜呢？
田　文：（唱）这个喜事非等闲。
　　　　　　　皇嫂你从前面貌似恶鬼，
钟无盐：（白）如今呢？
田　文：（唱）如今模样似天仙。
　　　　　　　异日班师回了国，皇兄一见心喜欢。
　　　　　　　君妻一定要和美，不像从前讨人嫌。
钟无盐：（白）田文，你说这话，哀家我就不信。
田　文：（唱）不信你把他们问，
李凤英：（唱）凤驾果然换容颜。
　　　　（白）国母真是换了容颜，现有圣母柬帖在此。
钟无盐：拿来我看看，原来是师父暗中保护与我，撤去鬼脸，又言铜背妖道乃是炼就的铜头铁背，刀斧不能伤他，必须请来陆压大仙才能斩此妖人，但不知何人能请来他？
田　文：皇嫂放心，小弟去到飞云洞见我师父，求他老人家去请陆压大仙如何？
钟无盐：如此便好，必须急去快来。
田　文：得令。（下）
钟无盐：众将官，免战牌高悬，单等请来陆压大仙，再作定夺。
　　　　（诗）天助齐国出异人，异人非常贯古今。（同下）
　　　　（上陆压大仙丑，白髯，坐）
陆压大仙：（诗）性如流水心如山，无荣无辱自清闲。
　　　　　　　　行在东来就上南，不在这边在那边。
　　　　（白）出家人陆压大仙。修炼在海外，万仙册上虽无名姓，要论道行，也不在各仙以下，无论是哪个大仙，俱称道友。昨日在朝阳洞与南极子下了一盘棋，茶罢而回。今日闲暇，何不与俱留孙道友闲谈一回，有何不可？
　　　　（唱）我的性情本好善，常在各洞谈经文。

今日闲暇去访道，飞云洞会会道友惧留孙。

迈开仙足出古洞，身子一摇驾起云。

人人看着仙人好，怎知学道苦十分？

起手第一先炼道，打断七情六欲心。

参星拜斗时时炼，才能炼得心愿真。

寒暑不侵少喜怒，再炼法术与金身。

水火里面成大道，云游四海一时辰。

贫道今日闲无事，飞云洞里会知音。

不言陆压云中走，（下）

田　文：（唱）又来矮子小田文。

我今奉了国母命，要上高山见师尊。

借着土遁走得快，远远望见古洞门。

只得急急进洞去，见着老祖把话云。

不用通报进洞去，（下）

惧留孙：（唱）再表真人惧留孙。

闲暇无事石床坐，闭目无言养精神。（上）

田　文：（唱）田文进洞跪在地，弟子参拜老师尊。

叩头一毕立身起，

（白）好哇老师父，哼，该睡着咧。老师父醒醒，弟子田文前来叩头。哼，老师父好哇，我叩个头儿吧。

惧留孙：原来是你。我正入定云游四海，要往紫竹林中逛逛，被你唤醒咧。我且问你，不在齐营立功，来见为师，有何事故？

田　文：哎，老师父，不消问了。

（唱）尊师父，听儿言。

奉命差遣，下了高山。

齐营将功立，大战青龙关。

打败邱引贼道，请来古娄大仙。

仙袋装去弟子用火炼，多亏恩师救上山。

惧留孙：（白）该你受火光之灾，才遇见古娄道人。

田　文：（唱）还有那，老川山。

摆下凶阵，如此这般。

多得凤英女，打开阵连环。

邱引并无踪影，过了青龙高关。

黑熊岭归顺白太玉，到如今白虎关下把营安。

惧留孙：（白）青龙关一破，白虎关也就好破了。

田　文：（唱）不容易，更作难。

色红宋豹，守住高山。

多亏陆氏女，宋豹一命捐。

只说攻破关口，不意祸事塌天。

惧留孙：（白）什么祸事？

田　文：（唱）多宝道人摆下一座金刀阵，死了宋忠运粮官。

惧留孙：（白）哎呀，这个金刀阵，你们如何破的了呢？

田　文：（唱）不能破，正为难。

来了一个，铜背妖仙。

疆场去要阵，战败众魁元。

妖道炼成邪术，浑身似铁一般。

国母娘娘出了马，如此这般换容颜。

惧留孙：（白）虽然铜背不能伤他，但钟娘娘换了真容也是吉兆哇。

田　文：（唱）虽吉兆，退敌难。

骊山圣母，差人下山。

搭救钟国母，柬帖上面言。

捉铜背妖道，必得陆压大仙。

差遣弟子求老祖，请他下山走一番。

惧留孙：（白）哼！

（唱）不言语，暗详参。

这件事儿，叫人为难。

有心去打阵，难请陆压仙。

欲待要把山下，碍着师徒牵连。

细想怪我当初错，最不该偏向田文坏川山。

灵鹫山闹了燃灯道人，打死丹灵一命捐。

必是惹恼三教主，才叫多宝下了山。

摆下一座金刀阵，要把阐教众仙难。

这如今纵然请了陆压去，想破此阵是枉然。

不然撵出田文去，稳坐石床得安然。

主意一定开言道，

（白）田文，你且回营去罢。那陆压大仙清闲自在，请他不肯前去。况且金刀阵无人敢破，为师断不能前去赏脸。

田　文：老师父，咋说这话呢？想当初弟子不愿下山报号，你老偏打发我下山，叫我受这艰难。今日有了为难之事，师父怎不管呢？岂不糊弄弟子吗？

惧留孙：哎，只因偏心向你，才惹恼了通天教主。如今摆下了金刀阵，都是为你才有这个祸事。今又叫我去请陆压大仙，为师断断不去。你快回去，免得在此吃打。（下）

田　文：师父回来，师父回来！你看这老头子，狠了一个狠呐，竟自一转身回了后洞去咧。有心再去见师父，正在气头上，纵然哀求也是不中。要是惹恼了他老，保不住又要挨打，不如回营再作道理。

（唱）无精打采出了洞，白来一趟且回营。

才要扭身入土遁，呀，那边来了一仙翁。

正是陆压大仙到，不由心中犯调停。

知他吃软不吃硬，何不如此对他明？

主意一定迎上去，师叔可好跪流平。

陆压大仙：（白）起来，听说你在齐营报号，怎又来到这里做啥来了？

田　文：（唱）你老不知其中故，现如今有个妖人铜背精。

陆压大仙：（白）妖人怎样？

田　文：（唱）刀砍箭穿全不怕，浑身炼就似铁铜。

陆压大仙：（白）不怕刀砍箭射，你就提我呀。

田　文：哎！

（唱）不提师叔还罢了，提将起来更不中。

陆压大仙：（白）怎就不中呢？

田　文：（唱）他仗法力无对手，目中无人太逞凶。

陆压大仙：（白）怎么样呢？

田　文：（唱）他说陆压无能耐，毫末之功不在意。

陆压大仙：（白）哼，我的声名无有不怕呀。

田　文：（唱）弟子才把师父请，与他前去见输赢。

陆压大仙：（白）你就该前去请我呀。

田　文：（唱）只怕是师叔一人不敢去，故此才请我师父一同行。

陆压大仙：（白）你师父他可曾愿意去呀？

田　文：（唱）谁知他老胆量小，说道是请你老祖也不中。

如此这般撵出我，弟子无法得回营。

陆压大仙：（白）回营去你有何主意呢？

田　文：（唱）回营也无别主意，不过是凭着我把性命倾。

说罢故意悲啼起，

陆压大仙：（白）别哭别哭。

（唱）叫声田文免悲声。

这么点事儿着啥急，且随我见你师父话说清。

一起好把齐营进，田文欢喜说愿从。

快走跟着你老走，惧留孙真人奉黄经。

惧留孙：（唱）方才撵出田文去，省了山人多少心胸。

正然思忖脚步响，猛然抬头吃一惊。

小畜生怎把陆压找到此？贫道难说不依从。

站起身来忙恭敬，留孙急忙尊道兄。

（上陆压大仙、田文）

陆压大仙：（白）道兄，你就不是了，令徒说铜背妖人十分可恶，咱弟兄何妨会会他去？你为何不管，把他撵出洞去呢？

惧留孙：道友你哪里知道，田文竟是一片谎言，千万不可听他的话呀。

陆压大仙：谅他不敢撒谎。

惧留孙：这……

田　文：可说咧，弟子是头一个老实人，绝不敢撒谎。

陆压大仙：说不了，道兄，随我下山会会那个铜背妖人，破了金刀阵式。

惧留孙：罢了罢了，都是你这个小畜生，被你说活动了，讲不起，随你走走。

陆压大仙：这便才是。

（诗）心性好动不好静，怕染红尘又染尘。（下）
（吴明马上）

吴　明：（诗）奉了元帅令，回国报喜信。
　　　　（白）我旗牌官吴明。钟国母追赶妖人中伤，不意脱去鬼脸，换了真容，乃是逢凶化吉。元帅命我回国报信。大王若闻知这个喜信，必得欢喜非常，定有大大的升赏，只得催马赶行便了。（下）
（上田文、惧留孙、陆压大仙）

田　文：禀师父，来到齐营。

惧留孙：你去报与元帅，搭下芦棚，我二人先到金刀阵内观看观看，随后再拿铜背道人。

田　文：遵令。（同下）
（上惧留孙、陆压大仙）

陆压大仙：道兄，你我既到这里，红尘不可久居，少不得早早破了金刀阵式，急急回山才是。

惧留孙：有理。你我各闯一门，进阵走走便了。
　　　　（唱）你我既然出古洞，不可久居在红尘。
　　　　　　　各闯一门把阵进，看他法术怎惊人？
　　　　　　　道友你上北门去，贫道不才上南门。
　　　　　　　二仙一齐进了阵，云光圣母看得真。

云光圣母、邱引：（唱）南北二门有人闯阵地，急将灵符用火焚。
　　　　　　　　　　　云牌一响雷声起，迈开仙足进阵门。

惧留孙：（唱）抬头一看说不好，满阵金刀乱纷纷。
　　　　　　　金刀射目难睁眼，这样闹法太瘆人。
　　　　　　　再等一时不逃走，三花大道不能存。

陆压大仙：（唱）驾起云光出了阵，陆压大仙进北门。

邱　引：（唱）邱引急将灵符化，速起金刀乱砍人。

陆压大仙：（唱）陆压一见说可笑，这个法儿唬他们。
　　　　　　　　站在阵内任你砍，随刀而过不动身。
　　　　　　（白）你砍吧。

邱　引：（唱）邱引一见说不好，待我亲身把你擒。

　　　　　　　才要下台祸事到，陆压暗暗奉灵文。

陆压大仙：（唱）暗暗揭开葫芦盖，一道白光射人魂。
　　　　　　　上面有鼻又有眼，斩仙飞剑不染尘。
　　　　　　　连连打手说有请，只见宝剑一转身。
　　　　　　　邱引人头落了地（死），收回宝剑暗沉吟。
　　　　　　　我虽不怕金刀砍，一人难把众妖擒。
　　　　　　　暂且回到齐营去，商议破阵另请人。
　　　　　　　摇摇摆摆出了阵（下），多宝道人咬牙根。

多宝道人：（唱）邱引竟被陆压斩，山人亲自守北门。
　　　　　　　看有何人敢进阵？

惧留孙：（唱）惧留孙逃出阵外汗淋淋。口内连连说扫兴。
　　　　　（白）哎，早知金刀阵难破，何必到此赏脸？也不知陆压胜败如何。想来也是和我一样。

　　　（上陆压大仙）

陆压大仙：道兄早出阵了，想是全胜而归。

惧留孙：哎，不济不济，刚进阵去金刀乱砍，我便逃出阵外，道兄你呢？

陆压大仙：贫道虽不能破阵，却杀了妖道邱引。这个阵式，你我也不能打破，必得南极子来，方能破此阵式。

惧留孙：不知何人请他前来？

陆压大仙：你在此保护营盘，待小弟走走便了。

惧留孙：有理。请。

陆压大仙：请。（下）

　　　　　　　　　　　　　　　　　　　　　　　　　　　（完）

第 七 本

【剧情梗概】铜背道人、多宝道人等助李天雄对抗齐兵,齐国则得到了南极子、骊山圣母及惧留孙、陆压大仙等法师的帮助,破了金刀阵,收了许多宝贝。齐国大将田文在色红、色中玉降顺了齐国,献出青龙关后,乘胜追击,围攻李天雄所在的五祥山。

（出南极子坐）

南极子：（诗）寿同山岳永,道与天地长。

（白）小仙南极子,人人称我老寿星。我在朝阳洞炼道,拜玉虚宫元始天尊为师,奉命执掌瑶池,众仙也在属下。

（上童子）

童　子：启禀教主,陆压大仙求见。

南极子：他乃清闲之客,到此何事? 快快有请。

童　子：是,有请大仙。

（上陆压大仙）

陆压大仙：来了来了,教主在上,贫道稽首了。

南极子：好说,道友远来,请坐一叙。

陆压大仙：无暇久坐,原是如此这般,特请道友下山帮助。

南极子：哦,道友你我乃是教外之仙,何必管那红尘之事?

陆压大仙：教主不知其中有个缘故。

　　　　　（唱）你我出家人,常住清闲地。

　　　　　　　教主细听我说明来历。

　　　　　　　铜背老妖精,背后作践人,

　　　　　　　听着叫人真生气。

南极子：（白）无凭无据之言,听它做甚?

陆压大仙：惧留孙门人田文所讲的。

　　　　　（唱）如此来,这般去。

　　　　　　　遇见山人,心不过意。

>   邀会惧留孙，齐营同商议。
>   细想我俩难，要打这阵式，得请教主去。

南极子：（白）贫道有清规，不多管闲事。
> （唱）望道友，莫疑计。
>   快快收了，这个主意。
>   你我是外人，怕染红尘地。
>   况且小仙道行少，不敢下山去。

陆压大仙：（白）教主不必推辞，看贫道的份上，下山走走。

南极子：非是我推辞，去也不济事。
> （唱）多宝仙，有法力，
>   奉命摆下金刀阵式，打阵动杀伐，
>   破阵犯仙律，最怕老师父，
>   知道要生气，吃罪不起的。

陆压大仙：（唱）无法却无法，道兄免忧虑。
>   且随我，齐营去。
>   等着事办完，自然有主意。
>   令师若不依，我去讨情义。
>   管保没你啥，放心胆大的。

南极子：（唱）连连点头说罢了。
> （白）罢了，罢了，山人本不愿身染红尘，既是道兄来下说辞，贫道讲不起，下山走走。

陆压大仙：这样才是，事不宜迟，大家快走。

南极子：白鹤，谨守古洞，为师去去便回。

白　鹤：弟子遵命。

南极子：（诗）仙家心动到红尘。

陆压大仙：（诗）也算慈悲救黎民。（同下）

（上惧留孙）

惧留孙：（诗）离了清闲地，红尘苦用功。
> （白）山人惧留孙。来到齐营，观看阵式，十分厉害。陆压道友无法可使，去请南极子前来破阵，叫山人保护大营，免战牌高悬，并不出战。

听说铜背道人天天要阵，元帅并不出战迎敌，惧怕妖人厉害。我想他们凡夫怕他，我也怕他不成？今日去到疆场会会妖道便了。

（唱）我既下山来破阵，不能破阵守大营。

　　　铜背妖人来要阵，无人出马去交锋。

　　　山人生来性子傲，闻听此言恼心中。

　　　今日上阵走一走，会会铜背老妖精。

　　　腰中取出老铁尺，迈开仙足出了营。（下）

（上铜背道人）

铜背道人：（唱）铜背道人一声喊，来者野道快通名。

惧留孙：（唱）妖道要问名与姓，道号留孙称仙翁。

铜背道人：（唱）原来是你不要走，举起宝剑下绝情。

惧留孙：（唱）身子一侧忙躲闪，铁尺一磕冒火星。

铜背道人：（唱）复又回身往下砍，管叫野道去托生。

惧留孙：（白）哎呀！

（唱）这个东西好大力，震得山人手腕疼。

　　　在这一时不逃走，难免剑下要送终。

　　　虚晃铁尺往下败，直奔西北进大营。

　　　恐怕妖人把营诈，我不免迎着陆压与寿星。（下）

陆压大仙、南极子：（唱）铜背后面紧紧赶，又来了陆压南极二仙翁。

　　　　　　　　　云中飞走往下看，瞧见二人跑得凶。

陆压大仙：（唱）头里好像留孙道友，后面那个认不清。

南极子：（唱）必是师弟打败仗，大家上前莫消停。

陆压大仙：（唱）不必教主将手动，贫道一人可成功。

　　　　　手提宝剑迎上去，

　　　（白）道友看我捉拿妖道便了。（下）

（陆压大仙对上铜背道人）

铜背道人：住口。你这野道是谁？敢挡阻师爷的去路，报上名来，好做剑下之鬼。

陆压大仙：提起我的名姓，吓破你的苦胆。出家人便是专会降妖的祖师爷，陆压是也。

铜背道人：原来是你这狗道，有何本领敢在老祖面前夸口？

陆压大仙：你有什么道行，敢在大仙跟前逞能？

铜背道人：如此说来，你敢与我对砍三剑吗？

陆压大仙：怎么？你要与我对砍三剑？

铜背道人：哈哈，莫说三剑，你就是砍上几天也是如此。

陆压大仙：很好很好，是你先砍我，还是我先砍你？

铜背道人：对砍是你说的，必须我先砍你，还不许你动身。

陆压大仙：说哪里话来？出家人还是不打诳语，我站住咧，你就砍吧。

铜背道人：不要动身，着剑罢。

（铜背道人砍陆压大仙）

陆压大仙：来呀，再砍。

铜背道人：呀，只怕有些不好。

（唱）心里暗吃惊，连连说不好。
　　　这个老道人，方法真不小。
　　　我的剑钢锋，也是一件宝。
　　　削铁如削泥，砍他砍不倒。

陆压大仙：（白）你来呀，砍呐！

铜背道人：（唱）复又使钢锋，力量使不小。
　　　照顶往下劈，身体两半了。
　　　血光也不流，身子不见倒。
　　　霎时合一处，这个方法巧。

陆压大仙：（白）来呀，你再砍呐。

铜背道人：（唱）又加十分力，三剑砍完了。
　　　伤处也没伤，暗把手指咬。
　　　仗着铁金刚，威风不可倒。
　　　该你砍山人，

陆压大仙：（唱）陆压连说好。
　　　先把话说开，你可不许跑。

铜背道人：（白）你快砍吧。

陆压大仙：（唱）剑砍不为奇，另有方法巧。

铜背道人：（白）有方法你快使吧，留着做啥也？

陆压大仙：（唱）怕你吃不消，你作揖就得磕头。
　　　　　　不许你动身，就要打躬了。
　　　　　　取出小葫芦，盖儿揭开了。
铜背道人：（唱）白光往上冲，铜背真魂渺。
　　　　　　觉得撑不开，驾起云光跑。
陆压仙人：（唱）起在半空中，（云起）谅你无处跑。
　　　　　　连连打下躬，忙了仙家宝。
　　　　　　上面一转身，妖人头掉了。（铜背道人死）
　　　　　　尸首落尘埃，伸手又伸脚。
　　　　　　可惜千年功，一旦全拉倒。
　　（上南极子、陆压大仙）
南极子：（白）道友斩了妖人，除了齐营一个大患，可喜可贺。
陆压大仙：（唱）可惜他非一日之功，才能炼得铜头铁背。
　　　　　　若非遇见山人，谁能将他治住？
　　　　　　可笑他目中无人，还敢与我对砍。
南极子：（白）总是道友法术高强，才能除此妖道，面前光华射目，必是金刀阵式。你二人暂且回营，待我进阵看看，是何光景。（下）
陆压大仙：有理。我二人且回芦棚等候教主，请。（下）
　　（上南极子）
南极子：来至阵门，须得进去看看光景，再作道理。
　　　　（唱）山人既然离古洞，只得进阵看是非。
　　　　　　迈开仙足往里走，
多宝道人：（唱）多宝道人用目窥。
　　　　　　来的正是南极子，你莫非来到这里惹是非？
南极子：（唱）贫道并非来破阵，奉劝道友把山归。
多宝道人：（唱）劝我回山倒容易，但只是丹灵仇恨把我难。
南极子：（唱）此乃定数无处躲，是他当初犯清规。
多宝道人：（白）哎。
　　　　　　（唱）明是阐教无道理，欺压截教少无能。
南极子：（唱）全不想商恶周除破杀戒，通天教主把心亏。

多宝道人：（唱）过去之事不用讲，且说眼下怎定规？
南极子：（唱）劝你早早撤了阵，免伤和气惹是非。
多宝道人：（唱）不能不能不能够，既来摆阵不怕谁。
南极子：（白）住了！
（唱）野道竟敢冲撞我，打破阵式脸挂灰。
多宝道人：（唱）南极一心来怄我，火化灵符往上催。
云牌一敲连声响，震动金刀凭空飞。
南极子：（唱）寿星拿起金如意，要把多宝道人亏。
急将天门拍一掌，无数白莲往上催。
挡住金刀不能落，只得出阵再定规。

（白）好，寿星老祖大开天门，无数白莲把金刀拖住，才要用宝捉拿妖道，只见白莲坠落，暗说不好，只得逃出阵去，再作道理。（下）

（上多宝道人）

多宝道人：好个肉头，竟自逃出阵去了？众位道友，好好把守此地。（下）

（急上南极子）

南极子：好也好也，幸喜逃出阵来。金刀十分的厉害，把头上白莲削去数朵。幸亏驾起云光，逃出阵来。不免回营去见陆压，商议破阵的妙法便了。

（出色中玉坐）

色中玉：（诗）不如意事常八九，可与人言无二三。

（白）奴色中玉。可恨爹爹将奴许配宋豹为妻，那时我闻听兄弟之言，十分不乐，又差心腹之人偷看一面，果然十分丑陋，并无一分人品，叫人一片热心，化为冰冷，因而烦恼，得了一场大病，卧床不起。半月余前，梅香报信说，那丑宋豹在疆场废命。奴家听了一个凶信，心中一喜，病儿才得大愈了。

（唱）叹奴红颜多薄命，七岁母亲染黄泉。
多亏那云霞圣母将我度，古洞学艺整五年。
师父命我将山下，一家相会大团圆。
不意东齐兴人马，爹爹奉命镇高关。
请来宋豹相帮助，不该与他把婚联。
人不人来鬼不鬼，奴家一气病来缠。

前日听说死了宋丑鬼，聊以觉得心放宽。
十数余天病痊愈，觉着好了甚平安。
听说是多宝道人摆下阵，齐营无法免战宣。
昨日也已禀过父，今日出马到阵前。
全凭奴的心中数，捉拿齐将谈笑间。
站起身来换盔甲，（换装）结束一身躜金莲。
大帐见过天伦父，家将伺候在两边。
提刀上阵能行马，（马上）带领喽啰来出关。

卒：　　（内唱）齐营军卒来禀报，一员女将攻营盘。

白玉香：（唱）李凤英吩咐左右看刀马，白玉香上前把话言。
小妹自归齐营内，寸功未立面无颜。
这件功劳让与我，（李凤英：可要小心）不劳元帅挂心间。
提刀上马杀出去，凤英传令众将官。
（白）众将官，俱随本帅出营料阵，不得有误。（下）

色中玉：（内白）喽啰们，压住阵脚。（上）奴色中玉身体大愈，禀知父帅临阵交锋。你看齐营营门大开，一员女将出营来也。

（上白玉香）

白玉香：来者女子，莫非是色中玉吗？

色中玉：然也。你是哪个？怎知你姑娘名姓？

白玉香：奴本是靠山王之女白玉香。

色中玉：原来是你这贱人，可恨你父女卖国求荣，归顺齐邦，还敢上阵出丑？不要走，看刀。

白玉香：丫头且慢动手，论理咱们乃是亲戚，动不得手哇。

色中玉：现在你我乃是敌国，哪里来的亲戚？

白玉香：娼妇，你且勒马，听我道来。
（唱）你知奴是玉香女，咱们本来是亲戚。

色中玉：（白）有何亲戚？

白玉香：（唱）贱人竟装不知道，骨肉至亲隔肚皮。

色中玉：（白）是啥亲戚？真叫人糊涂！

白玉香：你听着吧。

|（唱）我听说双龙塔的矮宋豹，我的表兄你的夫婿。

虽未过门亲已定，你今怎说不是亲戚？

色中玉：（白）贱人，你少要胡说。

白玉香：（唱）宋豹才死你就出马，出头露面不体面。

论理说丈夫死了当穿孝，寡妇失夫守孀居。

看你并无悲啼意，穿红挂绿好像花枝。

你心里早就嫌我表兄丑，今又死了随心意。

娼妇太也无廉耻，死了丑的找俊的。

岂知无人将你要，水性杨花数第一。

今日将你姑娘遇，指教你这恶东西。

色中玉：（唱）贱人少要胡言语，就欠扒了你的皮。

不忠不孝你父女，倒卖城池归顺齐。

多得贱人模样好，钟无盐留你做了万人妻。

今日张来明日李，营里取乐做歌妓。

白玉香：（唱）双手抡起青锋刀，横眉直立催坐骑。

用刀一摆砍下去，娼妇少讨无意思。

色中玉：（唱）大战交锋三十趟，中玉想要弄玄机。

虚砍一刀往下败，暗暗取出幌魂旗。

迎风一晃金光起，玉香掉下马征驹。（下）

（上喽啰）

喽　啰：（唱）喽啰上前才要绑，

（上田文）

田　文：（唱）田文动手来得急。（打跑卒）

一顿棒槌全打跑，

（白）军校们，快将小姐救回营去，待我会会女将。（下）

（救下白玉香，上色中玉）

色中玉：呀，你看白玉香落马，正要绑拿，被一个矮将打散喽啰，救去玉香，真正气死人也。

（色中玉对田文）

田　文：你这小丫头，不要逞强，报名上来受死。

色中玉：奴家色中玉。你这矮子是谁？报上名来，好做刀下之鬼。

田　文：你要问我名姓，仔细听真。吾乃惧留孙的门徒，齐王的御弟，名叫田文，再要下问就是你的矮爸爸到了。

色中玉：好，矮根子，气死我也，着刀。

田　文：来吧。（大杀，色中玉败下）哈哈哈，跑咧，她又闹玩意去咧。矮爷不赶你，离你远远的，任凭你什么邪法儿，我也是不怕你的呀。

（唱）这个丫头好作怪，不但美貌有妙法。

疆场大战白玉香，取出小旗放光华。

不是矮爷救得快，玉香一定被擒拿。

俺俩复又动了手，不上三合把马撒。

必是又闹鬼八卦，怎知道矮爷早把主意拿？

离着老远看着你，不到跟前怕什么？

一步一步跟了去，（下）

（上色中玉）

色中玉：（唱）好个矮子甚奸猾。

并不追赶止住步，知道奴家有妙法。

任凭你奸猾难逃我的手，另有方法把你拿。

幌魂旗儿忙收过，装仙瓶儿妙更加。

一催战马迎上去，

（上田文）

田　文：（唱）田文止步用眼撒。

这丫头原来开过瓷器店，白瓷瓶儿手中拿。

待我与她打两半，

色中玉：（白）矮子慢来，宝贝到了。

田　文：（唱）打个冷战心发麻。

说声不好装了去，（下）

王玉梅：（白）呀，

（内唱）王氏玉梅甚惊讶。（上）

（唱）眼看将军无踪影，必被女将邪法拿。

催马抡刀杀上去，只见她手拿瓶儿放光华。

　　　　　　这个法术容易破，摘下赤金槌子与她打。

　　　　　　呀呸，装仙瓶儿打两半，田文掉出地下趴。（下）

　　　（上色中玉，看装仙瓶破了）

色中玉：（白）呀，

　　　　（唱）装仙瓶儿打破了，好个贱人气死奴家。（对杀）

　　　　　　抡起大刀搂头剁，大刀一磕响哗啦。

王玉梅：（唱）交手不过三十趟，王氏玉梅有方法。

　　　　　　暗把赤金槌摘下，对面一扔打中她。（打着）

　　　　　　躲之不及着中了，（色中玉落马）掉下马来难挣扎。

　　　（上田文）

田　文：（唱）田文苏醒转过项，瞧见女子地下趴。

　　　　　　急忙按住上了绑，色红来救女娇娃。

色　红：（白）喽啰们，搭救你家小姐，不得有误。

　　　（上田文，对杀，色红败下，又上）

色　红：哇呀，矮贼杀法骁勇，难以取胜，只得败回关去，再作道理。（下）

田　文：哈哈，这个本事就称大都督来咧，不上三合，被我打回关去咧。

王玉梅：将军受惊了。

田　文：好说好说。

王玉梅：反贼败进关去咧，还不回营？在这里等着做啥呢？

田　文：我说家里的，方才不知她咋闹的？摆治得我头迷眼黑，浑身不受用，我怎在疆场倒着呢？

王玉梅：呸，无用的东西。原是如此这般，奴家将你救下了。

田　文：哈，是你打破的瓶子吗？将我救下咧。那女将咋也倒着呢？

王玉梅：那女子是我用宝贝打下马来的。

田　文：啊，那女子是叫你打下马来的吗？

王玉梅：可不是，靠你怎中咧？

田　文：哈哈哈，你真是我的好媳妇，我算服你咧。

王玉梅：呸，不怕人家笑话，快走吧。

田　文：哈哈哈，任你怎褒贬，我总是乐的。军校们，打得胜鼓回营。

　　　（诗）败了反取胜，回营去交令。（下）

（出李凤英坐，白宣站）

李凤英：（诗）银甲器械露血丝，宝刀光射斗牛寒。

（白）本帅李凤英。眼看矮子被擒，多亏王玉梅出马，不但救了田文，又将那女子拿住，我看此女有些面善，怎么一时想不起来呢？不免问她一个明白，再作道理。众将官，把那女子绑上来。

（上色中玉）

色中玉： 罢了哇，罢了。

卒： 走，你这小女子，今既被擒，还不叩头乞命。

色中玉： 住口，你姑娘乃千金之体、圣母之徒，岂肯跪你？今既被擒，只有一死，何必多言？

李凤英： 哎呀，我看你美貌无双，若肯归顺，本帅自有一番好处，奴家与你做主。

（唱）微微冷笑叫女寇，细听本帅讲情由。

看你生得多美貌，不忍叫你一命休。

况且是好像哪里会过面，快把来历细讲述。

色中玉：（白）听了。

（唱）奴家名叫色中玉，生长名门十八秋。

云霞圣母门弟子，古洞学艺五年头。

李凤英：（白）原来你是师妹呀。

色中玉：（唱）尊奉师命将山下，今既被擒不用讲究。

有死而已快快斩，

李凤英：（白）师妹呀，

（唱）内里还有一情由。

我乃是云霞圣母大徒弟，咱两个师姐师妹性又熟。

去年间拜见师父见过面，今日里有件事儿你别羞。

令尊伯父无敌将，扶保反叛丑名流。

不如归顺东齐国，我与你挑个人儿配好逑。

不知贤妹如意否？

色中玉：（白）住口！

（唱）粉面通红皱眉头。

奴家再不失身志，今既被擒死方休。

李凤英：（唱）贱人好不识时务，不听良言心太丑。
　　　　　　谅你难逃我的手，今晚与你硬上头。
　　　　　　我营中先锋白宣无妻室，正好你俩鸾凤凑。
　　　　　　叫你二人过了夜，看你吊猴不吊猴？
　　　　（白）你这小女子，在本帅跟前放刁，将死将活，想要脱身，怎得能够？先锋白宣听令，今将擒来女子与你为妻，不知你意下如何？

白　宣：啊？元帅，她乃反叛之女，末将不敢从命。

李凤英：这却不妨，有本帅与你做主。今晚必要与她成亲，不怕她不归顺齐国。

白　宣：末将遵命。（下）

李凤英：白玉香听令。

白玉香：在。

李凤英：你将这道灵符藏在她青丝发内，就拉她拜堂成亲，送到令兄的帐房，不怕她飞上天去。

白玉香：遵命。新人走吧，拜天地去呗。

色中玉：咦，贱人们，快把你姑娘杀了吧。

白玉香：撒泼也不中，快走吧。

（白玉香拉色中玉走下）

李凤英：众将官。

将　官：有！

李凤英：就此安排香案伺候。
　　　　（唱）一声令下摆香案，梅香伺候不消停。
　　　　　　白宣就把天地拜，白玉香拉着色中玉不放松。
　　　　　　叫梅香描了眉头开了脸，一齐推到洞房中。

色中玉：（白）贱人们，你们杀了我吧。

白玉香：（唱）这时候还说什么杀与砍，泼妇性儿行不通。
　　　　　　既然入了风流阵，不用装憨闹古董。
　　　　　　我哥哥一会陪伴你，奉令成亲这一宗。
　　　　　　时候到了我就走，断不在此碍眼睛。（下）

白　宣：（唱）白宣进房一旁坐，

色中玉：（唱）忽听营中起了更。（打一更）

这才难坏色中玉，这才活活把人倾。

恨不得有个地缝钻进去，真叫人活着不能死不能。

总是自己行的错，不该临阵逞威能。

偏偏奴又被擒住，可恨贱人李凤英。

又不杀来又不斩，霸着奴家把亲成。

本要不从守贞洁，李氏法术比我精。

灵符藏在青丝发，身不由己逃不能。

急得中玉泪如雨，又听角楼打二更。（打二更）

白　宣：（唱）二更里来月正圆，自己觉着不文明。

细想今日这件事，元帅做得不聪明。

（白）擒来这个女子理当斩首，不该又与她结亲。细想元帅心情难测啊。

（唱）常见人家花烛夜，乐个喜地又欢天。

我看她三行鼻涕两行泪，正应了生摘瓜儿不香甜。（打三更）

营中又打三更鼓，无好拉气倒一边。（下）

色中玉：（唱）中玉这才无主意，心中乱跳不安然。

一个男子床上睡，面如锅底一样般。

只说是宋豹已死另嫁婿，必要挑选俊俏男。

不想今日又如此，硬拉奴家拜地天。

既然入了罗帷帐，要想逃脱只怕难。

今日纵把清白洗，这个名声怎么担？

细想也是奴的命，今生该配丑夫男。

何况自己瞎熬眼，立得人脚又痛来腿又酸。

不然上床我也睡了吧，也不过明日早晨脸一憨。

主意一定上床去，（往里挪一些）委委屈屈倒在一边。

洞房欢乐且不表，霎时鸡鸣五更天。

（上陆压大仙）

陆压大仙：（唱）再表那陆压大仙路上走。

（白）出家人陆压。我想南极子不能破阵，再请别的大仙也是不中，不免去见元始天尊，只得走走便了。方才见过天尊，与我四道灵符，说是必得骊山圣母下山，只得前去便了。（下）

（出骊山圣母坐）

骊山圣母：（诗）修得三花聚顶，炼得五气朝元。

（白）出家人骊山圣母，在这金山炼道，修身养性。头上出现莲花，不生不灭。

陆压大仙：（内白）来此已是，待我进洞便了。（上）道友请了。

骊山圣母：请了。大仙到此何事？请坐一叙。

陆压大仙：有坐。道友不知，是你听了。

（唱）贫道前来有一事，并非无故到这里。

骊山圣母：（唱）不知大仙有何事？就请明言讲端的。

陆压大仙：（唱）只为红尘不安静，如此这般说端的。

骊山圣母：（唱）莫非因为东齐国，白虎关下大对敌。

陆压大仙：（唱）正为此事见道友，敢劳圣母把山离。

骊山圣母：（唱）此乃天意早注定，大仙相邀敢不依？

陆压大仙：（唱）多宝道人摆凶阵，难住留孙与南极。

骊山圣母：（唱）目下金刀阵该破，山人早知这玄机。

陆压大仙：（唱）特请法驾走一遭，红尘路上显显奇。

骊山圣母：（唱）还得灵符三五道，预备凡人护身躯。

陆压大仙：（唱）我方才见过元始天尊面，赐我灵符在手里。

骊山圣母：（唱）如此不用别处去，大家就此把洞离。

陆压大仙：（白）请。

骊山圣母：请。

合：（唱）二仙奔了齐营去，（下）再把色红都督提。

（出色红坐，上多宝道人）

色　红：（唱）请来了多宝道人同商议，启齿开言把话提。

多宝道人：（白）都督说什么呀？

色　红：（唱）我女被擒齐营去，生死存亡不晓得。

望乞仙长发慈悲，搭救回关恩第一。

多宝道人：（唱）多宝道人说容易，明日山人把阵上。

敌营去把令爱要，若不献出定不依。

必然攻破齐营寨，才显山人法术奇。

色　红：（唱）色红站起说多谢。

　　　　（白）多谢仙长慈悲，若能救出小女，我父女恩有重报。

　　　　（诗）万般皆由命，半点不由人。（下）

　　　（升帐，出五女将站）

众女将：（诗）杀气腾腾万丈高，扫平巨寇立功劳；

　　　　　　　纵使关中娇娆女，腰中常悬带血刀。

王玉梅：（白）奴王玉梅。

陆春云、陆夏云：奴陆春云/陆夏云。

白玉香：奴白玉香。

廉赛花：奴廉赛花。

众女将：元帅升帐，分班伺候。

　　　（出李凤英坐）

李凤英：（诗）慢言披甲裙钗女，敢比男儿大丈夫。

　　　　（白）本帅李凤英。昨日陆压大仙请来骊山圣母，说是今逢破阵之日。元始天尊赐予四道灵符护身，叫奴盼咐众女将进阵，众位仙长暗中接应，只得早早分派。众女将们，侍立两旁，听本帅号令分派。

　　　　（唱）本帅自归齐营后，国母命我掌兵权。

　　　　　　　前者川山摆凶阵，被我打破逃走妖仙。

　　　　　　　过了青龙关一座，才到这里把营安。

　　　　　　　不知不觉三个月，关内来了众妖仙。

　　　　　　　多宝道人又摆阵，无人敢破到眼前。

　　　　　　　天助齐国有解救，来了阐教众位仙。

　　　　　　　元始天尊才盼咐，破阵必得女将官。

　　　　　　　赐予灵符护身体，金刀不能落身边。

　　　　　　　王氏玉梅听将令，你拿着灵符一道闯正南。

王玉梅：（白）得令。

李凤英：（唱）陆氏夏云东门去，仗着灵符要当先。

陆夏云：（白）得令。

李凤英：（唱）春云攻打西门去，遇见妖人莫放宽。

陆春云：（白）得令。

李凤英：（唱）玉香上帐听将令，急速差她转回关。

就是令嫂色中玉，打破阵式诸事完。

白玉香：（白）得令。

李凤英：（唱）说她父亲来归顺，那时再把齐营还。

廉氏赛花守营寨，

廉赛花：（白）得令。

李凤英：（唱）本帅临阵去一番。

提刀上了能行马，率领众将杀上前。

正遇妖人疆场上，多宝道人迎上前。

多宝道人：（唱）抡起宝剑交了手，刀剁剑砍响连天。

贱人刀马真勇猛，疆场难以战她先。

只得引入金刀阵，管叫花奴一命捐。

虚砍一剑回里跑，（下）

李凤英：（唱）凤英追赶不容宽。

（上王玉梅）

不言元帅进了阵，再表玉梅战妖仙。

王玉梅：（唱）（白）奴家王玉梅，奉了元帅将令，攻打南门，灵符护身，闯进阵去才是。（下）

（上云光圣母）

云光圣母：呀，你看一员女将闯进阵来，急将云牌敲动，震起金刀。呀，不见人头落地，真真气死人也！花奴慢走，着剑取你。

（王玉梅、云光圣母对杀，下，上田文）

田　文：我田文。方才元帅吩咐，今日破金刀阵式，捉拿妖人。但看金光不明，叫我急急进阵，接应四员女将，只得走走便了。

（唱）方才元帅吩咐我，今日要破阵九宫。

英雄好汉全不用，女将破阵才成功。

众仙俱在云中等，大家一齐往里冲。

嘱咐我但看金光不明了，进阵接应不消停。

只得前去看光景，（下）

（陆春云、陆夏云马上）

陆春云、陆夏云：（唱）陆氏姐妹催走龙。
　　　　　　　　东西二门齐进阵，要与妖人大交锋。
　　　　　　　　一齐杀进中央地，
多宝道人：（唱）多宝道人吃一惊。
　　　　　　　眼看众人齐进阵，金刀如何它不灵？
　　　　　　　乾雷震动只乱摆，不见花奴性命倾。
　　　　　　　急得无法干搓手，又见贱人李凤英。
　　　　　　　催马进了中央地，山人只得下绝情。
　　　　　　　如意金钟打下去，管叫花奴赴幽冥。
李凤英：（唱）李凤英催马未防备，打中了后心掉下马能行。（落马）
　　　　　　才要站起说不好，把抓柔肠肚子疼。
　　　　　　这可活活倾了我，什么病儿这么凶？
多宝道人：（白）贱人哪里走？看剑吧。
李凤英：（唱）欲待上马动不了，又见妖人追得凶。
　　　　　　一阵更比一阵紧，我今难保命残生。
　　　　　　趴在地下只等死，
王玉梅：（唱）王氏玉梅看得清。
　　　　　　元帅因何坐在地？妖人掌剑要行凶。
　　　　　　一催战马迎上去，
多宝道人：（白）贱人着剑！
王玉梅：（唱）大叫妖人少逞能。
　　　（对杀）
李凤英：（唱）二人动手杀一处，李凤英十月怀胎要降生。
　　　　　　一阵昏迷无知觉，催生送儿不消停。
　　　　　　一齐来到金刀阵，护送临凡白虎星。
　　　　　　霎时落草归了位，金刀难见血光冲。
　　　　　　金刀不明黑又暗，李凤英苏醒过来心内明。
　　　　　　事急不顾风和雨，抱起婴儿上能行。（上马）
　　　　　　一直闯出金刀阵，众位女将俱回营。（下）
　　（上惧留孙）

惧留孙：（唱）惧留孙真人不怠慢，迈开仙足往里攻。

（白）山人惧留孙。你看金刀已破，天魁星出现，不免进阵便了。（下，又上，对金灵圣母）

金灵圣母：狗道慢来，看剑取你。

惧留孙：着铁尺吧。（大杀，败下，又上）你看妖妇骁勇，不免祭起捆仙绳擒她便了。（下）

金灵圣母：呀，狗道祭起捆仙绳，难以破他，逃命便了。（下）

（上惧留孙）

惧留孙：妖妇逃走，摘她的金刀便了。（下）

（上田文）

田　文：你看金刀全无，待我打进阵去便了。

（唱）金刀全然无，不免打进阵。

惧留孙：（唱）遇见老妖人，却也不发怵。

田　文：（唱）抡起铁棒槌，要打他一顿。

多宝道人：（唱）大骂小矮根，竟敢进了阵。
　　　　　　　遇见祖师爷，叫你一命尽。

田　文：（唱）宝剑往上劈，田文迎头顺。

多宝道人：（唱）招架紧胡拉，矮子真可恨。

田　文：（唱）不用抖威风，今已破了阵。
　　　　　谅你又不能，是你白费劲。
　　　　　口说不为凭，算你活倒运。
　　　　　祖师法力高，不叫你外逃。

多宝道人：（唱）少要把口夸，混充老光棍。
　　　　　　　交手十数合，觉着费大劲。
　　　　　　　只得想方法，使宝将他困。（下，又上）
　　　　　　　祭起如意钟，矮子难逃遁。

田　文：（唱）抬头往上观，一物把我奔。

（上惧留孙）

惧留孙：（唱）留孙看得真，田文败了阵。

田　文：（白）老师父，快救弟子吧，宝贝到了。

惧留孙：（唱）徒儿快闪开，山人把他奔。

小心着铁尺，一指钟落地。

（白）我当是什么法术，原来是一个如意金钟，待我收过，祭起捆仙绳擒他便了。（下）

（上多宝道人）

多宝道人：呀，不好了！如意金钟被他收去，又祭起捆仙绳，不免弃了金刀阵，逃命要紧。（下）

（上红娘子）

红娘子：众仙俱各进阵，众道友不见，大料不能守阵，不免摘了金刀，逃命回洞去再作道理。（下）

（上陆压大仙）

陆压大仙：妖妇逃走，急急留下金刀，揭开葫芦盖儿，白光一道，直奔妖妇去了。（下）

（杀死红娘子，上陆压大仙）

陆压大仙：这个金刀，你如何能拿走呢？

（上惧留孙、南极子、骊山圣母）

惧留孙等三人：道友收了金刀，妖人四处逃亡，金刀阵式已破，红尘不可久居。你我拿着金刀，去见教主便了。

陆压大仙：有理。大家就此前去，请。（下）

惧留孙等三人：请。（下）

（出色红，升帐）

色　红：（诗）齐兵压境不得安，爱女被擒又牵连。

（白）我乃色红。前者女儿被擒齐营，并无音信，也不知是生是死，好叫人放心不下。

（上卒）

卒：　报都督得知，小姐单人独马要进关城，乞令定夺。

色　红：这等，快快开关放进，不得有误。

卒：　是，开关咧。

（上色中玉）

色中玉：爹爹在哪里？不孝女儿来见天伦，真乃两世为人了。

色　　红：我儿被擒齐营，因何将我儿放回？告诉为父知晓。

色中玉：爹爹不知，且容女儿细禀。

（唱）粉面通红头低下，爹爹听儿仔细曰。

前日被擒齐营去，只说准死一命绝。

不曾想元帅凤英李氏女，原是孩儿师姐姐。

并未动气杀与剐，如此这般与我曰。

色　　红：（白）我儿，你可愿意吗？

色中玉：（唱）孩儿自幼懂闺训，至死不允保贞节。

色　　红：（白）我儿，你这才是呢。

色中玉：（唱）凤英不听强做主，今日又叫儿回关见爹爹。

色　　红：（白）你来见我做甚？

色中玉：（唱）说道是众仙打破金刀阵，奉劝爹爹分邪正。

五祥山并非真明主，不过是凭仗妖人乱世界。

从前是邱引军师无对手，又遇陆压一命绝。

细想来活该东齐有解救，才有众仙来灭邪。

爹爹乃是无敌将，英雄盖世谁不晓得？

从来是邪难侵正，顺从天运莫扭别。

色　　红：（唱）连连点头说罢了，我儿不必往下曰。

为父本无归齐意，如今难说不改咧。

只因爱女归齐将，木都督也要弃了邪。

还有一件为难事，

色中玉：（白）爹爹有何为难之事呢？

色　　红：（唱）现有二主李天杰。

正自商议……

（上卒）

卒：　　（白）报都督得知，金刀阵踏为平地，众仙不见踪迹。

色　　红：起过了。呀，果然天助齐邦，阵式已破，料我难守此关，不得不归顺齐国。来人！

卒：　　有！

色　　红：将李天杰绑来见我。

卒：　　　禀都督得知，李天杰闻知破了阵式，独自一人逃回五祥山去了。

色　红：　可恨这厮闻风逃走。喽啰们，就此打起东齐的旗号，明日迎接钟国母的凤驾进关。歇兵三天，不得有误。

卒：　　　遵令。

色　红：　就此掩门，一齐随我来。（下）

（急上李天杰）

李天杰：（诗）双手拨开生死路，急急逃出是非门。

（白）吾乃李天杰。可恨阐教众仙打破金刀阵式，多宝道人不见踪影，都督色红之女色中玉配了齐将，大料必要拿我，得便逃出白虎关。我只得急回五祥山报信便了。

（唱）想当日，五祥山。

威服列国，诸侯胆寒。

东齐钟无盐，竟敢来犯边。

多得军师邱引，大战青龙高关。

川山道人摆下阵，挡住齐兵有一年。

矮田文，滑又奸。

李氏凤英，法力无边。

打破妖兵阵，不见老川山。

孤家弃关逃走，来在白虎高关。

军师邱引也来到，还有多宝众妖仙。

金刀阵，法术全。

凡人难打，难到跟前。

相离百步远，刀动一命捐。

齐营无人敢破，来了阐教众仙。

军师死在陆压手，今日打破阵连环。

色红贼，太无端。

将他女儿，配了白宣。

必要捉拿我，得便跑出关。

不分昼夜行走，急回五祥高山。

整齐人马选良将，再来复仇大报冤。

　　　　　压此节，暂不言。
　　　　（上云光圣母、金灵圣母、多宝道人）
云光圣母等三人：（唱）来了截教，众位妖仙。
　　　　　　　　失了金刀阵，俱个心胆寒。
　　　　　　　　驾云急急逃走，来到一座高山。
多宝道人：（唱）落在尘埃喘吁吁，多宝道人便开言。
　　　　（白）哎呀，罢了罢了，可恨南极子这个肉头与陆压野道收去四口金刀。咱们有何脸面去见教主？
云光圣母：这也难怪你我，大家见了师父，必须如此而言，何愁师父不与咱们出气呢？
多宝道人：有理有理，就此进宫去见教主便了。（下）
　　　　（出四妖站）
四　妖：（唱）玄玄玄来妙妙妙，玄妙之中成大道。
　　　　　　　脱毛换骨变人形，修炼多年成仙道。
火光道人：（白）吾乃火光道人。
青梅子：吾乃青梅子。
圣水真人：吾乃圣水真人。
长耳定光仙：吾乃长耳定光仙。
四　妖：教主说法，在此伺候。
　　　　（出通天教主坐）
通天教主：（诗）道法通天地，玄机壮乾坤。
　　　　（白）出家人通天教主，在碧游宫掌管截教众仙。前者阐教门人用宝打死丹灵圣母，山人心中不忿，命多宝道人去到白虎关摆下一座金刀阵式，谅他阐教众仙难晓其故，再也攻打不开，必得他们亲身来与我赔礼。那时山人才可收回阵式，这些时候怎么还无音信？必是把阐教众位仙家难住了。
　　　　（上多宝道人、云光圣母、金灵圣母）
多宝道人等三人：教主在上，弟子们失了阵式，前来复命领死。
通天教主：哦？怎么金刀阵式被他们打破了？
多宝道人等三人：正是。不但破了阵式，把金刀都收了去咧。
通天教主：哇呀，是何人这等可恶？怎么破了阵式？快来告诉山人知晓。

多宝道人：老师父，说不来了。

（唱）身子起，站一边。

尊声教主，细耳听言。

我等奉了命，去到白虎关。

才要命人通报，邱引到了跟前。

色红迎接芦棚内，次日便去那阵前。

通天教主：（白）摆下这个阵式，谅他们无人敢破此阵。

多宝道人：（唱）金刀阵，摆得全。

云牌一响，雷声震天。

震得金刀起，凡夫一命捐。

看看杀尽齐将，来了陆压野仙，

还有肉头南极子，骊山圣母也下山。

通天教主：（白）就让他们下山，也是攻打不开阵式。

（唱）有四个，女将官。

齐来破阵，到了眼前。

震动金刀起，却也不相干。

不知有何法术，闯到阵式里边。

祭起了如意钟儿将她打，花奴跌下马雕鞍。

通天教主：（白）打下马来，就该废命。

多宝道人：（唱）那时我，不容宽。

才要追赶，将剑抡圆。

来了一女将，催马到跟前。

见面交锋动手，大战虎穴龙潭。

不意女将分娩了，冲破金刀不值钱。

通天教主：（白）呀，如此说来，阵式要破。

多宝道人：（唱）南极子，惧留孙，

骊山陆压，又到这边。

仗着法力广，说话甚狂颠。

毁骂众仙畜类，褒贬教主不堪。

摘去金刀整四口，弟子无法跑回山。

通天教主：（唱）胸起火，心内烦。

陆压狗道，胆大包天。

惧留孙该死，还有南极仙。

藐视山人不济，成心要作孽冤。

必与尔等见上下，看看截教众位仙。

跟着我，截教仙。

拿着宝贝，会会众仙。

带着万宗宝，阐教为了难。

叫声多宝听吩咐，速速去到五祥山。

择选一块平川地，为师亲自走一番。

摆下一座万宝阵，看有何人敢上前？

（白）多宝道人，你速到五祥山择选一块平川之地，立下四座阵门，中间搭一座三丈高的法台，分青、黄、赤、白、黑，立下五杆大旗，安排一毕，为师下山，摆下一座万宝阵式，看有何人敢破？

多宝道人：遵命。

（诗）无故又犯商周劫，禅截二教作孽冤。（下）

（出反扎巾四将站）

四　将：（诗）威名击宇宙，勇烈震山河。

扶保祥山地，到处有妖魔。

常　山：（白）吾乃总镇常山。

宋　明：吾乃副都督宋明。

沙　胡：吾乃左都督沙胡。

沙　海：吾乃右都督沙海。

四　将：大王升帐，在此伺候。

（出李天雄坐）

李天雄：（诗）独霸一方名四海，执掌一统锦封疆。

（白）孤家协天王李天雄。前者远探报道钟无盐攻破青龙关、黑熊岭，白太玉顺了齐国，如今又在白虎关下交战，至今不知胜败如何？

李天杰：（内白）喽啰们！

喽　啰：有！

李天杰：将马带过。（上）大王千岁在上，小弟交令，失了关城，前来领罪。

李天雄：哦？你不在白虎关协同色红堵挡齐兵，因何自己回山？其中必有缘故。

李天杰：大王不知，且听小弟细禀。

（唱）前者奉了大王令，还有邱引作军师。
　　　带领人马整三万，进了青龙这城池。
　　　丑妇无盐得了病，攻打齐营就行师。
　　　看看要破有解救，来了田文小矮子。
　　　打败军师救无盐，后又请来川山老祖师。
　　　摆下一座妖兵阵，挡住齐营一年余。
　　　齐营内请来凤英李氏女，打破阵式失城池。
　　　黑熊岭上白太玉，盗卖关口献城池。
　　　白虎关色红请来丑宋豹，疆场之上命西归。
　　　到后来铜背道人将山下，金刚法术万人难敌。
　　　杀的齐营常免战，遇见那陆压野道人。
　　　邱引邀请多宝道，摆下金刀阵式齐。
　　　若是有人来打阵，数步之外削首级。
　　　陆压野道进了阵，宝贝杀了邱引师。
　　　阵式已破众仙走，色红献关归顺齐。
　　　微臣闻听趁夜跑，急回祥山报信息。
　　　千岁必须早准备，

李天雄：（唱）李天雄低头不语犯寻思。
　　　　细想当初服列国，军师法力居第一。
　　　　如今难挡钟无盐，莫非天该兴东齐。
　　　　我今何必苦征战，连累的众将不能得休息？
　　　　不如献表归王化，免得后悔势败迟。
　　　　主意一定传令旨，

（白）众位都督、大小官员听真，如今难挡齐国，钟无盐打破金刀阵式，过了白虎关，目下就到五祥山，大料无人敢挡。孤家不忍众位将军苦征恋战，待等齐兵到来，献了降书顺表，免得大动干戈。

众　将：大王说哪里话来，自古兵来将挡，水来土掩，况且咱这里兵将不少，粮

　　　　　草不缺,何必甘为人下?
　　　　（唱）一齐尊大王,细听我等表。
　　　　　　　既要立邦家,胆量不可小。
　　　　　　　锐气不可丢,威风不可倒。
　　　　　　　听说齐兵来,便觉心烦恼。
　　　　　　　兵来将挡着,水来土掩了。
　　　　　　　莫非齐家兵,六臂与三脑。
　　　　　　　若不到此来,诸事全拉倒。
　　　　　　　若困五祥山,谅他无处跑。
　　　　　　　不等去交锋,胜败定不了。
　　　　　　　不能退齐兵,主意安排好。
　　　　　　　仗着兵将多,粮草也不少。
　　　　　　　齐兵远处来,必要缺粮草。
　　　　　　　不过一年半,人马饿坏了。
　　　　　　　那时再出征,赶他一个跑。
　　　　　　　杀退齐家兵,威名四海表。
　　　　　　　列国众诸侯,谁不来扶保?
　　　　　　　推倒周昏王,千岁登大宝。
　　　　　　　我等算有功,再把东齐扫。
　　　　　　　易如反掌中,
李天雄：（唱）点头连说好。
　　　　　　　你们既同心,非孤胆量小。
　　　　　　　且等他到来,交战免不了。
　　　　　　　胜败往前征,定把东齐扫。
　　　　　　　败了退回山,仗着多粮草。
　　　　　　　正在议军情,
　　　　（上卒）
卒：　　（唱）喽啰忙跪倒。
　　　　（白）报大王得知,齐兵离五祥山三十里安营。一员小将疆场要战,乞令定夺。

李天雄：再探。

卒　　：得令。（下）

李天雄：呀，果然齐兵到来。众位将军，随孤杀下山去，不得有误。（下）

田　坤：（内白）大小三军，压住阵脚。（枪马上）俺忠顺王田坤。众位仙长破了金刀阵式，色红父女献关，大兵来到五祥山下安营，我便一马当先，抢立头功。你看山上冲出无数人马，一员贼将来也。

（常山刀马上）

常　山：来者幼儿，报上名来，好做刀下之鬼。

田　坤：忠顺王田坤，乃前部先锋，反贼何名？

常　山：吾乃总镇大都督常山，笑尔无故前来犯境。不要走，着刀。

田　坤：撒马过来。（大杀，常山败下，又上）

常　山：呀，这个幼儿枪马极快，甚是骁勇。

（唱）本督自幼刀马勇，田坤幼儿好枪法。

怪道破了二关口，又到此处把营扎。

今日疆场来要战，一马当先我和他。

田　坤：（白）哪里走？着枪！

（唱）钢刀磕破银枪杆，抖起精神要杀他。

交锋大战五十趟，使得浑身汗滴答。

勉强动手大交战，二目发昏冒火花。

欲待摆阵不逃走，累得人困马又乏。

眼见反贼露了空，一摆银枪刺中他。

常　山：（白）哎呀，不好！

（唱）说声不好忙躲闪，右膀冒出血光花。（败下）

（上宋明）

宋　明：（唱）不顾疼痛败了阵，宋明接战把马撒。

喝叫幼儿少无礼，本督前来摘你脑瓜。（大杀一阵）

急架相迎不急慢，这个小子好枪法。

交手不过三十趟，力软身乏难挣扎。

我今如若不逃走，准要投胎认妈妈。

搂回马来溜了号，（下）

沙　胡：（唱）沙胡催马把鞭加。
　　　　　　　疆场以上交了手，不上三合力软乏。
　　　　　　　说声不好着中了，扎破沙胡响咔嚓。
　　　　　　　掉下马来一命尽，（死）
沙　海：（内唱）沙海气得乱咬牙。（上）
　　　　　　　　大骂幼儿真该死，仔细抬头认认咱。
田　坤：（白）你这贼将是谁？
沙　海：（唱）我的名字叫沙海，与弟报仇把你拿。
田　坤：（白）不要走，看枪取你。
沙　海：（唱）身子一侧忙躲闪，抡起刀来乱胡拉。
　　　　　　　钢刀被他磕飞了，空着手儿跑回家。（下）
田　坤：（唱）田坤马上说可笑，
　　　　（白）这个贼将令人可笑，不上三合，被我磕飞钢刀，竟自抱鞍而去。天色已晚，不必追赶。众将官，打得胜鼓回营。（下）

　　　　　　　　　　　　　　　　　　　　　　　　　　　　（完）

第 八 本

【剧情梗概】 五祥山李天雄与妻子刘玉环、妹妹李天蓉商议是迎敌还是归顺。李天蓉主动挂帅出征，白宣、张奎、田文均败在她的手下。齐国又派出田坤对战，李天蓉见其面容俊俏，又有婚约在先，遂答应田坤回营劝哥哥李天雄归顺齐国。李天雄意欲归顺，多宝道人来到五祥山劝说李天雄要迎敌备战，且有师父通天教主帮助。于是李天雄立下高塔法台，通天教主多宝道人、金灵圣母、云光圣母、火光道人、青梅子、圣水真人、长耳定光仙一齐摆下万宝阵式。

（出二旦坐）

刘玉环：（诗）身为王妃居宫内，虽是幼女艺惊人。
（白）奴家王妃刘玉环。

李天蓉： 奴家公主李天蓉。哦，嫂嫂。

刘玉环： 妹妹。

李天蓉： 听说齐兵临境，现在山下扎营。我哥哥派去兵将迎敌，也不知胜败如何？

刘玉环： 哪知道呢？

李天雄：（内白）众喽兵，小心山口。（上）

刘玉环、李天蓉： 哦，大王/哥哥来了，请转上座。

李天雄： 便座可矣。

李天蓉： 听说齐兵山下安营，不知哥哥与他们见过阵了吗？

李天雄： 哎，夫人、妹妹不消问了。
（唱）自从老主归天去，我便执掌五祥山。
　　　收了军师名邱引，杀得诸侯心胆寒。
　　　唯有东齐钟无盐，兴兵犯境作孽冤。
　　　打破了青龙白虎二关口，军师邱引一命捐。
　　　今在山下安营寨，一员小将到阵前。
　　　都督沙胡丧了命，幸亏日落黑了天。
　　　鸣金罢阵各回转。

李天蓉：（白）齐兵猛将，姓字名谁？

李天雄：（唱）也曾问过他名姓，号称天王四海传。
　　　　　　　此人姓薛有名气，要将妹妹许良缘。
　　　　　　　父王在世曾说过，真是一个美貌男。
　　　　　　　后来归顺东齐国，丑妇无盐认义男。
　　　　　　　改名田坤立世子，现今随征五祥山。
　　　　　　　莫非天该兴齐国，才出这样勇将官。
　　　　　　　一个田坤不能挡，更有凤英法术全。
　　　　　　　料着无人敢出马，
刘玉环：（白）不知大王有何主意呢？
李天雄：（唱）我自觉得为了难。
　　　　　　　欲待归顺东齐国，又恐无盐不容宽。
　　　　　　　欲要迎敌无良将，进退无路左右难。
　　　　　　　你们说迎敌好来归顺好？刘氏玉环默无言。
李天蓉：（唱）天蓉不忿尊兄长，这事何必两为难？
　　　　（白）若依兄长之说，不能退敌，一定要归顺齐国了。
李天雄：正是。我想军师法力无边，尚且不能取胜，我如何扭天而行？并无别的主意，只好归顺齐邦。
李天蓉：哥哥，不要长他人的威风，灭了自己的志气。
　　　　（唱）要做天下奇男子，英雄胆大立邦家。
　　　　　　　今日疆场不取胜，不可自把锐气撒。
　　　　　　　胜败军家常常有，还须明日想方法。
李天雄：（白）并无别的方法呀。
李天蓉：（唱）小妹不才领军队，会会齐将碍什么？
李天雄：（白）田坤十分骁勇，你不能取胜。
李天蓉：（唱）哥哥胜夸田坤勇，要知道奴家可也不是善茬。
　　　　　　　今日天晚不用去，明日一定会会他。
　　　　　　　说罢回转绣房去，（下）
李天雄：（唱）天雄夫妇无话发。
　　　　　　　用了晚饭起更鼓，（下）
李天蓉：（内唱）再表天蓉女娇娃。自己回到绣房内，（上，坐）

（唱）坐在牙床暗详查。

哥哥胜夸田坤将，众将难敌好枪法。

又说是父王在世曾说过，要将奴家招赘他。

不知是个何人品？明日上阵会会他。

如若美貌随奴意，即便回山不把他杀。

劝我哥哥归王化，这个婚姻无处扒。

心里暗想未必如此，事儿暂且一旁压。

不知不觉三更鼓，一人独坐好困乏。

和衣而卧打个盹，忽听鸡鸣叫喳喳。

连忙起来忙梳洗，独坐床头照菱花。

桃花面上搽胭脂，银铠金盔放光华。

腰挂秋水青锋剑，锦囊又把贵宝拿。

坐罢多时天明了，（下，又上）出了绣房太阳发。

天蓉出马且不表，齐营中先锋白宣把马撒。

带领军校来要战。

白　宣：（白）俺护卫白宣。昨日忠顺王连胜数员贼将。我便肠痒难挠，今日上阵也要立个头功。你看山上炮响，一员女将来也。

（上李天蓉）

李天蓉：来者小将是谁？你公主刀下不死无名之鬼，报上名来领死。

白　宣：你爷爷白宣，姑娘何名？

李天蓉：奴家公主李天蓉。你这黑贼并非对手，快叫田坤前来交命。

白　宣：敢发狠言大话，看枪取你。

李天蓉：来，来，来。（杀，败）这个黑贼力大无穷，不免用混元珠打他便了。

（念念有词）呀，起！

白　宣：哪里走？哎呀，不好！（下）

李天蓉：这厮被奴一珠打得败回营去，喽啰们。

喽　啰：有！

李天蓉：杀上前去。

（唱）一珠打败黑贼将，抱鞍吐血跑回营。

（上张奎）

张　　奎：（唱）抡刀催马杀上去，怒恼张奎老英雄。
　　　　　　　　来到疆场动了手，小小丫头敢逞能。
李天蓉：（唱）这个老儿多勇猛，实杀实砍胜他不能。
　　　　　　　　还得施展仙家术，混元神珠手内擎。
　　　　　　　　往外一撒毫光起，管叫老儿丧残生。
张　　奎：（唱）说声不好忙躲闪，打中前胸栽下地。
李天蓉：（唱）喽啰快些上了绑，复又催马往上迎。（下）
田　　文：（唱）矮将田文忙接战，叫声妇人且慢行。
　　　　　　　　棒下不死无名鬼，报上名来再战征。
李天蓉：（唱）矮贼要问我名姓，宝玉公主李天蓉。
　　　　　　　　金灵圣母大弟子，多年学艺在云峰。
　　　　　　　　可恨尔等犯边界，不知进退死无名。
　　　　　　　　也已破了关两座，就该急急转回城。
　　　　　　　　竟敢来困五祥地，你这矮子叫何名？
田　　文：（唱）妇人不要夸海口，矮爷告诉你慢听。
　　　　　　　　姓田名文就是我，惧留孙的大门生。
　　　　　　　　知我厉害早回去，放回老将无话明。
　　　　　　　　若是逞强不听劝，矮爷不是省油灯。
　　　　　　　　生擒活捉进营区，妇人家丢脸别怪不要脸红。
李天蓉：（白）矮子胡言乱道，看刀取你。
田　　文：看棒槌呗。
　　　　　（大杀，李天蓉败下，又上）
李天蓉：矮贼灵便，难以立擒，用混元珠打他便了。（下）
　　　　　（上田文）
田　　文：呀，飞来一物，霞光万道，辨不出是什么东西？这个玩意有些难搪，借遁走了吧。
　　　　　（上李天蓉）
李天蓉：好个矮子，竟自土遁逃走。喽啰们，杀上前去。（下）
田　　坤：（内白）众将官，看我的枪马伺候。（上）我看你有多大本领，竟敢上阵出丑，报上名来受死。

李天蓉：奴家宝玉公主李天蓉，幼儿何名？
田　坤：吾乃齐宣王世子忠顺王田坤，知我厉害下马投降，如若不然，叫你枪下做鬼。
李天蓉：哎呦哎呦，你且消停，不要动手。
　　　　（唱）钢刀架住银枪杆，仔细留神看分明。
　　　　　　　只见他眉儿清来目儿秀，齿儿白来唇儿红。
　　　　　　　雪白脸蛋如搽粉，模样儿比奴长得更俊俏。
　　　　　　　就如哪吒来出世，白盔白甲是素英。
　　　　　　　老师父临下山时嘱咐我，终身事该与田坤定婚盟。
　　　　　　　怪不得父王在世曾夸奖，夫主田坤美貌英雄。
　　　　　　　要把奴家终身许，与他捎过书一封。
　　　　　　　到后来他又归顺东齐国，这件事儿一旁扔。
　　　　　　　不意之中又见面，果然美貌称奴胸。
　　　　　　　奴家未配将他等，但不知他的婚姻成了未成？
　　　　　　　何不当面问一问，才要开口面通红。
　　　　　　　欲要不说得交手，累着田郎叫奴疼。
　　　　　　　欲要亲讲婚姻事，羞口难开气哄哄。
田　坤：（白）这女子你为何不战？
李天蓉：（唱）事已至此必得问，将军且慢动手听奴明。
田　坤：（白）不知你有啥话说？
李天蓉：（唱）当日我父在世曾说过，与你捎过书一封。
田　坤：（白）你父本来就与我捎过。
李天蓉：（唱）既然捎过不用讲，内中可有啥事情？
田　坤：（白）可有一宗不大要紧的事。
李天蓉：（唱）终身大事不要紧？至今耽误我天蓉。
田　坤：（唱）田坤不语心暗想，当日果有事一宗。
　　　　　　　那时候不知天蓉何人物，故把婚姻一旁扔。
　　　　　　　今见此女多美貌，有负当初一段情。
　　　　　　　何不如此对她讲？尊声小姐仔细听。
李天蓉：（白）你叫我做啥也？

田　坤：（唱）小姐纵念昔年事，这如今你在五祥山我在东齐营。

李天蓉：（唱）天蓉回言说无奈。

（白）这却无妨，将军如果不忘前言，奴家回山劝我哥哥归顺齐邦，岂不两全其美呀？

田　坤：如此更好，公主请回山寨。

李天蓉：如此请。

田　坤：请。

（李天蓉回头）

田　坤：公主又说什么？

李天蓉：奴家回山劝我哥哥归降，你也得把那件事禀知国母才好。

田　坤：那是自然，公主请回去吧。（下）

李天蓉：将军你且回来。

（上田坤）

田　坤：小姐又说什么？

李天蓉：那件勾当，你可不要忘了哇。

田　坤：小王记住了，公主请回去吧。（下）

李天蓉：哎哟哎哟，好个风流人物，说去就去咧，奴不免回山告诉我哥哥便了。喽啰们，就此回山，不得有误。（下）

（出常山、宋明、沙海三将站，李天雄坐）

李天雄：（诗）齐兵压界不得安，攻敌不克心胆寒。

（白）孤家李天雄。昨日田坤杀败数员战将，叫人无法可使。今日妹妹又去临阵，不知胜败如何。

李天蓉：（内白）喽啰们，将马带过，（上）哥哥在上，小妹交令。

李天雄：全仗哥哥洪福，小妹才能得胜。

李天蓉：（唱）小妹今日临军队，混元珠打败齐营护卫官。

擒住一位老年将，令人押绑在一边。

矮子田文败了阵，复又来了美少年。

李天雄：（白）却是哪个？

李天蓉：（唱）就是昨日田坤将，果然英雄名不虚传。

疆场一上通名姓，并未动手和气一团。

　　　　　　说了不少情理话，提起昔日父王的言。
　　　　　　叫小妹奉劝哥哥归王化，两罢干戈无的言。
　　　　　　细想来军师邱引法力广，未能守住青龙关。
李天雄：（白）他已不知去向。
李天蓉：（唱）白虎关多宝道人摆凶阵，天助齐营有真仙。
　　　　　　打破阵式妖人跑，才到这里把营安。
　　　　　　此乃天意归齐国，哥哥心里其了然。
　　　　　　何必苦征扭天意？细听小妹金石良言。
李天雄：（唱）连连点头说罢了，愚兄早把此意安。
　　　　　　明早号表去归顺，说明妹妹这段良缘。
李天蓉：（白）哥哥，这样才是呢。
　　　　（唱）暂且回避后堂去，喽啰们放出齐营老将官。
　　　　（上张奎）
李天雄：（唱）方才屈尊孤赔罪，
张　奎：（白）好说不敢。
李天雄：（唱）舍妹得罪望海涵。
张　奎：（白）被擒之将，何必如此？
李天雄：（唱）孤家送回将军去，归顺齐邦借美言。
张　奎：（白）大王弃邪归正，我张奎一定保举！
李天雄：（唱）事不宜迟请回转。
　　　　（白）孤家归顺齐邦，望老将军回营见了国母，美言一二。
张　奎：末将蒙大王不斩之恩，必要尽心保举，准允大王归降。
李天雄：此事甚为美哉！喽啰们，快与张老将军带马伺候。
张　奎：末将暂且告辞，容日再谢，请。（下）
李天雄：请张奎此去，明日一准归降便了。
　　　　（上李天杰）
李天杰：启禀千岁，有多宝道人求见。
李天雄：孤家明日归降，他到此何事？叫他进来见我。
李天杰：大王不可慢怠于他。众位仙长到此，必有退敌之策，必须以礼相待才好。
李天雄：看他有何主意，就说有请。

李天杰：遵命。（下，内白）大王有请，仙长随我来。

（上多宝道人）

多宝道人：来了哇，大王在上，山人稽首。

李天雄：好说，来人！

卒：　　有！

李天雄：看座。

多宝道人：谢坐。

李天雄：孤今欲要归降齐邦，不知仙长何以指教？

多宝道人：大王不可，贫道另有一个主意。

（唱）尊千岁，贵耳听。

贫道今日，下了山峰。

特奉教主命，到此说分明。

扶保兴隆之地，挡退东齐之兵。

管保拿住钟无盐，夺回青龙白虎城。

李天雄：（唱）微冷笑，口打哼。

仙长此语，说得从容。

从未见过面，早已闻其名。

前者多蒙保护，力战白虎关城。

不能挡退钟无盐，白费心机落下风。

多宝道人：（唱）这件事，有隐情。

陆压野道，南极仙翁。

一齐把山下，打破阵九宫。

杀了军师邱引，贫道跑回山中。

碧游宫内见教主，命我前来把信通。

李天雄：（唱）从前事，显然明。

天助齐国，该灭孤穷。

几番来相助，竟是白费功。

伤了丹灵少仙长，屡屡献了数关城。

因此才要顺齐国，省得苦战与恶争。

多宝道人：（唱）断不可，顺齐营。

　　　　　　灭了志气，减了威风。

　　　　　　今番来助战，与前大不同。

　　　　　　教主亲临凡世，要摆一座阵九宫。

　　　　　　任他神人不敢打，百步之外命就倾。

李天雄：（白）就怕不能成功，反倒令人耻笑。

多宝道人：（唱）休害怕，免耽驾。

　　　　　　这件事儿，只管应承。

　　　　　　恩师亲下界，只为气不平。

　　　　　　可恼阐教仙长，拿他谈笑之中。

　　　　　　叫我先择一块平川地，教主不久下山峰。

　　　　（白）千岁放心，师父通天教主只为不平之气来拿阐教众仙，与丹灵圣母报仇。命我先到这里择一块平川之地，立下四座阵门，高搭法台，预备齐了哇，教主便来摆阵，任他神仙、佛祖难以取胜呐。

李天雄：罢了，本欲归降齐营，今承教主亲身来助，孤家从命就是了。众喽啰，小心巡山，仙长请。

多宝道人：大王请呀。（下）

（出廉赛花坐）

廉赛花：（诗）破了白虎阵，兵伐五祥山。

　　　　（白）奴家廉赛花。前者多宝道人在白虎关下摆了一座金刀阵式，无人敢破。多亏众仙下界，李元帅分娩，才能破了阵式。大兵来到五祥山下要安营。昨日我家千岁临阵交锋，全胜而归。今日又到疆场，也不知胜败如何。

（上田坤）

廉赛花：千岁来了，请转上座。

田　坤：便座可矣。哦？国母不在前帐，往哪里去了？

廉赛花：国母像是往李元帅帐房去了。千岁今日出阵，胜败如何？

田　坤：今日临阵，又算胜又算败呀。

廉赛花：咳哟，殿下何出此言？咋又算胜又算败呢？

田　坤：夫人要问，是你听了。

　　　　（唱）夫人若问胜败事，细听小王讲一番。

昨日千岁临军队，获得全胜凯歌还。

今日不比昨日了，又胜又败不一般。

廉赛花：（唱）怎么又胜又算败？告诉妾身心了然。

田　坤：（唱）李天雄有个胞妹天蓉女，宝玉公主到阵前。

廉赛花：（唱）此女既然敢临阵，想来刀马勇无边。

田　坤：（唱）此女不但刀马勇，更有惊人妙法全。

廉赛花：（唱）不知有何惊人处？谅她难占殿下先。

田　坤：（唱）皇叔田文土遁走，张奎被她拿上山。

廉赛花：（唱）如此说来打败仗，怎说又胜岂不枉然？

田　坤：（唱）女子不与我交战，通名道姓和气一团。

廉赛花：（唱）因何不与你动手，莫非说她与殿下有牵连？

田　坤：（唱）只因我昔年独占截飞岭，她父曾把书信传。

廉赛花：（白）他可与你传啥书信呢？

田　坤：（唱）愿与小王结秦晋，来归降国母信不还。

今日疆场见了面，提起她父昔日言。

她情愿劝她哥哥归齐国，因此不战各自还。

廉赛花：（唱）千岁不用往下讲，妾身愿做这个媒。

等我去把国母见，说透其中内里原。

必准天雄来归顺，真是一举两齐全。

田　坤：（白）这事最怕国母不允。

廉赛花：（唱）国母无有不应允，管保着成全这段美良缘。

田　坤：（白）我若收了李氏，你不抱屈呀？

廉赛花：哎呦，

（唱）她父早年许亲事，论理说奴家在后她在先。

田　坤：（白）夫人贤德，别人再也不能。

廉赛花：哎呦，

（唱）殿下不必奉承我，奴家我也晓四德与三从。

只要殿下拿主意，处事公道无正偏。

田　坤：（白）那是自然，夫人你快去吧。

（唱）且不言夫人去见钟国母，再表教主老通天。（下）

（通天教主驾云上）

通天教主：（唱）率领截教众弟子，万宗宝物带下山。
　　　　　　　　祥云一阵来到了，长耳上前把话言。
李天雄：（唱）李天雄带领众将接仙驾，芦棚以内把座安。
通天教主：（唱）通天教主忙吩咐，
　　　　　　（白）多宝道人，吩咐五祥山众将，无事不可擅入芦棚，随为师移到法台观看观看。（下）

（上多宝道人、金灵圣母、云光圣母、火光道人、青梅子、圣水真人、长耳定光仙，站）

（出通天教主坐）

通天教主：出家人通天教主。只因阐教门人欺我太甚，打死丹灵圣母，破了金刀阵，叫人心中不忿，故此将我碧游宫内万宗宝贝带下凡尘，摆下一座万宝大阵，看有何人敢破？
多宝道人：禀师父，弟子将高杆等物早已预备妥当，请师父定夺。
通天教主：长耳大仙，将万宝囊打开，你们侍立两旁，听为师吩咐。
　　　　　　（唱）通天口呼众弟子，侍立两旁听分明。
　　　　　　　　为师只为不平气，可恼阐教太逞凶。
　　　　　　　　打死丹灵还罢了，又破金刀阵九宫。
　　　　　　　　山人实在无有奈，一怒亲身下山峰。
　　　　　　　　带来了碧游宫内万宗宝，要与阐教见雌雄。
　　　　　　　　今摆此阵非小可，名为万宝妙无穷。
　　　　　　　　各门俱把宝剑挂，打开锦囊放光明。
　　　　　　　　用手拿起三口剑，金灵圣母仔细听。
　　　　　　　　甲乙东方去把守，挂在阵门左右中。
　　　　　　　　纵使宝剑不一样，老祖炼成号三星。
　　　　　　　　摘星辉是娩星剑，寒光一动鬼神惊。
　　　　　　　　任他佛祖真仙体，百步以外劈尸灵。
　　　　　　　　须要小心加仔细，有人进阵莫容情。
众弟子：（白）遵法旨。
通天教主：（唱）复又开言往下叫，云光圣母仔细听。

（白）云光圣母何在？与你三绝宝剑三口，一名绝仙剑，一名绝阳剑，一名绝阴剑，悬挂南门。有人进阵，云牌一响，震起宝剑，无论男女得道真仙，立成乱粉。

云光圣母：遵法旨。（下）

通天教主：青梅子何在？

青梅子：有。

通天教主：细听山人分派。

（唱）通天教，便开言。

须要着意，把守北边。

与你三光剑，也按一二三，

消光夺光厉害，磨光令人胆寒。

只要挂在阵门上，任凭他真仙佛祖进阵难。

云牌响，震声连。

震动宝剑，飞起半天。

凡夫来进阵，百步染黄泉。

就是金刚罗汉，到此难以保全。

千万小心加仔细，定要拿尽阐教仙。

青梅子：（白）遵法旨。

通天教主：（唱）多宝道，快近前。

细听为师，讲说一番。

你把西方守，诸事要齐全。

挂上三风宝剑，也按次序而安。

防备对方来攻打，敲动云牌莫放宽。

雷风剑，挂中间。

追风宝剑，配在左边。

还有吼风剑，右边紧相连。

千万不可迟慢，防备阐教众仙。

多宝道人：（白）遵法旨。

通天教主：（唱）复又叫声火光道，你在左边把阵安。

仗着你，法术全。

胸中烈火，口内红烟。

凡夫来打阵，烧死一命完。

挂上三口宝剑，名为斩断绝仙。

防备阐教门人到，云牌一响逃走难。

火光道人：（白）遵法旨。

通天教主：（唱）又叫声，圣水仙。

摆下小阵，立在右边。

挂上三口剑，也按一二三。

名为绝钢削铁，青云更不等闲。

仙家破阵宝剑挡，凡夫若来圣水淹。

圣水真人：（白）遵法旨。

通天教主：（唱）叫长耳，细听言。

阵前阵后，再把阵安。

飞虎野龙剑，必要摆齐全。

挂上三口宝剑，也按左右中间。

凭着老祖万宗宝，今日都要用一番。

（白）你将阵式布置成一个野龙阵式，将那野龙剑、青龙剑、求龙剑悬挂阵门，再将阵后摆一个飞虎大阵，门上悬挂飞虎剑、白虎剑、恶虎剑，任他神人进阵，立刻削为两段。再将开天剑用黄绫裹住，缠上红绒绳挂在高杆以上。若有人偷看阵式，一拉绒绳，就能百步之外，管叫他骨断筋折，速去安排。

长耳定光仙：弟子遵命。（下）

通天教主：阵式摆完，明日叫五祥山众将拜了万宝，与他们灵符护身，再去引阵便了。

（诗）偏心一怒下山峰，摆下万宝阵九宫。

任你真仙与佛祖，云雷一动丧残生。（下）

（出燃灯道人坐）

燃灯道人：（诗）修真学妙法，养性误玄机。

（白）出家人燃灯道人，在灵鹫山元觉洞炼道，自立清规，非截非禅，两无辖管。昨日夜观乾相，星斗交加，应在周家微弱，才有魔星混乱

　　　　　　天下。幸有牡丹星降世，扶住东齐，挡退叛逆，仔细想来，目下又该阐教众仙一场大劫了。

惧留孙：（内白）来此已是，大家进洞。（与广成子上）教主在上，贫道稽首了。

燃灯道人：好说，二位道友到此，请坐一叙。

惧留孙：道友哇，说不来了，又该你我遭劫了。

　　　　　　（唱）今早恩师复命下，我等又把谕旨接。

燃灯道人：（唱）教主下诏什么事？何妨告诉贫道曰。

惧留孙：（唱）只因为丹灵圣母一身死，惹起风波不能歇。

燃灯道人：（唱）此乃天意早注定，贫道难讲把仇结。

惧留孙：（唱）因此惹恼三教主，才该我等遭大劫。

燃灯道人：（唱）通天擅知未来事，记此仇恨理不贴。

惧留孙：（唱）前者差遣多宝道，白虎关下把路截。

燃灯道人：（唱）听说陆压南极子，破阵退了众妖邪。

惧留孙：（唱）如此又到祥山去，通天教主离宫别。

燃灯道人：（唱）此事山人不知晓，二位道友怎明白？

惧留孙：（唱）如此这般论我等，早到那齐营保护众豪杰。

燃灯道人：（唱）老儿又走昔年路，犯界扭天把地别。

惧留孙：（唱）故此前来见道友，下山好把主意叠。

燃灯道人：（唱）讲不了贫道也得走一走，袖手旁观理不贴。

惧留孙：（唱）事不宜迟速速往，若不然凡夫临阵命必绝。

燃灯道人：（白）说得有理，大家快走。

张　奎：（内唱）不言众仙去保护，（众仙下，上）再表张奎老豪杰。

　　　　　　五祥山回营见了钟国母，说明了天雄归顺要弃邪。

　　　　　　一连三日无动静，有人要阵气不歇。

　　　　　　吩咐抬刀快备马，

　　　　　（白）大小三军抬刀备马，闪放营门。老夫张奎，可恼李天雄前日归顺，今日又反，果然一员贼将来也。

　　　　　（上宋明）

宋　明：好个不要脸的老儿，昨日被擒，不忍杀你，今日还敢上阵出丑。不要走，待我擒你。

张　　奎：尔等反复无常，真乃气死我也，看刀。

宋　　明：来吧。（大杀，死）

张　　奎：这厮被我一刀劈于马下。众将官，往上攻杀。（下）

火光道人：（内白）哎呀，宋明落马身亡了。喽兵们，一齐靠后，看山人独立成功便了。（对上）来者老儿，报上名来，好做剑下之鬼。

张　　奎：老夫张奎，妖道何名？

火光道人：出家人火光道人，你有何本领？看剑取你。

张　　奎：来，来，来。

（大杀，火光败下，又上）

火光道人：哎呦，这个老儿刀沉马快，真乃厉害。

（唱）老儿刀马十分勇，怪道宋明染黄泉。
　　　交锋不过三两趟，山人招架还手难。
　　　实杀难取他的胜，施展法术占他先。
　　　胸中炼就无穷妙，喷出烈火带红烟。
　　　大叫老儿哪里走，仙家送你赴阴间。

张　　奎：（唱）张奎一见说不好，何处烈火广无边？
　　　　　不敢怠慢搂马回，浑身上下火无边。
　　　　　更有红烟熏人眼，战马烧死跳又蹄。
　　　　　须发俱着烧皮肉，掉下马来一命捐。（死）

火光道人：（唱）火光道人心大悦，烧得老儿丧黄泉。
　　　　　何不一战成功也？催着烈火烧营盘。
　　　　　主意一定使法力，（下）

众　　将：（唱）苦了齐营众将官。
　　　　　跑回大营忙禀告，吓坏男女众魁元。

钟无盐：（唱）无法可使干搓手，无盐出营看一番。
　　　　　烈火无边从何至？看看烧到大营盘。
　　　　　马上着忙传将令，只好逃出弃营盘。
　　　　　眼看齐营就要破，空中来了一位仙。

（上云中子）

云中子：（唱）终南山的云中子，遵奉符命到凡间。

（白）山人云中子，奉教主之命下山保护齐营。你看无边烈火眼看烧进齐营，不免退了火才是。念动真言，宝剑一指，立刻火灭。（下）

（上火光道人）

火光道人：呀，烈火方才烧着齐营，怎么一时全灭了呢？呀，你看那边来了一个老道，必是他破了我的法术。

云中子：道友请了。

火光道人：走哇，你这野道是谁？敢来破了我的法术，报名上来，好做剑下之鬼。

云中子：住口，火光道人，你不要逞强了。

（唱）火光道人，少胡来。

过往之事，岂不白来？

帮助祥山地，犯界你不该。

山人特来相劝，与你免祸免灾。

清闲无事回洞府，何必红尘逞凶才？

火光道人：（唱）你不用，闹话白。

山人却也，不是傻呆。

因为不平气，才到这里来。

无非报仇雪恨，觉着理上应该。

你是何人敢大胆，破我的法术欠把头摘？

云中子：（白）住口！

（唱）好道友，野性歪。

心中不悦，怒气满怀。

山人云中子，奉了符命差。

早知你等作孽，故此保护而来。

火光道人：（白）哎呦！

（唱）云中子，少卖乖。

说此大话，吓唬小孩。

若无擒龙手，怎敢下海来？

什么叫作后悔，什么叫作祸胎？

谅你能有何能耐，看剑取你莫走开。（大杀）

云中子：（唱）忙着架，剑抡开。

　　　　　　破了杀戒，慈悲不来。

　　　　　　大叫火光道，就死也应该。

　　　　　　助五祥山反叛，顺逆也不明白。（败下）

　　　　　　抽身跳出圈子外，斩妖宝剑祭起来。（剑起）

火光道人：（唱）火光道，赶下来。

　　　　　　抬头一看，下了个呆。

　　　　　　金光裹一物，仔细看明白。

　　　　　　原是斩妖宝剑，叫我如何躲开？

　　　　　　只好借遁快逃走，跑回阵去再安排。（下）

云中子：（唱）火光道，听明白。

　　　　　　你又土遁，算是明白。

　　　　　　面前一片黑，云路哪里来？

　　　　　　仔细留神观看，通天他把阵排。

　　　　　　料我一人不能破，回营等候众仙来。

　　　　　　才要转身驾云走，三位大仙落尘埃。

　　（上广成子、燃灯道人、惧留孙）

广成子等三人：（白）云中子道兄请了。

云中子：众位道友请了。

广成子等三人：想来道兄也是奉命而来。

云中子：正是。贫道奉玉虚宫元始天尊的符命，故此早来保护。方才如此这般，火光道人败回阵去，才要回营遇见三位道友。

惧留孙：面前云雾弥漫，又是什么缘故呢？

燃灯道人：列位不知，这就是通天教主摆的万宝阵式。

惧留孙：既是阵式，大家上前看看如何？

燃灯道人：不可不可。此阵十分厉害，百步以外便能伤人，你我如何敢到跟前？

惧留孙：不能前进，大家远远看看有何妨碍？

燃灯道人：罢了，众位既然要看，你我到那高阜之地看看便了。

　　（众仙来到高阜之地）

燃灯道人：来至高阜之处，众位道友，你看阵内金光夺目，奥妙无穷，别的不足为奇，中央高杆上挂着一个黄囊，列位可认得此宝吗？

众　　仙：我等道行浅见，不能认得此宝。
燃灯道人：众位道友不知，细听山人道来。
　　　　　（唱）燃灯口呼众道友，细听贫道讲其详。
　　　　　　　　此宝名为开天剑，天地未分地在中央。
　　　　　　　　混元一气先盘古，鸿钧老祖把他降。
　　　　　　　　二人将土当茶果，赤身裸体无衣裳。
　　　　　　　　顺着后路各处走，并无一处把身藏。
　　　　　　　　头顶天来足蹬地，现出开天劈地长。
　　　　　　　　鸿钧得了开天剑，盘古得了劈地再加钢。
　　　　　　　　二人携手开天地，露出日月透三光。
　　　　　　　　盘古氏劈地有功成仙圣，剩下鸿钧空着忙。
　　　　　　　　天地才分老子降，皈依鸿钧把力绑。
　　　　　　　　留下金木水火土，分出五行定阴阳。
　　　　　　　　金炉炼成开天剑，才能配出剑光芒。
　　　　　　　　后来收了元始主，通天教主第三行。
　　　　　　　　老君空炼万宗宝，自己不能把家当。
　　　　　　　　弟兄三人不和美，才立下禅截两教各奔忙。
　　　　　　　　老君恐怕伤和气，八景宫内自主张。
　　　　　　　　元始天尊掌阐教，通天教主立家邦。
　　　　　　　　老主偏心赠万宝，唯有这开天宝剑第头春①。
　　　　　　　　今日通天摆下阵，挂在高杆正中央。
　　　　　　　　若是有人偷看阵，百步之外必受伤。
众　　仙：（唱）众仙闻听将头点，此宝原来寿无疆。
　　　　　　　　可惜落在截教手，任意纵横逞豪强。
通天教主：（唱）通天教主法台上，瞧见了众仙观阵气满腔。
　　　　　　　　一拉红绒剑光起，管叫尔等着重伤。
燃灯道人：（唱）燃灯一见说不好。呀，你听沉雷响动，宝剑起光，大家快走。
众　　仙：（白）呀，不好！（下）

---

①　第头春："春"当为"椿"之讹误。"椿"即"桩"，"第头椿"就是"第一桩"。

（剑到，众仙同跑下，又上）

燃灯道人：好也好也，方才正在讲话，忽然金光一闪，幸得你我走得急快，不然性命休矣。此剑十分厉害，大家暂且回营告诉牡丹星，搭下芦棚，等候教主下山，再破此阵便了。

广成子：众位道友，且回齐营，待我去到西海昆仑山去请陆压大仙，他神通广大，可以破得此阵。

众　仙：有理。将军不下马，各自奔前程。

广成子：请。

众　仙：请。（下）

（出金光道人坐）

金光道人：（诗）炼就长生术，修成紫金身。

（白）出家人金光道人。修行在太行山千花岛内。人称铜头铁背，不老长生，这也不在其言。今日闲暇无事，不免出洞潇潇洒洒便了。

（唱）金光道，性好闲。

闲暇无事，懒把经观。

迈步出了洞，来在城跟前。

但见各样花草，红绿配得齐全。

这也是仙家无忧处，遂心如意乐安然。

猛抬头，往上观。

祥云一道，扑往正南。

不知是哪个？慧眼仔细观。

原是广成道友，因何来到此间？

想来必有大缘故，我不免唤他回来问一番。

急忙的，唤真言。

撤回云头，不能往前。

挡住广成子，睁眼往下观。

广成子：（唱）我当他是哪个？原是金光大仙。

一按云头落在地，道兄唤我有何言？

金光道人：（白）你慌慌张张，要往哪里去？

广成子：（唱）只因为，截教仙。

摆下凶阵，如此这般。

奉了燃灯命，去到西海边。

邀请陆压道友，同到五祥高山。

打破这座万宝阵，会会这个老通天。

金光道人：（白）就请他，还请别者不呢？

广成子：（唱）未听说，请别仙。

别人前去，也是枉然。

此阵果厉害，奥妙非等闲。

相离百步之外，剑动立刻命捐。

只得急去将他请，

金光道人：（唱）金光闻听不耐烦。

尊道友，请听言。

燃灯教主，他心太偏。

胜夸陆压道，不视金光仙。

任他什么凶阵，破阵这有何难？

却怎么单请陆压不请我？山人偏要走一番。

（白）道友且不必请陆压大仙，贫道不才，愿去见识见识。任他什么凶阵，山人一到无有破不了的。

广成子：道友若肯相帮，就请仙驾一往。

金光道人：就走。

广成子：请。

金光道人：请。（下）

（出陆压大仙坐）

陆压大仙：（诗）潇洒东西走，清闲水面游。

（白）出家人陆压大仙。昨日到玉虚宫与元始天尊闲谈了一回，说通天教主在五祥山下摆了一座万宝阵式，十分厉害，奥妙无穷，刷下符命，叫众仙早去齐营保护，专等太上老君驾到，便好下山破阵。说得这样厉害，叫人心中不忿，何不早到齐营，先破万宝阵？等二位教主仙驾到了，那时也显了我的手段。

（唱）昨日元始天尊讲，万宝阵式摆得凶。

     叫人心中很不忿，何不早早到齐营？
     会会通天老教主，有何法术逞威能。
     任他什么凶恶阵，全凭我的妙法通。
     不用等着他们到，先要破了阵九宫。
     教主面前再夸口，才显山人法术精。
     主意一定出古洞，驾起祥云一溜风。
     不言大仙去破阵，（下）

金光道人：（唱）金光道人到齐营。
     芦棚见了众道友，说明其故献茶羹。
     茶罢便要去观阵，众仙拦阻不肯听。
     来至阵前留神看，这个法术不算凶。
     他们说得多玄妙，以我看来甚稀松。
     进去看看何妨碍，迈开仙足往里行。
     吆吆喝喝说破阵，
   （白）破阵呐！破阵呐！

多宝道人：（唱）多宝道人看得清。
     何处野道敢进阵？刻下叫你丧残生。
     敲动云牌雷声响，三锋宝剑起在空。
   （白）野道慢来，三锋宝剑到了。

金光道人：（唱）金光一见微微笑，这个法术不算精。
     山人既然来破阵，何惧这个剑钢锋？
     站立当中任你砍，若动一动名字更。
   （白）山人岂怕这个玩意？砍吧。

多宝道人：（唱）多宝道人直了眼，野道好似铁铸成。
     无法可使连声喊，惊动通天老仙翁。
     法台以上看得准，有人进阵气满胸。
     开天宝剑忙扯动，

通天教主：（白）好个野道，竟敢进阵？扯动开天剑，看你哪里逃走！
金光道人：呀，不好！这道闪光十分厉害，料想不能挡退此剑，逃走便了。（下）
通天教主：便宜这个野道，竟自逃走。众将官和众道友听真，好好把守此阵。

众　　妖：遵法旨。

　　　　　　（急上金光道人）

金光道人：好也好也，此阵果然厉害，幸得我炼就铜头铁背，不然道行休矣，不
　　　　　　免回芦棚与众位道友说知，去请达摩禅师前来破阵便了。（下）

　　　　　　（出广成子、惧留孙、云中子站，燃灯道人坐）

燃灯道人：（诗）身离清净地，来至是非门。

　　　　　　（白）出家人燃灯道人。前日观看阵式，几乎伤了顶上三花，命广成子
　　　　　　去请陆压大仙，半路遇见金光道人，同入芦棚。方才他前去观阵，也
　　　　　　不知怎么样了？

　　　　　　（上金光道人）

金光道人：众位道友们，我愧见了。

众　　仙：大仙回来了，请坐。

金光道人：有坐有坐。

燃灯道人：大仙前去观阵，内里如何光景？告诉我等知晓。

金光道人：哎，说不来了，丢脸丧气。

　　　　　　（唱）金光道开言，口呼众道友。

　　　　　　　　　山人到此来，只说帮帮手。

　　　　　　　　　方才进阵中，多宝拦路口。

　　　　　　　　　看着他无能，直往阵里走。

　　　　　　　　　云牌响一声，震动剑三口。

　　　　　　　　　往我头上劈，身子只一抖。

　　　　　　　　　站在阵当中，连砍不歇手。

众　　仙：（白）呀，那还了得，就该急急逃走才是啊。

金光道人：（唱）山人有功夫，炼成身不朽。

　　　　　　　　　铜头铁背身，还有铁脚手。

　　　　　　　　　不怕剑钢锋，还是往里走。

　　　　　　　　　遇见老通天，暗暗下毒手。

　　　　　　　　　拉动剑开天，贫道真魂走。

　　　　　　　　　借遁逃回来，忙见众道友。

燃灯道人：（唱）燃灯道接言，大仙真妙手。

若是一二人，道行全无有。

无事转回来，功夫真不朽。

金光道人：（唱）山人本不中，无能算老朽。

也算把脸丢，事情难歇手。

别的不怕他，开天剑一口。

我是难打开，想起一朋友。

雷音小西天，伽兰独为首。

燃灯道人：（白）不知却是何人？

金光道人：（唱）达摩老禅师，道行万年有。

请他前来容易破。

金光道人：（白）我今去到小西天雷音寺伽兰宫内，请达摩老祖来破此阵，易如反掌。

燃灯道人：大仙言之有理，最怕达摩老祖不肯相助。

金光道人：无妨，我与他常常来往，前去请他无有不来之理。

燃灯道人：如此烦劳仙驾一往。

金光道：我就此去也。

燃灯道人：请。

金　光：请。（下）

燃灯道人：金光道人去后，就等达摩禅师来到，待等众教主到齐便好破阵。

（上陆压大仙）

陆压大仙：众道友们，请了。

众　仙：请了，正要去请大仙，今幸驾到，请坐一叙。

陆压大仙：好。请问众位道友，通天教主摆的万宝阵式，不知内里玄妙如何？

燃灯道人：道友不消问了，此阵十分厉害。方才金光道友，仗着法体金身进阵看了一回，险些扔了大道。

陆压大仙：这话我就不信。贫道不才，也要进阵看看。

众　仙：大仙不可前去，阵内十分凶险，且等众教主来齐，再去不迟。

陆压大仙：哎，众位道友，何必长他人的威风，灭自己的志气？

（唱）陆压道，把话明。

列位道友，细听我明。

　　　　　　　昨日闲无事，去到玉虚宫。

　　　　　　　说是通天教主，摆阵下了山峰。

　　　　　　　故此我才到这里，见见阵式怎样凶。

众　　仙：（白）果然厉害，金光道人炼就铜头铁背，只落得逃走回来。

陆压大仙：（唱）金光道，算无能。

　　　　　　　既来破阵，就该成功。

　　　　　　　无有拔山力，下海怎擒龙？

　　　　　　　落得逃命回转，反叫他们看轻。

　　　　　　　贫道不才要试试，会会通天老仙翁。

众　　仙：（白）总是等着教主到齐，再去破阵才好。

陆压大仙：（唱）这个话，不爱听。

　　　　　　　减了锐气，灭了威风。

　　　　　　　要破万宝阵，必得众仙翁。

　　　　　　　他下天罗地网，我要走上一程。

　　　　　　　说罢欠身离了座，迈开仙足出芦棚。（下）

众　　仙：（唱）众阐教，暗吃惊。

　　　　　　　陆压此去，少吉多凶。

　　　　　　　不叫他观阵，劝着不肯听。

　　　　　　　只好任其一往，回来再见分明。

　　　　　　　压下众仙担惊怕，（下）

　　　　（上陆压大仙）

陆压大仙：（唱）陆压大仙笑连声。

　　　　　　　众道友，太无能。

　　　　　　　俱各怕死，稳坐芦棚。

　　　　　　　无人敢出战，只说阵式凶。

　　　　　　　专等二位道友，来了再作调停。

　　　　　　　山人不服试一试，看他摆得怎样凶。

　　　　　　　往前走，不消停。

　　　　　　　睁开慧眼，细看分明。

　　　　　　　前面云雾照，隐隐杀气生。

　　　　　　四门挂着宝剑，高杆立在当中。
　　　　　　果然闻名不如眼见，见面不过更稀松。
　　（白）常言说得好，闻名不如见面。众道友说得实在厉害，依我看来比着当初万仙阵差着好些呢。光立着几根杆子，仗着几口宝剑，有何厉害之处？不免进去玩玩便了。
　　（唱）可笑阐教众仙长，说的话儿太无劲。
　　　　　　各个不敢出芦棚，胜夸这座万宝阵。
　　　　　　依我看来甚平常，不过如此胡打混。
　　　　　　四下立着几根杆，挂上旗子红绿巾。
　　　　　　几口宝剑上边悬，有人看守不用问。
　　　　　　游逛一回碍何妨，迈开仙足往前进。
（上云光圣母）

云光圣母：（唱）云光圣母看得真，陆压野道进了阵。
　　　　　　敲动云牌响连声，三绝宝剑往下奔。
　　　　　　大叫野道少前行，有你圣母在此阵。

陆压大仙：（唱）陆压大仙笑连声，这个玩意也胡混。
　　　　　　光说大话也不中，任你劈砍不理论。
　　　　　　我今让你砍三天，把心稳住一处奔。
　　　　　　迈开大步往里行，吆吆喝喝说破阵。（下）

通天教主：（唱）惊动教主老通天，慧眼一观说可恨。
　　　　　　陆压狗道进阵中，诚心要与我动劲。
　　（白）好个陆压狗道来到阵中，将绒绳扯动，开天剑起。
（上陆压大仙）

陆压大仙：你看开天剑直奔我来，难以挡他，不免借金光逃走。（下）
通天教主：你看陆压狗道逃出阵去，众徒弟们，小心把守阵门要紧。
（上陆压大仙）
陆压大仙：厉害厉害，你看这座万宝阵式，唯有开天剑单扎我的心肝，只得逃出阵来，一人难破，不免且回芦棚，再等请来达摩老祖，共破此阵便了。
　　（下）

（出紫面僧达摩坐）

达　摩：（诗）起落红尘初渡江，金刚法体寿无疆。

（白）出家人达摩禅师，人称老祖，在雷音寺伽兰宫内掌管，炼就紫金莲护身，与天同寿，与日月同光，这也不在其言。

（上和尚）

和　尚：启禀老祖，有金光大仙求见。

达　摩：有请。

和　尚：是，（下，内白）有请大仙。

金光道人：（内白）来了。（上）禅师在上，弟子稽首。

达　摩：好说，不敢，不知大仙前来，请坐一叙。

金光道人：告坐。禅师要问，细听小仙道来。

（唱）金光启齿尊空驾，细听小仙讲根源。

　　　　总因金刚不服输，混世星官降临凡。

　　　　名叫天雄本姓李，独霸祥山半个天。

　　　　威镇诸侯欺列国，欲吞东齐锦江山。

　　　　怎奈周家不当灭，早已转世到凡间。

　　　　辅助东齐兴人马，扫灭群雄除狼烟。

　　　　有个军师名邱引，本是截教学道仙。

　　　　白虎关前丧了命，怒恼了截教之主老通天。

　　　　犯了清规破杀戒，五祥山下把阵安。

　　　　名称万宝多玄妙，难住阐教众位仙。

　　　　小仙一时不自揣，身染红尘把阵观。

达　摩：（白）你我是出家人，不当去染红尘。

金光道人：（唱）老禅师你老不知其中故，广成子昔日与我有牵连。

达　摩：（白）他与你有什么牵连？

金光道人：（唱）桃源洞里曾结好，因此我才下了山。

　　　　怎奈阵中多厉害，不能打破甚为难。

　　　　一时想起师兄你，特请法驾走一番。

达　摩：（唱）连连摆手说不去，贫道早已爱清闲。

　　　　你我既是尘外客，任他们胜败，何用你为难？

　　　　奉劝道友速回去，洒家断断不下山。

金光道人：（唱）金光暗暗说不妥，和尚有些把手缠。

　　　　　　他的毛病我知道，性如烈火一样般。

　　　　　　何不如此试一试，叫他动气忍性难？

　　　　　　主意一定忙站起，

金光道人：（白）罢了罢了，师兄怕染红尘，小弟也不敢强求，可有一件事，通天教主出言不逊，实在叫人可恨。

达　摩：走，你这牛鼻子在说谎言，用激将之法，不管他说什么，洒家断断不去。

金光道人：哼，我并非用言激你，只因万宝阵外挂着告白帖儿，故此你不敢去。

达　摩：他贴的什么告白？

金光道人：（唱）师兄要问仔细听。

　　　　　　帖儿上通天教主告信音。

　　　　　　山人摆下万宝阵，禅玄二教到此来。

　　　　　　纵有妙计难逃遁，释教沙弥更无能。

　　　　　　金刚法体一命尽。

达　摩：（白）呀呔，难道说洒家就不敢去吗？

金光道人：师兄不要生气，通天教主说得明白，不论什么道家妙法，皆不可以逃走。

达　摩：呀呔，你岂不知佛法无边？

金光道人：纵然佛法无边，也见不得万宝阵式。

达　摩：呀呔，气死我也。徒弟们，看守古寺，道友随我去破万宝阵式便了。

金光道人：师兄请。

达　摩：道友请。（全下）

　　　　　　（出南极子坐，白鹤童子站）

南极子：（诗）遵奉教主命，破戒染红尘。

　　　　（白）小仙南极子，人称寿星。方才老师父命我下山去到五祥山先破了三教主的烈火阵，叫慈航道人破他的喷水阵。白鹤童儿，看守洞门，为师下山走走。

　　　　（唱）方才教主符命到，该破杀戒红尘游。

　　　　　　为师下山去观阵，看守古洞静幽幽。

白鹤童子：（白）弟子遵命。

南极子：（唱）说罢起身离了座，出了古洞驾云头。

　　　　　　　不言南极祥山去，再表那达摩老祖气不休。（下）

　　（上达摩）

达　　摩：（唱）芦棚见了众道友，急急进阵看来由。

　　　　　　　走至阵外留神看，果有榜文贴上头。

　　　　　　　小看魔士西天客，三山五岳神仙留。

　　　　　　　如今摆下万宝阵，若知进退免出头。

　　　　　　　任你真仙与佛祖，少来送死自苦修。

　　　　　　　看罢不由心大怒，好个通天理不投。

　　　　　　　依仗法术轻僧道，敢发狠言作对头。

　　　　　　　洒家偏要看一看，迈开大步往里游。

　　　　　　　多宝道人看得准，何处来的恶僧丘？

　　　　　　　敲动云牌宝剑起，管叫秃驴无处溜。

　　　　　　　达摩天门击一掌，献出三百紫金头。

　　　　　　　托住宝剑不能落，旁边无人阵里游。

通天教主：（唱）法台惊动通天主，何处恶僧把死求？

　　　　　　　竟敢来游万宝阵，必要砍了和尚头。

　　　　　　　宝剑一指声断喝，

　　（白）哪里来的恶僧，竟敢到此，岂不知阵内厉害？

达　　摩：住口！好个通天孽道，敢出狠言大话，摆此凶阵。你说金刚罗汉百步丧命，如今罗汉到此，你有什么法术只管施展。

通天教主：呀呸，好个恶僧，怎知教主法力无边？长耳何在？你将开天剑拉动。

长耳定光仙：遵法旨。

　　（通天教主砍去金头）

达　　摩：呀，不好！（下）

通天教主：好个秃驴，能有多大神通，敢来观阵，斩去三十四颗金头，竟借光遁逃走了，谅他不敢再来。众弟子们听真，好好把守阵门。

众弟子：遵法旨。

　　（急上达摩）

达　　摩：好也好也，这个开天剑十分厉害，斩去三十四颗金头。幸得我借金光逃走，不然性命休矣，只得回转芦棚见了众位道友，速到天江以外去请弥勒佛祖，若得驾临，何愁此阵不破？且回芦棚便了。

（升帐，出五女将王玉梅、白玉香、陆春云、陆夏云、色中玉站）

众女将：（诗）女将出征胆气豪，腰中常挎斩将刀。

　　　　　　破阵临敌上战场，胜似男儿将英豪。

色中玉：（白）奴色中玉。

陆春云：奴陆春云。

陆夏云：奴陆夏云。

白玉香：奴白玉香。

王玉梅：奴王玉梅。

众女将：元帅升帐，在此伺候。

（升帐，出李凤英坐）

李凤英：（诗）大破金刀退妖人，逢凶化吉可随心。

（白）本帅李凤英。前者白虎关下，破阵见喜，国母十分敬重。大兵来至五祥山下安营，李天雄正要归降，不意又生曲折。刚才南极子仙人令人送来一封书字，不知内里有什么缘故？待奴拆开一观，便知分晓。

（唱）方才南极老教主，差人送来书一封。

　　　不知内里何缘故，待我拆开看分明。

　　　上写元始天尊谕，东齐元帅李凤英。

　　　三教主不但摆下万宝阵，还有飞虎与野龙。

　　　此阵仙人不能破，唯有女将可成功。

　　　若是攻打差女将，必须同年俱属龙。

　　　千万小心访问准，非此不可破阵宫。

　　　照书字灵符几道护身体，进阵不怕剑钢锋。

　　　日在癸酉休错过，此事山人早算明。

　　　凤英看罢心欢喜，眼望帐下问连声。

　　　方才教主符命下，如此这般破阵宫。

（上众女将）

众女将：（唱）众人答应说声有，我等愿奉将令行。

李凤英：（唱）众位妇人且退后，破此阵必得同年俱属龙。

　　　　　　　尔等年岁俱不对，忽见二人往上行。
色中玉、白玉香：（唱）时下忙了色中玉，白玉香答应不消停。
　　　　　　　小妹不才姐妹俩，俱属长龙是同庚。
　　　　　　　情愿讨这将军令，破了野龙阵九宫。
　　　　　　　凤英点头连说好，你们就依柬帖行。
　　　　　　　同带灵符护身体，前去破阵必成功。
　　　　　　　吩咐众将快披挂，待等本帅看吉凶。
　　　　　　　压下大营且不表，中玉玉香摧走龙。
　　　　　　　灵符藏在青丝发，
色中玉：（白）奴色中玉。
白玉香：奴白玉香。哦，嫂嫂，教主柬帖上写得明白，必得同年属龙的二员女将才可以破这野龙阵，可咱姐俩都同年一十九岁，又是属龙，岂不是咱姐俩之功吗？
色中玉：正是。奴家自归齐营，寸功未立。今日正好遇见，用着奴家，只得前去走走，破阵成功，也未可定。
　　　　（唱）奴家归了齐营后，寸功未立心不安。
　　　　　　　今日元帅传将令，要选女将二同年。
　　　　　　　可巧的咱们姐妹俱十九，又是属龙一样般。
　　　　　　　领了将令去破阵，必要成功得胜还。
　　　　　　　乃是仙家早算定，该着你我走一番。
　　　　　　　又赐灵符护身体，不怕妖人剑龙泉。
　　　　　　　全仗着圣母传的刀法广，若遇妖精莫容宽。
　　　　　　　说着来至阵门外，大家奋勇杀上前。
　　　　　　　一催坐下桃红马，二人闯进阵里边。（下）
多宝道人：（唱）多宝道人看见了，来了两个女将官。
　　　　　　　急敲云牌雷声响，震起野龙放光寒。
　　　　　　　大叫花奴哪里走，立刻叫你赴九泉。
　　　　　　　因何不见人头掉？看看来到阵里边。
　　　　　　　山人只得下毒手，金钟送你一命捐。
　　　　　　　照定女将打下去，玉香不防跌下马。（落马）

白玉香：（唱）才要爬起说不好，腹如刀绞一样般。

　　　　　　两手掐着不敢动，嫂嫂快来近前将奴挽。

（上色中玉）

色中玉：（唱）中玉闻听说胡闹，小娟妇无故竟要颠。

白玉香：（白）嫂嫂，快挽着我来吧。

色中玉：（唱）好端端的进了阵，什么病儿把你缠？

白玉香：（唱）嫂子不用往下讲，我今怀胎保命难。

色中玉：（白）你可道是咋的咧？

白玉香：哎呀！

　　　　（唱）方才一时未防备，妖人暗算打下雕鞍。

　　　　　　四肢无力浑身软，腹内好似剑刺肝。

色中玉：（白）倒是啥病这么厉害？

白玉香：（唱）嫂嫂休打瓜皮匠①，小妹身体起不来。

色中玉：（唱）中玉闻听说怎好，这是个什么地方来闹喧？

　　　　　　才要下马去扶起，（上多宝道人：花奴着剑吧。）又见妖人到跟前。

　　　　　　叫声姑娘自保重，奴家舍命战妖仙。

　　　　　　抡起钢刀搂头剁，马步交锋各争先。

白玉香：（唱）玉香这才疼难忍，二目之中泪涟涟。

　　　　（白）一阵阵心如刀绞，偏偏的嫂嫂去战妖道。奴今十月已满，在这阵内分娩，九死断无一生。哎呀，可疼死人了。我的妈呀，这可咋好啊？哎呀！

　　　　（唱）一阵更比一阵紧，疼得玉香发了昏。

　　　　　　霎时婴儿落了地，野龙剑血光一冲落埃尘。（云照）

　　　　　　宋豹托生袁门后，长大威名四海闻。

　　　　　　袁达野龙天下晓，押下天宫送子神。（下）

色中玉：（唱）多宝大战色中玉，不能取胜恶狠狠。

　　　　　　交手大战三十趟，惦着玉香要临盆。

　　　　　　着急施展仙家术，祭起了混元神珠宝贵珍。

---

① 打瓜皮匠：有意装糊涂。

多宝道人：（唱）多宝一见说不好，一直冲奔我顶门。

　　　　　　　不能挡退借遁走，（下）

色中玉：（唱）色中玉回身把小姑寻。

　　　　　　跳下马来忙扶住，只见她倒在地上发昏沉。

　　　　　　急忙又把罗裙扯，裹上婴孩后代根。

　　　（白）只叫妹妹快苏醒，妹妹醒来，叫你活活吓死人。

白玉香：（唱）耳内只听有人叫，微睁二目看得真。

　　　　　　嫂嫂一旁扶着我，不由伤心泪纷纷。

　　　　　　妹妹逢凶把吉化，产生袁门后待根。

色中玉：（唱）讲不起只得慢慢挣扎起，待奴家扶你上马闯出阵门。

白玉香：（白）罢了我了。（色中玉扶上马）

　　　（唱）这正是事急不怕风和雨，凭天由命不由人。

　　　　　　二人闯出野龙阵，平安无事回营门。（下）

　　　　　　国母闻听惊又喜，十分敬重又温存。

　　　　　　五祥山破阵之事且不表，来了陆压老道人。

　　　　　　西洋去把圣手请，并非一日到洞门。

陆压大仙：（白）出家人陆压，非一日来到西洋海外，面前就是金屈岛，不免进洞去见圣手菩萨便了。（下）

　　　　　　　　　　　　　　　　　　　　　　　　　　　　（完）

第 九 本

【剧情梗概】色中玉、白玉香从万宝阵中全身而退,陆压大仙去西洋海外请圣手菩萨下山,来破万宝阵。太上老君得知三弟通天教主摆下一座万宝阵式,分派众仙破阵,弥勒佛先收了开天剑,圣手菩萨收了二十四口龙泉剑。五祥山李天雄见万宝阵将破,便吩咐喽啰更改旗号,归顺齐营。鸿钧老祖乃太上老君、元始天尊、通天教主的师父,下山叫通天教主撤了万宝阵式,众仙回山。齐营人马班师回朝,欢唱凯歌,众人皆得封赏。

(出灵官、判官站)

灵官、判官:(诗)护身金屈岛,掌级天界宫;

　　　　　　远观十万里,善恶注分明。

灵　官:(白)吾乃天界都曹,护法灵官。

判　官:吾乃善恶总禄,掌级判官。

灵官、判官:今有菩萨设座,在此伺候。

(出圣手菩萨坐)

圣手菩萨:(诗)锐气千条龙舍鸟,祥云万朵护洞门。

(白)出家人圣手菩萨,道号海光灵,修行在西洋金屈岛。天界宫内炼道,炼成千手千眼,执掌十万善恶三曹总禄,慧眼一观,陆压真人来也。云童,开放洞门,迎接陆压大仙。

云　童:领旨。(下,内白)圣手有请大仙。

陆压大仙:(内白)来了。(上)圣寿无疆,弟子陆压稽首。

圣手菩萨:好说,真人到此,请坐一叙。

陆压大仙:圣手容弟子细奏。

(唱)上圣早知过往事,目下红尘不得安。

圣手菩萨:(白)因为东齐征五祥山之事?

陆压大仙:(唱)正为此事见教主,牡丹星至今不能奏凯还。

圣手菩萨:(白)李天雄不过一时混乱朝纲,必归王化。

陆压大仙:(唱)若让天雄早归顺,怎奈有人阻又拦。

圣手菩萨：（白）却是何人拦挡呢？

陆压大仙：（唱）截教之仙通天主，挡住东齐阐教难。

圣手菩萨：（白）凡夫争斗，他为何下山呢？

陆压大仙：（唱）只因为燃灯打死丹灵子，如此这般结下冤。

圣手菩萨：（白）这是定数，该然通天教主下山。

陆压大仙：（唱）偏向徒弟破杀戒，摆阵难住阐教仙。

邀请弟子去观阵，果然厉害非等闲。

久炼金身不中用，险些道行扔一边。

万般无奈见教主，望乞慈悲把事安。

圣手菩萨：（唱）通天教主破杀戒，犯了清规扭地天。

亲身下山摆凶阵，万宗宝贝在里边。

别的一概全有限，唯有那开天宝剑内里玄。

闪光一动人难挡，你纵有万年大道一命完。

山人既然知此事，讲不起的走一番。

陆压道友先回去，单等着众仙到齐我下山。

共议好破万宝阵，管叫通天面无颜。

陆压稽首说多谢，出洞回转五祥山。

圣手菩萨归莲座，闭门讲经且不言。（下）

再表那慈航道人遵符命，一同寿星南极仙。

出了芦棚来破阵。

南极子：（白）出家人南极子。

慈航道人：出家人慈航道人。

南极子：你我奉了玉虚宫元始天尊谕旨来破水火二阵。贫道不才，要到圣水阵。

慈航道人：山人讲不起破他的烈火阵走走。

南极子：正是，你我各进其阵便了。

南极子、慈航道人：（唱）二仙迈步各进阵，要把烈火圣水收。（下）

圣水真人：（唱）圣水真人看得准，一位道者往里游。

忙把云牌敲几下，惊动了阵内沉雷震耳头。

惊动了削铁青锋剑，管叫野道一命休。

慈航道人：（唱）慈航道人不怠慢，现出了千朵莲花滚金球。

挡住宝剑护身体，大叫畜生早回头。

圣水真人：（唱）圣水一见说不好，主人前来作对头。

我本是紫竹林内分水兽，偷离南海三百秋。

碧游宫内去修道，今日不能认他必结仇。

念动真言喷圣水，霎时汪洋滚波涛。

溅在身上必得死，任他插翅也难溜。

慈航道人：（唱）慈航道人使法力，仙足踏定莲花舟。

漂流水面来回走，巧施妙法作鱼钩。

净水瓶儿拿在手，霎时全把圣水收。

孽畜还有何法使，只管施展不用留。

圣水真人：（白）哎呀！

（唱）圣水觉着无法使，抡起宝剑气不休。

照着慈航砍下去，畜生还不带龙头。

慈航道人：（唱）用手一指宝剑落，看你再往何处溜。

一条红绳扔下去，圣水浑身乱抖擞。

就地一滚现本相，抿耳蹿踢不抬头。

慈航道人忙乘坐，角上一拍往外游。

火光道人：（唱）不言破了圣水阵，火光道人气不休。

大骂肉头南极子，

（白）好个南极子，无故前来送死，念动真言，喷出烈火红烟，看你往哪里走。（喷火）

（上南极子）

南极子：你看红烟烈火扑面而来，忙将葫芦盖儿揭开，收了他的烈火便了。（收介）

（上火光道人）

火光道人：红烟烈火一时全灭，真正气死人也。

（唱）火光道，眼气直。

心中大怒，乱甩钢须。

肉头南极子，胆大了不得。

破了我的烈火阵，与你势不两立。

　　　　　　　敲动云牌连声响，震起了斩仙宝剑往下劈。（剑下）
南极子：（唱）南极子，把步移。

　　　　　　手拿如意，细看端倪。

　　　　　　四下寒光起，雷声响又急。

　　　　　　提起三口宝剑，往我头上直劈。

　　　　　　忙把头上拍一掌，千朵莲花护身躯。

火光道人：（唱）连声喊，着了急。

　　　　　　三口宝剑，来往东西。

　　　　　　往日多玄妙，今日不出奇。

　　　　　　宝剑就算无用，今个倒要试试。

　　　　　　你今既然来送死，照定南极身上劈。

南极子：（唱）南极子，气不息。

　　　　　　抡起如意，来回对敌。

　　　　　　叫声火光道，挣扎无意思。

　　　　　　早早现形乞命，省我抽筋扒皮。

　　　　　　你本是天尊座下喷火兽，私自逃走把山离。

火光道人：（唱）好一个，肉头驴。

　　　　　　无缘无故，来把我欺。

　　　　　　山人仙家体，根行也不低。

　　　　　　竟敢胡言乱语，与你舍命对敌。

南极子：（唱）畜牲野性还不退，须得如此用玄机。

　　　　　　抡如意，暗暗的。

　　　　　　祭起仙锁，拿起捆仙丝。

　　　　　　畜生哪里走？仙锁套住蹄。

　　　　　　火光说声不好，仙丝捆个结实。

　　　　　　黄巾力士听法旨，将畜牲送到昆仑莫挨迟。

黄巾力士：（白）遵法旨。

南极子：（唱）今破阵，回大营。

　　　　　　破了烈火，急走莫迟。

　　　　　　且回芦棚内，告诉众仙知。

迈开仙足要走，长耳报与教主知。
水火二阵全都破，通天教主眼气直。

通天教主：（白）好个阐教众仙，活活气死我也，扯动开天剑，看你往哪里跑！

（雷响，上南极子）

南极子： 呀，方才出了阵门，雷声大作，开天剑起，只得走走。哎呀不好，方才移步走，削去顶上三花，且回芦棚，命众将破了飞龙阵，等候老师下界，会同西方教主共破万宝阵便了。（下）

（出大肚子弥勒佛坐）

弥勒佛：（诗）常笑双合目，腹隐天地心。

（白）山人常笑僧，人称大肚子弥勒佛。哈哈，修行在天界江外西雷音寺内，性爱清闲。自在五百年前，铁树开花以后，如来佛现掌西方佛教，日夜无闲，怎如贫僧腹隐万象，口奉真经，真乃清闲自在。哈哈，何等潇洒也。

（上达摩）

达　摩： 佛祖在上，弟子达摩参拜。

弥勒佛： 不消，禅师远来，有何事故？

达　摩： 佛祖听了。

（唱）连连稽首尊佛祖，弟子斗胆到法宫。

弥勒佛：（白）到此何事呢？

达　摩：（唱）只因为截教之主通天道，向着徒孙不公平。

弥勒佛：（白）有何不公？

达　摩：（唱）如此这般破杀戒，挡住东齐牡丹星。
　　　　　只说是阐教众仙来惹我，一时不忿下山峰。
　　　　　破了他的万宝阵，弟子的法体金刚未成功。
　　　　　无奈前来见佛祖，慈悲搭救众残生。

弥勒佛：（唱）弥勒佛祖哈哈笑，叫声达摩甚不明。
　　　　　这也是天运兴衰该如此，众仙遭劫躲不过。
　　　　　我本不管这闲事，禅师来邀得依从。
　　　　　见见这座万宝阵，应了劫数走一程。

达　摩：（白）多谢佛祖慈悲，救助众生。

弥勒佛：（唱）禅师且慢等一等，下了蒲团转后宫。

伸手暗起装仙袋，结果万妖妙无穷。

复又回身尊大驾，就此前去莫消停。

达　摩：（白）就请仙驾前往一回。

（唱）不言佛祖下了界，（下）

（上田文）

田　文：（唱）再表田文出了营。

元帅差遣众女将，要破飞虎阵九宫。

（白）我田文。方才南极子教主命我进阵接迎四员女将，又嘱咐我但听沉雷一响，即便土遁逃走。你看我们家里有三位女将一齐闯进阵去，我不免随后跟着，看个动静便了。

（唱）通天教主扭天地，摆阵帮助五祥山。

破了圣水烈火阵，幸喜来了众位仙。

凡夫不敢临阵式，今日又叫元帅把信传。

大帐差遣众女将，个个临阵杀上前。

矮爷只得跟进去，会会阵内众妖仙。（下）

（上陆春云、陆夏云）

陆春云、陆夏云：（唱）陆氏姐妹闯进阵，云光圣母把路拦。（杀一场）

云光圣母：（唱）交锋大战十数趟，花奴骁勇取胜难。

何不施展仙家术，管叫阴人逃命难。

陆夏云：（白）呀！

（唱）夏云一见忙躲闪，身子一闪栽下雕鞍。（落马）

陆春云：（唱）云光上前举宝剑，春云马上喊连天。

大叫妖道少无礼，（云光圣母：贱人着剑）一道寒光奔眼前。

说声不好着了剑，打下雕鞍动转难。（落马）

云光圣母：（唱）好个花奴掉下马，圣母送你上阴间。

抡起宝剑才要砍，色中玉催马赶上前。

（上色中玉）

色中玉：（唱）钢刀一举搂头剁，战住妖人不放松。

二人杀到中央地，王玉梅催马进了阵里边。

（上王玉梅）

王玉梅：（唱）瞧见陆氏姐妹俩，因何坐在地平川？

陆春云、陆夏云：（白）可是杀人咧，我的妈呀！

王玉梅：（唱）见她们双手掐腰眉紧缩，（上前）走至跟前问根源。

　　　　　　二位姐姐怎么样？光景叫人是难言。

陆春云、陆夏云：（白）你还不知道呢？快来扶扶我吧。

王玉梅：呀吥，真没臊，单在这个地方来生养。

陆春云、陆夏云：哎呀，你别说啦，快来吧。

王玉梅：（唱）提刀下了能行马，走至跟前才要挽。

　　　　　身子一扭说不好，

陆春云、陆夏云：（白）姐姐你可是怎么啦？

王玉梅：（唱）这个偏偏遇偏偏。

陆春云、陆夏云：（白）你倒是怎得了？

王玉梅：哎呀！

　　　（唱）腹内一阵疼得紧，有八成你两个一样般。

陆春云、陆夏云：（白）哎呀，这可咋好哇？我的妈呀！

王玉梅：（唱）一阵更比一阵紧，坑死人也我的苍天。

　　　（白）哎呀，妹妹快来救救我吧。

陆春云、陆夏云：哎呀，这是啥时候，我们顾不得你了。

王玉梅：哎呀，可坑煞人咧，这可咋好哇？

陆春云、陆夏云：哎，姐姐你我到了这个地方，并无别的方法，不过凭天由命而已，无别的可说。

　　　（唱）紧咬牙根疼难忍，这时候无非凭天把命由。

　　　　　活该你我时运败，来到这里把丑丢。

　　　　　腹内越发疼得紧，浑身乱颤泪交流。

　　　　　三位佳人齐分娩，再表那催生送子驾云头。

（催生、送子二神云上）

二　　神：（唱）护送着白虎星官临凡界，霎时落草云雾收。

　　　　　　血光冲散飞虎阵，减退霞光撤斗牛。

云光圣母：（唱）云光大战色中玉，不能取胜气不休。

　　　　　　　虚砍一剑往下败，上了法台用计谋。
　　　　　　　敲动云牌雷声响，震动了三口宝剑乱摆头。
　　　　　　　因何不见人头落？急得无法热汗流。
　　　　　　　开言大叫众道友，一齐捉拿这个头。
色中玉：（唱）下了法台杀上去，色氏中玉把马搂。
　　　　　　　何不施展仙家术，如意金砖往空丢？
　　　　　　　大叫妖妇加仔细，云光圣母土遁溜。
　　　　　　　中玉收宝圈回马，寻找众位女姣流。
青梅子：（内唱）北门来了青梅子，手抡宝剑气不休。
　　　　　　　瞧见了三员女将齐落马，何不上前砍人头？
　　　　　　　迈开大步奔了去，（下）
　　（上田文）
田　文：（唱）田文进阵四下溜。
　　　　　　　远远望见众女将，坐在地下不抬头。（下，又上）
　　　　　　　走至跟前忙询问，家里的你们这是啥情由？
王玉梅：（白）你瞎咧，还是看不见呐？
田　文：（唱）哪里来的小小子，夫人何必泪交流？
王玉梅：（白）如此这般，你大喜咧。
田　文：真的吗？
王玉梅：谁还诓你不成吗？
田　文：哈哈哈！
　　　　（唱）这可活活乐杀我，快些回营看清楚。
王玉梅：（白）你远着些吧，你在这里做啥也？
田　文：（唱）回身才要别处去，又瞧见青梅子掌剑做对头。
　　　　　　　说话之间对了面，
　　（上青梅子）
青梅子：（白）花奴哪里走？
田　文：好个女妖，跑到这里送死来咧，着棒槌吧。
王玉梅：二位姐姐，你我事已至此，还怕什么风雨，讲不起婴儿揣在怀内，挣扎着上马，闯出阵去便了。

陆春云、陆夏云：有理。你我到此地步，却也讲不起了。

（唱）且将婴儿包裹好，揣在怀内上能行。（下）

色中玉也来到，保护三人出阵中。

田　　文：（唱）回营报功且不表，田文阵内大交锋。

不能取胜想主意，暗暗祭起捆仙绳。

管叫妖人无处跑，

青梅子：（唱）青梅子抬头吃一惊。

一道寒光奔了我，矮子祭来捆仙绳。

无法挡退入土遁，

（上多宝道人）

多宝道人：（唱）多宝道人气满胸。

瞧见了几个花奴出了阵，矮子田文抖威风。

竟敢战败青梅子，山人岂肯把你容？

大叫矮子哪里走？留下人头你再行。

棒槌一迎磕下去，不要动手且消停。

多宝道人：（白）你惧战吗？

田　　文：你听着吧。

（唱）矮爷并非是惧你，有话要和你说明。

说什么像你们这些长毛道，屡屡作恶逞威能。

白虎关下摆过阵，到后来落得逃走影无踪。

今又到此来作对，遇见矮爷岂肯容？

劝你早早溜了号，若不然刻下叫你现原形。

多宝道人：（唱）好个矮子气死我，恶狠狠地举钢锋。

今日一定拿住你，

田　　文：（唱）不能不能你不能。

纵起身子抢铁棒，叫你试试重与轻。

（白）妖精你真不要脸，你有多大能威，着棒子呗！

多宝道人：来，来，来。（大杀一阵）哎呀，矮子十分厉害，长耳仙听真！扯动开天剑，看你往哪里走。

（雷响）

田　　文：呀，不好。众位教主说得明白，听得沉雷一响叫我土遁逃走。哼，走咧！（下）

多宝道人：好个矮子甚是厉害，竟自土遁逃走，可惜又破了飞虎阵。不免禀知教主便了。道友们，好好把守阵门。（下）

（上田文）

田　　文：好也好也。方才一阵沉雷响动，幸得我遁入土中，不然性命难保。又算破了一阵，不免回营，一则报功，二则看看我们的儿子。哈哈哈，可有了孩子抱啦。（下）

（出太上老君坐）

太上老君：（诗）静养心上地，清闲天外天。

（白）出家人李聃，人称太上老君，在天外天八景宫内修行炼道。拜鸿钧老祖为师，我为第一，第二元始天尊在玉虚宫内执掌阐教众仙，第三通天教主在碧游宫内执掌截教门人。贫道性爱清闲，不管闲事。昨天二弟差白鹤童子送来一封书信，说三弟通天教主摆下一座万宝阵式，请我下山破了他的法术。哎，三弟你不听劝告，又动杀戒，讲不起前去观看阵式便了。

（唱）虽然截教该如此，总是三弟心太偏。

　　　听信门人说言语，一怒摆阵下了山。

　　　无故又踏昔年路，阐教二弟不得安。

　　　昨日二弟书简到，请我观阵走一番。

　　　贫道只得下山去，搭救门人十二仙。

　　　下了蒲团往外走，水火童子把牛牵。

　　　不言老君下山去，（下）再把那通天教主表一番。

通天教主：（唱）坐在阵内查万宝，缺少了宝剑不齐全。

　　　那里这些分娩妇，火光道人不回还。

　　　纵然破了四下阵，还有大阵在中间。

　　　看有何人敢来破，管叫他进阵容易出阵难。

　　　正是教主犯思想，瞧见了众家弟子到跟前。

（上男女四妖）

众　　妖：（唱）多宝道人头里走，后跟长耳定光仙。

金灵云光二圣母，齐尊师父把话言。

金灵圣母、云光圣母：（白）启禀师父，我等方才见齐营芦棚内光华射目，半空中现出玲珑宝塔、连串垂珠，接连不断，必是二位师伯下山来了。

通天教主：这等，待我上法台看来。呀，此事有些不好。

（唱）通天主，打咳声。

口中不语，暗打调停。

才到法台上，观看齐营中。

连串垂珠不断，现出宝塔玲珑。

金光射目冲天界，必是来了二师兄。

多宝道人：（唱）多宝道，把话明。

尊声教主，事有变更。

野龙飞虎阵，俱被血光冲。

还有烈火圣水，至今无影无踪。

二位师伯下了界，一定要打破万宝阵九宫。

通天教主：（唱）众道友，免吃惊。

事已至此，袖手不能。

如若讲和气，为师撤阵营。

若是不说情理，山人断断不容。

谅他难挡开天剑，纵然到此白费工。

多宝道人：（唱）虽如此，不尽情。

丹灵圣母，赴了幽冥。

还有川山道，瞎了双眼睛。

师父下山摆阵，为的大报冤仇。

如若师父撤了阵，他俩冤仇向谁明？

通天教主：（白）哎呀！

（唱）心起火，面通红。

不由大怒，喊叫雷鸣。

一定把仇报，即使道行扔。

任他叩头赔礼，撤阵万万不能。

必要拿住燃灯道人，也把猴头剜眼睛。

多宝道人：（白）最怕二位师伯齐战，师父一人怎能挡退？

通天教主：（唱）无妨碍，有调停。

　　　　　　既来作对，各显奇能。

　　　　　　他若来破阵，你们莫容情。

　　　　　　晃动开天宝剑，看他何处逃生。

　　　　　　任着得罪昊天主，定与丹灵报冤横。

　　　　　　尔等须要加仔细，

　　　（白）他若献出燃灯道人、惧留孙来，任凭山人处置，万事皆休。如若不然，为师任着得罪昊天上帝，一定也要与他们见个高低。不论是谁进阵，只管将开天剑晃动，看你二位师伯何处逃走？

合：　是，弟子遵命。

　　　（诗）只为师徒份，弟兄作冤仇。（下）

　　　（出达摩、金光道人、燃灯道人、陆压大仙站）

达摩等四仙：（诗）身离仙山地，要破阵九宫；

　　　　　　　打进万宝阵，捉住众妖精。

达　摩：（白）出家人达摩。

金光道人：出家人金光道人。

燃灯道人：出家人燃灯道人。

陆压大仙：出家人陆压。

达摩等四仙：二教主升座，在此伺候。

　　　（出弥勒佛、圣手菩萨、太上老君、元始天尊同坐）

弥勒佛等四仙：（诗）今日众仙到，会会教主三。

　　　　　　　　一心破万宝，截教作孽冤。

弥勒佛：（白）出家人弥勒佛。

圣手菩萨：出家人圣手菩萨。

太上老君：贫道太上老君。

元始天尊：贫道元始天尊。

太上老君：众位道友，你我身染红尘，也是劫数当然，但你我不可久居，必须早破了万宝阵式，大家回宫才是。

合： 有理。我等但听教主差遣。

太上老君：好说不敢，还是弥勒佛与圣手菩萨分派分派，大家从命就是了。

弥勒佛：教主不必推辞，贫道早已知道别人不能进阵，唯有你我四人可以进阵，其余众仙惧怕开天剑。僧人不才，讨一个差使，我先收他的开天剑便了。

圣手菩萨：小仙不才，抓他的二十四口宝剑，好叫众仙进阵。

太上老君：如此更好，贫道不才，就要分派众仙会会通天教主便了。

（唱）弥勒佛祖听差遣，先收他的开天剑。（弥勒佛：遵旨！）

圣手菩萨也进阵，要收他二十四口剑龙泉。（圣手菩萨：遵旨！）

贫道不才得分派，调遣阐教众位仙。

合： （白）我等任凭教主调遣。

太上老君：（唱）阵内去了开天剑，总有那别的法宝不相干。

开言尊声达摩祖，敢劳法驾去一番。

甲乙东方去破阵，若遇通天莫容宽。

达 摩：（白）贫僧理当效劳。

太上老君：（唱）陆压道友南方去，只要你引出通天到外边。

我与西方众教主，一齐迎接把他拦。

燃灯道人北方去，全仗法术杀上前。（燃灯道人：遵旨！）

其余众仙全在阵外等，若遇通天莫容宽。

要有法宝只管使，打他不怕有罪愆。

合： （白）弟子遵命。

太上老君：（唱）二弟随我出棚去，大家一齐会通天。

不言众仙去破阵，（下）

陆压大仙：（唱）陆压真人喊连天。（上）

只叫通天老狗道，快快出来会会咱。

（白）通天狗道，快快出来！

（上长耳定光仙）

长耳定光仙：（唱）长耳大仙来禀报，通天教主气炸肝。

通天教主：（唱）伸手抄起飞龙杖，待我出去看一番。

（白）我当是谁？原来是你这野道，何故毁骂仙家？看飞龙杖打你。

陆压大仙：住口。你这老狗不要逞强，一定将你拿住。

通天教主：呸呀，气死我也，好孽畜，是你着打。
陆压大仙：来吧。
（大杀，陆压大仙败下）
通天教主：好个野道，能有几合勇战，竟着败将下去？不必追赶，只得回阵便了。
（下）
（上陆压大仙）
陆压大仙：通天教主，你敢这里来与我比拼三合吗？
通天教主：（内白）呸呀，呸呀，好个孽道，真正气死人也。（上）不要走，着杖打你。
（大杀，陆压大仙败下）
通天教主：狗道，看你往哪里走？
（唱）陆压野道童，胆大真可恨。
　　　两次与三番，到此来打诨。
　　　仗着法术精，前者进了阵。
　　　动起剑开天，逃走命没尽。
　　　今又到此来，骂着进了阵。
　　　交手不几合，败走想逃遁。
　　　山人并不追，回阵再理论。
　　　他又拿话激，叫人气不忿。
　　　带怒赶下来，看你往哪奔？（下）
（上陆压大仙，大杀一阵）
陆压大仙：（唱）只叫老通天，大大不对劲。
　　　听信弟子言，破戒摆凶阵。
　　　山人气不平，做事要公允。
　　　你敢把我追，不算是光棍。
通天教主：（白）哇呀！
（唱）气死吾，野道真可恨。
　　　抡杖打下来，叫你认一认。
　　　复又把手交，
陆压大仙：（唱）老儿不凭心。

　　　　　　劝你又不听，定要往前奔。
　　　　　　果然到此来，不许你回阵。
　　　　　　败走引进来，不该你逃遁。（下）
通天教主：（唱）通天气不休，追赶不回阵。
　　　　　　料有百步多，有人把我奔。
　　　　　　天尊二师兄，破阵不用问。（上元始天尊）
　　　　　　霎时之间对了面。
　　　　（白）哦，师兄不在玉虚宫掌教，到此何事？
元始天尊：三弟，你好不自揣，想当初商纣之时，群仙遭劫，闭洞立讲，你偏扭天而行，你摆下万仙阵式，多得恩师讲了和气，各守清规，永不许犯界。今又听信徒弟之言，下山摆此万宝阵式，挡住牡丹星不能奏凯还朝，惊动西方教主。你伤害无数的生灵，是何道理？
通天教主：住口。哪像你的弟子，打死我的门人丹灵圣母，让川山道二目全瞎？我来与我徒儿报仇，你因何到此多管闲事？
元始天尊：为兄到此不过劝你撤了阵式，正好回山，大家不伤和气。
通天教主：呵，你叫我撤了阵式，倒也容易，除了把燃灯道人、惧留孙献出，任我处死。若不然也把你拿住，与丹灵报仇。
元始天尊：哇，好个通天孽道，你不听良言，难逃我昆仑剑下废命。呀呔，着剑。
通天教主：哎呀，不好！（下）
元始天尊：通天教主败下，只得与他个厉害。众弟子一齐围裹上去，不许放走。
合：　遵法旨。
　　　　（唱）天尊传下一声令，忙了阐教众仙家。
　　　　　　各个尊奉师父命，齐把通天教主拿。
　　　　　　时下忙了广成子，手拿宝剑把路查。
通天教主：（白）广成子，快快闪路！
广成子：（唱）尊声师父多得罪，弟子今日要管辖。
通天教主：（白）好畜牲，气死我也。
广成子：（唱）宝剑一迎砍过去，复又还手动杀伐。
　　　　　　何不祭起翻天印？管叫老儿难挡它。
　　　　　　主意一定往下败，翻天宝印暗暗拎。

　　　　　　　　大叫师父加仔细，
通天教主：（唱）通天教主用眼撒。
广成子：（唱）广成子祭来翻天印，光哗哗地头上压。
通天教主：（唱）说声不好往下败，（上燃灯道人）燃灯道人往前杀。
　　　　　　（对杀）
通天教主：（白）燃灯来得正好，着打。
燃灯道人：（唱）宝剑一抢交了手，取胜还得另想法。
　　　　　　　　十数回合出圈外，祭起了乾坤宝尺打中他。（下）
通天教主：（唱）抬头一看说不好，才要躲闪响乓乓。
　　　　　　　　左膀着伤往东跑，又见达摩把路挡。
　　　　　　　　不由大怒心起火，
达　摩：（白）通天教主慢来，着剑！
　　　　（唱）交锋大战不顾得法。
　　　　　　　　达摩老祖不急慢，实杀难以把他拿。
　　　　　　　　跑出数步使法宝，紫金钵盂往空撒。
　　　　　　　　只叫通天哪里走？（下）
通天教主：（唱）抬头一看遍体麻。
　　　　　　　　紫金钵盂我难挡，借遁逃走另想法。
　　　　　　　　一道金光败了阵，（下）
达　摩：（唱）达摩收宝笑哈哈。
　　　　（白）你看通天教主竟自借光遁走，我不免破他的东门便了。（下）
　　　　（上弥勒佛）
弥勒佛：出家人弥勒佛，众位大仙围裹通天教主，不免进阵，一则收他的开天剑，二来度化有缘之客。
　　　　（唱）弥勒祖，进阵来。
　　　　　　　　赤手空拳，直往里行。
多宝道人：（唱）多宝道拦住，不要往里行。
　　　　　　　　而今有我在此，难道不知死生？
　　　　　　　　仙家在此急速退，不然叫你赴幽冥。
弥勒佛：（唱）叫多宝，少逞能。

不守佛界，任意胡行。

昔日将你度，应当苦用功。

不该偷走下界，红尘不得太平。

你本是八德池内金鳁鲤，快快回家随我行。

多宝道人：（白）哎呀，休得胡言乱道，着剑取你呀。

弥勒佛：（唱）手一指，莲花生。（莲花托住）

托住宝剑，道友细听。

西方掌教主，度你做门生。

贫道特来请你，八德池内听经。

多宝道人：（白）气死我也呀！

弥勒佛：（唱）举起宝剑又要砍，只见他莲花一动宝剑扔。

真野性，太逞能。

好言劝你，并不依从。

撒开金丝网，谅你走不能。（多宝道人现形）

罩住原形出现，急忙提在手中。

复又扯开混天宝，袋里装去开天剑钢锋。（下）

达　摩：（唱）达摩祖，出阵中。

回到西方，去念真经。（下）

圣手菩萨：（唱）圣手老佛祖，进阵不消停。

四门宝剑全摘，整整的二十四口宝剑无有零。

一齐收过出了阵，

（上通天教主）

通天教主：（唱）通天教主气满腔。

（白）前边一人浑身是手，手内是眼，抢去许多宝剑，再扯动绒绳。

呀，开天剑哪里去了？必是野道抢走，待我夺回便了。

（上太上老君）

太上老君：你看通天教主，追赶圣手菩萨来也。我不免祭起玲珑宝塔压他便了，野道慢来。（下）

通天教主：呀，不好，只见一片祥云托定宝塔朝我压来。料想难以躲开，只得逃回阵去再作道理。（下）

（上太上老君，对上圣手菩萨）

圣手菩萨：（诗）教主弥勒佛，装去开天剑。

　　　　　　山人收了他，二十四宝剑。

　　　（白）此阵去了这些宝剑，也就好破了。红尘不可久居，出家人就此告辞了。

太上老君： 有理，贫道明日带领众弟子破了此阵，也就回山。

圣手菩萨： 如此，请。（下）

太上老君： 请。（下）

（出刘玉环、李天蓉坐）

刘玉环、李天蓉：（诗）齐兵犯境甚担惊，顺天方可保安宁。

刘玉环：（白）奴家刘玉环。

李天蓉： 奴家李天蓉。哦，嫂嫂，前日我哥哥正要归顺齐邦，偏偏遇见多宝道人下山拦阻，因而终日不安。听说众仙下界，共破万宝阵式，也不知怎么样了？

刘玉环： 正是。归了齐邦，也免得心惊胆战。

（上李天雄）

李天雄： 夫人与妹妹，不好了。

刘玉环、李天蓉： 大王/哥哥请坐，为何惊慌？

李天雄： 原是这般如此，万宝阵不久就要破了，你们有何主见？

刘玉环、李天蓉： 事已至此，若以我们看来，还是照原来的主意行事。

　　　　　　（唱）姑嫂二人齐言道，凡事从来要顺天。

李天蓉：（唱）哥哥前者要归顺，偏遇见多宝道人阻又拦。

刘玉环：（唱）先说归顺又反悔，通天教主下了山。

　　　　　　摆下什么万宝阵，听说是齐营来了众位仙。

　　　　　　从来是邪不胜正，破了四座阵连环。

李天雄：（白）正是。只剩了一座大阵，今日又叫众仙拿去无数法宝。

刘玉环：（唱）众仙进阵破法宝，难道说通天教主就不拦？

李天雄：（白）如此这般，他二人如何拦得住呢？

李天蓉：（唱）如此说来阵难保，哥哥有何巧机关？

李天雄：（白）并无别的主意，只好归顺齐邦才是。

　　　　　（唱）归顺齐邦是正理，但有一件甚为难。
李天蓉：（白）有何为难之处呢？
李天雄：（唱）前者放回张奎将，情愿顺齐进营盘。
　　　　　　　不意来了多宝道，拦住此事出大言。
　　　　　　　今日再要说归顺，害怕国母相信难。
　　　　　（白）我亲身去到齐营说明此事。
李天蓉：（唱）现今交兵争强弱，岂容哥哥到跟前？
　　　　　　　况且通天教主摆凶阵，不容见面是枉然。
李天雄：（白）不管他摆阵破阵，只要真心归顺，还能不行吗？
李天蓉：（唱）真心假意谁知道，但人家岂不犹疑有阴谋？
李天雄：（唱）并无什么犹疑处，真心归顺可对天。
　　　　　　　明日进营见国母，说透从前的原因。
　　　　　　　再提妹妹的终身事，一定应允心喜欢。
　　　　　　　待我吩咐改旗号，
　　　　　（白）就此吩咐喽啰更改旗号，明日我亲自进营，归顺齐营便了。
刘玉环：妹妹呀，你可有了指望了。
李天蓉：可不知道人家应不应呢？
刘玉环：你哥哥明日见了国母，说明从前缘故，田坤你两在战场又对了眼咧，还有不愿意的？
李天蓉：哦，都是你知道。
　　　　（诗）弃邪归正顺天心，才是通达精明人。（下）
（出钟无盐坐）
钟无盐：（诗）威镇诸侯战妖人，偏遇妖人又拦阻。
　　　　（白）哀家钟无盐。在白虎关四下追赶妖道，被金刀砍破天灵，只说有死无生。多得师父骊山圣母，暗中搭救与我，收去鬼脸，又亏众仙破了金刀阵式，色红父女归降，大兵来至五祥山下安营，田坤出马一阵成功。李天雄正要归顺，不意又有通天教主摆了一座万宝阵式，伤了老将张奎，叫人无法可使。幸有众仙下界，不日破了四座小阵。昨日有西方教主收去了开天剑，众仙不日大破万宝阵式。
（上李凤英）

李凤英：娘娘千岁在上，李凤英参拜。

钟无盐：元帅免礼，请坐叙话。

李凤英：谢过千岁。

钟无盐：元帅不在前帐料理军情，来见哀家有何大事？

李凤英：千岁容禀。

（唱）奴家方才坐大帐，正与众将议军情。
中军跪倒禀报事，疆场来了李天雄。

钟无盐：（白）莫非他又来要阵？

李凤英：（唱）并非交锋来要战，单人独骑要进营。

钟无盐：（白）恐怕他其中有诈。

李凤英：（唱）怕他有诈我防备，帐下埋伏众英雄。
叫他随令卸刀进，拜伏帐下把话明。

钟无盐：（白）到此何事？

李凤英：（唱）说是前日要归顺，多宝道人再三拦阻又变更。
如今后悔知邪正，真心归顺心志诚。
还有一件和美事，李天雄同胞妹妹李天蓉，
她父从前曾说过，要与殿下结婚盟。

钟无盐：（白）此事哀家早已知道。

李凤英：（唱）不敢自断禀国母。

钟无盐：（唱）既如此，元帅随我把帐升。

李凤英：（白）遵命！

钟无盐：（唱）出了后营到前帐，帐下来了众英雄。
田坤相随关文义，还有白宣右先锋。
田文一同袁有吉，一同伺候把帐升。
无盐娘娘归了座，后边相陪李凤英。
一声令下带叛人，天雄拜伏跪帐中。
微睁二目留神看，打量祥山李天雄。
蓝面红发多异样，凛凛身材有威风。
莫怪列国他不惧，原来也是一位好英雄。
看罢多时急忙问，

（白）帐下跪者何人？

李天雄：罪人李天雄，愿娘娘千岁千岁千千岁。

钟无盐：我且问你，当日因何叛乱国家，小视东齐？今日为何这般光景？

李天雄：千岁，罪臣抗拒天兵也是出于无奈，望乞国母开恩容恕。

钟无盐：住口。前者放回张奎，你说要归降，因何又有妖人拦阻？令人难信。

李天雄：千岁容臣细奏。

（唱）连连叩首尊千岁，细听罪臣禀情由。
　　　自从祥山立事业，兵强将勇连得胜。
　　　各国诸侯常来往，后来又把军师收。
　　　邱引仗着邪术广，制服临阵众诸侯。
　　　目中无人看齐国，打去战表无来由。
　　　总是罪臣不自揣，早分邪正要回头。
　　　前者放回张老将，本心归顺无讲究。
　　　不意多宝道人到，拦挡罪臣不自由。
　　　通天摆下万宝阵，齐营内许多仙家留。
　　　因此罪臣分邪正，应天顺人不敢扭。
　　　若等破阵再归顺，又怕国母记下仇。
　　　故此亲来早纳亲，出于诚心少奸谋。
　　　望乞国母相容纳，

钟无盐：（唱）娘娘座上连点头。
　　　　既是真心来归顺，哀家准降不必究。

李天雄：（白）谢过千岁。

钟无盐：（唱）还有天蓉你令妹，愿与我儿鸾凤俦？

李天雄：（白）正是。臣父在世也曾言过。

钟无盐：（唱）既然如此不用讲。

（白）你既是真心归顺，哀家准予归降。你就回山安置安置，明日送你妹妹进营与我儿田坤完婚便了。

李天雄：是，罪臣即便回山，查清府库，立上降旗。明日送妹妹回营，免得国母犹疑。

钟无盐：如此更好，就此回山去吧。

李天雄：谢过千岁。（下）

李凤英：国母千岁，李天雄此来果真归顺了。

钟无盐：你怎见得？

李凤英：现今凶阵将破，自知逆天难逃，故此早来归降，免得国母日夜生疑。

　　（诗）威服群雄总在天，破阵全凭众位仙。（全下）

（出鸿钧老祖坐）

鸿钧老祖：（诗）未分地合天，道法在人间。

　　　　　　人言天在先，我比他在先。

（白）出家人鸿钧老祖。同盘古氏开天辟地有功，称为道祖，修行在三界宫内，收了三个徒弟，大徒弟是太上老君，二徒弟元始天尊，三徒弟通天教主。大弟子在八景宫内，清闲自在。二弟子在玉虚宫内，执掌阐教众仙。三弟子在碧游宫内，掌截教门人。自纣世群仙遭劫，闭洞止讲，二教不和，大破杀戒。那时贫道下山给讲了和，至今永不犯界。（雷响）呀，天鼓响动，必有缘由，待我仔细算来。呀，不好，通天徒儿又破杀戒，现今在五祥山摆下万宝大阵。众弟子聚会西方，教主俱到红尘，似这等世界不安，何日是个了啊？贫道只得下山，叫通天撤了万宝阵式便了。

（唱）可恨通天三弟子，无故破戒犯清规。

　　　世界不安民涂炭，山人只得走一回。

　　　叫他撤了万宝阵，不许红尘惹是非。

　　　起身离座出洞府，（下）

（上通天教主）

通天教主：（唱）再把通天表一回。

　　　　　　法台重新又安宝，件件宗宗要使威。

　　　　　　东门安下珠三粒，开天珠开天辟地吐光辉。

　　　　　　有人进阵霞光闪，射目昏头眼睛黑。

　　　　　　南门也有珠三粒，水光烈火往空飞。

　　　　　　神风宝剑刮人骨，任他神人真性没。

　　　　　　西门挂上刀三口，有人进阵一命亏。

　　　　　　斩仙灭仙纯钢剑，雷声一响筋骨飞。

　　　　　　当时一个化十个，立刻变成万锋槌。

　　　　　金槌头上发烈火，任他真仙命也亏。
　　　　　高杆挂上追风剑，夺魂取魄剑相随。
　　　　　云牌一响剑光起，仙家神人把头追。
　　　　　看有哪个敢来破？让你插翅也难飞。
　　　　　凭着我碧游宫内万宗宝，报我昨日这场亏。
　　（上长耳定光仙）
长耳定光仙：（白）启禀老师父，二位师伯带领众仙闯进阵门来了。
通天教主： 哇呀，你去敲动云牌，待我退敌便了。
长耳定光仙： 遵法旨。（下）
　　（通天教主对太上老君）
太上老君： 愚兄劝你早早撤了阵式，免得临期后悔。
通天教主： 住口，我与你仇深似海。长耳何在？敲动云牌，万锋槌齐来，看你往哪里走？
　　（太上老君将袍袖一扬，收过万锋槌）
太上老君： 通天，你还有何能？只管施展。
通天教主： 呀呔，气死我也！不要走，着杖打你。
太上老君： 住口！通天，你也太不达时务了。
　　（唱）心不悦，叫通天。
　　　　　过往之事，岂不了然？
　　　　　纣朝破杀戒，摆阵阻万仙。
　　　　　后来恩师下界，议和气才平安。
　　　　　你今又摆万宝阵，犹犯清规扭地天。
通天教主：（唱）你不用，闹此言。
　　　　　阐教弟子，胆大包天。
　　　　　打死丹灵子，川山双眼剜。
　　　　　你竟偏向弟子，手足作了孽冤。
　　　　　拿去阵中无数宝，山人岂肯让这番？
太上老君：（唱）这内里，有根源。
　　　　　丹灵纵死，他是妖仙。
　　　　　川山破杀戒，该把双眼剜。

如今事已至此，降伏五祥高山。

天雄归顺齐营去，你又何必作孽冤？

通天教主：（唱）不管他，五祥山。

报仇雪恨，只为徒男。

既然破杀戒，手足义难全。

要拿燃灯狗道，还有阐教众仙。

必要除了胸中恨，那时我才转回山。

太上老君：（唱）真纵性，话狂颠。

偏向弟子，听信谗言。

不破你凶阵，黎民不得安。

愚兄特来相劝，不懂好话良言。

再若不撤万宝阵，上帝闻知罪难宽。

通天教主：（白）住口！

（唱）心起火，眼瞪圆。

既然摆阵，不怕地天。

凭着道行深，一心闹一番。

与他见个上下，试试谁正谁偏。

抡起禅杖才要打，（上鸿钧老祖）鸿钧老祖到跟前。

鸿钧老祖：（唱）大喝畜生休无礼，

（白）畜生休得无礼，为师来也。

（通天教主、太上老君跪）

通天教主、太上老君：恩师圣寿无疆，弟子参拜。

鸿钧老祖：你们起来，为师来到，随我去到芦棚。

通天教主、太上老君：是，弟子遵命。（下）

众弟子：（内白）老祖圣寿无疆，弟子迎接来迟。

鸿钧老祖：一齐平身，芦棚伺候。

（上鸿钧老祖，坐）

鸿钧老祖：出家人鸿钧老祖。无故又染红尘，我只得叫他撤了阵式，免得世界不安。

（上太上老君、元始天尊、通天教主，同跪）

众弟子：老祖圣寿无疆，弟子参拜。

鸿钧老祖： 一旁侍立。

众弟子： 谢过老祖。

鸿钧老祖： 通天，跪下！

通天教主： 是。（跪）

鸿钧老祖： 通天呐，自纣世讲和，永不许犯界，你为何又破杀戒，搅乱世界不安？

通天教主： 老祖，原是这般如此。弟子不得已才破杀戒。

鸿钧老祖： 通天，你只知其一，不知其二。

（唱）你既执掌截教主，前因后果不晓得。
丹灵圣母妖狐辈，盗过燃灯紫金钵。
暗偷佛宝该有罪，故此才乾坤尺下见了阎罗。
川山无故破杀戒，双目失明死无说。
你今不晓其中故，因此一怒下山坡。
犯了清规动万宝，搅乱世界罪如梭。

通天教主：（白）弟子不知，望乞慈悲。

鸿钧老祖：（唱）你既明白应后悔，快快退阵将罪脱。

通天教主：（白）是，弟子退阵就是了。

鸿钧老祖：（唱）又叫老君与元始，从今后你们三人要打和。
有事大家同商议，免伤和气动干戈。
谁要不听为师训，奏知上帝把教主革。

天上老君等三人：（白）弟子遵命。

鸿钧老祖：（唱）不可久居红尘地，俱各回山无的说。

天上老君等三人：（白）谢过老祖。

（唱）老祖说罢出棚去，

众弟子：（内白）弟子们送圣。

鸿钧老祖：（唱）祥云招展往下托。（驾云下）
通天教主撤了阵，众仙回山不用说。
李天雄带领人马早归顺，元帅传令把营挪。
真是鞭敲金鼓响，果然人欢唱凯歌。
得胜兵回无人挡，晓行夜宿不用说。

色　红：（唱）那日到了白虎郡，都督色红早晓得。

　　　　　　带领人马接凤驾，跪到路旁把话说。
　　　　（白）色红闻知千岁圣驾得胜回朝，早来迎接国母。
　　　　（上钟无盐）

钟无盐： 多劳将军远迎，就此进关，歇兵三天，差人捷报，大摆筵宴三天，然后起兵回朝。色红将军头前带路，就此进关。

色　红： 遵令。（全下）
　　　　（出文官姬仁英坐）

姬仁英：（诗）两条眉锁江山恨，一片心怀社稷忧。
　　　　（白）下官姬仁英，本系宗室，官拜大司马之职。只因朝纲不正，诸侯作乱，今有五祥山李天雄叛乱东齐，现今降伏，方才捷报下到我府，只得上朝奏主。左右，打道上朝。

左　右： 请爷上轿。

姬仁英： 尔等午门伺候。（下）
　　　　（上姬仁英，跪）

姬仁英： 万岁万万岁，臣姬仁英，有本奏闻陛下。
　　　　（出天子坐）

天　子： 爱卿有何本奏？慢慢奏来。

姬仁英： 吾皇万岁。
　　　　（唱）俯伏地丹墀呼陛下，细听微臣奏分明。
　　　　　　周室定鼎几百载，幽王遇乱上镐京。
　　　　　　朝纲不正群雄起，列国诸侯各纷争。
　　　　　　五霸桓公独为首，至如今祥山叛了李天雄。
　　　　　　战表打在东齐国，宣王一怒发大兵。
　　　　　　征服天雄为王化，方才捷表进了京。
　　　　　　不敢自专来见驾，（呈上表）恭恭敬敬呈上龙庭。

天　子：（唱）周主天子接过表，从头细看喜心中。
　　　　　　自从我朕登宝殿，天下荒乱不太平。

姬仁英：（唱）今幸临淄出霸王，忠心为国服臣雄。
　　　　　　不敢自专奏我主，不可辜负汗马功。

天　子：（唱）钦命差官捧圣旨，宣王皇兄大加封。

御笔亲挥写完毕，眼望仁英叫爱卿。

你就前往临淄去，大封国臣振国风。

（白）爱卿领朕旨意，押着金银彩缎去到东齐封官，以显我朕不亏待功臣。

姬仁英： 微臣领旨。（下）

天　子： 散朝。（下）

（出晏婴、田敏站）

晏婴、田敏：（诗）今在周朝保齐王，安邦治国定家邦。

晏　英：（白）下官晏婴。

田　敏： 下官田敏。

晏婴、田敏： 齐王设座，在此伺候。

（出齐王坐）

齐宣王：（诗）威服巨寇愿投降，早闻捷报喜非常。

（白）孤家齐宣王。前者捷报到来。御妻在白虎关下，如此这般抓去鬼脸，换了真容，孤家闻知不甚欢喜。昨日又送来捷报，原是李天雄归降齐国，孤家便命人进朝报功去了。御妻大队人马目下就到。

钟无盐：（内白）众爱卿，人马扎在教军场上。众将官随我一同上殿。

（上钟无盐、李凤英、李天雄、杜文良、李道友、袁有吉、田文、色中玉、白太玉、关文义、白宣、来安，跪）

钟无盐： 千岁千千岁，臣妻钟无盐领兵将数载，今幸降伏，全仗元帅李凤英之力，奏凯班师，前来复旨。

齐宣王： 御妻平身。

钟无盐： 谢过千岁。

齐宣王： 殿下女将就是李凤英吗？

李凤英： 千岁，叛女乃关文义之妻，李氏凤英。

齐宣王： 元帅立此大功，伏在丹墀听孤封赠。

（唱）满面堆欢叫元帅，立此功劳非等闲。

当初御妻行人马，遭危受困青龙关。

川山道人摆凶阵，多亏元帅智勇全。

打破阵式取关口，降伏巨寇得胜还。

加封勇义侯之职，关文义我封你总兵代代传。

　　　　　　　外加护国大元帅，调遣众将掌兵权。
　　　　　　　张奎老将阵前死，为国丧身表凌烟。
　　　　　　　厚赏其家袭父职，平寇将军名白宣。
　　　　　　　御弟田文封王位，李天蓉我儿田坤配姻缘。
　　　　　　　李天雄既分邪正归我国，从前之事不用言。
　　　　　　　暂授护国将军职，日后有功再加官。
众　将：（白）谢过千岁。
齐宣王：（唱）降将一概封官职，还有收的众魁元。
　　　　　　　俱封护国将军职，再有差遣外加官。
　　　　　　　白太玉依然镇守黑熊岭，色红镇守白虎关。
　　　　　　　猛烈将军袁有吉，青龙关内要协同小来安。
　　　　　　　杜李将军二好汉，加封左右先锋官。
　　　　　　　其余女将随夫职，随营兵卒赏银钱。
　　　　　　　传旨光禄司摆宴，大庆功臣宴三天。
卒　　：（内白）朝命下。（上）启禀千岁朝命下。
齐宣王：香案伺候，待孤接旨。（下）
姬仁英：圣旨到，跪。
众　人：万岁万万岁。
姬仁英：听宣读诏曰：周家定鼎中原，宣王降服巨寇，大义尊周，朕不胜喜悦，钦命赏赐衣服、官履、袍带、白旗、斧钺，列国诸侯俱听调遣，赐黄金万两，彩缎百段，分赏与随征众将，其余大升三级，钦此。
众　人：万岁万万岁。
齐宣王：侍儿，将旨供奉龙庭。
姬仁英：千岁为国劳乏，下官不胜钦佩。
齐宣王：为国勤劳，理所当然。侍儿，摆宴伺候。大人，请。
姬仁英：请。（下）
　　　　（诗）天下惶惶起战争，黎民百姓不太平。
　　　　　　　今朝扫灭五祥地，周室江山得安宁。

（全剧终）

大 金 牌

杨明忠　倪恺祺　整理

【故事梗概】 定国公之子罗文举路见不平，为救民女谢琼美，打死国舅潘龙，又打死奉旨调查此案的孟熊。因潘妃不徇私情，出言相救，文举得到赦免，却又被父亲罗天表打死，抛尸荒野。长眉老祖救文举生还。琼美被父亲谢文龙许给文举为妻，又被后母聘给财主尤义。谢文龙送她到罗府，老夫人收琼美为义女。西夏兴兵进犯，天子亲征，潘泽清留守京师。番兵困天子于锁龙关，参谋刘杰回京搬兵，却被潘泽清杀害。潘泽清又要灭其全家，刘杰之子英魁逃脱。他路遇尤义迎娶琼美，便假扮新娘，李代桃僵，谢文龙则将次女琼花许配与他。尤义在成亲当天突然腹痛，让妹妹玉娘替他拜堂。发现英魁为男子后，玉娘颇为倾心，与之私自结合。骁骑将军刘英回京求援，亦被潘泽清陷害，他携女玉娥逃至结风山落草。天子又遣国舅徐清回京，徐清径见徐皇后。徐皇后设彩山殿，以潘泽清为主考，比武选帅。英魁赶赴锁龙关鸣冤，在结风山遇到刘英，与玉娥结为夫妻。文举学艺归来，与琼美完婚。潘泽清谋划让其子潘虎为帅。在潘妃和太子的干预下，文举夺取帅印。文举率兵救驾，路遇番将高三尺、高金定兄妹，为金定擒拿。金定爱慕文举，与之结为夫妻，并和兄长倒戈归顺。行至平山，文举又遇番将火滚、火兰英父女，被兰英生擒。在骊山圣母的点化下，文举与兰英结亲。潘泽清不甘心失去帅印，请潘妃助他造反。潘妃重笞其父，并把他关入大牢。潘虎火烧罗府，救走潘泽清。他们逃到结风山，被刘英、刘英魁拿获。杀死仇人后，翁婿二人赴锁龙关救主。途中刘英魁被大风吹走，为番王女儿魏金花、魏银花所救，二人共同招其为郡马。文举杀到锁龙关下，罗天表怀疑他是奸细，文举出示皇后所赐国宝大金牌，父子这才相认。西夏军师木鱼真人摆下神兵阵，邀来天兵天将，周王亦派高三尺请来众仙助战破阵。火兰英阵中产子，血光惊退敌方诸神，木鱼真人也随后阵亡。金花姐妹劝说其父罢却刀兵，西夏献上降表。周王册封功臣。

主要人物及行当表

罗天表：定国公
郑　氏：罗天表夫人，老旦
罗文举：罗天表之子，武生
谢文龙：平民，丑外
梅　氏：谢文龙继室，老旦
谢琼美：谢文龙之女（先房所生），旦
谢琼花：谢文龙之女（梅氏所生），花旦
杨　氏：刘杰夫人，老旦
刘英魁：刘杰之子，武生
杨　林：刘杰妻侄，武生
杨　豹：刘杰妻侄，武生
徐太贞：皇后，闺门旦
徐　清：徐太贞之弟
刘　英：骁骑将军

刘玉娥：刘英之女，武旦
侯玉英：高三尺妻，武旦
郑自尧：护国侯之子
郑自舜：护国侯之子
潘泽清：国丈
潘赛花：西宫娘娘、潘泽清之女，闺门旦
潘　龙：潘泽清长子，丑
潘　虎：潘泽清次子，武生
孟　熊：潘泽清妻弟，后军都督
孟　碧：孟熊之子，丑生
尤　义：前御史之子
尤玉娘：尤义之妹，旦
杨荣海：太监

番　王：西夏甘罗国主
魏金花：西夏甘罗国大公主，旦
魏银花：西夏甘罗国二公主，旦
木鱼真人：西夏甘罗国护国军师
林黑塔：西夏甘罗国保国都督
朗金彪：西夏甘罗国扶国都督
火　滚：西夏甘罗国镇国都督
火兰英：火滚之女，武旦
高三尺：西夏甘罗国定国都督
高金定：高三尺之妹，武旦

第 一 本

【故事梗概】国舅潘龙强抢民女谢琼美,罗文举路见不平,杀死潘龙。国丈潘泽清上奏周王,周王派钦差大臣孟熊彻查此事。不料孟熊为维护外甥而徇私枉法并亵渎圣旨,罗文举一怒之下摔死了孟熊。周王下令将罗家满门抄斩。太监杨荣海急忙告知潘妃,潘妃不念私情,向周王上奏保本,罗家得以解救。回到家中的罗天表怒火中烧,不顾家人阻拦,按家法将罗文举活活打死并抛尸荒野。神仙长眉老祖救走罗文举,将其带回洞宅。

(番王升帐,五将站)

众　　将:(诗)智勇能成业,奇谋可立功。

　　　　刀枪赛日月,杀气映碧空。

木鱼真人:(白)出家人木鱼真人。

林黑塔:俺保国都督林黑塔。

郎金彪:俺扶国都督郎金彪。

火　滚:俺镇国都督火滚。

高三尺:我定国都督高三尺。

众　　将:千岁升帐在此伺候。

(出番王坐)

番　　王:(诗)驾座西凉逞豪强,主杀赏罚任孤王。

　　　　酋长都督多骁勇,要夺大周锦家邦。

(白)孤家西夏甘罗国王。孤家所生二女,长女金花,次女银花,俱受异人传授,这不在话下。孤听说天子无道,荒淫酒色,信佞贬贤。孤王要有道伐无道,无德让有德,何不打去连环战表?堂候官。

堂候官:伺候。

番　　王:看笔砚过来。

堂候官:领旨。(拿介)笔砚已到。

番　　王:闪过,待孤写来。

(唱)用手提起毛竹管,字字行行写得真。

上写着甘罗国王三顿首，拜上皇兄九五尊。
我这里地窄国又小，叫孤怎养众三军？
闻听说三分天下有其二，理当让与孤一分。
孤家赏罚多公道，不像皇兄用奸臣。
天下军民人咒骂，都道皇兄是昏君。
西夏一代归顺我，齐都称我有道君。
早早与孤来进贡，我为上邦你为臣。
不然退位让了国，孤王一统锦绣乾坤。
若不然孤就发去人共马，拿住昏君刀碎身。
三宫六院一齐抢，宫娥彩女赏三军。
写完战表装封筒，一口大印上边存。
急忙开言传口旨，
（白）堂候官，宣左都酋长周福胜上殿。

堂候官：领旨。（下，内白）左都酋长周福胜上殿。

（上周福胜）

周福胜：千岁千岁千千岁，臣来见主。

番　王：将军你将这战表下到南京，交与天子观看。

周福胜：微臣领旨。（下）

番　王：我想战表一去，天子必发人马。孤只得委将镇守咽喉之地，准备对敌保国。都督林黑塔上殿。

林黑塔：千岁。

番　王：孤今打去战表，天子必发人马。你就带兵五万镇守锁龙关，准备与周兵一场恶战。

林黑塔：领旨。（下）

番　王：从来有道伐无道，自古无德让有德。（下）

（上武生）

罗文举：（诗）自幼学习文武艺，应当卖与帝王家。

（白）罗文举，乃金陵人氏，家父在周灵王驾下称臣，官拜定国公之职。母亲郑氏诰命一品夫人。俺今年一十七岁，还未定亲，每日在花园学习武艺。今当春光明媚，天色洁朗，不免出城射猎一回，有何不可？家将，

带马出城射猎一回便了。（下）

（上小旦）

谢琼美：（诗）深闺冷落多寂寞，翠被生寒懒去温。

（白）奴谢琼美，今方二九，乃南京谢家村的人氏。爹爹谢文龙膝前缺嗣，母亲李氏早年亡故，爹爹又娶梅氏继母。他到这里又生一女，名叫琼花，今年一十五岁。我姐妹倒也情投意合，唯继母让我苦不可言。今乃清明佳节，奴有心去到坟前与母亲烧纸去，不知继母容去不容去。

（上丑外）

谢文龙： 女儿在房么？

谢琼仙： 爹爹来到女儿房中有何话说？

谢文龙： 我儿不知，今乃清明佳节，家家都去上坟挂纸。可叹老汉无子，只有女儿，竟来与儿商议，去到坟前与你死妈烧纸，不知我儿去呀不去呀？

谢琼美： 咳，孩儿也是半子之劳，孩儿愿去坟前哭祭我母。

谢文龙： 你既愿去，就此收拾收拾，我去吩咐打头的担着祭礼与清浆纸马，咱们就走。

（诗）今朝清浆祭先祖，一滴何曾到九泉？（下）

（上丑、武生）

潘龙、潘虎：（诗）念书不中用，拉弓装有病。

耍刀无门路，上阵怕送命。

潘　龙：（白）我大国舅潘龙。爹爹潘泽清，现为西宫国丈，妹妹潘赛花，圣上封为西宫下院。兄弟潘虎。我父子三人在朝，真是一人之下，万人之上，本是爷家宠臣，无人敢惹，这也不在话下。今日心闲无事，何不出城行围一回？小子们！

（上家将）

家　将： 大爷有何吩咐？

潘　龙： 与爷带马一到城外西山坡射猎一回便了。

（唱）吩咐小子快带马，一齐去到山坡中。

今日心闲去玩耍，去到郊外打生灵。（下）

家　将：（唱）家将答应不怠慢，各拿兵器不消停。

这个忙着拉着犬，那个忙着架着鹰。

|||会使枪的扛着炮，也有肩上背着弓。
|||家将各个收拾妥，烈烈轰轰出了城。
|||一齐围着大爷走，真乃好似一窝蜂。
潘　龙：|（唱）|潘龙一见心欢喜，叫声家将听我明。
|||见了兔子撒细狗，见了野鸟放黄鹰。
|||空中若有天鹅叫，掐断红绳撒海青。
|||哪个偷闲要偷懒，回家重打不容情。
家　将：|（唱）|众人听说不怠慢，撒开围放不消停。
|||左一围来右一裹，百鸟不敢看碧空。
|||打些獐狍与野鹿，还有飞禽与生灵。
|||正然行围往前走，那边来了一生灵。
|||原是一只白玉兔，见他跑走一溜风。
|||只得回禀大爷晓，
||（白）|禀大爷，正然行围，忽见一只白玉兔往西跑去，只得禀知大爷知道。
潘　龙：只等听我吩咐，就此架鹰带犬一齐围裹上去，不得有误！（下）
（上谢文龙、老仆、谢琼美）

谢文龙：打头的将祭礼摆上。

老　仆：是。（上坟摆祭）东家诸事已毕。

谢文龙：只等闪过。闺女呀，上前给你妈烧张纸去！

谢琼美：是。妈妈使钱罢。罢了，我的妈妈呀！

|（唱）|琼美跪在坟头上，不由一阵好悲惨！
||空见坟头不见母，撇的孩儿好可怜。
||你死一身只顾你，留下业障的丫头在世间。
||唯有继母心肠狠，她让你女苦不可言。
||你女将她来孝顺，百般尽孝她总嫌。
||妹妹虽好年幼小，纵然偏向不一般。
||爹爹年迈不理事，就是知道他不言。
||任凭梅氏她为鬼，一家大小谁敢拦？
||母亲阴魂有灵验，把儿叫到鬼门关。
||阴间路上服侍你，母女作伴不孤单。

	这佳人越哭越痛声不止，
谢文龙：	（唱）哭得老儿泪不干。
	却是为父当初错，绝不该继娶梅氏到家园。
	十几年来不理论，谁知她内里行不端。
	当初知她行不正，任凭怎么不续弦。
	如今后悔却也晚，现如今生下女来无的言。
	叫声闺女回家罢，人死不能把阳还。
	正是谢老把女劝，
潘　龙：	（内唱）再把潘龙表一番。
	（内白）哎呀！这是哪里啼哭之声，娇嫩的嗓子？小子们，将马带过，大爷我往这坟里看看去是谁哭呢？
家　将：	是。
	（潘龙、众家将同上）
潘　龙：	嘿呀，我算头遭开眼哪！
	（唱）潘龙细留神，用眼坟前看。
	这样美佳人，从来我未见。
	满面带愁容，泪在眼圈转。
	脸蛋生得白，口把樱桃现。
	眉儿两道弯，雪白牙好看。
	身穿袄大红，罗帕胸前占。
	风摆罗裙开，金莲一点点。
	难为怎裹的，不过两寸半。
	这样玉美人，怎得她陪伴？
	欢喜乐无涯，刻下就许愿。
	一见就有缘，今日我遇见。
	机会错不得，休装大头蒜。
	就在这坟里，风流事要办。
	老儿在一边，他准不能干。
	抓耳又挠腮，急得心中乱。
	欲火往上升，脚儿也不站。

家　将：（唱）旁边众家丁，齐把大爷见。

　　　　　　　这件美勾当，咱们椎好办。

　　　　　　　把她抢到家，他就没法办。

　　　　　　　大爷势力高，他是庄稼汉。

　　　　　　　再给他银子，他必心从愿。

　　　　　　　你说好与不？要好咱就办。

　　　　　　　大爷你说好不好？

　　　　（白）咱何不就此把她抢回家去，大爷你说如何？

潘　龙：好！一齐动动手抢东西。

家　将：言之有理。

　　　　（抢谢琼美下，谢文龙追潘龙，被推倒）

谢文龙：哎呀，可罢了我了。你们这伙强盗，真也无有王法了呀，清平世界，朗朗乾坤，硬抢我的女儿，待老汉赶上，一定与你们拼命！

　　　　（唱）谢老儿，怒纷纷？

　　　　　　　清平世界，朗朗乾坤。

　　　　　　　王法全没了，白天敢抢人。

　　　　　　　老汉岂肯善罢？豁着老命相拼。

　　　　　　　喊叫吆喝把人救，救人哪！救人哪！跌倒爬起随后跟。

潘　龙：（唱）潘国舅，把话云：

　　　　　　　这个老狗，他竟随跟。

　　　　　　　谅你白费事，叫你枉劳神。

　　　　　　　大爷抢进府去，与她拜堂成亲。

　　　　　　　你要好好把亲认，就是我的老丈人。

谢文龙：（唱）贼狗子，成凶神。

　　　　　　　放下我女，无的话云。

　　　　　　　不然我就告，喊冤到衙门。

　　　　　　　官府必然出票，拿你狗子一群。

　　　　　　　谢老跑得腿儿软，救人哪！救人哪！使得浑身汗淋淋。

　　　　　　　且不言，谢老人。（下）

　　　　（上罗文举）

罗文举：（唱）山坡上来了一个人。罗文举射猎,老远看得真。

　　　　　　　头前跑着一伙,后有一人随跟。

　　　　　　　老人招呼把人救,(马上)内里一定有原因。

　　　　　　　不免问问是何故,将马一催到来临。(与谢文龙对上)

　　　　（白）这位老人家为何喊叫救人,是何缘故?

谢文龙：壮士有所不知,我父女坟前烧纸,叫那兔羔子看见我女儿生得美貌,他们就抢去咧!好汉爷爷,救救我父女吧!

罗文举：老人家不必着急,待我赶上与你夺回便了。(下)

谢文龙：好了好了,哪里来了这么一个好人,真乃威武,听说不平,竟自赶了去咧。待老汉随后也追上,帮着壮士便了。(下)

罗文举：（内白）强盗哪里走?

　　　　（上潘龙、家将）

家　将：禀大爷,不好了,后面有人追赶,这且怎好?

潘　龙：不妨。若是这么着,你们在此等候,待我看看却是哪个,将马带过。(与罗文举对上)呀!我当是谁,原来是罗文举,你为何到此?

罗文举：潘国舅,你为何青天白日抢人家妇女?

潘　龙：咳!你这不是胡说么!

　　　　（唱）你怎知我抢妇女?竟来胡闹混颠憨。

罗文举：（唱）我才遇见一老者,说你抢来一红颜。

潘　龙：（唱）那女子果然现在此,我俩前世就有缘。

罗文举：（唱）你今现为皇国舅,须知礼仪圣贤言。

潘　龙：（唱）什么叫礼仪我不懂,只知玩乐与歌欢。

罗文举：（唱）劝你快放那女子,省得旁人说笑言。

潘　龙：（唱）要放女子不能够,眼睛熬瞎难上难。

罗文举：（唱）当真你不听我劝,目下叫你认认咱。

潘　龙：（唱）你从哪里喝糟酒,竟来与我混歪缠。

罗文举：（唱）狗子你真敢撒野,强要幼女罪怎担?

潘　龙：（唱）我又没抢你姐妹,多管闲事惹人烦。

罗文举：（白）住了。

　　　　（唱）一句话气坏罗公子,赶上前去打一拳。

（白）着打！

潘　　龙：哎呀。

（唱）好打好打真好打，叫声小子快上前。

罗文举：（唱）谁敢动手来寻死？叫你们各个染黄泉。

潘　　龙：（白）哈哈！

（唱）潘龙这里气破胆，叫声小子们听我言。

（白）小子们与大爷我带马，我一定交给他四两半斤的。

（马上对罗文举）罗文举你不要撒野，看刀！

罗文举：来，来，来。

（杀，罗文举杀潘龙死）

罗文举：这厮被我一枪刺死，家奴四散，我也不追，由他们去罢。

（上谢文龙）

谢文龙：多谢壮士救护之恩。

罗文举：老人家请起。

谢文龙：是。壮士呀，这个狗子一死，就算是老汉将他杀死，我就进城认罪，与他偿命。

罗文举：老人家不必如此。我今将他杀死，由我去挡，你父女回家去吧。

谢文龙：壮士只因救我父女，伤此人命，老汉岂肯无事回家，移祸与壮士？

罗文举：老人家不必多虑，我自有道理。

谢文龙：壮士执意于此，老汉也不用再说咧，请壮士留下姓名。

罗文举：我名罗文举，我父亲官拜定国公之职。

谢文龙：公子救我父女，无恩可报，小老儿有句不当的话要与公子说说呢。

罗文举：老人家有话请讲。

谢文龙：这个，公子，方才被抢之人乃是我的大女儿，至今还未择配，小老儿愿将小女许与公子为妻，以报救护之恩，不知公子意下如何？

罗文举：婚姻大事，父母做主，无媒无证，我不敢从命。

谢文龙：公子不要推辞。小老儿既已说出口来，你说不从，我女儿不能再聘，取舍任凭尊意。公子，是你再思，是你再想。

罗文举：罢了罢了，老人家执意如此，我应下也就是了。你父女回家去罢，我也回府去了。

谢文龙：消停消停，公子既应允婚姻，算定再无更改，公子留下点啥东西才好。

罗文举：罢了，我这腰中系的丝鸾带子一条，留下作为聘礼。我就去也。（下）

谢文龙：闺女呀，你看爹爹我做的这件事情如何？

谢琼美：孩儿多亏人家相救，终身侍奉于他也算报恩。爹爹做事倒也不错，孩儿的终身算是一定再无更改了。

谢文龙：那是自然，既然人家下聘礼了，算是一准。这死人也不用管他，咱们回家吧。

谢琼美：是。（下）

（急上二家丁）

家丁乙：哎呀，兄弟呀！

家丁甲：哥哥！

家丁乙：咱们别跑咧，瞧瞧国舅老爷去，叫罗文举小儿给杀喽哇。

家丁甲：走，瞧瞧去！（下，摆尸，又上）

家丁乙：哎呀坏了！这不是叫人家给杀了，这可怎好？

家丁甲：咱们抬着去见太爷去。

家丁乙：见了太爷，太爷要问咱们怎说呢？

家丁甲：就说抢媳妇来着，叫人家给杀了。

家丁乙：那可不中。若是太爷要问说公子抢人，那么应当劝他不该做这无礼之事，咱们怎么答对呀？

家丁甲：要不了怎好呢？

家丁乙：有了。咱们就说为了一只白毛玉兔，公子说是他射的，罗文举说是他射的，因此二人争论，动了手后，就叫罗文举一枪给扎死咧。

家丁甲：使得，抬着，抬着。（下）

（上潘泽清）

潘泽清：（诗）禀政当权沾恩宠，赫赫声名贯帝都。

（白）老夫西宫国丈潘泽清，在周灵王驾下称臣，膝下二子一女，长子潘龙，次子潘虎。女儿赛花，圣上封为西宫下院。我父子三人在朝，真是一人之下，万人之上，无人敢惹。

（上家院）

家　院：禀太爷，了不得了！

潘泽清：何事？

家　　院：今日少爷出城射猎，因为一只白毛玉兔，被罗文举一枪刺死了。

潘泽清：当真？

家　　院：当真。

潘泽清：果然？

家　　院：果然。

潘泽清：尸首现在何处？

家　　院：现在府门以外。

潘泽清：抬进来。

家　　院：是。（下）

　　　　（抬尸上）

潘泽清：潘龙娇儿啦！

　　（唱）上前抱住死尸首，哭一声儿啦泪如涌泉。
　　　　　娇生惯养成人大，习学武艺在花园。
　　　　　父子三人同商议，谋取周朝锦江山。
　　　　　推倒灵王我坐殿，设计文武改天年。
　　　　　东宫守缺就是你，辈辈相传坐金銮。
　　　　　从今打断我的念，妄想之心化为烟。
　　　　　你兄弟年轻不知事，依靠老夫难上难。
　　　　　谁知我儿寿命短，小小年纪丧黄泉。
　　　　　儿啦，哭罢多时止住泪，不由一阵怒冲冠。
　　　　　骂声狗子罗文举，霸道横行欺压咱。
　　　　　仗着你父国公职，任意胡为行不端。
　　　　　一定上殿去见主，也叫狗子被刀餐。
　　　　　主意一定忙吩咐，

　　（白）左右，将你少爷尸首放在一旁，着人看守，调轿上朝。

家　　院：（内白）请爷下轿。

潘泽清：（内白）朝房伺候。

　　　　（出天子坐，上潘泽清，跪）

潘泽清：万岁万万岁，臣潘泽清有本奏闻陛下。

天　　子：国丈有何本章？一一奏来。

潘泽清：万岁。

  （唱）俯伏金阙呼万岁，我主龙耳听明白。
     臣子潘龙去射猎，人马到了西山坡。
     遇见一只白玉兔，拐去雕翎想逃脱。
     随后来了罗文举，二人抵赖相争夺。
     仗着他父国公职，任意胡为分外恶。
     拿枪照着我儿刺，潘龙一命见阎罗。
     可恨老儿罗天表，纵子行凶了不得。
     只求皇爷刷圣旨，快些差官把他捉。
     国丈奏罢连叩首，

天　子：（唱）灵王听罢自颠夺。
     国丈奏的似有理，未知真相要揣摩。
     文举刺死大国舅，论理应当把他捉。
     又有国公罗天表，东挡西杀功劳多。
     况且是国舅素来多不正，无法无天朕晓得。
     有心拿问罗文举，如若被屈待怎么？
     我朕如若不降旨，国丈跪求又苦说。
     何不如此这般做？委官审问才使得。
     想罢开言叫国丈，

天　子：（白）国丈方才所奏之事，有可疑之处。罗天表乃是开国元帅，东挡西杀，忠心耿耿，扶保我朕，哪有纵子行凶之理？其中必有别情。待朕差官审问明白，便知真假，再斩不迟。望下便叫哪位爱卿领朕旨意，审问罗文举，审问明白，回奏我朕。

孟　熊：万岁，孟熊情愿领旨，审问罗文举。

天　子：爱卿依情问理，不可徇私，领旨下殿。

孟　熊：为臣领旨。（下）

  （出二差役）

陈大顺、张照发：奉了老爷命，去拿扎手人。

陈大顺：我快头陈大顺。

张照发：我张照发。

陈大顺：兄弟，一个人怎么扎手呢？
张照发：你罢哟，你看那罗文举善鼻善眼的，三句话不投机就要打人。你想国舅老爷都叫他刺死咧，何况你我一个当差的？要是一句话不投了，只怕将你我一下子活打死呢。
陈大顺：哎呀，这么厉害！
张照发：你说扎手不扎手也？
陈大顺：哎呀，要依你说这可怎好呢？
张照发：我有一计，咱们就说孟老爷请他，他要来了，见了老爷面，他俩爱闹怎闹去。
陈大顺：好计？咱俩见了他跪下磕头，他无有不来之理。
张照发：走吧。（下）

（升堂，孟熊坐）

孟　熊：（诗）大堂好比森罗殿，问官好似五阎君。
（白）下官孟熊，官拜后军之职。今有罗文举不遵国法，将我外甥用枪刺死，差人去拿凶手，怎么还不见到来？
（上衙役）
衙　役：禀爷，将罗文举拿到。
孟　熊：带上来！
衙　役：是。（下，内白）有请罗少爷。
罗文举：（内白）来了。（上）孟大人请了。
孟　熊：住了，罗文举，你乃杀人凶犯，见了本督还不跪下？谁叫你拱手？
罗文举：孟大人言之差矣，谁是凶手？
孟　熊：你刺死潘国舅岂不是凶犯？
罗文举：哦，原来是潘国舅无法无天，抢掠民女，被我遇见，劝他不听，我二人故此动手，从来刀枪无眼，所以刺死，其情属实。
孟　熊：住了！满口的胡说。原为一只白毛兔，怎说抢掠民间幼女？自古说抄手问贼，岂肯善招？左右，将他拉下去，重打四十大板，然后再问！
罗文举：住了！谁敢动手？
孟　熊：咳呀，好个狂徒，不遵国法，竟敢大闹公堂。左右！将圣旨悬挂起来。
衙　役：是。（悬起圣旨）

罗文举：既有圣旨，待我跪了。（跪介）

孟　熊：哇，好个狂徒，你说你无罪，为何下跪？

罗文举：我跪的是当今圣旨。

孟　熊：左右将圣旨卷起来！（卷介）

罗文举：住了！孟熊啊孟熊，你戏耍圣旨该当何罪？

孟　熊：哎呀，罗文举，小冤家，你真要造反！

（唱）小冤家，真逞凶。

不遵国法，任意横行。

仗着你的父，官拜定国公。

刺死潘龙国舅，搅闹公堂非轻。

我是奉旨审问你，你是犯人不伏刑。

罗文举：（唱）叫一声，贼孟熊。

谁是凶犯？倒要分明。

他抢良家女，我本气不平。

好言将他相劝，他反胡言不听。

我俩因此动了手，刀枪无眼他命完。

孟　熊：（唱）休胡讲，我懒听。

你们是在，西山坡中。

为只白玉兔，你俩两相争。

用枪刺死国舅，国丈奏知朝廷。

自古杀人要偿命，你与国舅把命偿。

罗文举：（白）住了！

（唱）罗文举，把气生。

分明你是，向着外甥。

你今在朝内，所仗潘泽清。

共同作弊拿我，想要偿命不能。

我今叫你认认我，说罢抓住贼奸雄。

孟　熊：（白）哎呀！

（唱）好一个，小畜生。

莫非你还，叛乱朝廷？

	难道打老夫，凌辱钦差公？
	嘴里说着硬话，心中暗打调停。
	叫声左右快动手，拿住犯人见朝廷。
罗文举：	（白）谁敢动手？
众衙役：	（唱）众衙役，与兵丁。
	一边乱战，眦着眼睛。
	谁敢去动手？惧怕生命倾。
	你看我来我看你，谁敢上前去碰钉？
罗文举：	（唱）叫奸贼，你是听。
	我今叫你，去赴幽冥。
	把这孟老儿，举在半虚空。
	往下一撂摔死，
孟　熊：	（白）哎呀，哎呀，我眼混。（死）
罗文举：	（唱）心中料觉气才平。
	众人闪开我去也！
	（白）将老贼摔死，料觉气平。众人闪开，小生去也。（下）
衙　役：	（内白）哎呀，了不得了，老爷叫罗文举给糟践了。
众衙役：	（内白）走！大家看看去！（同上）哎呀，坏了，死啦！大家抬着，报知国丈老爷要紧。使得，抬着。可了不得了。（下）
	（摆场，四将站）
众　将：	（诗）英雄统帝都，智勇胜似武。
	忠心怀社稷，能把圣主扶。
周广申：	（白）俺副将周广申。
李　桂：	俺参将李桂。
张文丙：	俺游击张文丙。
刘茂春：	俺守备刘茂春。
众　将：	国公升帐，在此伺候。
	（上罗天表）
罗天表：	（诗）幼年生来胆气豪，腰中长悬斩将刀。
	扶保周朝江山稳，文武军民免心焦，

（白）本爵罗天表，在周主驾下称臣，官拜定国公之职，自幼东挡西杀，血战得功劳。夫人郑氏所生一子，名唤罗文举，在府中学习武艺。今年一十七岁，还未定亲，这也不在话下。前月奉旨在海外哈喇国催贡，将表礼要来，离京只有一站之地，明日早早到京。众将官，拔营起寨，不得有误。（下）

（上潘泽清）

潘泽清：（诗）可恨文举真可恨，杀子之仇实难容。

（白）老夫潘泽清，可恨罗文举将我儿杀死，圣上命我妻弟孟熊审问，也不知怎么样了？

（上卒）

卒：禀爷，不好了，今有罗文举不遵国法，大闹公堂，将孟老爷摔死，特来禀报。

潘泽清：呀！此话当真？

卒：小人不敢撒谎。

潘泽清：哎呀呀，气死人也！这小冤家不遵国法，该满门抄斩。来人，带马上朝。（下）

（摆场，天子坐）

罗天表：（内白）众将官，人马扎在教场，接马。（上，跪）万岁万万岁，臣罗天表海外哈喇国催贡回朝，现有表章，请主御览。

天　子：侍儿。

侍　儿：伺候。

天　子：将表呈上来。

侍　儿：领旨。

潘泽清：（内白）家将们，将马带过。（上，跪）万岁万万岁，臣潘泽清见驾。

天　子：太师有何本奏？

潘泽清：今有罗文举不遵国法，大闹公堂，不服审问，摔死钦差孟熊，请主定夺。

天　子：潘国丈，此言可是当真么？

潘泽清：为臣不敢妄奏哇，万岁！

天　子：哼哼，真正可恼！罗天表你可听见？难为你为国家大臣，竟自纵子行凶。

罗天表：哎呀，万岁，为臣公干出京，不知此事，望乞圣上做主罢。

天　　子：唶，前日刺死国舅，今又摔死钦差，现有两条人命，罪不容诛。金瓜武士。

金瓜武士：万岁。

天　　子：将罗天表全家绑赴云阳市口，餐刀废命。

金瓜武士：领旨。（拿下）

刘杰、刘英：刀下留人！（上，跪）万岁且息雷霆之怒，臣等有本冒犯我主。

（唱）刘杰跪在平川地，刘英尊主容臣言。

　　　我等保留罗天表，为的我主锦江山。

　　　可惜他东挡西杀征番叛，血战功劳莫大焉。

　　　忠心为国无二意，四夷八蛮尽朝天。

　　　况他奉旨海外去，今日才得转回还。

　　　纵子行凶无有的事，臣等看他本是冤。

　　　赤胆忠心扶社稷，并无哪处乱朝班。

　　　今日斩了罗天表，文武官员把心寒。

　　　倘若西夏来造反，何人领兵扫狼烟？

　　　望求我王赦了吧，好保爷家锦江山。

　　　刘杰刘英苦保奏，

天　　子：（唱）天子闻听怒冲冠。

　　　凶徒伤了两条命，理当抵偿把刀餐。

　　　二卿不必将他保，居家问罪不容宽。

　　　哪个再若将他保，一同问罪理当然。

（白）二卿不用再奏，罗文举不遵王法，反叛之事按律阖家该斩。众卿何苦深保于他？正午时刻，驾帖一到，人头落地，哪个再奏，一律问罪。退朝！

众　　卿：万岁万万岁。（下）

天　　子：散朝。（下）

（急上杨荣海）

杨荣海：（诗）偶闻凶险事，两足不站停。

（白）咱家杨荣海。圣上要斩罗门，众官保本不准。罗天表乃是忠正之臣，倘若一死，何人扶保圣上的江山？却如何是好？哦哦有了，不免去到昭阳，去求国母保奏，只怕罗门有救，也未可定。只得走走。（下）

（上潘赛花）

潘赛花：（诗）陪伴皇爷得宠爱，一家尽沾雨露恩。
（白）宁家潘赛花。承蒙圣恩，封为西宫下院，爹爹封为国丈，二位兄长封为国舅之职。

杨荣海：（内白）罢了罢了，可见罗门无有救了，嗯嗯，我怎么跑到西宫来了？

潘赛花：宫人。

宫　人：伺候。

潘赛花：这是何人讲话？

宫　人：待奴婢看来。（下，又上）启奏娘娘，是太监杨荣海。

潘赛花：只等宣他进来。

宫　人：是，领旨。（下，内白）娘娘有旨，宣杨公公进宫。

（上杨荣海，跪）

杨荣海：千岁。娘娘千岁，奴婢叩头。

潘赛花：杨荣海。

杨荣海：伺候。

潘赛花：你方才在宫外哼呀咳的，所为何事？

杨荣海：奴婢来接圣驾，万岁又不在此，莫非是往昭阳去了？待奴婢去接罢。

潘赛花：既是如此，是你去罢。

杨荣海：是。（急下）

潘赛花：嗯，你看杨荣海去得慌张，必有缘故。哦，宫娥，叫他回来。

宫　娥：领旨。（下）杨老公公，娘娘叫你回来呢。

杨荣海：（内白）是，是，我回来了。（上）娘娘千岁，叫奴婢有何吩咐？

潘赛花：我看你来得迟，去得急，面色不对，必有什么事故。

杨荣海：这个，哦哦，并无什么事故。

潘赛花：哇！好奴才，宁家问你，竟不说实话，宫人与我拉下去，命人打他四十御棍。

杨荣海：哎呀，娘娘千岁，不要动怒，容奴婢实诉。

潘赛花：快讲。

杨荣海：咳，千岁，眼看天塌半壁。

潘赛花：住了！你说什么天塌了半壁，难道说你叫宁家黏天补地不成？

杨荣海：不是叫娘娘黏天补地，如今罗天表催贡还朝，遭拿问了。

潘赛花：哦，却是为何？

杨荣海：只因他儿子罗文举枪挑大国舅，又摔死钦差孟大人，圣上大怒，拿他满门，绑赴云阳市口。若是杀了罗门，再有何人东挡西杀，难保圣主的江山？岂不是天塌了半壁？

潘赛花：哦，此话当真？

杨荣海：当真。

潘赛花：呀，可不痛死人也。

（唱）闻听死了大兄长，心中好似万刀扎。
　　　哭声娘舅死得苦，悲声惨切泪滴答。
　　　用手指定罗门骂，奸党父子俱该杀。
　　　为何枪挑我兄长？摔死我舅无王法。
　　　我不找你你找我，两条人命岂白搭？
　　　我今不把冤仇报，父女英名被他弱。
　　　待我上殿去奏本，斩尽罗家气才压。
　　　吩咐宫人快看辇，

（白）宫人看辇伺候。

杨荣海：娘娘千岁，要往哪儿去？

潘赛花：上殿奏本，与我兄长娘舅报仇。

杨荣海：哎呀呀。千岁，罗门全家已经绑赴云阳市口，目下餐刀废命，阖朝文武、九卿四相俱都保本，一概不准。

潘赛花：这些人保他何用？

杨荣海：那些人都是为圣上的江山。如今斩了罗门，后来倘若四方造反，谁能保住我主江山？

潘赛花：可也是呀，失落江山还有你这娘娘不成？兄长已经死去，就是杀了罗门，难道说就解了你的恨了？咳！死了就死了吧，还是江山要紧。杨荣海。

杨荣海：千岁。

潘赛花：你往昭阳去做什么去呢？

杨荣海：我往昭阳，去求国母娘娘保本哪！

潘赛花：昭阳国母她是娘娘，宁家我呢？

杨荣海：也是娘娘。

潘赛花：却又来她能保本，难道宁家就保不得么？

杨荣海：哎呀，娘娘千岁，果然真心保本，保他罗门不死，慢说阖朝文武不及，就是昭阳国母，您也胜她百倍。

（唱）娘娘真心去保本，强如昭阳国母她。
　　　这一上本去保奏，自然保下他全家。
　　　贤德名儿传天下，人人都把娘娘夸。
　　　兄长之仇并不报，反去保本不杀他。
　　　不但罗门念恩德，千年万代美名佳。
　　　文武官员都尊敬，敬奉娘娘赦国法。
　　　娘娘要去急速去，去迟一步把天塌。
　　　午时三刻他废命，人头落地染黄沙。
　　　看看不久时刻到，娘娘千岁快去罢。
　　　倘若一步赶不上，岂不把千岁好心搭？
　　　杨荣海一旁催得急，

潘赛花：（唱）娘娘座上把话答。
　　　吩咐宫人快看辇，金殿去见圣主他。
　　　宁家既已慈心动，定要前去保护他。

（白）宫人们，看辇，随我一到金殿。（下）

杨荣海：好了，好了，娘娘此去，一定能保住罗门不死。千岁真是大贤之人，美名传于天下。我只得跟着打听打听便了。（下）

潘赛花：（内白）宫人住辇。

宫　人：领旨。

（上潘赛花，跪）

潘赛花：万岁万万岁，小妃见驾。

天　子：爱妃，你不用再奏，寡人已将他绑赴云阳市口，单等时刻一到，刀下废命。你今如此，不过是叫他死么？

潘赛花：万岁，小妃此来不是叫他一死呀，万岁。

（唱）口呼万岁万万岁，我主龙耳听明白。
　　　娘舅兄长已经死，理应该保留我主栋梁材。

　　　　　　摔死娘舅我不恼,刺死兄长不挂怀。
　　　　　　只求我主把罗门赦,免他一家上天台。
　　　　　　念他昔日功劳大,恶战仇敌实苦哉。
　　　　　　我主江山是要紧,莫因死的把活的埋。
　　　　　　非是小妃将他保,可惜罗门栋梁材。
　　　　　　东挡西杀扶我主,提兵调将巧安排。
　　　　　　今日死了罗天表,可惜他往日功劳实可哀。
　　　　　　望乞我主把他赦,小妃我保他也是为主来。
　　　　　　我今一定将头出,断不记仇在心怀。
天　　子：(白)好哇!
　　　　　(唱)天子闻听心里悦,爱妃美名传世间。
　　　　　　你既不追究这件事,寡人这是为何来?
　　　　　　传旨就把罗门赦,
　　　　　(白)罢了罢了,爱妃冤仇不报,反倒保着罗门不死,贤名第一。看你的脸面,赦罗门不死,贬他回家为民。杨荣海。
杨荣海：伺候。
天　　子：领旨快去。
杨荣海：遵旨。(下)
天　　子：爱妃听朕封赠。
潘赛花：万岁。
天　　子：西宫改为永安宫,与昭阳一样,不分大小。
潘赛花：谢主隆恩,万岁。(下)
罗天表：(内白)家院,将马带过。(上,坐)我罗天表。可恨逆子,我不在家下,他竟任意胡为,伤了两条人命。圣上拿我阖家问斩,多得西宫娘娘保奏,不然全家都得餐刀废命。像这样逆子要他何用?家院!
家　　院：伺候老爷。
罗天表：将罗文举叫来见我。
家　　院：是。(下,内白)大相公,老爷唤你。
罗文举：(内白)来了。(上)爹爹呼唤儿有何吩咐?
罗天表：唗,(打倒文举)畜生!畜生!谁是你的爹爹?王义,看家法过来。

王　义：哦，老爷要家法何用？

罗天表：将这逆子活活打死！

王　义：哎呀，老爷息怒。

罗天表：哦，好奴才，若不取来，先将你这奴才打死！

王　义：是是，了不得了。（下，又上）家法取到。

罗天表：闪过了。

罗文举：哎呀呀，爹爹，岂不看父子之情？不要难为孩儿。

罗天表：呀呀呸，像你这样畜生，令人恨死，你真是我仇人，还讲什么父子？是你找打。（打介）

罗文举：哎呀，爹爹呀！

罗天表：住了！我哪里有这样的逆子？险些叫你这冤家断送性命。我且问你，为何刺死国舅。怎又摔死钦差？难道你不遵国法？快说，是你快讲！

罗文举：是，爹爹容禀。

　　　　（唱）孩儿出城去射猎，遇见了国舅潘龙抢花容。

罗天表：（唱）他抢谁家女子？

罗文举：（唱）谢家村的谢氏女，孩儿我善言相劝他不听。

罗天表：（唱）劝他不听，就该回家。

罗文举：（唱）劝他不听还罢了，他反倒毁骂孩儿把眼横。

　　　　那时我才动了气，我二人交手两相争。

　　　　刀枪无眼失了手，潘龙着枪一命亡。

罗天表：（白）哼，你说失手枪刺死国舅，怎又摔死钦差？难道你不遵国法？

罗文举：（唱）孟熊命人将儿请，原来是诓哄孩儿到他府中。

　　　　他说无故伤人命，不容分说就动大刑。

　　　　孩儿岂肯将他让？他将那圣旨挂在公堂中。

　　　　一见圣旨儿服罪，他说儿你既无罪怎跪溜平。

　　　　又将圣旨卷将起，我说他要笑圣旨亵渎朝廷。

　　　　孩儿一时动了怒，用手举起半空中。

　　　　一时失手未抓住，他就掉在地溜平。

　　　　绝气而亡一身死，

罗天表：（白）哼哼！

　　　　　（唱）罗爷听罢气满胸。
　　　　　　　　逆子冤家真可恨，活活玷祖又欺宗。
　　　　　　　　要你这畜生有何用？我今叫你赴幽冥。
　　　　　（白）看打。
罗文举：哎呀！
罗天表：（唱）一棍起来一棍落，乒乓乱响不住声。
　　　　　　　　我今将你活打死，省得你玷辱罗氏门。
　　　　　　　　打罢多时坐在椅，只气得二目双合不住哼。
罗文举：（唱）文举疼痛苦哀告，爹爹你看父子情。
　　　　　　　　不住叩头央求父，
　　　（上老旦）
郑　氏：（唱）夫人正在后堂中。
　　　　　　　　听说老爷把儿打，急急忙忙到大厅。
　　　　　（白）哦，老爷消消气吧，今日劝导他一番，他从今以后改过，再不叫他出门闯祸。况且圣上宽容，免其一死，老爷岂不念父子之情？饶过他吧。
罗天表：我与他有什么父子之情？留着这畜生招灾惹祸。咱全家绑在云阳市口，若不是西宫娘娘保本，你我早已餐刀废命。像这样的逆子，不如活活打死，省得叫他玷辱家门。你还来与他讨债，呀呀呸！你与他讨的什么情分？
郑　氏：老爷不可如此狠心太甚。
罗天表：哇，老太婆你还敢强辩？
　　　　　（唱）主意定，无三思。
　　　　　　　　竟敢对嘴，强辩不依。
　　　　　　　　再要强多嘴，叫你赴阴司。
　　　　　　　　你不自己想想，养活这样的儿子。
　　　　　　　　一定将他活打死，省得旁人都笑耻。
郑　氏：（唱）哪个敢，话胡提？
　　　　　　　　奉劝老爷，你自寻思。
　　　　　　　　圣主已经赦，娘娘施恩及。
　　　　　　　　老爷叫他一死，你我怎能舍得？

　　　　　　　叫他改过不惹祸，从此不把大门离。
罗天表：（唱）乞婆你，快回去。
　　　　　　　不必在此，多费心机。
　　　　　　　咱们罗门内，家法要整理。
　　　　　　　自我祖上一脉，并无这样子弟。
　　　　　　　今日将他活打死，西宫娘娘也见得。
郑　氏：（唱）老爷呀，老夫人，哭啼啼。
　　　　　　　老爷心狠，也算第一。
　　　　　　　不听我的劝，叫他赴阴司。
　　　　　　　不如将我处死，我们俱把你离。
　　　　　　　再要打他我不让，一定保护我儿子。
罗天表：（白）哎呀！
　　　（唱）只气得，两眼直。
　　　　　　　喝叫乞婆，好无意思。
　　　　　　　上前打一掌，（打介）复又用脚踢。
郑　氏：（白）哎呀！
　　　（唱）郑氏夫人跌倒，只剩吸呼气息。
罗天表：（唱）罗爷便把梅香叫，将你太太搀下去。
　　　（白）梅香，将你太太搀入后堂，好好服侍。
梅　香：哎，这是咋哩？（扶下）
罗文举：爹爹真要打死孩儿么？
罗天表：呀呀呸，哪个叫你活着？谁叫你不死呀？
　　　（唱）忤逆子，休想生。
　　　　　　　叫你活着，玷祖辱宗。
　　　　　　　将你活打死，我今气才平。
　　　　　　　说罢举起大棍，叫你去赴幽冥。
　　　　　　　两手抡起不住打，刻下叫你性命倾。
罗文举：（唱）罗文举，放悲声？（拉棍）
　　　　　　　双手拉棍，叩头求生。
　　　　　　　儿有一句话，暂且容儿明。

罗天表：（白）哼，畜生你有何说？
罗文举：（唱）从今不离门户，不管闲事闲情。
　　　　　　堂前侍奉父与母，报答那养育之恩尽孝忠。
罗天表：（白）呀呀呸！
　　　　　（唱）你还想，尽孝忠？
　　　　　　不忠不孝，你算头名。
　　　　　　逆子休缠绕，快些把手松。
　　　　　　别的全然不管，只要你的命终。
　　　　　　罗爷用力踢一脚，
罗文举：（白）哎呀，爹爹呀！
罗天表：（唱）家法乱打更是凶。（打介）
王　义：（唱）吓坏了，老院公。
　　　　　　一旁乱战，拉又不行。
　　　　　　血把中衣染，公子受苦情。
　　　　　　实实令人可叹，看着要赴幽冥。
　　　　　　咳，也罢，横心躺在公子身上，（着打）哎呀哎呀，疼得王义不住哼。
罗天表：（白）哼！
　　　　　（唱）罗老爷，喊连声。
　　　　　　只说该死，逆子畜生。
　　　　　　打罢多时会，家法一旁扔。
　　　　　　使得吁吁气喘，气得闭目合睛。
王　义：（唱）老王义心惊胆战不敢看，大相公怎么不吱声？
　　　　　　用手一摸直了眼，
　　　　　（白）相公醒来，公子苏醒苏醒，咳，竟自断气身亡了！
罗天表：怎么，他死了？
王　义：正是。
罗天表：死得好，死得妙。
王　义：老爷念父子之情，买口棺木成殓起来罢。
罗天表：怎么买口棺材？

王　义：正是。

罗天表：你就去买。

王　义：是。（下）

罗天表：回来。

（上王义）

王　义：是，老爷还说什么？

罗天表：你买一口大大的棺材来。

王　义：哦，老爷要大大的作甚？

罗天表：连你这奴才也装在里面。

王　义：是是，不买了不买了。

罗天表：畜生纵死恨怨难消，还买什么棺木？把他抛在荒郊野外去喂鹰犬去罢。

王　义：是，遵命。（下，又上）

（诗）人生遭孽冤，纵死有余辜。

（白）大相公啊！

罗天表：哧，不要哭他！

王　义：是是，我不哭。

罗天表：哼哼，把他与我拉下去！（下）

王　义：赵二钱一，哪里？快来！

（上二家丁）

赵二、钱一：来了。哎呀，公子怎么在这躺着？

王　义：你二人不要高声，原来如此如此，大相公被老爷活活打死了。

赵二、钱一：喂呀，怎的老爷把大相公打死了？

王　义：正是。

赵二、钱一：咳，大相公啊！

王　义：不要高声，大家着手抬埋郊外去罢。

赵二、钱一：使得。抬着抬着，公子呀。

（唱）齐动手，将尸抬。

出了府门，到了大街。

可笑咱老爷，性急是胡来。

王　义：（唱）一辈单生一子，打得呜呼哀哉。

　　　　　　　太太疼儿床上倒，我说一句就把打挨。

赵二、钱一：（唱）叫我们，往外抬。

　　　　　　　乱葬岗上，去把他埋。

　　　　　　　当时来到了，快些放尸骸。（放下）

　　　　　　　挖坑一齐动手，埋了咱好回宅。

王　义：（白）公子啊！

　　　　（唱）老王义哭够多时回府去。（下）

（上长眉老祖）

长眉老祖：（白）善哉。

　　　　　（唱）再把那长眉老祖表明白。

　　　　　　　三月三，赴会台，

　　　　　　　朝见王母，转回洞来。

　　　　　　　忽见一冤气，迎面扑了来。

　　　　　　　袖占一课便晓，白虎星君有灾。

　　　　　　　他与我有师徒份，救他回阳活过来。

　　　　　　　预备着，到后来，

　　　　　　　好去夺印，领兵展才。

　　　　　　　锁龙关报号，征西挂印牌。

　　　　　　　望着乾天一指，飞沙走石起来。

　　　　　　　只见家仆难睁眼，救去文举回洞宅。（下）

赵二、钱一：（唱）两个家人说奇怪，

　　　　　　（白）好大风，好大风，哎呀，尸首怎么没了？这可怎好？

王　义：不相干的，咱就说埋了。把这个坑，堆一个大堆子不就成了？

赵二、钱一：使得。说干就干，大家着手。

王　义：（诗）一阵好大风，公子影无踪。（下）

（完）

第 二 本

【故事梗概】 西夏王发来战表，周天子御驾亲征，中了番将空城计，被困锁龙关。刘杰施苦肉计，骗过番将，回到京师搬请救兵，却被潘泽清杀害。谢美琼屡遭后母梅氏虐待，梅氏又要将其嫁给财主尤义，美琼不从。谢文龙无奈，只得将女儿送到罗府。得知罗文举已死，美琼决心为之守节。罗夫人将她收为义女，留在府中。

（上番丑）

周福胜：（诗）奉命南京下战表，我的辛苦说不了。

（白）我乃周福胜，外号送命。奉甘罗国王之命往南京去送战表，说不得辛苦，方才过了御街，只得走走。（下）

（摆朝，四官站）

四　官：（诗）钟声惊燕雀，旗涌动龙蛇。

漏尽朝天子，分班站金阙。

潘泽清：（白）下官国丈潘泽清。

刘　杰： 下官参谋刘杰。

徐　清： 下官国舅徐清。

刘　英： 下官骁骑将军刘英。

四　官： 圣驾临轩，分班伺候。

（出天子坐）

天　子：（诗）宫中夜漏风声尽，高卷帘栊文武齐。

（白）寡人灵王姬泄心。自先祖传与我朕，二十四帝，四海升平，各国都来进贡朝见，孤家真是洪福齐天。侍儿传朕口旨，文武有本早奏，无事散朝。

侍　儿： 领旨。下，圣上口旨传下，文武听真，有本早奏，无事散朝。

刘　杰： 慢散朝纲。

侍　儿： 何人有本？

刘　杰： 刘杰有本。

侍　儿：随旨上殿。
刘　杰：万岁，（上，跪）万岁万万岁，臣刘杰有本奏闻陛下。
天　子：有何本章？奏来。
刘　杰：臣接的西夏甘罗国王表章一道，请主御览。
天　子：侍儿，呈上来。
侍　儿：领旨，请主御览。
天　子：闪过。
侍　儿：遵旨。
天　子：爱卿归班。
刘　杰：万岁。
天　子：不知表内是何言语？待朕看来。

（唱）展开表，仔细观。

原是番表，下到金銮。

从头看一遍，叫人好心烦。

咳呀，将表撕得粉碎，不由怒发冲冠。

用手指着西番骂，胆大的奸王反了天。

在西凉，任自然。

我朕并未，把你心寒。

不该来下表，与朕来征战。

我今并不惹你，你竟要夺朕江山。

你那里纵有雄兵与猛将，我朕更有将魁元。

望阶下，便开言。

哪位领兵，征讨反叛？

旗开得了胜，赠职又加官。

（白）哪位爱卿愿领人马去征番叛？哪位愿去？哪位愿往？

（唱）天子连问好几遍，并无一个人答言。

莫非众卿耳聋了？难道说把朕的江山扔一边？

众文武：（唱）众文武，两相观。

低头不语，俱都无言。

无人敢为帅，哪个掌兵权？

不过甘听发落,并无一人答言。

天　子：（唱）灵王正在着急处,紧皱龙眉眼瞪圆。

杨荣海：（唱）杨荣海,在一边。

　　　　　　忽然想起,有一魁元。

　　　　　　双膝忙跪倒,金銮殿平川。

　　　　　　我主容臣细奏,有人可掌兵权。

天　子：（白）却是何人？

杨荣海：（唱）就是被贬罗天表,我主何不宣上金銮？

　　　　（白）万岁,何不把被贬罗天表宣上金殿？命他为帅,平灭反叛,易如反掌。

天　子：咳,那罗天表被贬还家为民,若是选他为帅,路远途长,岂不耽误大事？

杨荣海：万岁,那罗天表还未起身,现在京内。

天　子：这等,待朕刷旨（写介）。杨荣海。

杨荣海：伺候。

天　子：你就领旨前去宣罗天表来见朕。

杨荣海：领旨。（下）

天　子：金瓜武士。

金瓜武士：万岁。

天　子：将西夏差官重打四十金头御棍,掐出午门。

金瓜武士：遵旨。（下）

　　　　（上杨荣海）

杨荣海：启奏万岁,罗天表前日得重病,领不得人马了,乞主定夺。

天　子：起过。

杨荣海：万岁。

天　子：罢了,待朕御驾亲征。

刘杰、徐清、刘英：（跪）万岁,臣等情愿保驾前去。

天　子：好,众卿保朕前去,就命国丈权朝。国丈上殿。

潘泽清：万岁。（跪）

天　子：朕就命你权朝。明日选挑人马,择日出征。众卿归班。

潘泽清：万岁。

（唱）忽然番贼来犯界，御驾亲征下西凉。（下）
（上潘赛花）

潘赛花：（诗）身在皇宫沾恩宠，终朝陪伴圣主君。

（白）宁家潘赛花。只因保奏罗门，圣上喜悦，念我贤德，封为永安宫，与昭阳一样不分大小，又赐打妃鞭一把。

（上宫人）

宫　人：启奏娘娘千岁，圣主驾临永安宫。

潘赛花：待我接驾。（下，内白）万岁万万岁，小妃接驾。

天　子：（内白）爱妃平身。

潘赛花：（内白）谢万岁。（同上，潘赛花跪）小妃接驾去迟，望主赦罪。

天　子：平身，坐了讲话。

潘赛花：谢主隆恩。

天　子：咳。

潘赛花：万岁今日下朝，为何愁眉不展？

天　子：咳，今有一事，好生烦闷。

（唱）方才金殿议国事，有道本章来得凶。

潘赛花：（唱）莫非哪里造了反？不然是哪州哪县民受穷？

天　子：（唱）正是西夏甘罗国，连环战表下到京。

潘赛花：（唱）就该挑选人共马，差遣大将领雄兵。

天　子：（唱）朝无良将挂帅印，寡人御驾要亲征。

潘赛花：（唱）不知何人权朝政？好保爷家锦江山。

天　子：（唱）就是太师潘国丈，权朝办事最公平。

潘赛花：（唱）不知何人去保驾？平贼灭寇不非轻。

天　子：（唱）国舅徐清愿保驾，枪马纯熟武艺精。

潘赛花：（唱）徐清年幼不知事，难与番贼两交锋。

天　子：（唱）还有刘杰参谋职，骁骑将军名刘英。

潘赛花：（唱）疆场大战要对垒，靠着文官有何能？

天　子：（唱）不过多挑兵与将，以多为胜把他攻。

潘赛花：（唱）小妃想起人一个，此人可以保主行。

天　子：（唱）不知且是何人也？爱妃快些奏朕明。

潘赛花：（唱）就是被贬罗天表。

（白）万岁，何不将罗天表选来封他为帅？他儿子封为先锋官，管保旗开得胜，马到成功。

天　子：爱妃休提那天表了，他今领不得人马了。

潘赛花：却是为何？

天　子：那时朕正然为难，杨荣海奏到说罗天表可以领兵为帅，朕就刷旨。杨荣海领旨前去选他，不时回奏说罗天表得了病症。爱妃你就死那份心吧。

潘赛花：万岁，罗天表病势叫人可疑，一定是他寒透了心了，故此推脱有病。待小妃令他进宫，只怕他还有个回心转意，也未可定。

天　子：如此，朕倒要看看你的脸面如何。

潘赛花：待小妃刷旨。（写介）杨荣海。

杨荣海：伺候。

潘赛花：你领圣主的旨意、宁家的密旨宣罗天表进宫。

杨荣海：领旨。（下，又上）启奏娘娘千岁，将罗天表宣到。

潘赛花：宣进宫来。

杨荣海：遵旨。（下）

天　子：哈哈哈，倒是爱妃你的脸面不错，哈哈哈！

杨荣海：（内白）千岁有旨，宣罗天表进宫。

（上罗天表，跪）

罗天表：千岁！娘娘千岁宣召为臣有何事故？

天　子：罗爱卿，你说有病，朕看你不像有病的样子。

罗天表：万岁，臣该万死。

天　子：我朕不怪罪你也就是了。

罗天表：谢主隆恩。

天　子：罗爱卿，只因西夏甘罗王造反，朝无良将，寡人要御驾亲征，故宣爱卿保驾前去平贼灭寇。（罗天表不语）哦，罗爱卿，去或不去，为何不言不语？哦哦哦，爱妃，你宣的人还是你问他罢。

潘赛花：是。罗爱卿，圣主御驾亲征，你挂印为帅，你儿子罗文举封为先锋，得胜回朝，另加封赠。

罗天表：咳，娘娘千岁。

（唱）口呼娘娘容臣奏，不由二目泪滔滔。
　　　只因小儿罗文举，自幼性刚不学好。
　　　山坡打死大国舅，不遵国法犯律条。
　　　摔死都堂孟贤弟，抗旨不遵法难饶。
　　　多亏娘娘上本保，兄舅之仇不报了。
　　　为臣回府恨逆子，冤家性命难脱逃。
　　　家法之下活打死，荒郊野外把他埋了。
　　　要宣小儿不能够，为臣尽忠不辞劳。
　　　保驾征西甘州去，国家大事谁权朝？

潘赛花：（白）国丈权朝。

罗天表：（唱）一闻此言头低下，半晌无语自斟酌。

潘赛花：（白）爱卿为何不言？

罗天表：千岁。

（唱）为臣保驾征西去，家中之事不惮劳。
　　　国丈一定把仇报，准备一家被餐刀。
　　　咳，求娘娘快与臣做主，

潘赛花：（唱）娘娘闻听讲根苗。
　　　爱卿只管把心放，你的家口我保着。
　　　宁家在来你家在，你家有闪有我包。
　　　爱卿只管领兵去，与主征西把心操。
　　　明日教场挑人马，马到成功早还朝。
　　　依然还是把职赠，凌烟阁上把名标。
（白）明日校场挑兵，兵发西凉。

罗天表：是，为臣领旨。（下）

天　子：哈哈哈，爱妃，你说一句话胜寡人百句哟！

潘赛花：我主取笑了。宫人，看酒宴伺候。

宫　人：遵旨。

天　子：（唱）明日校场挑兵将，马到成功早还朝。（下）
（摆场，刘杰、罗天表、刘英、徐清站）

众　人：（诗）忠心怀赤胆，扶保圣主君。

　　　　　　征西平反叛，与主定乾坤。

刘　杰：（白）下官参谋刘杰。
罗天表：吾兵马大元帅罗天表。
刘　英：我骁骑将军刘英。
徐　清：我正宫国舅徐清。
合　　：点将已毕，圣主升帐，在此伺候。
　　　　（上天子）
天　子：（诗）御驾亲征领大兵，要把番贼一扫平。
　　　　（白）寡人周灵王姬泄心。西夏甘罗造反，无人领兵，朕御驾亲征，文武保驾，今逢吉日，正好行兵。留国丈权朝，太子监政。望下便叫众爱卿。
众　人：万岁。
天　子：人马齐整，就此带马。
　　　　（唱）灵王座上传口旨，文武领旨下帐中。
　　　　　　　离座下了中军帐，（下）
天　子：（唱）扶持上了马白龙。
　　　　　　　众将一齐忙上镫，人马一齐出金陵。
　　　　　　　前步先锋打前站，逢山遇水把桥通。
　　　　　　　旗旌密摆遮日月，旗帜招展甚鲜明。
　　　　　　　周王发兵且不表，（下）
　　　　（上梅氏、谢琼美）
梅　氏：（唱）再把梅氏明一明。
　　　　　　　心闲没事房中坐，恼恨谢家女花容。
　　　　　　　把我这做后妈的瞧不起，我今个趁着有空把她折腾。
　　　　　　　我把这丫头折腾死，剩我们娘俩吃点穿点咋都行。
　　　　　　　那才心清眼又亮，
　　　　（白）老身梅氏，晚嫁到此处，又生来一女，名叫琼花。这里还有先头撇下一个丫头，成天在家搽胭抹粉，吃现成的。我要说她几句，老头子偏又护短，一张口就是我的不是，惯得那丫头把我这个做后妈的一点也瞧不起。昨日老头子离家要账去了。咳，我出出这口气，就着今个没事，待我把她叫来折磨折磨，叫她知道我的厉害，定是这个主意。琼美，哪里？快来！

谢琼美：来了，母亲有何吩咐？

梅　氏：你做啥来着？叫着你装聋作哑的。

谢琼美：孩儿扎花，未曾听见。

梅　氏：哎哟，哪就做老婆咧？扎花啥要紧的，郊外许多芦草、草柴，你去砍两捆来，咱们好烧哇。

谢琼美：咳呀，妈呀，孩儿闺中幼女，拉风砍柴的活如何去得？纵然就去得，岂不怕旁人笑话？

梅　氏：放屁！又不是官门千金小姐、官家小姐，你一个庄稼人的丫头，啥活咳做不得？你是去还是不去？

谢琼美：还是实实去不得。

梅　氏：你是不去呀？

谢琼美：望母亲可怜可怜孩儿我吧！

梅　氏：可怜可怜你？（打介）

谢琼美：咳呀哎呀！

梅　氏：我把你这个娼妇！

（唱）你可气死妈，胆子大也大。
　　　从我到你家，活把人累煞。
　　　费力与操心，无非自己架。
　　　不想你娼妇，白长这么大。
　　　俏皮又油头，搽胭把眉画。
　　　打扮像妖精，活把人吓煞。
　　　难为你瞎爹，看见不说啥。
　　　并非官宦家，不怕人笑话。
　　　郊外砍芦柴，哪个敢说啥？
　　　我既吩咐出，你说妈言差。
　　　打死你娼妇，看你怕不怕？

（白）你倒是去不去呀？

谢琼美：是，孩儿我去呀。

（唱）尊声母亲消消气，且息雷霆手高抬。
有句话儿容儿禀，说的不是打死该。
孩儿今年十八岁，

梅　氏：（白）记得。
谢琼美：（唱）娇生惯养在闺宅。
描龙刺凤女孩做，哪点做坏愿受责？
女儿身微力又小，两手能拿多少柴？
梅　氏：（白）你怎吃那些个饭呢？
谢琼美：（唱）今叫女儿将柴砍，外人一定犯疑猜。
梅　氏：（白）哪个说啥？
谢琼美：（唱）笑话母亲行得错，丑话外人造出来。
你老人家细细想，
梅　氏：（唱）梅氏气得嘴眼歪。
放屁放屁你放屁，
（白）说了半天你还是不去呀，把老娘派了一片不是，看样子你是一定不去。看打！（打介）
谢琼美：哎呀！
（上谢琼花）
谢琼花：母亲因何打我姐姐吔？
梅　氏：哎哟，妈的闺女来了。为啥打她？我叫她打柴去，她不但不去，反派了妈的一片不是，故此打她。
谢琼美：妹妹与姐姐说个情吧。
谢琼花：妈呀，看儿的面上，饶了我姐姐罢。
梅　氏：那可不能。
吴　新：（内白）来到干姐姐门前，待我进去。（上）呀！这是闹啥吔？
梅　氏：哟，干兄弟来了？琼美、琼花，你们上后头去吧。
谢琼美、谢琼花：是。（下）
梅　氏：干兄弟，你是从哪里来的？
吴　新：我净来看望姐姐你么。你倒是为啥打我外甥女呀？
梅　氏：兄弟，我看琼美她不随我的心意，我要把她打死，才了了我的心事。

吴　新：你为啥打死她吧？前日有人托我到这里说我大外甥女，我给她找个人家，你不愿意呀？

梅　氏：兄弟，是哪吧？你望我说说。

吴　新：姐姐，是你听了。

（唱）前日有人托付我，今日竟来把媒说。

梅　氏：（唱）姓甚名谁年多大？是乡绅是庄稼哪里住着？

吴　新：（唱）居住城南尤家庄内，今儿年长二十多。

　　　　　　这个财主多有势，势力又大打手多。

　　　　　　姐姐你说好不好？你要愿意就成啰。

梅　氏：（唱）兄弟说好咱就好，彩礼银子得说说。

吴　新：（唱）白银二百全交我，我姐夫不让得斟酌。

梅　氏：（唱）他要不让有我在，生米成饭无的说。

吴　新：（唱）外甥女她要不愿意，也得和她去说说。

梅　氏：（唱）她要不愿我就打，要不上轿硬掐脖。

吴　新：（唱）我就告诉尤财主，叫他准备把婚合。

梅　氏：（唱）如此事情就算妥，

（白）兄弟，你就回去告诉尤财主，叫他急急快办。趁着你姐夫不在家，把那小贱人娶去，生米煮成了熟饭，那老东西就回来也是无法可使。

吴　新：姐姐言之有理，我就给他送信去。

梅　氏：是了。（下）

（上尤义）

尤　义：（诗）家积万贯真富贵，势大欺人不怕天。

（白）我大爷尤义，乃南京人氏，家爹在朝做过御史之职，母亲刘氏。我父上年归乡，还不过一年，被我活活地气死，我母相继而亡。剩下我兄妹二人，妹妹玉娘，现今未聘。我大爷自从媳妇死咧，至今并未续弦。昨日有东庄吴新说谢家村谢老儿有个女儿，名唤琼美，十分美貌，我倒十分的如意，烦他去说，不知怎么样了。

（上家仆）

家　仆：禀大爷，老吴来了。

尤　义：有请。

家　仆：是。（下，内白）有请吴老呢。
吴　新：（内白）来了。（上）大爷在上，小子有礼。
尤　义：好说，老吴来了？请坐。
吴　新：有坐有坐。
尤　义：小子，看酒来。
家　仆：是。
尤　义：吴兄，你昨日说的那宗亲事，音信如何？
吴　新：你老问的那宗亲事，你仔细听了。
　　　　（唱）今早我把干姐见，我一说她就欢喜了不得。
尤　义：（唱）既然欢喜必愿意，我先说谢谢吴老哥。
吴　新：（唱）千肯万肯把亲做，百说百应不打拨。
尤　义：（唱）多谢吴兄成此事，一辈子不忘大恩德。
吴　新：（唱）媒人不是白跑脚，肉腿不算白吃喝。
　　　　　　　聘礼银子二百两，十足绸子五匹好纱罗。
尤　义：（唱）吩咐小子取银子，银子纱罗你就拿着。
家　仆：（白）银子取到。
尤　义：闪过。
吴　新：（唱）一见银子哈哈笑，尊声大爷听我说。
尤　义：（唱）吴兄还有什么话？再有何事你就说。
吴　新：（唱）我干姐叫你老近时择日子，有好日子就结丝萝。
尤　义：（唱）小子快取皇历本，
家　仆：（白）取到。
尤　义：（唱）翻开皇历看明白。
吴　新：（唱）到底是在哪一日？回去好与我干姐说。
尤　义：（唱）本月十八日子好，预备彩轿娶新婆。
吴　新：（唱）事情算是一定准，暂且回家把酒喝。
　　　　（白）尤大爷我且回家给我干姐姐送信，叫她安顿安顿。
尤　义：那我也就不留你了。
吴　新：请罢，大爷。（下）
尤　义：我只得准备准备。

（诗）成事在天凭造化，好事而谋在人为。（下）
（上林黑塔，升帐）

林黑塔：（诗）坐下走阵鸟追马，手使青龙偃月刀。
（白）保国都督林黑塔，奉王爷钧旨，镇守锁龙关。吾主打去连环战表，至今不见周兵到来。

（上卒）

卒：报都督得知，今有周主御驾亲征，人马在关外安营，前来叫阵。乞令定夺。

林黑塔：再探。

卒：得令。（下）

林黑塔：哇呀呀呀，小番们，抬刀带马开放关门，就此杀出城去，不得有误。（下）
（与徐清对上）周将少往前进，都督爷刀下不死无名之鬼，报上名来受死！

徐　清：住了，番贼问我，听真。你爷爷在周主驾下称臣，姓徐名清，知我厉害，快些投降，饶尔不死。

林黑塔：胡说，看刀！

徐　清：来，来，来。

（杀，徐清败下，上罗天表）

罗天表：番贼休得逞强，你罗老爷在此，报上名来！

林黑塔：你都督爷林黑塔，你叫何名？

罗天表：你老爷罗天表，番贼看枪。

林黑塔：来，来，来。

（杀，林黑塔败下）

罗天表：你看番贼败走。众将官，打得胜鼓回营。（下）

林黑塔：（内白）小番们，将马带过。（上，坐）哎呀，一场的好杀，一场的好战！好个罗天表，果然骁勇。
（硬唱）回到大帐气长吁，咳声不止连声叹。
　　　　我在西夏逞英雄，四海扬名能征战。
　　　　千岁封我作元戎，战表下到金銮殿。
　　　　我今镇守锁龙关，堵挡周兵称好汉。
　　　　谁知他国有英雄，枪马纯熟能征战。

今日疆场败下来，众人笑我脓包汉。
有心带兵回西凉，见了千岁无脸面。
料想难保这座城，周兵攻打定不善。
千难万难计策无，大帐之上团团转。
剁脚不住抓胸膛，急得浑身出躁汗。
哦哦，有了！忽然一计上眉头，何不将把空城现？
留座空城把他诓，将他君臣困里面。
里无粮草外无兵，君臣饿死城里面。
主意一定开言道，

（白）小番们，准备石匣一个，里面装上扑鸽一对，拴上铜铃，剩那空城，离城十里安营。他要进城一见石匣，定要打开观看，扑鸽自然腾空，咱的大兵一齐围困，四门把守，把他君臣活活饿死。急急准备，从西门而出，假说回国，不得有误。

番　兵：得令。
林黑塔：设下一座空城计，准备一战就成功。（下）
卒：　（内白）报万岁得知，番贼弃城而走，回转甘州去了，城内百姓迎接圣驾进城。
天　子：（内白）既然这等，众将官，就此拔营起寨，大兵一齐进城，就此带马。
　　　　（众将过，天子过。摆场，天子坐）
天　子：（诗）圣天子百灵相助，大将军八面威风。
　　　　（白）寡人周灵王姬泄心，兵至锁龙关，与番兵大战，林黑塔弃城而逃。城中百姓迎接我朕人马，一齐进城。在此歇兵三天，便即兵发西夏。众将官，帅府前后搜寻搜寻，恐有奸细在内。
众　将：领旨。（下，又上）启奏万岁，我们前后搜寻，搜出石匣一个，内有扑鸽腾空而起。
天　子：闪过。
林黑塔：（内白）小番们，你看城中扑鸽一齐飞腾，大家围城，不得有误！
　　　　（内炮响，上卒）
卒：　报万岁，不好了，番兵番将将城团团围住，甚是厉害。
天　子：这还了得？众将官，打马道上城观看。（下，又上）哎呀，不好，入了贼人空城之计了。

　　（唱）说不好，魂吓飞。
　　　　只见番兵，齐把城围。
　　　　入了空城计，一时韬略没。
　　　　众卿也曾劝我，不叫朕把城归。
　　　　不听人劝中了计，想要出城插翅难飞。
　　　　朕只说，西夏贼。
　　　　无有好将，才弃城回。
　　　　谁知贼诡计，设计将城围？
　　　　四面人马无数，刀枪好似山堆。
　　　　倘若日久缺粮草，只怕饿死把阴归。
　　　　莫非说，洪福没，
　　　　锁龙关内，该把阴归？
　　　　今日遭围困，何日把京回？
　　　　踌躇并无良策，不由龙目放悲。
　　　　眼望众将把话开，何人去闯出贼营勾兵解围？

刘　杰：（白）万岁。

　　　　（唱）刘参谋，把话回。
　　　　　　为臣愿去，勾兵解围。
　　　　　　回朝见国丈，挑选众英魁。
　　　　　　兵发锁龙关下，众将努力擒贼。

天　子：（唱）爱卿你是胡说了，你是文官怎把京回？

　　　　（白）爱卿你是妄想，你是文官，如何去得？

刘　杰：万岁，不必着急，将为臣重打四十御棍，管保有计勾兵。

天　子：爱卿你说的这是什么话？你又无罪，叫朕怎肯打你？

刘　杰：我主若是打了为臣，我就有计。

天　子：住了，不要胡说，快些退后！

刘　杰：咳呔，昏君那昏君，方才在城外扎营，番贼弃城逃走，众百姓迎接入城，那时众将俱都劝阻，你竟不听，糊里糊涂进得城来，入了番贼空城之计，将你困死此地还则罢了，众将随你受困，真真可叹！

(硬唱）刘杰假意怒冲冲，大叫昏君不知死。
众将俱都劝你来，你竟不听良言语。
此时入了贼套圈，插翅难逃怎出去？
番兵番将困四门，哪个能出这城池？
你死一身应该然，这里众将真可惜。
只好各自顾自身，你的死活谁顾你？（回身）
众将大家散了吧，不管昏君生与死。
刘杰还要往下说，

天　子：（白）住了！

（唱）天子闻听气不息。
大骂刘杰奸佞臣，当着众将胡乱语。
真正反了无王法，且叫寡人难容你。
吩咐军校拉下去，

（白）刘杰真正反了，毁骂寡人实实难容。武士！

金瓜武士：万岁。

天　子：将刘杰拉下去重打四十御棍，然后再问！

金瓜武士：领旨。（拉下去，打完上）启万岁，刑杖已毕。

天　子：带上来。

（上刘杰）

刘　杰：万岁不必为难，为臣有计了。

天　子：胡说，有什么计策？

刘　杰：为臣有了苦肉计了。用这苦肉计，好出贼营勾兵求救。

天　子：哈哈哈，爱卿难为你了，待朕与你写书，好去勾兵。

刘　杰：万岁，为臣带不得书，倘若番贼将书搜出，岂有为臣命在？

天　子：好咧，是，爱卿说得有理。你急回京见了国丈一一说明，救兵如同救火。

刘　杰：为臣遵旨。（下）

天　子：刘爱卿此去，不知吉凶怎样。

（诗）龙离大海遭虾戏，虎离深山被犬欺。（下）

（刘杰马上）

刘　杰：（诗）定下苦肉计，要哄梦中人。

(白）下官刘杰。出得城来，面前就是贼营，只得闯营而过，叫他拿住，好稳贼心便了。（下）

（上尤金、于银）

尤金、于银：（诗）奉命巡营盘，昼夜不得安。

尤　金：（白）我大达子尤金。

于　银：我二达子于银。

尤　金：你看那边来了个骑马的，你我将他拿住。

于　银：有理。（下）

（对上，拿住刘杰）

刘　杰：你们这是怎样？

尤金、于银：绑着绑着。（下）

（上林黑塔，升帐）

林黑塔：（诗）设计擒贼不用难，眼看成功奏凯还。

（白）本督林黑塔。定下空城之计，将他君臣困在里面，等他粮尽草断，管叫他送上降书顺表。

（上尤金）

尤　金：报都督得知，小人巡营拿住了一个蛮官，乞令定夺。

林黑塔：带上来。

尤　金：是。

（绑刘杰上）

刘　杰：都督在上，小臣刘杰叩头。

林黑塔：住了，你这蛮官，竟敢探我的军营。小番们，将这蛮官拉下去砍了。

尤　金：遵令。（拉刘杰，往下走）

刘　杰：哈哈哈！

林黑塔：小番们，将蛮官放回来。

尤　金：是。

林黑塔：你这蛮官，死在眼前，为何发笑？

刘　杰：我笑都督有急无缓，不容说情由。

林黑塔：容你说明快讲。

刘　杰：老都督，容禀。

（唱）都督请听容我禀，贵耳留神细听之。
　　　锁龙关前打一仗，都督你就定主意。
　　　设下一座空城计，困得我们着了急。
　　　因我多说一句话，叫他纳贡他不依。
　　　将我打了四十棍，皮开肉绽血淋漓。
　　　将我撵出城门外，无法可使奔京师。
　　　昭阳诓他传国宝，诓来玉玺把京离。
　　　我是文官不防备，正宫一定信为实。
　　　回来好投甘罗主，千岁必然封官职。
　　　昏君无有传国宝，君臣散漫奔东西。
　　　西夏江山成一统，拿住昏君碎其尸。
　　　刘杰撒罢漫天谎，

林黑塔：（唱）林黑塔不住犯寻思。
　　　　连连摆手说不信，

刘　杰：（白）都督若是不信，现有打的棒伤，都督看来。

林黑塔：（唱）叫声小番听仔细。
　　　　将这蛮官拉下去，褪去中衣验虚实。
　　　（白）小番们，将这蛮官拉下去，褪去中衣，验看有伤无有。
　　　（将刘杰拉下，尤金又上）

尤　金： 禀都督，那蛮官果然被打得皮开肉绽。

林黑塔： 哦，既然如此，松了绑绳，带上来。
　　　（上刘杰）

刘　杰： 多谢都督不斩之恩。

林黑塔： 刘兄多有受惊了，面前请罪。

刘　杰： 不敢不敢。

林黑塔： 刘兄诓来宝印，献与甘罗王，必要加封，那时你我就是同殿之臣。小番们，摆设酒宴伺候。刘兄请。

刘　杰： 都督请。（下）
　　　（上谢文龙）

谢文龙：（诗）归家似箭心忙乱，偏遇大病又缠身。

（白）老汉谢文龙。从前月来到李仁兄家中，要那宗账目，偏偏大病缠身，故此耽误了俩月有余。如今刚刚的好咧，辞别李仁兄，在这店里存宿一夜。你看天色尚早，只得备上小驴急急回家便了。（下）

（上梅氏，坐）

梅　　氏：（诗）事情真凑巧，眼亮心又清。

（白）老身梅氏。老头子从前月出外讨账，凑巧我干兄弟提亲来了，我就将琼美丫头许与西村的尤财主为妻。眼下离十八的日子不远，我不免告诉她，叫她收拾收拾，她一定是欢喜。琼美哪里？快来！

（上谢琼美）

谢琼美：来了，母亲万福。

梅　　氏：罢哟罢哟，你且坐下，听妈告诉你。

谢琼美：孩儿告坐。

梅　　氏：琼美哪，你也不小咧，也是十八九咧，该做媳妇了。妈从心眼里疼你，昨日托你干舅舅与你找了个婆家，乃是西村尤财主家尤公子，年纪也对，人才又好，又有势力，比咱们强得多。择定八月十八日搬娶过门，眼下就到咧，你早早收拾收拾，好等着做媳妇。

谢琼美：咳呀，妈呀，岂不知孩儿聘与罗门？为何又许聘与尤家？母亲你老做错咧！

梅　　氏：咳，妈是好心疼你，叫你作媳妇。你说与罗门结亲，妈也知道。琼美你想，人家老罗家是做官的人，岂与咱们这庄稼人家结亲？你死了心罢。

谢琼美：咳，这事孩儿实实不能从命。

梅　　氏：哎哟，怎得你还是不如意？

谢琼美：孩儿就死也不从命。

梅　　氏：咳哟，你气死妈了，我把你这个小娼妇！（打介）

谢琼美：哎呀，罢了，我的妈呀！

梅　　氏：我叫你不从，小娼妇。

（唱）叫你气死妈，不住破口骂。

　　　　好个小娼妇，竟敢不改嫁。

　　　　把你活打死，哪个敢说差？

　　　　说罢举拳头，试试辣不辣。（打介）

谢琼美：（唱）琼美不住哭，心横要说话。
　　　　　　　我爹不在家，定叫奴改嫁。
　　　　　　　我若从母亲，奴怕伤风化。
　　　　　　　你老若可怜，把奴命留下。
　　　　　　　说罢哭啼啼，
梅　氏：（唱）梅氏肺气炸。
　　　　　　　杂种还不应，脸上打几下。
　　　　　　　回手用手拧，把你肉扯下。
　　　　　　　妈即应了声，笑话我不怕。
　　　　　　　定要打死你，不怕伤风化。
　　　　（白）我说琼美哪，你是成心与我作对，你舅舅把亲与你做成咧，你不应，定要打死你。
谢琼美：咳，母亲岂不知好马不备双鞍，烈女不嫁二夫？
梅　氏：咳哟，你们看影的都听听，他这分明是说我呢。我到这儿整嫁了八处半咧，小娼妇你还是不应啊？
谢琼美：望母亲可怜可怜我罢。
梅　氏：你是成心跟我怄气，我咬你几口！（咬介）
谢琼美：哎呀，母亲哪！
　　　　（唱）疼痛难忍悲啼起，只可活活把我杀。
　　　　　　　是人命苦不像我，头一个业障是奴家。
　　　　　　　自从三岁丧了母，我的爹爹续娶了她。
　　　　　　　我父偏又出外去，奴家准死无处躲。
　　　　　　　妈呀，母亲你老消消气，老人家怎就叫我染黄沙？
　　　　　　　哪有一女两家聘？岂不把咱声名弱？
梅　氏：（白）你是应不应？
谢琼美：好心的妈呀，可怜我，疼得孩儿如刀扎。
　　　　（唱）琼美叩头苦哀告，
梅　氏：（唱）梅氏发狠咬碎牙。
　　　　　　　你不应声我不让，（打介）
　　（上谢琼花）

谢琼花：（唱）琼花进来用手拉。

梅　氏：（白）你不用拉着。

谢琼花：妈呀，饶我姐姐罢！

梅　氏：你放手罢！

谢琼花：（唱）紧紧拉住手不撒。

梅　氏：（唱）梅氏正然苦打女，

（上谢文龙）

谢文龙：（唱）文龙要账转回家。

　　　　　　将驴拴在桩子上，进房一见把话发。

（白）我说老婆子，你为啥打咱闺女？

梅　氏：老头子你回来了，你辛苦了，你坐下。

谢琼美：爹爹与孩儿做主罢！（跪）

谢文龙：别哭，闺女起来。

谢琼美：是。

谢文龙：老婆子你为啥打她？你说呀！

梅　氏：咳哟，我老头子，你听我告诉与你。

（唱）自你出外几个月，操心费力我张罗。

　　　　起早睡晚还尤可，唯有那闺女大了难留着。

　　　　前日我把媒人找，与咱琼美说婆婆。

　　　　就是西村尤公子，有财有势独自个。

　　　　你不在家我做主，

谢文龙：（白）此话当真？

梅　氏：（唱）我当着这事做得很明白。

谢文龙：（唱）一闻此言心好恼，难道你不知女儿有婆婆？

梅　氏：（唱）她的婆家我知晓，是在京中本姓罗。

谢文龙：（唱）既知为何又另聘？纲常节义不晓得。

梅　氏：（唱）罗家现在把官做，岂要咱们女娇娥？

谢文龙：（唱）现有丝带为聘礼，婚姻如何有改挪？

梅　氏：（唱）尤财主现有三媒与六证，白银二百五十纱罗。

谢文龙：（唱）谁叫你把琼美聘？罗家不让会怎么？

梅　氏：（唱）老尤家八月十八就要娶，他家有势打手多。

谢文龙：（唱）他想娶亲不能够，豁着老命不得活。

梅　氏：（唱）尤家岂肯白拉倒？咱们俩个得说说。

谢文龙：（唱）你把尤家亲事退，若不然叫你一命见阎罗。

梅　氏：（唱）要想打退不能够，尤家一定娶老婆。

谢文龙：（唱）都是你把事作坏，这事一定我要拨。

梅　氏：（唱）亲事业已做就了，你不应咱的日子过不得。

谢文龙：（唱）乞婆你是要挨打，谢老恨得气堵脖。

梅　氏：（唱）你将老身动一动，不过老命不得活。

谢文龙：（唱）赶上前去踢一脚，

梅　氏：（唱）梅氏跌倒骂得波。

　　　　（白）好王八羔子！

谢文龙：（唱）谢老回身去摸棍，

梅　氏：（唱）梅氏眼尖跑如梭。（下）

谢文龙：（唱）文龙急忙随后赶，

谢琼美：（唱）琼美拉住把话说。

谢琼花：（唱）琼花这里也解劝，

谢琼美：（白）爹爹呀！

　　　　（唱）孩儿家中住不得。

　　　　　　何不送我到罗府？那里住下很使得。

　　　　　　大料着尤家不敢那里去找，母亲不敢把回拨。

谢琼花：（唱）姐姐说得很是理，爹爹你今日可就送去啵。

谢琼美：（唱）也省与母亲再生气，

谢文龙：（唱）谢老回言说使得。

　　　　　　事不宜迟咱就走，

　　　　（白）你姐妹说得有理，琼美你就收拾收拾快走。

谢琼美：是。（下，又上）收拾已毕。

谢文龙：咱爷俩就走。

谢琼美：是。妹妹。

谢琼花：姐姐。

谢琼美：为姐就此抛下你去了，苦哇。

谢琼花：姐姐呀。（送下，又上）你看我爹爹与我姐姐去了，不免瞧瞧我妈去也，不知跑到哪里去了？（下）

（急上梅氏）

梅　氏：哎哟，可罢了我了，不得了，我眼尖要不了，那一棍子要是打上，是的，我就得龙归沧海，驾转回宫，光棍不吃眼前亏。从前他没这样过，向来都没打过我，今个是怎的咧？从前他惹了我，我就撒泼打滚，一闹一躺就躺个三天五日的，他总得央求我，我才不生气了呢。这才应了魔汉子法儿，破到头受折磨，走到后边躺躺去。（下）

（上郑氏）

郑　氏：（诗）老爷出征心牵挂，又想娇儿泪不干。

（白）老身罗夫人郑氏。只因我儿罗文举枪刺国舅潘龙，摔死钦差孟熊，圣上大怒，将我一家绑赴云阳市口，俱要问斩，多得西宫娘娘保奏，死罪饶过，活罪难免，将我家老爷降职为民。老爷回府一怒，将我儿活活打死，尸首扔在荒郊。可叹老爷丧子，断了香烟。圣上又选老爷保驾征西去了，也不知何日才得还朝。

（上院子）

院　子：禀老太太得知，府外有谢家村父女求见。

郑　氏：谢家村并无亲故，何人到此？你叫那老者外边等候，叫那女子进来。

院　子：是。（下，内白）那位老者，外面少待，那一女子随我来去见太太。

谢琼美：（内白）来了。（上，跪）老太太在上，奴谢琼美叩头。

郑　氏：那女子起来。

谢琼美：是。

郑　氏：我家与你是何亲故？到此为何？请讲。

谢琼美：老太太有所不知，因清明佳节我父女坟前烧纸，奴被潘龙抢去，多得公子解救。那时我父女无恩可报，当面许下婚姻，至今并不与音信，我父女特地送上门来，望太太收留。

郑　氏：咳，那一女子，不知我儿被他父活活打死，留你在此作甚？回家另选人家去罢，不可耽误青春。

谢琼美：咳，我的妈呀，这可怎好哇？

(唱) 佳人闻听头低下，不由一阵好伤心。
　　　一时心粗未细想，随父含羞到罗门。
　　　只说是终身侍奉罗公子，好报他的结草恩。
　　　谁知被老爷活打死，把奴的一片高兴冷了心。
　　　咳，也罢，既然许配罗公子，他死了奴也全节守孤坟。
　　　主意已定尊太太，你儿虽死奴当奉亲。
　　　再不失节另改嫁，一辈子不回娘家门。
　　　活着罗门为媳妇，死后埋在罗家坟。
　　　孩儿陪伴到母老，理当尽孝报答恩。

郑　氏：(唱) 夫人听罢一席话，不由伤心泪淋淋。
　　　提起娇儿罗文举，如同剑来扎我心。
　　　无有儿子怎当妇？到底算的什么人？
　　　叫她回家又不去，站在面前不动身。
　　　端相此女多伶俐，我何不叫她在此且存身？
　　　将她认作为义女，后来与她另择亲。
　　　寻思一会主意定，启齿开言把话云。

　　　(白) 那一女子，你竟执意不肯回去，老身认为义女，日后与你另选佳婿，不知你意下如何？

谢琼美：母亲收留，与我是为万幸，千万不可另聘。母亲请上，受孩儿一拜。(叩头)

郑　氏：女儿起来。

谢琼美：是。

郑　氏：家院，取纹银十两交与老者，就说老身将此女留下，认为义女，在此久住。叫他回家去罢。

院　子：是。(下)

郑　氏：(诗) 不认媳妇认义女，应当报恩奉亲人。
　　　(白) 女儿随娘来。

谢琼美：来了。(下)

　　　(谢文龙拉驴上)

谢文龙：(诗) 送女到罗府，叫人闷不清。
　　　(白) 老汉谢文龙。送我大女儿来到罗府，怎的说是罗公子被他爹打死咧，老夫人言道，无儿难以留妇，将我女儿认为义女留在府里，还给我十两银子，叫我回家。我说得见见老夫人问个清楚再走，又不叫我进去，只得回家便了。咳，回家是回家，只西村的尤公子娶亲，闺女不在，准是饥荒。你怎么着？我且不回家去，在外边躲几天，叫那老乞婆着点窄，一定是如此。走，找个地方躲躲便了。（下）

（上刘杰，坐）

刘　杰：（诗）搬兵来求救，解围好平贼。

（白）我刘杰。是我定了苦肉之计，稳住番贼不去攻打锁龙关，万岁与众将稍觉安稳。昨日进城天色将晚，回到自己府中，夫人听我言道勾兵之事，嘱咐见了国丈要加小心，只得一到潘府，去见国丈便了。（下）

（上潘泽清）

潘泽清：（诗）权高势众压文武，心中常怀谋位心。

（白）老夫西宫国丈潘泽清。只因西夏甘罗王造反，朝无良将，无人领兵，御驾亲征，又把罗天表宣进宫中，官复原职随征去了。他与我有杀子之仇，真叫老夫气恨难消。圣上命我权朝，文武官员服我权势管辖，但愿昏君死在西夏，老夫身登龙位，要报杀子之仇，易如反掌。

（上卒）

卒：　禀爷，今有随驾征西的刘大人府门求见。

潘泽清：怎么，刘杰来了？

卒：　正是。

潘泽清：喂呀，且住，刘杰乃是智广多谋之人，回京必有缘故。哼，我有道理。左右，吩咐家将两旁伺候，看我眼色行事。我说绑，你们就绑，我说杀，你们就杀。叫他进来。

卒：　哦。（下，内白）有请刘大人。

刘　杰：（内白）头前引路。（上）潘国丈请了。

潘泽清：请了。我且问你，你既保驾征西，为何独自而回？圣驾今在何处？

刘　杰：国丈有所不知，原是如此如此，现今受困锁龙关内，愁其日久，里无粮草，外无救兵，再不能出城。那且怎了？我就设下苦肉之计，稳住番贼众将，稍觉安稳。我就急来勾兵，好去解围救主。

潘泽清：既来勾兵，必有圣旨。

刘　杰：无有。

潘泽清：可有圣上出书字？

刘　杰：也无有。

潘泽清：咳，竟是满口胡说，你哪里是进京勾兵？分明是怕死逃回，花言巧语来哄哪个？左右，将刘杰绑下去，斩首示众。

刘　杰：住了，谁敢动手？潘泽清，潘泽清，你，你，你真正反了！

　　　　（唱）刘杰喊叫说反了，手指潘贼骂奸雄。

　　　　　　　西夏王子造了反，万岁爷御驾亲征领大兵。

　　　　　　　命你权朝掌国事，你就该尽心竭力苦尽忠。

　　　　　　　大兵到了锁龙地，两下对敌来交锋。

　　　　　　　罗元帅杀得番贼难招架，大败而逃退回城。

　　　　　　　番贼回城设一计，假说逃命弃关城。

　　　　　　　原来定的空城计，关内百姓把万岁迎。

　　　　　　　大兵一齐把关进，番贼竟自埋伏兵。

　　　　　　　将关城四门团团围住了，万岁皇爷身受惊。

　　　　　　　恐怕日久绝粮草，外无救兵困锁龙。

　　　　　　　我才定下苦肉计，花言巧语混过贼营。

　　　　　　　星夜进京来求救，不想你把心变更。

　　　　　　　圣主爷那里盼救心急躁，奸贼你竟自按兵不肯行。

　　　　　　　君臣大义你不懂，枉为国丈在朝中。

　　　　　　　圣上啊圣上，只叫万岁把心死，为臣难以回锁龙。

　　　　　　　一片忠心今日废，相逢只在魂梦中。

　　　　　　　奸贼呀奸贼，岂知忠臣不怕死，只要怕死为不忠？

　　　　　　　杀剐存留任凭你，只要死后留美名。

　　　　　　　刘杰越骂越有气，

潘泽清：（唱）座上怒恼老奸雄。

　　　　　　　只叫刘杰你要死，毁骂国丈罪难容。

　　　　　　　喝令左右拉下去。

　　　　（白）左右将这老贼拉下去斩首！

刘　杰：罢了。

潘泽清：哇哇哇。

卒： （绑下，内白）开刀了。（上）禀爷，将刘杰斩首。

潘泽清：好。左右，这刘杰乃是逃官，将首级装在木笼悬起，单等昏君回朝，好作对证。张龙、李虎，哪里？快来！

（上二丑扎巾）

张龙、李虎：来了。太师爷有何吩咐？

潘泽清：二位将军带领五百名兵丁，将刘杰一家老幼拿来问罪。

张龙、李虎：小人遵命。（下）

潘泽清：（诗）正是：量小非君子，无毒不丈夫。（下）

（完）

第 三 本

【故事梗概】潘泽清派兵抄捕刘杰家眷，杨夫人自杀，刘杰之子英魁逃脱。英魁借宿谢文龙家，谢家正因次日尤义迎娶琼美之事而犯愁。英魁决定男扮女装，代琼美上轿，并借机教训尤义。谢家感激，将琼花许与英魁为妻。临拜堂之际，尤义突然病倒，遂令胞妹玉娘代其拜天地、入洞房。玉娘发现英魁为男子，心生爱慕，二人结为夫妻。天子派刘英回京求援，潘泽清故技重施，欲杀害刘英。刘英与其女玉娥杀退官兵，带家眷逃至结风山，收服寨主郝成仁，就此落草。天子又派国舅徐清搬兵，徐清回京禀知徐皇后，徐皇后与潘妃商议后，决定设下彩山殿，以潘泽清为主考，比武招帅。甘罗王得知朝廷将发救兵，亦派出三员大将，各领重兵，于途中加以阻击。

（上老旦、武生）

杨氏、刘英魁：（诗）耳热心跳人不安，只怕不测祸来缠。

杨　氏：（白）老身杨氏。

刘英魁：小生刘英魁。

杨　氏：老爷保驾征西锁龙关内，昨日进京勾兵，早往国丈府去了，如何不见回来？

刘英魁：母亲放心，我已打发院子跟我爹爹去了，不久也就回来了。

（上院子）

院　子：（诗）得闻凶险事，回报太太知。

（白）禀太太、公子大事不好了。

杨　氏：怎样？

院　子：老爷去见国丈，不知为了何事，将咱老爷……

杨　氏：将咱老爷怎样？

院　子：斩首了！

杨氏、刘英魁：（白）哎呀，可不吓死人也！

院　子：太太醒来，公子苏醒！

杨　氏：哎呀！

（唱）苏醒多时还过气，微睁二目口打咳。

老爷呀爹爹呀！哭声老爷死得苦，尽忠一场把刀挨。

刘英魁：（唱）偏遇奸贼潘国丈，老贼行事太也歪。

杨　氏：（白）不发救兵也罢了，绝不该斩首，老爷死得可哀。

刘英魁：（唱）我家与你何仇恨？爹爹呀，冥幽地府也冤哉。

杨　氏：（唱）夫人越哭越伤感，

刘英魁：（唱）公子哭得泪满腮。

哭罢多时开言道，尊声母亲听明白。
杀父之仇我要报，定把老贼脑袋摘。
一家大小全杀尽，好与我父祭灵牌。
为人不把父仇报，枉为男子到世来。
吩咐家将取兵刀，

杨　氏：（唱）夫人拦住把口开。

我儿不可行粗鲁，事要三思免悔来。
权臣当此权衡大，手下多少将良才。
我儿千万不可去，为娘有个巧安排。
不如逃往老家去，那里去把姓名埋。
单等老贼时运败，那时报仇你再来。
夫人说罢一席话，公子无奈口打咳。

张龙、李虎：（白）家将们将刘府团团围住，不得有误。

院　子：（唱）院子跑来忙禀报，潘贼差遣人马来。

（白）禀太太、公子，不好了，老贼差遣张龙、李虎带领无数人马来拿咱家家口来了！

杨　氏：起过了。哎呀，可不吓死人也。

刘英魁：母亲放心，待孩儿匹马单枪杀出府去，挡退官兵，咱逃往我娘舅家中避祸。如若挡不退官兵，回来咱就死在这一处罢。

杨　氏：我儿言之有理。

刘英魁：家院，枪马伺候了。（下）

杨　氏：我儿与贼交战去了，不定胜败，纵然得胜回来，也是连累与他，待我一头碰死也罢。（死）

（张龙与刘英魁对上）

张　　龙：好个刘英魁，你父犯了灭门之罪，还不下马受绑？竟敢勒马擎枪，莫非与我动手么？

刘英魁：好贼子，我父糊里糊涂被老贼斩首，我与你们这伙贼子乃是仇人。不要走，看枪！

张　　龙：来吧！

（杀，张龙死，又上李虎，杀，李虎死，刘英魁与卒杀，卒败）

刘英魁：你看这伙贼兵死的死，逃的逃，不免急急回府，与我母收拾收拾，逃走便了。（下）

（急上众卒）

众　　卒：可不好了，二位将军都叫刘英魁一枪刺死咧，咱们只得回府报知太师要紧。（下）

刘英魁：（内）院子，接马。（上）母亲，快些收拾收拾逃走便了。母亲怎么样了？母亲醒来呀！竟自碰墙而亡。咳，母亲哪。咳，事已至此，说不得许多。院子，快些着手，将你太太尸首埋在后院。

院　　子：是。

（抬尸下，刘英魁又上）

刘英魁：院公，听我吩咐：你老爷被那潘贼所杀，太太撞墙而亡，我将贼兵杀败，大料潘贼必不甘休，与你纹银五十两，急急逃命去罢。

院　　公：是，老奴遵命。（下）

刘英魁：我只得备上鞍马逃走便了。（下，又上）你看出得城来，天已过午，信马由缰逃其性命，万一走到哪里有个安身之处，想法再拿老贼与我那屈死的父母报仇。咳，爹娘啊！

（唱）刘英魁，泪满腮。

眼望金陵，口吐悲哀。

爹爹死得苦，母亲也哀哉。

父母被贼陷害，剩我逃出城来。

信马由缰往前走，不知何处有安排？

越思想，恨心怀。

泽清老狗，心眼太歪。

咱俩仇与恨，今生解不开。

　　　　　有日拿住奸党，必把你的心摘。
　　　　　与我父母把灵祭，那时方称我心怀。
　　　　　至如今，也是白。
　　　　　加鞭打马，不住哼咳。
　　　　　鳌鱼脱钩钓，摆尾再不来。
　　　　　无精打采而走，哪里有个安排？
　　　　　押下英魁且不表，（下）
　　　　（上梅氏）
梅　氏：（唱）再说梅氏不住咳。（坐）
　　　　　老头子也该来，去了几日不放心怀。
　　　　　莫非罗门不放他回来？
　　　　　娶亲剩我母女俩，他要不来我可苦哉。
　　　　　明天一定来娶你女，无人上轿岂肯白？
　　　　（白）老身梅氏。老头子去了五六天咧，也该回来咧，明天尤家就来娶人，今个他要再不回来，叫我可怎好哪？
　　　　（上谢文龙）
谢文龙：哼咳。
梅　氏：哎哟，老头子你回来咧，你怎去了四五天才回来呢？琼美呢？
谢文龙：罗府太太把琼美认做义女，留住在府，不叫回来了。
梅　氏：哎哟，可坑杀人了，他不回来，明个尤家就来娶人，倒是咋好？
谢文龙：我知道咋好哇？你做的好事情你想法子挡罢。
　　　　（上谢琼花）
谢琼花：爹爹回来咧，我姐姐呢？
谢文龙：你姐姐罗府留下，不叫回来了。
谢琼花：我看明日尤家前来娶人，无人上轿那可怎好？
谢文龙：都是你妈闹的，我知道咋好？
　　　　（上刘英魁）
刘英魁：里面有人么？
谢文龙：是谁呀？
刘英魁：我乃行路之人，天色将晚，贵庄又无客店，欲在贵府借宿，明日再行，恩有重报。

谢文龙：哦，原来如此。一个出门的人，哪有扛着房、顶着锅走的？那么着，你把马拴上，请里面坐。

刘英魁：多有打搅了。

谢文龙：好说，请。

刘英魁：请。

谢琼花：爹呀，这谁哪吧？生不熟面不熟的，把一个男子怎领到这屋里来了？

梅　氏：咳，可是呢，他是谁吧，老头子？

谢文龙：那娘俩不知，他是走道的，赶不上店，到咱们家借宿。老弟请坐。

刘英魁：有坐。

谢文龙：既然赶不上店，必是还没吃饭呢。丫头哇，你去做点饭去，好让壮士吃。

谢琼花：做啥饭呢？

谢文龙：啥饭不行？你看着做去吧！

谢琼花：是，晓得了。

（唱）琼花答应说知道，一见此人甚爱惜。

谢文龙：（白）请问壮士，贵姓高名？

刘英魁：小生姓刘名英魁。

谢琼花：（唱）年纪不过十七八岁，模样长得甚标致。

这样人儿真少有，也不知谁家闺女与他为妻。

谢文龙：（白）丫头，你怎还没去？

谢琼花：是了，你老这个贪劲，无精打采去做饭。（下）

谢文龙：壮士，你是哪里人氏？为啥勾当离家？你说说我们两口子听听。

梅　氏：忒心烦哪！

刘英魁：老人家听了。

（唱）小生住在金陵地，我的名字方才提。

我父刘杰参谋职，保着御驾去征西。

兵困锁龙关一座，我父勾兵回京遇见了潘太师。

那奸贼说我父勾兵是私奔，推出门外斩首级。

又差人来拿我母子，母亡我逃把城离。

因此我才来借宿，必有重谢大恩报。

谢文龙：（唱）我的闺女去做饭，等着熟了你去吃。
　　　　　　谢老只是说闲话，
梅　氏：（唱）梅氏心里自着急。
　　　　　　一心惦着明天的事，口内哼咳心里急。
刘英魁：（白）老人家哼咳不止，却是为何？
谢文龙：老弟听了。
　　　　　　（唱）老弟你是不知道，听我从头告诉你。
　　　　　　这里有个尤财主，硬聘我的大闺女。
　　　　　　我女早已受了聘，就是京城罗府里。
　　　　　　前日我将女送到罗府内，明日尤家就娶妻。
　　　　　　因此为难急得很，尤家一定要不依。
　　　　　　公子你说怎么好？
刘英魁：（唱）英魁闻听说莫急。
　　　　　　我本爱管不平事，明日我就扮女的。
　　　　　　要到他府去算账，
　　　　　　（白）我自幼爱管不平之事，明日彩轿到来，我就扮小姐，任他抬去，我倒要教训狗子一番。
谢文龙：好，公子此计大妙，依计而行。
谢琼花：妈呀，饭熟了，你端了去罢。
梅　氏：你就端进来吧。
谢琼花：是。
梅　氏：公子，请用饭吧。
刘英魁：老人请。
谢文龙：公子明日替我闺女，就是恩人，但只是无亲少故，要不咱俩拜个朋友罢了。
刘英魁：老人家，这可使不得。
谢琼花：妈呀，孩儿有句话望你老说说。
梅　氏：闺女，说啥吧？
谢琼花：咳，我的妈呀。
　　　　　　（唱）孩儿有句知心话，你老仔细听儿说。
　　　　　　刘公子明日替我姐姐去，也算是咱们恩人得念佛。

与他无亲又无故,

梅　　氏：（白）你爹不是与他拜朋友了?

谢琼花：我的妈呀,拜朋友那也算不得!

梅　　氏：要不了,我认他干儿子?

谢琼花：（唱）干儿且也算不了,做一个实会亲戚理才合。

　　　　　　你看孩儿不小了,成天做活在闺阁。

　　　　　　我今长了十七岁,

梅　　氏：（唱）过年就是十八了。

谢琼花：（白）事到如今好难说,

梅　　氏：（唱）不用你说明白了,你要与他俩配合。

　　　　　　等我跟你爹商议,叫了一声老头子。

谢文龙：（白）你说啥吧?

梅　　氏：（唱）我看这位刘公子,他与咱女差不多。

　　　　　　叫他二人成配偶,你说使得使不得?

谢文龙：（唱）老儿听闻说很好,待我去望公子说。

梅　　氏：（白）你说说去。

谢文龙：公子啊。

刘英魁：老人家请坐。

谢文龙：有坐有坐。

　　　　（唱）老汉有件心腹事,特与公子商量着。

刘英魁：（白）老人家,何事?请讲。

谢文龙：（唱）我们二丫头你见过,至今还未有婆婆。

　　　　　　愿许公子你为偶,就算老汉报恩德。

　　　　（白）老汉愿将小女许配给公子,不知你意下如何?

刘英魁：老人家,小生并无定所,此事不敢从命。

谢文龙：公子不要推辞,你替我大女儿一到尤家,应当明日之事,我们无恩可报,才许下婚姻。我既说出口来,就不必推辞。

刘英魁：罢了,老人家执意如此,我应下就是了。

谢文龙：着哇,这不完咧?你既应下,就是我们姑爷。

刘英魁：哦,岳父,我明日去到尤家教训那狗子必得惹祸,你们在这里难住,就此收拾收拾，等我去后，你们赶奔洛阳我娘舅家避难去罢。

谢文龙：中啊。老婆子重新收拾酒菜，我们老爷俩再喝上两壶。

梅　氏：是咧。

谢文龙：姑爷请。

刘英魁：岳父请。（下）

（上值日功曹）

功　曹：（诗）我神若不分明事，昊天见怪罪难移。

（白）吾神值日功曹，照察人间善恶。奉玉帝敕旨，今有刘英魁假扮小姐以入尤府，尤小姐与刘英魁该有夫妻之分，不免降尤义一场灾祸便了。（下）

（上尤义）

尤　义：（诗）白马红英彩色新，不是亲者胜过亲。

（白）我大爷尤义。今乃是我的好日子，彩轿去了半天，我方才换了新衣花帽，好等着拜天地。也该来了。（云照尤义）哎呀，不好，我的妈呀！

（唱）我的妈呀疼死我，咕咚栽倒地流平。

　　　　头迷眼黑浑身冷，两腿发麻肚子疼。

（上尤玉娘）

尤玉娘：（内唱）尤玉娘正在绣房坐，忽听得咳呀呼叫好像长兄。

　　　　不知却为什么事，（上）进得房来问一声。

尤玉娘：（白）哥哥咋的了？

尤　义：妹妹。

（唱）哥哥忽然我得了病，又吐又泻肚子疼。

　　　　不久彩轿要到了，拜天地哥哥算是不能行。

　　　　妹妹呀，你替哥哥把天地拜，但晚了你陪你嫂子洞房中。

尤玉娘：（唱）哥哥说的什么话？洞房事儿休当轻。

　　　　嫂嫂本是裙衣女，替你的话我不应。

尤　义：（唱）好心妹妹去去罢，等我病好了承你情。

（白）好心的妹妹，你去去罢。

尤玉娘：哥哥，此事我替得了哇？

尤　义：不过是头一宿不空房就是了，你去去罢，一个姑嫂怕啥呀？

尤玉娘：那么着，我怕等着拜天地咧。（下）

尤　义：罢了我了。

（上家仆）

家　仆：禀爷，彩轿到了。

尤　义：小子，吩咐将彩轿放在外庭，一会儿就去拜天地，搀着我罢。

家　仆：咋病了呢？着手走，走罢。（下）

（上尤玉娘，坐，二丫鬟搀刘英魁上）

尤玉娘：（诗）莫言少年吹箫郎，今坐洞房伴美人。

（白）奴尤玉娘。梅香们，用你们不着，各自安歇去罢。

丫　鬟：晓得了，关上门。（下）

尤玉娘：哟！好一个风流的人物。

（唱）只见她眉儿清来目儿秀，好一个俊俏女红颜。

鲜红嘴唇雪白脸，杏眼相趁柳眉弯。

后又低头往下看，冷眼一见吓个颤。

金莲足有一尺二，扎头花鞋撑了个圆。

是怎的绝好的人儿不修脚？（一更）可惜一副俊容颜。

刘英魁：（白）你这女子是谁？

尤玉娘：（唱）我是你的小姑子，今夜晚替我哥哥洞房眠。（二更）

刘英魁：（白）你哥哥上哪里去了？

尤玉娘：今日我哥哥得了病。

刘英魁：怎么你哥哥他病了么？

尤玉娘：正是。

刘英魁：咳，可惜呀可惜。

尤玉娘：现有奴家，不算孤单。

刘英魁：你哥哥今晚不来，叫奴好生难过呀。

尤玉娘：（唱）头一宿你就受不了，也不害臊脸太憨。（三更）

尤玉娘：（白）天交三更，姑且睡了罢。哦，嫂嫂，天交三更，我哥哥不来了，有我在此，陪伴与你，你看如何？

刘英魁：你哥哥不来，你这女子有何用处？

尤玉娘：咳，我哥不在此处，奴家陪伴与你，必定找我哥哥，头一宿你就受不了？天也不早了，走罢，睡觉吧。

刘英魁：走就走，谁还怕你不成？

尤玉娘：快走吧。（下，打四更）

（急上刘英魁、尤玉娘）

尤玉娘：哎呀！我的妈呀，了不得了。

刘英魁：小姐，你这是为何呀？

尤玉娘：他还装不是人呢！

刘英魁：我怎么不是人了？

尤玉娘：我的妈亲。

（唱）跑下床来心乱跳，这可活活把人杀。
　　　想不到新人是个男子汉，

刘英魁：（白）真叫人纳闷！

尤玉娘：你还装好人呐。

（唱）偏遇奴是女娇娃。
　　　男女不可亲授受，奴与他说说笑笑又同榻。
　　　倘若外人知道了，奴家羞愧对谁发？
　　　三贞九烈奴甚懂，不想今日被他弱。

（白）今日之事若被外人知道，奴咋活在世上啊？

（唱）事已至此后悔晚，奴只得乍着胆子问问他。
　　　叫声那人你是谁？你为何颠倒婚姻到我家？

刘英魁：（唱）小生英魁本姓刘，金陵城内有我家。

尤玉娘：（白）你怎到了谢家呢？

刘英魁：（唱）如此这般我避难，偏遇你家娶娇娃。

尤玉娘：（白）你为何替他们到此？

刘英魁：（唱）琼美本是罗门妇，我不平来替她。

尤玉娘：（白）你这替她，替得可不错。

刘英魁：（唱）快叫尤义来见我，你这女子快去罢。

尤玉娘：（唱）原来他是刘公子，心中寻思自详察。
　　　奴与他男女相伴多半夜，无私有弊人笑话。
　　　看此人倒遂了奴的意，小伙长得倒可夸。
　　　何不一俊遮百丑？外人知道是白搭。

　　　　（白）我说刘郎啊，要不咱俩……

刘英魁：怎样？

尤玉娘：要不了以假成真为夫妇，将错就错两配搭？

刘英魁：我有了妻子了。

尤玉娘：哪怕你有八房小，奴家愿意，无人磨牙。刘郎，事已至此，奴已说出口来，你若不从，奴家难以活在世上。公子，再思量再想。

刘英魁：倘若你哥哥知道，他岂肯让我？

尤玉娘：我哥纵然知道，生米煮成熟饭，他也无法可使。

刘英魁：私会苟且，我觉着不体面。

尤玉娘：你罢呀，得了便宜，你还充好人呢。

刘英魁：小生应从了也就是了。

尤玉娘：这不完咧。

　　　　（诗）可知将错许就错，真实无缘且有缘。

　　　　（白）你来吧。（下）

　　　　（上刘英）

刘　英：（诗）虎陷深坑难探爪，龙逢铁网难飞腾。

　　　　（白）吾乃骁骑将军刘英。保驾征西，遭困锁龙关，刘大人定了苦肉计，进京勾兵，至今不见回音。林黑塔昼夜攻城，纵然关城坚固，不能攻破，倘若天长日久，救兵不到，粮草不来，君臣难免困死此地。圣上令吾回京勾兵，只得闯杀出城便了。（下）

　　　　（内报）报都督，得知城内冲出了一支人马，硬闯营盘，乞令定夺。

　　　　（上林黑塔）

林黑塔：哇呀呀，这还了得？小番们，抬刀带马，随我提拿周将。

　　　　（刘英对上）

林黑塔：好个周将，竟敢出城闯我的营盘，真乃大胆！不要走，看刀！

刘　英：看刀！

　　　　（杀一阵，刘英闯过）

林黑塔：这厮真乃骁勇，竟自闯出重围去了，料他一人成不了大事。小番们，小心巡营。（下）

　　　　（刘英马上）

刘　英：好也好也，幸得闯出贼营，只得急急回京便了。（下）

（上潘泽清）

潘泽清：（诗）权衡在手不发兵，要坐龙位翻掌中。

（白）老夫潘泽清。圣驾遭困锁龙关，前日刘杰回京勾兵，被我斩首。又差去张龙、李虎前去捉拿他的家口，谁知刘杰之子武艺高强，竟将二人杀死。那时我又差人捉拿狗子，以免后患。家人回禀狗子竟自逃走，追寻无踪。谅他成不了大事，我今不发救兵，昏君必定困死锁龙关，那时老夫就等坐了龙位，再拿罗天表一家大小与我儿报仇，易如反掌。

（上卒）

卒：禀爷，今有随征刘大人来到府门，求见太师爷。

潘泽清：刘英回京又是勾兵，我有道理。传令叫他进见。

卒：是。（下，内白）有请刘老爷。

刘　英：（内白）来了。（上）潘国丈请了。

潘泽清：请了。我且问你，你保周主征西，为何独自回来？

刘　英：国丈，圣上如今被困锁龙关，命刘杰回朝勾兵求救，至今不见回音，又命我回朝还是勾兵。老国丈，难道未见刘大人的音信？

潘泽清：哼哼，你分明是惧敌怕死，私自逃回，欺哄老夫。你岂知刘杰前者回京，业已被老夫斩首？你与他分明是一党同谋，想脱无罪，怎得能够？家将们，将刘英绑下斩首。

刘　英：住了，哪个敢绑？潘泽清，老贼呀，你，你真的要谋反？

（唱）双睛瞪，叫贼凶。

成心谋反，要坐朝廷。

参谋被你斩，要杀我刘英。

刘某岂肯让你？束手待毙不能。

刘参谋尽忠被你斩，老贼真要叛朝廷。

潘泽清：（唱）刘英你，逃回京。

畏敌怕死，要想逃生。

老夫既知晓，国法岂肯容？

好似飞蛾投火，进到柱死城中。

喝令左右快动手，推出府中问斩刑。

刘　英：（白）谁敢！谁敢！
　　　　（唱）骂一声，狗奸佞。
　　　　　　　按兵不动，心早变更。
　　　　　　　你妄想篡位，现今有西宫。
　　　　　　　你女若是知晓，定拿老贼奸凶。
　　　　　　　逆贼你再想一想，快些发兵救主公。

潘泽清：（白）哇！
　　　　（唱）潘国丈，叫刘英。
　　　　　　　毁骂太师，罪孽难容。
　　　　　　　你是自取死，莫怪我无情。
　　　　　　　灵王困在西夏，该他天分将终。
　　　　　　　国家江山有轮换，难怪老夫不发兵。

刘　英：（白）圣主啊！
　　　　（唱）叫一声，圣主公。
　　　　　　　那里盼望，这里救兵。
　　　　　　　救兵不能去，圣上白费工。
　　　　　　　为臣难以回转，无非自作调停。
　　　　　　　大呼潘贼我去也，将袖一甩出府中。（下）

潘泽清：（唱）喝声刘英哪里走？
　　　　（白）人来，将刘英拿回来。

家　奴：是。（下，又上）禀爷，刘英逃出府门回府去了。

潘泽清：起过。喂呀，不好，刘英逃走乃是祸患。倘若娘娘知晓，老夫有些不好。哼，我有道理。我儿潘虎，哪里？快来！
　　　　（上潘虎）

潘　虎：来了。爹爹有何吩咐？

潘泽清：我儿带领五十名家丁，将刘英拿来处死。

潘　虎：是。（下）

潘泽清：刘英，刘英，我叫你金风未动蝉先觉，暗丧无常死不知。（下）
　　　　（出李氏、刘玉娥）

李　氏：（诗）心惊眼跳不安宁，却也不知有何情？

　　　　　　（白）老身李氏。
刘玉娥：奴家刘玉娥。
李　氏：女儿，你爹爹回京勾兵往潘府去了，为娘只是心惊肉跳，不知是何缘故？
　　　　（急上刘英）
刘　英：哎呀，夫人、女儿，可不好了。
李氏、刘玉娥：老爷/爹爹有何不好之事，这样慌张？
刘　英：夫人、女儿，咱家祸事到了。
　　　（唱）我才到，潘府中。
　　　　　　有人传报，进了大厅。
　　　　　　见了那奸党，佞臣潘泽清。
　　　　　　诉说勾兵之事，圣主困在锁龙。
　　　　　　我来勾兵取求救，潘贼闻听怒气生。
李氏、刘玉娥：（唱）母女俩，心不明。
　　　　　　圣主遭困，勾取救兵。
　　　　　　就该发人马，他怎把气生？
　　　　　　不知是何缘故，哪晓内里之情？
　　　　　　不知他有何心事，老爷/爹爹快说其情。
刘　英：（唱）那奸贼，潘泽清。
　　　　　　成心谋反，按兵不行。
　　　　　　刘杰来求救，斩首在府中。
　　　　　　勾兵我今来到，也要斩首施刑。
　　　　　　说我逃回是怕死，那时我甩袖跑出潘府中。
李氏、刘玉娥：（唱）闻此话，吃一惊。
　　　　　　潘贼作对，准有祸生。
　　　　　　须得想良策，保护咱残生。
　　　　　　一定安然无事，那时才觉太平。
　　　　　　未从水来先叠坝，快想好计挡奸凶。
刘　英：（唱）有妙计，早调停。
　　　　　　全家逃走，赶奔西京。
　　　　　　见了皇爷主，诉说内里情。

　　　　　　　圣上必拿奸党，江山必得安宁。

　　　　　　　事不宜迟快快走，吩咐套车就启程。

李氏、刘玉娥：（唱）情也对，理也应。

　　　　　　　家不能住，只得逃生。

　　　　　　　方才要收拾，

（上潘虎）

潘　虎：（白）家将们，将刘府团团围住。

刘　英：呀，忽听发喊声。哪里人马呐喊？

（上院子）

院　子：（唱）跑来院子张忠。口呼老爷祸事到，

　　　　　　　潘府发来将与兵。

　　　　（白）老爷，可不好了，潘虎带领家将将咱府团团围住，要拿老爷一并家口，只叫前去受绑。

刘　英：夫人、女儿，快些收拾收拾。院子，吩咐套车，女儿保护车辆，就此出府。家将们，枪马伺候了。（下）

李　氏：女儿，快些收拾收拾。

刘玉娥：是，晓得了。

　　　　（唱）玉娥小姐忙收拾，装上财帛与金银。

　　　　　　　细软之物包裹好，装在车上要起身。

　　　　　　　母亲快快把车上，家将保护随着跟。

　　　　　　　吩咐已毕戎装换，提刀上马出府门。（下）

潘　虎：（唱）潘虎正把府门打，（上马）忽然出来人一群。

　　　　　　　正遇刘英他出府，家将快快绑拿人。

刘　英：（唱）刘爷拧枪往外闯，大叫狗子少近身。

　　　　　　　二人说话对了面，交手大战胜败难分。

家　将：（唱）家将一齐往上裹，大叫刘英命难存。

刘　英：（唱）狗子依仗人马广，一齐围裹我一人。

　　　　　　　左边遮来右边挡，使得浑身汗淋淋。

刘玉娥：（唱）玉娥小姐来交战，爹爹闪开！手抡大刀恶狠狠。

　　　　　　　大战几合无胜败，料着难胜这贼人。

|||虚砍一刀败下去，（下，又上）早有剪成纸马人。
师父传就仙家术，今日何不试试新。
手中招诀口念咒，纸人纸马驾风云。
玉娥后边催法刀，（下）

潘　　虎：（唱）潘虎这里抖精神。
抬头一看说奇怪，漫天迷地暗又昏。
哎呀，原是天兵与天将，神头鬼脸不像人。
妈呀，今日我可活不成，吓得浑身汗淋淋。
连哭带跑回里走，吓得稀屎臭难闻。

刘玉娥：（白）家将们，收兵。
（唱）不言潘府人共马，玉娥催马把刀抡。
暂且不收仙家术，怕是一时闭城门。

刘　　英：（唱）刘爷叫声我的女，咱们快快出西门。
保着车辆速速走，静悄悄的无一人。
出了西门上大路，愁怕后面有追人。
离了城走十数里，

刘玉娥：（唱）玉娥收术把话云。
爹爹且往何处去？不知何处可安身？

刘　　英：（唱）为父自有安身处，何用女儿你挂心？
（白）女儿保护车辆向西而行，上了关塘大路，有了机会便可安身。家将们，保护车辆急急前行。
（诗）离合悲欢同尘苦，东西南北四马蹄。（同下）
（上尤义，坐）

尤　　义：（诗）病退身安今日好，方可洞房结花烛。
（白）我大爷尤义。前日用人搬娶谢小姐过门，彩轿刚到门首，才要拜天地，忽然间大病缠身，十分沉重。没有法咧，就叫我妹子替我拜了天地，入了洞房。我今日刚刚好了，吩咐丫鬟们，叫新人重新打扮打扮，我好会会佳期。丫鬟哪里？快来。
（上丫鬟）

丫　　鬟：来了。大爷有何吩咐？

尤　义：你去叫新人重新打扮起来，大爷好去饮交杯盏。快去。

丫　鬟：哎哟，大爷你老还不知道呢？你老娶的那个新奶奶，不是老娘们，是个老爷们。

尤　义：怎的是个男子？

丫　鬟：可不是个男子？与姑娘拜了天地，入了洞房，如今是我们姑爷了。

尤　义：哎呀，可气煞我了。哪里来的野小子，竟敢颠倒婚姻？待我找他去。（下）

丫　鬟：你看大爷把眼都气紫了。走，看热闹去。（下）

（出刘英魁、尤玉娘坐）

刘英魁、尤玉娘：（诗）三星在户成连理，五世其昌会襄王。

刘英魁：（白）小生刘英魁。

尤玉娘：奴家尤玉娘。

刘英魁：娘子，你我燕尔新婚，倒也快乐，但只是惦着锁龙关与父鸣冤，二则恐怕令兄知晓，让我遭殃。

尤玉娘：不怕，有我呢。你我夫妻成就，凭他有什么方法，有我在此答对与他，你放心罢。

（上尤义）

尤　义：哈哈哈！你是哪里来的野小子，在此诓骗幼女？你真罪该万死！

尤玉娘：哥哥来了，请坐。

尤　义：你别管我叫哥哥，叫我空过吧。

刘英魁：这位想是妻兄，小弟有礼。

尤　义：你躲开罢，什么东西？你是哪里来的野小子，在此诓骗人口？说明来历，定处你一死。

刘英魁：尤义，要问仔细听了。

（唱）要问我，你听真。

金陵城内，有我家门。

英魁本姓刘，被害有仇人。

逃走谢家借宿，巧遇这里娶亲。

我才顶替谢小姐，与你妹妹成良姻。

尤　义：（白）哎呀！

（唱）气炸肺，冒火云。

　　　　　　　可恨狗子，男扮女人。

　　　　　　　竟来行苟且，混在我家门。

　　　　　　　一定将你处死，叫你去见阎君。

　　　　　　　说罢扔拳搂头打，

　　　　　（白）我一定揍你，着打。

刘英魁：（唱）一脚踢个兔儿墩。

尤　义：（白）哎呀！

刘英魁：（唱）忙按住，拳头抡。

　　　　　　　叫声尤义，要你听真。

　　　　　　　硬娶良家女，强霸要为婚。

　　　　　　　幸好我今遇见，该你狗命难存。

　　　　　　　我今叫你归阴路，连踢带打恶狠狠。

尤　义：（唱）骨头疼，断了筋。

　　　　　　　可恨狗子，胆大包身。

　　　　　　　竟把大爷动，王法何处寻？

　　　　　　　与你势不两立，分个皂白清浑。

刘英魁：（白）狗子，着打！

尤　义：连连哎呀疼死我！

尤玉娘：夫主，看我的面上，饶了他吧！

尤　义：（唱）定要与你把命拼。

刘英魁：（白）着打！

尤　义：（唱）哎呀，疼难忍，泪淋淋。

　　　　　　　我这浑身，如同扎针。

　　　　　　　心中如火烤，疼得甚难禁。

　　　　　　　我今再要使硬，只怕性命难存。

　　　　　　　无可奈何得服软，

刘英魁：（白）着打！

尤　义：哎呀！

　　　　（唱）口呼妹夫细听真。

　　　　　　　令兄长，愚鲁人。

恕我无知，全当开恩。

你今天饶我，过日再报恩。

从今不做坏事，闭户读念书文。

妹妹与我说个情吧，念咱兄妹同胞亲。

尤玉娘：（唱）呼夫主，听我云。

他既输嘴，不是别人。

全看我的面，叫他做好人。

从今改过了吧，哥哥你听真。

刘郎是你妹夫子，哥哥你有啥话云？

（白）哥哥，刘公子是你妹夫，纵然打你几下，也不过玩耍而已。

尤　义：照这么玩耍，我不得糟蹋了哇？罢了罢了，可一个实在的亲戚，我还有啥说的呢？

刘英魁：如此说，小弟错了，妻兄请起。

尤　义：罢了我啦。

刘英魁：小弟与妻兄赔礼了。

尤　义：不用不用，实在亲戚，也碍不着什么。

刘英魁：妻兄，小弟在这里也难久住，我被潘贼陷害，要到锁龙关见主鸣冤。

尤　义：妹夫子，不用忙，等着我看个好日子，与你多备盘费再走。妹子快备酒宴，我与妹夫子喝两杯。妹夫子请。

刘英魁：妻兄请。（下）

（出番，扎巾，升帐）

郝成仁：（诗）独居山林任纵横，耀武扬威管喽兵。

（白）俺镇山大王郝成仁，乃广西桂林府人氏。在家误伤人命，我叫了几个朋友随我来至结风山，他们保我为主，招聚喽兵在此，聚草囤粮。如今手下喽兵三百有余，粮草足用。今日天气清明，何不下山拦路劫财，有何不可？喽啰们，随我巡山，不得有误。

（唱）吩咐喽啰把山下，随我拦路去劫财。（上马）

提枪上马自思想，这也是我命里该。

自从那年伤人命，那时我拿腿就跑开。

交结几个好朋友，保我同上结风山来。

　　　　　　召集喽啰足三百，后寨缺少个少奶奶。
　　　　　　单等遇见美貌女，抢上山来两和谐。
　　　　　　想到此间甚得意，（下）
　　　（上刘英）

刘　英：（唱）再表那刘英保护家眷来。
　　　　　　路上行走非一日，不知何处有安排。
　　　　　　但有机会家眷住，我去见主诉冤哉。
　　　　　　圣主必要拿奸党，那时才称我心怀。
　　　　　　这日正走狂风起，走差大路奔山崖。
　　　　　　一座高山前阻路，逢山有寇必劫财。
　　　　（白）面前高山阻路，必有毛寇，女儿小心保护车辆，家将们速速闯山而过。（下）
　　　（郝成仁马上）

郝成仁：（诗）在此巡山口，查防过路人。
　　　　（白）俺郝成仁在此把守山口，等了半天，并无过路人。哟哟哟，那边来了一伙人，还有骑马的，又有车辆，要过山口。这回买卖不小。喽啰们，随我迎将上去。（下）
　　　（与刘英对上）

郝成仁：你们是从哪里来的？要往哪里去？竟敢过我的山口，快些留下买路金银，放你们过去。

刘　英：住了！毛寇真正瞎眼，我乃骁骑将军刘英，因被权臣陷害，逃出京都，并无投奔，信步而行，路过此山，毛寇竟敢拦路！我劝你早早闪开，如若不然，枪下作鬼。

郝成仁：哎吔，好大话呀！你若听劝，将车辆金银留下，放你们过去；若是不听，难逃性命。

刘　英：毛寇，不要胡说，看枪！

郝成仁：来！来！来！
　　　（杀，刘英败下，上刘玉娥）

刘玉娥：爹爹闪过，待孩儿捉拿这厮。

郝成仁：哟哟，还有大妞妞呢。哈哈哈，我且问你，一个姑娘跨马抡刀，向来必有点子本事。我劝你快些留下买路金银，好放你过去。
刘玉娥：毛寇，快些闪路，叫你姑娘与你太爷车辆过去。如若不然，立刻叫你刀下作鬼。
郝成仁：哈哈哈，消停。我说大姐姐，我今在此为王，真是无拘无束，没有压寨的夫人，要不你与我做个夫人吧？
刘玉娥：毛寇，不要胡说，看刀！
（杀，刘玉娥败）
郝成仁：你不中咧，你往哪里走？今个一定叫你做我的夫人。追！
刘玉娥：哪有闲工夫与他战？何不撒去纸人纸马，擒他便了？

（唱）搂住马，手擎刀。

纸人纸马，擒他便了。

掐诀念咒语，果然变化高。

只见黑风一阵，人马好似草梢。

盔明甲亮分五色，各个手内耍枪刀。

郝成仁：（唱）呀，郝成仁，发了毛。

心中害怕，魄散魂消。

连连说不好，此事好蹊跷。

忽然无数人马，非鬼就是怪妖。

这个丫头有邪术，我的性命保不牢。

刘玉娥：（唱）刘玉娥，气难消。

大叫毛寇，哪里走逃？

遇见姑娘我，叫你赴阴曹。

扫平你的山寨，一个人定不饶。

喝叫毛寇哪里走？怎知姑娘法术高？

郝成仁：（白）呀！

（唱）说不好，我难逃。

慌忙下马，跪倒求饶。

只求姑娘你，把我性命饶。

奉请上我山寨，辅佐为王甚高。

姑娘收我做头目，叫我万死不辞劳。

刘玉娥：（唱）刘玉娥，细斟酌。
前思后想，我把家抛。
正愁无投奔，此处有屋巢。
上山执掌事业，买马好把军招。
兵成大队拿奸党，那时报仇把恨消。

刘　英：（内唱）刘老爷，喊声高。
喊叫毛寇，哪里脱逃？（上）
见他跪在地，叩头又求饶。
毛寇原是怕死，贪生不算英豪。
我儿不可伤他命，放他逃走把山烧。

（白）我儿不可伤他性命，放他逃走去吧！

刘玉娥：爹爹，他愿归顺咱们，愿让头目，咱们不如借此山寨安身，招兵买马做长久事业。但等兵足粮广，捉拿潘贼，报仇雪恨，再顺周朝，归降王化。

刘　英：我儿说得有理。山寇，你叫什么名字？

郝成仁：我叫郝成仁。

刘　英：郝成仁，山上喽兵粮草共有多少？

郝成仁：共有三百多人，粮草足用。请大王爷上山，我等拜贺新主。

刘　英：家将们，保护车辆，就此上山。郝成仁，头前引路。

郝成仁：是。（下）

（摆场，天子坐）

天　子：（诗）锁龙关内身遭困，救兵不到甚忧心。

（白）寡人周灵王姬泄心。御驾亲征，被困锁龙关。刘杰前去勾兵，至今未回，又差去刘英求救，也无音信。莫非潘泽清专权误国，按兵不动？叫朕日夜忧闷。

（上卒）

卒　：报万岁得知，今有林黑塔又来攻城。

天　子：再探。

卒　：遵旨。（下）

天　子：呀，番贼又来攻城。罗爱卿。

罗天表：万岁。

天　子：救兵不到，这却如何是好？

罗天表：万岁，依为臣看来，两次勾兵，至今不见救兵到来，莫非朝中有奸臣误国，按兵不动？

天　子：朕也犹疑。莫非潘泽清专权误国？也未可定。

（上徐清，跪）

徐　清：万岁，臣徐清愿去勾兵，亲身进得昭阳，去见国母娘娘，臣的姐姐自然发兵。

天　子：好，你既愿意去勾兵，就亲身一到昭阳，自然会发兵，但只是重围难闯。

罗天表：万岁，臣罗天表愿送国舅闯杀贼营。

天　子：可要小心。

徐清、罗天表：不劳嘱咐。

天　子：众将官，枪马伺候！上城关呐喊助威，不得有误。（同下）

徐　清：（内白）众将官，响炮开城。（与林黑塔对上）

林黑塔：好个幼儿，竟敢出马，快些报名受死！

徐　清：番贼听了。

（唱）叫反叛，仔细听。

　　　　问你爷爷，姓徐名清。

　　　　番贼快闪路，免得性命倾。

　　　　我本勾兵调将，君臣好出锁龙。

　　　　大兵一到军威壮，定把番贼一扫平。

林黑塔：（唱）原来是，去勾兵。

　　　　休想过去，勾兵不能。

　　　　举刀搂头剁，

徐　清：（唱）徐清用枪迎。

　　　　二人交锋大战，并无胜败输赢。（二人杀）

（上罗天表）

罗天表：（唱）罗天表催马把阵上，大叫黑塔少逞凶。

　　　　拧战杆，大交锋。

（杀，林黑塔下，徐清上）

徐　清：（唱）徐清得便，要把围冲。

|||用力打马跑，一直奔金陵。

　　　　　　不言徐清逃走，（下）

罗天表：（唱）再说天表交锋。（杀）

　　　　　　眼看国舅回京去，我也不必苦战争。（下）

　　　　（内白）众将官，紧闭城门。

林黑塔：（唱）林黑塔，发愣怔。

　　　　　　今日逃走，一位英雄。

　　　　　　回京去求救，必然发大兵。

　　　　　　周朝人马一到，我难打仗冲锋。

　　　　　　我何不写道哀表求我主，多发人马再斗争？

　　　　（白）你看周将闯过营盘，定是勾兵，我不免回营修道哀表，求主发兵。小番们，就此回营。（下）

　　　　（摆帐，四番将站）

众　　将：（诗）手持七星剑，能挡百万兵。

　　　　　　旗开全得胜，马到就成功。

木鱼真人：（白）出家人木鱼真人。

郎金彪：吾乃扶国都督郎金彪。

火　　滚：镇国都督火滚。

高三尺：定国都督高三尺。

众　　将：王爷升帐，在此伺候。

　　　　（上番王，坐）

番　　王：（诗）国富兵强胜金陵，难辞百战立奇功。

　　　　　　孤家江山成一统，威威烈烈束孤穷①。

　　　　（白）孤家甘罗国王，在西夏称王。前日打去连环战表，要夺周朝江山，差去大将林黑塔镇守锁龙关。周王必发人马，今日不见回音，叫孤好生烦闷。

　　　　（上卒）

卒：　　报千岁得知，今有锁龙关林将军差人来下哀表，请主过目。

番　　王：呈上来。

---

① 按此处疑有误，原文如此。

卒：　　　请主过目。

番　王：闪过了。

卒：　　　是。（下）

番　王：林黑塔下来急表，必有不祥，待孤看来。

（唱）展开表章仔细看，上写着为臣黑塔来问安。
　　　　锁龙高关臣镇守，天子亲自到关前。
　　　　为臣交锋常对垒，他国兵多有魁元。
　　　　领兵元帅罗天表，斗引埋伏智多端。
　　　　为臣败阵想妙计，定下空城计连环。
　　　　他君臣入了空城计，人马困在城里边。
　　　　不用争战活饿死，咱君臣夺他江山不费难。
　　　　不料走了一小将，必是勾兵把兵添？
　　　　求我主再发人马安营寨，好保锁龙一座关。
　　　　王爷看罢哀怜表，腹内夺乎自详参。
　　　　周朝必有救兵到，孤家何不把将添？
　　　　管能挡住周朝将，天子一定饿死城里边。

（白）孤家何不安下三座营寨，挡住他的救兵？救兵不到，他君臣必然饿死在锁龙关内。他国无主，何愁江山不到我手？望下便叫高三尺听令。将军，你与你姐高金定带兵一万镇守毛山，等周兵到来，莫放一人过山。

高三尺：得令。（下）

番　王：扶国都督郎金标听令。

郎金标：千岁。

番　王：命你带领番兵一万镇守双顶山，周朝救兵到来，莫放过界。

郎金标：得令。（下）

番　王：镇国都督火滚听令。

火　滚：千岁。

番　王：你带领你女儿火兰英，带番兵五千，镇守平山，周朝兵到不许放过。

火　滚：得令。（下）

番　王：孤又差去三员大将安下三座营寨，周兵一到，纵有救兵，叫他到不了锁龙关，他君臣一定饿死。

（诗）安下强兵与猛将，叫他插翅也难飞。（下）
（出徐太贞）

徐太贞：（诗）圣驾领兵去征西，但愿成功早班师。
（白）哀家徐太贞，执掌昭阳正院。只因西夏甘罗王造反，御驾亲征，也不知胜败如何？
（上宫女）

宫　女： 启奏娘娘千岁，今有国舅徐老爷回京，宫外候旨。

徐太贞： 国舅独自回京，必有缘故。宣进宫来。

宫　女： 领旨。（下，内白）有宣国舅老爷。

国　舅：（内白）千岁，（上）娘娘千岁，臣来见驾。

宫　女： 国舅平身。

国　舅： 千岁。

徐太贞： 国舅，你保驾征西，为何独自回京？圣上今在何处？

国　舅： 大兵到了锁龙关前打了一仗，误入空城，困得里无粮草，外无救兵，为臣杀出重围，前来勾兵取救。

徐太贞： 原来困在锁龙关内，你且回府去罢。

国　舅： 娘娘千岁。（下）

徐太贞： 宫人。

宫　人： 伺候。

徐太贞： 去到西宫，宣你娘娘来进昭阳。

宫　人： 领旨。（下，又上）西宫宣到。

徐太贞： 有请。

宫　人： 有请娘娘千岁。

潘赛花： 国母千岁。（上，跪）皇姐姐在上，小妹叩参。

徐太贞： 御妹平身。

潘赛花： 谢过千岁。

徐太贞： 宫人看座。

潘赛花： 小妹谢坐。皇姐姐宣召小妹有何事议？

徐太贞： 御妹听了：
（唱）圣上领兵征西去，人马困在锁龙城。

潘赛花：（白）呀！

（唱）一闻此言心乱跳，哦，皇姐姐你在宫中怎知情？

徐太贞：（唱）方才徐清把宫进，圣主爷命他见我取救兵。

潘赛花：（唱）朝无良将怎么好？何人调将领雄兵？

徐太贞：（唱）原为此事宣召你，御妹平素智略通。

潘赛花：（白）哦哦，有了。

（唱）咱何不立下彩山殿，招聚天下众英雄？

徐太贞：（唱）依我说就命国丈为元帅，带领人马往西征。

潘赛花：（唱）我父平素多不正，倘有差错了不成。

徐太贞：（唱）不然命他作主考，挑选好汉挂印领兵？

潘赛花：（唱）皇姐就请刷密旨，晓谕各州府县城。

议准八月齐来到，十五夺印显奇能。

不论贫富与丑陋，只要武艺贯精通。

徐太贞：（唱）吩咐宫人看笔砚，哀家刷旨写分明。

潘赛花：（唱）皇姐姐写上大把天下赦，怕有被屈众英雄。

徐太贞：（唱）御妹说得很有理，旨意写得甚公平。

有人若是夺了印，挂印为帅领大兵。

余者随征把功立，保主还朝另加封。

刷完旨意叫荣海，

（白）杨荣海，你领哀家密旨，晓谕下面举子：挂榜招贤，在彩山殿比武夺魁。潘国丈为主考官。

杨荣海：遵旨。（下）

徐太贞：御妹贤德无比，智略精通，做事公平。

潘赛花：皇姐夸奖了，小妹有何德能？

徐太贞：妹妹回去吧。

（诗）为主解围挑兵将，保主回朝另加封。（下）

（完）

第 四 本

【故事梗概】 刘英魁告别尤玉娘，前往锁龙关救主，途经结风山，与刘英相认，刘英将女儿玉娥嫁给他为妻。罗文举辞别长眉老祖，回京参加夺印比武。在潘妃等人的庇护下，他免除了潘泽清的阻挠，夺得帅印。其率兵救驾，途经毛山，遭遇番将高三尺、高金定兄妹，并为高金定所擒。高金定对他一见倾心，与之结为夫妇，并倒戈归顺，高三尺与罗文举同赴锁龙关报号。潘泽清谋划其子潘虎为帅未成，就请潘妃助其反叛朝廷。潘妃不念私情，重责其父，并将潘泽清打入大牢。潘虎率人劫走潘泽清，又火烧罗府，欲报私仇。因为火神相佑，郑老夫人和谢琼美逃出生天。潘泽清父子逃至结风山，被巡山喽啰擒获。

（上刘英魁）

刘英魁： （诗）佳期燕尔堪称美，思想父母泪不干。

（白）刘英魁。自从逃出城来，谢家村内招亲后，又到尤家村内，再收了尤小姐，倒也随心。咳，总惦着锁龙关，替父明冤，好拿潘贼与父报仇。今日别了娘子便要起身。娘子哪里？快来！

尤玉娘： （内白）来了。（上）相公万福。

刘英魁： 娘子请坐。

尤玉娘： 有坐。

刘英魁： 咳，娘子，拙夫有件心事与你商议。

（唱）自从那日成配偶，我的心事你晓得。
　　　我与潘贼有仇恨，要到那锁龙关去见圣主爷。
　　　辩明冤枉将仇报，今日就要把你别。

尤玉娘： （唱）听说要往锁龙关去，低头无语只发怔。

刘英魁： （白）娘子，你为何不言？

尤玉娘： （唱）泪珠只在眼圈转，软软切切把话曰。
　　　相公要去难拦挡，但只是今日怎舍两分别？
　　　此一去千万莫把奴家忘，银子衣服拿好些。

（白）丫鬟，告诉你的大爷，就说是你姑爷今日起身咧。

丫　鬟：晓得了。（下，内白）大爷呀，我姑爷要走了。
　　　　（上尤义）

尤　义：（唱）尤义听说也来到，妹夫子你是忙啥吔？

刘英魁：（唱）英魁打躬施一礼，今日我就要辞别。
　　　　　　　锁龙关见圣主去鸣冤枉事，拿住奸贼气才歇。

尤　义：（白）如此，我也难留你。小子们，备马伺候你姑爷，妹夫请。

刘英魁：妻兄请。（同下，又同上）

尤　义：（唱）一齐送出大门外，

刘英魁：（白）妻兄，请回去罢，我就走了。

尤玉娘：（唱）尤姑娘难割难舍泪双抛。

刘英魁：（白）娘子，请回去罢。

尤玉娘：（唱）眼看相公去得远，回转绣房发呆也。（下）

刘英魁：（唱）不言英魁在路上，（下）
　　　　（上长眉老祖）

长眉老祖：（唱）再把长眉老祖曰。（坐）
　　　　　（诗）参禅悟道念黄经，苦修苦炼列仙班。
　　　　　（白）山人长眉老祖，在这东海傲来国九顶铁叉山八角洞中修真养性。上前年去赴蟠桃会，路遇白虎星有难，被他父活活打死，与我该有师徒之分，故而救上山来，学习武艺。今已二载，该他下山到锁龙关报号，父子相会。罗文举哪里？
　　　　　（上罗文举）

罗文举：来了。师父在上，弟子稽首。

长眉老祖：不消。一旁稍坐，听为师指引与你。
　　　　　（唱）长眉老祖叫徒弟，仔细留神听我说。
　　　　　　　因你行围去射猎，遇见潘龙抢娇娥。
　　　　　　　多管不平把他劝，不听良言把混语说。
　　　　　　　你就与他动了手，一枪刺死见阎罗。
　　　　　　　他父上朝去参本，多亏了西宫保本把难脱。
　　　　　　　你的父回府将你活打死，抬到荒郊埋山坡。
　　　　　　　为师去赴蟠桃会，救你上山把艺学。

    这如今西夏王子造了反，你父领兵平番贼。
    不久的京中要立彩山殿，该你下山把印夺。
    西宫娘娘封官职，要你心中犯思索。
    他要认你于殿下，你再谢恩把头磕。
    锁龙关前去报号，父子见面把实话说。

罗文举：（唱）文举听罢忙跪倒，二目之中泪如梭。
    我愿高山苦修炼，逍遥自在免啰唆。
    我与潘贼有仇恨，只怕再入是非窝。

长眉老祖：（唱）只管下山无妨碍。
  （白）徒儿下山，回家去见你母，说明来历，你母去西宫送信，娘娘做主，管保无事。不必留恋，去吧。

罗文举：是，弟子遵命。师父，请受弟子一拜而别罢。

长眉老祖：去罢。

罗文举：是，老师父哇。
  （诗）仙家若不明指引，耽误凡间多少人。（下）
  （上丑、生）

孟　必：（诗）自幼生来武艺松，学着骑马拉硬功。
    杀父之仇我要报，他们都说我不中。
  （白）我大爷孟必。爹爹在日，官拜后军都督之职。因为潘家表兄被罗文举一枪刺死，爹爹偏审偏问，又被罗文举摔死咧，那时我就扶灵回归故里。昨日姑爹差人送来信息，说是八月十五日彩山殿争夺帅印，我想姑爹必要另眼看待，与我这个机会。倘乎对劲了，挂了元帅印，带领人马到了锁龙关，先拿罗天表点错，就把他杀了，与我爹爹报仇，不枉为人一世。小子们，快些带马，随大爷进京走走。（下）

杨　林：我杨林。

杨　豹：俺杨豹，祖居洛阳。爹爹做过副将之职，前三年告老归乡，到家不足半年，得病身亡。老母在堂，咱有个姑母出嫁刘门，姑丈现作参谋之职。表弟刘英魁与咱投机，常在一处舞弄枪棒。自从随父归乡，几年未见，十分想念。前者京中出了告示，说是圣上御驾亲征，大兵困在锁龙关，徐清回京求救，朝无良将，立下彩山殿，八月十五日比武夺魁。

杨　林：咱弟兄何不上京夺印？

杨　豹：二来探望姑母，岂不是好？

杨　林：兄弟言之有理。

　　　　（上家仆）

家　仆：禀二位少爷，府外来了一辆家眷车，那位老者是投咱府来，见二位少爷。

杨　林：起过了。

家　仆：是。（下）

杨　林：既是亲眷，不可怠慢。快到府门去接女眷，领到后房与你太太叙话，快去。

家　仆：是，晓得了。（下）有请那位老者。

家　仆：是。（下，内白）我家二位少爷有请老人家。

　　　　（上谢文龙）

谢文龙：来了。这二位想是公子啦？公子们好！

杨　林：好说，不敢。老人家可好？

谢文龙：我好好好。

杨　林：老人家请坐。

谢文龙：有坐。

杨　林：老人家，为谁因何至此？

谢文龙：二位公子不知，听老汉告诉与你。

　　　　（唱）我家住在金陵地，谢家村内有家门。
　　　　　　　名叫文龙本姓谢，我与刘府实在亲。

　　　　（白）刘英魁乃是我门婿。

杨　林：原来是老长亲，我弟兄未去远迎，面前恕罪。

谢文龙：（唱）多得姑爷扮钗裙。

杨　林：（白）我表弟怎么到了你家？

谢文龙：（唱）他父回朝来求救，被潘贼如此这般斩首府门。
　　　　　　　复又差人拿家口，张龙李虎困府门。
　　　　　　　老夫人闻听心害怕，一头碰死命归阴。
　　　　　　　公子英勇杀出府，斩了二贼逃出京门。
　　　　　　　去到我家去借宿，我夫妻商量就许亲。

替我大闺女尤家去，叫我们投奔这里来存身。

杨林、杨豹：（唱）二弟兄闻听此事齐叫苦，姑父母死得太可怜。

老人家既然投奔到这里，就在我家暂存身。

我弟兄上京去夺印，就托你老照看府门。

（白）老人家来得凑巧，我弟兄正要上京比武夺印，再到尤家，打听打听我刘表弟吉凶怎样。

谢文龙：那是好咧。到了尤家，替我打听打听刘姑爷就得咧！

杨　林：那是自然，我弟兄明日起身。家童，吩咐厨下酒宴伺候。老人家请。（下）

谢文龙：请。（下）

（出郑氏、谢琼美坐）

郑　氏：（诗）梦里见子心中跳，疑中呈祥幸有知。

（白）老身郑氏。

谢琼美：奴谢琼美。

郑　氏：我儿，老身夜生一梦，梦见我儿回家来了，又想他被老爷活活打死，哪有活命？总是心头思念之故。

谢琼美：母亲，女儿也做此梦，只怕他是未死，有人救去，也未可定。

郑　氏：二梦相投，真正奇异。

（上院子）

院　子：禀老太太，今有我少爷回家来了。

郑　氏：住了，我打你这撒谎的奴才！我方才念叨几句，被你听见，你竟前来取笑，就该打死。

院　子：老奴不敢撒谎，果然来了。老太太有所不知，原是如此这般，被神仙救去学艺二年，回家认母来了。

郑　氏：如此是真了，叫他进来。

院　子：是。（下，内白）大相公快来。

（上罗文举）

罗文举：来了。母亲在哪里？咳呀，母亲哪！

郑　氏：果然我儿回家来了，我的儿呀。

（唱）诰命拉住娇儿手，二目之中泪汪汪。

自从我儿惹下祸，一家绑赴到法场。

　　　　　　多得西宫保一本，圣主赦罪回家乡。

　　　　　　可恨你父心肠狠，打死我儿一命亡。

　　　　　　只想母子难见面，儿啦，二年你且在何方？

罗文举：（白）娘啊！

　　　　　（唱）口呼母亲容儿禀，儿被那长眉老祖救上山冈。

　　　　　　学习刀枪整二载，命我下山见亲娘。

　　　　　　说是立下彩山殿，儿去夺印把名扬。

　　　　　　还得母亲进宫去，保护孩儿身无妨。

郑　　氏：（唱）我儿是怕潘国丈，怕他毒计难以防。

　　　　　　且等着为娘去到西宫院，诉说我儿回家乡。

　　　　　　她若敢保身无事，就去夺印碑何方？

　　　　　　老封君拉起娇儿心悲切，

谢琼美：（唱）旁边转过女娥皇。

　　　　　　燕语莺声尊老母，你老人家免悲伤。

　　　　　　你儿回家当欢喜，满斗焚香谢上苍。

　　　　　（白）母亲，既是你母子见面，理应欢喜，你老人家哭什么呢？

罗文举：母亲，这是何人？

郑　　氏：我儿不知，这是你谢家村解救的谢琼美。她父送到咱家，那时为娘想到我儿被你爹爹打死，叫她回去，她执意不肯，为娘认作义女。我儿今日回家，事不宜迟，就此拜堂成亲。

罗文举：原来如此，但凭母亲。

郑　　氏：家院，看香案伺候，服侍你少爷拜堂。

院　　子：老奴遵命。（下）

郑　　氏：（诗）今见娇儿如见宝，

罗文举、谢琼美：（诗）满手焚香谢上苍。（下）

　　　　　（刘英魁马上）

刘英魁：（诗）海阔凭鱼跃，天高任鸟飞。

　　　　　（白）俺刘英魁。前日辞别娘子，要上锁龙关见主诉说我父的冤枉，好拿潘贼与我父报仇。天色尚早，马上加鞭。（下）

（郝成仁马上）

郝成仁：（诗）奉了寨主命，查访过路人。
（白）俺郝成仁，在刘寨主帐下听用。那时我在此为王，遇见我们的寨主，指望她做个压寨夫人，谁想我们姑娘有些邪术，净是些青脸红发的纸人纸马。今日奉命在此巡查山口，哟哟，你看那边来了一个骑马的，待我走上前去。（下）
（上刘英魁）

刘英魁：呀！你看高山耸立，峻岭巍峨，必有毛寇拦路，只得闯山而过。（下）
（与郝成仁对上）

郝成仁：哪里来的小伙子，敢闯我的山口？快些留下买路的金银，放你过去！

刘英魁：毛寇快些闪路，不然性命难保。

郝成仁：哈哈哈，你这话说得真不小哇，撒马过来呗！

刘英魁：着枪。
（杀下）

喽　啰：（内报）报寨主得知，山下来了一个小伙子与头目杀在一处，十分骁勇，我等擒拿不住，乞令定夺。

刘　英：（内白）哪里来的小将，竟敢闯山口？喽啰们，抬枪带马，杀下山去。
（刘、仁杀上，仁败，刘英上）

刘　英：你这小将从何而来？家住哪里？姓甚名谁？说明来历，放你过去。

刘英魁：毛寇，要问仔细听了。
（唱）我名英魁本姓刘，父名刘杰做参谋。
　　　只因西凉造了反，我的父随主征西到甘罗。
　　　半路上困在锁龙关一座，我父勾兵见潘贼。
　　　那奸贼竟将我父问了斩，他又差人把家口捉。
　　　我今逃出锁龙去，见主鸣冤拿奸贼。
　　　毛寇竟敢拦去路，要不闪路命难活。

刘　英：（唱）原来还是刘公子，你是贤侄不用说。

刘英魁：（白）你是何人？如何这样称呼？

刘　英：（唱）我名刘英骁骑将，

刘英魁：（白）原是伯父。

刘　英：（唱）与你父一同保驾去平贼。

　　　　　我也勾兵到潘府，那奸贼也要把我头颅割。
　　　　　一怒反出京都地，来在这结风山上集喽啰。
　　　　　幸喜公子今来到，请上山寨且住着。
刘英魁：（白）小侄情愿上山。
刘　英：（唱）刘爷起了爱才意，我女现今在闺阁。
　　　　　何不招他为佳婿？
　　　　（白）贤侄来得正好，请上山寨，我还有件心事与你商议。
刘英魁：伯父，有何心事？请讲。
刘　英：此处不便言讲，请上山寨再叙。
刘英魁：伯父请。
刘　英：请。（下）
　　　　（上刘玉娥）
刘玉娥：（诗）彩凤花飞绣带飘，珍重双蛾巧画眉。
　　　　（白）奴刘玉娥，跟随父母来在结风山居住。奴今年一十六岁，待字闺中，也不知几时有个结果？思想起来，好叫人忧闷。
　　　　（上金菊）
金　菊：姑娘，你老可大喜咧。
刘玉娥：好模样的，我是哪里来的喜呢？
金　菊：你老该作媳妇咧，还不是喜么？
刘玉娥：你别瞎说了。
金　菊：可是真的呢。你老不知道，听我细细地说说。
　　　　（唱）金菊叫姑娘，我来把喜道。
　　　　　不是我瞎说，也不是扯臊。
　　　　　我才到前庭，屋里把我叫。
　　　　　说是有客来，太爷把茶要。
　　　　　我就去送茶，那人生得妙。
刘玉娥：（白）有多大咧？
金　菊：（唱）年纪十六七，模样长得俏。
　　　　　脸儿生得白，说话带着笑。
刘玉娥：（白）这么好看呢！

金　　菊：（唱）好看头一个，姑娘福来到。

　　　　　　　姓刘名英魁，家中有名号。

　　　　　　　他父作参谋，太爷早知道。

　　　　　　　那套说完了，又说这一套。

　　　　　　　太爷叫贤侄，有事要商着。

　　　　　　　我有一女儿，终身将你靠。

　　　　　　　招你作东床，你算有归落。

　　　　　　　那人应了声，我来把喜道。

刘玉娥：（唱）玉娥闻此言，心中好快乐。

　　　　　　　听得丫头说，那人生得妙。

　　　　　　　这可称奴心，不住暗喜笑。

（上杨氏）

杨　　氏：（唱）夫人进房叫爱女。

　　　　（白）女儿，今有刘参谋之子，如此这般逃出京来。你父请上山来，有件心事，叫我与儿商议。

刘玉娥：有啥事与儿商议呢？

杨　　氏：你父看刘公子年貌与你相对，意欲把他招为东床，我儿意下如何？

刘玉娥：妈呀，这事情也望我商议得了哇？

杨　　氏：你的终身大事，不向你说，却向哪个言讲呢？

刘玉娥：妈呀，向我，可叫咋说咃？

　　　　（唱）粉面绯红头低下，心中欢喜话难答。

　　　　　　　那位小将刘公子，方才金菊把他夸。

　　　　　　　说他模样长得好，男子堆里数着他。

杨　　氏：（白）女儿你可愿意么？

刘玉娥：好糊涂的妈呀！

　　　　（唱）这个敢自我愿意？这事何必问奴家？

　　　　　　　婚姻事儿来问我，好一个不做主的糊涂妈。

杨　　氏：（白）为何不言不语？

刘玉娥：（唱）如意话儿难出口，才要说出羞答答。

　　　　　　　父母已经作了主，竟来与我混磨牙。

金　菊：（白）太太这么大年纪，怎还连这也不知道？可叫姑娘她怎说愿意？

杨　氏：哦。

　　　　（唱）明明女儿是愿意，今日就要结烛花。

　　　　（上刘英）

刘　英：（唱）刘英进房把夫人叫。

　　　　（白）夫人，女儿可曾愿意？

杨　氏：女儿一言不发，必是愿意。

刘　英：如此，女儿快些打扮，今日便要大拜高堂。金菊扶持你姑娘，梳洗打扮，好拜天地。

金　菊：是了。

刘　英：我到前帐安排便了。（下）

杨　氏：女儿快些梳洗，我去安排洞房便了。（下）

金　菊：姑娘不用辞着咧，快打扮去吧！

刘玉娥：你倒忙了个忙。

金　菊：我不忙，不是替你老忙呢？

刘玉娥：我不忙。

金　菊：你老嘴里不忙，心里可忙呢！

刘玉娥：滚开罢。（下）

　　　　（上郑自尧、郑自舜）

郑自尧、郑自舜：（诗）英雄志气长如山，刀枪棍棒爱耍玩。

郑自尧：（白）我郑自尧。

郑自舜：郑自舜。

郑自尧：乃登州府人氏，爹爹官为护国侯之职，告老还乡，不幸上年亡故，母亲相继辞世。

郑自舜：剩下咱弟兄二人，每日习学枪棒。

郑自尧：昨日闻听京中出了告示，说是老主困在锁龙关内，要发兵去救，然朝无良将，因此立下彩山殿，八月十五日比武夺印。

郑自舜：咱弟兄何不去夺印走走？

郑自尧：我兄弟言之有理。家童，备马进京便了。（下）

　　　　（上潘赛花）

潘赛花：（诗）设立彩山殿，挑选众英魁。

（白）宁家潘赛花。圣上征西，锁龙关遭困，国舅徐清回京勾兵，朝无良将，因此设立彩山殿，招聚天下英雄，救驾还朝。

（上宫娥）

宫　娥：启禀娘娘千岁，郑氏封君求见，宫门外候旨。

潘赛花：宣进宫来。

宫　娥：领旨。（下，内白）有宣封君进宫。

郑　氏：（内白）千岁，（上，跪）千岁千千岁，臣妾参驾。

潘赛花：老封君进宫有何事故？平身细奏。

郑　氏：千岁。

（唱）口呼千岁平身起，娘娘请听臣妾言。

潘赛花：（白）封君请坐。

郑　氏：臣妾谢坐，娘娘请听臣妾言。

（唱）圣主现今身遭困，差来国舅把兵搬。

朝无良将领人马，因此才招聚英雄彩山殿前。

拔其能者为元帅，好救圣驾把朝还。

昨日臣妾做一梦，梦见我儿把家还。

老身正然言梦事，果然我儿回家还。

潘赛花：（白）哦，你儿被他父活活打死，怎又复生呢？

郑　氏：（唱）原是这般与如此，长眉老祖救上高山。

高山学艺已二载，枪马纯熟武艺全。

老祖差他把山下，如今现在我家园。

有心彩山殿去夺印，又怕衬事把身缠。

潘赛花：（唱）闻听有了罗文举，心中欢喜面堆欢。

你怕我父怀仇恨，封君请把心放宽。

只管叫他去夺印，若有衬事宁家担。

要是战败众举子，领兵去到锁龙关。

杀奔西夏甘罗国，要来降书把家还。

圣主爷定要加官与赠职。

（白）老封君只管放心叫文举去夺帅印，宁家差去太子与荣海暗中保护，管保无事。封君回府去罢。
郑　　氏：谢过千岁。（下）
潘赛花：（诗）如今有了罗文举，何惧番贼兵万千？（下）
（上太子）
太　　子：（诗）尊奉皇娘旨，保护英雄将。
（白）小王姬文秀。奉皇娘密旨，暗中保护罗文举无事，只得一到彩山殿走走。杨荣海，随小王一到彩山殿保护罗文举便了。（下）
（上潘泽清）
潘泽清：（白）左右，将轿停住。
（诗）兵权在手任自行，顺我者昌逆我者亡。
（白）老夫潘泽清，周灵王驾下称臣。灵王御驾亲征，兵困锁龙关内。刘杰、刘英回朝勾兵，被我斩首，按兵不动。灵王又差徐清回朝，进得昭阳启奏。刘英、刘杰被屈之事，灵王并不知晓，娘娘也未知。如今立了彩山殿，比武夺魁，挑选英雄，挂印为帅，领兵救主。我想这帅印，叫我儿潘虎挂了，还有内侄孟必，也得另眼看待于他。
（上卒）
卒：　禀爷，众举子俱在台下伺候，有册簿呈上。
潘泽清：拿来我看。
卒：　请爷过目。
潘泽清：吩咐下去，众举子台下小心伺候。听我点名夺印。
（唱）国丈展开花名册，举目留神细端详。
　　　头一名就是我儿名潘虎，真是父强子也强。
　　　二名是内侄孟必要夺印，他父死得实可伤。
　　　三名杨林洛阳至，四名杨豹小儿郎。
　　　五名是郑自尧住登州府，第六名郑自舜也来把名扬。
　　　还有那未报名的众好汉，俱在台下逞豪强。
　　　耀武扬威两边站，俱带杀气貌堂堂。
　　　潘泽清才要开口把名点，
军　　卒：（唱）军卒上台禀其详。
（白）禀太师爷，幼主千岁驾到。

潘泽清：千岁驾到，待我迎接。（下，内白）千岁千千岁，臣来接驾。
太　子：平身。
潘泽清：千岁，（同上，潘泽清跪）千岁千千岁，臣接驾去迟，望乞恕罪。
太　子：老太师平身。
潘泽清：多谢千岁。左右，调轿回府。
杨荣海：老太师，何故回府呢？
潘泽清：千岁在此，要我何用？
杨荣海：幼主前来，是看热闹，并非主考，主考还是你的。
太　子：着哇，小王此来，不过看个热闹，主考还是你的。
潘泽清：如此，为臣有谦了。
杨荣海：幼主请一旁坐。（同坐）左右，台下举子，上台报名，比武夺印。
卒：是。（下，内白）众举子听真，哪一位英雄先来上台报名？
罗文举：有，罗某来也。

　　（唱）罗文举闻听往前走，闪目留神仔细瞧。
　　　　只见老贼上面坐，不由害怕暗发毛。
　　　　他儿死在我的手，他妻弟被我摔死了。
　　　　潘贼一定记仇恨，怕我性命保不牢。
　　　　昨日母亲西宫去，娘娘说暗中命人保护着。
　　　　大料此事无妨碍，乍着胆子走一遭。
　　　　上前打躬说报号，
　　（白）罗文举报号夺印。

潘泽清：住了，罗天表递过棒杀他儿子本，这厮明是奸细。左右，与我拿下斩首。
杨荣海：慢着慢着，老太师，昨日郑老封君早与西宫娘娘送信，娘娘打发幼主与咱家前来保护罗文举无事，这个老根早刨下啦！
太　子：老太师，罗文举乃是仙家救去，如今回来夺帅印，乃是为国，你不必胡闹了。罗文举，你乃将门之子，一定本领高强，应当叫你挂印。但恐怕天下英雄不服你，须下得台去，提枪上马，站在当中，大喝三声，无人敢来，你就上台挂印。有人答言，比武争先，分出强弱，老太师自然量才而用。
罗文举：领旨。

　　（唱）说领旨，急转身。

　　　　　　走至台下，喜笑盈盈。

　　　　　　扳鞍上了马，接过枪一根。

　　　　　　催马来在场上，大叫众人听真：

　　　　　　方才幼主传下话，该我提挂黄金印。

　　　　　　众好汉，要听真。

　　　　　　哪个不服，就来相拼。

　（上杨豹）

杨　　豹：（唱）来看小杨豹，大叫把话云。

罗文举：（唱）你有什么本领？不知好歹装浑。

杨　　豹：（唱）快些退后我挂印，省得当场露磕惨。

罗文举：（唱）叫朋友，你听真。

　　　　　　快快退后，多活几春。

　　　　　　等我枪一动，叫你命归阴。

杨　　豹：（唱）不要说此大话，何须自抬自尊？

　　　　　　若听我劝快闪过，不然叫你命难存。

罗文举：（唱）罗文举，怒生嗔。

　　　　　　拧动战杆，直奔前心。

杨　　豹：（唱）杨豹忙招架，大刀奔顶门。

　　　　　　来上十数余趟，杀得汗流浑身。

　　　　　　再若一时不逃走，只怕我命要归阴。

　　　　　　急拨战马败下去，（下）

　（上郑自舜）

郑自舜：（唱）郑自舜一见气攻心。

　　　　　　急催战马至对面，（上）并不交言把刀抢。

罗文举：（白）看枪！

郑自舜：哎呀！

　　　　　　（唱）右腿着枪往下败，（下）

杨　　林：（唱）杨林大喝把话云。

　　　　　　（白）朋友不要逞凶，我杨林特来献丑。

罗文举：撒马过来。（杀）

　　　　　　（唱）文举心起火，喊叫如雷轰。
杨　　林：（唱）杨林催战马，眉立眼睛瞪。
罗文举：（唱）使用托牛杆，钢枪端四平。
杨　　林：（唱）刀起寒光现，耍得不透风。
罗文举：（唱）一个窜山虎，一个混海龙。
杨　　林：（唱）真是金钱豹，挡住了马背熊。
罗文举：（唱）一个刀劈顶，一个枪刺胸。
杨　　林：（唱）兵急如电闪，射目眼难睁。
罗文举：（唱）战有百余趟，不分输与赢。
太　　子：（内唱）太子坐上面，观看喜心中。
　　　　　　　　　我朝洪福大，天降二英雄。
　　　　　　　　　有此擎天柱，何愁把贼平？
　　　　　　　　　连连只夸好，
罗文举：（唱）文举暗调停。
　　　　　　　这厮果然勇，力胜万不能。
　　　　　　　暗暗收兵器，钢鞭拿手中。
　　　　　　　喝叫你着打，正正中前胸。
杨　　林：（唱）马上晃两晃，险些坠流平。
　　　　　　　扶鞍败下去，（下）
孟　　必：（唱）孟必眼气红。
　　　　　　　大叫罗文举，少要逞威风。
　　　　　　　我今来擒你，与父报冤横。
罗文举：（唱）文举不住笑，孟必少逞能。
　　　　　　　你父我摔死，该你丧残生。
　　　　　　　说罢拧战杆，枪尖奔前胸。
孟　　必：（唱）孟必忙招架，动手大交锋，
　　　　　　　哎呀说不好，一命丧残生。（死）
潘　　虎：（唱）潘虎气炸肝，抄起偃月锋。
　　　　　　　大叫罗文举，好个小畜生。
　　　　　　　我今来擒你！

（白）好个罗文举，你真可恶，上年刺死我哥哥，摔死我舅舅，至今冤仇未报，今又刺死我表兄。我今将你拿住，好与我兄、舅报仇！不要走！着刀！

罗文举：来，来，来。

（杀，潘虎败下，罗文举追下，上杨荣海）

杨荣海：罗文举不用追了，上台挂印罢。

潘泽清：帅印罗文举挂不得。

杨荣海：老太师，罗文举乃是将门之子，本领大且高强，怎么挂不得印呢？

潘泽清：他挂不得印，枪马纵然骁勇，阵法不及潘虎，这印叫潘虎挂了罢。

杨荣海：哦，若依你说嘛，这印叫潘虎挂了才好，众人不服。若依我说，叫罗文举挂，你又不服。叫你挂了呢，你又老了。与我挂了呢，我又是个内臣。且怎好呢？哦哦有了，不免把帅印捧到昭阳，凭国母定夺。请幼主千岁就此回朝罢，这印交与国母去罢。

太　子：公公言之有理。

潘泽清：可恼可恼，杨荣海竟将帅印捧到昭阳去了。当着幼主，叫人敢怒而不敢言。

潘　虎：爹爹何不到西宫，见我妹妹？秘密商议，将那帅印要出来与孩儿我。挂了帅印领人马，到了锁龙关，先把罗天表毁了，然后推倒昏君，你老就坐龙墩上那么一坐，我岂不是守阙的太子，你老若是坐够了呢，我就坐两天，咱们爷儿俩换着班坐，岂不是好呢？

潘泽清：我儿言之有理。你且回府，为父一到西宫。人来，吩咐众举子各归寓所，再听传旨。打轿一到西宫。（下）

（上潘赛花）

潘赛花：（诗）锁龙关内君遭困，彩山殿前选英雄。

（白）宁家潘赛花。今乃八月十五日彩山殿比武夺印，不知何人挂了帅印？

（上宫人）

宫　人：启禀娘娘千岁，太师求见。

潘赛花：宣进宫来。

宫　人：领旨。（下，内白）有宣太师。

潘泽清：千岁。（上，跪）娘娘千岁，臣来参驾。

潘赛花：太师平身坐了。

潘泽清：谢过千岁。

潘赛花：老爹爹，彩山殿主考众举子，何人挂了帅印？

潘泽清：刀枪俱是潘虎的好。

潘赛花：我哥哥乃是国舅之职，如今又挂了帅印，一定是尽忠救主了。

潘泽清：但只是帅印未与他挂，幼主捧到昭阳去了。

潘赛花：他捧到昭阳，却是何意？

潘泽清：若依理说，刀枪还是罗文举好。

潘赛花：刀枪既是罗文举好，就该与他挂了哇。

潘泽清：若叫他挂了，江山难定。

潘赛花：怎么江山难定呢？

潘泽清：儿啦，为父想着叫你哥哥挂了帅印，领兵去到锁龙关，先把罗天表拿住，与你兄长、舅舅报仇，然后再推倒昏君，为父登龙位岂不是好？

潘赛花：哦哦，怎么你还想着登基坐殿？

潘泽清：正是。

潘赛花：你登基坐殿可倒也坐得，但只是全朝文武，岂肯让你么？

潘泽清：今朝文武俱属老夫听管，有谁敢不让？

潘赛花：就是刘杰七岁成章、八斗之才，他岂肯服你么？

潘泽清：刘杰前者回京勾兵，那时问了他个逃军之罪，将他斩首府门。

潘赛花：怎么，你将此人斩首了？

潘泽清：正是，人头现在木笼。

潘赛花：哇，好个奸贼，现为国丈，官居太师，还不死心，竟敢想登基坐殿，真正可恼可恨！

　　（唱）大骂奸贼真可恼！

潘泽清：（白）娘娘开恩赦罪罢！

潘赛花：（唱）你今安心太不公，纵子强抢良家女。

　　　　竟将罗门绑法场，眼见他全家无救星。

　　　　那时节多亏宁家去保本，宁家我是为圣主锦江山。

　　　　人人夸扬我贤惠，满院花儿属我红。

你今沾恩官一品，文武百官你有名。

官居太师不知义，一心还想坐朝廷。

今日要是饶恕你，到后来怕你还把歹意生。

越说越闹越有气，

（白）宫人，将这奸贼拉下去，扒去衣服，打他一百荆条，送到昭阳，任凭国母发落，拉下去打！

宫　　人：领旨。（拉下打完，又上）启禀娘娘千岁，刑罚已毕。

潘赛花：吩咐看辇，一到昭阳。

宫　　人：领旨。

（上徐太贞）

徐太贞：（诗）偶闻徇私心中恨，执掌权衡要公平。

（白）哀家徐太贞。可恼潘太师彩山殿主考夺印，竟敢徇私。杨荣海将印捧到昭阳，这刀枪俱是罗文举出众，竟不允许罗文举挂印，却要与潘虎挂了。这明是他父女作弊，哀家岂肯容让？宫人，看斩妃剑，随我去到西宫，找那奸妃算账。

（上宫人）

宫　　人：启禀娘娘千岁，西宫娘娘来到宫外候旨。

徐太贞：好，哀家正要找她算账，来得正好，叫她进来。

宫　　人：遵旨。（下，内白）有请娘娘。

潘赛花：来了。（上，跪）国母千岁千千岁，小妹参驾。

徐太贞：哦，我且问你，彩山殿夺印，刀枪俱是罗文举的好，帅印怎不让他挂？却要与潘虎挂了？莫非你父有谋反之意么？

潘赛花：我父果有此心，方才在西宫，被小妹打了一百荆条，送到昭阳，任凭国母发落。

徐太贞：哦，御妹平身。

潘赛花：谢过千岁。

徐太贞：哦，御妹，他既有谋反之心，他是你父，你发落他才是正理。

潘赛花：这等，皇姐一旁坐了，待小妹发落于他。（坐）宫人，将那奸贼绑进来。

徐太贞：遵旨。

（绑上潘泽清，跪）

潘泽清：娘娘千岁，饶恕我罢。
潘赛花：哇，好个佞臣，你竟暗害忠良，要谋主的江山，还想活命，怎得能够？
（唱）佞臣休想得活命，暗害忠良太不端。
　　　不想当初身贫贱，忍饥挨饿在家园。
　　　那年圣上选秀女，才把老贼你封官。
　　　两个兄长为国舅，威威烈烈在朝班。
　　　你就该尽忠报国怀赤胆，才显父女有忠贤。
　　　谁想你蒙君作弊专权政，要想篡位坐金銮？
　　　也是你的恶贯满，莫怪宁家心性偏。
　　　非是我不念父女义，国法律条难容宽。
　　　越说越恼越有气，定把老贼性命捐。
　　　吩咐宫人拉下去，
（白）宫人，将这老贼拉下去，命金瓜武士推出午门斩首。
金瓜武士：领旨。（拉下）
徐太贞：且慢，不可斩首。御妹，你与他乃是父女，不可亲自伤其性命，倒不如将他打入高墙，等圣驾还朝，凭万岁处置。
潘赛花：哼，皇姐说得有理。宫人，吩咐下去，将奸贼重打四十御棍，掐入南牢。
宫　人：遵旨。（下）
徐太贞：哼，御妹，你今凌辱国丈，名传天下，万民感仰，但不知帅印叫何人挂了才好？
潘赛花：罗文举枪马无敌，叫他挂了帅印，领兵救主，岂不是好？
徐太贞：罗文举回府去了。
潘赛花：不妨叫杨荣海捧旨去宣，无有不来。
徐太贞：御妹言之有理。杨荣海，你捧哀家密旨，宣罗文举进宫封官赠职。
杨荣海：领旨。（下）
潘赛花：小妹告辞了。
徐太贞：御妹不必回宫，不时罗文举到来，咱好封他官职。
杨荣海：（内白）罗文举呀，进得宫去，娘娘封官，你看咱家眼色行事。
罗文举：（内白）是，我记住了。
（上杨荣海）

杨荣海：启奏娘娘，罗文举宣到。

徐太贞：宣进宫来。

杨荣海：领旨。（下，内白）娘娘有宣罗文举进宫。

罗文举：千岁，（上，跪）娘娘千岁千千岁。

潘赛花：皇姐姐，罗文举到来就请封官。

徐太贞：御妹，你父与他作对，这官还是你封才好。

潘赛花：皇姐既是这等言讲，待小妹封赠。哦，罗文举。

罗文举：千岁。

潘赛花：听宁家封赠。

（唱）未曾开口腮含笑，文举要你仔细听。
　　　　果然你的本领好，枪马纯熟武艺精。
　　　　彩山殿前显威武，天下英雄你有名。
　　　　封你兵马大元帅，率领兵将就启程。
　　　　打破锁龙关一座，解救圣驾把贼平。
　　　　得胜班师回朝转，圣主另自再加封。

（白）罗文举，怎不谢恩呢？你为何不说话呀？哦哦，是了，想是嫌官小哇，再听封赠。

（唱）封你元帅嫌官小，再听宁家把你封。
　　　　封你永承国公职，快快谢恩把身平。

（白）你怎么还不谢恩？哦哦，莫非还嫌官小么？

（罗文举不言）

潘赛花：哼，也罢，再听封赠。

（唱）封为国公嫌官小，再听宁家另加封。
　　　　封你平西王爵职，率领人马救主公。
　　　　单等班师回朝转，老主自然另加封。

罗文举：（唱）小民并非嫌官小，因为另有事一宗。

潘赛花：（白）却有何事？

罗文举：（唱）我要领兵征西去，难保我家得安宁。

潘赛花：（白）哦，哦，是了。

（唱）是怕我父怀仇恨，你听宁家说分明。

方才这般与如此，被我打入南牢中。
还许下宁家在来你家在，你家永远无事情。
现有国母皇娘在，我认你干儿殿下可愿从？

罗文举：（白）千岁，文举叩头把恩谢。皇娘千岁千千岁，儿臣谢恩。

潘赛花： 皇儿平身。

罗文举： 千岁。

徐太贞： 杨荣海。

杨荣海： 伺候。

徐太贞： 快快取大金牌来。

杨荣海： 领旨。大金牌取到。

徐太贞： 闪过。皇儿，此牌名为大金牌，乃是传国之宝，万一你父不认，将此牌一现，万岁自然做主，放你进关，父子相认。校场点兵去罢。

罗文举： 儿臣领旨。（下）

徐太贞： 宫人，吩咐筵宴伺候。（下）

（诗）皇儿领兵去救主，但愿平贼早班师。

徐太贞：（白）御妹请。

潘赛花： 皇姐请。（下）

（摆帐，四将站）

四　将：（诗）甲盔叮当响，刀枪耀眼明，

逢山要开路，遇水把桥通。

杨　林：（白）俺左先锋杨林。

杨　豹： 俺右先锋杨豹。

郑自尧： 左护卫郑自尧。

郑自舜： 右护卫郑自舜。

四　将： 元帅升帐，在此伺候。

（上罗文举）

罗文举：（诗）旌旗招展乱飘飘，杀气腾腾万丈高。

单枪可定江山稳，忠心扶保社稷牢。

（白）本帅罗文举。彩山殿比武夺印，武艺超群，西宫娘娘认我为干儿殿下。又蒙昭阳国母，钦赐大金牌一面，命我领兵平西，锁龙关救主。众

将官，就此起兵，杀奔锁龙关，不得有误。

（唱）传下令，起大兵。

    欠身离座，走下帐中。（下）

    扳鞍急上镫，飞身上走龙。（炮响）

    忽听三声大炮，众将排队西行。

    左右先锋前开路，逢山遇路把桥通。（下）

众军校：（唱）众军校，排队行。

    你言我语，俱把话明。

    这位罗元帅，真是小英雄。

    彩山殿前夺印，比武大显奇能。

    众人俱被他杀败，枪挑孟必赴幽冥。

    今日个，挂印封。

    带领人马，直往西行。

    兵发到西夏，一定把贼平。

    拿住甘罗国王，刮骨熬油点灯。

    省得日后再造反，从此江山定太平。

    万岁爷，困锁龙。

    受困多日，盼望救兵。

    昼夜兼并走，并站往前行。

    救兵急急如火，谁敢怠慢消停？

    大兵滚滚如流水，一直杀奔锁龙城。

    暂压下，这支兵。（下）

潘　虎：（唱）再说潘虎，独坐房中。

    心内暗思想，不住打调停。

    可恼赛花妹妹，打得我爹苦情。

    打得苦情还不算，复又押在南牢中。

（白）可恼我妹妹这个小奸妃，单把帅印叫罗文举挂了，她又把我爹爹打了一百荆条，关在南牢，我不免去到监中与我爹爹商议，等到夜晚，我带领家将劫牢反狱，逃出金陵，投到西番，勾一支人马杀到金陵，先拿西宫这个贼妃，斧剁锤颠，方消我恨。定是这个主意，一到监中走走便了。（下，又上）来此就是。监门牢头，开门来！

牢　头： 又是谁看监来了？

潘　虎： 休得胡言，快快开门。

牢　头： 待我开门。（开介）原来是二老爷来了，牢头叩头。

潘　虎： 起来，起来。

牢　头： 是你老，做什么来了？

潘　虎： 竟来探望我父，这是纹银十两，望你方便方便。

牢　头： 用不着这个。

潘　虎： 收过罢。

牢　头： 是。太爷现在外封，你老随我来。

潘　虎： 来了。（下）

（上潘泽清）

潘泽清：（唱）囹圄之中苦难熬，父女之情一旦抛。

（白）老夫潘泽清。只因彩山殿主考夺印，指望父女商议，谋夺江山。谁知逆女不从，将我打了一百荆条，还要斩首。多亏正宫阻拦，暂免施刑，又打了四十金头御棍，打入高墙受这牢狱之苦。

牢　头： 二爷，您老自己进去罢。

潘　虎： 是了。咳，我的爹爹呀！

潘泽清： 咳，儿啦！

（唱）见娇儿，泪直倾。

　　　　紧紧抱住，两手不松。

　　　　叫我受此罪，牢狱苦不同。

　　　　刚刚盼你到此，父子定个调停。

　　　　好不容易把你盼来了，你快些想法救我出火坑。

潘　虎：（唱）尊爹爹，莫高声。

　　　　孩儿早有，计策牢笼。

　　　　这般须如此，今夜要行凶。

　　　　暗带家将出府，各拿引火火绳。

　　　　暗到罗府去放火，管叫他一家老幼火内倾。

潘泽清：（唱）说很好，道很通。

情通理顺，得报冤横。

一个人不剩，心中气才平。

还需另想一计，救父好出监中。

潘　虎：（唱）爹爹耐心且等待，再听孩儿说个清。

今夜晚，到三更。

手执兵刃，带领家丁。

劫牢来反狱，牢头一概倾。

孩儿保着你老，一直杀到西宫。

拿住赛花狗贱婢，一刀砍她脖子平。

咱急速，回府中。

收拾财物，逃出金陵。

投奔甘罗国，番王必加封。

父子同心合力，何愁不往高升？

那时大权能在手，大起人马杀奔金陵。

潘泽清：（唱）连连点头说有理。

（白）事不可缓，今夜速行。

（上牢头）

牢　头：二爷出去罢，天道不早啦！

潘　虎：牢头哇，要你好好服侍太爷，我自有赏。

牢　头：咳，错不了。

潘　虎：就叫你太爷在这外封也就是了。

牢　头：可以可以。

潘　虎：爹爹，孩儿就走咧！

潘泽清：去罢。

潘　虎：是。（下）

牢　头：太老爷，咱们老哥俩喝去罢，方才我买点茶末来了。

潘泽清：倒也罢了。（下）

（上火神）

火　神：（诗）位居离宫素有名，威镇南方火丙丁。

金鞭扫动红光绕，驾起火轮世人惊。

　　　　　（白）吾乃火帝真君。玉帝发下敕旨，今日罗府该遭火祸之灾，命我神去救郑氏封君婆媳。众火卒，就此驾云，随我一到罗宅走走。（下）
　　　　　（上潘虎）
潘　　虎：（诗）生成狼虎性，长就狠毒心。
　　　　　（白）我潘虎。天交二鼓，不免前去罗宅放火。家将们，拿着硫黄火硝等，随我一到罗府行事。（下，又上）到了，小子们，就此下手。
家　　将：是。（点火介）火着了，火着了。
潘　　虎：家将们，随我急急回府，各拿兵刀急到太牢，搭救你爷要紧，就此回府。（下）
火　　神：众火卒，分开火势。
　　　　　（唱）火帝君，喊如雷。
　　　　　　　　喝叫火卒，齐把火催。
　　　　　　　　金鞭忙晃动，火鸽往上飞。（下）
火　　卒：（唱）火龙空中乱绕，火鸭也把风追。
　　　　　　　　火又勇来风中大，火就风势好凶威。
罗府众人：（白）哎呀，了不得了。
　　　　　（唱）罗府人，魂吓飞。
　　　　　　　　东西乱跑，撞在一堆。
　　　　　　　　这个咧着嘴，那个放声悲。
　　　　　　　　有心出府逃命，四面都是火围。
　　　　　　　　火借风势催火起，乒乒乱响声如雷。（下）
　　　　　（上郑氏、谢琼美）
郑氏、谢琼美：（唱）婆媳俩，疼又悲。
　　　　　　　　见此烈火，胆散魂飞。
　　　　　　　　天降无情火，一家性命没。
　　　　　　　　老天不佑良善，该灭罗氏门楣。
　　　　　　　　看看烈火离身近，婆媳吓得魂魄飞。（倒）
火　　神：（唱）火帝君，用目窥。
　　　　　　　　喝叫火卒，不可发威。
　　　　　　　　郑氏她婆媳，不当把阴归。

我神特奉敕旨，救她性命不亏。（火托下）

红火相照托下去，（下）

（上谢琼美）

谢琼美：（唱）婆媳犹如在梦寐。

暂不表，这一回。（下）

潘　虎：（唱）单说潘虎，意满心遂。

罗家全烧死，仇恨一概没。

叫声心腹家将，听我吩咐一回。

各操兵器随我去，劫牢反狱逞凶威。

家　将：（唱）众家将，说晓得。

各执刀枪，立目横眉。（下，又上）

其快如闪电，一齐跑如飞。

霎时之间来到，哪用半个时刻？

潘　虎：（唱）潘虎吩咐打进去，（下）

牢　头：（唱）牢头起来说有贼。

（白）哎呀，不好了，伙计们有贼了。（下）

潘　虎：家将们，将虎头门打开，往里杀呀。（下）

（杀一阵，上潘虎、潘泽清）

潘泽清：儿啦！咱父子幸而逃出，急速回府，各抓快马一应投奔北门，那里乃是心腹之人把守，叫他秘密开门，逃命要紧。

潘　虎：有理。（下）

（急上杨荣海）

杨荣海：竟有此事？牢头报道，潘虎带领家将，打开虎头门，将老贼救去。我即便奏知西宫娘娘，娘娘刷下旨意，晓谕各县州城，如有拿住潘贼父子者，押送进京论功升赏。只得差人，各省晓谕便了。（下）

（火神托郑氏、谢琼美）

火　神：（诗）火帝真君特地来，救护婆媳出罗宅。

前进自有安身处，一家团圆乐满怀。

（白）谨记谨记，我神去也。（下）

郑　氏：好大火，好大火！呀，方才明明白白大火临身，只说火内丧命，怎么来在荒郊野外？这是什么缘故？

谢琼美：母亲，媳妇糊里糊涂，似有神人指引，说是前行自有安排，不久一家相会。

郑　氏：为娘听的也是如此，只得望空而拜。（拜介）咳，如此远路难行，这却如何是好？

谢琼美：讲不起，往前而行，寻一村庄乞食而已罢。

郑　氏：咳，也只好如此而已了。

谢琼美：咳，苦哇。（下）

（上高三尺，升帐）

高三尺：（诗）荡荡乾坤谁是主？胜者王侯败者贼。

（白）我乃定国都督高三尺。我兄妹二人奉国王钧旨，把守要路毛山，安住大营，准备堵挡周朝救兵，远探去探，如何不见回报？

（上卒）

卒：　　报都督得知，周朝大兵来至山前十里安营，乞令定夺。

高三尺：这等，小番们，随我下山捉拿周将，不得有误。（下）

杨　林：（内白）大小三军们，压住阵脚。（马上）俺左先锋杨林，来到山下，要占头功，只得杀上前去便了。（下）

（杨林、高三尺对上）

高三尺：来这周将，少往前进，报上名来受死！

杨　林：吾乃罗元帅麾下右先锋杨林，挫将何名？

高三尺：吾乃甘罗王驾下定国都督高三尺。知我厉害，下马投降，不然刻下叫你做鬼。

杨　林：不要胡说，看枪。

高三尺：来呗。

（杀，杨林败下，杨豹上，败下）

罗文举：（内白）众将官，看本帅枪马伺候。

卒：　　（内白）报姑娘得知，今有周兵来到山下，都督下山大战疆场，你老不瞧瞧去呀？

高金定：（内白）既然如此，看奴的刀马伺候。

高三尺：（对上罗文举）来这周将报上名来，领死。

罗文举：本帅罗文举。矬将何名？

高三尺：吾乃甘罗王驾下定国都督高三尺，劝你快些投降，免得尸横马下。

罗文举：矬子休得胡言，着枪。

高三尺：来呗。（杀，败）

（上高金定）

高金定：哥哥闪过，小妹来也。

高三尺：小心点呀。（下）

（高金定与罗文举对上）

高金定：来这小将，报上名来。

罗文举：问你爷爷有名与你，你爷爷罗文举。丫头何名？

高金定：奴名高金定。我劝你下马投降我国，免遭杀剐。

罗文举：丫头不要狂言，着枪。

高金定：来！来！来！（杀一阵）哎哟哎哟！这个小将不但长得好看，更且枪马出众，真乃好将也。

（唱）一行杀着暗说好，不由心里好喜欢。

　　　天庭饱满生得俊，叫人一见实稀罕。

　　　年纪不过十七八，肉皮鲜嫩在少年。

　　　眉也清来目也秀，天生一个好儿男。

　　　脸儿如同搽官粉，齿白唇红十指尖。

　　　这样人要是与我成夫妇，忍饥挨饿也舒坦。

　　　奴家倒有恋他意，不知他可把奴家放心间？

　　　有心和他当面讲，当着哥哥怎交言？

　　　今要错过这机会，再想着找这样人儿只怕难。

　　　哦哦有了，何不如此这般做？我只得用宝擒他上高山。

　　　主意一定又交战，（杀）十数回合把马圈。

　　　伸手急向囊中取，

（白）你看这个小人枪马骁勇，囊中取出套仙索，拎他上山，再定终身之事。口中念念有词，套仙索起！呀唪！

罗文举：丫头哪里走？哎呀不好！（落马）

（上高三尺）

高三尺：小番们，将他绑上山。妹妹你今擒了一员周将，你且回山歇息，待为兄帅领人马拆他的营盘，杀他片甲不留。

高金定：哥哥，你可要小心了。

高三尺：不劳嘱咐。小番们，随我上前踏他的营盘，不得有误。（下）

高金定：（内白）番兵们，将马带过！（上，坐）好也，好也，方才临阵擒来一员周将，何不当面定下终身大事？小番们，将那小将绑上来。

（绑上）

卒：跪下跪下。（罗文举不跪）

高金定：咦，你这小将既然被擒，见了你姑娘为何不叩头乞命？还敢这等大模大样的，难道你不怕死么？

罗文举：住了！你爷爷上跪天子，下跪父母，岂肯跪你这番贼丫头？

高金定：咳哟哟！你不跪就不跪罢，也值得生这么大气呀？我且问你家住哪里？姓氏名谁？家中还有何人？清清楚楚告诉奴家，自然放你下山。

罗文举：丫头要问，听了。

（唱）家住金陵皇城内，我父在朝做高官。
西夏番王下战表，我的父保主征剿下西番。
锁龙关君臣入了空城计，勾兵求救把兵搬。
我今为帅领人马，锁龙关内救主还。

高金定：（白）你叫何名字？

罗文举：（唱）我本姓罗名文举。

高金定：（白）你今年多大了？

罗文举：（唱）虚度二九十八年。
你今要是将我放，感恩不尽定报还。

高金定：（唱）金定听罢一席话，心中忖乎自详参。
今若不求这亲事，再想着找这样人儿只怕难。
才要上前亲口讲，咳哟哟，羞答答的怎么言？
屁老鸭子，把脸一憨说也罢，将军你莫嫌奴家脸儿憨。
奴家不是庸俗女，自幼读过烈女篇。
甘罗王差我兄妹把守要路，到如今奴家还是守孤单。
奴有心终身凤愿托靠你，恐你辜负我的言。

你我夫妻要成就，管保送你下高山。

罗文举：（唱）文举听罢心暗想。

（白）且住，这个事情我若不应，只怕性命难保。我死倒不要紧，可叹我罗门断绝香烟，一来不能锁龙关救驾，二来不能父子团圆。常言说得好，猛虎入洞团团转，为人何不顺时行？哦，小姐，你说这宗事上无父母之命，下无媒妁之言，无媒无妁，于理不达。

高金定：咳，你罢哟，将军那岂不知，舜不告而娶？古圣贤尚且如此，何况你我？呸，我忘了，还没给你松绑呢，只顾瞎搭搭咧。快些松绑。（解介）丫头们，快看酒宴来，将军请。（下）

（上高三尺）

高三尺：一场好杀一场好战。方才我率众将劫营，谁知周营兵将十分骁勇，不能取胜，故此回山。番兵们，将你姑娘擒来那员周将与我绑上来，我好审问审问。

卒：禀都督得知，方才拿的周将，我们姑娘拉到后寨喝酒去了。

高三尺：怎着喝酒去了？哎呀，可气煞我了，待我找这个丫头去。（下）

（上罗文举、高金定）

罗文举、高金定：（诗）芍药花开鸳并立，梧桐枝稳凤双栖。

罗文举：（白）我罗文举。

高金定：奴家高金定。将军你我夫妻成就，真是三生有幸。

罗文举：好是好，一则惦着锁龙关救驾认父，二则还怕令兄回来遭殃。

高金定：哎哟，有我呢，是遭啥殃呢？

（上高三尺）

高三尺：开门来。

罗文举：呀，这是何人叫门？

高金定：是我哥哥回来了。

罗文举：哎呀，娘子，令兄回来，这光景定是生气，我在一边怎好站脚？

高金定：你且里边躲罢。

罗文举：咳，可了不得了。（下）

高三尺：快开门来，干啥呢？

高金定：是咧，开开啦，进来吧。

高三尺：嗯，哼哼！

高金定：哥哥回来了。

高三尺：回来了。

高金定：哟，可坑煞人了，你是望哪个生气呾？

高三尺：望你。

高金定：望我为啥呢？

高三尺：你的事你还不知，竟来问我？你真是气死我也。

（唱）你今做事真非礼，人之大伦不懂得。

高金定：（唱）小妹做了何不是？哪一宗儿犯了私？

高三尺：（白）哼。

（唱）你还说未做非礼事？我问你姓罗的怎到你屋里？

高金定：（唱）原来是为罗公子。哥哥呀，而今与他是亲戚。

高三尺：（唱）是何亲故我不懂？你说这话无羞耻。

高金定：（唱）罗将军并非别人也，他是你的——

高三尺：（白）他是我啥呾？

高金定：（唱）他是你的妹夫子。

高三尺：（白）呸！

（唱）无有兄命行苟且，真是于我无面皮。

高金定：（唱）等着哥哥岂不晚？是我自己挑的女婿。

高三尺：（唱）他与咱国有仇恨，你今配他使不得。

高金定：（唱）劝哥哥你把甘罗弃，归顺周朝去征西。

高三尺：（唱）你要归顺我不让，要想归顺眼熬瞎。

高金定：（唱）你不归顺我归顺，如今我是有主的。

高三尺：（唱）无耻丫头真反了，

高金定：（唱）再叫丫头我不依。

高三尺：（唱）我叫你丫头一定了，你可把我气死哩。

高金定：（白）今个就不让你这矬子。

高三尺：你管我叫矬子呀？

高金定：我管你叫矬子啦！

高三尺：（唱）我今叫你把命丧，

高金定：（唱）抓过宝剑气不息。

高三尺：（唱）双手举棒搂头打，

高金定：（唱）宝剑相迎照顶劈。

高三尺：（唱）兄妹大战多一会，

高金定：（唱）金定心内叠主意。

　　　　　　何不如此将他治？定身法儿拎他里。

　　　　　　想罢念咒吹口气，

高三尺：（白）呀呸！哎呀！

　　　　　（唱）身子不动干着急。

　　　　　（白）哎呀，这是怎的咧？怎动不了咧？

高金定：待我将你杀死。

高三尺：哎呀，妹妹别介，妹妹你看咱是一母同胞之情，饶了我罢。

高金定：饶你不难，你得应我三件大事。

高三尺：（唱）妹妹只要饶了我，你说怎好就怎好。

高金定：（唱）头一件你弃了甘罗国。

　　　　　（白）你弃不弃？

高三尺：我弃，我不保他咧。

高金定：（唱）二件叫你归顺周朝。

　　　　　（白）你归呀不归？

高三尺：咳，归，我一定是归。

高金定：三件。

　　　　　（唱）西夏道路你最明白。

　　　　　（白）你就保你妹夫子往锁龙关报号，去呀不去？

高三尺：是了，我就跟着去，跟我妹夫子前去报号。

高金定：待奴收了法术，呀呸。

高三尺：哎呀，好松快松快。多谢妹妹不杀之恩。

高金定：小妹多有得罪，小妹赔礼。

高三尺：好说好说，我妹夫躲到哪里去了？叫他来我们哥俩也认识认识。

高金定：是，将军出来罢。

罗文举：来了。想必这是妻兄？小弟有礼了。

高三尺：妹夫子免礼。方才我兄妹之言你也听见了，我也不保甘罗王了，随你锁龙关报号。西夏道路我很明白，叫我妹子就在山寨守着，明日随你一到大营如何？

罗文举：妻兄言之有理。

高三尺：小番们，杀猪宰羊大排宴。妹夫子请。

罗文举：请。（下）

潘　虎：（内白）爹爹催马快走。

（父子马上）父子二人逃了命，

潘泽清：（唱）要奔西番甘罗行。

潘　虎：（唱）孩儿放火烧罗府，他家老幼性命倾。

潘泽清：（唱）也算就与你哥哥把仇报，心中料觉气才平。

潘　虎：（唱）这一到在甘罗国，甘罗王子必加封。

潘泽清：（唱）只要撒谎哄国王，勾来人马到金陵。

潘　虎：（唱）先拿三宫与六院，后拿小妹那亲宗。

潘泽清：（唱）先把赛花捉拿住，剁她千刀气才平。

潘　虎：（唱）剁她千刀难消恨，我把她熬成油儿点天灯。

潘泽清、潘虎：（唱）父子二人同心意，不住咒骂往前行。

不言父子路上走，（下）

梅六、郭五：（唱）再表那结风山上众喽兵。

（上二卒）

梅　六：（白）我梅六。

郭　五：我郭五。

梅　六：你我乃结风山上的喽兵，奉寨王之命，在此巡查来往之人，劫夺财物。

郭　五：哟哟哟，我说伙计，你看那边来了两个骑马的，你我迎将上去。

梅　六：有理。（下）

（上潘泽清、潘虎）

潘　虎：爹爹你老看面前一座高山阻路，必有毛寇，咱们爷俩何不投到山上？顺从寨主，哄着大王求他发兵，捉拿我妹子千刀万剐，好夺大周的天下，易如反掌。

潘泽清：吾儿言之有理。（下）

梅六、郭五：伙计，下绊马索。（下介）来了。

(上潘泽清、潘虎，二人落马)

潘泽清、潘虎：哎呀不好！

梅六、郭五：绑着绑着，就此回山禀知寨主便了。（下）

（完）

第 五 本

【故事梗概】刘英、刘英魁处死潘泽清父子后,择吉日出兵,赴锁龙关救驾,途中遭遇一阵怪风,刘英魁被吹走。罗文举亦在高三尺的引领下,赶奔锁龙关。番将郎金彪、火滚奉命分别在双顶山、平山阻击罗文举。郎金彪仰仗异宝恍魂锣,连擒多名周将。高三尺设计打碎恍魂锣,罗文举杀死郎金彪,占领双顶山。火滚之女火兰英乃骊山老母弟子,她对罗文举颇为倾心,先将罗文举擒上山寨,又劝火滚归附大周。在骊山老母的点化下,罗文举、火兰英成亲,火滚归降。闻知援军即将到达,甘罗王派遣木鱼道人前往锁龙关相助林黑塔。郑老夫人与谢琼美婆媳路过毛山,被喽啰掳上山寨。高金定问明身份后,以礼相待。

(上刘英、刘英魁)

刘英、刘英魁:(诗)高山以上为寨主,从权达变暂存身。

刘　英:(白)吾乃刘英。

刘英魁:俺刘英魁。

刘　英:贤婿,你我占此山寨,倒也逍遥自在。

刘英魁:咳,岳父,我父母冤仇何日得报?

刘　英:单等有了机会,自然发兵捉拿潘泽清,一则与国除害,二则与你父母报仇,三则好到锁龙关救主还朝。

(上喽啰)

喽　罗:报寨主得知,我等巡查山口,捉住二人,还有鞍马行李,乞令定夺。

刘　英:这等,将他二人绑上来见我。

喽　罗:是。(下)

(绑上潘泽清父子)

潘泽清、潘虎:寨主爷爷,我父子情愿归顺,望乞收留。

刘　英:咦,你不是潘泽清么?

潘泽清:正是老夫。

潘　虎:我叫潘虎,他是我的爹爹。

刘　英:奸贼呀奸贼,你还认得我么?

潘泽清：（抬头）呀，原来是刘大人在此。

刘英魁：原来是仇人到了。潘贼你也有今日了，这也是老天睁眼，奸贼的报应。

（唱）刘英魁，二目红。

大骂奸贼，万恶毒虫。

你怎来到此？老天把眼睁。

该你恶贯满盈，该我大报冤横。

我问你我父回朝去求救，有何仇恨斩首施刑？

刘　英：（唱）刘英骂，狗奸佞。

你今到此，为何事情？

怎离金陵地？要往何处行？

奸贼真是瞎眼，怎么来到山中？

你竟想着坐龙位，岂知循环有报应？

潘泽清：（唱）心害怕，胆战惊。

仇人相遇，狭路相逢。

纵然是哀告，却也难逃生。

天竟不遂人愿，该我在此寿终。

此时后悔也已晚，咳呀，开口大骂贼刘英。

我与你，有仇恨。

我儿潘龙，出离京城。

山坡去射猎，文举把围行。

二人争夺玉兔，狗子任意胡行。

枪挑我儿一命丧，疼得老夫魂胆崩。

上金殿，把本奏。

昏君准奏，问罪施行。

可恨贼刘杰，这个狗奸雄。

不管我的仇恨，只顾偏向不公。

竟自上殿去保本，岂知我恼恨奸党冤不平？

想机会，报冤仇。

可巧昏君，困在锁龙。

刘杰回朝转，求救去勾兵。

老夫遂了心愿，将他斩首施刑。

算与我儿把仇报，就死却也心里清。

刘英魁：（唱）刘英魁，把眼横。

大骂奸贼，太也逞凶。

竟为些须事，就把毒计生。

我父被你屈斩，我母也赴幽冥。

咱俩仇恨深似海，只得把你碎尸灵。

回身转，取钢锋。

搂头盖顶，就下绝情。着剑。（砍死）

剁成肉渣样，心里气才平。

潘　虎：（唱）咳呀，潘虎一见魂吓掉，不住大放悲声。

爷爷们饶命罢！此事本怪我的父，他不该要夺江山坐龙廷。

今日算，有报应。

他已死去，仇恨算清。

望乞开恩恕，饶了我性命。

情愿牵马坠镫，愿作帐下喽兵。

爷爷开恩饶我命，一辈不忘大恩情。

刘　英：（唱）贼狗子，太昏庸。

到此时候，还想得生。

老狗纵然死，岂留贼根横。

将你碎尸万段，心中才觉气平。

说罢急忙取宝剑，照着狗子下绝情。

（白）狗子着剑！（潘虎死）贤婿，潘贼父子已死，你父母的仇也算报了。

刘英魁：大仇纵然算报，此处咱也难住，不如赶奔锁龙关救主。

刘　英：贤婿言之有理。留我女儿在此山寨居住，算有安身之处，咱就择选吉日，赶奔锁龙关救主还朝才是。

刘英魁：岳父言之有理。

（诗）杀父之仇今算报，与国除奸众心遂。（下）

（摆帐，五将站）

众　将：（诗）杀气冲霄汉，威风贯斗牛。

英名传四海，枪马胜九州。

高三尺：（白）俺高三尺。

杨　林：左先锋杨林。

杨　豹：右先锋杨豹。

郑自尧：左护卫郑自尧。

郑自舜：右护卫郑自舜。

众　将：元帅升帐，在此伺候。

（上罗文举）

罗文举：（诗）能文善武作元戎，执掌生杀自分明。

（白）本帅罗文举。大兵来到毛山被擒到此，不意高小姐与我成亲，妻兄愿随往锁龙关报号救主。今已过了三天，只得点起人马，杀奔锁龙关。众将官，点齐人马，杀奔锁龙关，不得有误！（下）

众　将：得令。

（唱）三声炮，震耳鸣。

人马走动，乱响鸾铃。

齐出毛山地，要奔锁龙城。

真是人欢马炸，果然尘垢飞空。

旌旗招展遮日月，刀枪剑戟耀眼明。（下）

高三尺：（唱）高三尺，在前行。（下）

林　豹：（唱）林豹随后，左右先锋。

逢山要开路，遇水把桥通。

军令既无错乱，须按站道而行。

往西道路我尽晓，晚间歇息晓则行。

暂押下，这股兵。（下）

（上郑氏、谢琼美）

郑氏、谢琼美：（唱）再表婆媳，奔走途程。

神人曾指引，说是往前行。

自有安身之处，母子还得相逢。

夜晚不敢投旅店，无非是寻找善人把身容。

郑　氏：（白）呀！

(唱) 抬头看，吃一惊。

这条道路，甚是不平。

树木遮天日，四野少人行。

面前高山一座，必有虎豹狼虫。

你我婆媳怎么好？只怕性命保不成。

讲不起，往前行。（下）

（上大达子）

大达子：（唱）再言几个，毛山喽兵。

领了寨主命，劫财把路横。

早早把住山口，单等过路人行。

劫夺财物是本分，谁管他人死共生？

观南北，睄西东。嘿嘿，

见有二人，走入山中。

原是两妇女，怎上傲云峰？

大家快些动手，抢她去做梅英。

寨主姑娘必有赏，你我快抢女花容。

（白）哟，二达子，你看那边来了两个妇女，你我何不抢上山去？姑娘必有重赏。

二达子：大达子，言之有理。（下）

郑　氏：媳妇，你我走了几日，前边却是高山，好怕人也。

谢琼美：婆母讲不起的，也只好凭天由命罢。

（上喽啰）

喽　罗：哪里走？绑着绑着。

郑氏、谢琼美：咳，苦哇。（下）

（上高金定，升帐）

高金定：（诗）同巢鸾凤如胶漆，鸳鸯拆散两分离。

（白）奴高金定。自从罗郎来到山上，我二人成就夫妻。过了三日，他与我哥哥带兵下山，往锁龙关救驾去了。有我哥哥与罗将军，必然成功。

（上辛）

辛　：报姑娘得知，我们巡山，擒来一个老婆子，还有一个年轻的妇人，乞令定夺。

高金定：这等，带来见我。

卒：是。（下，内白）你二人快走。

（上郑氏、谢琼美）

郑氏、谢琼美：寨主姑娘饶命吧。

高金定：那一老婆子与那一妇人，你们家住哪里？姓甚名谁？所为何事离家？一一诉上来。

郑　氏：寨主姑娘容禀。

（唱）口尊姑娘容我禀，我家住在南京里。
老身姓郑婆媳俩，因为失火把家离。
多得神人来救护，信步而行到这里。

高金定：（白）你夫主叫什么名字？

郑　氏：（唱）我老爷名叫罗天表，保着御驾去征西。

高金定：（白）你有儿子无有？

郑　氏：（唱）我儿名叫罗文举，

高金定：（白）哦。

郑　氏：（唱）现是西宫干儿子。
锁龙关前去救驾，领兵为帅把兵提。

高金定：（白）这年轻妇人是你什么人？

郑　氏：（唱）这是我的儿媳妇，与我作伴不孤单。
只求姑娘把我们放，恩同再造多感激。

高金定：（唱）高金定闻听还是婆母到，搀起婆母笑嘻嘻。

郑　氏：（白）姑娘这是为何？

高金定：（唱）奴家名叫高金定，是你儿子收的妻。

郑　氏：（白）哦？

高金定：（唱）你儿子在此住了两三日，我哥哥与他去征西。
你老放心在此住，等候着你儿子奏凯班师。
这位姐姐你贵姓？

谢琼美：（白）姓谢。

高金定：（唱）恕奴家未去远迎怠慢迟。

谢琼美：（唱）琼美启齿尊贤姐，

高金定：（白）你多大哟？

谢琼美：（唱）我大你小称妹子。

　　　　　　看你这样多威武，喽啰兵丁难为你执。

　　　　　　依我看替天行道名不好，总是归正大道理。

　　　　　　休怪愚姐说话鲁，我本是庄稼人家闺女心眼直。

高金定：（唱）姐姐言讲有道理，你我暂且在此居。

　　　　　　且等咱们那个主到，

谢琼美：（白）是哪个主儿呀？

高金定：别装憨咧。

　　　　　　（唱）我的丈夫你的夫婿。

郑　氏：（唱）郑氏封君心欢喜，儿们见面就投机。

　　　　　　今日个婆媳相聚在一处，也应该满斗焚香谢神祇。

高金定：（唱）婆母说得甚有理。

　　　　　　（白）婆母说得有理，你老真是死里逃生，担惊受怕，多亏神佛保佑，应当酬谢神灵。喽啰们，杀猪宰羊，备酒宴伺候，好与你太太接风压惊。

高金定：婆母与姐姐请。

郑氏、谢琼美：请。

　　　　　　（诗）今日婆媳高山会，死里重生又相逢。（下）
　　　　　　（上郎金彪，升帐）

郎金彪：（诗）赫赫声名惊神鬼，独挡周兵在山林。

　　　　　　（白）本都督郎金彪。奉甘罗国王令旨，镇守双顶山，堵拦周兵。远探报道，探得毛山打仗，又料难以过界，就是来时，有我的恍魂锣，却也不怕。

　　　　　　（上卒）

卒：　　报都督得知，祸从天降了。

郎金彪：有何祸事？慢慢报来。

卒：　　都督听报。

　　　　　　（唱）报报报军情，小人去远探。

　　　　　　　　　探听大祸临，来把都督见。

周兵至毛山，高都督交战。

他有一妹妹，武艺真不善。

下山去交锋，爱上周朝汉。

夸奖模样强，心中把他惦。

擒拿上高山，成亲将婚恋。

高三尺投降，领兵往西战。

开路二先锋，武艺真不善。

万夫勇挡难，闻名就打战。

一路无人拦，真来一条线。

到咱双顶山，众将魂吓散。

探实报都督，须要早打算。

准备去迎敌，安排好交战。

探子报完了，

郎金彪：（唱）你再去打探。

心中暗着急，只把三尺怨。

你不该投降，真正是反叛。

我要拿住你，必碎尸万段。

就是你妹妹，剁她脑袋乱。

我并不惧敌，任你兵百万。

必然一扫平，方显我好汉。

探　子：（唱）探子又进来，来把都督见。

周兵安下营，敌将来要战。

（白）报都督，得知周将山下要战，乞令定夺。

郎金彪：再去打探。

探　子：得令。（下）

郎金彪：呸呀，周兵竟敢犯我边界。小番们，抬刀备马杀下山去，不得有误。

（下）

（上杨林骑马）

杨　林：吾乃杨林，大兵来至双顶山，安下营寨，我要立一头功，怎么不见敌将出马呀？你看山上冲下一支人马，必是敌将来也。（下）

（郎金彪对上）

郎金彪：周将哪里走？

杨　林：番贼勿得猖狂，报上名来领死。

郎金彪：问你都督爷爷，有名与你，我乃扶国都督郎金彪，小将何名？

杨　林：要问你先锋老爷，听我道来。

（唱）要问俺，仔细听。

左不改姓，右不更名。

本住金陵地，祖居洛阳城。

爷爷杨林名讳，现为开路先锋。

自幼生来有气力，你敢上阵惹祖宗？

郎金彪：（唱）声断喝，瞪双睛。

你这小辈，难显威风。

我今来擒你，马到要成功。

二人交锋大战，都是为国相争。

我今叫你刀下死，不怕你国百万兵。

杨　林：（唱）怒恼了，左先锋。

银枪一摆，抖擞威风。

枪疾马又快，想逃万不能。

我今必要擒你，好去立头功。

料想你也难逃走，如不杀你不算英雄。

郎金彪：（唱）郎金彪，自调停。

我若拿他，何用战争？

等我使法宝，把他性命倾。

将马圈回败下，恍魂锣高擎。

叫声敌将你慢赶，谅着你也难逃生。

（白）好郎金彪，手拿恍魂锣连敲三下，大叫敌将慢赶。

杨　林：番贼哪里走？（锣响）哎呀，不好！（落马）

郎金彪：小番们，给我绑了！

番　兵：是。（绑下）

（上杨豹）

郎金彪：来这周将，报上名受死。

杨　豹：你爷爷右先锋杨豹。番贼何名？

郎金彪：你都督爷郎金彪。小将下马投降，不然叫你刀下作鬼。

杨　豹：满口胡说，看枪。

郎金彪：来，来，来。（杀，败下，又上）这厮有些骁勇，哪有闲工与他耐战？恍魂锣擒他便了。

杨　豹：番贼哪里走？（锣响）哎呀，不好！（落马）

郎金彪：小番们绑了，往上攻杀！（下）

（上郑自尧）

郑自尧：俺郑自尧。大兵来至双顶山，这个番贼拿去左右先锋，我来上阵，必要拿住这个番贼。

（上郎金彪）

郎金彪：周将哪里走？

郑自尧：番贼勿得猖狂，你且报上名来，好作枪下之鬼。

郎金彪：幼儿，问你都督爷，不要害怕，听俺道来。

（硬唱）大刀一指叫幼儿，不要猖狂少发愣。

　　　　若问我的姓与名，坐稳鞍桥听告诉。

　　　　都督名叫郎金彪，扶国都督主封赠。

　　　　奉旨镇守双顶山，必把周将全拿净。

　　　　我今上阵要对敌，你叫何名来送命？

郑自尧：（唱）问你爷爷仔细听，我名自尧本姓郑。

　　　　要知好歹听我说，休在疆场纵野性。

　　　　劝你早早撤兵逃，将我先锋大将送。

　　　　若是不听我的言，我今必取你狗命。

郎金彪：（唱）大叫幼儿少逞强，定要拿你将功庆。

　　　　一齐拿住解西凉，我必加官把职增。

　　　　方显本督有神通，我主厚待必敬重。

　　　　说罢举刀催能行，倒要试试你本领。

　　　　（白）幼儿不要猖狂，看刀取你。

郑自尧：来，来，来。（杀，郎金彪败下，又上）

郎金彪： 哪有闲工与他耐战？不免用恍魂锣擒他便了。

（唱）金彪勒马心欢喜，大叫小辈哪里逃？

伸手拿起锣一面，用手高擎不住敲。

郑自尧：（唱）自尧催马随后赶，喊叫吆喝声音高。

番贼休想逃我手，

（锣响）哎呀不好，头迷眼黑落鞍桥。

郎金彪：（唱）喝叫小番快上绑，必把周将拿净了。

必要拿住高三尺，解进西凉把旨交。

我主必然治他罪，我定加官进禄爵。

越思越想心欢喜，沙场又有人来了。（下）

郑自舜：（唱）郑自舜来至疆场上，不通名姓把手交。

大叫番贼我擒你，必把你的首级削。（杀）

郎金彪：（唱）大杀不过三五趟，金彪败阵又走逃。（下）

取出铜锣用手举，慌忙不住连连敲。（锣响）

郑自舜：（唱）自舜随后追番贼，你想逃命我不饶。

正然追赶说不好，一阵昏迷跌下鞍桥。

郎金彪：（唱）叫声小番快上绑，眼看周将拿净了。

必然拿住高三尺，周朝元帅也不饶。（下）

高三尺：（唱）高三尺出营来上阵。

（白）我乃高三尺。与我妹夫子来至双顶山，被郎金彪挡住，不知用什么东西拿去众将？我来上阵，倒要看看是什么玩意。哟哟，那不是郎金彪么？上阵来也。

（上郎金彪）

郎金彪： 那不是高将军么？

高三尺： 正是。郎都督请了。

郎金彪： 你不在毛山镇守，为何归顺周朝？甘罗王并无亏你之处，是何道理？

高三尺： 郎都督不知，听我从头告诉与你。

（唱）且听我，向你讲。

我的妹妹，匹配周朝。

领兵罗元帅，我妹把亲招。

故此顺了周王，声名可也甚高。

我劝你辞了西夏归周主，挣下了爵禄官职把名标。

郎金彪：（唱）矬贼你，休放刁。

甘罗恩重，加禄封高。

国恩不思报，竟自顺周朝。

就该领着你妹，远走他乡为高。

今日还敢来上阵，你的脑袋长不牢。

高三尺：（唱）叫一声，郎金彪。

若识时务，退兵为高。

必定逞强暴，就要把手交。

举手不留情分，后悔岂不晚了？

或是退兵或交手，你须度量自斟酌。

郎金彪：（唱）双睛瞪，皱眉梢。

三尺可恨，何敢放刁？

你既来临阵，都督岂肯饶？

不必说黄道黑，何须自抬自高？

叫你沙场出了丑，叫声矬子吃我一刀。

高三尺：（唱）高三尺，气难消。

举起棒子，齐把手交。

前蹦与后跳，不住脸上敲。

今要拿住与你，难逃性命一条。

二人大战多一会，使得矬爷汗滔滔。

郎金彪：（唱）气坏了，郎金彪。

拿他须得，我把锣敲。

圈马败了阵，（下，又上）矬子小心着。

将锣敲了三下，

高三尺：（唱）三尺随后追着。

（白）哎呀不好，借着遁光回营去，（下）

郎金彪：（唱）扶国都督气难消。

（白）矬子奸猾无比，竟自逃走，我定要拿住，与先拿的几员将官，一并

　　　　　解到西凉，叫我主亲眼看看，处斩这个矬子才解我恨。天色将晚，明日再要战，必拿周将。小番们，打得胜鼓回山。（下）
　　　　　（上高三尺）
高三尺：咳呀，我高三尺。郎金彪不知用的什么东西擒去众将，我只听咣当一声，我的脑袋就迷咧，急借遁光，我就溜之乎也。也不知是个啥玩意宝贝，只得回营，见了我妹夫子，再作定夺。（下）
　　　　　（上刘玉娥）
刘玉娥：（唱）巫山十二层春云，喜得幽情枕上分。
　　　　　（白）奴刘玉娥。我父与刘郎同上锁龙关救主，留与母亲在此看守山寨，单等圣主还朝，我一家子好回故里。
　　　　　（上刘英魁）
刘英魁：娘子快与我收拾行李，便要失陪你了。
刘玉娥：待奴与你收拾打点行李。（转身）梅香，把这行李搬到前帐，就说你姑爷还有几句话和我说说。
梅　香：是了。
刘英魁：娘子，拙夫就要失陪你了。
刘玉娥：咳，你是忙的啥呀？奴还有话告诉与你。
刘英魁：你还有什么话说？天不早了，你快说罢。
刘玉娥：咳，你是忙的啥咃？
　　　　　（唱）话儿不多两三句，口呼夫主叹又咳。
　　　　　　　你为周主是正事，奴家难阻得离开。
　　　　　　　路上身子须保重，愿你早去早回来。
　　　　　　　不知锁龙有多远？不知几时回山崖？
刘英魁：（白）那可不一定。
刘玉娥：（唱）奴家在此天天盼，掰着手指算你来。
　　　　　　　夫妻正说难舍的话，
李　氏：（唱）李氏夫人后边来。（上）
　　　　　（白）姑爷呀，你岳父前帐早等候，
　　　　　　　就请姑爷下山崖。
刘英魁：辞别岳母相逢有日。

刘玉娥：（唱）娘儿两个往外送，手拉手儿泪满腮。

　　　　　　　眼望相公难割舍，

刘　英：（唱）刘英吩咐把兵排。

　　　　　　队伍齐整把山下，

郝成仁：（唱）郝成仁山下早安排。

　　　　　　伺候大王起人马，我的先锋寨主差。

刘英魁：（唱）刘英魁口尊岳母回去罢。

　　　　（白）娘子你也请回宅。

刘玉娥：（唱）相公去吧奴不送，难舍难割发乜呆。

刘英魁：（唱）英魁上马扬长去，（下）

李氏、刘玉娥：（唱）母女二人把脚抬。

　　　　　　　　　回转山寨且不表，（下）

郝成仁：（唱）郝成仁洋洋得意把路开。

　　　　　　本不认得锁龙路，朝着影儿向西来。

刘　英：（唱）刘英马上呼贤婿，咱此时拿住潘贼称心怀。

刘英魁：（唱）到了锁龙关见圣主，得把此事奏明白。

刘　英：（唱）听说你父死得苦，潘国丈被咱斩首也应该。

刘英魁：（唱）潘贼安心要造反，岳父勾兵身受灾。

刘　英：（唱）咱如今拿住奸贼算除害，圣上岂不喜心怀？

刘英魁：（唱）但愿班师回朝转，居家团圆才乐哉。

　　　　　　不言那刘英、英魁锁龙去，（下）

郎金彪：（唱）再表郎金彪领兵来。

　　　　　　昨日擒拿四员将，今日定把周营拆。

　　　　　　拿住三尺贼锉子，那时才称我心怀。

　　　　　　一齐解到甘罗国，将他们脑袋一齐摘。

　　　　　　我必封官又增职，那时才显我是英才。

　　　　　　思想来到疆场上，大叫周将快出来。（下）

卒：　　（内唱）探子报与罗元帅，番贼要战把兵排。

罗文举：（内唱）罗爷吩咐看枪马，会会番贼怎怪哉。（上）

　　　　　　　将马一催对了面，银枪一指把口开。

（白）番贼，呀呀呀，你今擒去我的众将，今又前来要战，报上名来受死。

郎金彪： 我乃扶国都督郎金彪。幼儿何名？

罗文举： 本帅罗文举。番贼快将我的众将放回，万事皆休，不然叫你枪下作鬼。

郎金彪： 你就是罗元帅，本督有事告诉与你。

罗文举： 番贼有话快讲。

郎金彪： 是，你听了。

（唱）叫一声，周将官。

稳坐鞍桥，听我一言。

本督领人马，攻打你营盘。

你营有个三尺，做事太也不堪。

把他妹妹应配你，结了秦晋好良缘。

罗文举：（唱）这件事，果其然。

他的妹妹，我配良缘。

周主回朝转，必然要封官。

我今来至西地，捉拿你这反叛。

我劝你快把众将放回来，不然叫你一命捐。

郎金彪：（唱）你听我，对你言。

快把锉将，献出营盘。

交与本督我，拿他到西番。

我主定然治罪，却与你们无干。

你快收兵回京转，不应去到锁龙关。

罗文举：（白）住口！

（唱）快住口，少胡言！

他今顺我，乃是从天。

不像反叛你，不知正与偏。

竟敢打去战表，要夺我主江山。

休生妄想快回去，急速撤兵西凉藩。

郎金彪：（唱）我劝你，是好言。

不听言语，该你命捐。

我今拿住你，锉子想跑难。

　　　　　一齐解到西夏，你们都要命捐。

　　　　　那时节方显本督是好汉，何愁不夺周江山？

罗文举：（唱）心大怒，发冲冠。

　　　　　番贼住口，休得胡言。

　　　　　当今天子，洪福本齐天。

　　　　　你国竟敢叛乱，犹如覆地翻天。

　　　　　待我将你捉拿住，双手拧枪奔胸前。

　　　　（白）番贼休得胡言，看枪取你。

郎金彪：来，来，来。（杀，败下）

　　　　（高三尺急上）

高三尺：妹夫子别追呀，他有宝贝。（下）

罗文举：你看这个番贼败了下去，站住不动，妻兄不让我去追，敢想是又用什么宝贝？只得回营与妻兄商议，再做定夺。众将官，就此回营。（下）

　　　　（上郎金彪）

郎金彪：这厮枪马纯熟，不免用恍魂锣擒他呀。这个幼儿奸猾，并不追赶，回营去了。小番们，拆他的营盘，不得有误。（下）

罗文举：（内白）众将官，将马带过。（上，坐，高三尺站）哎呀，好生厉害。哦，妻兄，此事有些不好了。

　　　　（唱）眼望妻兄说不好，咱的大营保护难。

　　　　　实杀实砍我不惧，不想这个双顶山。

　　　　　不知他是什么宝？拿去咱的众魁元。

　　　　　不知是死却是生？番贼累累攻营盘。

　　　　　今日与贼这场战，再要追赶命难全。

　　　　　妻兄可有巧妙策？可能挡住贼反叛？

高三尺：（唱）三尺难得转团团，低头想计无一言。

　　　　　正自为难——

　　　　（上探子）

探　子：（唱）探子报。

　　　　　番贼又来攻营盘。

高三尺：（白）再去打探。

探　子：得令。（下）
高三尺：（唱）高三尺口尊妹夫我有计，你就出马到阵前。
　　　　　　你与番贼大交战，他必用宝贝把你拴。
　　　　　　我在后面看一看，什么东西怪难缠。
　　　　　　若是能破我便破，若是不能撤兵还。
　　　　　　回山去见我妹妹，她的本领比我全。
　　　　　　妹丈你说好不好？
罗文举：（白）咳。
　　　　　（唱）又无方法退贼番。
　　　　　　　二人正自商量计，
　　　　　（上探子）
探　子：（唱）探子跪倒把话言。
　　　　　（白）报元帅得知，贼兵要战，攻打营盘甚紧，乞令定夺。
罗文举：再探。
探　子：得令。（下）
高三尺：妹夫子你与番贼交战，他使那宝贝你可别追，等我从他后头一看。我若能破，我便破之。若是不能破，咱们就撤兵回来。我回山见我妹，再作道理。
罗文举：妻兄言之有理。
高三尺：妹夫子别离近了，远着些呀。
罗文举：知道了。众将官，枪马伺候了。杀出营去，不得有误。（下）
　　　　　（上郎金彪）
郎金彪：俺郎金彪。今日攻打营盘定要扫平周将！呀，你看营门大开，必是敌将来也。
　　　　　（上罗文举）
罗文举：番贼哪里走？番贼看枪！
郎金彪：撒马。（杀，败下，又上）好个奸猾的幼儿，他可追上来了，不免取出恍魂锣擒他便了。
　　　　　（唱）勒马仔细瞧，敌将他追赶。
　　　　　　　这个小将官，追来离不远。
　　　　　　　马上笑盈盈，周将好大胆。

　　　　　　不向前一番，奸猾不追赶。
　　　　　　这番追来了，正遂我心坎。
　　　　　　取出恍魂锣，要把神通展。
　　　　　　手拿锣锤敲，响声听得远。
罗文举：（唱）文举细观瞧，站住不追赶。
　　　　　　这个反叛贼，又把戏法展。
　　　　　　举目看不真，想是离得远。
郎金彪：（唱）郎金彪敲锣，觉着甚得脸。
高三尺：（唱）三尺高尅爷，却在身后闪。
　　　　　　原来是铜锣，这个东西显。
　　　　　　那个小铜锣，不厚慢慢闪。
　　　　　　我这铁棒槌，必打窟窿眼。
　　　　　　主意拿定了，相离便不远。
　　　　　　双手抡棒槌，只听咣当响。
　　　　　　铜锣打碎了，
郎金彪：（唱）郎金彪傻眼。
　　　　　　我的恍魂锣，怎么两下闪？
　　　　　　不知是何人？打锣好大胆。
　　　　　　上阵仗此锣，这可完了俺。
　　　　　　金彪正发怔，
罗文举：（唱）文举上前赶。
　　　　　　手拧银枪分心刺，
　　　　（白）番贼着枪！
郎金彪：看刀。（杀，败下，又上）这个周将好生厉害也。
　　　　（唱）郎金彪败阵回里跑，催马加鞭把山归。
　　　　　　心急只嫌马跑慢，只见周将随后追。
　　　　　　害怕浑身出躁汗，迎面来了一个小孩呀。
　　　　　　原来还是高三尺，怎又遇见这个贼？
高三尺：（唱）三尺说是哪里走，今日你把宝贝没。
　　　　　　与你尅爷试一试，必把你的狗命追。

		举起棒槌大交战，战的不过四五回。

郎金彪：（唱）金彪发惧又败阵，又遇周将把我围。
从前我并不惧战，皆因我是有宝贝。
我的铜锣已打破，保不就今日把阴归。
奋起神威杀上去，使得浑身力气没。（大杀）

罗文举：（唱）文举大战贼反叛，今日料想难出重围。

高三尺：（唱）高三尺也战反叛贼，前蹿后跳犹如飞。

罗文举：（唱）手拧银枪分心刺，（郎金彪死）瞧见番贼把阴归。（下）

番兵合：（唱）山上番兵如麻乱，一齐乱跑如打雷。
也有投降归顺了，也有逃走跑如飞。

罗文举：（唱）文举吩咐把山上，咱好解救众英魁。
（白）众将官，人马一齐上山，解救众将，收他的粮草，不得有误。（下）

（摆帐，罗文举升帐）

罗文举：（诗）双顶山上安营寨，点起人马到锁龙。
（白）本帅罗文举。方才枪挑郎金彪，妻兄打坏恍魂锣。收点他的粮草，我只得点齐人马。众将官，打动聚将鼓，本帅要点兵将。

众　将：得令。
（唱）众将答应说知道，聚将鼓打震耳鸣。

高三尺：（唱）当时忙了高三尺，迈步来在大帐中。

杨林、杨豹：（唱）杨林杨豹来伺候，

郑自尧：（唱）郑自尧也到中庭。

郑自舜：（唱）郑自舜随后也来到，

众　将：（唱）齐呼元帅笑连声。
幸喜今日得山寨，这是元帅成了功。

罗文举：（唱）去了番贼他的宝，打破铜锣仗妻兄。

高三尺：（唱）这个仗着皇爷福，靠我三尺有何能？

罗文举：（唱）四位将军身受苦，险些一命丧残生。

郑自尧：（唱）多亏元帅将我救，不然早就归阴城。

罗文举：（唱）今日要把三军点，我与众将庆庆功。
歇兵三日将山下，大兵齐到锁龙城。

扫灭番贼回朝转，那时大家都有功。

（白）今日大排筵宴，庆贺功劳，歇兵三天，兵发锁龙关。

（诗）幸喜今日得山寨，愿把西凉一扫平。（下）

（火滚升帐）

火　滚：（诗）大将生来胆气豪，胸藏六略与三韬。

　　　　　　催开走阵乌骓马，全凭手中偃月刀。

（白）本督火滚，奉甘罗王之命，带领女儿把住平山，堵挡周朝人马。我女儿也曾受过异人传授，有万夫不当之勇。我与女儿居住山寨，这也不在话下。

（上卒）

卒：　　报都督得知，周朝人马来到山下安营，乞令定夺。

火　滚：哎呀，竟有这等之事？他既发兵而来，小番们，看刀马伺候了。（下）

（与郑自尧对上）

火　滚：小辈少往前进，你都督爷在此。刀下不杀无名之鬼，报上名来好祭钢刀！

郑自尧：住了。你爷爷有名与你，在罗元帅帐下前部先锋郑自尧，番贼何名？

火　滚：你都督爷爷姓火名滚，知我的厉害下马投降，饶尔不死。

郑自尧：住了。少要胡说，着枪。

火　滚：来，来，来。

（杀，郑自尧败下，上高三尺）

高三尺：那不是火都督么？

火　滚：那不是将军高三尺么？

高三尺：正是。

火　滚：我且问你，你不在毛山把守，怎么归顺周朝？是何意也？

高三尺：火都督若问，听我解劝。你也归顺周朝，省得咱俩翻脸。

火　滚：好个矬根，少要胡言，西夏有何亏你之处，竟自背主顺贼？看刀！

高三尺：站住站住，不要动手听我解劝。

（唱）我劝都督你归顺，保护周朝为正人。

　　　　周主皇爷洪福大，甘罗王子是野人。

　　　　不可保着西夏主，你看看周朝人马俱来临。

　　　　人勇马壮多威武，前来解围救当今。

　　　　要识时务快退后，看看刀马要临身。

你若执迷不听劝，我就叫你命归阴。
说罢举起生铁棒，

火　　滚：（白）呔呀！

（唱）大骂矬根少胡云。
甘罗王无有亏你之处，你竟归周生反心？
你今不念君臣义，我就叫你见阎君。

高三尺：（白）哪个怕你？

火　　滚：（唱）火滚说着举刀砍，

高三尺：（唱）矬爷眼尖一侧身。
二人大战在一处，矬腿跳开恶狠狠。（下）

罗文举：（内唱）罗文举出营来助战，帮助妻兄要拿人。
大喝一声我来也，（上）手拧银枪奔前心。
二人交锋十数趟，文举心中暗思寻。
虚点一枪往下败。（败下，又上）
（白）这个老儿甚是骁勇，我不免等他赶来，用钢鞭打他便了。

火　　滚：幼儿哪里走？

罗文举：着鞭！

火　　滚：哎呀。（下）

罗文举：你看这个老儿中鞭，大败而逃。众将官，打得胜鼓回营。（下）

火　　滚：（内白）小番们，将马带过了。（上，坐）一场的好杀，一场的好战。哎哟哟，咳，好个幼儿，甚是骁勇。鞍桥摘下钢鞭，打在老夫左膀以上。哎哟哟，疼死我也。
（唱）哎呀一声疼死我，好似骨折甚难挨。
好个幼儿多骁勇，不该暗用钢下排。
实杀实砍我不惧，暗使破绽把人埋。
今日沙场败了阵，老夫英明一旦衰。
果然周朝人马勇，计谋韬略有奇才。
一鞭打在左膀上，疼痛难忍只是咳。
罢了我了！正是火滚声不止，

火兰英：（内唱）后营惊动女裙钗。

忽听哎呀声不止，不知且是为何来？

只得前去问一问，（上）走近前眼望爹爹把口开。

（白）爹爹所为何事哼咳不止？

火　滚：咳，女儿不知，周朝发来人马，为父出城交战，被周朝幼儿一鞭打中我左膀之上，疼痛难忍。

火兰英：好个周将，竟敢前来猖狂？爹爹放心，待女儿出城会会周将，拿来与爹爹报仇。

火　滚：周将厉害，我儿可要小心。

火兰英：不劳吩咐。小番们，刀马伺候。（下）

火　滚：小番们，一齐到山口与你姑娘呐喊助威！咳呀，罢了我了。（下）

（郑自舜马上）

郑自舜：俺郑自舜。带领人马，今日定要攻破山口，拿住番贼。呀，你看山上冲出一支人马，待我迎将上去。（下）

（火兰英对上）

火兰英：来这周将，报上名来！

郑自舜：番女听了，我乃罗元帅帐下前部先锋郑自舜。番女何名？

火兰英：你姑娘火兰英，竟来拿你们，与我爹爹报仇，看刀！

郑自舜：撒马过来。

（杀，郑自舜败下）

罗文举：（内白）众将官，看本帅枪马伺候了。（一过）

火兰英：呀，你看来了这员小将，生了一个俊俏。

（唱）火氏兰英对面看，但只见来了一位小将军。

凤翅金盔头上戴，朱缨绕得太阳浑。

齿白唇红多潇洒，前发齐眉在青春。

年纪不过十七八岁，模样生得爱煞了人。

这样男子世上少，看见他怎叫人动了心？

临阵之时带杀气，这会叫人少精神。

从来奴的性儿暴，见此人好似掉了魂。

心头小鹿扑扑跳，手内大刀分外沉。

钢刀拿着分眼望，目不转睛瞅来人。（对上）

　　　　　　　马临近切开言道，
　　　　（白）来这小将，报上名来。

罗文举：住了，番女问我，听真，我在周主驾下称臣，官拜兵马大元帅之职，姓罗名文举。女将何名？

火兰英：你问我呀，奴乃火都督之女叫兰英。方才阵上鞭打我父的莫非就是你么？

罗文举：然也。反寇丫头，看枪！

火兰英：哎哟，将军你忙的是啥吔？将军休要生气，奴有一言望你说说。

　　　　（唱）勒马擎刀尊君子，将军留神听我说。
　　　　　　　你今身为大元帅，人马来到平山坡。
　　　　　　　犬吠尧王各为主，输赢胜败言不得。
　　　　　　　纵然是咱们两国为仇恨，奴家也不怀恨着。
　　　　　　　有句话儿向你讲，

罗文举：（白）有话快讲。

火兰英：（唱）是咧，将军听我慢慢说。
　　　　　　　我看将军容貌好，奴的终身将你托。
　　　　　　　你若应允这亲事，咱俩免得动干戈。
　　　　　　　奴回山禀知我父将你顺，再到西夏征甘罗。
　　　　　　　将军你说好不好？

罗文举：（白）住了。

　　　　（唱）女寇丫头少胡说。
　　　　　　　罗某本是名门后，岂肯收留你毛贼？
　　　　　　　劝你快些收邪念，无耻无羞少胡说。
　　　　　　　说罢拧枪分心刺，

火兰英：（唱）兰英急忙用刀遮。

　　　　（白）将军，你应了吧，奴保你主，岂不是好？

罗文举：胡说，看枪！

火兰英：来！来！来！（杀，败下，又上）罗将军果然枪马纯熟，奴不免用恍魂旗擒他上山，再定终身之事，有何不可？忙将恍魂旗连展三展，小将慢赶。

罗文举：丫头，哪里走？哎呀不好！（落马）

火兰英：小番们，绑了！就此回山便了。（下）

（上骊山圣母）

骊山圣母：（诗）静坐洞中养真性，处心修炼苦用功。

（白）出家人骊山圣母，修行在丫叉山紫霞洞内。今有白虎星罗文举在平山遇见我徒儿兰英，他二人该有夫妻之分，后来好破神兵阵式，好救周主还朝。出家人不免前去，成全他二人姻缘便了。

（诗）山人若不明指引，耽误徒儿美良缘。（下）

（升帐，出火滚）

火　滚：（诗）身中钢鞭心内忧，我女下山去报仇。

（白）吾乃大都督火滚。周朝兵至山下，那时我下山出马，被罗文举一鞭打中左膀，险些一命呜呼。我女儿下山堵挡周兵去也，不知胜败如何？

火兰英：（内白）番兵们，将马带过。（上）

火　滚：女儿出马，胜败如何？

火兰英：爹爹，孩儿擒来一员周将，请你老发落。

火　滚：女儿闪在一旁。番兵们，将那周将与我绑上来。

番　兵：是。（绑上）跪下跪下。

火　滚：你这小将，今已被擒，还不叩头乞命？难道你不怕死么？

罗文举：住了。我上跪天子，下跪父母，岂肯跪你这反叛贼子？

火　滚：你被擒住还是这等嘴硬？小番们，推出帐外斩首报来。

（上火兰英，跪）

火兰英：（白）刀下留人，且慢动手。

（唱）慢动手来慢动手，刀下留人且留人。

　　　慌忙上了中军帐，双膝跪倒把话云。

　　　尊声爹爹听儿讲，不可斩首周朝人。

　　　何不放回罗小将？孩儿有话劝天伦。

　　　咱们何不归周主？辞了西夏甘罗王。

　　　灵王天子洪福大，咱国甘罗枉费心。

　　　咱父女保着这位罗小将，他的武艺果超群。

　　　帮助他锁龙关前去报号，得胜班师转京门。

　　　周主一定封官职，父升高官贵又尊。

　　　孩儿说得对不对？

火　　滚：（白）住口！

（唱）我儿住口少胡云。

为父岂肯顺周主？甘罗王子爵禄深。

我今要斩周朝将，西夏为父立功勋。

火兰英：（唱）爹爹不听儿的话，要斩周将枉费神。

火　　滚：（唱）莫非你要护周将？咱与小将来相亲？

火兰英：（唱）你老要做扭天事，奴今解劝是好心。

火　　滚：（唱）不用你劝我定斩，咱与他国是仇人。

火兰英：（唱）咱要归顺仇算解，要不归顺祸来临。

火　　滚：（唱）什么祸事父不晓，自古天塌有大人。

火兰英：（唱）周朝人马现在山下，不久的杀上山来把你擒。

火　　滚：（唱）灵王困在锁龙地，业已困了整三春。

火兰英：（唱）圣天子自有百灵助，咱国人马枉劳神。

火　　滚：（唱）各为其主古人语，忠臣不侍二主君。

火兰英：（唱）保主须要分邪正，周朝的大兵到来难保身。

火　　滚：（唱）咱国兵将也不弱，还有我儿你钗裙。

火兰英：（唱）你不听劝我不管，如若被擒命难存。

火　　滚：（白）哎呀！

（唱）你怎总向周朝将？

火兰英：（唱）你不归顺恨死人。

火　　滚：（唱）我偏要斩罗小将，

火兰英：（唱）我要保护罗将军。

火　　滚：（白）哼！哼！

（唱）喝叫番兵斩周将，

火兰英：（唱）谁敢动？我就抽了他的筋。

火　　滚：（唱）这个丫头真该打，

火兰英：（唱）你要打我难顾天伦。

火　　滚：（唱）你真不晓人伦理，

火兰英：（唱）你怎不把邪正分？

火　　滚：（唱）我今为保甘罗主，

火兰英：（唱）我是为的罗将军。
火　滚：（唱）罗小将与你无亲故，
火兰英：（唱）他在周朝现为臣。
火　滚：（唱）我今定把罗贼斩，
火兰英：（唱）你可不能枉费神。
火　滚：（白）咳呀！
　　　　　（唱）火滚气得干跺脚，
火兰英：（唱）兰英气得恶狠狠。
　　　　　　　　父女二人吵喊起，
番　兵：（唱）小番进来把话云。
　　　　　（白）报都督得知，营外有老年道姑，她说是骊山圣母，来见都督。
火兰英：我师父来得正好，待我出去迎接。（下，内白）师父来了，弟子未去远迎，望乞恕罪。
骊山圣母：（内白）好说，起来。
火兰英：（内白）是，请师父一到大营叙话。师父请。（同上）
火　滚：圣母仙驾来临，恕我未去远迎，面前恕罪。
骊山圣母：好说，不敢。
火兰英：师父与徒儿做主罢。（跪）
骊山圣母：兰英起来，徒儿为何满眼落泪？
火兰英：师父不知，原是这般如此。我父执意不从，要斩罗将军。我苦劝我父，我父总是不听，因此我父女吵闹起来。
骊山圣母：哦，都督，出家人实为此事而来。罗将军乃是白虎星临凡扶保周主，他与兰英有夫妻之分。都督你父女应归顺周朝，扶保圣主，此乃天意，应当如此。如违天命，必遭天谴。
火　滚：圣母之命，敢不从命？
骊山圣母：快将罗文举放回。
火兰英：番兵们，快请罗将军。
　　　　　（上罗文举）
罗文举：番寇要杀就杀，何必这样唠叨？
骊山圣母：罗文举，听我指引与你，你与火兰英还有夫妻之分，此乃天数造定，不可扭别，到后来还有用他父女之处，好往锁龙关救主还朝。

罗文举：咳，罢了！哇，罢了！既有圣母之言，焉敢不遵？

骊山圣母：你二人拜堂成亲，歇兵三日，再到锁龙关救驾便了。

罗文举：圣母言之有理。

火　滚：小番们，准备花烛纸马伺候。姑爷请。

罗文举：岳父请。

（诗）两国仇敌今作亲，俱是龙虎一会人。（下）

（上木鱼真人，升帐）

木鱼真人：（诗）奉命锁龙关去添兵，要把周朝一扫平。

（白）出家人木鱼真人。今有林都督哀表到来，周兵过了毛山两座高山，前来到锁龙关下。甘罗王命我去到那里帮兵，好擒周将。小番们，就此起兵，一奔锁龙关，不得有误。（下）

（摆场，火兰英、高三尺站，罗文举坐）

罗文举：（诗）今在平山又招兵，多得圣母指教情。

（白）本帅罗文举。领兵来至平山，圣母指教与我，与火兰英成为夫妇。歇兵三日，今日点起人马。众将官，兵发锁龙关，不得有误。

罗文举：（唱）出了大营上了马，旌旗招展颜色鲜。

高三尺：（唱）高三尺头前引着路，道路我熟在前边。

火兰英：（唱）兰英后面押着队，晓行夜住各自眠。

罗文举、火兰英：（唱）不言周兵奔西夏，（下）

刘英、刘英魁：（唱）再表那刘英、英魁在路间。

吩咐喽啰快些走，急到那锁龙关救驾回还。

拿住仇人潘国丈，只算报了杀父仇冤。

这日正走天色变，（风刮）狂风大作起云烟。

刘英勒马发愣怔，霎时风住晴了天。（刘英魁下）

怎么不见刘贤婿？莫非他前行去到锁龙关？

喝叫喽啰快些走，追赶你姑爷到关前。

不言那刘英寻找刘公子，

（白）刘姑爷想必先行，只得寻找便了。（下）

（完）

第 六 本

【故事梗概】罗文举战败林黑塔，却败于木鱼真人的金砖之下，高三尺则仅以身免。幸亏火兰英赶到，击败木鱼真人。罗文举欲进程认父，罗天表怀疑他是奸细，直到亮出皇后所赐国宝大金牌，父子这才相认。刘英亦率兵赶到，向天子奏明了潘泽清坑害忠良、图谋造反的实情。木鱼真人又摆下神兵阵，杀死周将郑自尧，罗文举夫妇战不能胜。高三尺自告奋勇，前去搬请黄石公和骊山圣母。他路遇金刀圣母弟子侯玉英，在金刀圣母柬帖的点化下，二人结为夫妻。刘英魁被怪风吹走，受月老托梦，得知与甘罗国公主魏金花、魏银花有夫妻之缘。正值金花姐妹行猎，将刘英魁带回王宫，甘罗王亦有心招他为婿。金花约请英魁，与之私定终身。英魁刚别过金花，银花又派人来请。

（林黑塔升帐）

林黑塔：（诗）定下一个空城计，困住南朝君与臣。

（白）本帅林黑塔。定下一个空城之计，将他君臣困了三年。前日打去哀表求我主添些人马，好破锁龙关，捉拿周将，易如反掌。

（上卒）

卒：报都督得知，今有周朝发来无数人马，还有二十里之遥，乞令定夺。

林黑塔：再探。

卒：遵令。（下）

林黑塔：周朝救兵到来，少不得一场恶战。小番们，抬刀带马伺候。

（林黑塔与罗文举对上）

林黑塔：幼儿少往前伸驹，你都督爷刀下不死无名之鬼，报上名来领死。

罗文举：反贼，要问听了：你爷爷在周王驾下称臣，官拜兵马大元帅之职，姓罗名文举。番贼何名？

林黑塔：你都督爷姓林名黑塔，在甘罗王驾下称臣。知我厉害，下马投降，饶你不死，若牙蹦半个"不"字，悔之晚矣。

罗文举：住了，休出胡言，看枪！

林黑塔：来，来，来。

（杀，罗文举败下，又上）

罗文举：这老儿甚是骁勇，等他赶来，用鞭打他便了。

林黑塔：幼儿，哪里走？

罗文举：着打。

林黑塔：哎呀，不好。（下）

罗文举：你看这个老儿中鞭，大败而逃，败将不可追赶。只得回营，明日一到城下认父便了。众将官，打得胜鼓回营。（下）

林黑塔：（内白）小番们，将马带过。（上，坐）哎呀，罢了我了。好一个幼儿，将老夫一鞭的好打，打在左膀之上，疼痛难忍，险些一命休矣。

（唱）咳一声，浑身疼。

好个小辈，甚是威风。

不该使暗算，险些我命倾。

实杀实砍不惧，钢鞭怎把人坑？

今日疆场败了阵，老夫英名一旦空。

周朝将，似欢龙。

我国众将，口打唉声。

人人都笑我，笑话我无能。

谁想那个小辈，韬略比我更精？

眼见周主要归顺，不料又添一支兵。

前日个，我也曾，

下去哀表，去求救兵，

拔刀来相助，帮我来成功。

怎么不见兵到？叫人愁闷心中。

明日周兵必要战，何人敢去打冲锋？

枉费我，计牢笼。

困了三载，劳而无功。

明日周朝将，必进锁龙城。

将他君臣救去，人马都要得生。

越思越想无主意，唉声叹气跺足捶胸。

林黑塔，只是哼。

（上卒）

卒：（唱）小卒跪倒，禀报一声。

　　　　　军师爷到了，还有众将兵。

　　　　　真人现在门外，众将安下大营。

林黑塔：（唱）林爷闻报心欢喜，救兵一到要成功。

　　　　（白）小番们，军师到来，排开队伍，随我迎接。

　　　　（唱）听说军师他来到，急忙出帐往外行。（下）

（上木鱼真人、林黑塔）

木鱼真人：（唱）木鱼真人在营外，洋洋得意笑盈盈。

林黑塔：（白）军师哪里？

　　　　（唱）一揖躬身忙问候，

　　　　（白）军师可好？

木鱼真人：都督可好？你我一殿称臣，不要客套。

林黑塔：（唱）与你问候把心费，真人一向可安宁？

　　　　　奉请军师上大帐，一路劳乏甚苦情。

　　　　　吩咐小番快看酒，吾与军师迎迎风。

木鱼真人：（唱）锁龙困住天子，我此来必把他君臣一扫平。

林黑塔：（唱）周朝又有救兵到，今日打仗拜下风。

木鱼真人：（唱）怎么一个周朝将？料他不能比我精。

林黑塔：（唱）那个小将果然勇，一鞭打得我险些命倾。

木鱼真人：（唱）明日定要会一会，管叫小辈一命终。

林黑塔：（唱）说话之间天色晚，太阳西山归了宫。

　　　　　吩咐小番重排宴，

　　　　（白）小番们，重排筵宴，歇息一宿，明日好拿周将。

木鱼真人：都督言之有理。

林黑塔：军师请。

木鱼真人：都督请。（同下）

（上木鱼真人）

木鱼真人：小番们，刀马伺候。（马上）出家人木鱼真人，奉甘罗国王之命前来锁龙关助战，只得前去要战。（下，又上）周将听真，报将进去，就说有你军师爷前来要战。

卒： 候些罢。（下，内白）报元帅得知，营外有妖人要战。

罗文举：（内白）再探。

卒： （内白）得令。

罗文举：（内白）众将官，随本帅杀上前去。

（与木鱼真人对上）

罗文举：来这妖道，报名受死。

木鱼真人：哎呀，好个幼儿，问我听真：出家人在西夏甘罗国驾下称臣，你祖师爷木鱼真人护国军师。知我厉害，下马投降，不然叫你刀下作鬼。报上名来。

罗文举：你爷爷姓罗名文举，在周主驾下称臣，拜兵马大元帅之职。知我厉害快些远遁，不然悔之晚矣。

木鱼真人：哎呀，敢发狠言大话？哪里走？看刀。

罗文举：来，来，来。

（杀，木鱼真人败下，又上）

木鱼真人：哎呀，这小子甚是骁勇，枪法果然厉害，哪有闲工夫与他耐战？不免用金砖打他便了。

罗文举：妖道哪里走？哎呀，不好。（下）

（上高三尺）

高三尺：吾乃高三尺。我妹夫出马，中了妖人的宝贝，众将不敢出马，惧怕妖人厉害。有我师父给我金丹，比什么东西都强，上了就好。方才给我妹夫子上上，止住疼咧。我想会会木鱼真人，见面一定问我怎么归顺周朝，我就实言相告，如此这般劝他归山。他要不听，就用小棒结果了他。呀，那边妖道来也，只得迎将上去。（下）

（与木鱼真人对上）

木鱼真人：那不是高将军么？

高三尺：正是。

木鱼真人：高将军，我且问你，不在毛山镇守，怎么来在此处？有何事故呢？

高三尺：木鱼真人要问，原来是这般如此，我兄妹归顺周朝。你听我良言相劝，不如早早归山，也省得咱俩翻脸动手。

木鱼真人：住了！好燋子，少要胡说，西夏甘罗主有何亏你之处，竟自背主顺贼？

　　　　　还来说话？着刀。

高三尺：站住！站住！不要动手，听我奉劝与你。

　　　（唱）高三尺，把话云。

　　　　　木鱼老道，要你留神。

　　　　　听我劝解你，不可太粗心。

　　　　　若是逆天而作，烓爷岂肯容人？

　　　　　劝你归山养真性，清福胜如在红尘。

木鱼真人：（唱）木鱼道，叫烓根，

　　　　　甘罗王子，未亏你心。

　　　　　你竟顺周主，情愿做叛臣。

　　　　　不看同朝之谊，叫你早见阎君。

　　　　　你若知时务远逃遁，不然刻下命归阴。

高三尺：（唱）叫妖道，你听真。

　　　　　甘罗王子，他是野人。

　　　　　你看周朝将，武艺甚超群。

　　　　　西夏甘罗无福，兵微将寡无人。

　　　　　剩下妖道一人我擒你，这棒槌单打你的耳朵根。（打介）

木鱼真人：（唱）军师爷，一侧身。

　　　　　抡起大刀，照着顶门。

高三尺：（唱）烓爷身一跳，又把棒槌抡。

木鱼真人：（唱）烓根果然骁勇，只得暗把他擒。

　　　　　木鱼拨马败下去，（下）

高三尺：（唱）高三尺烓腿跳开随后跟。（下）

木鱼真人：（唱）军师爷，停住身。

　　　　　金砖拿起，口念灵文。

　　　　　说急又来到，起在半天云。

　　　　　叫声烓子慢赶，宝贝要把你亲。

高三尺：（唱）高三尺一见说不好，土遁而逃脱了身。（下）

　　　（上火兰英）

火兰英：（唱）又来了，一钗裙。

火氏兰英,也把阵临。

刚到疆场上,迎面遇妖人。

见面不通名姓,二人大战不分。

交战多时无胜败,

木鱼真人:(唱)木鱼真人暗留神。

我何不,用宝擒?

拨马败阵,口念灵文。

金砖忙祭起,贼人你小心。

谅你难逃我手,必要取命追魂。

木鱼道洋洋得意叫番将,准备绳子好拿人。(下)

火兰英:(唱)火兰英,赶妖人。

忽见迎面,一股黑云。

呀,乃是佛家宝,金砖里面存。

妖人祭来法宝,此宝难把我擒。

倒念真言将他打,金砖复又打妖人。(下)

木鱼真人:(唱)正得意,喜在心。

金砖回打,落在顶门。

哎呀说不好,吓掉我的魂。

何不败阵逃走?叫声众将三军。

(白)小番们,快些退兵把营弃,歇几天想个方法再来临。(下)

(上罗文举)

罗文举:(唱)罗元帅,领三军。

番兵大败,不可追寻。

看看到城下,我去认父亲。

众将一齐来到,报号救主见君。

众将随我到关下,上前叫关再理论。

(白)城上三军听真,快些报将进去,就说启奏万岁,今有救兵已到城下报号。

军　兵:站住。启奏万岁,今有救兵已到城下报号。

天　子:这等,罗爱卿,请随朕上城观看。

罗天表：领旨。众将官，打马上城。（上城介）城下那一小将，你是何人之后？说明来历，好与你开城。

罗文举：众将官，将马带过。（跪）咳，爹爹，孩儿罗文举前来报号。

罗天表：住了，少要胡说。罗文举被我乱棍打死，扔在荒郊野外，尸首无存，哪有复生之理？明是奸细到了。

罗文举：咳，爹爹听孩儿告禀。

（唱）口尊爹爹容儿禀，听儿把家内之事说分明。
只因三月清明节，行围射猎到山中。
有个潘龙是国舅，抢掠民女谢家花容。
孩儿动了不平气，一枪刺死赴幽冥。
他父上朝奏一本，全家绑赴法场中。
西宫娘娘多贤惠，保咱全家不倾生。
爹爹回府将儿打，乱棍之下丧残生。
尸首扔在荒郊外，长眉老祖救上山峰。
学成武艺把山下，彩山殿夺印选英雄。
孩儿夺了元帅印，密旨宣我进西宫。
认作孩儿干殿下，带领人马往西征。
杀退番贼林黑塔，木鱼真人回里行。
望乞开恩将儿恕，

罗天表：（唱）罗天表闻听怒冲冲。
纵然说得句句对，无凭无据不肯听。
分明你是贼奸细，虚言诳语来诈城。
神人救去都是假，此话只能哄儿童。
焉能入你诳君计？再若不退放雕翎。

（白）人死哪有复生之理？分明你是奸细，前来诈城。众将官，他既不退，快些放箭。

罗文举：罢了罢了，爹爹当真不认孩儿？

罗天表：你是奸细，快些放箭。

罗文举：咳，罢了罢了，既然不认，众将官，就此回营。

众　将：元帅不可回营。元帅出京之时，娘娘与你大金牌一面，乃是传国之宝，可为对证，何不一献？
罗文举：哎呀，你们不说，我倒忘了还有大金牌，待我取出。（下，又上）爹爹，现有大金牌一面，乃是娘娘所赐。
天　子：罗爱卿，快将皇侄认下，那大金牌乃是传国之宝。
罗天表：为臣认下就是了。众将官，快些开城，大兵进城。
天　子：（唱）周灵王吩咐开关把城下，（下）
罗文举：（唱）罗文举叫声众将听我言。
　　　　　众将快快拔营寨，一齐都进锁龙关。（开关）
　　　　　文举率众把城进，（下）
天　子：（唱）灵王天子坐帐前。
众　将：（唱）众将一齐都来到，叩头进礼把驾参。
罗文举：（唱）文举叩头尊皇父，恕儿臣救驾来迟望容宽。
天　子：（唱）天子吩咐众将平身起。众卿啊，朕当离朝有三年。
罗文举：（唱）文举又拜生身父，
罗天表：（唱）天表急忙用手搀。
天　子：（唱）天子复又开言道，你们一路无阻拦？
罗文举：（唱）双膝跪倒尊圣主，望主赦罪臣敢言。
天　子：（白）起来。
　　　　　（唱）不要多礼快快讲，就有罪过朕能担。
罗文举：（唱）儿臣在毛山收了高金定，她哥哥帮助儿臣武艺全。
天　子：（白）好！
　　　　　（唱）咱国又添一员将，要平甘罗不费难。
罗文举：（唱）过平山又收火氏兰英女，随儿报号捉妖仙。
天　子：（唱）临阵收妻本有罪，赦你无罪朕喜欢。
　　　　　幸喜添了众兵将，与你父子庆团圆。
　　　　　军卒跪倒禀报事，
　　　　　（上卒）
卒：　　（白）报万岁得知，有骁骑将军刘英在外候旨。
天　子：如此，叫他进来。
卒：　　是。（下，内白）圣上有旨，刘英告进。

刘　英：（内白）万岁。（上，跪）万岁万万岁，臣刘英见驾。

天　子：刘爱卿，朕命你勾兵，为何今日才回？必有缘故，一一奏来。

刘　英：万岁果有缘故，容臣细奏。

（唱）为臣闯出重围地，金陵见了国丈他。

诉说勾兵来救驾，潘泽清动怒把话发。

不发兵来不挑将，命人要把臣绑拿。

说我惧战逃回转，他使差人把我拿。

将臣府门都围住，为臣我杀出府门离了家。

带领家眷出京内，要奔锁龙路走差。

结风山前遇毛寇，被臣降服顺管辖。

家眷住在高山上，遇见了刘杰之子英魁他。

刘杰是国丈斩了首，差人将他家口拿。

刘夫人吓得活碰死，刘英魁逃出离了家。

我女招赘他为婿，商量好把潘贼拿。

不曾想潘泽清的时运败，结风山遇见潘贼父子他。

天　子：（白）结风山怎么遇见奸贼？

刘　英：（唱）潘贼他因儿夺印使诡计，永安宫娘娘审问判王法。

将他关在监牢狱，潘虎他劫牢反狱离了家。

要奔西夏勾兵去，谁知他的路走差。

将他父子一齐斩，我翁婿挑选喽啰把兵发。

走至半路狂风起，人马刮得乱如麻。

刮得英魁无踪影，臣带人马往西杀。

天　子：（唱）灵王闻听心欢喜，潘家父子应该杀。

（白）潘家父子一死，朝中除了奸党。刘爱卿你说刘英魁被风刮去，差人四下寻找。罗爱卿父子相逢，理应庆贺。众将官，今日在锁龙关就此歇兵三日，杀猪宰羊，大排筵宴。

（诗）幸喜众卿来解围，除奸添将朕心遂。（下）

（上月老）

月　老：（诗）玉树生阶前，赤绳系人间。

美月成合好，秦晋结良缘。

（白）小仙月下老人。今有刘英魁该与西夏甘罗王之女有夫妻之分，不免前去指引他一番才是。
　　（诗）楼上红丝留月系，门前金犊倩花邀。（下）
　　（摆场，二丫鬟站）

小红、小翠：（诗）鼓三通儿郎呐喊，锣一锤众将齐鸣。
　　　　　　　执掌军威头目到，侍奉郡主候令行。

小　红：（白）我小红。

小　翠：奴小翠。

小红、小翠：今有郡主升座，在此伺候。
　　（出郡主魏金花、魏银花坐）

魏金花、魏银花：（诗）闺中逞英豪，马上舞花刀。
　　　　　　　　　威武带杀气，天生别样姣。

魏金花：（白）奴魏金花。

魏银花：魏银花。

魏金花：乃西下甘罗王之女。今有周灵王困在锁龙关内，不久天朝归与我国，这也不在其言。

魏银花：哦，姐姐今日心中忧闷，何不郊外射猎一回，解解烦闷？有何不可？

魏金花：妹妹言之有理。小番们，架鹰带犬，随我们郊外射猎，不得有误。
　　（唱）吩咐小番带鹰犬，姐妹二人出帐中。（下，又马上）
　　　　　提刀上马出郊外，自显着别样娇娆有威风。
　　　　　姐妹思想胡谈论，可叹咱们女花容。
　　　　　父亲糊涂母背悔，不与奴家选乘龙。
　　　　　难道说咱们做个家姑老，不与招赘驸马公？
　　　　　想到此时心中恨，只怕是该咱命里是孤星。
　　　　　咱们早若招驸马，这时候管保也能把子生。
　　　　　咱何不自己挑选风流客，招为驸马知热知疼？
　　　　　不言姐妹将围打，（下）

刘英魁：（唱）再表英魁催走龙。（马上）
　　　　　被风刮得差了路，此时岳父到锁龙。
　　　　　信马由缰往西走，（下）

月　老：（唱）月下老人显神通。

要送豪杰到西国，好与那金花银花婚配成。

用手一指狂风起，

刘英魁：（唱）刮得英魁眼难睁。

忽忽悠悠随风走，说到只用顷刻功。

英魁头迷跌在地，（落马）人事不省如梦中。

月　老：（唱）月老急忙开言道，

（白）刘英魁，休推睡梦，我乃月下老人，送你来到西夏甘罗，该与番王二女有一段姻缘。醒来往前行走，日后还有回朝之时。谨记，谨记。我神去也。（下）

刘英魁：是，我知道了，是，我记住了。呀，方才听得明白，原是神人送我到西夏甘罗与番王二女有夫妻之分。我的行李马匹器械一并全在，也不知来在什么所在。面前一带荒山，神人指教，往前而行，日后还能回朝。讲不起，只得前行。咳，可怜可怜。（下）

（上张七、李五）

张七、李五：你我带鹰驾犬，专打走兽飞禽。

张　七：我张七。

李　五：我李五。

张　七：奉了郡主之命，只得撒开围场。

李　五：有理。哟哟，你看那边来了一人，冲咱们的围场，咱把他拿住，禀报郡主才是。

张　七：使得。就此围裹上去。（下）

（刘英魁马上）

刘英魁：我刘英魁也不知来在什么地界？

（上卒）

卒：　嘟，你是哪里来的，闯我们的围场？跟我们见我们郡主去。绑着！（绑介）快走！（下，内白）报郡主得知，有一蛮自闯咱围场，被我们拿住，乞令定夺。

魏金花：小番们，与我带上来。

卒：　是。（同上）

刘英魁：郡主姑娘，饶命罢。
魏金花：哎哟哎哟，你是哪里人氏？叫何名字？怎么到了此处？
刘英魁：小生刘英魁。是如此这般，被风刮到此处，误冲围场，望郡主饶命罢。
魏金花：哎哟，你看吓得那个样，我不杀你呀。

　　（唱）一见此人心欢喜，果然风流世无双。
　　　　　年纪不大俊得很，叫人稀罕心内慌。
　　　　　面似团粉肉皮嫩，眉儿铿黑眼亮光。
　　　　　红扑扑的嘴唇口儿小，算得起是个俏皮郎。
　　　　　看看他来想想我，至今还没选东床。
　　　　　我今十八你十六，正在青春好时光。
　　　　　奴也得与他少年到一处，真正是如鱼得水乐非常。
　　　　　这佳人越思越想呆了眼，不由暗暗定主张。
　　　　　一心爱上刘公子，

魏银花：（唱）银花也在自思量。
　　　　　何不领他见我父，留住此人在西方？
　　　　　暗想方法招郡马，好与此人配成双。
　　　　　主意一定忙吩咐，叫声那人听其详。

　　（白）那一蛮子听真，此处离你家甚远，料想难以回去。不如在此，随奴见父王，住在这里，如何？

刘英魁：如此。多谢郡主怜悯。
魏金花：小番们，快些松绑，就此回城便了。（下）
　　（番王升帐）

番　王：（诗）西夏甘罗孤为皇，赫赫威名天下扬。
　　　　　一万毛袄凭执掌，要夺大周锦家邦。

　　（白）孤家甘罗国王。今有林黑塔困住周朝天子整整三载，又有军师帮助，不久江山归于孤家执掌。又惦着两个女儿，金花大女儿未招驸马，二女儿银花未选东床，孤家时常忧闷。

魏金花、魏银花：（内白）小番们，将马带过。（上）父王万福。儿们郊外射猎遇见一个蛮子，被风刮到这里，孩儿们领来，乞求父王定夺。

番　王：这等，女儿们回避了。

魏金花、魏银花：是。（下）

番　　王：小番们，将那被风刮之人带上来。

卒：遵命。（带上刘英魁）

番　　王：那一蛮子姓字名谁？怎么被风刮到这里？慢慢讲来。

刘英魁：是，爷爷容禀。

（唱）刘英魁，暗叮咛。

神人指教，该住甘城。

暗想另设计，再回国金陵。

神人指教与我，神语不得不听。

想罢开言尊千岁，细听小生说分明。

番　　王：（白）快些讲来。

刘英魁：（唱）我家住，金陵城。

那日是我，去探宾朋。

正在半路上，遇见起狂风。

鞍马行李刮乱，小生顺风而行。

多得郡主将我救，我的性命才得生。

料想我，难回城。

我愿在此，永不回京。

侍奉王爷驾，我再报答情。

望乞王爷留下，只当可怜小生。

番　　王：（唱）番王闻听心欢喜，手捻胡须乐盈盈。

见此人，有威风。

模样也好，相貌非轻。

此人在我国，又是一英雄，

何不招他为婿，省得另选乘龙？

且将他留在我国内，与我女儿慢调停。

（白）那一蛮子，孤家将你留下，等周朝兵败，孤家自然重用于你，不知你意下如何？

刘英魁：谢过王爷千岁。

番　　王：小番们，书房排宴伺候。

卒：是。

番　王：那一蛮子，书房饮酒来吧。

刘英魁：来了。（下）

（摆帐，林黑塔站，木鱼真人坐）

木鱼真人：（诗）威威烈烈在西方，杀气腾腾透上苍。

　　　　　　退兵歇马养锐气，定破锁龙周灵王。

（白）出家人木鱼真人。前日攻打锁龙关，不意周朝救兵到来。我用金砖打败两员上将，又来一个女将，出家人未曾防备，她倒念真言，金砖返回，把我好打，霎时败回。歇兵两月有余，今日出马，定要报被打之仇。小番们，看刀马伺候，攻打锁龙关，不得有误！（下）

番　兵：城上军卒听真，报将进去，有你祖师爷要阵。

周　卒：退后些吧。（下，又上）乞万岁得知，今有妖人要阵。

（出天子坐，众将站）

天　子：再探。

周　卒：得令。

天　子：望下便叫哪位将军出马捉拿妖道？

罗文举：臣罗文举。

火兰英：臣妾火兰英愿去出马。

天　子：你夫妻可要小心。

罗文举、火兰英：不劳嘱咐。众将官，带马伺候。

（罗文举、木鱼真人对上）

木鱼真人：来这周将，报上名来领死。

罗文举：你帅爷罗文举，妖道看枪！

木鱼真人：来，来，来。

（与罗文举杀）

火兰英：将军闪在一旁，待奴捉拿妖道。

罗文举：可要小心。

火兰英：放心罢。

（对上）

木鱼真人：来这女将，报上名来。

火兰英：你奶奶火兰英。妖道何名？
木鱼真人：你祖师爷木鱼真人。前番金砖打我就是你么？
火兰英：然也，正是你奶奶。妖道看刀！
木鱼真人：好贱人，撒马。
（杀，火兰英败下，又上）
火兰英：你看妖人甚是骁勇，等他赶来用乾雷击他便了。
木鱼真人：贱人哪里走？（雷响）哎呀，不好！（下）
火兰英：你看妖人败走，暂且不必追赶。众将官，打得胜鼓回营。（下）
木鱼真人：（内白）小番们，紧守营门。（急上）

哎呀，吓死我也。好个贱人火兰英，险些命丧她手，真正气死我也。

（唱）木鱼道，坐帐房。

不由气得，面目姜黄。

手指锁龙骂，贱婢太猖狂。

前日金砖打我，乾雷又把我伤。

多得我的道行广，不然早已见阎王。

我只得，另想方。

拿住贱婢，破肚开膛。

方消我的恨，那才把名扬。

不枉我将山下，扶保甘罗国王。

山人要把神通展，管叫他周朝人马个个亡。

主意定，喜洋洋。

豁着我这，苦修道行。

神仙不想做，成佛撂一旁。

豁着这条性命，闹个搅海翻江。

摆下一座神兵阵，定拿兰英贼婆娘。

叫小番，听其详。

今摆阵式，预备妥当。

法台一丈二，搭在东南方。

朱砂黄钱纸笔，旌旗俱要彩装。

阴坑挖在法台下，狗油灯七盏要亮堂。

　　　　　　（白）小番们，我今要摆神兵阵，是要你们在东南角上搭下一丈二尺高
　　　　　　法台，朱砂黄纸，五色旗幡，台下挖三丈六尺深坑，狗油灯七盏，等
　　　　　　齐备了，禀我知道。

番　　兵：是，遵命。

　　　　　（诗）今摆神兵阵，定拿周朝人。（下）

　　　　（上二卒）

陈猪、赵狗：（诗）奉命搭法台，杆子土里埋。

　　　　　　　　　　三丈六尺高，上去下不来。

陈　　猪：（白）我陈猪。

赵　　狗：我赵狗。

陈　　猪：你我奉命来搭法台。

赵　　狗：说干就干。（搭完）法台搭完，禀知祖师爷去。（下，又上）报祖师爷得
　　　　　知，诸事齐备。

木鱼真人：这等，闪过。木鱼真人上得台来，左手掐诀，右手掌剑，口喷法水，
　　　　　将灵符用火焚化，将剑印往上一指，东方二郎速降。

　　　　　（唱）火花灵符腾空起，烟气一直到天宫。

　　　　（上杨戬）

杨　　戬：（唱）来了那东方二郎名杨戬，神通广大有威名。

　　　　　　　　昔日开山救过母，混河水边斩蛟龙。

　　　　　　　　昊天洞内收白犬，乃是金弹与银弓。

　　　　　　　　昊天上帝封上圣，二郎威镇灌州城。

　　　　　　　　黄毛童子头引路，昊天神犬左右行。

　　　　　　　　来至法台身形露，法官相召何事情？

　　　　　（白）法官请了。

木鱼真人：上神请了。

杨　　戬：法官相召，吾神哪边使用？

木鱼真人：无事不敢劳动尊神。我今摆下一座神兵阵式，借仗神威，把守东门，
　　　　　若有周兵进阵，放进不许放出，违令者按阴书遭贬。

杨　　戬：遵法旨。（下）

木鱼真人：又将灵符用火焚化，剑印一举，南方火德真君速降。

　　　　　（上火德真君）

火德真君：来了。

　　　　　（唱）半虚空中云磨响，火兵火卒随后行。
　　　　　　　　火鸽火鸭空中绕，催火神鞭手内擎。
　　　　　　　　法台之上显身体，法官相召为何情？
　　　　　（白）法官请了。

木鱼真人：请了。

火德真君：相召我神，哪边使用？

木鱼真人：无事不敢劳动尊神。吾今摆下一座神兵阵式，烦劳尊神，把守南门，周兵进阵，放进不许放出，违令者按阴书遭贬。

火德真君：遵法旨。（下）

木鱼真人：又将灵符用火焚化，剑印一举，托塔天王速降。

　　　　　（上托塔天王）

托塔天王：来了。

　　　　　（唱）空中来了一员将，托塔天王有大名。
　　　　　　　　姓李名靖人人晓，凛凛威风杀气凶。
　　　　　　　　从前在陈唐关前曾镇守，封神榜封他都管众神兵。
　　　　　　　　足踏祥云来得快，法台以前把话明。
　　　　　（白）法官请了，请了。相召我神，哪边使用？

木鱼真人：无事不敢劳动尊神，吾今摆下一座神兵阵式，烦劳尊神把守西门，如周兵进阵，许进不许出，如违我令，按阴书遭贬。

托塔天王：遵法旨。（下）

木鱼真人：又将灵符用火焚化，剑印往上一举，哪吒太子速将来。

　　　　　（上哪吒）

哪　吒：来了。

　　　　　（唱）当时来了一神将，哪吒太子不消停。
　　　　　　　　手拿火尖枪一杆，风火轮在足下蹬。
　　　　　　　　我当初陈唐关前大交战，吾也曾抽过龙筋到龙宫。
　　　　　　　　因此父子成仇恨，刮骨割肉招恩情。
　　　　　　　　我本莲花来度体，灵珠子成胎作身影。

　　　　　说话之间到法地，法台以前把身躬。
　　　　（白）法官请了。

木鱼真人：请了。

哪　　吒：相召吾神，哪边使用？

木鱼真人：无事不敢劳动尊神。吾今摆下一座神兵阵式，烦劳把守北门，周兵进阵不许放出，违令者按阴书遭贬。

哪　　吒：遵法旨。（下）

木鱼真人：又将灵符用火焚化，剑印一举，四大金刚速降。
　　　　（上四大金刚）

四大金刚：来了。法官相召，哪边使用？

木鱼真人：无事不敢劳动尊神，我今摆下一座神兵阵式，借仗神威，把守法台，如周兵进阵，把他打入阴坑，如违者按阴书遭贬。

四大金刚：遵法旨。（下）

木鱼真人：木鱼真人用剑一指，丧门、吊客速降。
　　　　（上丧门、吊客）

丧门、吊客：来了。相召我等，哪边使用？

木鱼真人：要你们把守阴坑，有人进阵拉入阴坑，五鬼分尸。

丧门吊客：遵法旨。（下）

木鱼真人：又掐诀念咒，用剑一指，真是鬼哭神嚎，如同幽冥地府一般。火兰英啊火兰英，任你纵有千般妙，难逃山人用神攻。待我叫阵去。（下，又上）城上小校听真，快叫好将出马领死。

卒：　　退后些吧。（下，又上）乞万岁得知，妖人又来要阵。

天　子：再探。

卒：　　得令。（下）

天　子：何人去拿妖人？

郑自尧：我郑自尧愿去捉拿妖人。

天　子：可要小心。

郑自尧：不劳吩咐。众将官，枪马伺候了。（上，对木鱼真人）来这妖道，报名受死。

木鱼真人：问我听真，祖师爷木鱼真人。周将何名？

郑自尧：你爷爷郑自尧。妖人看枪！

木鱼真人：不要逞强，撒马过来！（杀）

（唱）二人大战疆场上，真人双手抡大刀。

交战不过三五趟，哪有闲工把手交？

何不引入神兵阵，叫他早早赴阴曹？

大刀一摆圈回马，（下）

郑自尧：（白）哪里跑？妖人，你今命难逃，催马加鞭赶下去。（下）

木鱼真人：（唱）木鱼回头闪目瞧。

盼你赶来你就赶，你真是不知死的小儿曹。

一催坐骑进了阵，（下）

郑自尧：（唱）妖人怎么不见了？

迎面云雾黑惨惨，（鬼哭）俱是鬼哭与神嚎。

不敢前进往后退，

杨　戬：（唱）东方二郎喊声高。

幼儿敢闯我藩地，也是该你命难逃。

叫一声黄毛童子马大汉，拿住周将小英豪。

黄毛童子：（唱）黄毛童子不怠慢，走上前来把手交。

周将打进阴坑内，

五　鬼：（唱）五鬼分尸赴阴曹。

大卸八块喝了血，

木鱼真人：（唱）木鱼真人乐陶陶。

催马出了神兵阵，

（白）好也好也，周将被我引进阵内，五鬼分尸了。待我再去叫阵。

（下）

卒：（内报）报万岁得知，敌营里黑云滚滚，杀气冲冲，鬼哭神嚎，郑将军出马不见回来。妖人又来要阵，乞令定夺。

天　子：呀，妖人必有邪术。望下便叫罗文举出城，看妖人什么邪术。

罗文举：儿臣遵旨。众将官，枪马伺候了。

（上木鱼真人）

罗文举：好妖道，用什么邪术，擒拿我先锋老爷？本帅特来擒你！

木鱼真人：住了吧，幼儿少发狠言。看刀！
罗文举：来，来，来。（杀，败下）好生奇怪。
（唱）战的不过二十回，妖人败走人犯疑。
勒马擎枪不追赶，举目留神看端的。
迎面黑风冲空起，尘垢飞空喊声急。（鬼哭）
这必是妖人摆下一座阵，叫人不知妙玄机。
料想不能擒番贼，何人能破阵中迷？
我只得回营告知夫人晓，她本是圣母之徒必晓得。
主意一定圈回马，（下，内唱）告诉夫人她晓得。
娘子你出城看是什么阵？
火兰英：（唱）上马出城看端的。
（白）好，只见对面黑风滚滚，冷气嗖嗖，阴云密布，鬼哭神嚎，显出一座阵式，好生厉害。
（唱）火兰英用目观，这座阵式甚威严。
阴风滚滚黑又暗，冷气嗖嗖令人寒。
西北上，乾为天，钢叉剑戟如刀山。
前面五百金睛兽，各个口内吐狼烟。
正北上，坎为水，哪吒倒坐乌龙尾。
前有三千夜叉兵，后有八万蓝面鬼。
东北上，艮为山，阴云雾起锁龙关。
空中只听神祇喊，冷气嗖嗖心胆寒。
正东上，震为雷，雷公愤怒举神锤。
电母晃动火光镜，空中不住打沉雷。
东南上，巽为风，飞沙走石打眼睛。
干打迅雷风波响，阴风扬去万年冰。
正南上，离为火，烟气腾腾非小可。
老君搬倒炼丹炉，千条火龙往上裹。
西南上，坤为地，万丈深坑生杀气。
两边败下地煞神，挠勾套锁烟龙避。
正西上，兑为泽，血水滔滔流不败。

　　　　　天罗网在空中荡，晃动无名众妖来。
　　　　　正中央，戊己土，左青龙，右白虎，
　　　　　前朱雀，后玄武。
　　　　　此阵不亚酆都城，好似一座幽冥府。
　　　（白）好生厉害。此乃神兵大阵，难以打破，回城见了主君，再作定夺便了。（下）
　　　（出天子坐）

天　子：（诗）鹿食山头草，鱼吞水上花。
　　　　　君主不得地，流落在天涯。
　　　（白）孤家周灵王姬泄心。我君臣困在锁龙关，前日多得皇儿罗文举救兵到来，然未退贼人。不意番贼又来要战，先锋出战，踪影不见，不知妖人又用什么邪术。差遣罗文举夫妇出城观看，便知何等奥妙。

罗文举：（内白）众将官，将马带过。（与火兰英上）万岁，儿臣夫妇交令。

天　子：你夫妇观看，却是什么邪术？

火兰英：万岁，此乃妖人摆下一座神兵阵式，非同小可，阵内俱是正神正位，若非神仙难以破阵。
　　　（唱）四方都是天兵将，阴风阵阵透骨寒。
　　　　　青龙白虎来回走，丧门吊客把命残。
　　　　　四大金刚法台守，晃晃荡荡有丈三。
　　　　　凡夫俗子进了阵，准备一命染黄泉。
　　　　　若非神仙难打破，

天　子：（唱）灵王闻听心胆寒。
　　　　　君臣困了三年整，又有阵式把我缠。
　　　　　莫非周家天分满，该当我朕命归天。
　　　　　唉声叹气无主意，眼望众卿把话言。
　　　　　哪位爱卿有妙策，与朕分忧解愁烦？

高三尺：（唱）高三尺上帐忙跪倒，口呼万岁听臣言。
　　　　　为臣想起人一个，不是凡夫是神仙。

天　子：（白）却是何人？

高三尺：（唱）黄石公是臣师父，修行就在黄花山。

何不请他来破阵？我师父神通广大法术全。

天　子：（白）何人去请？

高三尺：（唱）为臣愿去走一走，管保请来不费难。

火兰英：（唱）火氏兰英接言语，三尺哥哥听奴言。

你今去请石公老祖，再到那丫叉山上去一番。

骊山圣母我师父，圣母来要破此阵反掌间。

天　子：（唱）灵王天子心欢喜。

（白）高三尺去请石公老祖，再到丫叉山请骊山圣母，快去速回。

高三尺：为臣遵旨，我就走了。（下）

天　子：众将官，免战牌高悬，但等仙长到来好破此阵。

（诗）免战高悬等仙长，好把妖人一扫平。（下）

（上高三尺）

高三尺：（诗）奉了皇爷令，去上黄花山。

（白）我高三尺，奉圣主之令去到丫叉山，请骊山圣母好破阵式，天色尚早，只得走走便了。

（唱）三尺急忙忙，迈开两条腿。

入地与钻天，是我真有本。

快似闪电急，走到入洞水。

路上暗寻思，自己瞎捣鬼。

疆场苦战征，跟随妹夫子。

不意遇妖人，摆下一阵式。

众人打不开，我就奏上旨。

去请我师父，石公本领得。

骊山圣母强，也是我跑腿。

再把西夏平，班师回朝里。

皇爷把我封，我就有官职。

随主站朝纲，也是我有本。

越想越喜欢，真个得又得。

忽然又发愁，伤心叹又悔。

我今不小咧，还未娶媳妇。

孤单实难熬，自己叨咕嘴。

夜晚不点灯，屋里漆墨黑。

有觉睡不着，无人落科儿。

冷热无人疼，寻思真不得。

有个孩子妈，时常热心嘴。

单等回了京，寻个小媳妇。

人头寻好的，还要大家女。

自己胡寻思，不知等到几。

（白）我这催叨鬼，腹中饥饿又无店，到这且如何是好？哦哦，那边有座花园，何不进去摸索点吃的才好？定是这个主意，走走便了。（下）

侯玉英：（诗）人愁最怕到黄昏，每到黄昏愁更深。

月里嫦娥谁是伴？广寒宫里夜沉沉。

（白）奴家侯玉英，祖居清丰县，父母双亡，并无兄妹。我自幼受金刀圣母传授，临下山之时，师父与奴柬帖一联，说今年今月今时佳期如至，不知终身归于何人？奴只得取出柬帖一观，便知分晓。（取出，看）待奴念来。

（诗）侯氏女玉英，配婚花园中。

遇见高三尺，夫妻两配成。

要把天机扭，准备五雷轰。

夫妻成就后，同去保真龙。

（白）呀，既有师父之言，不可违扭。丫鬟，随我一到花园散散心去。

（唱）侯氏玉英将床下，要到花园把花观。（下，又上）

等着三尺高门后，我俩成就好姻缘。

也不知那人生得丑与俊，不知傻来不知憨。

师父之言不可扭，思思想想进花园。

进园懒观园中景，一心要等高家男。

走进花园忙坐下，（坐）哪里有人到花园？

高三尺：（内唱）三尺来到花园外，墙垣高大甚威严。

只得钻进花园内，摸点东西我好餐。

将身一侧进园内，慌忙来在台外边。

一心要到亭子上，转眼之间到跟前。

侯玉英：（唱）玉英小姐早看见，开言叫声小丫鬟。

（白）丫鬟，那边来了一人，快些唤来见我。

丫　鬟：晓得了。那一汉子，我们姑娘叫你呢！

高三尺：哎呀，有人看见咧，跑了罢。

丫　鬟：咳，跑咧。禀姑娘，那汉子跑了。

侯玉英：好。侯玉英念动真言，将他拘回。呀呔。

（上高三尺）

高三尺：哎呀，可罢了我了。

侯玉英：你是哪里来的矬子？如何进了我家花园？莫非你是偷花盗柳之贼不成？

高三尺：我不是贼，小姐。我乃是走路的，因腹中饥饿，要到花园寻点吃的，不料被小姐看见，把我拿来。望小姐饶了我吧。

侯玉英：待我收了法术，呀呔！

高三尺：好松快，好松快。

侯玉英：那一小将，住哪里？姓字名谁？要往哪里去呢？

高三尺：小姐要问，听我说来。

（唱）三尺便开言，又把小姐叫。

听我说分明，从头相实告。

小将本姓高，三尺是名号。

家住在平山，随征去报号。

到了锁龙关，我去把阵要。

西夏甘罗王，帐下一妖道。

名字叫木鱼，邪术多玄妙。

他今摆下了，神兵阵式奥。

挡住周朝兵，无有略与韬。

妖人带领兵，城下把阵要。

万岁无方法，差遣把我叫。

各洞请神仙，是我一人绕。

去请我师父，黄石公名号。

骊山圣母仙，丫叉山峰坳。

今日路走错，打尖无店道。

腹中饥又饿，我才花园闹。

三尺话说完，

侯玉英：（唱）玉英心焦躁。

高郎今日来，婚姻事难定。

不由叫连声，又把矬子叫。

（白）那一小将，你叫高三尺么？

高三尺：小将是叫高三尺。

侯玉英：咳，果然师父不打诳言。但只见他身体矬小。咳，有心不从，师命难违，也只好将就些吧。我说丑哇。

丫 鬟：你老说啥吧？

侯玉英：我有两句话，望你说说。

丫 鬟：哪两句吧？

侯玉英：像这天上无云。

丫 鬟：天上无云是晴天不咧？

侯玉英：死娼妇，天上无云下不雨。

丫 鬟：不下雨是个旱天头吧。

侯玉英：咳，地下无媒呢？

丫 鬟：无煤烧炭不咧？

侯玉英：无媒不成亲。

丫 鬟：不成亲叫他打一辈子光棍。

侯玉英：咳，不用望我胡扯咧。

丫 鬟：不是我胡扯，是实情。

侯玉英：哎，好个娼妇，就欠把你的嘴撕烂了。

丫 鬟：哎哟，姑哇，你老不要生气，等我替你老说说那个亲事如何？嘿，那一矬将，我有一句话说，不知你意下如何？

高三尺：这位小姑娘有话快说。

丫 鬟：原是如此这般，我们姑娘愿与你做个媳妇，你愿意不愿意呀？

高三尺：这个难以从命，我还要上黄花山请我师父哪，说走就走。（入地）

侯玉英：呀，真正可恼，待我将他拘回，呀呸。

（上高三尺）

高三尺：哎呀，小姐，饶了我吧。

侯玉英：那一小将，你是应与不应？

高三尺：小将有军令在身，不敢应允哪。

侯玉英：我这里有圣母柬帖一封，你拿去看来。

高三尺：待我看来。好，高三尺从头至尾看了一遍，罢了罢了，既有圣母柬帖，我应下也就是了。

侯玉英：既然如此，丫鬟，快备香烛纸马伺候。

丫　鬟：晓得了。

侯玉英：待奴去了法术，呀呸。

高三尺：哎呀，好松快，好松快。

侯玉英：将军请。

高三尺：娘子请。

侯玉英：请。（下）

　　　　（上刘英魁）

刘英魁：（诗）身居西番心内焦，何时得回金陵朝？

　　　　（白）俺刘英魁。自从那日被风刮到了这西夏甘罗，多得郡主收留，见了甘罗王，在此居住，无法回转锁龙关见主，替父明冤，叫人心中烦闷。

　　　　（上小红）

小　红：刘公子在房呐？

刘英魁：哦，小红姐到此何事？

小　红：咳哟，刘公子，我家郡主叫你呢。

刘英魁：哦，小红姐，郡主唤我有何事故？

小　红：你不用害怕，自有好处，是你的福气来了。

刘英魁：咳，到底是啥勾当？

小　红：我也不必告诉你，你只管跟我来吧，总之不叫你吃亏就是了。

刘英魁：你不说明，我不去。

小　红：你走罢。（拉下）

　　　　（上魏金花）

魏金花：（诗）自古佳人爱才子，少女从来慕少年。

　　　　（白）奴家凤仪宫主魏金花。自从见了南朝刘英魁，令人实实难舍，今日背着妹妹，暗命小红请他入后宫，面定婚姻之事。此事若成，真是遂心如意。

小　　红：（内白）刘公子，你且等等。（上）启禀郡主，刘公子请到。

魏金花：如此，看座，有请。

小　　红：是。（下，内白）刘公子，我们郡主有请，快来吧。

刘英魁：（内白）来了。（上，跪）郡主在上，刘英魁叩头。

魏金花：哎呀，刘公子免礼。请坐，坐了讲话。

刘英魁：小生不敢。

魏金花：这却无妨。

刘英魁：小生告坐。

魏金花：小红，快些看茶伺候。

刘英魁：晓得了。

魏金花：哎，好妙的人儿呀。

（唱）金花未语先赔笑，公子洗耳请听言。
　　　金花乃是我名讳，今年痴长十八年。
　　　虽然我是西番女，自觉着心灵性巧貌不凡。
　　　奴有句心腹话儿对你讲，怕你不从奴无颜。

刘英魁：（白）郡主请道其详，小生不敢不从。

魏金花：说什么敢来与不敢？只愿你可别憎嫌。

刘英魁：道是为何？

魏金花：奴与你，咳呀，好生厌气。

小　　红：姑哇，我替你老说吧。

（唱）我郡主至今待字深闺内，并未择选美姻缘。
　　　深慕公子有才干，愿与你孔雀屏开凤配鸾。
　　　公子若允这亲事，定然送你回家园。
　　　要你快将主意定，

刘英魁：（唱）英魁闻听喜心间。
　　　　路间神人也告诉，甘罗国内结姻缘。
　　　　何不如此这般做？

（白）公主既然出口，小生应下也就是了。

魏金花：既然应允，且等父王回来，再拜天地。小红，将你姑爷送到书房去吧。

小　红：是，晓得了，姑爷随我来。

刘英魁：来了。（下）

　　　　（上小翠）

小　翠：那边正是刘公子来了，待我迎将上去。（下，对上）刘公子，你上哪去着？

刘英魁：我没上哪儿去呀。

小　翠：凤仪宫找你来着吧。

刘英魁：咳，没，没，没。

小　翠：走，上二公主那里去。

刘英魁：小翠姐，二公主叫我做什么呀？

小　翠：不用问了，走吧。

　　　　（拉下）

（完）

第 七 本

【故事梗概】金花、银花为争夺刘英魁而大打出手,甘罗王做主,二女共侍一夫。高三尺请来了黄石公与骊山老母,黄石公又请南极子助阵。南极子分派众人,合力破解神兵阵。火兰英阵中产子,惊退守阵众神,神兵阵被破,木鱼真人死于南极子之手,林黑塔兵败遁逃。经刘英魁与二位公主劝解,又闻锁龙关兵败,甘罗王纳上降书顺表。罗文举、刘英魁分别至毛山、结风山接回眷属。天子下令班师回朝,大封功臣。

（上魏银花）

魏银花：（诗）才貌无多得,良缘不可失。

（白）奴魏银花。我看那刘公子人才一表,真是天地间美男子,方才背着姐姐密令小翠去请他进凤鸣宫言讲终身大事。这个丫头去了半天为何还未回来呢？

小　翠：（内白）你且站住。（上）郡主,他来了。

魏银花：你这死娼妇,怎么久才来呢？

小　翠：他不在屋里,我从半路上接来的。

魏银花：嗯,你看他往哪里去来着？

小　翠：我看好像打凤仪宫出来的。

魏银花：你别瞎说了,他往凤仪宫做啥去？

小　翠：哟,竟许往你凤鸣宫来,不许人家往凤仪宫去么？

魏银花：哼,也怕是为那勾当吧。

小　翠：你老问问他。

魏银花：他要不肯说呢？

小　翠：有法子,如此这般。你老先唬唬,他就说了。

魏银花：哼,这也使得。叫他进来吧。

小　翠：是。

刘英魁：小生做了何事？

魏银花：哎哟,是你听了。

（唱）故意发威面带怒，你今办的好事情。
刘英魁：（唱）英魁害怕将头叩，小生并未乱胡行。
魏银花：（唱）未敢胡行可混走，我问你，为何私进凤仪宫？
刘英魁：（唱）这可是件无有的事，何敢宫内行脚踪？
魏银花：（唱）此是丫鬟亲眼见，
小　翠：（白）我看你从凤仪宫出来的。
魏银花：（唱）不说把你小命倾。
小　翠：（白）快说罢，不说就要杀你了。
魏银花：快说。
刘英魁：（唱）公主息怒听我讲，大郡主招我进宫是实情。
魏银花：哦。

（唱）却为何来什么事？要你从头细告诉。
刘英魁：（唱）意欲招我为郡马，成就姻缘住皇宫。
魏银花：（唱）无耻丫头胡行为，问你可曾应了声？
刘英魁：（唱）上望下说分奴主，小生焉敢说不从？
魏银花：（唱）如此说来从下了？你且为何出了宫？
刘英魁：（唱）为的不是良辰日，明日银河渡双星。
魏银花：（白）是等着好日子呀。
刘英魁：正是。
魏银花：（唱）二郡主听完话儿忙启齿，笑盈盈进前叫声小英雄。
魏银花：（白）刘公子你起来吧。（欲搀）
刘英魁：是。

（唱）小生从命自己起，不用公主贵手擎。
魏银花：（唱）奴家我方才不恭休见怪，奴是故意把你捉弄。
刘英魁：（唱）如此说来不怪我，只求早早放我生。
魏银花：（唱）放你话儿我定会，还有一件大事情。
刘英魁：（唱）郡主还有何指教？请道其详说个明。
魏银花：（唱）也是我姐姐那题目，照着她的样子行。
小　翠：（白）也是叫你做个郡马。
刘英魁：（唱）这是断然使不得，怕只怕大郡主她定不容。

魏银花：（唱）这个无妨你把心放，有我做主只管从。

刘英魁：（唱）二郡主既然做了主，别无他说我愿从。

魏银花：（唱）咱们不同择吉日，今日就把大礼行。

（白）小翠，你快去预备香烛纸马，安排酒宴伺候。

小　翠：晓得了。（下）

刘英魁：我这心里总是害怕呀。

魏银花：不相干的，有我呢。

刘英魁：可我总觉心虚呀。

魏银花：你放心吧，郡马请。

刘英魁：公主请。（下）

（上高三尺）

高三尺：（诗）辞别娘子心内酸，军令难违苦不言。

（白）我乃高三尺。不意来在清丰县，腹中饥饿，我想摸索点东西吃，被侯小姐拿住，她又做了我的媳妇。嘿，我们那口子那小人长得真是一个了得。留我住了几天，我因有军令在身，辞别娘子去到黄花山，请我师父黄石公回来，一同娘子同到锁龙关破阵，只得走走便了。（下，又上）哟，到了黄花山了，待我进洞见师父便了。（下）

（上黄石公）

黄石公：（诗）古洞幽深绝世人，石床风细不生尘。

日长一觉羲皇睡，又见峰头上月轮。

（白）山人黄石公。在这黄花山八宝云光洞修真养性。前三年收了一个徒儿名叫高三尺，他乃西夏甘罗人氏，命他扶保真主，今乃归顺周灵王，将来必受皇封。

高三尺：（内白）来此已是，待我进洞。（上）师父在上，弟子叩头。

黄石公：三尺，你不在西夏扶保你主，到此何事？

高三尺：师父听了。

（唱）高三尺，跪平川。

口尊师父，细听我言。

那年把山下，我就奔西番。

扶保甘罗王子，差我镇守毛山。

　　　　　　　周朝兵到我归顺，罗元帅与我妹妹配良缘。
黄石公：（白）你命里该扶保周王，必受皇封。
高三尺：（唱）保周王，锁龙关。
　　　　　　　有个妖道，甚是难缠。
　　　　　　　邪术多厉害，玄机法术全。
　　　　　　　摆下神兵阵式，困住君臣可怜。
　　　　　　　但求师父把山下，救我君臣把朝还。
黄石公：（唱）黄石公，便开言。
　　　　　　　叫声徒儿，你不知全。
　　　　　　　那个木鱼道，道行非等闲。
　　　　　　　西天我佛贵宝，木鱼私偷下山。
　　　　　　　他今摆下神兵阵，此阵内俱是正神很难缠。
高三尺：（唱）高三尺，泪涟涟。
　　　　　　　此阵不破，君臣命捐。
　　　　　　　师父下山去，帮助有神仙。
黄石公：（白）却是何人？
高三尺：（唱）去请骊山圣母，一齐捉拿妖仙。
　　　　　　　火兰英是她弟子，师徒情岂肯叫她命归泉？
黄石公：（唱）破阵式，我也难。
　　　　　　　山人还得，另请神仙。
　　　　　　　再请南极子，去到终南山。
　　　　　　　他是掌教之主，要破此阵不难。
　　　　　　　徒儿去请骊山圣母，我请终南老寿仙。
　　　　　（白）徒儿，你上丫叉山去请骊山圣母，为师到终南山去请教主，他要打破此阵，易如反掌。
高三尺：是，徒儿就请骊山圣母，师父就奔锁龙关，徒儿从那里也奔锁龙关，我就此去也。（下）
黄石公：你看徒儿去了，山人只得一到终南山便了。（下）
　　　　　（上魏金花）
魏金花：（诗）打扫洞房等驸马，安排花烛候新郎。

（白）奴魏金花。今乃良辰吉日，约定郡马成亲，怎么不见到来？
（上小红）

小　红：禀郡主。

魏金花：怎样？

小　红：你可是隔墙扔肝，死心落地了。

魏金花：怎么说？

小　红：你老还不知道呢，原是这般如此，二郡主昨天晚上就与咱郡马成了亲咧。

魏金花：此事可是真么？

小　红：可不真的。

魏金花：真正气死我了。小红，随我一到凤鸣宫去找二丫头算账去！

小　红：是，晓得了。（下）
（上刘英魁、魏银花）

刘英魁、魏银花：（诗）今在甘罗招郡马，真是天配美良缘。

刘英魁：（白）吾乃刘英魁。

魏银花：奴魏银花。

刘英魁：郡主。

魏银花：郡马说啥呀？

刘英魁：我今多承郡主怜爱，招为郡马，真是天配良缘，但只一件，大郡主今日招我成亲，岂肯与我干休？

魏银花：你只管放心吧，哪怕她翻了天，倒了地，管保不能与你相干。
（急上小翠）

小　翠：哎哟，可不好了，郡主。

魏银花：小翠，是啥勾当，这等惊慌？

小　翠：咳呀，大郡主带领小红往咱们宫里来了。

刘英魁：郡主，这可怎好？

魏银花：怕啥的，又不是藏着掖着的事？只管见她，不怕！

刘英魁：见了她，我自觉着不好，不如藏躲藏躲才好。

魏银花：如此藏到哪里才好呢？哦哦，有了，就在这屏风后，藏躲藏躲吧。

刘英魁：倒也行的。（下）

魏金花：（内白）小红，随我进去。（上）

魏银花：呀，姐姐来了，请坐吧。

魏金花：哼，不用坐了。

魏银花：哟，姐姐这个样子，是和哪个生气呀？

魏金花：和你。

魏银花：哎呦，这可坑煞人，好模样的，和我生啥气呢？

魏金花：哼，二丫头，你真欺人太甚！

魏银花：可我怎气着姐姐你咧？

魏金花：呸，我把你个死娼妇，真正气死人也。

（唱）金花一见生了气，二丫头你真把人活气煞。

魏银花：（唱）小妹那点气着你，好模样的为什么？

魏金花：（唱）我打幌子你卖酒，娼妇你真礼太差。

魏银花：（唱）你这话儿我不懂，小妹礼差愿受罚。

魏金花：（唱）你的礼儿错大了，我问你为何领来刘郎他？

魏银花：（白）为这个呀？

（唱）领来刘郎本不错，我正要请姐姐过来吃喜茶。

魏金花：（唱）美好婚姻你霸了，无耻丫头坏了瓜。

魏银花：（唱）这才是不知婚姻是哪个？姐姐与我混咬牙。

魏金花：（唱）刘郎本是奴郡马。

魏银花：（白）哟，怎么刘郎又成了你的郡马了呢？你好不害臊。

魏金花：你不害臊。

魏银花：你不害臊。

（唱）昨日个我俩早就把话答，你俩既然有了话，怎又与我结烛花？

魏金花：（唱）你不过暗里勾合他到此，花言巧语糊弄他。

魏银花：（唱）分明是你将我混，赖奴的郡马礼太差。

魏金花：（唱）你说他未许亲事，叫出郡马问问他。

魏银花：（唱）他偏出外逛去了，郡马如今不在家。

魏金花：（唱）藏着他也不中用，待我屋里翻翻他。

魏银花：（唱）屋里没有翻什么，银花遮拦用手拉。

魏金花：（白）不用拉我，一定要翻，快些松手。

魏银花：屋里没人，偏不叫翻。

魏金花：偏要翻。

魏银花：不叫你翻。

魏金花：（唱）再不松手我要打，

魏银花：（唱）你要将打奴不怕。

魏金花：（唱）二丫头你真要逞脸？

魏银花：（唱）大丫头敢把我怎么？

魏金花：（唱）上前就是一个大嘴巴。

魏银花：（唱）还手就是一个大耳瓜。

小　红：（白）你倒是快拉着呀。

小　翠：是拉着呢！

小红、小翠：（唱）小红小翠齐解劝，

魏金花、魏银花：（唱）姐妹二人扯扯拉拉。

魏金花：（唱）这个撕坏红绣袄，

魏银花：（唱）那个砸碎簪与花。

小红、小翠：（唱）翠红二人劝不住，

魏银花：（唱）银花带气用力拉。

魏金花：（唱）一边拉倒桌与椅，

魏银花：（唱）打了插花把茶盅砸。

魏金花、魏银花：（唱）姐妹越打越有气，靠倒屏风把刘郎压。

刘英魁：（白）罢了我了！

小红、小翠：（唱）郡主不用打，郡马可有了！

魏金花、魏银花：（唱）二人一见住了手，一齐上前把刘郎拉。

魏金花：（唱）大郡主手拉刘郎说快走，到我宫中去吃茶。

魏银花：（唱）手拉刘郎说莫去，

刘英魁：（白）哎呀，拉坏我胳膊了。

魏银花：（唱）大丫头拉我郡马眼熬瞎。

魏金花：（唱）金花赌气开言道，
　　　　　（白）有了我的郡马，我不与你这小娼妇打咧，郡马你往哪儿啦？

魏银花：我的郡马。

魏金花：我的郡马。

（二人拉刘英魁）

刘英魁：哎呀，拉断我的胳膊了。

番　王：（内白）小番们，将马带过。

（上小番）

番　兵：禀二位郡主，王爷降香回来了。

魏金花、魏银花：父王来得很好，叫父王评评倒是谁的郡马。

魏金花：走。

魏银花：走。（下）

（上番王）

番　王：（诗）九圣仙山去降香，今已数日方才还。

（白）孤家番王，九圣山降香去了，数日方才回来。为与大女儿招赘刘公子为婿，明日叫他二人完婚。

（上刘英魁、魏金花、魏银花，跪）

魏金花、魏银花：父王与女儿做主吧！

番　王：女儿们拉拉扯扯，一同刘公子到此何事？

魏金花：父王听我说。

魏银花：父王听我说。

魏金花：我先说。

魏银花：我先说。

番　王：女儿们不要吵嚷，你姐妹有大有小，应分先后，金花居长，银花居幼，还是金花先说。

魏银花：就让她先说。

魏金花：是得让我先说。

魏银花：先说你就先说。

魏金花：父王原是这般如此。女儿奉你之命挑选东床郡马，今日刚刚地挑选了这位刘公子，业已面定婚姻，择定今日成亲。不料这二丫头竟将郡马拉到她的屋里，成了她的郡马了。可就无有大小，也有个先后罢？怎么这个郡马成了她的了呢？父王评判罢。

番　王：银花女儿，这就是你的不对了。你姐姐议婚在先，你议婚在后，这郡马怎么是你的了呢？你私自领到你的屋里，是何道理？

魏银花：父王有所不知，说她在先议婚，现在我二人成就夫妇，父王你想，难道说有个成了再破了的道理么？

番　王：原来如此。大女儿不必争了，他二人已经成了亲了，无有更改，让她成了婚姻，父王与你另选东床与你完婚，岂不是好？

魏金花：咳，怪不得俗语说天下老的向着小的。奴家与刘郎既成了婚姻，为何又与我另选东床？父王既不与儿作主，咳，死了也罢。（寻死介）

番　王：（拉魏金花）我的女儿，不必如此。孤家命你二人同侍一夫，你意下如何？

魏金花：那么着，我就不死了。

魏银花：敢仔的你不死，得了便宜你还死？

番　王：宫人，预备花烛纸马，与你郡主们成亲。女儿们回避了，郡马随我来。

刘英魁：来了。

（诗）双凤可成一枝栖，一龙堪绕二小乔。（下）

（上骊山圣母）

骊山圣母：（诗）炼就真性登云路，修成正果列仙班。

（白）吾乃骊山圣母，在丫叉山云霞洞中修真养性。前几年收了个徒儿名叫火兰英，她与清福无缘，打发她下山扶保周主。与罗文举成就夫妇，也是山人撮合。如今锁龙关摆下神兵阵式，徒儿难以打破，必得山人帮助与她。

（上童子）

童　子：禀师父，有周将高三尺求见。

骊山圣母：命他进来。

童　子：是。（下，内白）有请高将军。

高三尺：（内白）来了。（上）圣母在上，弟子拜揖。

骊山圣母：你是何人？到此何事？

高三尺：圣母不知，听弟子告禀。

（唱）尊圣母，听禀明。

扶保周主，也把西征。

我奉圣主命，故到此山中。

方才见我师父，命我来请仙人。

　　　　　　　　他请南极老教主，约会他到锁龙城。
骊山圣母：（唱）你师父，我知情。
　　　　　　　约会教主，一齐同行。
　　　　　　　同到锁龙地，不知为何情？
　　　　　　　途长路远把山上，必有为难事一宗。
高三尺：（唱）只因那，甘罗城，
　　　　　　　有个妖道，甚是恶凶，
　　　　　　　摆下神兵阵，君臣命要倾。
　　　　　　　吾乃圣上差我，我才来到山峰。
　　　　　　　奉请圣母把山下，破阵救你徒儿火兰英。
骊山圣母：（唱）骊山母，把话明。
　　　　　　　南极也去，石公也行。
　　　　　　　山人我只得，帮扶好成功。
　　　　　　　徒儿看守古洞，为师下了山峰。
　　　　　　　帮扶周国好破阵，
高三尺：（唱）三尺接言把话明。
　　　　　（白）老圣母先行，我还要到清丰县与我们烧火的同行。
骊山圣母：三尺言之有理。
高三尺：我要走咧。（下）
骊山圣母：（诗）倦从世事开慧眼，帮扶破阵得慈心。（下）
　　　　　（上南极子）
南极子：（诗）古洞养性与参禅，永住山间万千年。
　　　　（白）山人南极子，在终南山水帘洞中居住，自纣时斩将封神，封我为终南山教主。山人有三十二把化血神刀，镇压群仙，真是无忧无虑。
　　　　（上童子）
童　子：禀师父，石公老祖来到。
南极子：有请。
童　子：是。（下，内白）我师父有请。
黄石公：（内白）来了。（上）
南极子：石公道友来了，请坐。

黄石公： 有坐。

南极子： 童儿看茶来。道友来在古洞何事？

黄石公： 道友听了。

  （唱）尊道友，你是听。

    锁龙关内，有个妖精。

    摆下神兵阵，困住灵王龙。

    并无能人搭救，徒儿才下山峰。

    我此来奉请道友去破阵，救出皇爷紫微星。

南极子：（唱）那妖人，木鱼精。

    乃是佛宝，偷下天宫。

    又是神兵阵，俱都是神灵。

    你我要将山下，只怕白去费功。

    你我不如不去好，怕只怕阵式不破功难成。

黄石公：（唱）木鱼道，扭天行，

    混乱百姓，伤害生灵。

    教主若不去，苦了将与兵。

    真主也得命尽，上帝岂肯相容？

    咱们何不收妖道，搭救皇爷转金陵？

南极子：（唱）道友讲，理很通。

    你我就此，赶奔锁龙。

    童儿看古洞，我们下山峰。

    说罢欠身离座，迈步出了洞中。（下，又上）

    足驾祥云奔西下，二位破阵且不明。（下）

（出高三尺、侯玉英坐）

高三尺：（唱）再把那，三尺明。

    夫妻二人，对坐房中。

    昨日我才到，今日咱启程。

侯玉英：（唱）奴家也要破阵，去到万马营中。

高三尺：（唱）破阵救主回京转，你我俱要受皇封。

  （白）俺高三尺。

侯玉英： 奴家侯玉英。

高三尺： 娘子，你我夫妻同上锁龙关破阵，今日咱俩就要起身了，你可收拾妥当了么？

侯玉英： 妥当了。

高三尺： 既然如此，咱么就备马去。

侯玉英： 备马何用？

高三尺： 娘子骑着。

侯玉英： 我不骑马。

高三尺： 你骑什么。

侯玉英： 我腾云。

高三尺： 你腾云我土遁，看咱俩谁快？

侯玉英： 谁要先到怎样，谁要后到怎样？

高三尺： 你要先到，

侯玉英： 怎样？

高三尺： 管你叫姐姐。我要先到呢？

侯玉英： 叫兄弟呀。

高三尺： 不行。

侯玉英： 叫啥呢？

高三尺： 叫哥哥。

侯玉英： 那就依你。如此打手为赌。（打介）

高三尺、侯玉英：（唱）夫妻二人打了手，各施法术显奇能。

高三尺：（白）我走啦。

（唱）为夫我就土遁走，（下）

侯玉英：（唱）夫主一去影无踪。

　　　　玉英掐诀念咒语，出房来双足一跺起在空。（下，又上）

　　　　云头一展急又快，果然仙法妙无穷。

　　　　师父果然不撒谎，该与三尺婚配成。

　　　　佳人急忙催云走，远远望见锁龙城。

　　　　按落云头将身站，

高三尺：（唱）三尺一冒出土中。（顶倒侯玉英）

侯玉英：（白）是什么东西？

高三尺：是哥哥我呀。

侯玉英：哦，原来是炷兄弟。

高三尺：是我先到的。

侯玉英：是我先到的。

高三尺：得啦，我看是一块到的。咱俩进城交令便了。

侯玉英：说得有理。（下）

（上南极子与黄石公）

南极子：道友且进城去，我去到阵前观看阵式怎样凶险。

黄石公：道友言之有理。

（二人分下，南极子又上）

南极子：山人南极教主来在阵前观看。呀，只见阵内奥妙，好生的凶险，果然的厉害。

（唱）南极教主观阵式，只见阵内暗又昏。

东门上小毛神二郎名叫杨戬，昊天神犬惯伤人。

黄毛童子马大汉，铁弓银弹不同寻。

南门上火帝真君真威风，火鸭火鸽一大群。

火弓火箭非小可，着人一下见阎君。

西门上托塔天王名李靖，这位神圣甚惊人。

陈塘关前曾镇守，纣朝斩将来封神。

北门上乃是哪吒三太子，昔日他曾抽龙筋。

多得太乙真人救，灵珠子作胎成人身。

中央之神更威武，四大金刚吓死人。

丧门吊客齐呐喊，有人进阵把尸分。

南极看罢心内想，只得进城见主君。

（白）哎呀，此阵要破，必得如此这般。只得进城见了天子，再作定夺便了。（下）

（摆场，黄石公、骊山圣母、杨林、杨豹、罗文举、火兰英、高三尺、侯玉英站，南极子坐）

南极子：（诗）今朝要破神兵阵，需得山人用计谋。

（白）山人南极子。昨日进城，周主烦吾破阵，兵符令箭，交付与我，只得遣将破阵。众将官，两旁侍立，听我调遣。

（唱）南极子，坐帐中。

急忙传令，众将听明。

今破神兵阵，努力要攻城。

尔等须要前进，后退必问典刑。

杨林杨豹快上帐，你俩东门进阵中。

杨林、杨豹：（白）得令。

（唱）说得令，往外行。

提刀上马，舍死忘生。

弟兄并马走，上阵且不明。

南极子：（唱）南极老祖又叫，忙尊道友石公。

你从南门进去，遇见妖人莫放行。

黄石公：（白）谨遵令，往外行。（下）

南极子：（唱）又叫三尺，侯氏玉英。

你们夫妻俩，西门进阵中。

三尺奥妙也勇，玉英广有神通。

努力闯进西门内，捉拿妖人木鱼精。

高三尺、侯玉英：（白）得令。

（唱）接令箭，下帐中。

夫妻二人，真奔西行。（下）

南极子：（唱）罗文举听令，又叫火兰英。

你来接我令箭，快从北门急攻。

进阵找着木鱼道，必然将他性命倾。

罗文举、火兰英：（唱）夫妻俩，应一声。

手接令箭，齐上能行。（下）

南极子：（唱）开言叫道友，又把圣母称。

你随山人进阵，帮助捉拿妖精。

今日要治木鱼道，他今算是逆天行。

你我快快把阵进，

（白）骊山道友，你随山人闯进阵去捉拿木鱼妖人。众位将军听真，一齐捉拿妖人不得有误。（下）

（杨林、杨豹马上）

杨林、杨豹：（诗）奉了老祖命，进阵在东门。

杨　林：（白）俺杨林。

杨　豹：俺杨豹。

杨　林：哥哥你我奉南极教主之令，去进东门捉拿妖人。

杨　豹：只得舍死忘生，杀进阵去。

杨　林：言之有理。

（唱）弟兄二人齐努力，奋勇争抢要夺强。

　　　齐进东门拿妖道，

（上杨戬）

杨　戬：（唱）豪神二郎把路挡。

　　　喝叫周将哪里走？犯我禁地命必伤。

杨林、杨豹：（唱）杨林弟兄声断喝，你是何人把路挡？

（白）你是何人？拦阻去路，看枪！

杨　戬：吾乃东方二郎杨戬，周将敢犯我的边界，看我三尖两刃刀取你。

杨　林：来，来，来。

（杀，杨林、杨豹进阵）

杨　戬：你看周将进阵，黄毛童子、马大汉，周将进阵，须要小心，莫要走脱周将。

黄毛童子、马大汉：遵命。

杨　林：进得阵来，只见黑风滚滚，地暗天昏，只得去找木鱼妖道。

杨　豹：有理。

（唱）不言二人找妖道，（下）

黄石公：（唱）再把石公老祖言。

　　　来至南门要进阵，

火德真君：（唱）来了那火德真君名罗宣。

　　　拦住去路开言道，却是何人敢进前？

黄石公：（唱）我本石公黄老祖，要进阵去找妖仙。

火德真君：（唱）犯我藩地休想走，再要进前吃我一鞭。

黄石公：（唱）石公执剑冲冲怒，拦我去路难容宽。

（白）火德星君拦我去路，看剑取你。

火德真君：看鞭。

黄石公：来，来，来。（杀，进阵）

火德真君：（白）火兵火卒，莫要放走黄石公，小心看守藩地。（下）

（上黄石公）

黄石公：我乃黄石公。进得阵来，只见天昏地暗，云雾漫漫，只得去到法台找妖人便了。

（唱）石公去找木鱼道，直奔法台且不言。（下）

（上高三尺、侯玉英）

高三尺、侯玉英：（唱）高三尺夫妻也来到，西门以外用目观。

侯玉英：（唱）但见阵内黑又暗，烟气腾腾冲碧天。

高三尺：（唱）既来到此得进阵，生死由命别为难。

侯玉英：（唱）将马一催往前闯，

高三尺：（唱）抡起铁棒杀上前。（下）

（上托塔天王）

托塔天王：（唱）天王镇守西门上，手托宝塔便开言。

周将敢闯我藩地，刻下叫你命归泉。

高三尺：（唱）三尺大叫这神圣，烮爷棒槌与你缠。

托塔天王：（唱）李靖举起方天戟，

（白）好周将敢犯我藩地？看方天戟取你。

高三尺：烮爷倒要试试，来呗。（杀，高三尺、侯玉英进阵）

托塔天王：周将进阵，众天兵，谨守藩地。（下）

（上高三尺、侯玉英）

高三尺：娘子，你我进阵，只得去找妖人破阵。

侯玉英：言之有理。

（唱）夫妻二人进了阵，只听里面喊连天。

鬼哭神嚎声震耳，只得舍命把妖牵。（下）

（罗文举、火兰英骑马上）

罗文举：（唱）文举来到北门外，

火兰英：（唱）火氏兰英到阵前。

罗文举：（唱）两手拧枪往里闯，此阵犹如鬼门关。

　　　　　　舍死忘生要进阵，（下）

哪　吒：（唱）哪吒太子把路拦。

　　　　　　周将胆敢犯藩地，你的性命要归泉。

　　　（白）好周将，敢犯我藩地，哪里走？看我火尖枪取你。

罗文举：来，来，来。（杀，夫妻进阵）

哪　吒：你看他二人进阵去了，众天兵谨守藩地。（下）

　　　（上罗文举、火兰英）

罗文举：哎呀，进得阵来，好似幽冥地府一般，只得捉拿妖道便了。

　　　（唱）夫妻要找木鱼道，好破此阵要占先。

　　　　　　手拧银枪杀得勇，好似猛虎一样般。

　　　　　　不言二人在阵内，（下）

骊山圣母：（唱）再把那骊山圣母寿星言。

　　　　　　只从东门进了阵，要找那木鱼妖道作怪仙。

　　　　　　迎面遇见众怪将，

四大金刚：（唱）四大金刚走上前。

　　　　　　南极骊山犯我藩地，你我难免把脸翻。

　　　　　　快些退后离藩地，如要进前保命难。

南极子：（唱）南极教主接言语，

骊山圣母：（唱）圣母近前便开言。

南极子：（唱）你们不该拦去路，

骊山圣母：（唱）若不闪开染黄泉。

南极子：（唱）寿星举起金如意，

　　　（白）好魔家四帅，敢拦我去路，看如意勾取你。

四大金刚：来，来，来。（杀下，火兰英上）

火兰英：奴家火兰英，来找妖怪，好破阵式。呀，你看妖道来也。

　　　（上木鱼真人）

木鱼真人：来这贱婢，不是火兰英么？

火兰英：正是你奶奶，竟来取你妖头，是你看刀。

木鱼真人：来，来，来。（杀，火兰英败下，又上）

火兰英：哎呀，罢了我了，一时腹内疼痛，这却怎好？哎哟，可不疼死我了，我的妈呀。

（唱）疼得佳人红了脸，手扶鞍桥叫苍天。
这可活活疼死我，腹内犹如滚油煎。
好似钢刀剜心胆，浑身发软挣扎难。
这可是个什么病？奴未经过这病源。
哦，是了，不用说了，明白了，这必是儿要离娘不用言。

木鱼真人：（白）贱人哪里走？

火兰英：呀！

（唱）妖人他又来追赶，实实叫奴难把手还。
四肢无力难招架，头迷眼黑身软瘫。
哎呀，越疼越紧越难受，只怕出丑在阵前。

木鱼真人：（白）贱人哪里走？

火兰英：（唱）偏偏妖道后边赶，叫奴怎样来分娩？
叫声将军快救我，奴家性命保不全。（下）

木鱼真人：（唱）木鱼真人随后赶，只见兰英手不还。
谅你今日难逃命，要想逃走只怕难。（下）

（上罗文举、木鱼真人）

罗文举：（唱）迎面来了罗文举，见妖人追赶娘子来到跟前。
手拈钢枪分心刺，

木鱼真人：（唱）木鱼真人用刀还。
二人大战无胜败，（下）

（上高三尺、侯玉英）

高三尺：（唱）三尺夫妻战妖仙。
一齐上前交了手，

木鱼真人：（唱）妖人败走一溜烟。（下）

罗文举：（唱）文举追赶紧催马，（下）

（上火兰英）

火兰英：（唱）兰英下马坐平川。

哎呀一阵更比一阵紧，奴家生死在眼前。

侯玉英：（唱）侯玉英上前连忙问，妹妹为何这悲惨？

火兰英：（白）嫂嫂，快快来吧！

侯玉英：是。

（唱）急忙下马忙扶住，妹妹你怎啦快快言？

火兰英：（唱）奴家今日要分娩，嫂嫂快些把我搀。

婴儿落草直声叫，（孩哭）

众　神：（唱）呀，众神害怕甚惊寒。

再等一声不逃走，道行定扔在九泉。

忙了那二郎马大汉，（下）

黄毛童子：（唱）吓坏了黄毛童子犬昊天。（下）

哪　吒：（唱）忙了哪吒三太子，急驾祥云一溜烟。（下）

托塔天王：（唱）天王李靖归了位，（下）

火　神：（唱）走了火神名罗宣。（下）

四大金刚：（唱）四大金刚心害怕，各归本位上九天。（下）

南极子：（唱）南极教主把神送，（下）

骊山圣母：（唱）骊山圣母找妖仙。（下）

侯玉英：（唱）神兵阵式当时破，侯氏玉英把话言。

（白）妹妹，将婴孩抱好，快些上马，杀奔锁龙关便了。

火兰英：嫂嫂言之有理。（下）

（南极子与木鱼真人对上）

木鱼真人：好个狗道，破了我的阵式，其情可恼，看剑取你。

南极子：妖人不要逞强，看金如意取你。（杀，南极子败下，又上）哪有闲工与他耐战？不免用八卦神图收他便了。

木鱼真人：狗道，哪里走？

南极子：妖道慢来，看八卦神图擒你。

木鱼真人：哎呀，不好！（被杀）

（上骊山圣母）

骊山圣母：道友将妖人收去，阵式已破，你我进城，告辞圣主，归山要紧。

南极子： 有理。（下）

（罗文举与林黑塔对杀，林黑塔败下，又上）

林黑塔： 呀，不好了，阵式已破，木鱼真人已死，只得急奔甘罗见主便了。（下）

罗文举：（上）你看番兵大败，我只得回城见主，再作定夺。众将官，就此回城。（下）

（出天子坐，上众将官，站）

天　子：（诗）今日打破神兵阵，反叛逆贼还未平。

（白）朕天子姬泄心。探子报道，妖阵真是被仙长打破，妖人已死，只是番贼还未获住。

（上卒）

卒： 报万岁得知，仙长已到。

天　子： 这等，待朕迎接。（下，内白）仙长们请。（同上）

众　仙：（白）万岁请。

天　子： 仙长多有劳乏，请坐。

南极子、骊山圣母：（白）万岁，我等告坐？阵式已破，小仙等就要归山了。

天　子： 说哪里话来？朕已摆好酒宴与仙长道乏。

南极子、骊山圣母：（白）小仙等不敢久染红尘，就此归山。请。

天　子： 朕送仙长了。（下）

众　仙：（内白）万岁请回。

（上天子）

天　子： 仙长们归山去了。朕点起人马，杀奔甘罗国，捉拿番王。众三军，打动聚将鼓，众将上帐听令！

众　将： 遵旨。

（唱）军兵答应说遵旨，聚将鼓打震耳鸣。

（上众将）

罗文举：（唱）文举急忙上大帐，

杨　林：（唱）杨林随后到帐中。

杨　豹：（唱）杨豹上帐来伺候，

郑自尧：（唱）又来自舜郑先锋。

火　滚：（唱）火滚候令也来到，

高三尺、侯玉英：（唱）又来了高三尺与侯玉英。

众　　将：（唱）一齐打躬呼万岁，众将齐到大帐中。

天　　子：（唱）灵王天子叫众将，阵已破了喜心中。
　　　　　　　　妖道已死除后患，还有反叛未灭尽。
　　　　　　　　今日起兵到西夏，捉拿反贼番国王。
　　　　　　　　要来降书与顺表，君臣好回金陵城。
　　　　　　　　杨林杨豹听军令，你二人前行为先锋。

　　　　　（白）杨林、杨豹，你二人头前开路。众将听令，各要小心，努力杀奔西夏甘罗国，扫灭叛贼，回转金陵，有功者赏，有罪者罚，违令者斩。就此起兵，不得有误！（下）

　　　　　（上刘英魁、魏金花、魏银花）

刘英魁：（诗）身在异乡心不安，

魏金花、魏银花：（诗）郡马每日总愁烦。

刘英魁：（白）小生刘英魁。

魏金花：奴魏金花。

魏银花：奴魏银花。

刘英魁：郡主，你们劝父王投降献表，我好回本国。

魏金花：郡马放心吧，有我姐妹，管保劝得父王献出降书顺表。纳表归降，咱夫妻好回金陵，夫妻不能失散。

刘英魁：既然如此，你我何不到前殿去见父王？

魏金花：有理。（同下）

　　　　　（摆场，番王坐）

番　　王：（诗）不久周朝属孤管，多亏真人法术全。

　　　　　（白）孤家番王。多得木鱼真人摆下一个神兵阵式，料想周将难以打破，不久周朝江山归于孤家。

　　　　　（上刘英魁、魏金花、魏银花）

刘英魁：父王在上，小婿拜揖。

魏金花、魏银花：女儿们万福。

番　　王：贤婿免礼。女儿们不在宫中，到此何事？

魏金花、魏银花：父王容禀。

　　　　　　　　（唱）自从郡马来到此，招赘儿们日夜哭。

刘英魁：（唱）小婿本是忠臣后，只因被害父冥途。
　　　　　　　那日被风刮到此，姻缘天定配夫妇。
　　　　　　　多得父王恩情重，留我居住倒心舒。

魏金花：（唱）他愁着咱国与周朝结吴越，他情愿劝咱两国不结仇。

魏银花：（唱）奉劝父王撤人马，收回兵将写降书。

刘英魁：（唱）两国结合将和好，周主为上邦，咱们不算输。

番　王：（白）嗯。
　　　　（唱）甘罗王闻听心犯想，贤婿女儿解劝吾。
　　　　　　　劝孤投降写顺表，倒叫孤家犯疑狐。
　　　　　　　好容易困住天子，不久江山属于孤。
　　　　　　　岂肯投降写顺表？你们不要信口出。
　　　　　　　女儿快些回避了，

林黑塔：（内唱）林黑塔帐外叫番卒。
　　　　（白）小番们，将马带过。（上）千岁，可不好了。

番　王：林都督来了，为何这等惊慌？

林黑塔：千岁不消问了，原是这般如此，阵式已破，木鱼仙长已死，周兵追赶为臣来了。不久大兵就到，千岁快想良策，堵挡周兵。

番　王：呀，都督此话当真？仙长死了？

林黑塔：仙长死了。

番　王：呀，可不好了。
　　　　（唱）闻此话，战答撒。
　　　　　　　连说不好，祸把天塌。
　　　　　　　周兵将城进，必找我孤家。
　　　　　　　依仗木鱼仙长，仙长却被人杀。
　　　　　　　眼望郡马呼贤婿，女儿们快些想办法。

刘英魁：（唱）刘英魁，想良法。

魏金花、魏银花：（唱）二位公主，要把话搭。

刘英魁：（唱）若免无有祸，投降且不差。

魏金花、魏银花：（唱）快写降书顺表，除此并无别法。

刘英魁：（唱）料想并无别计策，

魏金花、魏银花：（唱）不然就等染黄沙。

番　王：（白）嗯。

（唱）献降表，礼对答，

你们劝我，好意不差。

但恐天子，不容我降他。

还得有人引见，好把降书表拿。

怕的是画虎不成反类犬，那时再死也不佳。

刘英魁：（唱）小婿我，先见他。

诉说王爷，投降表拿。

辈辈献顺表，早早把贡达。

今世永不犯境，两国和好不差。

父王千岁免忧虑，小婿出城去见他。

（白）父王不必过虑，小婿出城去见天子，诉说千岁投降献表，无有不准之理。

番　王：你可认得周主？

刘英魁：小婿不认识周主，我父随主出征，被困锁龙关，我父回京搬兵，被权臣所害。有罗天表与我父一殿称臣，常到我家，我是认得的。我去见他，自然引见天子。

番　王：好，既然认得此人，可为投降的门路。

（上卒）

卒：　　报千岁得知，周兵离城不远安营，来了一将，城外要战，乞令定夺。

番　王：起过。（下）

刘英魁：周兵到来，千岁吩咐从人，随我出城。

番　王：有理。小番们，备马送你郡马出城，不得有误。（下）

（杨林马上）

杨　林：（诗）开路为先锋，上阵立头功。

（白）俺杨林。大兵来到甘州城外安营，命我前来要战，怎么不见番贼出马？是什么缘故？

刘英魁：（内白）小番们，随我出城。

杨　　林：呀，城门大开，出来人马不多。呀，来的此人好生面善。
　　　　　（上刘英魁）
刘英魁：呀，原来是表兄临阵。表兄可好？
杨　　林：哦，原来是表弟。表弟可好？表弟怎么到此？
刘英魁：原是这般如此，被风刮到这里，招为郡马，今有甘罗国王被小弟夫妻力劝，情愿投降，烦劳表兄，引见天子。
杨　　林：好，番王既愿投降献表，这也不难。表弟随我去见周主，自然准降。表弟随我来。
刘英魁：来了。（下）
　　　　　（出天子坐，众将站）
天　　子：（诗）旌旗映日月，金鼓震耳鸣。
　　　　　（白）朕灵王姬泄心。大兵来到甘州城外安营下寨，朕命先锋杨林前去要阵，却也不知胜败怎样。
杨　　林：（内白）表弟且在辕门少待。
刘英魁：（内白）是。
杨　　林：（内白）报！（上）前部先锋杨林奏告万岁。
天　　子：将军前去交战，胜败如何？
杨　　林：万岁，甘罗国王情愿纳表归降。
天　　子：怎见得？
杨　　林：今有参谋刘杰之子，乃是先锋的表弟，原是如此这般，来在甘罗国中，现在辕门候旨。
天　　子：哦，刘杰之子？刘爱卿奏道，说被风刮去，怎么来在甘罗？其中定有缘故，叫他进来见朕。
刘　　英：是，贤婿来了？待我见过。（下，内白）贤婿哪里？
刘英魁：岳父可好？
刘　　英：好，贤婿你被风刮去，怎么来在甘罗？
刘英魁：原是如此这般，招为郡马，又劝国王纳表投降，归顺咱国称臣，命我来见圣主。
刘　　英：好，随我去见天子。
刘英魁：来了。（同上）万岁万万岁，臣子乃是参谋之子，名叫刘英魁。我父勾兵，被国丈斩首府门，还拿我家家口。臣子逃出京来，被风刮去，刮到甘罗国内招亲。现劝番王纳表投降，归顺陛下，望主恩准。

天　子：刘英魁，你父被潘泽清陷害，死得冤枉。你岳父刘英早已奏过，朕已明白。朕且问你，你怎么被风刮到那里招亲，又劝番王纳表归顺？细细奏来。

刘英魁：万岁容奏。

（唱）我父冤枉主今晓，却也不用臣子言。
　　　结风山上招亲事，拿住奸贼斩权奸。
　　　同岳父来投锁龙地，救主报号到西番。
　　　半路途中狂风起，阴云密布大风漫。
　　　臣子错走关塘路，又有大雾遮满天。
　　　神人送我到西夏，刮去行李马匹丢不还。
　　　神人指引望西去，甘罗国内定姻缘。
　　　正遇番女将围打，将我围在场里边。
　　　带我见了甘罗主，番王收留住下甚喜欢。
　　　招赘作了东床婿，与他女儿凤配鸾。
　　　正遇圣上人马到，臣子同妻劝求安。
　　　番王纳款递顺表，年年进贡不犯边。
　　　求我王容他归顺纳降表，

天　子：（唱）灵王天子心喜欢。
　　　　　可喜你劝得甘罗来归顺，朕想用你在朝班。
　　　　　可怜汝父死得苦，一世忠心命归天。
　　　　　又喜杀了贼奸党，算与你父报了冤。

（白）潘泽清嬉权误国。朕念汝父忠心为国，回朝必要追封刘杰。朕就准他归降，你今劝得番王回心，也算有功，单等回朝再加封赏。

刘英魁：万岁，臣子尊奉圣旨。

（上卒）

卒：　　报万岁得知，番王带领众将，头顶降书顺表，乞主定夺。

天　子：这等，吩咐番王，将人马留在营外，叫他等候。将他的降书呈上来。

卒：　　遵旨。（下，又上）请主御览。

天　子：起过。

卒　　：遵旨。（下）

天　子：待朕看来。（看介）哦，刘英魁且回甘罗城去，明日随营回转金陵。

刘英魁：是，臣遵旨。（下）

天　子：众将官，明日奏凯班师，回转金陵。

（诗）今日旗开得全胜，明日人唱凯歌还。（下）

（罗文举马上）

罗文举：（白）俺罗文举。奉周主之命，去到毛山接娘子回转金陵，只得走走便了。

（唱）奉命去接高小姐，催马一直奔毛山。

妻兄随着大营走，还有火氏女婵娟。

不言文举路上走，（下）

（上刘英魁、魏金花、魏银花）

刘英魁：（唱）再表英魁辞西番。

辞别了甘罗王回本国，

魏金花、魏银花：（唱）二位郡主随夫还。

一同郡马并马走，说说笑笑甚喜欢。（下）

番　王：（唱）甘罗王送了一程回城去，面带忧容心内烦。（下）

（上刘英魁、魏金花、魏银花）

刘英魁：（唱）英魁口内呼郡主，咱们还得到结风山。

魏金花：（唱）结风山上有啥事？那里还有啥牵连？

刘英魁：（白）有牵连。

（唱）山上还有刘小姐，她与小生配良缘。

魏金花：（白）哦。

（唱）我问你家里还有没有？

刘英魁：（白）还有。

魏金花：（唱）从前怎不对奴言？

刘英魁：（唱）家有谢氏多疑虑。

魏金花：（白）还有么？

刘英魁：（唱）还有刘氏女红颜。

魏金花：（白）哈哈。

（唱）连我姐妹共五个，先说我们不做偏。

刘英魁：（唱）姐妹相称无大小，我自掌正无有弯。

魏金花：（唱）不言夫妻路上走，（下）

（上郑氏、谢琼美、高金定）

郑氏、谢琼美、高金定：（唱）再表那郑氏婆媳在毛山。

齐在后寨闲叙话。

郑　氏：（白）老身郑氏。

谢琼美：奴谢琼美。

高金定：奴高金定。婆母，你儿子往锁龙关报号去了，一年有余，也不知那里事体怎样？

郑　氏：是呀，叫老身日夜牵挂，也不知几时得胜还朝，回转金陵，一家才得团圆？

（上丫鬟）

丫　鬟：禀老太太、姑姑们，可大喜啦，罗姑爷回来咧。

谢琼美、高金定：真的吗？

丫　鬟：真的，方才前帐我看见咧。

郑　氏：怎么，我儿回来了？

（上罗文举）

罗文举：母亲在哪里？母亲哪！

郑　氏：哦，我儿回来了，儿呀，你怎知为娘在这里？

罗文举：儿在前帐听喽啰告诉，才知母亲在此。

谢琼美、高金定：夫主可好？

罗文举：好，母亲与娘子怎么来到这里？

郑　氏：我的儿，说不来了。

（唱）自从我儿离家内，娘在家中惦心怀。

忽然当晚三更里，咱家前后起火灾。

房屋墙垣俱烧坏，烧得家奴实苦哉。

为娘料想无生路，衫袖蒙头火里栽。

你妻也要火里去，也要随娘赴泉台。

　　　　　　　大料我婆媳必得死，谁知神人救护来。
　　　　　　　火神救出金陵地，这才来在此山崖。
　　　　　　　多得你妻高小姐，收留住下等你来。
　　　　　　　今见娇儿心酸痛，叫人悲哀泪满腮。
罗文举：（唱）文举闻听也伤感，哭声母亲好苦哉。
　　　　　　　儿原以为母亲在家身康泰，谁想娘亲被火灾。
　　　　　　　舍命投火真心死，怎不叫人痛悲哀？
谢琼美、高金定：（唱）二佳人一齐忙解劝，你母子不必痛伤怀。
　　　　　　　婆母唉，你儿来了是大喜，夫主你可是奏凯得胜来。
　　　　　　　一家团圆该庆贺，吩咐丫鬟把宴排。
　　　　　　（白）夫主，可是奏凯班师回朝吗？
罗文举：正是。娘子们收拾收拾，明日一家好回金陵。
高金定：是。梅香，吩咐排宴，庆贺团圆。
梅　香：是，晓得了。
郑　氏：儿们随娘来。
罗文举：来了。（下）
（上谢文龙）
谢文龙：（诗）偶得喜信心中乐，今日送女去完婚。
　　　　（白）老汉谢文龙。昨日二姑爷送来喜信，大姑爷罗文举、二姑爷刘英魁得胜还朝，与我女儿商议，今日送女完婚。驴早已备好，只得唤出女儿。丫头还没收拾完呢？快去吧，天道不早啦。
谢琼花：（内白）来了。（上）爹爹备上牲口啦。
谢文龙：早备上了，上驴吧。
谢琼花：晓得了。
　　　　（唱）谢氏琼花把驴上，心内辗转自思量。
　　　　　　　这一进京把刘郎见，必与奴家拜高堂。
　　　　　　　这正是夫也荣来妻也贵，越思越想喜非常。
　　　　　　　不言父女路上走，（下）
众　将：（唱）再表那得胜兵丁到帝邦。
　　　　　　　阖城官员齐接迎，奉请圣驾进朝纲。

天　子：（唱）灵王天子下了辇，迈步进了午朝房。（上，坐）

上殿坐在龙位上。

（上潘赛花）

潘赛花：（唱）潘氏赛花启奏事，万岁皇爷听其详。

罗家来了无处住，被火烧得一扫光。

原是这般放的火，

天　子：（唱）灵王天子自思量。

罗家且住太师府，朕必须重新修盖画阁与雕梁。

吩咐宫人快传旨，

（白）宫人伺候。传朕口旨，随征众将上殿听封。

众　将：（内白）领旨。

（上罗天表、罗文举、高三尺、火滚、刘英、杨林、杨豹、郑自舜、刘英魁，跪）万岁万万岁，臣等见驾。

天　子：众卿扶保我朕，才得干戈宁静，听朕加封。

众　将：万岁。

天　子：罗天表封为忠烈王，郑氏夫人封为永安君。罗文举封为镇殿将军，其妻谢琼美封为节烈夫人，火兰英封为永烈夫人，高金定随夫受职。高三尺封为定国公，其妻随职。火滚封为骁骑将军。刘英封为忠正王，其妻随职。杨林、杨豹封为左右副帅。郑自舜封为副将。阵亡将士郑自尧追封为勇猛将军。刘杰被权臣谋害，朕怜他忠正为国而亡，追封为护国侯。其子刘英魁劝得番王归降有功，封为游击将军，其妻随职。其余众将俱各大升三级。钦此。望诏谢恩。

众　将：万岁万岁万万岁！

天　子：散朝。（下）

（全剧终）